ALÉM DA ESCURIDÃO

HILARY MANTEL

ALÉM DA ESCURIDÃO

Tradução
Maria D. Alexandre

BERTRAND BRASIL

Copyright © 2005, Hilary Mantel

Título original: *Beyond Black*

Capa: Marcelo Martinez | Laboratório Secreto
Foto da Autora: John Haynes

Editoração: DFL

2010
Impresso no Brasil
Printed in Brazil

CIP-Brasil. Catalogação na fonte
Sindicato Nacional dos Editores de Livros, RJ

M25a	Mantel, Hilary, 1952-
	    Além da escuridão/Hilary Mantel; tradução Maria D. Alexandre. — Rio de Janeiro: Bertrand Brasil, 2010.
	    420p.
	
	    Tradução de: Beyond black
	    ISBN 978-85-286-1418-3
	
	    1. Romance inglês. I. Alexandre, Maria D. II. Título.

09-6177	CDD – 823 CDU – 821.111-3

Todos os direitos reservados pela:
EDITORA BERTRAND BRASIL LTDA.
Rua Argentina, 171 — 2º andar — São Cristóvão
20921-380 — Rio de Janeiro — RJ
Tel.: (0xx21) 2585-2070 — Fax: (0xx21) 2585-2087

Não é permitida a reprodução total ou parcial desta obra, por quaisquer meios, sem a prévia autorização por escrito da Editora.

Atendimento e venda direta ao leitor:
mdireto@record.com.br ou (21) 2585-2002

Para Jane Haynes

Há poderes em ação neste país sobre os quais não temos conhecimento algum.

> S. M. a Rainha (atribuído)

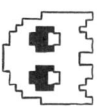

Viagem: os dias frios e úmidos após o Natal. A autoestrada, os terrenos baldios que dão a volta em Londres: o capim rasteiro margeando, explodindo em cor laranja sob os postes de luz, e as folhas dos arbustos venenosos raiadas de verde e amarelo como um melão cantalupo. Quatro da tarde: a luz incide sobre a estrada perimetral. Hora do chá em Enfield, a noite cai em Potters Bar.

Há noites em que a gente não tem vontade, mas tem de fazer assim mesmo. Noites em que olhamos do palco para baixo e vemos caras estúpidas e fechadas. As mensagens dos mortos chegam ao acaso. Não os queremos nem podemos mandá-los de volta. Não se pode convencê-los nem coagi-los. O público pagou e quer ver resultados.

Um céu verde-mar: lâmpadas brancas desabrocham. É a terra marginal: campos de arame farpado, pneus carecas nas valas, geladeiras estiradas no chão como cadáveres e pôneis famintos comendo lama. Uma paisagem repleta de marginais e fugitivos, afegãos, turcos e curdos: de bodes expiatórios com cicatrizes de garrafas e marcas de queimaduras, que deixam as cidades capengando com as costelas quebradas. As formas de vida aqui são repulsivas ou irregulares: os gatos, lançados de carros em alta velocidade, os carneiros de Heathrow, sua lã impregnada com o mau cheiro do combustível de aviação.

Ao seu lado, de perfil contra a janela embaçada, o chofer tem o rosto determinado. No banco de trás, uma coisa morta desperta e começa a grunhir e a respirar. O carro atravessa os cruzamentos em fuga, e o espaço abarcado pela rua é o espaço dentro dela: a arena de combate, a terra devastada, a luta civil tem lugar entre as costelas. O coração bate, as lanternas traseiras piscam. Luzes difusas brilham nos arranha-céus, nos helicópteros que passam, nas estrelas que ficam. A noite se fecha sobre os ministros mentirosos e pedófilos deflagrados, sobre os indesejados viadutos, sobre as pontes pichadas, sobre as valas e os trilhos fumegantes, jamais aquecidos pelo toque humano.

Noite e inverno: mas nos ninhos podres e bancos vazios, ela sente os sinais dos brotos, sugestões da primavera. É a época de Le Pendu, o Enforcado, os pés balançando de uma árvore viva. Tempo de suspensão, de hesitação, de introspecção. É hora de deixar para trás as expectativas, mas não de abandonar a esperança; de prever a virada da Roda da Fortuna. Esta é nossa vida, e temos de vivê-la. Pense na alternativa.

Uma massa de nuvem estática, como uma mancha de tinta. Escurecendo o ar.

Não adianta me perguntar se eu escolheria ser assim, jamais tive a opção. De nada mais sei, nunca fui de qualquer outro jeito.

E mais escuro ainda. A cor se esvaiu da Terra. Só restou a forma: as copas das árvores amontoadas parecem as costas de um dragão. O céu escurece num azul de meia-noite. O laranja das lâmpadas nos postes borram-se num cereja fundido; nos pastos, os fios de alta tensão erguem seu emaranhado no compasso binário da gavota.

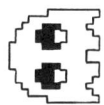

Dois

olette enfiou a cabeça pela porta do camarim.

— Tudo bem? — perguntou. — Casa cheia.

Alison curvava-se em direção ao espelho, para pintar a boca.

— Pode me trazer um café?

— Não prefere um gim-tônica?

— É, pode ser — disse Alison.

Estava agora no traje mediúnico; jogara as roupas do dia a dia nas costas da cadeira. Colette mergulhou sobre elas; arrumação fazia parte do serviço. Deslizou o antebraço por dentro da saia de crepe de Al. Grande como uma faixa funerária, um sudário. Ao virá-la para o lado certo, sentiu uma leve onda de enjoo, como se das costuras pendesse carne humana.

Alison era uma mulher que parecia encher uma sala, mesmo sem estar nela. De tamanho descomunal, tinha ombros roliços, panturrilhas rechonchudas, coxas e quadris que transbordavam das cadeiras; macia como uma eduardiana, opulenta como uma corista, e quando ela andava ouvia-se (embora ela não as usasse) o farfalhar de plumas e sedas. Num espaço pequeno, parecia consumir mais que o seu quinhão de oxigênio; em troca, a pele exalava úmidos aromas, como uma gigantesca flor tropical. Quando se entrava numa sala que ela deixara — o seu quarto de dormir, o do hotel, o camarim no fundo do palco — sentia-se sua presença, um rastro. Alison se fora, mas via-se uma névoa química de laquê flutuando no ar luminoso. No chão haveria uma linha de talco, e o cheiro dela — Je Reviens — demorava-se no tecido da cortina, das almofadas e toalhas. Quando se dirigia a uma sessão espírita, o caminho ficava carregado, elétrico; e quando o corpo seguia para o palco, o rosto — as faces fulgurantes, os olhos acesos — parecia flutuar ainda no espelho do camarim.

No centro do aposento, Colette parou e apanhou os sapatos de Al. Por um momento, desapareceu da sua própria vista. Quando seu rosto apareceu novamente no espelho, ela se sentiu quase aliviada. Qual é o problema comigo?, pensou. Quando saio, não deixo vestígio algum. O perfume não dura na minha pele. Eu mal transpiro. Meus pés não deixam marcas no tapete.

— É verdade — disse Alison. — É como se você limpasse os sinais de sua presença quando vai embora. Como uma empregada robô. Você apaga suas impressões digitais.

— Não seja boba — disse Colette. — E não leia meus pensamentos privados.

Sacudiu a saia negra, como se sacudisse Alison.

— Muitas vezes pergunto a mim mesma: vejamos, Colette está no quarto ou não? Depois que você sai por uma ou duas horas, me pergunto se a imaginei.

Colette pendurou a saia preta num cabide e colocou-a atrás do comprido espelho. Logo a grande jaqueta de Alison foi-lhe fazer companhia. Fora Colette quem a convencera a usar preto. Preto, disse, preto e *inteiramente básico*. Mas Alison abominava a simplicidade. Deveria haver alguma coisa para capturar o olhar, para fazer arrepiar, para brilhar. À primeira vista, a camisa parecia desprovida de detalhes: mas uma fina linha de lantejoulas corria manga abaixo, como os olhos de astutos alienígenas, refletindo preto com preto. Para o trabalho no palco, ela insistia em cores: esmeralda, laranja queimado, escarlate.

— A última coisa que a gente quer, quando pisa no palco — explicou —, é fazer com que eles se lembrem de funerais.

* * *

Agora fazia beicinho para si mesma no espelho.

— Acho que está legal, não é?

Colette olhou-a.

— É, cai bem em você.

Alison era um gênio na maquiagem. Tinha diversos estojos e usava todos, levando-os em necessaires separadas por códigos de cor e frasqueiras para guardar escovas e vidrinhos. Quando o espírito a induzia a querer uma sombra de olhos cor de abricó, ela sabia exatamente em que necessaire procurar. Para Colette, aquilo era um mistério. Quando ela própria saía para comprar um novo batom, voltava com algum que, aplicado, se revelava da mesma cor de todos os outros que já tinha: o que era sempre, um pouco mais, um pouco menos, a cor de seus lábios.

— E então, como se chama essa cor? — perguntou.

Alison observava-se, um cotonete parado, e fez uma imperceptível projeção do lábio inferior.

— Não sei, não. Por que não experimenta? Mas, antes, vá buscar aquele drinque.

Estendeu a mão para o brilho de boca. Quase disse: Cuidado, Colette, não pise no Morris.

No chão, meio sentado, meio deitado, estava Morris encostado na parede, prostrado: as pernas tortas abertas, os dedos brincando com os botões da braguilha. Quando Colette voltou, atropelou-o.

Como sempre, nem percebeu, mas ele, sim.

— Ô, sua vaca empertigada, que porra — disse, quando ela se afastava. — Monstrenga de cara branca, não vê onde pisa? Parece uma porra de um vampiro. Onde você achou ela, num cemitério?

Alison o xingou baixinho. Nos cinco anos como sócios, Morris nunca aceitara Colette: o tempo tinha pouco significado para ele.

— O que você sabe sobre cemitérios? — ela perguntou. — Aposto que nunca teve um enterro cristão. Botas de concreto e um mergulho no rio, levando em conta com quem você anda... Ou foi serrado com a própria serra?

Alison tornou a curvar-se para o espelho e lambuzou a boca com o minúsculo pincel do tubo de vidro. Fazia cócegas e ardia ao mesmo tempo. Ela encolheu os lábios. Fez uma careta. Morris deu uma risadinha.

O pior de tudo talvez fosse tê-lo por perto em momentos como aquele, no camarim, antes do espetáculo, quando ela tentava se acalmar e ter alguns momentos íntimos. Ele a seguiria até o banheiro, se lhe desse na veneta. Certa vez, uma colega lhe perguntara:

— Acho que esse seu guia está num plano vibratório muito baixo. Você estava de porre quando ele fez contato pela primeira vez?

— Não — ela respondera. — Eu só tinha treze anos.

— Oh, é uma idade terrível — dissera a mulher. Olhara-a de cima a baixo. — Junk food eu imagino. Calorias vazias, aposto. Se empanturrando.

Alison negara, claro. Na verdade, jamais tivera dinheiro para hambúrguer ou chocolate depois da escola, a mãe a levava em rédea curta, para que ela não comprasse uma passagem de ônibus e sumisse. Mas não conseguiu ser convincente. A colega tinha razão. Morris era um ser inferior. Como fora se meter com ele? Na certa o merecia, só isso. Às vezes dizia a ele, Morris, que foi que eu fiz pra merecer você? Ele esfregava as mãos e dava uma risadinha. Quando ela o provocava e ele ficava furioso, dizia, dê graças a Deus, garota, você acha que eu sou ruim, mas podia ser MacArthur. Podia ser Bob Fox, ou Aitkenside, ou Pikey Pete. Podia ser Nick, e aí, onde você ia estar agora?

A sra. Etchells (que lhe ensinara o ofício mediúnico) sempre lhe dissera, alguns espíritos, Alison, você já conhece de muito tempo atrás, e só tem de dar nomes aos rostos. Alguns são despeitados e vão lhe fazer mal. Outros são uns filhos da puta, com perdão da palavra, que chupam os ossos da gente. É, sra. E., dizia Alison, mas como vou saber quem é quem? E a sra. Etchells respondia, Deus ajuda você, menina. Mas como Deus tem negócios em outro lugar, não espero a ajuda dele, pensava agora Alison.

Colette atravessou o foyer e dirigiu-se ao bar. Examinava o público pagante que afluía da rua movimentada; dez mulheres para cada homem. Toda noite, gostava de dar uma conferida neles, para dizer a Alison o que esperar. Tinham feito reserva ou formavam fila na bilheteria? Vinham em grupos, sorrindo e tagarelando, ou atravessavam o foyer sozinhos ou em pares, furtivos e calados? Podia-se montar um gráfico, ela pensou, ou criar algum tipo de programa de computador: a demografia de cada cidade, os clientes habituais e seus grupos, a localização do teatro em relação aos estacionamentos, pizzarias, o bar mais próximo onde as moças podiam misturar-se à multidão.

O diretor do teatro acenou para ela. Era um velho baixinho, perto da aposentadoria; usava um paletó branco apertado embaixo dos braços e uma flor combinando na lapela.

— Tudo bem? — perguntou.

Colette fez que sim com a cabeça, sem sorrir; ele oscilou para trás e examinou os sacos de doces que pendiam de ganchos de metal e as fileiras de chocolates, como se nunca os tivesse visto antes. Por que os homens não podem simplesmente ficar *parados*?, perguntou-se Colette. Por que têm de se balançar, apalpar os bolsos e todo o corpo, chupar os dentes? O pôster de Alison estava exposto em seis pontos diferentes no foyer. As filipetas anunciavam espetáculos futuros: o *Réquiem* de Fauré, que daria lugar em dezembro a *João e o pé de feijão*.

Alison era sensitiva: o que significa que tinha os sentidos dispostos de forma diferente dos da maioria das pessoas. Era médium: os mortos falavam com ela, e ela lhes respondia. Era clarividente: via por dentro dos vivos, suas ambições e mágoas ocultas, e adivinhava o que guardavam em suas mesinhas de cabeceira, e como haviam chegado ao teatro. Não era (por natureza) uma leitora da sorte, mas as pessoas tinham dificuldade para compreender isso. A previsão, embora ela protestasse contra, tornara-se parte lucrativa do seu negócio. Acreditava que, no fim das contas, tinha de servir ao público e dar-lhe o que ele julgava querer. Para a leitura da sorte, a maior parte dos clientes era de mocinhas. Sempre achavam que haveria um estranho no horizonte, um amor virando a esquina. Esperavam por um namorado melhor do que o que já tinham — mais sociável, menos marcado: ou pelo menos alguém que ainda não tivesse sido preso. Os homens, por sua vez, não se interessavam por sorte ou destino. Achavam que eram responsáveis pelo próprio, muito obrigado. Quanto aos mortos, por que iriam preocupar-se com eles? Se precisavam falar com os parentes, tinham as mulheres para fazer isso por eles.

— Gim-tônica — disse Colette à moça atrás do balcão do bar. — Grande.

A moça estendeu a mão para pegar um copo e colocou um único cubo de gelo. — Pode botar mais — disse Colette. — E limão.

Olhou em volta. O bar estava vazio. As paredes, acolchoadas até a altura da cintura com couro plástico turquesa e botões pregados. Estavam precisando de um pano úmido desde meados da década de 70. As mesas de madeira falsa pareciam grudentas: o mesmo servia para elas. A moça enfiou a mão no balde de gelo. Outro cubo deslizou pela lateral do copo e foi juntar-se ao anterior com um estalo seco. O rosto da garota não expressava nada. Ela desviou os olhos grandes, de cor forte, do rosto de Colette. Formou o preço com o movimento da boca, sem verbalizar.

— Para a artista desta noite — disse Colette. — Por conta da casa, eu imagino!

A moça não entendeu a expressão. Jamais ouvira "por conta da casa". Fechou os olhos por um instante: pálpebras de veias azuis.

De volta ao foyer. Estava enchendo que era uma beleza. A caminho dos assentos, o público tinha de passar pelo cavalete que ela montara, com a superampliada foto de Al envolvida numa faixa de poliéster cor-de-damasco que Al chamava de "minha seda". A princípio tivera dificuldade para ajeitá-la, acertar o laço, mas agora aprendera — uma torcida do pulso formava um laço no alto do retrato, outra fazia uma dobra na lateral, e o resto derramava-se em graciosas dobras até o poeirento carpete ou as tábuas do chão, dependendo de onde estivessem se apresentando naquela noite. Ela estava se esforçando para livrar Al de sua inclinação por aquele tipo de cafonice. Muito brega, disse ela quando a conheceu. Colette pensara em substituir aquilo por uma tela com a imagem projetada de Al. Mas, dissera Al, eu não quero desviar a atenção de mim para os efeitos especiais. Veja, Col, me disseram isso e é um conselho que nunca vou esquecer: lembre-se de suas raízes. Lembre-se de onde você começou. No meu caso, é o salão nobre de Brookwood. Então, quando pensar em efeitos especiais, pergunte-se se pode ser reproduzido no salão nobre da cidade. Se não puder, esqueça. Eles vieram para me ver, antes de tudo. Sou uma vidente profissional, não uma espécie de espetáculo de mágica.

A verdade era que Al adorava a foto, que já tinha sete anos. O fotógrafo conseguira, misteriosamente, fazer desaparecer duas de suas papadas; e captara aqueles grandes olhos estrelados, o sorriso, e alguma coisa do brilho, a luminosidade interior que Colette invejava.

— Tudo bem? — perguntou o diretor. — Tudo em ordem atrás da cortina?

Puxara para trás a tampa do refrigerador e olhava para dentro.

— Algum problema? — perguntou Colette. Ele fechou a tampa e pareceu nervoso, como se estivesse roubando. — Vejo que você pôs o andaime de novo.

— *C'est la vie* — suspirou o diretor.

E Colette disse:

— É, eu diria.

Quando era possível, Alison evitava Londres. Dispunha-se a ir tão longe quanto Hammersmith, ou explorava os limites da estrada Circular Norte. Ewell e Uxbridge estavam no seu roteiro, bem como Bromley, Harrow e Kingston, subindo o Tâmisa. Mas o eixo de suas apresentações era os arredores dos cruzamentos da via M25 e as rampas para as vias M3 e M4. Seu destino era passar as noites em salões comunitários caindo aos pedaços, construídos nos anos 60 e 70, com as estruturas precisando de reparos: telhas rachadas com goteiras, cartazes grudentos que se soltavam dos muros. Os carpetes pareciam viscosos e as paredes soltavam um vapor azedo. Trinta anos de umidade cristalizaram-se no concreto como as bolhas minúsculas de uma sopa industrializada. Mas o pior eram os salões comunitários, é claro, em alguns dos quais elas montavam o espetáculo. Ela tinha de se reunir com os administradores idiotas do povoado, dispor as cadeiras em semicírculo para que a ouvissem e convencê-los com sua lábia como Al gostava. Ela mesma recebia o dinheiro na entrada e testava pessoalmente o palco para verificar se havia chiados ou farpas, pois Al tinha que tirar os sapatos na primeira parte da apresentação, quando se comunicava descalça com o mundo dos espíritos

— Ela está bem, sozinha lá atrás? — perguntou o diretor. — Uma dose dupla de gim é a solução. Ela precisa de mais alguma coisa? Podemos encher o lugar duas vezes mais, você sabe. Eu a chamo de *a* profissional perfeita.

Além da Escuridão

* * *

Nos bastidores, Al chupava uma bala de hortelã extraforte. Jamais comia antes de um espetáculo; depois ficava excitada demais, tensa demais, e o que precisava fazer era conversar, pôr tudo para fora do organismo conversando. Mas às vezes, horas depois de apagar a luz, acordava faminta e nauseada. Precisava então de bolo e barras de chocolate, para amaciar a carne e protegê-la dos beliscões dos mortos, das mordidas insolentes e dos dentes afiados. Deus sabe, dizia Colette, o que esse tipo de comida faz à sua taxa de insulina.

Eu realmente gostaria do meu gim, pensava Al. Imaginava Colette lá fora, batalhando pela bebida.

Colette era esperta, rude e eficiente. Antes de se unirem, Al via-se metida em todo tipo de circunstância que não queria, e era tímida demais para reclamar quando algo não lhe convinha. Jamais verificava o som, a não ser que o diretor mandasse, o que era um erro: era preciso insistir na verificação. Antes de Colette, ninguém testava a iluminação, nem caminhava sobre as pranchas do palco para julgar a acústica e as linhas de visão do ponto de vista do artista. Ninguém checava sequer o chão, em busca de pregos ou cacos de vidro. Ninguém mandara substituir o tamborete do palco — porque viviam oferecendo a ela um tamborete onde se empoleirar sem se dar conta de como era grandalhona. Ela odiava ter de se içar e ficar se equilibrando como um anjo numa cabeça de alfinete: ter a saia presa e tentar arrancá-la de debaixo do traseiro enquanto procurava não cair: sentir o tamborete ceder, ameaçando derrubá-la. Antes de Colette, ela fizera espetáculos inteiros de pé, apenas encostada no tamborete, às vezes apoiando-lhe uma mão, como se ele estivesse ali para isso. Mas Colette simplesmente fez pedacinhos da administração quando viu o tamborete no palco.

— Tirem isso daqui, ela não trabalha nessas condições.

Em seu lugar, pedira uma poltrona, larga, espaçosa. Ali, em condições ideais, Alison iniciaria a noite, relaxada, os tornozelos cruzados, tomando fôlego antes das observações de abertura. Ao primeiro sinal de contato com o público, curvava-se para frente; depois saltava e avançava para o proscênio.

Pairava sobre a plateia, quase flutuando acima das cabeças, as opalas da sorte despendendo fogo quando ela estendia os braços, dedos espalhados. Comprara as opalas pelo correio, mas, se lhe perguntassem, diria que haviam sido legadas à sua família por uma princesa russa.

Explicara isso tudo quando Colette se juntara a ela. A Rússia era a favorita como origem dos ancestrais, melhor até que a Romênia, nos dias de hoje; não se desejava deixar os clientes nervosos com mata-moscas, piolhos, gangues ilegais de alcatrão, ou trailers que invadiam o cinturão verde. A descendência italiana era boa, a irlandesa excelente — embora se deva ser seletivo. Nos Seis Condados dificilmente algum lugar serviria — muita probabilidade de aparecer no noticiário. Quanto ao resto, Cork e Tipperary soavam cômicos demais, Wicklow e Wexford pareciam nomes de doenças sem importância, e Waterford era chato demais — "Al", dissera Colette, "de onde vêm seus incríveis dons mediúnicos esta noite?" Ela respondera logo, com a voz de palco: "De minha velha bisavó, em County Clare. Abençoada seja."

Abençoada seja, abençoada seja, disse baixinho. Desviou o rosto do espelho para que Colette não visse seus lábios se movendo. Abençoadas todas as minhas bisavós, quem quer que sejam e onde quer que estejam. Que meu pai apodreça no inferno, quem quer que seja; o que quer que seja o inferno e onde quer que esteja, que apodreça lá; e por favor tranquem as portas do inferno à noite, para que ele não saia e venha me perseguir. Abençoada seja minha mãe, ainda na Terra, claro, mas abençoada mesmo assim: não se orgulharia ela de mim se me visse de chiffon, cada centímetro de pele empoado e perfumado? De chiffon, as unhas laqueadas, as opalas da sorte faiscando — não ficaria satisfeita? Em vez de esquartejada num prato, o que sei ter sido sua primeira ambição para mim: nadando em gelatina e sangue. Não gostaria ela de me ver agora, a cabeça em cima dos ombros e os pés nos sapatos de salto alto?

Não, pensou, seja realista: ela pouco estaria ligando.

Faltavam dez minutos. Abba no sistema de alto-falantes: *Dancing Queen*. Copo de gim numa das mãos, garrafa de tônica presa pelo dedo mindinho, Colette olhou por uma porta de vaivém no fundo do saguão. Todos os assentos ocupados, o espaço apertado. Estavam mandando as pessoas voltarem, o que o diretor detestava, mas havia os regulamentos contra incêndio. Como se sente esta noite? Tudo bem. Houve noites em que ela teve de sentar-se na plateia, para Alison avistá-la primeiro e pôr o espetáculo em andamento, mas não gostavam disso e não precisavam fazê-lo com frequência. Esta noite Colette ficaria zanzando no saguão com um microfone, identificando as pessoas que Al escolhia e passando o microfone pelas fileiras de poltronas, para obter respostas claras. Precisamos de no mínimo três para cobrir o espaço, disse ao diretor, e nenhum palhaço que tropece nos próprios pés, por favor. Ela própria, rápida, magra e treinada, faria o trabalho de dois.

Alison girou os anéis nos dedos: as opalas da sorte. Não era exatamente nervosismo, era mais uma sensação estranha no diafragma, como se as entranhas bocejassem: como se ela estivesse abrindo espaço para o que pudesse ocorrer. Ouviu os passos de Colette: meu gim, pensou. Bom, bom. Com todo cuidado, tirou a pastilha de hortelã da boca. Isso deixou os lábios emburrados: no espelho, ela os arrumou num sorriso, usando a unha do dedo do meio e cuidando para não borrar. O rosto facilmente se desarranja: precisa ser vigiado. Enrolou a pastilha num lenço de papel, olhou em volta e jogou-o, hesitante, numa lata de metal a poucos centímetros de distância. Caiu no chão. Morris grunhiu uma gargalhada.
— Você não tem jeito, porra.
Desta vez, quando Colette entrou, conseguiu passar por cima das pernas dele, que guinchou:
— Pise em cima de mim, eu adoro.
— Não comece! — gritou Al. — Você, não. Morris. Desculpe.
Colette tinha o rosto magro e pálido. Estreitou os olhos, que pareceram fendas.
— Já estou acostumada.
Pôs o copo ao lado dos curvadores de cílios de Alison, a garrafa de tônica ao lado.
— Um mexedor — disse Al.

Pegou o copo e olhou o líquido que chiava. Ergueu-o contra a luz.

— Receio que o gelo tenha derretido.

— Não faz mal. — Al franziu a testa. — Acho que vem vindo alguém.

— No gim-tônica?

— Acho que acabei de captar um lampejo. Uma pessoa velha. Ah, bom. Não vai ser moleza na velha poltrona esta noite. Vamos direto ao espetáculo.

Ela entornou o drinque, pôs o copo vazio no tampo da penteadeira, coberto de estojos de pó e sombra para os olhos. Morris ia lambê-los enquanto ela estivesse fora, passando a língua amarela e rachada pela borda. Pelo sistema de alto-falantes, veio o aviso para desligarem os celulares. Al olhou-se no espelho.

— Mais nada a fazer — disse.

Ela se deslocou para a borda da cadeira, os quadris meio instáveis. O diretor enfiou a cabeça pela porta.

— Tudo bem?

A música do Abba ia sumindo: *Take a Chance on Me*

Al inspirou fundo. Empurrou a cadeira para trás: levantou-se, e começou a brilhar.

Saiu em direção à luz do palco. A luz, dizia, é o lugar de onde viemos, e para lá retornaremos. Pequenas explosões de aplausos correram pela sala, o que ela reconheceu apenas com um adejo dos longos cílios. Encaminhou-se devagar até o proscênio, a linha marcada com fita. Virou a cabeça. Buscou com os olhos, contra a ofuscação. E então falou, com a voz especial de palco:

— Aquela jovem. — Olhava três fileiras atrás. — Aquela jovem ali. Seu nome é...? Bem, Leanne, acho que tenho uma mensagem para você.

Colette soltou a respiração do lugar apertado onde a mantinha presa.

* * *

Sozinha, iluminada pelos refletores, suando um pouco, Alison baixou os olhos para a plateia. Falava baixo, com doçura e confiança, e sua aura era uma água-marinha perfeitamente ajustada, fluindo como um xale de seda nos ombros e antebraços.

— Agora, Lee, eu quero que se recoste na poltrona, inspire fundo e relaxe. E isso vale para vocês todos. Ponham um sorriso no rosto, não vão presenciar nada assustador. Não vou entrar em transe, e vocês não vão ver almas do outro mundo, nem ouvir música dos espíritos. — Olhou em volta, sorrindo, avaliando as fileiras. — Logo, por que não se recostam e apreciam o espetáculo? Eu apenas sintonizo, só tenho que escutar com atenção e identificar o que corre por aí. Agora, se eu receber uma mensagem para você, por favor, levante a mão, grite, porque se não gritar será muito frustrante para os espíritos que tentam aparecer. Não sejam tímidos, basta gritar ou acenar com a mão. Então meus ajudantes correrão até aí com o microfone. Não tenham medo quando ele chegar até você, apenas segurem firme e falem alto.

Havia de todas as idades. Os velhos tinham trazido almofadas para a dor nas costas, as jovens tinham barriga de fora e piercings. Os rapazes enfiaram os casacos debaixo das poltronas, e os senhores enrolaram os seus em torno dos joelhos, como bebês de fraldas.

— Sorriam — pediu-lhes Al. — Vocês vieram aqui para se divertir, e eu também. Agora, Lee, meu bem, eu volto a você: onde estávamos? Tem uma senhora aqui chamada Kathleen, que está mandando muito amor na sua direção. Quem seria, Leanne?

Leanne era um trapo, uma mocinha de cerca de dezessete anos coberta de botões e laços desnecessários, os cabelos divididos em dois cachos, a cara pálida e doentia. Alison sugeria que Kathleen era sua avó: mas Leanne não admitia, por não saber o nome da avó.

— Pense bem, querida — pediu Al. — Ela está desesperada para lhe dar uma palavrinha.

Mas Lee sacudiu os cachos. Disse que pensava que não tinha avó: o que fez alguns na plateia darem risadinhas.

— Kathleen disse que mora num campo, com uma certa quantia de dinheiro. Vamos lá. Penny. Penny Meadow, você conhece esse endereço? Numa colina, acima do mercado, uma subida muito cansativa, segundo ela, quando se carrega um saco de batatas. — Sorriu para a plateia. — Parece que isso era antes da gente poder fazer compras pela internet — disse. — Francamente, quando se pensa como se vivia naquele tempo... esquecemos de dar graças a Deus, não é? Vamos lá, Lee, e Penny Meadow? E a Vovó Kathleen subindo a colina?

Leanne demonstrou incredulidade. Disse que *ela* morava em Sandringham.

— É, eu sei — disse Al. — Eu sei onde você mora, querida, mas esse endereço não fica por aqui, é um lugar imundo e velho, Lancashire, Yorkshire, estou ficando com uma mancha nos dedos, cinzenta, são cinzas, alguma coisa embaixo do lugar onde você pendura a roupa lavada. Pode ser Ashton-under-Lyne? Deixe pra lá — continuou. — Vá para casa, Leanne, e pergunte à sua mãe como se chamava a vovó. Pergunte onde ela morava. Então vai ficar sabendo, não vai, que ela veio procurar você aqui esta noite?

Ouviram-se aplausos. Falando honestamente, ela não os merecera. Mas a plateia reconhecia que tentara; e a idiotice de Leanne, maior do que a média, pusera a audiência do seu lado. Não era incomum uma memória tão curta para a família, naquelas cidadezinhas sem tradição, cidadezinhas do sudoeste com populações flutuantes e estacionamentos onde devia ser o centro. Ninguém tem raízes ali; e talvez não queira reconhecer as raízes, ou lembrar os horríveis lugares de origem e antepassados analfabetos no norte. Além disso, hoje os garotos não se lembram mais do que aconteceu um ano e meio atrás — as drogas, supunha Al. Sentia pena de Kathleen, arquejando e esforçando-se, sua humilde boa vontade evaporando-se, sem saber da verdade: Penny Meadow e suas filas de casas com terraços pareciam envoltos na neblina nortista. A velha falava alguma coisa sobre um cardigã. Certo tipo de mortos sempre falava de cardigãs. O botão, o botão de pérola do casaco, veja se caiu atrás da gaveta da cômoda, aquela gavetinha, a gaveta de cima. Uma vez encontrei uma moeda de três centavos lá, atrás da gaveta, entre as... você sabe, a moeda desliza pelo..., como se chama, é... — e assim eu peguei os três centavos, e comprei um bolo para minha amiga, com uma noz em cima. Sim, sim, disse Al, são lindos, esses tipos de bolo: mas é hora de ir, querida. Deite-se,

Kathleen. Durma bastante. Eu vou, disse Kathleen, mas diga a ela que eu quero que a mãe dela procure aquele botão. E se algum dia você vir minha amiga Maureen Harrison, diga a ela que eu ando procurando por ela esses trinta anos.

    Colette correu os olhos em volta, em busca do próximo escolhido. Seus ajudantes eram um garoto de dezessete anos, numa espécie de traje de jogador de sinuca, colete brilhante e gravata borboleta enviesada; e, quem iria adivinhar?, a sonolenta garçonete do bar. Colette pensou: eu preciso estar em toda parte. Os primeiros cinco minutos, graças a Deus, não são uma mostra do resto da noite.

Olhe, é assim que se faz. Vamos supor que seja uma noite calma, sem ninguém em particular procurando botões: só a confusa tagarelice distante que vem do mundo dos mortos. Assim, você olha a sala em volta e, sorrindo, diz:

    — Olhe, eu quero mostrar a vocês como se faz. Quero mostrar que não é nada de meter medo; apenas, basicamente, dons que todos nós temos. Agora posso perguntar quantos vocês são? — Faz uma pausa, olha em volta. — Quantos de vocês algum dia sentiram que são médiuns?

    Após isso, segundo Colette, depende da demografia. Há cidades tímidas e outras onde as mãos se erguem, e claro, assim que você sobe ao palco, sente logo o clima, mesmo que ninguém lhe tenha dado a dica, mesmo que jamais tenha estado naquele lugar antes. Mas um palpite, uma palavra de encorajamento, um "não esconda nada": mais cedo ou mais tarde, as mãos se erguerão. Você olha em volta — há sempre aquele meio-termo entre a iluminação lisonjeira do palco e a necessidade de ver os rostos da plateia. Então você escolhe uma mulher mais ou menos na frente, não tão jovem quanto Leanne, mas que não seja completamente gagá: pede-lhe que diga seu nome.

    — Gillian.

Gillian. Certo. Lá vamos nós.

    — Gill, você é daquelas mulheres, bem... — ela dá um sorriso e balança a cabeça — ...bem, é uma espécie de dínamo humano, quer dizer, é assim que os amigos descrevem você, não é? Sempre em movimento, de manhã, de tarde e de noite, é dessas pessoas, estou certa?, que mantêm todos os pratos girando. Mas se tem uma coisa, se há uma coisa que todos os seus amigos dizem, é que não dedica muito tempo a si mesma. Quer dizer, é com você que todos contam, com quem todos vêm se aconselhar, você é o Rochedo de Gibraltar, não é?, mas também precisa perguntar a si mesma: espere aí, espere um minuto, a quem *eu* procuro quando *eu* preciso de conselho? Quem ajuda Gilly na hora do aperto? O negócio é que você é muito solidária, com os amigos, a família, é só dar, dar, e acaba se vendo, de vez em quando, fazendo uma pausa e se perguntando espere aí, quem me dá alguma coisa de volta? E o que acontece, Gillian... agora me interrompa se acha que estou errada... é que você tem tanta coisa a dar, mas o problema é que está tão ocupada correndo de um lado para outro e dando um jeito na vida dos outros, que mal tem oportunidade de desenvolver a sua, quer dizer, seus talentos, seus interesses. Quando olha para trás, quando lembra o que a fazia feliz em criança, e tudo que desejava da vida... você sabe, viveu no que eu chamo de Ciclo de Cuidados, e não lhe deram, Gillian, não lhe deram a oportunidade de olhar para dentro, olhar adiante... você é realmente capaz, e não lhe digo isso para bajular, mas você é realmente capaz das coisas mais extraordinárias, quando se decide, quando dá a todos esses seus talentos uma chance de respirar. Diga lá, estou certa? Diga se não estou certa. É, está balançando a cabeça. Admite?

Gillian, claro, vinha balançando a cabeça desde o início. Al fez uma pausa para respirar. A experiência lhe diz que não há uma única mulher que, passada a juventude, não reconheça isso como verdade e uma justa avaliação de seu caráter e potencial. Ou talvez haja uma mulher assim, vinda de alguma selva ou deserto: mas não é provável que essas insignificantes exceções visitem a Noite de Artes Mediúnicas de Alison.

Ela agora já se estabeleceu como leitora de pensamento; e se puder dizer a Gillian alguma coisa sobre ela, a família dela, tanto melhor. Mas na verdade já fez o bastante — Gillian transborda de satisfação —, portanto, mesmo que não apareça ninguém do mundo dos espíritos, pode passar direto para o próximo alvo. Muito antes desse ponto, porém, Alison já percebeu um murmúrio no fundo (que às vezes se eleva a um rugido), não ali na sala, mas para os lados da nuca, atrás das orelhas, ressoando intimamente. E nessa noite, como em todas as outras, ela combate o pânico que todos sentiríamos, presos com uma multidão de mortos estranhos, cujas intenções para conosco não podemos saber. Ela inspira fundo, sorri e inicia sua peculiar forma de escutar. Trata-se de uma ascensão sensorial silenciosa; como escutar do último degrau de uma escada, das extremidades nervosas, no limite da capacidade. Quando se trabalha no palco, é raro os mortos precisarem de estímulo. O talento está em isolar as vozes, escolher uma e deixar as outras recuarem — fazê-las recuar, obrigá-las a voltar se necessário, porque há alguns grandes egos no outro mundo. Depois pegar essa voz, a voz morta que se escolheu, e encaixá-la no corpo vivo, em ouvidos dispostos a escutar.

Então, chegou a hora de trabalhar a plateia. Colette ficou tensa, inclinada para frente nas pontas dos pés, pronta para correr com o microfone.

— Aquela senhora. Sinto uma ligação com a lei ali. Você precisa consultar um advogado?

— Constantemente — disse a mulher. — Sou casada com um.

Houve muitas risadas na plateia. Al fez o mesmo. Colette deu uma risadinha. Esses já estão no papo, pensou. Claro que queria o êxito de Al: claro que eu quero, pensou. As duas tinham uma hipoteca em comum, afinal, financeiramente estavam amarradas uma à outra. E, se eu deixar de trabalhar para ela, pensou, como vou conseguir outro emprego? Quando se trata de "último emprego", o que eu poria no meu currículo?

— Quem está com indigestão aí atrás? — A testa de Al estava úmida, a pele da nuca, pegajosa. Ela gostava de roupas com bolsos para carregar um lenço de papel embebido de água de colônia, pronto para uma enxugada sub-reptícia, mas os vestidos em geral não têm bolsos, e pareceria estupidez trazer uma bolsa para o palco. — Essa senhora — disse. Apontou: as opalas da sorte faiscaram. — É com ela que estou falando. Você é quem sofre de azia, eu sinto. Tem alguém aqui que se sente muito feliz no mundo espiritual, uma certa Margo, Marje, você confere? Uma mulher *mignon* de blusa turquesa, ela gostava muito dessa blusa, não era? Ela está dizendo que você vai se lembrar.

— Eu lembro, lembro, sim — disse a mulher. Pegou o microfone com cuidado, como se ele pudesse explodir. — Marje era minha tia. Gostava de turquesa e também de lilás.

— Ééé — e agora Al baixava a voz —, e era como uma mãe para você, não era? Ela continua olhando por você, no mundo dos espíritos. Agora diga-me: consultou seu clínico geral sobre essa indigestão?

— Não — respondeu a mulher. — Bem, eles andam tão ocupados.

— São bem pagos para cuidar de você, meu amor.

— Tosses e resfriados pra todo lado — disse a mulher. — A gente sai pior do que entrou, *e* jamais se consulta com o mesmo médico duas vezes.

Ouviu-se uma risadinha da plateia, uma onda de solidariedade. Mas a própria mulher parecia nervosa. Queria notícias de Marje; com a dispepsia ela convivia todo dia.

— Deixe de dar desculpas. — Al quase bateu o pé. — Marje está perguntando por que você fica adiando. Ligue para o médico amanhã e marque uma consulta. Não tem nada com que se preocupar.

Não tem? O alívio baixou sobre o rosto da mulher; ou uma emoção que seria alívio, quando esclarecida; no momento ela estava trêmula, a mão nas costelas, dobrada sobre si mesma como para proteger o local dolorido. Levaria algum tempo para ela deixar de pensar que era câncer.

Agora é o truque dos óculos. Procure uma mulher de meia-idade que não use óculos e pergunta: fez exame de vista recentemente? Aí todo o mundo da optometria estará às suas ordens. Se fez o teste na última semana, a mulher dirá: sim, na verdade fiz. Todos aplaudirão. Se ela disser não, recentemente, não, estará pensando: mas sei que devia... Quanto à mulher que diz que nunca precisou de óculos: oh, meu amor, essa sua dor de cabeça! Por que não vai logo ao oculista? Eu já vejo você, daqui a um mês, com uns aros meio quadrados muito bonitos.

Você também pode perguntar a eles se precisam ir ao dentista, já que todos precisam, o tempo todo; mas não vai querer vê-los encolherem-se. Está dando apenas uma cutucada neles; não um beliscão. O negócio é impressioná-los sem assustá-los; cegar o gume do medo e da descrença.

— Essa senhora... estou vendo uma aliança quebrada... você perdeu seu marido? Ele passou para o outro lado recentemente? E muito recentemente você plantou um novo roseiral em memória dele?

— Não exatamente — respondeu a mulher. — Eu plantei uns... na verdade foram cravos...

— ...cravos em memória dele — concluiu Al —, porque eram os favoritos dele, não eram?

— Oh, eu não sei — disse a mulher.

A voz escorregou do microfone; ela estava preocupada demais para manter a cabeça parada.

— Sabe, os homens não são mesmo engraçados? — lançou Al à plateia. — Não gostam de falar dessas coisas, acham que vão parecer supersensíveis ou alguma coisa assim... como se a gente ligasse pra isso. Mas eu garanto a vocês, ele está me dizendo agora que os cravos eram os seus favoritos.

— Mas onde é que ele *está*? — perguntou a mulher: ainda fora do microfone. Não ia discutir flores: comprimia-se no encosto da poltrona, quase hostil, à beira das lágrimas.

Às vezes eles nos esperavam depois do espetáculo, os clientes, na saída dos fundos, quando corríamos de cabeça baixa para o estacionamento. Sob as desagradáveis luzes atrás do teatro, no chuvisco e na chuva forte, diziam: quando você me entregou a mensagem, eu não entendi. Não consegui receber.

— Sei que é difícil — dizia Al, tentando consolá-los, ajudá-los, mas também, pelo amor de Deus, tirá-los dos seus pés; ela suava, tremia, desesperada para entrar no carro e ir embora. Mas agora, graças a Deus, tinha Colette para controlar a situação; Colette passava discretamente o cartão de apresentação e dizia:

— Quando sentir necessidade, talvez queira aparecer para uma consulta particular.

Agora Al jogou a linha nas primeiras filas, para pescar alguém que perdera um bicho de estimação, e encontrou uma mulher cujo terrier, três semanas atrás, disparara num impulso pela porta da frente em direção ao tráfego.

— Não dê ouvidos — disse à mulher — quando as pessoas dizem que os animais não têm alma. O espírito deles permanece, da mesma forma que o nosso. — Os animais a irritavam, não gatos, apenas cachorros; os ganidos enquanto corriam pela outra vida procurando os donos. — Seu marido também se foi? — perguntou, e quando a mulher disse que sim, ela balançou a cabeça em solidariedade, mas desviou a atenção, lançando uma nova pergunta, mudando de assunto. — Alguém aí tem pressão alta?

Que a outra pensasse que o cachorro e o dono já estavam juntos; que encontre conforto, pois foi por conforto que pagou. Que pense que Tiddles e seu dono se encontraram no Além. A reunião raras vezes é tão simples assim e na verdade é melhor para os cães — se as pessoas compreendessem isso — não ter um dono à espera, no mundo dos espíritos. Sem ninguém a quem procurar, eles se reúnem em alegres bandos, e dentro de um ou dois anos jamais se ouve falar deles individualmente; ouve-se apenas um latido alegre e coletivo, em vez daquele ganido perdido, as patas feridas, a desconsolada cabeça caída do cachorro que segue um cheiro extinto. Os cachorros fizeram parte do seu passado — homens e cachorros — e grande parte dessa vida não lhe era clara. Se soubéssemos o que aprontavam os cachorros, Al raciocinou, se soubéssemos o que aprontavam no mundo dos espíritos, talvez fosse mais fácil descobrir onde se encontram agora os donos. Devem ter passado para o outro lado, ela pensou, a maioria daqueles homens que conheci quando criança; os cachorros, claro, estão no mundo dos espíritos, pois passaram-se anos e esse tipo de cachorro não fica velho. Às vezes, nos supermercados, ela se via parada na seção de Bichos de Estimação, olhando os brinquedos que guinchavam, os mastigadores próprios para grandes caninos; aí se sacudia e voltava devagar para os vegetais orgânicos, onde Colette estaria à espera com o carrinho, furiosa com ela por haver desaparecido.

Ia estar furiosa esta noite, pensou Al, sorrindo para si mesma: escorreguei de novo na pressão alta. Colette insistia: não fale de pressão alta, fale de hipertensão. Ao que ela contestava — "talvez não entendam" — Colette perdia as estribeiras e dizia:

— Alison, sem pressão sanguínea todos estaríamos mortos, mas se você quer parecer uma leiga, não conte comigo.

Agora uma mulher erguia a mão e admitia ter hipertensão.

— Está carregando uns quilinhos extras, não é querida? — perguntou-lhe Al. — Sua mãe está aqui. Meio chateada com você... bem, não, estou exagerando um pouco... preocupada seria uma palavra melhor. Precisa perder uns dez quilos, segundo ela. Você concorda? — A mulher fez que sim com a cabeça: humilhada. — Ora, não ligue para o que *eles* pensam. — Passou a mão por cima da plateia e deu sua risadinha rouca especial, de mulher para mulher. — Não precisa se preocupar com o que os outros aqui estão pensando, a maioria de nós precisa perder alguns quilos. Quer dizer, olhe para mim, sou manequim quarenta e oito e não tenho vergonha disso. Mas sua mãe, ora vamos, sua mãe diz que você está ficando relaxada, e isso é uma vergonha, porque você sabe que está mesmo, olhe só para você, tem muita coisa a seu favor, belos cabelos, boa pele... bem, desculpe, mas sua mãe me parece que não tem papas na língua, por isso me desculpem se ofendi alguém, é o que ela está dizendo: levantem o rabo e vão para a academia.

Esse é o eu-público de Al: meio divertido e meio cru, um pouco de professora primária e um pouco de charme. Muitas vezes ela fala ao público sobre "meu senso de humor perverso", avisando-os que não precisam se ofender; mas o que acontece com esse senso de humor nas profundezas da noite, quando ela acorda tremendo e chorando, e Morris crocitando ao lado no canto do quarto?

Colette pensou: você é tamanho cinquenta e quatro. E *tem* vergonha, sim. O pensamento saiu num volume tão alto dentro da sua cabeça que ela ficou surpresa por ele não ter sido ouvido no salão.

— Não — dizia Al —, por favor, devolva o microfone à senhora. Receio ter constrangido a coitada e quero me desculpar. — A mulher relutava, e Al disse à vizinha: — Basta segurar o microfone firme embaixo do queixo dela. — Então falou à gorda várias coisas sobre a mãe dela, que ela muitas vezes pensava mas não gostava de admitir. — Oh, e sua avó está aqui. Sua vovó está chegando. Sarah-Anne? Agora é uma velha alma — disse Al. — Você tinha cinco anos quando ela se foi, estou certa?

— Não sei.
— Fale alto, meu bem.
— Pequena. Eu era pequena.
— É, não lembra muita coisa sobre ela, mas o importante é que ela jamais abandonou você, continua por aí, cuidando da família. E gosta daqueles seus armários... não consigo distinguir bem... uma nova cozinha, é isso?

— Oh, meu Deus. É — disse a mulher. — É. — Remexeu-se na poltrona e ficou vermelha. Al sorriu, satisfeita com a surpresa dela. — Ela vive naquela cozinha. E a propósito, você tinha razão ao não escolher o aço escovado, eu sei que tentaram convencê-la, mas é tão exagerado e antiquado... não há nada pior que uma cozinha datada na hora de vender, e além disso fica uma coisa grosseira no coração da casa. Sarah-Anne diz que não tem erro se você escolher carvalho claro.

Explodiram os aplausos: os espectadores, o teatro inteiro. Gostaram muito da informação sobre os utensílios de cozinha; maravilharam-se com a fantástica ciência de onde ficava a lata de pão demonstrada por ela. É assim que se cuida deles: basta dizer coisinhas pequenas, coisinhas pessoais, coisinhas que ninguém na verdade sabe. Com isso fazemos com que baixem a guarda: só então os mortos começam a falar. Numa noite boa, ouve-se o ceticismo escapando da mente deles, com um chiado baixo que parece um pneu esvaziando-se.

Alguém de uniforme tentava fazer a travessia. Era um policial, jovem e robusto, o rosto vermelho; ansiava uma promoção. Al perguntou às fileiras, mas ninguém quis admitir que era parente. Talvez ele continuasse do lado de cá, empregado na delegacia local: era comum acontecer essas linhas cruzadas, de tempos em tempos. Alguma coisa a ver com as ondas de rádio, talvez?

— Essa senhora, tem algum problema de audição? Ou familiares com esse tipo de problema?

Devagar, a garçonete atravessou a sala com sapatos plataforma, o microfone estendido à distância do braço.

— Como? — perguntou a mulher.

— Problema de ouvido.

— O menino do meu vizinho de porta joga futebol — disse a mulher. — Operou o joelho. Estava se preparando para a Copa do Mundo. Não que vá jogar na Copa. Só no parque mesmo. O cachorro deles morreu no ano passado, mas acho que ele não tinha problema de audição.

— Não, seu vizinho, não — insistiu Al. — Você, alguém próximo de você.

— Eu não tenho ninguém próximo.

— E problema de garganta? De nariz? Alguma coisa na linha otorrino? Você precisa compreender o seguinte — disse Al —, quando recebo uma mensagem do mundo dos espíritos, não posso devolver, nem posso selecionar. Eu sou uma espécie de secretária eletrônica. Imagine se no mundo dos espíritos houvesse telefones. Na secretária eletrônica, você aperta o botão e ela reproduz as mensagens. Não apaga algumas, supondo que você não precisa saber delas.

— E grava os números errados também — disse uma garota atrevida na fila da frente. Estava com amigos; os risos surgiram nas filas vizinhas.

Alison sorriu. Era ela que tinha que ser engraçada; não iam lhe roubar a cena.

— É, eu admito que gravamos os números errados. E gravamos os trotes. Eu às vezes acho que há televendas no outro mundo, porque nunca me sento com uma boa xícara de café sem que algum estranho tente fazer a travessia. Imagine só: vendedores de olhos arregalados... cobradores de dívidas. — O sorriso da garota sumiu. Ela ficou tensa. Al disse: — Escute, querida. Vou lhe dar um conselho. Corte o cartão de crédito. Jogue fora os catálogos. Você pode romper esses hábitos de gastos... bem, na verdade precisa. Precisa amadurecer e ter um certo autocontrole. Senão eu já vejo os oficiais de justiça chegando, antes do Natal.

Al se demorou olhando um por um, os que haviam se atrevido a rir; depois baixou a voz, desviou a atenção da criadora de caso e tornou-se íntima da plateia.

— É o seguinte. Quando recebo uma mensagem, não censuro nada. Não pergunto a mim mesma: você precisa disso? Não pergunto: faz sentido? Cumpro o meu dever. Faço o que estou aqui pra fazer. Ponho para fora, para que a pessoa a quem se aplica possa pegar. Ora, as pessoas do mundo dos espíritos podem cometer erros. Podem estar erradas, como os vivos. Mas o que ouço, passo adiante. E talvez aconteça, sabem, que o que digo possa não significar nada pra vocês na hora. Por isso às vezes tenho de dizer, guardem isso: vão para casa, esperem. Nesta semana ou na próxima, vocês dirão: oh, agora entendi! Então darão um breve sorriso e pensarão: ela não era assim tão idiota, era? — Cruzou o palco; as opalas incendiaram-se. — E também, algumas mensagens do mundo dos espíritos não são tão simples como parecem. Essa senhora, por exemplo, quando eu falo de problema de audição, o que posso estar captando não é tanto um problema físico; talvez esteja falando de um defeito na comunicação.

A mulher fitava-a com o olhar vidrado. Ela passou adiante.

— Jenny está aqui. Veio de repente. Não sentiu o impacto, foi instantâneo. Quer que você saiba.

— Eu sei.

— E manda lembranças para Peg. Quem é Peg?

— A tia dela.

— E pra Sally, e pra sra. Moss. E Liam. E Topsy.

Jenny desapareceu. Estava cansada. Sua luzinha esvaía-se. Mas espere, eis outra — nessa noite ela captava os espíritos como se estivesse passando o aspirador de pó no carpete. Já eram quase nove horas, hora de passar para alguma coisa mais séria e emocionante antes do intervalo.

— Sua menininha, ela estava muito mal antes de fazer a passagem? Estou chegando... isso não é muito recente, estamos de volta agora, mas eu vejo um quadro muito... um quadro muito claro de uma pobre criança bem doente mesmo, que Deus a abençoe.

— Foi leucemia.

— Sim, sim, sim — disse Al, concordando rapidamente, como se houvesse pensado nisso primeiro, para que a mulher dissesse em casa: ela me disse que Lisa tinha leucemia, ela sabia. Sentia apenas a fraqueza e o calor, a energia da última batalha esvaindo-se: a pulsação oscilante na têmpora sem pelos, e os olhos azuis, como bolas de gude sob pálpebras translúcidas, rolando até parar. Enxugue as lágrimas, disse Alison. Todas as lágrimas de agonia que você verteu, o mundo não sabe, o mundo não pode contá-las; e, sobriamente, a mulher concordou: ninguém sabe, disse, ninguém pode contá-las. Com voz trêmula, Al garantiu-lhe que Lisa estava indo muito bem, o outro mundo lhe era agradável. Tinha à sua frente uma bela moça — vinte e dois, vinte e três anos — usando o véu de noiva da avó. Mas se era Lisa, não sabia.

Oito e cinquenta, pelo relógio de Colette. Hora de Al dar um intervalo. Precisava iniciar esse processo pelo menos oito minutos antes do final da primeira metade. Se o intervalo ocorre no meio de alguma coisa emocionante ou complicada, simplesmente não querem interromper; mas ela, Al, precisava de um tempo, para descansar, falar com Colette, tomar uma bebida gelada e refazer a maquiagem. Por isso ia iniciar mais uma rodada de dores e incômodos. Já se dirigia a uma mulher que sofria de dor de cabeça. Não sofremos todos?, pensou Colette. Era uma das redes que Al podia lançar com segurança. Deus sabe, a sua própria cabeça doía. Alguma coisa nessas noites de verão, em cidadezinhas, nos fazia sentir com dezessete anos de novo, e com chances na vida. A garganta doía e trancava-se então: um aperto por trás dos olhos, como se lágrimas não derramadas se houvessem represado. O nariz escorria, e ela nem tinha um lenço de papel.

Al descobrira uma mulher com o joelho esquerdo enrijecido, e dava-lhe conselhos da medicina tradicional chinesa; era uma digressão, mas eles iriam embora decepcionados se ela não soltasse alguns jargões sobre meridianos, linhas magnéticas, chacras e feng shui. Com delicadeza e doçura, levava ao fim a primeira parte da noite; e com um gracejo agora, perguntando pela senhora de pé nos fundos, encostada na parede, a senhora de bege que fungava um pouco. É ridículo, pensou Colette, ela não pode me ver, deve simplesmente saber que a certa altura da noite eu choro.

— Não ligue, minha querida — disse Al. — Nariz escorrendo não é nada de que se envergonhar. Limpe na manga. Nós não estamos olhando, estamos?

Você vai pagar por isto mais tarde, pensou Colette, e vai mesmo: vai ter de regurgitar ou digerir toda a angústia que sugou do carpete e das paredes. No fim da noite estará com dor de estômago da quimioterapia dos outros, febril e sem fôlego; ou retorcendo-se e com frio, cheia das torções e tensões deles. Terá espasmos no pescoço, ou o joelho machucado, ou um pé que mal poderá encostar no chão. Vai precisar entrar na banheira, gemendo, em meio ao crescente vapor dos óleos de aromaterapia que estão na sua mala, e engolir um monte de analgésicos, que, como sempre diz, pode deduzir do valor do próximo imposto de renda.

Quase nove horas. Alison ergueu o olhar para as grandes portas duplas com a indicação SAÍDA. Viu ali um homenzinho verde, correndo sem sair do lugar. Ela se sentia como aquele homenzinho verde.

— Hora do intervalo — disse. — Vocês foram adoráveis. — Acenou para eles. — Estiquem as pernas, vejo vocês dentro de quinze minutos.

Morris estava esparramado na poltrona de Al quando ela entrou no camarim. Tinha o pau de fora, o prepúcio puxado para trás, e andara brincando com o batom dela, girando-o até o topo do tubo. Ela o expulsou com um chute do sapato pontudo: jogou-se na poltrona desocupada — estremeceu com o calor que ele deixara — e chutou fora os sapatos.

— Recomponha-se — disse. — Abotoe as calças, Morris.

Falava com ele como se se tratasse de um menino de dois anos que não houvesse aprendido bons modos.

Tirou as opalas.

— Minhas mãos incharam. — Colette olhava-a pelo espelho. Al tinha a pele macia e cremosa, carne e fluido inflando-se por baixo. — O ar-condicionado está funcionando? — perguntou Al.

Puxava pedaços da roupa, descolando-os de partes grudentas de si mesma.

— Como se cravos fossem os favoritos de alguém — disse Colette.

— Que foi que você disse?

Al sacudia as mãos no ar, parecendo lavá-las.

— Aquela coitada que acabou de ficar viúva. Você falou em rosas, mas ela disse cravos, e aí você confirmou cravos.

— Colette, pode tentar lembrar que eu falei com cerca de trinta pessoas depois disso? — Alison estendeu os braços em "U" acima da cabeça, os dedos nus abertos. — Para deixar o fluido correr — explicou. — Mais alguma coisa, Colette? Vamos lá.

— Você sempre diz: oh, guarde alguma coisa, Colette, faça uma anotação, mantenha os olhos abertos, escute e me diga o que está certo e o que está errado. Mas não quer escutar, quer? Talvez seja você quem tenha problemas de audição.

— Pelo menos não tenho problema de nariz.

— Eu jamais vou entender por que você tira os sapatos, os anéis, se vai ter de enfiar tudo de volta à força de novo.

— Não? — Al tomou o suco de groselha em caixinha que trouxera consigo. — Que é que você entende?

Embora a voz saísse preguiçosa, aquilo estava se transformando numa briguinha. Morris deitara-se atravessado na soleira da porta, pronto para fazer tropeçar qualquer um que entrasse.

— Tente se colocar no meu corpo — sugeriu Al. Colette deu as costas e formou com a boca: *Não, muito obrigada*. — Faz calor debaixo daquelas luzes. Meia hora, e estou para cair. Eu sei que você andou rodando a sala com o microfone, mas é mais fácil para os pés andar do que ficar parado.

— É mesmo? Como sabe?

— É fácil, quando a gente é magra. Tudo é mais fácil. Andar. Pensar. Decidir o que vai fazer e o que não vai. Tem escolhas. Pode escolher as roupas. Escolher a companhia. Eu, não.

Tomou o resto do suco da caixinha com um barulhinho de sugadas e borbulhos. Largou-a e amassou a ponta do canudinho, cuidadosamente, com o indicador.

— Oh, e os utensílios de cozinha — disse Colette.

— Que é que há com você? Eu tinha razão.

— É só telepatia — disse Colette.

— *Só?*

— A avó dela não lhe contou.

— Como você pode ter certeza?

Não podia, claro. Como os clientes lá fora, acalentava diversas opiniões conflitantes. Eles podiam ao mesmo tempo acreditar ou não nela. Diante do impossível, a mente deles, como a de Colette, escapava em outra direção.

— Escute — disse Al —, será que temos de passar por isso toda noite? Já estamos na estrada juntas há bastante tempo. E estamos gravando as fitas, não estamos? Escrevendo o livro que você diz estar escrevendo? Acho que já respondi à maioria de suas perguntas.

— Todas, menos as que importam.

Al deu de ombros. Pingou algumas gotas de floral embaixo da língua, e começou a retocar os lábios. Colette via o esforço de concentração necessário; os espíritos azucrinavam-lhe os ouvidos, querendo garantir lugar na segunda metade da noite.

— Entenda: eu imagino — disse —, que às vezes, de vez em quando, você sente vontade de ser honesta.

Alison fez um trejeito cômico, como uma personagem de pantomima.

— Como? Com os clientes? Eles iam sair correndo — disse. — Mesmo os de pressão alta se levantariam e dispariam porta afora. Isso os mataria. — Pôs-se de pé e esticou as roupas, alisando as rugas nos quadris. — E de que adiantaria isso, senão para dar mais trabalho?

— A bainha está mais curta atrás — disse Colette.

Com um suspiro, ajoelhou-se e deu um puxão no cetim.

— Acho que é minha bunda que faz isso — explicou Al. — Ai, Deus. — Virou-se de lado para olhar-se no espelho, arrumou as dobras da cintura. — Estou bem agora? — Ergueu os braços, bateu com os altos saltos no chão. — Eu poderia ser dançarina de flamenco — brincou. — Seria mais divertido.

— Oh, claro que não — disse Colette. — Mais divertido que isso?

Olhou-se no espelho e alisou os cabelos; úmidos, assentavam-se na cabeça como fios de alcaçuz branco.

O gerente enfiou a cabeça pela abertura da porta.

— Tudo bem? — perguntou.

— Quer parar de perguntar isso? — Colette voltou-se para ele. — Não, não está tudo bem. Quero você lá fora para a segunda metade, aquela moça do bar é uma inútil. E ligue a porra do ar-condicionado, estamos todos derretendo. — Indicou Alison. — Especialmente ela.

Morris rolou preguiçosamente de costas no limiar da porta e fez caretas para o diretor.

— Ela é uma vaca mandona, não é?

— Sinto muito perturbar sua toalete — disse o diretor, fazendo uma mesura para Alison.

— Tudo bem, tudo bem — Colette bateu palmas. — Hora de ir andando. Estão esperando por nós.

Além da Escuridão

Quando Alison passou por cima dele, Morris agarrou o tornozelo dela, que conteve o movimento, deu meio passo atrás e enterrou o salto do sapato na cara dele.

A segunda metade em geral começava com uma sessão de perguntas e respostas. Quando Colette se juntara a Al, preocupava-se com essa parte da noite. Temia que algum cético saltasse e a contestasse nos erros e evasivas. Mas ela sorrira. Dissera: esse tipo de gente não vem para o teatro, fica em casa vendo *A Hora das Perguntas* e gritando para a TV.

Nesta noite erraram feio. Uma mulher se levantou, toda sorrisos. Aceitou facilmente o microfone, como uma profissional.

— Bem, você já deve imaginar o que todos queremos saber.

Al fulminou-a com o olhar.

— A morte de Sua Majestade.

A mulher só faltou fazer uma mesura.

— Recebeu alguma comunicação da rainha-mãe? Como vai ela no outro mundo. Já se reuniu com o rei George?

— Oh, sim — respondeu Alison —, já deve ter-se reunido.

Na verdade, as chances são as mesmas de encontrar alguém que conhecemos numa estação de trem na hora do rush. Não é de quatorze milhões para uma, como na Loteria Nacional, mas deve-se levar em conta que os mortos, como os vivos, às vezes gostam de esconder-se e sair de fininho.

— E a princesa Margaret? Sua Alteza Real viu a filha?

Chegou a princesa Margaret. Al não conseguiu detê-la. Ela parecia cantar uma música cômica. Nada perturba mais uma noite que a realeza, esperando dirigir o espetáculo, escolher os assuntos; eles falam e esperam que a gente escute. Alguém, talvez a própria princesa, martelava num piano, e outras vozes começavam a juntar-se. Mas Alison tinha pressa: queria chegar a um homem, o primeiro da noite, que levantara a mão com uma pergunta. Implacável, ela deu o fora na turma toda: Margaret Rose, princesa Diana, príncipe Albert, e um cara frágil e velho, que devia ser algum sujeito da dinastia Plantageneta. Era interessante para ela a existência de tantos programas sobre história na tevê atualmente. Ela mesma ficava acordada muitas noites no sofá abraçando as suas gordas panturrilhas e apontando as pessoas que conhecia.

— Será mesmo a sra. Pankhurst? — perguntava. — Eu nunca vi essa senhora com esse chapéu.

O homem levantara-se. O diretor — que circulava com rapidez pelo teatro, agora que Colette o espicaçara — levara o microfone para o outro lado da sala. Pobre velho, parecia tão trêmulo.

— Eu jamais fiz isso antes — disse o homem.

— Segure firme — aconselhou Al. — Não precisa se apressar, senhor.

— Eu nunca estive numa sessão dessas — repetiu o homem. — Mas estou pegando um pouco o jeito, agora...

Queria saber do pai, que sofrera uma amputação antes de morrer. Já estaria reunido com a perna, no mundo dos espíritos?

Al podia tranquilizá-lo nesse ponto. No mundo dos espíritos, disse, as pessoas são saudáveis e aparentam estar no auge da vida.

— Têm todos o corpo perfeito. O senhor vai encontrá-los no mundo dos espíritos como na época em que foram mais felizes, mais saudáveis, aqui.

A lógica de tal raciocínio, como lhe explicara Colette, era que uma esposa podia encontrar-se com um marido pré-adolescente. Ou o nosso filho, no mundo dos espíritos, ser mais velho que nós.

— Você tem razão, é claro — dissera Al com um sorriso.

A opinião que mantinha, porém, era: acredite no que quiser, Colette. Eu não estou aqui para me justificar com você.

O velho não se sentou; agarrou-se, como se estivesse no mar, às costas da poltrona na fila da frente. Disse esperar que o pai se manifestasse, com uma mensagem. Al sorriu.

— Eu gostaria de poder chamá-lo para o senhor. Porém, mais uma vez, é como o telefone, não é? Eu não posso chamá-los, são eles que têm de ligar para mim. Têm de querer aparecer. E também, eu preciso de uma ajudinha do meu guia espiritual. — Era nesse estágio da noite que em geral aparecia o guia espiritual. — Ele é meio palhaço — ela continuou. — Chama-se Morris. Está comigo desde que eu era criança. Eu o via em toda parte. É um bobinho querido, sempre rindo, tropeçando, fazendo seus truques. É dele que eu extraio meu senso de humor.

Colette só podia admirar a radiante sinceridade com que Al dizia isso: ano após ano, uma maldita noite após outra. Brilhava como um planeta, tendo as opalas da sorte como luas distantes. Pois Morris insistia, insistia em que ela lhe atribuísse uma boa personalidade, e se não fosse elogiado e invocado, vingava-se.

— Mas também — disse Al à plateia — tem lá o seu lado sério. Sem dúvida tem, sim. Vocês já ouviram falar, não ouviram?, das lágrimas do palhaço?

Isso levou à pergunta seguinte, e óbvia: que idade tinha ela quando soube pela primeira vez de seus extraordinários dons mediúnicos?

— Era muito pequena, muito pequena mesmo. Na verdade, lembro que tomei conhecimento de presenças antes de aprender a andar ou falar. Mas claro que era a história de sempre com as crianças sensitivas... sensitiva é como se chama quando uma pessoa sintoniza espíritos... a gente diz aos adultos o que está vendo, o que está ouvindo, eles acham que é fantasia. Muitas vezes fui acusada de malcriada quando só transmitia um comentário que me vinha do Espírito. Não que eu culpe minha mãe por isso, que Deus a tenha. Quer dizer, ela já tinha muitos problemas na vida, e aí apareço eu!

Todo o teatro sorriu, indulgente.

Alison disse que era hora de acabar com as perguntas; porque agora eu vou tentar fazer mais alguns contatos. Ouviram-se aplausos.

— Oh, vocês são tão simpáticos — ela disse. — Uma plateia tão simpática, calorosa e compreensiva. Eu sempre espero uma boa diversão quando estou com vocês. Agora quero que se recostem. Quero que relaxem. Quero que sorriam, e que enviem vibrações positivas para mim aqui em cima... e vamos ver o que conseguimos.

Colette olhou o salão embaixo. O diretor parecia de olho no público, e o lanterninha, após zanzar sem rumo pela primeira metade, agora pelo menos olhava o palco, em vez de o teto ou os próprios pés. Hora de deslizar para os bastidores e fumar um cigarrinho? O fumo era o que a mantinha magra: o fumo, a correria e a preocupação. Os saltos do sapato estalaram no chão do corredor estreito e escuro.

A porta do camarim estava fechada. Colette hesitou. Sempre receava ver Morris. Al dizia que havia um jeito de ver os espíritos. Tinha de olhar de lado, não virar a cabeça: ampliar, dizia, o campo de visão periférica.

Colette manteve os olhos fixos em frente; às vezes a rigidez que se impunha parecia fazê-los doer nas órbitas. Ela empurrou a porta com o pé e recuou. Nada saiu correndo para fora. No limiar, respirou fundo. Às vezes achava que sentia o cheiro dele: Al dizia que ele sempre fedia. Colette virou decidida a cabeça de um lado para outro, verificando os cantos. O cheiro de Al pairava doce no ar: havia um não sei quê de corrosão, umidade e canos. Nada visível. Ela se olhou no espelho e levou automaticamente as mãos aos cabelos.

Desfrutou do cigarro no corredor, afastando a fumaça com a palma rígida, tendo o cuidado de não disparar o alarme contra incêndio. Voltou à sala a tempo de presenciar o auge dramático; que era, para ela, sempre que um cliente se exaltava.

Al encontrara o pai de uma mulher, no mundo dos espíritos.

— Seu pai continua de olho em você — arrulhou.

A mulher ficou em pé de um salto. Era uma lourinha agressiva de colete cáqui, os frios bíceps azulados turbinados na academia.

— Diga a esse velho sacana que vá se foder — respondeu. — Diga a esse velho sacana para ir se catar. O dia mais feliz da minha vida foi quando esse estorvo bateu as botas. — Afastou o microfone. — Estou aqui atrás do meu namorado, que morreu num engavetamento na porra da M25.

Al disse:

— Sempre há muita raiva quando alguém perde a vida. É natural.

— Natural? — gritou a moça. — Não teve nada de natural com aquele sacana. Se eu ouvir mais uma palavra sobre o sacana do meu pai, espero você lá fora.

O teatro agitou-se. O diretor se aproximava, qualquer um via que ele não estava gostando. Al parecia bastante calma. Começou a conversar, dizendo qualquer coisa e nada — agora, afinal, seria um bom momento para um dito espirituoso de Margaret Rose. As duas amigas da mulher a acalmaram; dispensaram o lanterninha com o microfone, enxugaram o rosto dela com um lenço de papel e convenceram-na a voltar ao assento, onde ela ficou murmurando e fumegando.

Agora Alison dirigia a atenção para o outro lado da sala, fixou-se em outra mulher, não jovem, com o marido ao lado: um homem gordo, pouco à vontade.

— É, essa aí. Essa senhora tem um filho no mundo dos espíritos.

A mulher respondeu polidamente que não, não tinha filhos. Disse isso como se já o houvesse feito muitas vezes antes; como se estivesse parada numa roleta, comprando ingressos e recusando a meia entrada.

— Eu vejo que não há nenhum aqui na Terra, mas estou falando do menininho que você perdeu. Bem, digo menininho. Claro, já está um homem. Está me dizendo que você tem de voltar, tem de voltar alguns anos, estamos falando aqui de trinta anos ou mais. E foi duro para você, eu sei, porque você era muito jovem, querida, e chorou muito, não foi? Sim, claro, chorou.

Nessas situações, Al mantinha a calma; tinha prática. Mesmo as pessoas do outro lado da sala, esticando o pescoço para ver melhor, notaram que havia algum problema e calaram-se. Os segundos estenderam-se. No devido tempo, a mulher abriu a boca.

— No microfone, querida. Fale no microfone. Fale alto, fale alto, não tenha medo. Não tem ninguém aqui que não esteja partilhando a sua dor.

Eu estou?, perguntou Colette a si mesma. Não sei se estou.

— Foi um aborto — disse a mulher. — Eu nunca, nunca o vi. Não era... eles não... e por isso eu não...

— Não soube que era um menininho. Mas — disse Al em voz baixa — agora sabe. — Voltou a cabeça e abrangeu toda a plateia. — Estão vendo, temos de reconhecer que não era um mundo muito compassivo naquele tempo. Os tempos mudaram, e todos podemos agradecer por isso. Tenho certeza de que aqueles médicos e enfermeiras faziam o melhor que podiam, e não pretendiam magoar você, mas a verdade é que não lhe deram uma chance de viver seu luto.

A mulher desabou para frente. As lágrimas brotaram de seus olhos. O marido gordo também se adiantou, como para pegá-la. A sala entrou em êxtase.

— O que eu quero que você saiba é o seguinte. — A voz de Al era calma, pausada, sem o toque de compaixão que acabaria de arrasar completamente a mulher; digna e precisa, era como se estivesse conferindo uma conta de mercearia. — Aquele seu menininho já é um belo rapaz. Sabe que você nunca o segurou nos braços. Sabe que não foi culpa sua. Sabe como seu coração dói. Sabe como você pensou nele — baixou a voz — sempre, sempre, sem deixar passar nem um dia. Ele está me dizendo isso, em espírito. Ele entende o que aconteceu. Está abrindo os braços para você, e está abraçando você agora...

Outra mulher, na fila atrás, começou a soluçar. Al tinha de ter cuidado, nesse ponto, para minimizar o risco de histeria em massa. *Mulheres*, pensou Colette: como se não fosse uma. Mas Alison sabia exatamente até onde poderia aguentar. Estava em forma esta noite; a experiência demonstrava.

— E ele não esquece seu marido — disse Al à mulher. — Manda um alô para o pai. — O teatro suspirou; um longo suspiro em massa. — O principal é, e ele quer que saiba disso, que embora você nunca estivesse lá para cuidar dele, e embora, claro, não haja substituto para o amor de mãe, seu menininho foi bem cuidado e querido, porque você tem gente no mundo dos espíritos que sempre esteve lá para isso: sua avó? E tem outra senhora, muito querida de sua família, que fez a passagem no ano de seu casamento. — Ela hesitou. — Me ajude, estou tentando descobrir o nome dela. Vejo a cor de uma joia. Sinto um gosto de xerez. Xerez não é uma joia, é? Oh, já sei, é uma taça de vinho do Porto. Rubi. Esse nome lhe diz alguma coisa?

A mulher balançou a cabeça, repetidas e repetidas vezes, como se jamais pudesse balançar o bastante. O marido sussurrou-lhe:

— Ruby, você sabe, a primeira esposa de Eddie.

O microfone captou isso.

— Eu sei, eu sei — ela murmurou.

Agarrou a mão dele e registrou tudo com a respiração trêmula. Quase se ouvia o seu coração.

— Ela tem um pacote pra você — disse Al. — Não, espere, tem dois.

— Ela nos deu dois presentes de casamento. Um cobertor elétrico e um jogo de lençóis.

— Bem — disse Al —, se Ruby manteve você tão quente e aconchegada, acho que pode confiar um bebê a ela. — E lançou para a plateia: — Que é que vocês acham?

Todos começaram a aplaudir: primeiro um aqui e outro ali, depois com força crescente. Tornou a irromper o choro. Al ergueu o braço. Obedientes a uma estranha gravidade, as opalas da sorte subiram e desceram. Ela deixara o melhor por último.

— E ele quer que você saiba, esse seu menininho, que já é um belo rapaz, que em espírito tem o nome que você escolheu para ele, o nome que você planejava dar a ele... se ele, se ele fosse menino. Que era. — Fez uma pausa. — Me corrija se estiver errada. Era Alistair.

— Era? — perguntou o gordo marido: continuava ao microfone, embora não soubesse.

A mulher fez que sim com a cabeça.

— Gostaria de me responder? — perguntou Al, com toda a simpatia.

O homem pigarreou e tornou a falar ao microfone.

— Alistair. Ela disse que está certo. Foi a escolha dela. Sim.

Sem ver, entregou o microfone ao vizinho. A mulher se levantou, e o gordo conduziu-a para fora, como se ela fosse inválida, cobrindo a boca com o lenço. Saíram, sob uma nova tempestade de aplausos.

— Raiva causada por esteroide, espero — disse Al. — Você viu aqueles músculos dela? — Sentada em sua cama no hotel, esfregava creme no rosto. — Escute, Col, você sabe muito bem, tudo que podia dar errado lá fora para mim já deu em algum momento. Eu dou um jeito. Enfrento. Não quero você tensa.

— Eu não estou tensa. Só acho que isso é um marco. A primeira vez que alguém ameaçou bater em você.

— A primeira vez desde que você está comigo, talvez. Por isso eu deixei de trabalhar em Londres. — Al recostou-se nos travesseiros, os olhos fechados; empurrou os cabelos da testa para trás, e Colette viu a cicatriz na linha do cabelo, branco mortal sobre marfim. — Quem precisa disso? Uma guerra toda noite. E todo teatro tentando nos tocar quando tentamos sair, fazendo a gente perder o último trem para casa. Eu gosto de chegar em casa. Mas você sabe disso né, Col.

Ela também não gosta de dirigir à noite; assim, quando deixam o anel rodoviário da M25 só resta encontrar lugar para as duas num quarto duplo. Pensão com café da manhã não serve, porque Al não aguenta ficar sem comer até de manhã, então elas preferem um hotel com serviço de quarto noturno. Às vezes compram sanduíches para viagem, mas não tem graça nenhuma, acordada na cama às quatro da manhã, abrir uma embalagem fria de plástico para pegar o pão úmido. São muito tristes os quartos de hotel, cheios de móveis frágeis: muita solidão, angústia e arrependimento. E muitos fantasmas também: camareiras cheias de uísque pisando forte nos corredores com suas pernas inchadas; carregadores trôpegos que morreram em serviço; hóspedes afogados na banheira ou vítimas de ataque cardíaco na cama. Quando chegam a um quarto, Alison, antes de entrar, fica parada na entrada e fareja a atmosfera, inala-a: e passeia os olhos dubiamente em volta. Mais de uma vez Colette disparou para a recepção e pediu outro quarto.

— Qual o problema? — pergunta o recepcionista (às vezes acrescentando "madame").

E Colette, rígida de hostilidade e medo, responde:

— Por que você quer saber?

Jamais falha na missão: desafiada, responde com tanta agressividade quanto a garota de colete cáqui.

O que Alison prefere é um lugar recém-construído e anônimo, parte de uma cadeia digna de confiança. Odeia história; a não ser na televisão, em segurança por trás da tela. Não agradece por uma noite num lugar com vigas aparentes.

— Vão se foder estas lareiras! — disse certa vez, após uma exaustiva hora de luta com um velho cadáver embrulhado num lençol.

Os mortos são assim: é dar a eles um lugar-comum e eles se fartam. Gostam de irritar os vivos, estragar seu sono. Gostaram de esmurrar a carne de Alison, e aporrinhá-la até ela ficar com dor de ouvido; gostaram de chocalhar em volta de sua cabeça até que em algumas noites, como agora, seu pescoço parecia tremular.

— Col — ela gemeu —, seja boazinha, revire aí as malas e veja se encontra meu spray de lavanda. Estou com a cabeça latejando.

Colette se ajoelhou e revirou as malas obedientemente.

— Aquela mulher no fundo, o casal, o aborto, podia-se *ouvir* uma agulha caindo num palheiro.

— Se você *vir* uma agulha num palheiro e pegá-la, terá sorte. Foi minha mãe quem me disse. Mas eu nunca vejo uma agulha. Um alfinete. Nem encontro dinheiro na rua.

Isso porque você é gorda demais para ver os pés, pensou Colette. E disse:

— Como foi que fez aquele negócio do nome? Quando estava enrolando sobre o amor de mãe, eu quase vomitei, mas tenho de reconhecer, você chegou lá no fim.

— Alistair? Ora, claro. Se ele se chamasse John, você não me daria nenhum crédito. Ia dizer que foi uma de minhas adivinhações de sorte. — Alison suspirou. — Escute, Colette, que é que eu posso lhe dizer? O rapaz estava parado ali. Claro que sabia o próprio nome. As pessoas sabem.

— A mãe devia estar pensando no nome.

— Oh, sim, eu podia pegar da cabeça dela. Sei que é essa a sua teoria. Leitura da mente. Oh, Deus, Colette. — Al enfiou-se sob as cobertas. Fechou os olhos. Deixou cair a cabeça nos travesseiros. — Pode pensar assim, se acha mais fácil. Mas tem que admitir que eu às vezes digo às pessoas coisas que elas ainda não descobriram.

Colette odiava essa frase de Al: "Pode pensar assim, se acha mais fácil." Como se ela fosse criança e não pudessem contar-lhe a verdade. Al só *parecia* burra — fazia parte do seu número. A verdade é que ouvia a Rádio 4 quando estavam na estrada. Tinha um bom vocabulário, embora não o usasse no ofício. Uma pessoa muito séria e complicada, e profunda, profunda e astuta: assim pensava Colette.

Al raras vezes falava da morte. No início, quando começaram a trabalhar juntas, Colette achava que a palavra ia escapulir, quando nada pela pressão de tentar evitá-la. E às vezes escapulia mesmo; porém o que mais falava era de passagem, falava de espírito, falava de travessia para o mundo dos espíritos; daquele reino sem acontecimentos, nem frio nem quente, nem montanhoso nem plano, onde os mortos, cada um na sua melhor época e desfrutando uma tarde eterna, passam os séculos com grama crescendo por todos os lados. O mundo dos espíritos, como Al o descreve para os colegas, é um jardim, ou, mais precisamente, um lugar público ao ar livre: sem lixo, como um parque antigo, um coreto ao longe no revérbero do calor. Ali, os mortos ficam sentados em filas de bancos, famílias unidas, em trilhas de cascalho entre leitos sem mato, onde as flores banhadas de sol balançam em cima das cabeças, embebidas no cheiro de água-de-colônia: as pétalas formigando de abelhas felpudas, inteligentes e sem ferrão. Os mortos têm um certo ar dos anos 50 ou início dos 60 talvez, porque são limpos, respeitáveis e não fedem a fábricas: como se tivessem vindo depois das camisas de náilon brancas e da faxina da casa, mas antes da sátira, e sem dúvida da fornicação. Cubos de gelo que não derretem (em novos formatos) tilintam nos copos, pois chegou a era da refrigeração. Fazem piqueniques com garfos de prata; por puro prazer, porque jamais sentem fome, nem engordam. Ali não sopram ventos, só uma brisa suave, a temperatura controlada nuns moderados 71° F; são os mortos ingleses, e ainda não adotaram os centígrados. Todos os piqueniques se dividem em partes iguais. As crianças jamais brigam ou ralam os joelhos, pois, independentemente do que lhes tenha acontecido na Terra, já estão além do dano físico. O sol não bate neles de dia, nem a lua de noite; não têm pele vermelha nem sardas, nenhuma das falhas que deixam os ingleses tão desconfortáveis no verão. É domingo, mas as lojas estão abertas, embora ninguém precise de nada. Uma ária suave toca ao fundo, não exatamente Bach, talvez Vaughan Williams, e muito parecida com os Beatles no começo também; os pássaros cantam junto, nos galhos verdes de árvores que não conhecem estações. Os mortos não têm senso de tempo, nem sentido claro de lugar; estão além da geografia e da história, diz Al aos clientes, até alguém como ela própria entrar em sintonia. Nenhum deles é velho, decrépito ou inutilmente jovem. Todos têm dentes; ou um caro conjunto de implantes, se os seus não lhes pareciam apropriados. Os cromossomos danificados já foram contados e embaralhados em boa ordem; até os abortados prematuramente têm pulmões que funcionam e cabelos adequados. Substituíram-se os fígados danificados, de modo que os donos vivem para beber no dia seguinte. Pulmões arruinados agora sugam a mistura de baixo alcatrão do próprio Deus. Os seios cancerosos foram resgatados das latas de lixo dos cirurgiões e desabrocham como rosas em peitos espirituais.

Al abriu os olhos.

— Col, você está aí? Eu sonhei que estava com fome.

— Vou ligar e pedir um sanduíche, tá bom?

Al pensou um pouco.

— Peça de presunto no pão preto. Trigo integral. Com mostarda... francesa, não inglesa. Dijon. Eles servem um prato de queijo? Eu gostaria de uma fatia de brie e algumas uvas. E um pedaço de bolo. Chocolate, não. Talvez café. Nozes. Um com nozes na cobertura. Duas nas bordas e uma no centro.

À noite, Al levantava da cama, a grande silhueta bloqueando a luz que vazava do pátio da frente do hotel; a súbita escuridão acordava Colette, e ela se mexia e via a silhueta de Al em chiffon e renda, agora contra o fulgor do abajur de cabeceira.

— Que foi, do que você precisa? — murmurava: porque não sabia o que se passava, podia ser bobagem, mas também...

Às vezes Al queria o chocolate que trazia na bolsa, às vezes enfrentava as dores do parto ou o choque de um acidente de carro. Podiam ficar acordadas minutos ou horas. Colette deslizava para fora da cama, enchia a chaleira de plástico e enfiava o fio na tomada. Às vezes a água não fervia e Al se livrava do trabalho de parto e cobrava:

— Ligou na tomada, Col?

E ela sibilava: liguei, liguei, e sacudia a maldita coisa para que a água saísse pelo bico; e muitas vezes isso a fazia funcionar. Al dizia que isso era tão bom quanto a eletricidade. Depois, quando ela corria para o banheiro e vomitava na privada, Colette saía à cata de empoeirados saquinhos de chá e termômetros; e as duas acabavam sentadas lado a lado, suas mãos embrulhadas em torno de xícaras do hotel, e Al murmurava:

— Colette, eu não sei como você consegue. Toda essa paciência. Essas noites interrompidas.

— Oh, você sabe — brincava Colette. — Se eu tivesse filhos...

— Eu sou grata. Talvez não demonstre. Mas sou, querida. Não sei onde estaria agora, se nunca tivéssemos nos conhecido.

Nesses momentos, Colette sentia pena dela; Al não deixava de ter sentimentos, a vida dura a levara para esse lado. Suas feições se suavizavam e borravam, a voz era a mesma. Ficava com olhos de panda, como resultado da maquilagem da noite, por mais que houvesse se esforçado com os chumaços de algodão; e tinha alguma coisa de infantil, quando pedia desculpas pela forma como ganhava a vida. Nas noites ruins Colette trazia conhaque, para afastar a náusea e os ataques de dor. Agachada para apanhar a bolsa de pernoite, pensava: Al, não me deixe, não morra e me deixe sem casa e emprego. Você é uma vaca idiota, mas eu não quero viver sozinha neste mundo.

Assim, após uma noite mais ou menos interrompida, acordavam à força, às vezes por volta das sete e meia, lado a lado nas camas gêmeas. Acontecesse o que acontecesse durante a noite, por mais que se houvesse levantado e deitado, a roupa de cama de Colette ainda estaria esticada como se seu corpo fosse completamente plano. Na maioria das vezes, a cama de Al parecia ter sofrido um terremoto. No chão, ao lado dos chinelos, estavam os pratos do serviço de quarto da noite anterior, com um pálido meio tomate e algumas batatas fritas amassadas; saquinhos de chá encharcados e frios num pires, e uns estranhos fragmentos branco-acinzentados, como fantasmas da água fervida, flutuando no fundo da chaleira. Colette ligava a tevê durante a manhã para abafar o barulho do tráfego além da janela, o suspiro de pneus, o rumor de aviões distantes aproximando-se de Lutton: ou de Stansted, se voavam para o leste. Al levantava-se com esforço, gemendo, da bagunça que era a cama, e começava o complicado trabalho de compor sua persona; depois descia para o café da manhã. Colette chutava os restos do serviço de copa para o corredor e começava a juntar as coisas e fazer as malas. Al trazia seu roupão felpudo, agora úmido e perfumado após o banho, e fazia a mala ficar estufada; os roupões de hotel não lhe serviam, seria preciso amarrar dois juntos numa espécie de arranjo siamês. Ela sempre viajava com duas ou três tesouras e kit de costura: como se receasse começar a desfiar-se. Colette guardava esses artigos; depois punha as opalas da sorte no estojo e contava os braceletes, encaixava os pincéis de maquilagem nas alças e fendas, recuperava a peruca de onde estava jogada; tirava do armário suas próprias roupas simples e sem rugas, dobrava-as no braço e jogava-as em sua mala. Não conseguia comer o desjejum; porque, quando morava com o marido, Gavin, essa era a hora principal das brigas. Procurava mais chá, embora muitas vezes o espaço para suprimentos fosse tão exíguo que só lhe restava o Earl Grey. Tomando-o, erguia a persiana da janela, quer caísse a chuva dos condados ou brilhasse um insípido sol. Al batia na porta — sempre havia apenas uma chave nesses lugares — e entrava com uma aparência gorda, entupida de ovos mexidos. Lançava um olhar crítico às malas, e começava, por sentir vergonha, a pôr sua cama num tipo de forma, arrastando cobertas do chão e espirrando de leve ao fazer isso. Colette enfiava a mão em sua mala e pegava os anti-histamínicos.

— Água — dizia Al, sentando-se, exausta, entre os pobres resultados de seu esforço. Depois acrescentava: "Pegue as toucas de banho", porque, dizia, "não se pode comprá-las hoje em dia, você sabe, e só servem para duas vezes."

Assim, Colette voltava ao banheiro para pegar o suprimento de toucas: deixavam os xampus e as finas fatias de sabonete, não tão baratos e desprezíveis assim. E sua mente corria: são 8h30 e Morris não chegou, pegue mais toucas, procure atrás da porta do banheiro, 8h31 e ele ainda não chegou, saia do banheiro com a cara alegre, jogue as toucas surrupiadas na mala, desligue a TV, diga que já estamos quase indo, às 8h32 ela se levanta e se olha no espelho, às 8h33 está jogando os sacos de chá encharcados do pires para dentro das xícaras usadas. Al, diz, o que você está fazendo, não podemos pegar logo a estrada, por favor?... E aí verá os ombros tensos da médium. Não é nada que ela tenha feito, nada que tenha dito: são as pancadas e xingamentos, audíveis apenas para Al, que lhes comunicam a chegada de Morris.

Uma das poucas bênçãos com que Colette podia contar era ele nem sempre passar a noite com elas quando viajavam. A atração das cidades estranhas era demasiada para ele, e uma das funções de Colette era providenciar-lhe uma cidade nova. Afastar-se oito quilômetros dos alojamentos não parecia incomodá-lo. Com as pernas tortas e pequenas, era um bom andarilho. Mas os hotéis que só recebiam hóspedes de carro não lhe agradavam. Morris resmungava que não podia fazer nada, encalhado em algum ponto na estrada, e ficava sentado no canto do quarto delas com um ar enojado. Al gritava com ele por futucar os pés; depois disso, calava-se e parecia furiosa, e Colette só podia imaginar o que ele estaria fazendo. Ele também resmungava se, para garantir a saída à noite, tivesse de tomar um ônibus ou arrumar uma carona. Dizia gostar de saber que, se necessário, podia voltar para ela vinte minutos depois de fechados os pubs.

— Que é que ele quer dizer com essa de "se necessário"? — perguntava Colette. — Que aconteceria se você se separasse de Morris? Ia morrer?

Oh, não, dissera Al: ele é apenas um maníaco controlador. Eu não expiraria, nem ele. Embora ele já tenha expirado, claro. E parecia que nenhum mal acontecia a Morris nas noites em que se juntava a outros marginais e se esbaldava com eles e esquecia de voltar para casa. Durante todo o dia seguinte elas tinham de aguentá-lo repetindo as piadas de bêbado e frases feitas que recolhera.

Quando se juntara a Al, Colette não entendia essa história de Morris. Como poderia? Não se encaixava dentro de sua experiência. Esperara que ele simplesmente sumisse uma noite e não voltasse mais; sofresse um acidente, levasse uma porrada na cabeça que lhe afetasse a memória e ele não encontrasse o caminho de volta. Mesmo agora, muitas vezes pensava que, se conseguisse tirar Al de um lugar às oito horas em ponto, elas o despistariam; cairiam na estrada e o deixariam para trás, praguejando, xingando e percorrendo todos os carros no estacionamento, curvando-se e espiando os números das placas. Mas de alguma forma, por mais que ela tentasse, não conseguiam sair na frente. No último instante, Al parava, ao prender o cinto de segurança:

— Morris — dizia, e fechava a fivela.

Se Morris fosse deste mundo, ela certa vez dissera a Al, se vocês fossem casados, você poderia se livrar dele muito fácil: divórcio. Depois, se ele a perseguisse, você poderia procurar um advogado, conseguir uma interdição. Estipular que ele não se aproximasse de um raio de oito quilômetros, por exemplo. Al suspirara e dissera: no mundo dos espíritos não é tão simples assim. A gente não pode simplesmente chutar o guia. Não pode tentar persuadi-lo a seguir em frente. Pode esperar que ele seja chamado, ou que se esqueça de voltar para casa. Mas não deixá-lo, ele é que tem de ir embora. A gente pode tentar dar um chute nele. E conseguir, por algum tempo. Mas ele volta. Talvez se passem anos. Ele volta quando a gente menos espera.

Então, dissera Colette, você está pior do que se fosse casada. Ela mesma conseguira livrar-se de Gavin pelo modesto preço de um divórcio do tipo faça você mesmo; dificilmente custara mais do que mandar matar um animal.

— Mas ele jamais iria embora — disse ela. — Oh, não, ele é muito acomodado. Eu é que teria de ir.

No verão em que haviam selado a parceria, Colette dissera: talvez a gente possa escrever um livro. Eu anotaria nossas conversas.

— Você me explicaria sua visão mediúnica do mundo, e eu tomaria notas. Ou entrevistaria você, e gravaria.

— Não seria um pouco estressante?

— Por quê? Você está acostumada com o gravador. Usa um todo dia. Dá fitas das gravações aos clientes, então qual o problema?

— Eles reclamam, é esse o problema. Tem tanta merda nelas.

— Não das suas previsões? — perguntou Colette, chocada. — Eles não reclamam delas?

— Não, é o resto das coisas... aquela interferência toda. As pessoas do mundo dos espíritos se metendo. E todos os zumbidos e barulhos que vêm do ar. Os clientes acham que tivemos uma bela conversinha íntima, entre duas pessoas, mas quando ouvem todos esses babacas na fita, peidando e cuspindo, e às vezes até música, ou uma mulher gritando, ou alguma coisa barulhenta no fundo.

— Tipo?

— Tipo feira. Desfile. Pelotões de fuzilamento. Canhão.

— Eu nunca ouvi isso — disse Colette. Estava magoada, sentia que sua boa ideia fora recusada. — Ouvi um monte de fitas de consultas mediúnicas, e nunca havia mais de duas vozes.

— Não me surpreende. — Al deu um suspiro. — Minhas amigas não parecem ter esse problema. Nem Cara nem Gemma, nem qualquer das garotas. Acho que tenho mais entidades ativas que os outros. Logo o problema das fitas seria: será que a gente consegue distinguir as palavras?

— Aposto que eu consigo. Se me dedicar. — Colette projetou o queixo para frente. — Sua amiga Mandy escreveu um livro. Estava vendendo quando fui vê-la em Hove. Antes de conhecer você.

— Você comprou?

— Ela fez uma dedicatória para mim. Natasha, escreveu. Natasha, Médium das Estrelas. — Colette fungou. — Se ela conseguiu, a gente consegue.

Al ficou calada: Colette deixara claro que não tinha tempo para Mandy, mas Mandy — Natasha, seu nome de profissão — era uma de suas irmãs mediúnicas mais próximas. Sempre tão esperta, pensou, e tem o dom da conversa; e sabe o que eu passei, com os espíritos. Mas Colette já tentava empurrar outras amizades para fora de sua vida.

— E então? — perguntou Colette. — Podíamos publicar nós mesmas. Vender em feiras mediúnicas. O que você acha? Sério, a gente devia tentar. Hoje em dia qualquer um pode escrever um livro.

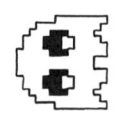

TRÊS

olette juntou-se a Al naqueles dias em que o cometa Hale-Bopp, como uma peteca de Deus, ardia sobre as cidades de feira e cidades-satélites, sobre os campos de futebol de Eton, sobre os shopping centers de Oxford, sobre as cidades enlouquecidas pelo trânsito de Woking e Maidenhead: sobre as estradas engarrafadas e entroncamentos da M4, sobre as superlojas e os armazéns de tapetes fora da cidade, os jardins de infância e as prisões, os poços de cascalho e sistemas de esgoto, e os gramados dos subúrbios aparados mecanicamente. Nascida em Uxbridge, Colette fora criada numa família cujos mecanismos internos não entendia, e estudara numa escola onde a chamavam de Monstro. Em retrospecto, parecia uma sátira à sua falta de qualidades monstruosas; na verdade, não tinha aparência alguma, boa ou má, afirmativa ou negativa, pró ou contra. Nas fotos da escola, suas feições indefinidas não pareciam masculinas nem femininas, e o cabelo claro cortado curtinho parecia um capuz!

Além da Escuridão

Tinha uma forma plana e neutra; passara dos quatorze anos, e nada surgira no departamento seios. Mais ou menos aos dezesseis, começou a fazer sinal com os olhos claros e a dizer: sou loura natural, você sabe. Nas aulas de inglês, elogiavam-na pela bela caligrafia, e em matemática, fazia progressos consistentes, diziam-lhe. Nos estudos de religião, ficava olhando pelas janelas, como se visse divindades hindus agachadas na trama verde da cerca. Em história, pediam-lhe empatia com os sofrimentos dos operários nas fábricas de algodão, escravos de fazendas e soldados da infantaria escocesa em Flodden; ficava indiferente. De geografia, simplesmente não fazia ideia alguma; mas aprendera francês rápido, e falava-o sem medo e com o sotaque natural de Uxbridge.

Continuou os estudos depois dos dezesseis, porque não sabia o que fazer ou aonde ir quando deixasse a sala de aula; mas assim que perdeu a virgindade, e a irmã mais velha se mudou, deixando-a com um quarto e um espelho, sentiu-se mais definida, mais visível, uma presença no mundo. Deixou a escola com duas indiferentes notas dez, e não pensou em universidade. Tinha a mente rápida, rasa e pragmática, a postura autoconfiante.

Foi para uma faculdade que formava secretárias — ainda havia secretárias então — e tornou-se eficiente em taquigrafia, datilografia e princípios de contabilidade. Quando apareceu o PC, ajustou-se sem dificuldade, assimilando sucessivamente o WordStar, o WordPerfect e o MicrosoftWord. Para o segundo emprego, em marketing, levou as habilidades nas planilhas de cálculo (Microsoft Excel e Lotus 1-2-3), junto com o PowerPoint para os pacotes de apresentações. O terceiro emprego fora numa grande entidade beneficente, como gerente na seção de levantamento de fundos. A sua mala direta estava além de qualquer reprovação; era-lhe indiferente se usava dBase ou Access, pois já dominara os dois. Mas embora tivesse todas as habilidades eletrônicas necessárias, suas maneiras ao telefone eram frias e ligeiramente irônicas; mais adequadas, observara o supervisor na avaliação anual, a alguém que vendesse apart-hotéis. Ficou magoada; pretendera fazer algum bem ao mundo. Deixou a entidade beneficente com excelentes referências e conseguiu um cargo numa empresa de organização de eventos, que envolvia viagens, em geral na asa do avião; e jornadas de quatorze horas de trabalho em cidades que nunca chegava a conhecer. Às vezes tinha de pensar muito: estivera em Genebra? Fora em Barcelona que seu ferro de passar pifara, ou em Dundee?

Foi num desses eventos que conheceu Gavin. Programador itinerante de software cujo cartão chave não funcionava, achava-se parado diante do balcão de recepção do hotel em La Défense, divertindo os empregados com seus tristes esforços de *franglês*. Trazia a gravata no bolso; o cabide de terno pendurado no ombro esquerdo, afastava o paletó da camisa e a camisa da pele. Ela notou os pelos negros no peito que se projetavam do botão de cima aberto, e as gotas de suor na testa. Parecia o próprio modelo de homem. De pé ao seu lado, ela se meteu na conversa e resolveu o problema. Na hora ele pareceu agradecido. Só depois ela percebeu que fora a pior coisa que podia ter feito: apresentar-se no momento em que ele se sentia humilhado. Gavin teria preferido dormir no corredor a ser resgatado por uma garota com um crachá com uma foto de si mesma no lado esquerdo do peito. Ainda assim, convidou-a para um encontro depois que ele tomasse banho, para um drinque no bar.

— Bem, Colette — ele disse, lendo o nome no crachá. — Bem, você não é feia, não.

Jamais tivera senso de humor, nem ela. Assim, havia uma coisa, uma coisa em que combinavam. Acabou-se sabendo que ele tinha parentes em Uxbridge, e, como Colette, não se interessava em ir além do bar do hotel até a cidade. Ela só dormiu com ele na noite final da conferência, porque não queria parecer fácil; mas voltou para seu quarto meio tonta, e ficou olhando para si mesma no espelho de corpo inteiro, e disse: Colette, você não é feia não. Tinha a pele amarelada, e o cabelo castanho-claro com a ponta virada para dentro na altura do queixo, ousado, emprestava-lhe um sorriso amarelo. Dentes sadios. Pernas retilíneas. Quadris muito estreitos. As calças de corte reto cobriam-lhe as rígidas pernas de ciclista. O busto era criado por uma peça com dois arames curvos por baixo, e realçado por acolchoamentos que deslizavam para dentro de um bolso, para que se pudesse retirá-los; mas por que iria alguém querer fazer isso? Sem desgrudar os olhos da própria imagem, ela segurou os seios por baixo. Gavin a teria toda; tudo que ela tinha para dar.

Foram ver um apartamento em Whitton, e acharam que talvez fosse um bom investimento. Arrendado, claro; de outro modo, ela haveria feito pessoalmente toda a transação, com um manual tipo faça você mesmo. Na verdade, ligou para vários advogados e barganhou o preço, com o cuidado de exigir as ofertas por escrito. Assim que se mudaram, Gavin propôs: vamos rachar as contas. Disse que filhos não eram sua prioridade. Ela colocou um DIU, pois não confiava em pílula; contra o funcionamento da natureza, um artefato mecânico parecia mais indicado. Mais tarde ele iria dizer: você não é natural, é fria. Eu queria filhos, mas você foi e mandou enfiar em si mesma esse troço envenenado de plástico, e nem me falou. Não era exatamente verdade; ela recortara uma matéria sobre o assunto numa revista especializada, dada por uma ex-colega que trabalhava numa empresa de produtos médicos, e pusera-a na parte de trás da maleta dele, onde achara que ele a veria.

Casaram-se. Todos se casavam. Era o fim melancólico da era Thatcher/Major e as pessoas se casavam para exibir-se. Eles não tinham amigos, por isso convidaram todos os conhecidos. O casamento levara seis meses para ser planejado. Quando ela acordou no grande dia, teve um impulso de correr escada abaixo e gritar pelas ruas de Whitton. Em vez disso, passou a ferro o vestido e enfiou-se nele. Estava sozinha no apartamento; Gavin saíra para a despedida de solteiro, e ela ficou imaginando o que ia fazer se ele não aparecesse: casar-se consigo mesma? Haviam programado uma cerimônia exaustiva, no intuito de extrair dela cada centavo que tinham pago. Para se recuperarem, ela reservara dez dias nas ilhas Seychelles: vista para o mar, sacada, táxi particular do aeroporto e frutas no quarto ao chegarem.

Gavin apareceu bem na hora, com olheiras e pálido. Após a cerimônia, foram para um hotel em Berkshire onde um riacho cheio de trutas atravessava a propriedade, iscas artificiais que imitam insetos em copos de vidro nas paredes do bar, e janelas francesas que davam para um terraço. Fora fotografada contra a balaustrada de pedra, com as pequenas sobrinhas de Gavin puxando sua saia. Havia uma marquise e uma orquestra. Comeram salmão ao curry com molho de endro servido em pratos negros, e um frango com gosto, segundo Gavin, de comida de avião. As pessoas de Uxbridge das duas famílias apareceram e não falaram umas com as outras. Gavin não parava de arrotar. Uma sobrinha vomitou, por sorte não no vestido de Colette, alugado. Sua tiara, porém, fora comprada: feita sob encomenda para encaixar-se no crânio estreito. Depois ela não soube o que fazer com aquele trambolho. O apartamento em Whitton era apertado, e as gavetas ficaram entupidas com pacotes de meias-calças, que ela comprava às dúzias, sachês e bolinhas aromatizantes para perfumar as calcinhas. Quando ela enfiava a mão entre as roupas íntimas, as falsas pérolas da tiara rolavam por debaixo dos dedos, e as pedras e arabescos incrustados lembravam-lhe de sua vida aberta, desembaraçada. Parecia uma atitude mercenária anunciá-la nos classificados do jornal local. Além disso, segundo Gavin, não podia haver duas pessoas com o formato de cabeça igual ao dela.

O pudim do café da manhã do casamento era de morango e merengue, empilhados numa torre e servido em bandejas geladas, salpicadas de pequenos flocos verdes, que revelaram não ser hortelã-pimenta, mas cebolinha finamente picada. O pessoal de Uxbridge comeu-o com grande apetite: afinal, já tinham comido até peixe cru. Mas Colette — assim que um quase imperceptível gosto na ponta da língua confirmou suas suspeitas — correra com tiara e tudo, acuara o gerente de serviço e ameaçara processar o hotel no juizado de pequenas causas. Eles a indenizaram, como ela sabia que fariam, com medo da publicidade negativa; os dois voltaram lá de graça no jantar do aniversário de casamento e tomaram uma garrafa de champanhe da casa. Estava muito úmido nessa noite para um passeio pelo riacho das trutas: uma noite de junho de neblina baixa. Gavin disse que fazia muito calor e subiu para o terraço, enquanto ela ainda acabava o prato principal. De qualquer forma, a essa altura o casamento já tinha acabado.

Não fora nenhuma incompatibilidade sexual em particular que dera cabo do casamento: Gavin gostava de fazer aos domingos, e Colette não fazia objeção. Tampouco havia, como ela descobrira depois, qualquer incompatibilidade planetária. Apenas chegara o momento, na relação dos dois, em que, como diz o povo, "ela não via futuro naquilo".

Além da Escuridão

Quando chegara a esse ponto, ela comprou uma brochura de grande formato intitulada *O que sua caligrafia revela*. Ficou decepcionada ao descobrir que a caligrafia não lança luz alguma sobre o futuro. Revela apenas o caráter, e o presente e o passado da gente, e o presente e passado dela lhe eram bastante claros. Quanto à personalidade, não parecia ter nenhuma. Por causa dessa personalidade reduzira as idas às livrarias.

Na semana seguinte, devolvera o livro sobre caligrafia. Havia lá uma oferta promocional: devolva se não for emocionante. Ela teve de dizer ao rapaz atrás do balcão porque, exatamente, o livro não a emocionara: creio, disse, que após todos esses anos com processadores de texto eu não tenho mais caligrafia. Correu os olhos pelo garoto, de cima a baixo, até onde o balcão cortava a visão; já procurava, se deu conta, um homem para o qual mudar.

— Posso falar com o gerente? — perguntou.

E com toda simpatia, esfregando a barriga, o rapaz respondeu:

— Está falando com ele.

— É mesmo? — ela disse.

Jamais vira isso antes: um gerente malvestido. Ele devolveu-lhe o dinheiro, e ela examinou as prateleiras e pegou um livro sobre cartas de tarô.

— Vai precisar de um baralho para acompanhar — disse o rapaz, quando ela chegou ao caixa. — Senão, não pega a ideia. Tem vários tipos diferentes. Devo lhe mostrar? Tem tarô egípcio. Tem tarô de Shakespeare. Gosta de Shakespeare?

Imagine, ela pensou. Era a última cliente da noite. O gerente fechou a loja e foram a um pub. Ele alugava um quartinho numa pensão. Na cama, não parou de esfregar o clitóris dela com o dedo, como se registrasse uma venda no caixa; dizia: Helen, está bom pra você? Ela lhe dera o nome errado, e detestara o fato de ele não adivinhar o verdadeiro. Achava Gavin inútil; mas francamente! No fim, acabara fingindo, porque estava chateada e começando a ter cãibras. O rapaz de Shakespeare dissera: Helen, foi sensacional para mim também.

Foi o tarô que a pôs nesta estrada. Antes, ela era apenas como todo mundo, lia o horóscopo no jornal matutino. Não se descreveria como supersticiosa nem interessada em ocultismo de forma alguma. O livro seguinte que comprara — em outra livraria — fora *Uma enciclopédia de artes mediúnicas*. Descobriu que "oculto" queria dizer escondido. Começava a achar que tudo que era interessante era escondido. E nada nos lugares óbvios: por exemplo, não procure nos bolsos das calças.

Sem querer, deixara esse baralho de tarô no quarto do rapaz. Se perguntava se ele ao menos o pegara e olhara as figuras: se ao menos se lembrava dela, uma estranha misteriosa, uma Rainha de Copas apenas de passagem. Pensara em comprar outro baralho, mas o que lera no manual a desconcertara e aborrecera. Setenta e oito cartas! Melhor usar alguém qualificado para interpretá-las. Começou a visitar uma mulher em Isleworth, mas acabou por descobrir que a especialidade dela era a bola de cristal. O objeto ficava entre as duas, em cima de um veludo negro; ela esperava que fosse clara, porque era o que diziam: cristalina, mas olhar dentro da bola era como olhar dentro de uma massa de nuvens, ou de uma densa neblina em movimento.

— As claras são de vidro, querida — explicou a médium. — Destas a gente não arranca nada. — Apoiou as mãos cobertas de veias no veludo negro. — As falhas no vidro é que são vitais — disse. — É por elas que você paga. Vai encontrar algumas leitoras que preferem o espelho negro. É uma opção, claro. — Colete ergueu as sobrancelhas. — Ônix — continuou a mulher. — As melhores não têm preço. Quanto mais a gente olha... mas é preciso saber olhar... mais vê movimentos nas profundezas. — Colette perguntou sem rodeios e ficou sabendo que a bola de cristal custara 500 libras. — E isso porque tenho um amigo especial.

Aos olhos de Colette, a médium ganhou muito prestígio. Ela estava ávida por pagar as 20 libras pela leitura. Engolia tudo que a mulher dizia, e quando pisou na calçada em Isleworth, com o mato crescendo nas rachaduras, não se lembrava de uma palavra.

Consultou algumas vezes uma quiromante, e mandou fazer seu mapa astral. Depois o de Gavin. Não sabia se o mapa era válido, porque não pôde especificar a hora do nascimento dele.

— Para que você quer saber? — ele respondeu, quando ela lhe perguntou.

Ela disse que se tratava de um interesse geral e ele a fuzilou com os olhos e uma extrema desconfiança.

— Acho que você não sabe, sabe? — ela perguntou. — Eu posso ligar para sua mãe.

— Eu duvido muito — ele disse — que minha mãe tenha guardado essa informação inútil, em minha opinião, com o cérebro sobrecarregado de coisas como onde está o medidor de detergente, e quais os últimos acontecimentos na novela *EastEnders*.

O astrólogo não se desconcertou com a ignorância dela.

— Arredonde para cima — disse. — Arredonde para baixo. A gente usa o meio-dia. Sempre fazemos isso para animais.

— Animais? — ela indagou. — Mandam fazer mapa astral deles, é?

— Oh, certamente. É um serviço valioso, você sabe, para o dono cuidadoso que tem um problema com um bicho de estimação. Imagine, por exemplo, que você vive caindo do cavalo. Precisa saber se os dois são compatíveis. Pode ser uma questão de vida ou morte.

— E as pessoas sabem quando os cavalos nasceram?

— Francamente, não. Por isso a gente tem uma estratégia pra aproximar. E quanto ao seu parceiro, se dissermos meio-dia, ótimo, mas depois precisamos de latitude e longitude, por isso onde imaginamos que o maridinho viu a luz do dia?

Colette fungou.

— Ele não quis dizer.

— Na certa um ascendente em Escorpião. Controle por desinformação. Ou talvez Peixes. Criam mistérios onde não é preciso. Brincadeirinha. Relaxe e lembre pra mim... a mãe dele deve ter dado uma dica em algum ponto. Onde exatamente o queridinho deu as caras para este mundo dos que respiram, ainda mal formado?

— Ele foi criado em Uxbridge. Mas você sabe, ela pode ter dado à luz num hospital.

— Então pode ter sido em qualquer lugar ao longo da A40?

— Podemos dizer simplesmente Londres?

— Vamos colocá-lo no meridiano. É sempre uma boa escolha.

Depois desse incidente, ela achou difícil encarar Gavin como inteiramente humano. Fora padronizado na longitude zero grau ao meio-dia, como um pangaré ou um triste vira-lata sem qualquer pedigree. Colette ligou para a mãe dele, numa noite em que tomara meia garrafa de vinho e se sentia perversa.

— Renée, é você? — perguntou.

Renée respondeu:

— Como conseguiu meu nome?

— Sou eu — ela disse.

E Renée respondeu:

— Já comprei janelas e portas novas. Tenho uma estufa e vou reformar o sótão na próxima semana. Jamais contribuo com entidades beneficentes, muito obrigada, e já planejei minhas férias para este ano, e montei uma cozinha nova desde que você esteve na área.

— É sobre Gavin — ela disse. — Sou eu, Colette. Preciso saber quando ele nasceu.

— Tire meu nome da sua lista — disse a sogra. — E se tem que ligar para mim, pode não fazer isso durante meu programa? É um dos poucos prazeres que me restam. — Fez uma pausa, como se fosse largar o telefone. Depois voltou a falar. — Não que eu precise de qualquer outro. Mandei reformar minha suíte. Já tenho uma jacuzzi. E uma caixa de vinho de safra. E um elevador de escada para manter minha independência. Entendeu? Está prestando atenção? Não enche!

Clique.

Colette ficou segurando o fone. Nora havia um ano e dois meses e já esnobada pela mãe *dele*. Colocou o aparelho no gancho e entrou na cozinha. Ficou parada junto à pia dupla, controlando-se.

— Gavin — chamou —, você quer ervilha ou vagem? — Não teve resposta. Entrou pisando forte na sala de estar. Gavin, pés descalços no braço do sofá, lia *Qual Carro?* — Ervilha ou vagem? — ela repetiu. Nenhuma resposta. — Gavin!!!! — ela gritou.

— Com o quê?

— Costela.

— Que é isso?

— Carneiro. Costela de carneiro.

— Tudo bem — ele disse. — Como queira. Os dois.

— Não pode. — A voz dela tremeu. — Dois legumes verdes, não pode.
— Quem disse?
— Sua mãe — ela respondeu: achava que podia dizer qualquer coisa, ele nunca escutava.
— Quando?
— Agorinha mesmo no telefone.
— Minha mãe estava no telefone?
— Agora mesmo.
— Uma surpresa da porra. — Ele balançou a cabeça e virou a página.
— Por quê? Por que é uma surpresa?
— Porque ela morreu.
— Como? Renée? — Colette sentou-se no braço do sofá: mais tarde, quando contava essa história, dizia: bem, nessa altura minhas pernas desabaram. Mas nunca poderia recapturar o súbito terror, a fraqueza que lhe percorreu o corpo, a raiva, a indignação, a violenta exasperação que se apoderara dela. — Que diabos você quer dizer com morreu?
— Foi hoje de manhã. Minha irmã ligou. Carole.
— Isso é uma piada? Eu preciso saber. É piada? Porque se for, Gavin, eu lhe arrebento o joelho.
Gavin ergueu as sobrancelhas, como a dizer: por que seria tão engraçado?
— Eu não sugeri que era — ela respondeu logo: por que esperar que ele falasse? — Eu perguntei se essa é a ideia que *você faz* de uma piada?
— Deus ajude a quem fizer piada com isso.
Colette levou uma das mãos às costelas, por trás das quais alguma coisa fribilava com insistência. Levantou-se. Entrou na cozinha. Fitou o teto. Inspirou fundo. Voltou.
— Gavin?
— Hum?
— Ela morreu mesmo?
— Hum.
Ela quis bater nele.
— Como?
— Coração.

— Oh, Deus! Você não tem sentimentos? Como pode ficar sentado aí, escolhendo ervilha ou vagem...

— Você que escolheu — ele disse, num tom racional.

— Não ia me contar? Se eu não tivesse dito que sua mãe estava no telefone... Gavin bocejou.

— Por que a pressa? Eu teria contado.

— Quer dizer que apenas teria tocado no assunto. Quando se decidisse. Quando seria isso?

— Depois da comida.

Ela olhou-o boquiaberta. Ele disse, com certa dignidade:

— Não posso falar sobre isso com fome.

Colette levou o punho cerrado à altura do peito. Perdera o fôlego, e a fibrilação dentro do peito reduzira-se a um baque firme e constante. Ao mesmo tempo, sentiu-se tomada por uma sensação incômoda, de que, fizesse o que fizesse, seria inadequado; de que representava os gestos de outra pessoa, talvez de um momento equivalente na TV, quando se recebe a súbita notícia da morte de alguém. Mas quais são os gestos certos quando se acabou de falar com uma alma ao telefone? Ela não sabia.

— Por favor, Gavin — disse. — Largue essa revista. Só... só olhe para mim, quer olhar? Agora me conte o que aconteceu.

— Nada. — Ele largou a revista. — Não aconteceu nada.

— Mas onde estava ela? Em casa?

— Não. Fazendo compras. No Safeway. É o que parece.

— E?

Gavin esfregou a testa. Parecia fazer um esforço honesto.

— Acho que estava empurrando o carrinho.

— Sozinha?

— Não sei. Sim.

— E aí?

— Caiu.

— Não morreu lá, morreu? No corredor?

— Não, levaram ela para o hospital. Logo, não precisamos nos preocupar com o atestado de óbito.

— Que alívio — ela disse, com um ar sinistro.

Ao que parece, Carole propunha pôr o bangalô à venda tão logo fosse possível, na Sidgewick & Staff, que pelo agenciamento cobrava dois por cento no fechamento da venda, e prometia ilimitados anúncios a cores e ligações com corretoras nacionais.

— Deve dar uma boa grana — ele disse. — O lugar vale uma nota preta.

Por isso, ele explicou, estava lendo a nova edição de *Qual Carro?*; a casa de Renée ia levá-lo mais perto do que mais cobiçava na vida, o Porsche 911.

— Você não está chateado? — ela perguntou.

Ele encolheu os ombros.

— Todos temos que ir um dia, não temos? Que significa isso para você? Algum dia se preocupou com ela?

— E ela morava num bangalô, a Renée?

— Claro que morava. — Gavin pegou a revista e enrolou-a na mão, como se a esposa fosse uma vespa e ele quisesse esmagá-la. — Nós fomos lá para um almoço, naquele domingo.

— Não, não fomos, não. Nunca fomos.

— Só porque você vivia cancelando.

Era verdade. Ela esperava poder manter Renée bem longe: a recepção do casamento mostrara que a sogra tinha o hábito de fazer piadas grosseiras, e deixar escorregar a dentadura. Não eram só os dentes que eram falsos.

— Ela me contou — disse Colette a Gavin — que mandou instalar um elevador de escada. O que, se morasse num bangalô, não faria sentido.

— Quando? Quando foi que ela lhe contou isso?

— No telefone, agorinha mesmo.

— Alô? Alô? Alguém em casa? — perguntou Gavin. — Você é alguma idiota? Eu lhe disse que ela morreu.

Alertado pela revolta no rosto dela, ele se levantou do sofá e bateu-lhe com a *Qual Carro?* Ela pegou a lista telefônica e ameaçou arrancar-lhe o olho. Depois que ele se mandou para a cama, agarrado às expectativas, ela voltou à cozinha e grelhou as costelas. Jogou a ervilha e a vagem no triturador de lixo; detestava legumes. Comeu o carneiro com a mão, e roeu-o até os ossos. Não conseguia decidir o que era pior, o fato de Renée haver atendido ao telefone depois de morta ou de tê-lo feito de propósito para mentir-lhe e destratá-la. Jogou os ossos no triturador também, e gostou quando a máquina fez seu serviço. Lavou os dedos e enxugou-os no pano de prato.

No quarto, examinou Gavin, esparramado no espaço disponível. Nu e roncando; enfiara a revista, enrolada, embaixo do travesseiro. Isso, isso, ela pensou, é o que significa para ele a morte da única mãe. Ficou parada, olhando-o com a testa franzida; com o dedão do pé, tocou uma coisa dura e fria. Era um copo, rolando de um lado para outro, o gelo derretido escorrendo no tapete. Ela se abaixou e pegou-o. O cheiro de aguardente atravessou-lhe as narinas e a fez encolher-se. Foi até a cozinha e pôs o copo no escorredor. Na sala escura e minúscula, tirou o laptop de Gavin da pasta. Levou-o para a sala de estar e ligou-o na tomada. Copiou os arquivos que julgava de seu interesse e apagou os dados cruciais para o dia seguinte. Em termos de documentos pessoais, Gavin possuía menos que muitos animais. Vivia despistando-a: mas não era de se esperar? Que tipo de educação poderia ter tido, de uma mulher com dentadura que contava mentiras depois de morta?

Deixou o laptop ligado e voltou ao quarto. Abriu o guarda-roupa e revistou os bolsos de Gavin. Ocorreu-lhe a expressão "limpeza geral": "fez uma limpeza geral nos bolsos dele". Ele se mexeu uma ou duas vezes no sono, empinou-se, roncou e desabou de volta no colchão. Eu podia matá-lo, ela pensou, aí deitado; ou apenas mutilá-lo, se quisesse. Encontrou um maço de recibos de cartão de crédito na gaveta de cuecas dele; remexeu-os com o indicador. Encontrou anúncios de jornal de telessexo: *picantes gatas lésbicas!*

Fez uma mala. Será que ele ia acordar? As gavetas estalaram, abrindo-se e fechando-se. Colette olhou para trás. Gavin se mexeu, soltou uma espécie de gemido e voltou a dormir. Ela estendeu a mão para tirar o secador de cabelos da tomada, enrolou-o no próprio fio e ficou parada, pensando. Tinha direito à metade do apartamento; se ele assumisse o empréstimo do carro, ela continuaria pagando pelo casamento. Hesitou um último instante. Pisava na poça d'água deixada pelo gelo. Automaticamente, pegou um lenço de papel na caixa aberta e enxugou o tapete. Espremeu-o entre os dedos e o papel reduziu-se a uma polpa úmida. Afastou-se esfregando as mãos uma na outra para livrar-se dele.

Além da Escuridão

Fora acionado o protetor de tela no laptop de Gavin. Colette enfiou um disquete no drive e sobrescreveu os programas dele. Soubera de mulheres que, antes de se mandarem, cortavam as roupas dos maridos em pedacinhos. Mas as de Gavin, no estado em que se encontravam, já eram castigo suficiente. Ela soubera de mulheres que os castravam; mas não queria parar na cadeia. Não, vejamos como ele se sai sem seus bits e bytes, pensou. Com um comando, destroçou o sistema operacional.

Colette desceu até a costa sul para consultar uma famosa psicômetra, Natasha. Não sabia então, claro, que ela ia fazer parte mais tarde de sua vida. Na época, era apenas mais uma esperança em que se agarrava, esperança de compreender-se; apenas mais um item no já comprimido orçamento mensal.

O apartamento ficava duas quadras recuado da orla. Ela encontrou vaga com dificuldade e a certa distância. Perdeu tempo procurando o número. Quando encontrou a porta certa, tocou a campainha e falou no interfone:

— Sou a cliente das onze e meia. — Sem uma palavra, a médium abriu a porta; mas Colette julgou ouvir uma tosse, abafando uma risadinha. Ficou com as faces ardendo. Subiu correndo os três lances de escada e, assim que Natasha abriu a porta, disse: — Não estou atrasada.

— Não, querida, você é a das onze e meia.

— Você realmente precisa dizer aos clientes onde estacionar.

A médium deu um sorriso irônico. Era uma mulher esperta, de cabelos louros descoloridos e um maxilar protuberante. Lembrava uma daquelas mulheres que aparecem peladas nas capas das revistas masculinas.

— Como? — perguntou. — Acha que eu devia exercer meus poderes mediúnicos e guardar uma vaga?

— Eu queria dizer que você devia mandar um mapa.

Natasha virou-se para indicar o caminho: bunda alta e apertada naquele tipo de jeans que age como um corpete. É velha demais, pensou Colette, para jeans: alguém devia dizer isso a ela.

— Sente-se ali — disse Natasha, com precisão, apontando com a unha postiça.

— O sol vai bater em meus olhos — respondeu Colette.

— Bobagem — disse Natasha.

Um ícone de olhos tristes a olhava de uma moldura dourada barata na parede; uma neblina trazida pelo mar. Ela se sentou e abriu a bolsa:
— Quer o cheque agora?
Preencheu-o. Esperou a oferta de uma xícara de chá que não veio. Quase nutriu esperanças por Natasha: era antipática, mas com uma sagacidade comercial que Colette jamais encontrara em qualquer médium até então.
— Vai me dar alguma coisa? — perguntou Natasha.
Ela enfiou a mão na bolsa e passou a aliança de sua mãe.
Natasha girou-a em torno do polegar.
— Uma dama muito sorridente.
— Oh, sim — disse Colette. — Isso eu admito.
Passou um par de abotoaduras que pertencera a seu pai.
— É o melhor que você tem?
— Não tenho mais nada dele.
— Triste — disse Natasha. — Não pode ter sido um grande relacionamento, pode? Sinto que os homens não se entusiasmam por você, de algum modo. — Recostou-se na poltrona, os olhos distantes. Colette esperou em respeitoso silêncio. — Bem, escute, não estou conseguindo muita coisa com isso. — Sacudiu as abotoaduras na mão. — São mesmo de seu pai, não são? O problema com pais e abotoaduras é que eles as ganham no Natal e é "Oh, obrigado, muito obrigado, exatamente do que eu precisava!"
Colette balançou a cabeça.
— Mas o que se pode fazer? O que se pode comprar para os homens?
— Uma garrafa de uísque.
— É, mas a gente quer uma coisa que dure.
— Para que ele enfie na gaveta? Esqueça da sua existência?
Colette queria perguntar: *por que* você acha que os homens não se entusiasmam comigo? Em vez disso, tornou a abrir a bolsa.
— Minha aliança — disse. — Acho que você não pensou que eu fosse casada.
Natasha estendeu a palma chata, aberta. Colette pôs nela o anel.
— Oh, Deus — disse a médium. — Oh, Deus, oh, Deus.
— Não se preocupe — disse Colette. — Eu já o deixei.

— Às vezes é preciso reduzir os danos — concordou Natasha. — Que mais posso lhe dizer?

— É possível que eu mesma seja médium — disse Colette, meio indiferente. — É mesmo, de verdade. Eu disquei um número e uma pessoa morta atendeu.

— Isso é incomum — disse Natasha, desviando os olhos de uma forma calculada. — Que linha telefônica mediúnica oferece esse serviço?

— Não liguei para uma linha mediúnica. Liguei para minha sogra. Acabei sabendo que ela tinha morrido.

— Então que foi que lhe deu essa ideia?

— Não... não, escute, você tem que compreender como aconteceu. Eu não sabia que ela estava morta quando liguei. Só fiquei sabendo depois.

— Então ela estava morta quando você ligou? Mas você não percebeu?

— Isso.

— Então ela veio do além?

— É.

— Que foi que ela disse?

— Disse que tinha um elevador de escada. Era mentira.

— Bem, talvez... talvez tenha um como espírito.

Colette pensou um pouco. Renée dissera que não lhe faltava nenhum conforto.

— Não estou realmente interessada nesse aspecto, no que ela disse, só em que atendeu ao telefone. E respondeu. A princípio foi isso que me preocupou... o fato de ela nem ter falado a verdade... mas depois, quando pensei a respeito, o fato de ela dizer qualquer coisa pareceu o mais surpreendente... bem, você sabe. — A voz de Colette morreu na garganta. Ela não tinha o costume de dizer o que pensava. A vida com Gavin a desencorajara a isso. — Nada assim jamais me aconteceu antes, mas acho que prova que eu devo ter um dom. Estou meio chateada no emprego e gostaria de uma mudança. Fiquei me perguntando, você sabe. Se há muito dinheiro nisso.

Natasha deu uma risada.

— Bem, se você acha que aguenta o ritmo. É preciso treinar.

— Ah, é? Não basta poder fazer?

— Escute — disse Natasha. — Eu não quero parecer agressiva, mas será que você não está sendo meio ingênua? Quer dizer, você já tem uma boa carreira, isso eu vejo. Então por que jogá-la fora? Seria preciso aumentar as habilidades mediúnicas, não pode esperar começar do nada na sua idade.

— Como? — disse Colette. — Na minha idade?

— Eu comecei aos doze anos — disse Natasha. — Não vai me dizer que tem doze anos, vai? — Com uma das mãos, embaralhou ociosamente o baralho. — Quer ver o que sai? — Começou a espalhar as cartas, as unhas estalando nas costas de cada uma. — Escute, se vai trabalhar com poderes superiores, acontecerá. Nada vai impedir que aconteça. Mas você vai desvendar o aqui e o agora, se ouvir meu conselho. — Ergueu o olhar. — Me vem à mente a letra "M".

Colette pensou.

— Não conheço ninguém dessa letra.

Tornou a pensar: M de macho?

— Alguém vai entrar em sua vida. Não por agora. Um cara mais velho. Não muito afim de você a princípio, devo dizer.

— Mas e aí?

— Tudo está bem quando acaba bem — disse Natasha. — Eu acho.

Ela fora embora, decepcionada; ao chegar ao carro: recebera uma multa. Depois disso, preferira a bola de cristal, e teve algumas sessões de reiki. Marcou um encontro com Gavin num novo bar chamado Praça Hortelã-Pimenta. Ele chegou antes e, quando ela entrou, já estava sentado numa banqueta forrada de uma coisa verde parecida com couro, uma garrafa de cerveja mexicana plantada à frente, folheava a revista *O Vendedor de Carros do Vale do Tâmisa*.

— O dinheiro de Renée ainda não saiu? — ela perguntou. Sentou-se no banco da frente. — Quando sair, você pode usar um pouco dele para pagar minha parte do apartamento.

— Se você acha que vou perder a chance de ter um carro bacana, nem começa — disse Gavin. — Se eu não conseguir o Porsche, é isto aqui que vou conseguir: um Lancia. — Virou a revista em cima da mesa. — Tem um aqui. — Virou a foto para que ela visse. — Bancos forrados em estilo retrô. Todos os acessórios. Muito veloz.

— Coloque à venda então. O apartamento. Se não puder pagar a minha parte.

— Você disse isso. Já disse isso antes. Eu disse que sim. Concordo. Então não precisa repetir. Tá bom?

Fez-se um silêncio. Colette olhou em volta.

— Bem legal aqui. Tranquilo.

— Meio coisa de garota.

— Na certa é por isso que eu gosto. Sou uma garota.

Os joelhos dela tocaram os dele, por debaixo da mesa. Tentou afastar o banco, mas estava pregado ao chão. Gavin disse:

— Eu quero receber cinquenta por cento do valor das contas até o apartamento ser vendido.

— Eu já pago metade da conta do condomínio. — Colette empurrou a revista de volta.— Não vou dividir o resto das contas!

— Como assim?

— Gás e eletricidade. Por que vou pagar pra manter você aquecido?

— Eu lhe digo: você me sobrecarregou com uma enorme conta de telefone. Pode pagar por isso.

— O telefone é seu também.

— É, mas eu não fico nele a noite toda, tagarelando com alguém com quem passei o dia todo e que vou ver de novo na manhã seguinte. E não sou eu quem faz ligações caríssimas para, como é que se chama, umas porras de uns videntes, uns porras de médiuns a um pau por minuto.

— Na verdade telessexo é um serviço caríssimo também.

— Ah, bem, você sabe disso, não sabe? — Gavin agarrou a revista de carros, como para protegê-la dela. — Você não é normal.

Ela deu um suspiro. Não conseguiu reunir energia para dizer: "Como assim? Não sou normal? O que você quer dizer?" Ele não entendia qualquer abstração, qualquer indireta ou alusão, e na verdade até mesmo as formas mais diretas de comunicação — além de um soco na cara — eram um desafio à sua atenção. Até onde ela entendia, não houvera qualquer desacordo entre eles sobre o que faziam no quarto — parecera coisa muito direta, embora ela se julgasse bastante ignorante e limitada, e Gavin o era com certeza. Mas quando o casamento acaba, talvez seja isso que os homens fazem, decidem que o erro estava no sexo, porque é uma coisa que podem comunicar tomando um drinque, uma coisa que podem transformar numa história e escarnecer; é uma explicação que dão a si mesmos para o que, de outra forma, continuaria sendo o completo mistério dos relacionamentos humanos. Outros mistérios se apresentavam enormes para ela e mínimos para ele: por que estamos aqui, que acontecerá depois? Não adiantava tentar explicar a ele que sem os videntes ela teria medo até de agir; que gostava de saber que tudo fazia parte do seu destino, que não gostava de que a vida fosse arbitrária. Não adiantava dizer-lhe tampouco que achava que também podia ser médium. O incidente do telefonema póstumo, se algum dia entrara na cabeça dele, fora quimicamente apagado, por conta da vodca que ele bebera na noite em que ela saíra de casa, porque quando, no dia seguinte, descobriu o computador invadido, achou que só podia culpar a si mesmo.

— Não quer perguntar nada? Tipo onde estou morando?

— E aí? Onde está morando, Colette? — ele perguntou com sarcasmo.

— Com uma amiga.

— Nossa, você tem amigos?

— Mas acertei para, a partir da próxima semana, ter um quarto em uma pensão em Twickenham. Vou ter que começar a pagar aluguel, por isso preciso que o apartamento seja vendido.

— Só precisamos de comprador

— Não, só precisamos de vendedor.

— Como?

— Coloque à venda.

— Já coloquei. Semana passada.

— Ah, pelo amor de Deus. — Ela bateu com o copo na mesa. — Por que não disse logo?

— Eu ia dizer, se conseguisse enfiar uma palavra na conversa. Além disso, achei que você podia receber uma dica dos espíritos. Achei que eles iam dizer: um estranho está andando pelo seu quarto com uma trena.

Além da Escuridão

Colette jogou-se para trás no assento: mas o móvel era estranhamente curvo e empurrou-a de volta, de modo que ela ficou com o diafragma imprensado contra a borda da mesa.

— Então, quanto eles sugeriram? — Ela perguntou e ele disse. — Está baixo demais. Devem achar que você é um idiota. E talvez tenham razão. Deixa pra lá, Gavin, deixa pra lá. Vou cuidar disso amanhã. Vou ligar pessoalmente para eles.

— Disseram que é um preço realista para uma venda rápida.

— O mais provável é que já tenham algum conhecido interessado, a quem vão vender.

— Esse é o seu problema. — Gavin coçou a axila. — Você é paranoica.

— Você não sabe do que está falando. Usa as palavras sem a mínima ideia do que significam. Só conhece o estúpido jargão das revistas de carros. Assentos em estilo retrô. Garotas lésbicas picantes. É só o que você conhece.

Gavin virou o lábio inferior para fora e deu de ombros.

— E aí? Quer alguma coisa?

— Quero. Quero a minha vida de volta.

— Do apartamento.

— Vou fazer uma lista.

— Quer alguma coisa agora?

— As facas de cozinha.

— Por quê?

— São boas. Japonesas. Você não precisa delas. Não vai cozinhar.

— Talvez possa querer cortar alguma coisa.

— Use os dentes.

Ele tomou um gole da cerveja. Ela terminou seu Spritzer.

— Acabamos? — ela perguntou. Pegou a bolsa e a jaqueta. — Quero tudo por escrito, sobre o apartamento. Diga aos agentes que quero cópias de toda a papelada. Quero ficar a par de tudo. — Levantou-se. — Vou ligar de dois em dois dias para verificar o andamento.

— Vou ficar esperando.

— Não pra você. Para o agente. Tem o cartão deles?

— Não. Não aqui. Passa lá em casa e pegue.

O medo incendiou-se dentro dela. Pretenderia ele espancá-la, estuprá-la?
— Mande para mim — disse.
— Não tenho seu endereço.
— Mande para o escritório.

Quando ela chegou à porta, ocorreu-lhe que aquele talvez fosse um único e desajeitado esforço de reconciliação. Olhou para trás. Gavin baixara a cabeça e folheava a revista de novo. De qualquer modo, nem pensar. Ela preferia tirar o apêndice com uma tesourinha de unha a voltar para ele.

O encontro, porém, a magoara. Gavin fora a primeira pessoa, pensou, com quem fui realmente franca e honesta; em casa não se dava muito valor à franqueza, e ela não tivera uma amiga íntima desde os quinze anos. Abrira o coração para ele, por assim dizer. E para quê? Na certa, enquanto abria o coração, ele nem sequer escutava. Na noite da morte de Renée, vira-o como ele de fato era: grosseiro, ignorante e nem mesmo envergonhado disso, nem mesmo perguntara a ela por que sentia tal pânico, nem sequer se dando conta de que a morte da mãe, em si, não a afetaria daquele jeito: mas não deveria ter afetado a ele? Algum dia se preocupara ele em ir ao crematório, ou deixara tudo por conta de Carole? Quando ela lembrava aquela noite, que (sabia agora) fora a última do casamento, tinha na cabeça uma sensação desconjuntada e estranha, como se as ideias e sentimentos fossem unidos por um zíper, e o zíper houvesse emperrado. Não falara disso a Gavin nos dias seguintes à sua partida, discara duas vezes para casa de Renée, só para ver o que aconteceria. O que acontecera fora nada, claro. O telefone tocava na casa vazia: bangalô, fosse o que fosse.

Isso abalara a crença em seus poderes mediúnicos. Ela sabia, claro — e a lembrança era nítida, mesmo a de Gavin não sendo — que a mulher ao telefone não se identificara em nenhum momento. Não negara que era Renée, mas não afirmara, tampouco. Talvez fosse apenas possível que houvesse discado errado e falado com uma estranha irada. Se pressionada, diria que era a sogra, mas a verdade é que não conhecia a voz dela tão bem assim, e a mulher não tinha aquela marca registrada na fala causada pela dentadura escorregadia de Renée. Seria isso tão importante? Talvez. Nada mais de natureza mediúnica parecia manifestar-se. Ela se mudara para a pensão em Twickenham, e descobrira que morar com mulheres mais jovens a fazia infeliz. Jamais pensara em si mesma como uma romântica, Deus sabe, mas a maneira como falavam dos homens era quase pornográfica, e os arrotos e pés nos móveis eram Gavin outra vez. Não tinha de dormir com elas, era a única diferença. Toda manhã, encontrava a cozinha cheia de potes de sorvete Hägen-Dazs e latas de cerveja, e bandejas de plástico, das refeições de baixa caloria para micro-ondas, com o resto de uma coisa bege e gelatinosa no fundo.

Então, que rumo sua vida estava tomando? Para quê ela servia? Não aparecera em sua vida homem algum com a letra M. Estava estagnada, impressionava-a a rapidez com que uma situação temporária se torna desoladora e permanente. Logo precisaria que lhe lessem a sorte de novo. Mas a clarividente de sempre, aquela em que mais confiava, morava em Brondesbury, o que representava uma viagem longa demais, e tinha gatos, aos quais ela desenvolvera alergia. Conseguira uma tabela de horário dos trens e traçara um percurso, toda semana, dos subúrbios de Londres até as cidades-dormitório e a verdejante conurbação de Berkshire e Surrey. Assim, aconteceu que, numa tarde de sábado na primavera, viu Alison apresentar-se em Windsor, na sala Victoria do Harte & Garter.

Foram dois dias de Extravagância Mediúnica. Ela não fizera reservas, mas devido à sua aparência e modos inofensivos, era boa como fura fila. Sentara-se modestamente na terceira fileira, o corpo magro curvado dentro do blusão, o cabelo castanho colocado atrás das orelhas. Alison logo a apontara. As opalas da sorte faiscaram em sua direção.

— Estou vendo uma aliança quebrada. É aquela moça ali de bege. É você, querida? — Muda, Colette ergueu a mão, a apertada aliança de ouro intacta em seu dedo. Voltara a usá-la, mal sabia por quê; talvez apenas para causar despeito em Natasha, para mostrar que um homem se entusiasmara por ela, pelo menos uma vez. A impaciência cruzou o rosto de Alison: depois o sorriso varreu a expressão. — É, eu sei que você ainda usa a aliança dele. Talvez ele pense em você: será que você pensa nele?

— Só com ódio — respondeu Colette.

E Al disse:

— Como queira. Mas você está por conta própria agora, querida. — Estendeu os braços para a plateia. — Vejo imagens, não consigo evitar. De um casamento, vejo um anel. De uma separação, um divórcio, vejo um anel partido. A linha da rachadura é a fenda no coração dessa jovem.

Ouviu-se um murmúrio de simpatia da plateia. Colette balançara sobriamente a cabeça, concordando com o que fora dito. Natasha dissera quase a mesma coisa, quando segurara a aliança, como se usasse pinças, entre as esquivas unhas postiças. Mas Natasha era abusada e despeitada, e a mulher no palco parecia não sentir despeito por ela. Natasha insinuara que ela era velha demais para novas experiências, mas Alison falava como se ela tivesse uma vida inteira pela frente. Falava como se fosse possível pôr em prática suas ideias e sentimentos: imaginava-se aparecendo na lavanderia e mandando substituir o zíper emperrado, o zíper que unia as ideias aos sentimentos e a tornava inteira.

Fora a introdução de Colette ao lado metafórico da vida. Ela percebeu que não compreendera metade do que os videntes lhe haviam dito. Era o mesmo que estar na rua em Brondesbury rasgando notas de dez libras. Quando nos dizem alguma coisa, esperam que a analisemos sob todos os ângulos; esperam que a escutemos, que sintamos todas as suas dimensões psicológicas. Não esperam que a combatamos, mas que deixemos as palavras afundarem dentro de nós. Não se deve contestar, discutir e tentar demover a médium de suas convicções; devemos escutar com o ouvido interno, e aceitar exatamente o que ela diz, mesmo que o sentimento causado se choque com o que sentimos por dentro. Alison oferecia esperança, e esperança era o sentimento que ela queria ter; esperança de redenção dos bate-bocas no banheiro da pensão, e de encontrar os sutiãs das outras enfiados debaixo de uma almofada quando desabava no sofá após o trabalho com o *Evening Standard*, e do barulho das colegas no cio de madrugada.

— Escute — disse Alison. — O que eu quero dizer é: não chore. A verdade é que você mal começou com esse homem. Ele não sabia o que era o casamento. Não sabia como formar um relacionamento em pé de igualdade.

Ele gostava de... engenhocas, estou certa?, hi-fi, carros, essas coisas, que eram com o que ele se relacionava.

— Oh, sim — gorjeou Colette. — Mas isso também não se aplica à maioria dos homens? — Deteve-se. — Desculpe — disse.

— Se aplica à maioria dos homens? — perguntou Al delicadamente. — Eu admito. O importante, porém, é o que se aplica a ele. É verdade que, nos grandes momentos de sua vida, ele pensava em ingressos para jogos e sistemas de som? Mas veja, querida, existe um homem para você. Um homem que vai ficar anos e anos em sua vida futura. — Franziu a testa. — Quero dizer... oh, você sabe... "na alegria e na tristeza" ... mas você foi casada, menina, logo sabe disso tudo.

Colette inspirou fundo.

— Ele tem a inicial M?

— Não me provoque, querida — disse Al. — Ele ainda não está em sua vida, mas vai chegar.

— Então eu não o conheço?

— Ainda não.

Oh, maravilha, pensou Colette — porque acabava de fazer uma rápida varredura mental dos homens que já conhecia.

— Eu vou conhecê-lo no trabalho?

Alison fechou os olhos.

— Mais ou menos — disse. Franziu a testa. — Mais por meio do trabalho que no trabalho. Por meio do trabalho, é como eu diria. Primeiro vocês vão ser, assim, colegas, depois se aproximarão. Vocês vão ter uma, como é a palavra?, parceria. Talvez leve algum tempo até se tornarem íntimos. Ele tem que se entusiasmar por você. — Deu uma risadinha. — Ele não tem muito senso de como se vestir, mas espero que você logo dê um jeito nisso, meu bem. — Alison sorriu para o auditório. — Ela terá que esperar para ver o que acontece. Emocionante, não é?

É verdade, pensou Colette. Ela mantinha um diálogo mental. É verdade, é verdade. Assim espero. Assim espero. Vou ter um aumento de salário? — não, isto não. Vou conseguir uma casa só para mim? — não, isto não. Eu preciso. É melhor para mim. Tenho que procurar outro emprego. Tenho que reagir, cuidar da minha vida e estar aberta a novas oportunidades. Mas, não importa o que eu fizer, vai acontecer alguma coisa. Estou cansada de tomar conta de mim mesma. Vai acontecer alguma coisa que eu não poderei controlar.

Alison fez mais algumas coisas nessa noite no Harte & Garter. Disse a uma mulher de aparência deprimida que ela ia partir num cruzeiro. A mulher logo empertigou a espinha caída e revelou com voz impressionada que recebera um folheto sobre cruzeiros pelo correio, enviado porque suas bodas de prata se aproximavam e ela achara que era hora de o marido e ela exportarem sua felicidade para outro lugar que não a ilha de Wight.

— Bem, quero dizer a você — disse-lhe Alison — que vão fazer esse cruzeiro, vão sim. — Colette ficou maravilhada com a forma como ela podia gastar o dinheiro da mulher. — E vou lhe dizer mais uma coisa: vocês vão se divertir muito. Vão ter a diversão da vida.

A mulher empertigou-se mais ainda.

— Oh, obrigada, obrigada — disse. Pareceu adquirir uma espécie de fulgor. Colette notara isso mesmo sentada a quatro filas de distância. Isso a encorajou a pensar que alguém podia oferecer uma nota de dez libras na porta e receber tanta esperança em troca. Era barato, em comparação com o que ela pagava em Brondesbury e outros lugares.

Após a apresentação, Colette foi a pé até a Estação de Riverside, no fim de tarde gelado. O sol abria um canal vermelho no centro do Tâmisa. Cisnes flutuavam na água leitosa perto das margens. Para os lados de Datchet, diante do pub chamado Donkey House, alguns estudantes franceses de intercâmbio mergulhavam. Ela ouvia os gritos excitados, que lhe aqueceram o coração. Ficou parada na ponte e acenou para eles com um grande movimento do braço, como se aterrissasse um avião em solo.

Não volto amanhã, pensou. Volto, não volto, volto.

Na manhã seguinte, domingo, teve a viagem atrapalhada por obras de reparação na estrada. Esperava ser a primeira da fila, mas não ia dar. Ao deixar a estação, uma explosão de claridade. Carros lotavam a rua. Ela subiu a ladeira em direção ao castelo e ao Harte & Garter. A grande Torre Redonda dominava a paisagem, e a seus pés, como uma minhoca mastigando, serpeava um rio de turistas devorando sanduíches.

Eram onze horas e a Extravagância estava a todo vapor. Haviam montado mesas e tendas no saguão onde a médium fizera a demonstração na noite anterior. Fazia-se cura espiritual num canto, fotografia Kirlian em outro, e a mesa de cada médium, coberta por uma toalha de chenile ou seda franjada, amparava o baralho de tarô padrão, a bola de cristal, alguns feitiços, incensos, pêndulos e sinos: além de um pequeno gravador de fita para os clientes gravarem a consulta. Quase todos os médiuns eram mulheres. Havia apenas dois homens, lúgubres e ignorados: Merlin e Merlyn, segundo os nomes nos crachás. Um possuía em cima da mesa um mago de bronze que agitava um cajado, e o outro o que parecia ser uma cabeça encolhida, sobre um pedestal. Não havia fila na mesa dele. Ela caminhou até lá.

— Que é isso? — fez com a boca, apontando.

Era difícil fazer-se ouvir: o rugido das previsões erguia-se no ar e ricocheteava dos caibros.

— Meu espírito guia — disse o homem. — Bem, uma réplica.

— Posso tocar nele?

— Se quiser, querida.

Ela correu os dedos pela coisa. Não era pele, mas couro, uma espécie de máscara de couro pregada num crânio de madeira. Um cordão com penas cercava a testa.

— Ah, já entendi — disse Colette. — É um pele-vermelha.

— Índio americano — corrigiu o homem. — O original tem cerca de cem anos de idade. Foi passado para mim por meu mestre, que ganhou do mestre dele. Águia Azul guiou três gerações de médiuns e curandeiros.

— Deve ser difícil quando se é homem. Saber o que pôr em cima da mesa. Isso não me parece muito afeminado.

— Escute, quer uma leitura ou não?

— Acho que não — respondeu Colette. Para ouvir um médium, era preciso quase colar o rosto no dele, e não lhe agradava tal intimidade com o companheiro de Águia Azul. — É meio sórdida — acrescentou. — Essa cabeça. Repugnante. Por que não joga fora e arranja outro modelo? — Empertigou-se. Olhou a sala em volta. — Com licença — disse, gritando por cima da cabeça de um cliente para uma velha grisalha de xale —, com licença, mas onde está a que fez a demonstração ontem à noite? Alison?

A velha indicou com o polegar.

— Três fileiras atrás. No canto. Escute, ela cobra caro. Se você aguentar até eu acabar aqui, posso lhe fazer uma psicometria, cartas e palma da mão, trinta paus tudo.

— Que coisa mais antiprofissional — disse friamente Colette.

E então a avistou. Uma cliente, radiante, levantou-se da poltrona de falso couro vermelho e a fila se abriu para deixá-la passar. Colette viu Alison, muito ligeiramente, levar as mãos ao rosto: antes de erguê-lo, sorrindo, para o próximo cliente.

Mesmo os domingos têm seus fluxos e refluxos — períodos de calma e quase paz, em que o sono avança sobre as salas superaquecidas — e tempos de enorme confusão — o sol bate, súbito e como um açoite, iluminando os badulaques em cima do veludo — e no espaço entre duas batidas cardíacas a ansiedade é palpável, um bebê que chora, o incenso que sufoca, a música que geme, pessoas em busca da sorte que se espremem na porta e empurram os de dentro contra as mesas. Ouve-se um barulho quando alguns vidros de perfume egípcio saem voando; a sra. Etchells, três mesas adiante, tagarela sobre os prazeres da maternidade; Irina acalma uma adolescente em prantos por causa de um noivado desfeito; o bebê, dobrado de cólica, retorcendo-se nos braços da mãe, devora a sua atenção como se ainda estivesse enredado em suas entranhas.

Al ergueu os olhos e viu uma mulher da sua idade, constituição frágil e cabelos finos e lisos. Feições discretas, o corpo de uma órfã na tempestade. Uma pergunta saltou-lhe dentro da cabeça: como isso se daria se ela fosse vitoriana, se fosse uma das trapaceiras vitorianas? Sabia tudo a respeito disso; afinal, a sra. Etchells, que a treinara, quase remontava àqueles tempos. Naqueles tempos em que os mortos se manifestavam em forma de musselina, manchada e fedorenta das cavidades do corpo do médium. Os mortos amontoavam-se, fazendo-nos tossi-los ou vomitá-los, ou arrancá-los de nossos órgãos reprodutores. Sopravam trombetas e tocavam órgãos portáteis; moviam os móveis e batucavam nas paredes, cantavam hinos. Ofereciam buquês aos vivos, rosas espirituais por mãos perfumadas. Às vezes ofereciam grandes objetos inconvenientes, como um cavalo. Às vezes ficavam ao nosso lado, uma fulgurante coluna tornada carne pelos olhos da fé. Al podia ver facilmente um quadro do passado: ela própria num salão obscuro, os ombros majestosos sobressaindo-se alvos no veludo roxo, e a criatura esguia e plana ao lado, de pé à meia-luz: olhos vazios como água, encarnando uma forma espiritual.

— Gostaria de entrar e sentar-se?

Não é justo!, disse a fila. Não é a vez dela!

— Por favor, tenham paciência — pediu Alison com voz meiga. — Acho que alguém está tentando baixar para essa moça, e eu não me atrevo a manter o mundo dos espíritos à espera.

A fila recuou, resmungando. Colette sentou-se diante de Al, um ser pálido e manso, como uma vítima de sacrifício com todo o sangue drenado. A médium examinou-a em busca de pistas. Na certa jamais conheceu as alegrias da maternidade. Boa aposta, com esses peitos. Oh, espere, eu não vi você ontem à noite? Logo na frente, à esquerda, não? Aliança quebrada. O homem das engenhocas. Garota de carreira, mais ou menos. Não uma grande carreira, porém. Vagando. Ansiosa. Dores nas entranhas. Tensão na nuca: uma grande mão espremendo a coluna vertebral.

À esquerda, a sra. Etchells dizia:

— Veio de férias, não foi? Vejo um avião.

Irina dizia sim, sim, sim, você está muito triste agora, mas em outubro eles vão chegar, quatro homens num caminhão, e construir uma extensão em sua casa.

Alison estendeu a mão para Colette, que pôs a sua na dela, virada para cima. A estreita palma não tinha energia alguma, quase como a de um cadáver.

Eu teria gostado disso, pensou Alison, toda aquela confusão e ostentação vitoriana, os vestidos, os pianos espirituais, os homens de barbas compridas. Estaria vendo a si mesma, numa vida passada, numa carreira anterior e possivelmente mais lucrativa? Fora famosa, talvez, um nome conhecido? Possivelmente: ou possivelmente apenas desejasse que assim fosse. Imaginava que vivera antes, mas desconfiava que não havia muito glamour na vida que levara. Às vezes, quando a mente vagava, vinha-lhe uma visão passageira, pouco iluminada, como um monocromo, de uma fila de mulheres capinando, as costas curvadas, sob um céu cor de lama.

Bem, agora... examinou a palma de Colette, com a lente de aumento. Toda a mão era coberta por cruzes, nas linhas principais e entre si. Al não via arcos, estrelas ou tridentes. Havia várias ilhas preocupantes na linha do coração, vários trechos vazios. Talvez, pensou, ela durma com homens cujo nome desconhece.

A voz da cliente pálida se intrometeu. Parecia comum e aguda:

— Você disse que alguém estava baixando para mim.

— Seu pai. Ele passou recentemente para o mundo dos espíritos.

— Não.

— Mas teve uma passagem. Estou recebendo, seis. O número seis. Cerca de seis meses atrás. — A cliente pareceu sem expressão. — Deixe-me refrescar sua memória — disse Alison. — Seria a Noite de Guy Fawkes, ou talvez perto da correria do Natal. Quando todos dizem: restam apenas quarenta dias para as compras, esse tipo de coisa.

Falava num tom tranquilo; estava acostumada ao fato de as pessoas não se lembrarem das mortes na família.

— Meu tio morreu em novembro passado. É a isso que você se refere?

— Tio, não pai?

— É, meu tio. Pelo amor de Deus, isso eu sei.

— Preste atenção — disse Alison, tranquila. — Por acaso você não tem aí alguma coisa dele? Alguma coisa que pertenceu a seu pai?

— Tenho. — Colette trouxera os mesmos objetos que levara à médium em Hove. — Eram dele.

Entregou as abotoaduras. Alison enconchou-as na mão esquerda e rolou-as com o indicador direito.

— Bolas de golfe. Eu achava que ele não jogava golfe. As pessoas ainda não sabem o que comprar para os homens, não é? — Jogou-as para cima e tornou a pegá-las. — De jeito nenhum — disse. — Escute, aceite o seguinte: o dono disso não era seu pai. Era seu tio.

— Não, foi meu tio que *morreu*. — A cliente fez uma pausa. — Morreu em novembro. Meu pai morreu mais ou menos, não sei, séculos atrás... — Levou a mão à boca. — Oh — disse. — Quer dizer isso de novo?

Além da Escuridão

Tinha-se de admitir: não era lenta para entender as coisas.

— Vamos ver se desatamos esse nó — disse Al. — Você diz que estas abotoaduras eram de seu pai. Eu digo que não, embora possam ter pertencido ao homem a quem você *chamava* de pai. Você diz que seu tio se foi em novembro passado, e seu pai séculos atrás. Mas eu digo que seu tio está há muito tempo no mundo dos espíritos, mas seu pai deu o último suspiro no outono. Agora, está me entendendo? — A cliente fez que sim com a cabeça. — Tem certeza? Quer dizer, eu não quero que você pense que estou difamando sua mãe. Mas essas coisas acontecem, nas famílias. O nome de seu tio é...

— Mike.

— Mike. E o do seu pai? Terry, certo? É o que você pensa. Mas do jeito que eu vejo, Terry é seu tio e o Tio Mike, seu pai.

Silêncio. A mulher remexeu-se na cadeira.

— Ele andava sempre por perto, Mike, quando eu era pequena. Sempre por perto.

— *Chez vous* — disse Al. — Bem, tinha de estar.

— Isso explica muita coisa. Meu cabelo liso, por exemplo.

— Explica, não explica? — disse Alison. — Quando você finalmente ordena tudo, quem é quem na família, esclarece muita coisa. — Deu um suspiro. — É uma pena sua mãe ter morrido, e você não poder perguntar a ela o que era o quê. Ou por quê. Ou alguma coisa assim.

— Ela não ia falar. Você não pode me dizer?

— Meu palpite é que Terry era um tipo quieto, e o Tio Mike meio menião. Que era o que sua mãe gostava. Impulsiva, é como eu a descreveria, se insistissem. Você também, talvez. Mas só em... não em assuntos gerais... só no que a gente chama... ééé... questões de parceria.

— Que quer dizer isso?

— Quer dizer que, quando você vê um cara do qual gosta, parte direto pra cima. — Como um cão atrás de uma lebre, pensou. — Você diz a si mesma: não, preciso usar uma estratégia, ir com calma, mas não escuta seu próprio conselho: é, como eu diria, do tipo que trepa na primeira noite. Ora, por que não? Quer dizer, a vida é curta.

— Eu não posso fazer isso. Desculpe.

A cliente se levantou.

Alison estendeu a mão.

— É o choque. Sobre seu pai. Demora um pouco para a gente se acostumar. Eu não teria tocado no assunto assim se achasse que você não aguentaria. E falando sem rodeios, acho que aguenta, sim.

— Aguento — disse Colette.

Tornou a sentar-se.

— Você é orgulhosa — disse Al em voz baixa. — Não se deixa abater.

— É uma boa descrição de mim.

— Se Joãozinho e Maria conseguem, você consegue.

— É verdade.

— Não tem muita paciência com os tolos.

— É.

Era uma velha frase da sra. Etchells, que na certa a estaria usando agora mesmo, três mesas adiante: "Você não tem muita paciência com os tolos, querida!" Como se a cliente fosse responder: "Tolos! Eu adoro os tolos! Nunca me canso deles. Saio pelas ruas procurando tolos para convidá-los para jantar em minha casa!"

Alison recostou-se na cadeira.

— Do jeito como eu vejo você agora, está insatisfeita, inquieta.

— É.

— Chegou a um ponto em sua vida em que já está cansada.

— É.

— Está pronta e disposta a seguir em frente.

— É.

— Portanto, quer vir trabalhar para mim?

— Como?

— Sabe datilografar, dirigir, alguma coisa assim? Eu preciso de uma espécie de, como é que chamam vocês, uma secretária executiva?

— Isso é meio repentino.

— Na verdade, não. Eu senti que conhecia você, quando a vi da plataforma ontem à noite.

— Plataforma?

— É como chamamos qualquer tipo de palco.

— Por quê?

— Não sei. É histórico, eu acho.
Colette curvou-se para frente. Cerrou os punhos entre os joelhos.
Alison disse:
— Se você for ao bar da frente daqui a uma hora, a gente toma um café.
— Colette lançou um olhar à longa fila atrás. — Tá bem, que tal uma hora e quinze minutos.
— Que vai fazer? Botar um aviso de "fechado"?
— Não, só desviar esse pessoal pra outra. Dizer: vão procurar a sra. Etchells, três mesas abaixo.
— Por quê? Ela é boa?
— A sra. Etchells? *Entre nous*, é lixo. Mas foi quem me ensinou, e eu devo isso a ela.
— Você é leal?
— Espero que sim.
— É aquela ali? A velha enrugada de bracelete? Agora eu vou *lhe* dizer uma coisa. Ela não é leal a você.
Falou bem claro: ela tentou me enrolar, me convencer a ser atendida por ela quando eu procurava você: cartas, bola de cristal, psicometria, tudo junto, trinta paus.
Alison corou, um rubor carmim.
— Ela disse isso? Trinta paus?
— Admira você não saber.
— Eu tinha a cabeça em outro lugar. — Alison deu um sorriso trêmulo. — *Voilà!* Já ganhou o seu dinheiro, Colette.
— Você sabe meu nome?
— É esse não sei quê de francês em você. *Je ne sais quoi.*
— Você fala francês?
— Nunca falei, até hoje.
— Não deve ler minha mente.
— Eu gostaria de tentar não ler.
— Uma hora e quinze minutos?
— Você precisa de um pouco de ar fresco.

* * *

Na Ponte Windsor, um rapaz estava sentado num banco com o rottweiler aos pés. Tomava sorvete numa casquinha e estendia outra para o cachorro. Os passantes, sorrindo, juntavam-se para ver. O cachorro comia com movimentos educados e giratórios da língua. Depois esmagou o resto da casquinha, subiu no banco e encostou a cabeça amorosamente no ombro do rapaz, que lhe deu o resto do seu sorvete, e a multidão foi à loucura. O cão, encorajado, lambeu e mordiscou a orelha do rapaz, e a multidão fez Oh, que coisa fofa.

O cachorro saltou do banco. Olhos firmes e patas imensas. Por dois vinténs, ou o equivalente para cães, partiria para comer a multidão, devorando cada nuca e jogando as crianças para o alto como panquecas.

Parada, Colette ficou observando até a multidão dispersar-se e ela terminar sozinha. Cruzou a ponte e desceu a Eton High Street, obstruída por turistas. Eu sou como o cachorro, pensou. Tenho apetite. É errado? Minha mãe tinha apetite. Percebo agora como ela falava em código todos aqueles anos. Não admira que eu nunca soubesse o que era o quê e quem era quem. Não admira que as tias vivessem trocando olhares, dizendo coisas como: eu me pergunto de onde vêm aqueles cabelos de Colette, de onde vem a sua inteligência? O homem a quem ela chamava de pai se distinguia por uma espécie de estupidez que o tornava referência. Ela própria tinha um quadro mental dele esparramado diante da televisão e coçando a barriga: talvez, quando lhe comprara as abotoaduras, esperasse melhorá-lo. O Tio Mike, por outro lado — na verdade seu pai — era um homem que vivia com a carteira estufada. Não andava toda semana exibindo as libras e dizendo: tome aqui, Angie, compre uma coisa bonita para a pequena Colette? Pagara, mas não o bastante: pagara como tio, não como pai. Vou processar o sacana, ela pensou. Depois lembrou que ele morrera.

Entrou no Crown & Cushion e comprou um suco de abacaxi, que levou para um canto. A cada minuto, conferia o relógio. Cedo demais, voltou a atravessar a ponte.

Alison estava sentada na sala da frente do Harte & Garter, com uma cafeteira e duas xícaras. Dava as costas para a porta, e Colette parou um instante, para ter uma boa visão dela: *é imensa*, pensou, como pode andar por aí desse jeito? Enquanto observava, a outra estendeu o braço gordo para o café e despejou-o na segunda xícara.

Colette sentou-se. Cruzou as pernas. Fixou Alison com um olhar frio.

— Você não calcula o que diz, não é? Realmente podia ter me deixado transtornada, lá atrás.

— Havia um risco — sorriu Alison.

— Você se considera boa julgadora de caráter.

— Na maioria das vezes.

— E minha mãe. Quer dizer, pelo que sei, eu podia ter explodido em lágrimas. Podia ter desmaiado.

Não era um risco de verdade, pensou Al. Em algum nível, em algum recanto de si mesmas, as pessoas sabem o que sabem. Mas a cliente estava decidida a ter o seu momento.

— Porque o que você estava dizendo, na verdade, era que ela tinha um caso com meu tio debaixo das fuças do meu pai. O que não é lá muito legal, é? E deixou meu pai pensar que eu era dele.

— Eu não chamaria de caso. Foi mais um flerte.

— E o que isso torna a minha mãe? Uma vadia.

Alison pousou a xícara de café.

— Dizem que a gente não deve falar mal dos mortos. — Deu uma risada. — Mas por que não? Eles falam mal da gente.

— Falam? — Colette pensou em Renée. — Que é que dizem?

— Foi só uma piada. Fiz uma piada. Vejo que acha que eu não devia.

Tomou de Colette a caixinha de leite do tamanho de um dedal com que ela se atrapalhava, arrancou o papel laminado com a unha e entornou-a no café dela.

— Preto. Eu tomo preto.

— Desculpe.

— Outra coisa que você não sabia.

— Outra.

— Esse serviço de que você falou...

Colette interrompeu-se. Estreitou os olhos e olhou com expressão especulativa para Alison, como se estivesse muito longe.

Al disse:

— Não franza a testa. Vai ficar assim um dia. Basta me pedir o que quer.

— Você não sabe?

— Você me pediu para não ler sua mente.

— Tem razão. Pedi. Muito justo. Mas você pode fechá-la assim de repente? Fechá-la e depois tornar a abri-la?

— Não é assim. Eu não sei como posso explicar. Não é como uma torneira.

— Como um interruptor?

— Também não.

— É como... imagino... como alguém lhe sussurrando alguma coisa?

— É. Mais ou menos. Mas não sussurrando exatamente. Quer dizer, não no ouvido.

— Não no ouvido — repetiu Colette.

Mexeu o café com a colher. Al pegou um envelope de açúcar mascavo, rasgou a ponta e jogou-o no café de Colette.

— Você precisa de energia — explicou Alison. Colette, franzindo a testa, continuou a mexer. — Tenho que voltar logo, estão fazendo fila lá dentro.

— Então, se não é um interruptor...

— Sobre o emprego... você poderia ficar para dormir.

— Também não é uma torneira...

— Você pode ligar para mim amanhã.

— E não é uma pessoa sussurrando no seu ouvido...

— Meu número está no folheto. Você tem meu folheto?

— Seu espírito guia lhe diz coisas?

— Não demore muito.

— Você disse que ele se chamava Morris. Um palhacinho saltador de circo.

— É.

— Parece um pé no saco.

— Às vezes é mesmo.

— Mora com você? Em sua casa? Quer dizer, se você chama isso "morar".

— Pode ser — disse Al. Parecia cansada. — Tanto pode chamar de "morar" quanto de qualquer outra coisa. — Levantou-se. — Vai ser uma tarde longa.

— Onde você *mora*?

— Wexham.

— É longe?

— Logo acima do Bucks.

— Como vai para casa, você dirige?

— Trem e depois táxi.

— A propósito, acho que você deve ter razão. Sobre minha família.

Al declinou o olhar para ela.

— Sinto que você está vacilando. Quer dizer, sobre minha oferta. Não é uma característica sua ser indecisa. Você é mais de mergulhar de cabeça.

— Não estou muito certa do que você espera que eu faça. Estou acostumada a uma lista de tarefas.

— A gente arranja uma. Se é o que está preocupando você. Escreva uma você mesma, por que não? Logo vai se dar conta do que é preciso fazer. — Alison remexia na bolsa. — Talvez eu não possa pagar tanto quanto seu último emprego. Mas também, quando olhar meus livros de contabilidade, poderá me dizer quanto eu posso. E também é uma questão de qualidade de vida, não é? Eu diria que o horário será mais flexível que o do seu último emprego. Terá mais tempo para o lazer. — Então disse, como se parecesse constrangida: — Não vai ficar rica comigo. Eu não sou boa para números de loteria, ou qualquer coisa parecida.

— Pode ficar mais um minuto? — perguntou Colette. — Eu preciso saber mais.

— Eles estão me esperando.

— Faça com que esperem.

— É, mas não muito tempo. Senão a sra. Etchells os rouba de mim. — Al encontrara um tubo de pastilhas de hortelã-pimenta na bolsa. Ofereceu uma a Colette. — Mantém a mente alerta — disse. — O que eu preciso, entenda, é de alguém para agendar as consultas direito e impedir que eu registre tudo duas vezes. Ficar em contato com a administração, sempre que eu estiver na plataforma. Fazer reservas nos hotéis. A contabilidade. Seria bom ter alguém para atender ao telefone. Se estou com um cliente, nem sempre posso interromper.

— Não tem secretária eletrônica?

— Tenho, mas os clientes preferem ouvir uma voz humana. Seja como for, não sou muito boa com coisas elétricas.

— Então como lava a roupa, na banheira?

— Não, a verdade é que... — Alison baixou os olhos. Parecia perturbada. — Estou vendo que vou ter que explicar muita coisa a você — disse.

A verdade, como se viu mais tarde, era que qualquer mensagem que Alison gravava na secretária podia corromper-se. Outros recados, bem diferentes, eram gravados por cima. De onde vinham?

— Não há uma resposta simples para isso — disse Alison, e conferiu o relógio. — Eu queria ter comido, mas fiquei falando.

— Vou lhe trazer um sanduíche, quer?

— Eu não como enquanto leio a sorte. Não é profissional. Oh, bem. Não me fará mal ficar com fome, não é? Tenho estoque de sobra. — Acariciou a barriga e deu um sorriso infeliz. — Escute, sobre viagem, eu viajo muito, e antes dirigia, mas não dirijo mais. Acho que se tivesse uma amiga comigo, podia dar um jeito, pra gente rachar, você entende?

— Precisa de uma motorista?

— Não é tanto isso. — Pegando de novo os envelopes de açúcar, abrindo-os e pondo-os no café, Alison explicou que o que precisava era de um corpo vivo ao seu lado, enquanto dirigia de cidade em cidade, de feira em feira, e de uma Extravagância Mediúnica para outra. Ou um espírito viria sentar-se no banco do carona, e falaria sem parar, enquanto ela tentava encontrar uma rua desconhecida de mão única. — Você conhece Bracknell? É um inferno. Todos aqueles desvios.

— Que é que vai impedir os espíritos de irem para o banco de trás em vez disso? Ou você tem um carro de duas portas?

Alison olhou-a por um longo instante. Colette achou que ela ia responder à pergunta.

— Escute, Colette — ela disse em voz baixa. Pusera quatro envelopes de açúcar enfileirados, e os movimentava pela mesa, delicadamente, com um dedo, fazendo um desenho, embaralhando-os e reembaralhando-os. — Escute, não importa se você é meio cética. Eu compreendo. Eu mesma seria. Basta perceber que não importa o que você pensa, não importa o que eu penso: o que tem de acontecer, acontece de qualquer jeito. O importante é que eu não faço testes, não uso truques para me afirmar, porque não preciso provar coisa alguma. Você entende?

Colette fez que sim com a cabeça. Alison ergueu um dedo para a moça que as servia e indicou o bule.

— Mais um para você — explicou a Colette. — Vejo que está ressentida. Por que não estaria? A vida não lhe tem tratado bem. Deu muito duro e não teve a recompensa merecida. Perdeu a casa. E muito do seu dinheiro, não foi?

Colette seguiu com os olhos a trilha de açúcar mascavo que dava voltas na mesa, como uma inicial tentando formar-se.

— Você parece saber muita coisa a meu respeito.
— Eu coloquei as cartas para você. Depois que você se foi.
— Cartas?
— Cartas de tarô.
— Eu sei. De que tipo?
— Romena básica.
— Por quê?
— Estava com pressa.
— E o que viu?
— A mim mesma.

Al levantou-se e dirigiu-se à sala principal, entregando uma nota de dez libras a uma moça ao passar e apontando a mesa que acabara de deixar. Isso é demais, pensou Colette, dois bules, dez libras, que é que ela tem na cabeça? Sentiu uma explosão de indignação, como se o dinheiro gasto fosse dela. Bebeu todo o café, para não desperdiçar, e virou o bule até cair a última gota. Foi ao banheiro, e enquanto lavava as mãos olhava-se no espelho. Talvez não houvesse nisso uma leitura telepática, pensou. Não eram necessários truques mediúnicos, nem informações de espíritos guias. Ela parecia mesmo uma mulher que perdera seu dinheiro, perdera seu bilhete de loteria da vida, perdera seu pai e seu lar.

Naquele verão elas riram um bocado. Agiam como se estivessem apaixonadas, planejando presentes uma para a outra, coisas gostosas para comer, e surpreendendo com mimos bem pensados. Alison deu a Colette um vale para um dia num spa; eu não vou, disse sorrindo, não quero nenhum anoréxico de mau hálito me dando lição sobre minha celulite, mas divirta-se. Colette passou no Caleys e comprou um cobertor quente, de pelo de cabra angorá e cor de framboesa amassada; lindo, disse Alison naquela noite, exatamente o que eu preciso, alguma coisa para me cobrir.

Colette dirigiu a maior parte do tempo, descobrindo que não se incomodava com isso.

— Troque de carro — disse Alison, e foram a uma revendedora naquela tarde. Escolheram um porque gostaram da cor e do forro: ela se imaginava fazendo um "V" com os dedos para Gavin, e quando o vendedor tentou vir com sua lábia elas apenas riram uma para a outra. — A verdade é que é tudo a mesma coisa — disse em voz alta. — Eu não sei muita coisa sobre carros. Mas sei isso.

Al não se interessava, apenas queria fechar o negócio; mas quando o vendedor tentou empurrar-lhe um financiamento, ela foi mais esperta. Acertou a data de entrega, e preencheu um cheque. Colette ficou impressionada com a sua classe. Quando chegaram em casa, fez uma limpeza no guarda-roupa dela e jogou fora as piores peças de lurex. Tentou esconder a imitação de seda numa lata preta, mas Al foi atrás e recuperou-a, puxando-a e enrolando-a no braço.

— Boa tentativa — disse. — Mas eu fico com isso, obrigada.

A instrução de Colette no ofício de médium foi rápida e objetiva. A absurda generosidade de Al com a garçonete na cafeteria talvez representasse um lado de sua natureza, mas ela era profissional à sua maneira. Ninguém a passava para trás, sabia como cobrar cada minuto de tempo, embora as contas, mantidas nos livros, fossem uma bagunça. Após haver sido uma pessoa crédula até bem pouco tempo atrás, Colette era agora cínica e sarcástica. Imaginava quanto tempo levaria para Al iniciá-la em alguma fraude.

Esperou e esperou. Em meados de agosto, pensou: que tipo de fraude poderia haver. Al não tem grampos secretos na mente dos outros. Não usa tecnologia em seu número. Apenas fica parada no palco e faz piadas fracas. Pode-se dizer que ela é impostora porque tem de ser, porque ninguém pode fazer o que ela diz fazer. Mas aí é que está: ela não diz que faz, demonstra. E no fim apresenta sempre resultados. Se existe fraude, é transparente; tão clara que ninguém vê.

Al nunca se registrara como contribuinte de imposto de serviços quando Colette subira a bordo como cérebro comercial da firma. Quanto ao imposto de renda, os recibos espalhavam-se por toda parte. Colette fora ao escritório da Receita em pessoa. A funcionária admitiu completa ignorância da profissão de médium; mas Colette estava pronta para se aproveitar.

— E as roupas dela? — perguntou. — Os trajes de palco. Os trajes para receber os clientes? Ela tem que estar com boa aparência, é uma obrigação profissional.

— Não achamos isso dedutível — respondeu a moça.

— Bem, mas deviam! Por experiência própria você deve saber que as roupas decentes em tamanhos grandes não saem barato. Ela não pode usar os trapos que a gente vê por aí na rua. Tem que ser uma loja especializada. Até o sutiã, bem, não preciso explicar a você.

— Acho que as roupas servem para as duas coisas, uso comum e profissional — disse a mulher. — Roupa de baixo, roupa de cima, o que for, você entende que não são específicas da profissão dela, não é?

— Como? Quer dizer que ela poderia ir ao correio com elas? Fazer a faxina? Numa das roupas de palco?

— Se quisesse. Estou tentando imaginar... você não trouxe fotos, trouxe?

— Vou mostrar algumas.

— Isso ajudaria. Para a gente decidir com que tipo de artigo estamos lidando... você entende, se fosse, bem, uma peruca de juiz, ou roupas protetoras, digamos botas com bicos de aço, por exemplo...

— Então está me dizendo que há regras especiais para isso? Para médiuns?

— Bem, não, não especificamente para... que disse que faz sua sócia? Só estou me guiando pelos casos mais próximos que imagino. — A mulher parecia nervosa. — Creio que se pode classificá-la como pertencendo ao mundo do espetáculo. Escute, vou passar adiante para exame. Vamos estudar o caso.

Colette desejou — desejou com muita força, com a máxima sinceridade — ter os poderes de Al, apenas por sessenta segundos. De modo que um sussurro, um chiado, um clarão, qualquer coisa a alcançasse, uma dica, intuição, uma informação especial, para poder curvar-se sobre a escrivaninha e dizer à mulher do imposto alguma coisa sobre sua vida privada: uma coisa constrangedora: ou que a deixasse com os cabelos da nuca eriçados. Por enquanto, concordaram em divergir. Colette decidiu fazer um registro completo dos gastos de Al com os trajes de palco. Não perdeu tempo, claro, em pôr as contas num computador. Mas aborrecia-a o pensamento de que um registro feito com números não bastasse.

Daí a boa ideia de escrever um livro. Seria muito difícil? Al gravava fitas para os clientes, logo, não era lógico, para atingir um público maior, gravar a própria Al? Depois precisariam apenas de alguém para transcrever, rever, dar uma enxugada aqui e ali, dividir em capítulos com títulos... a mente disparava, os custos, o layout, o fotógrafo... De passagem, pensou no rapaz da livraria, que lhe vendera o baralho de tarô. Se eu fosse autônoma então, podia ter abatido o baralho nos impostos. Aqueles dias já pareciam distantes: deixar a cama do rapaz às cinco da manhã, na chuva. A vida com Gavin recuara, ela lembrava coisas que ele tinha, como a calculadora e o cronômetro de mergulhador, mas não necessariamente as coisas ruins que ele fizera. Lembrava a cozinha, a balança, as facas; mas nada do que cozinhara lá. Lembrava a cama, e a roupa de cama; mas não o sexo. Não posso continuar perdendo, pensou, perdendo fatias de minha vida, anos de uma época. Ou quem serei eu, quando ficar velha? Devia escrever um livro para mim também. Preciso de alguma espécie de prova, um registro do que acontece.

No geral, o gravador funcionou bem, embora às vezes parecesse que Al tinha um saco enfiado na cabeça: as perguntas de Colette sempre eram absolutamente claras. Mas quando ouviam as fitas, descobriam que, como previra Al, outras vozes se intrometiam Alguém falando, rápido e urgente no que talvez fosse polonês. Um gorjeio, como de pequenos pássaros na mata. Rouxinóis, dizia Alison de repente. Uma vez a voz irada de uma mulher cortou o murmúrio:

— Bem, agora você vai ver. Já que começou, é melhor acabar. Não adianta pedir o dinheiro de volta, gracinha. Não é assim que funciona.

COLETTE: Quando você era criança, algum dia tomou uma... uma pancada forte na cabeça?
ALISON: Várias... Por quê, você nunca?

QUATRO

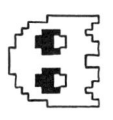

lique.

COLETTE: É terça-feira e estou apenas... são dez e meia da noite e... Al, pode chegar um pouco mais perto do microfone? Só estou retomando de onde paramos ontem à noite... agora, Alison, já abordamos mais ou menos a questão das trivialidades, não é? Ainda assim, talvez você queira botar sua resposta na fita.

ALISON: Eu já lhe expliquei que o motivo da gente receber tanta informação trivial do mundo dos espíritos é...

COLETTE: Tudo bem, não é preciso parecer um metrônomo. Monótono. Pode parecer um pouco mais natural?

ALISON: Se as pessoas que fizeram a passagem... está bem assim?

COLETTE: Continue.

ALISON: Se as pessoas que fizeram a passagem nos mandassem mensagens sobre os anjos e, você sabe, questões espirituais, a gente ia achar meio vago. Não teria como conferir. Mas se mandam mensagens sobre seus armários de cozinha, você pode confirmar se estão certas ou erradas.

COLETTE: Então, na verdade o que preocupa você é convencer as pessoas?
ALISON: Não.
COLETTE: O que é então?
ALISON: Acho que não preciso convencer ninguém. Cabe a eles decidir se querem me ouvir. É escolha deles. Não são obrigados a acreditar em coisa alguma, se não quiserem. Oh, Colete, que é isso? Está ouvindo?
COLETTE: Continue.
ALISON: Está rosnando. Alguém soltou os cachorros?
COLETTE: Como?
ALISON: Eu não posso continuar com esse barulho.
Clique.

Clique.
COLETTE: Tudo bem, testando de novo. São onze horas e tomamos uma xícara de chá...
ALISON: ...e um bolo com gotas de chocolate...
COLETTE: ...e estamos prosseguindo. Estávamos falando de toda a questão da prova, e eu quero lhe perguntar: Alison, algum dia você foi examinada cientificamente?
ALISON: Eu sempre mantive distância disso. Você sabe, estar num laboratório, toda coberta de fios, é o mesmo que dizer: eu desconfio que você é uma espécie de trambiqueira. Por que as pessoas do outro mundo procurariam quem não acredita nelas? Você entende, a maioria das pessoas, assim que perde a vida, não se interessa realmente em falar com o lado de cá. É muito trabalho. Mesmo que quisessem, não têm o tipo de concentração. Você diz que elas mandam mensagens triviais, mas é porque são pessoas triviais. A gente não faz um transplante de personalidade quando bate as botas. Não ganha de repente um diploma em filosofia. Elas não se interessam em me ajudar a provar nada.
COLETTE: Na plataforma você sempre diz que tem esse dom desde pequena.
ALISON: É.

COLETTE (*sussurrando*): Al, não faça isso comigo... eu preciso de uma resposta completa na fita. É, você diz, ou é, é verdade?
ALISON: Em geral eu não minto na plataforma. Bem, só para poupar as pessoas.
COLETTE: Poupar do quê?
Pausa.
Al?
ALISON: Pode passar adiante?
COLETTE: Tudo bem, então você tem esse dom...
ALISON: Se quer chamar assim.
COLETTE: Tem esse talento desde que era pequena. Pode me falar de sua infância?
ALISON: Posso. Quando você era pequena, tinha um jardim na frente da casa?
COLETTE: Tinha.
ALISON: Que era que tinha nele?
COLETTE: Hortênsias, eu acho.
ALISON: A gente tinha uma banheira.

Quanto Alison era criança, tanto fazia ser um animal selvagem ou uma menina criada nos arredores de Aldershot. Ela e a mãe moravam numa casa geminada, com um monte de portas batendo. Dava para uma rua movimentada, mas havia um terreno baldio nos fundos. No andar de baixo havia dois cômodos, e um anexo de telhado plano que era a cozinha. No de cima ficavam os quartos e um banheiro com banheira, de modo que na verdade não precisavam de uma no jardim. Defronte do banheiro havia a pequena escada íngreme que levava ao sótão.

Embaixo, a sala da frente era onde os homens davam festas. Entravam e saíam com sacos de papel dentro dos quais chocalhavam e tilintavam garrafas. Às vezes a mãe dizia: é melhor ficarmos alerta hoje à noite, Glória, estão trazendo bebidas. No quarto dos fundos, a mãe ficava sentada, fumando e murmurando. No anexo, às vezes abria meio ausente latas de cenoura ou feijão-manteiga, ou ficava parada olhando a frigideira onde alguma coisa queimava. O telhado pingava, e um mofo negro desenhava uma linha gotejante e sinuosa em um dos cantos.

A casa era um pardieiro. Estava caindo aos pedaços. A gente abria a porta e ficava com a maçaneta na mão, e quando certa noite alguém enfiou o punho numa janela, consertaram-na com papelão e assim ficou. Os homens jamais se dispunham a usar um martelo ou uma chave de fenda.

— Nunca fazem nada, Glória! — queixava-se a mãe.

Deitada na sua pequena cama à noite, a menina ouvia as portas baterem, e às vezes as janelas se despedaçarem. Pessoas entravam e saíam. Às vezes ela ouvia risadas, às vezes brigas, às vezes vozes altas e uma batida firme e ritmada. Às vezes ela ficava na cama até o dia chegar, às vezes chamavam-na por um motivo ou outro. Em algumas noites sonhava que podia voar; passava pelas telhas da cumeeira e avistava embaixo os homens cuidando de seus afazeres, voava pelo terreno baldio, onde estacionavam furgões com as portas abertas, e uma lanterna serpeava pela escuridão fumacenta.

Às vezes os homens formavam uma multidão, às vezes se dispersavam e desapareciam durante dias. Às vezes à noite um deles ficava e subia com sua mãe. No dia seguinte todo o bando voltava, rindo zombeteiramente do outro lado da parede de piadas que só eles entendiam. Atrás da casa havia um campo coberto de mato, com um trailer quebrado em cima de blocos de pedra: às vezes havia uma luz acesa lá dentro.

— Quem mora ali? — ela perguntava à mãe.

E a mãe respondia:

— O que você não sabe não lhe faz mal.

Mesmo naquela idade, Alison sabia que não era verdade.

Depois do trailer havia um amontoado de barracos de zinco, e uma fila de garagens fechadas cujas chaves ficavam com os homens. Dois pôneis brancos costumavam pastar no campo, depois não pastavam mais. Para onde foram os pôneis?, ela perguntou à mãe, que respondeu: para os compradores de pangarés, eu acho.

Ela perguntava: quem é Glória? Você vive falando com ela. Sua mãe respondia: não tem importância.

— Onde ela está? — ela perguntava. — Não consigo vê-la. Você diz: sim, Glória; não, Glória; quer beber alguma coisa, Glória? Onde ela está?

A mãe respondia:

— Esqueça Glória ou você estará no reino dos céus. Porque é para lá que vamos lhe mandar, se continuar com isso.

A mãe jamais ficava em casa se pudesse evitar: andava de um lado para outro, fumava, fumava, andava de um lado para outro. Desesperada por um sopro de ar, dizia:

— Vamos, Glória. — Vestia o casaco e voava pela rua abaixo até a mercearia: e como não queria ter o trabalho de lavar e vestir Alison, ou tê-la no seu pé choramingando por doces, levava-a para o alto da casa e trancava-a no sótão. — Nada de mal vai acontecer a ela lá em cima — raciocinava, em voz alta, para Glória. — Não tem fósforos, logo não pode tocar fogo na casa. É pequena demais para subir até a claraboia. Não tem nada afiado lá em cima para chamar a atenção dela, como facas e alfinetes. Na verdade, nada de mal pode acontecer.

Estendia um velho tapete no chão para Alison sentar-se, enquanto brincava com blocos de madeira e animais de brinquedo.

— Um verdadeiro palaciozinho — dizia.

Não tinham aquecimento, o que também era um fator de segurança, pois não havia tomadas para a menina enfiar o dedo. Mas ela podia ter um casaco extra. No verão o sótão era quente. Os raios do meio-dia jorravam ferozes para dentro, diretamente do céu para o tapete empoeirado. Iluminavam o canto onde a pequena senhora aparecia, toda vestida de rosa, e chamava por Alison com uma voz tímida e um leve sotaque irlandês.

Alison tinha uns cinco anos quando a pequena senhora apareceu pela primeira vez, e dessa experiência aprendera como os mortos podiam ser prestativos e meigos. Não tinha dúvida de que a pequena senhora morrera, em todos os sentidos importantes. A falecida usava umas roupas que pareciam feltro e macias ao toque, o cardigã cor-de-rosa abotoado até a primeira dobra do queixo.

— Eu me chamo sra. McGibbet, querida — dissera. — Você quer que eu fique por perto? Achei que você gostaria de me ter ao seu lado.

A sra. McGibbet tinha olhos azuis, redondos e assustados. Com uma voz que arrulhava, falava do filho, que morrera antes dela, num acidente. Jamais haviam conseguido se encontrar, ela dizia: eu jamais consegui encontrar o meu Brendan. Mas às vezes mostrava a Alison os brinquedos dele, pequenos carros e tratores em miniatura, guardados com cuidado em caixas. Uma ou duas vezes desapareceu e deixou os brinquedos para trás. A mãe simplesmente chutou-os. Foi como se não os visse de modo algum.

A sra. McGibbet vivia dizendo:

— Eu não gostaria, minha querida, de me meter entre uma menininha e sua mãe. Se é sua mãe que vem subindo a escada, com um passo pesado, não, eu não gostaria de ser vista, de jeito nenhum.

Quando a porta se abria, ela desaparecia: deixando às vezes uma velha boneca caída no canto que ocupara. Dava um sorriso quando se jogava para trás, dentro do lugar invisível atrás da parede.

A mãe de Al esqueceu-se de mandá-la à escola.

— Bom Deus — disse, quando apareceu o homem para intimá-la —, quer dizer que ela já chegou a essa idade?

Mesmo depois disso Al jamais esteve onde devia estar. Jamais teve um maiô, de modo que quando havia aula de natação mandavam-na para casa. Uma das professoras ameaçou fazê-la nadar de calcinha na semana seguinte, mas ela voltou para casa e tocou no assunto, e um dos homens se ofereceu para ir lá e resolver a parada. Quando Al foi à escola no dia seguinte, disse à professora: Donnie vem aqui; ele disse que vai enfiar uma garrafa na sua maldita sei lá o quê, e eu não acho muito legal, senhorita... empurrar aquilo até suas entranhas saírem pela boca.

Depois disso, nas tardes de natação, apenas a mandavam de volta para casa. Ela jamais teve sapatos com sola de borracha para pular e saltar, nem ovos e tigela para preparar um bolo, calendário, poema ou maquete feita com tampas de garrafas de leite. Às vezes, quando voltava da escola para casa, um dos homens a chamava na sala e dava-lhe 50 *pence*. Ela corria ao sótão e guardava as moedas numa caixa secreta que escondia lá em cima. A mãe lhe tomaria tudo se pudesse, por isso precisava ser rápida.

Um dia os homens apareceram com um grande furgão. Ela ouviu latidos e correu à janela. Três grandes cachorros malhados de focinho curto eram levados para as garagens.

— Oh, como eles se chamam? — Al gritou.

A mãe respondeu:

— Não vá dando nomes a eles. Cachorros como esses arrancam sua cara a mordidas. Não é mesmo, Glória?

Ela deu-lhes nomes mesmo assim: Blighto, Harry e Serena. Um dia Blighto veio à casa e se jogou contra a porta dos fundos.

— Oh, ele está batendo — disse Al.

Abriu a porta, embora soubesse que não devia, e tentou dar-lhe metade de seu biscoito.

Um homem surgiu do nada, e arrastou o cachorro de cima dela. Chutou-o para o quintal e ergueu Alison do chão.

— Emmie, dê um jeito nisso! — berrou. Envolveu a mão num velho casaco de sua mãe, saiu e bateu na cara do cachorro, arrastando-o de volta para os barracos e torcendo-lhe o pescoço enquanto arrastava. Voltou gritando: — Dou um tiro no puto, estrangulo o sacana daquele cachorro.

O homem, que se chamava Keith, chorou ao ver como o cachorro rasgara a testa dela, na linha dos cabelos. Disse: Emmie, leve a criança para o pronto-socorro, isso precisa de pontos. A mãe respondeu que não podia ficar a tarde toda na fila.

O homem lavou a cabeça de Al na pia da cozinha. Não havia pano nem esponja, por isso ele pôs a mão em sua nuca, fez com que ela se curvasse sobre a bacia de plástico e jogou água em cima. A água entrou nos olhos dela, que passou a ver tudo borrado. O sangue derramou-se na bacia, mas tudo bem; tudo bem, porque a própria bacia era vermelha.

— Fique aí, querida — disse o homem. — Fique quietinha.

Tirou a mão da sua nuca e curvou-se para procurar algo no armário embaixo. Obediente, ela ficou ali curvada; o sangue escorria também do nariz e ela se perguntou por quê. Ouviu o tilintar enquanto Keith atirava latas vazias para fora do armário. Emmie, dizia, não tem nenhum desinfetante aí? Me dê um pano, pelo amor de Deus, rasgue um lençol, sei lá, e sua mãe disse use o seu lenço, ou não tem um? No fim a mãe apareceu atrás dela com a toalha de chá usada e Keith arrancou-lhe da mão.

— Pronto, pronto, pronto — repetia, enxugando, suspirando as palavras por entre os dentes.

Ela se sentia fraca de dor. Disse:

— Keef, você é meu pai?

Ele torcia o pano entre as mãos.

— Que foi que você andou dizendo a ela, Emmie?

A mãe respondeu:

— Não andei dizendo nada, a essa altura você já deve saber que ela é uma porra de uma mentirosa. Diz que ouve vozes na parede, que tem gente lá no sótão. Tem um parafuso frouxo, é o que diz Glória.

Keith moveu-se: ela sentiu um súbito frio nas costas quando ele se afastou, o corpo quente deixou o seu. Ela se empertigou, a água pingando e diluindo o sangue cor-de-rosa. Keith atravessara o aposento e encostara a mãe contra a parede.

— Eu disse a você, Emmie, eu disse a você uma dezena de vezes. Não quero ouvir esse nome. — E reforçou a dezena de vezes com leves empurrões, erguendo-a pelos fios de cabelo perto do couro cabeludo e soltando-a em seguida. — Glória voltou pra cadeia, porra — disse — (empurrão), você sabe disso, porra (outro empurrão), entende isso (outro empurrão, empurrão), estou me fazendo (empurrão, empurrão, empurrão) claro? Simplesmente esqueça (empurrão, empurrão) que *algum dia* (empurrão) pôs os olhos nela.

— Glória é gente fina — disse a mãe. — Às vezes é muito engraçada.

Ao que o homem ameaçou:

— Quer que eu lhe dê um tapa? Quer que eu lhe dê um tapa e lhe arranque os dentes?

Alison estava interessada em ver isso. Já levara muitos tipos de tapa, mas não esse tipo. Enxugou a água dos olhos, a água e o sangue, até a vista clarear. Mas Keith pareceu cansar-se daquilo. Soltou a mãe, cujas pernas desabaram; o corpo dobrou-se e escorregou de encontro à parede, como a senhora do sótão que podia se dobrar e desaparecer.

— Você parece a sra. McGibbet — disse Al.

A mãe se contorceu, como uma marionete cujas cordas estivessem sendo puxadas; levantou-se do chão com um guincho.

— Quem está dizendo nomes agora? — perguntou. — Dê uma surra *nela*, Keith, se não quer ouvir nomes. Ela está sempre dizendo nomes. — Então gritou um novo insulto que Al jamais ouvira: — Sua bexiguenta bexiguentinha, tem sangue no seu queixo. Onde foi arranjar isso? Sua bexiguentinha bexiguenta.

Al perguntou:

— Keef, é comigo isso?

Ele enxugou a testa suada. Uma pessoa costuma suar após dar empurrões numa mulher dez vezes segurando-a pela raiz dos cabelos.

— É... Não — respondeu. — Ela quis dizer cãozinho bexiguento. Ela não sabe falar, querida, não sabe com quem está falando, o cérebro se foi, o pouco que algum dia teve.

— Quem é Glória? — ela perguntou.

Keith sibilou por entre os dentes. Bateu com o punho na outra mão. Por um instante, Al achou que ia partir para cima dela, e por isso recuou contra a pia. A fria borda enterrou-se em suas costas; os cabelos pingavam sangue e água na camiseta. Mais tarde ela diria a Colette: jamais tive tanto medo quanto naquele dia; foi meu pior momento, pelo menos um dos piores, pensei que Keith ia me mandar para o outro mundo.

Mas ele recuou.

— Tome — disse. Colocou a toalha de chá na mão dela. — Continue. Mantenha o ferimento limpo.

— Posso faltar a escola? — ela perguntou.

E Keith respondeu que sim, que era melhor. Deu-lhe uma nota de uma libra e mandou-a berrar se visse o cachorro solto de novo.

— E você vem me salvar?

— Aparece alguém.

— Mas eu não quero que você estrangule ele — ela disse, com lágrimas nos olhos. — É o Blighto.

A vez seguinte que lembrava ter visto Keith fora alguns meses mais tarde. Era noite, e ela devia estar na cama, pois ninguém a chamara. Mas ao ouvir o nome dele, enfiara a mão sob o colchão e pegara a tesoura, que guardava ali para o caso de precisar. Agarrou-a numa das mãos; com a outra, erguera a bainha da grande camisola de dormir que a mãe emprestara a ela como um favor especial. Quando desceu correndo a escada, viu Keith parado logo à entrada da porta da frente; ou pelo menos umas pernas, com as calças dele. Keith tinha uma manta na cabeça. Dois homens o amparavam. Quando tiraram a manta, ela notou que o rosto dele parecia um picadinho gorduroso, jorrava sangue. ("Oh, este picadinho está gorduroso, Glória!", diria sua mãe.) Gritou para ele:

— Keef, isso precisa de uns pontos!

E um dos homens voou para cima dela e arrancou-lhe a tesoura das mãos. Ela ouviu-a chocar-se contra a parede; projetando-se sobre Al, ele lançou-a de volta para o seu quarto e bateu a porta. No dia seguinte, uma voz atrás da parede disse:

— Ouvi dizer que fizeram picadinho de Keith ontem de noite. Ha ha, como se ele já não tivesse problemas suficientes.

Ela acredita que nunca mais o viu novamente, mas pode ser que o tenha visto e não o tenha reconhecido, parece que não restara muita coisa dele, à guisa de traços originais. Ela lembrou que, na noite da mordida do cachorro, assim que sua cabeça parara de sangrar, ela saíra para o jardim. Seguira os sulcos cavados pelas fortes patas do animal enquanto Keith arrastava-o atrás de si e Blighto retorcia-se para olhar para trás. Só quando choveu forte os rastros desapareceram.

Naquela época, Alison economizava para comprar um pônei. Um dia, foi até o sótão contar o dinheiro.

— Ah, querida — disse a sra. McGibbet —, a senhora sua mãe esteve aqui em cima, querida, saqueou sua caixa, que era sua propriedade exclusiva. Jogou as moedas na bolsa aberta e enfiou a única nota no sutiã. E eu não pude fazer nada para detê-la, com o reumatismo agravado pelo frio e a umidade, pois quando me levantei e saí do meu canto ela já tinha ido embora.

Alison sentou-se no chão.

— Sra. McGibbet — disse —, posso lhe fazer uma pergunta?

— Claro que sim. E por que pergunta se é claro que pode perguntar, eu me pergunto?

— Você conhece Glória?

— Se eu conheço Glória? — A sra. McGibbet deixou cair as pálpebras sobre os brilhantes olhos azuis. — Ah, você não tem nada que perguntar isso.

— Eu acho que vi Glória. Acho que posso vê-la mesmo.

— Glória é uma prostituta barata, que mais poderia ser? Eu nunca devia ter dado esse nome a ela, pois isso pôs na cabeça dela ideias acima da sua condição. Tome o navio então, eu disse, e ela, desajuizada e obstinada, tomou o navio. Desembarcou em Liverpool com todos os vícios que a acompanhavam, e então para onde poderia ter ido, senão por um caminho de carne, com destino à metrópole, com tantas oportunidades de pecado. Acabou morta, morta e assombrando uma cidade do exército britânico, numa casa imunda com uma banheira no jardim da frente, e a própria mãe como testemunha viva de todo truque de prostituta que ela pôde criar.

Depois disso, quando ganhava 50 *pence* dos homens, Alison ia direto para a mercearia e comprava chocolate, que comia na volta para casa.

Quando fez oito anos, ou talvez nove ou dez, Alison brincava ao ar livre um dia, um dia cinzento e úmido de fim de verão. Sozinha, claro: brincava que era um cavalo, relinchava e avançava a trote. O gramado do quintal tinha trechos gastos, como a coluna desenhada no tapete que fazia do sótão um pequeno palácio.

Alguma coisa chamou sua atenção, e ela parou de repente e ergueu os olhos. Viu homens entrando e saindo das garagens, carregando caixas.

— Ei! — gritou.

Acenou para eles. Tinha certeza de que os conhecia.

Mas aí, um minuto depois, achou que não conhecia. Era difícil dizer. Eles mantinham os rostos voltados para o outro lado. Uma sensação de náusea apoderou-se dela.

Rostos silenciosos voltados para baixo, os homens andavam pela grama falhada. Rostos silenciosos voltados para baixo, passavam as caixas. Ela não podia avaliar a distância de si mesma até eles; era como se a luz se houvesse tornado uma névoa densa. Ela deu um passo à frente, mas sabia que não devia. Enterrava as unhas sujas nas palmas das mãos. A náusea subiu-lhe à garganta. Ela a engoliu e ardeu. Muito lentamente, virou a cabeça. Deu um passo arrastado em direção à casa. Depois outro. O ar, espesso como lama, envolvia-lhe os tornozelos. Ela teve uma ideia do que havia nas caixas, mas ao entrar em casa a ideia lhe deslizou da mente, como uma droga deslizando de uma seringa para dentro de uma veia.

Além da Escuridão

A mãe estava no anexo, conversando fiado com Glória.

— Me dê um minuto, por favor — ela disse, com toda afabilidade —, enquanto eu vejo se essa criança quer um puxão de orelha. — Voltou-se e fuzilou a filha com os olhos. — Olhe só para você — disse. — Vá lavar a cara, está toda empapada de suor, você me deixa danada, porra. Nunca fui assim na sua idade, era uma coisinha asseada. Tinha de ser, não ia ganhar a vida se andasse por aí desse jeito. Que é que há com você, está verde, menina, olhe para você mesma no espelho, andou se empanturrando de chocolate de novo? Se vai vomitar, vá lá para fora fazer isso.

Alison fez o que ela mandou e olhou-se no espelho. Não reconheceu a pessoa que viu. Era um homem, de paletó xadrez e gravata torta; um homem carrancudo, testa curta e cara amarelada. Então percebeu que a porta ficara aberta, e que os homens se amontoavam atrás dela.

— Foda-se, Emmie, tenho que lavar as mãos! — gritou um deles.

Ela correu. Pois sempre, mais ou menos, tivera medo dos homens. Na escada para o sótão dobrou o passo e deixou um líquido marrom escorrer da boca. Esperava que a mãe achasse que fora a gata, Judy, a responsável. Continuou a subir com esforço e escancarou a porta. A sra. McGibbet já se achava sentada, composta, no canto. Esticava à frente as pernas tortas, em meias, abertas como se tivesse levado um soco e desmaiado. Os olhos não pareciam mais espantados, mas vazios, como se alguém tivesse fechado as cortinas.

Não cumprimentou Alison: nada de "Como vai minha querida menina hoje?" Apenas disse, num murmúrio angustiado:

— Tem uma coisa ruim que você não ia gostar de ver de jeito nenhum. Há uma coisa que você não gostaria de ver...

Apagou-se rapidamente; ouviu-se o barulho de alguma coisa se arrastando debaixo das tábuas do assoalho, e depois nada.

Depois desse dia, a sra. McGibbet nunca mais voltou.

Alison sentia saudade dela, mas compreendeu que a velha senhora ficara assustada demais para retornar. Al era criança e não tinha a possibilidade de ir embora. Agora não havia mais alívio contra Glória ou a mãe, nem os homens da sala da frente. Ela saía para brincar no quintal o mínimo possível;

só o fato de pensar nisso fazia uma saliva grossa escorrer-lhe da boca. A mãe repreendia-a por não respirar mais ar fresco. Quando era obrigada a brincar do lado de fora — o que às vezes acontecia, com a porta fechada atrás de si —, ela tinha como regra jamais erguer os olhos até os barracos e as garagens trancadas, ou o cinturão de mato além deles. Nunca se livrara da atmosfera daquela tarde, uma estranha suspensão, como respiração presa: os rostos virados dos homens, o ar trovejante, o mato falhado, as rajadas de tabaco da mãe, a cara amarelada no espelho onde esperava ver a sua: a necessidade dos homens de lavar as mãos. Quanto ao que havia nas caixas de papelão, esperava não pensar nisso; mas às vezes a resposta aparecia-lhe em sonhos.

COLETTE: Então... vai me contar?
ALISON: Eu poderia, se tivesse certeza.
COLETTE: Só "poderia"?
ALISON: Eu não sei se consigo botar pra fora.
COLETTE: Drogas, pode ter sido? Ou não havia drogas naquela época?
ALISON: Deus Todo-poderoso; claro que havia drogas, você acha que eu sou do tempo da Arca de Noé? Sempre existiu droga.
COLETTE: E aí?
ALISON: Era um bairro esquisito, você entende, com os acampamentos do exército em toda volta, aqueles esquadrões indo e vindo. Quer dizer, era uma grande área para, bem, mulheres como minha mãe e o tipo de homens que ela conhecia, havia muito jogo ilegal, mulheres e rapazes viciados em jogo, todo tipo de...
COLETTE: Ora, vamos, que acha que havia nas caixas?
Pausa.
    Pedaços de Glória?
ALISON: Não. Claro que não. Keef disse que ela tinha voltado para a Irlanda.
COLETTE: Você não acreditou nisso, acreditou?
ALISON: Não acreditei nem deixei de acreditar.
COLETTE: Mas ela desapareceu?
ALISON: De nossa casa, não. Sim, Glória, não, Glória, tome uma xícara, Glória.

COLETTE: Estou muito interessada nisso porque sugere que sua mãe era louca ou alguma coisa assim — mas vamos saltar para a questão do desaparecimento — alguma denúncia?

ALISON: Eu tinha oito anos. Não sei se houve denúncia.

COLETTE: Nada na TV?

ALISON: Não sei se a gente tinha TV. Bem, sim, tinha, sim. Várias. Quer dizer, os homens traziam debaixo do braço. Só nunca tivemos antena. A gente era assim. Dois banheiros. Nenhuma antena de TV.

COLETTE: Al, por que você fica fazendo piadas tolas o tempo todo? Já faz isso na plataforma. Não está certo.

ALISON: Pessoalmente, acho o uso do humor muito importante quando lidamos com o público. Deixa a plateia à vontade. Porque eles têm medo, quando entram.

COLETTE: Eu jamais tive. Por que vão, se têm medo?

ALISON: A maioria das pessoas tem um limiar de medo muito baixo. Mas isso não impede que sejam curiosas.

COLETTE: Deviam ser mais fortes.

ALISON: Creio que todos nós. (*Suspiro*). Escute, Colette, você vem de Uxbridge. Eu sei o que você diz. Uxbridge não é Knightsbridge, mas um lugar onde havia hortênsias, certo? Bem, não se parece com o lugar de onde eu vim. Acho que se houvesse um crime em Uxbridge, se alguém desaparecesse, os vizinhos iam notar.

COLETTE: Então o que é que você quer dizer?

ALISON: As pessoas viviam desaparecendo à nossa volta. Havia terras devolutas, quilômetros e quilômetros. Havia matagal e hectares onde qualquer coisa... podia...

COLETTE: A polícia apareceu algum dia?

ALISON: Sempre, quer dizer, não era surpresa.

COLETTE: E o que vocês faziam?

ALISON: Minha mãe dizia: todos no chão. A polícia abria a caixa de correspondência. Gritava por ela: é a casa da sra. Emmeline Cheetham?

COLETTE: Era esse o nome dela?
ALISON: Era. Emmeline. Legal, não?
COLETTE: Quer dizer Cheetham, não é esse seu nome.
ALISON: Eu mudei. Imagine.
COLETTE: Ah, sim... Al, isso significa que você teve outras identidades antes?
ALISON: Vidas passadas?
COLETTE: Não... pelo amor de Deus. Só estou falando de outros nomes, outros nomes pelos quais você poderia ser reconhecida no Imposto de Renda, quer dizer, você deve ter trabalhado antes de ser sua própria patroa, por isso deve ter registros de impostos sob o nome de Cheetham, em algum outro distrito. Eu gostaria que tivesse falado disso antes.
ALISON: Preciso ir ao banheiro.
COLETTE: Porque acho que você não faz ideia de como eu sou combativa. Sobre o imposto. E não preciso de complicações desse tipo.
ALISON: Então, pode desligar o gravador?
COLETTE: Ah, cruze as pernas, pode aguentar uns dois minutos. Só para nos colocar de volta nos trilhos — vamos concluir a conversa sobre as misteriosas caixas que Alison viu quando tinha oito anos...
ALISON: ...ou talvez nove, ou dez...
COLETTE: ...e as caixas foram levadas por pessoas que ela não conhecia, homens, para o fundo da casa, certo?
ALISON: É, para o fundo, certo. Para o terreno baldio. Terra devoluta. E não, eu não sei o que havia nelas. Oh, Deus, Colette, não pode desligar isso? Eu realmente preciso ir ao banheiro. E Morris está fazendo um estardalhaço. Não sei o que havia nas caixas, mas às vezes acho que era eu. Isso faz sentido para você?
COLETTE: Eu acho que a grande questão é: fará sentido para nosso leitor?
Clique.

* * *

Além da Escuridão

Quando estava na escola, Alison tinha de manter um caderno de redação. Podia desenhar e usar palavras. Fez Keith com a cara triturada. O cachorro Blighto e as marcas das patas na lama.

— Temos mesmo de saber dessas coisas, Alison? — perguntou-lhe a professora.

Convidaram a mãe dela para conversar com o diretor, mas quando ela acendeu um cigarro ele bateu na placa de "Proibido Fumar" em cima da máquina de escrever na escrivaninha.

— Sim, eu sei ler — disse orgulhosamente Emmeline, e continuou a fumar.

— Eu não duvido disso... — disse o diretor.

E a mãe respondeu:

— Escute, foi você quem me chamou aqui, agora vai ter que aguentar, ok? — Bateu as cinzas no cinzeiro de metal. — Você tem uma queixa sobre Alison, é isso?

— Não se trata de uma queixa — disse o diretor.

— Ah, bom — disse a mãe. — Porque minha filha vale ouro. Assim, se tem alguma queixa, eu vou me acertar com ela. Caso contrário, vou me acertar com você?

— Não sei se a senhora está entendendo bem, sra. Cheetham...

— Não duvide — respondeu a mãe de Al. — Sabemos aonde levam suas soluções: palmadas na bunda das menininhas, quer dizer, é seu modo de agir. Não é trabalho decente, é?

— Oh, não... Nada desse tipo... — começou o diretor.

Alison pôs-se a chorar alto.

— Cale a boca — disse a mãe calmamente. — Por isso estou lhe dizendo: não quero ninguém me escrevendo. Não quero nada entrando pela minha porta. Qualquer outra coisa dessa, e você vai estar catando seus dentes na máquina de escrever. — Deu uma última tragada e jogou a guimba no carpete. — Estou avisando.

* * *

Quando Al ia para a aula da sra. Clerides, preferia não escrever nada, com medo de alguém dominar a caneta e escrever algaravias em seu caderno de exercícios. "Algaravia" era como chamava a sra. Clerides, quando a punha de pé diante da classe e lhe perguntava se não era normal.

A professora leu alto o caderno de redação dela num tom de asco: "'Nham, nham, um, um', dizia Harry. 'Dê um pouco pra gente', dizia Blighto.' 'Não', dizia Harry, 'hoje é só pra mim'".

— É escrita de cachorro — explicou Al. — É Serena. Ela é a testemunha. Está contando como Harry limpou a tigela. Quando acabou, a gente conseguia ver o nosso reflexo nela.

— Acho que eu não lhe pedi para fazer uma redação sobre sua cachorra — disse a sra. C.

— Não é cachorra — respondeu Al. — Diabos, sra. Clerides, ela paga o que consome, todos nós temos que pagar. Quem não trabalha, não come.

E calou-se, pensando: os cachorros trabalham, o trabalho deles é brigar, mas qual é o dos homens? Eles andam por aí em furgões. Perguntam em que jogo me meti? Eu estou no jogo das diversões.

A sra. Clerides batia nas pernas de Al. Fazia com que ela escrevesse qualquer coisa, cinquenta vezes, às vezes cem. Ela não lembrava o que. Mesmo quando estava escrevendo, não lembrava. Para lembrar, tinha de olhar o tempo todo para a linha de cima.

Depois disso, se escrevia algumas palavras certas, preferia voltar a elas e contorná-las com a esferográfica azul, marcando bem as letras no papel; desenhava pétalas de margaridas em volta dos "o" e dava aos "g" carinhas de peixe. Era chato, porém melhor se chatear que arriscar-se a deixar que a algaravia se manifestasse numa caneta desavisada, que se lançasse na folha em branco. Isso a ocupava, e desde que parecesse ocupada a deixavam em paz no fundo da sala, com os mongoloides, os retardados e os que sofriam de espasmos.

Os homens diziam: a putinha branca. Será que sente pelo que fez? Porque não parece sentir, enchendo a cara de doces desse jeito!

Eu sinto, eu sinto, ela dizia: mas não lembrava por que deveria sentir. Tudo se emaranhara na cabeça, do modo como as coisas fazem quando acontecem à noite.

Além da Escuridão

Os homens diziam: ela não parece estar arrependida, Em! Admira que ninguém tenha morrido. Vamos levá-la lá pro fundo e dar uma lição que ela não vai esquecer.

Não diziam qual era a lição. E depois ela sempre se perguntava: já deram? Ou ainda vão dar?

Quando fez dez anos, Al começou a sofrer de sonambulismo. Surpreendeu a mãe, que rolava no sofá com um soldado dos esquadrões. O homem erguia a cabeça raspada e rugia. A mãe também rugia, e esticava para cima as pernas finas, manchadas de bronzeamento artificial.

No dia seguinte a mãe mandou o soldado pôr um ferrolho do lado de fora da porta do quarto de Al. Ele o fazia com prazer, cantarolando enquanto trabalhava. Você é o primeiro homem que já se mostrou útil por aqui, não é, Glória?

Alison ficou parada atrás da porta do quarto. Ouviu o ferrolho entrar no encaixe, com um pequeno baque. O soldado cantarolava, feliz com o trabalho.

— Eu queria estar em Dixie, hurrá, hurrá. — Duas batidinhas. — Na Terra de Dixie eu ia lutar...

Mãe, ela pediu, deixe a gente sair. Eu não consigo respirar. Correu até a janela. Os dois desciam a rua, rindo, o soldado mamando numa lata de cerveja.

Algumas noites depois ela acordou de repente. Reinava uma grande escuridão do lado de fora, como se houvessem conseguido apagar a lâmpada do poste. Várias caras deformadas e gordurosas olhavam-na de cima. Uma delas parecia estar em Dixie, mas ela não tinha certeza e fechou os olhos. Sentiu-se erguida. Depois nada, nada que lembrasse.

ALISON: Assim, o que me intriga, e a única coisa que me faz pensar que foi um sonho, é aquela escuridão — pois como poderiam ter desligado a lâmpada do poste?
COLETTE: Você dormia na frente, não era?
ALISON: No começo era nos fundos, porque na frente ficava o quarto maior, que mamãe ocupava, mas depois trocou comigo, deve ter sido depois da

mordida do cachorro, na certa depois de Keef, eu tenho a impressão de que ela não queria que eu me levantasse à noite e olhasse o terreno baldio, o que é possível, porque...

COLETTE: Al, encare os fatos. Não foi sonho. Ela fez com que molestassem você. Na certa vendeu ingressos. Só Deus sabe...

ALISON: Acho que eu já tinha sido... isso. Como é que você disse? Molestada.

COLETTE: Já?

ALISON: Nunca por um grupo.

COLETTE: Alison, você deve procurar a polícia.

ALISON: Faz anos...

COLETTE: Mas alguns desses homens ainda devem estar soltos por aí.

ALISON: Tudo se confunde na minha cabeça. O que aconteceu. A idade que eu tinha. Se tudo aconteceu uma vez só ou se continuou acontecendo — e tudo se misturou numa coisa só, você sabe.

COLETTE: Quer dizer que nunca contou a ninguém? Tome. Assoe o nariz.

ALISON: Não... Você entende, a gente não conta a ninguém porque não tem ninguém para contar. A gente tenta escrever, escreve no caderno de redação, mas ganha reguadas nas pernas. Francamente... já não importa mais, eu não penso mais nisso, só de vez em quando. Talvez eu tenha sonhado, eu sonhava que estava voando. Você sabe, a gente apaga de dia o que acontece de noite. É preciso. Isso não mudou minha vida. Quer dizer, eu nunca fui muito ligada em sexo mesmo. Olhe para mim, quem ia me querer, seria preciso um exército. Por isso não sinto... não lembro...

COLETTE: Sua mãe devia ter protegido você. Se fosse a minha, eu matava. Às vezes você não pensa nisso, ir a Aldershot e matar ela?

ALISON: Agora ela mora em Bracknell.

COLETTE: Seja onde for. Por que ela mora em Bracknell?

ALISON: Foi com um homem que morava num abrigo público, mas não durou, de qualquer modo ele passou para o mundo dos espíritos e ela de uma maneira ou de outra ficou morando lá. Ela não era tão ruim assim. Não é. Quer dizer, a gente tem que ter pena dela. É do tamanho de um passarinho. Parece mais sua mãe do que minha. Eu passei por ela uma vez na rua e não reconheci. Vivia pintando o cabelo. Cada semana uma cor diferente.

COLETTE: Isso não é desculpa.

ALISON: E jamais acontecia o que ela esperava. Champanhe. E ela acabava com cidra. Musse de Chocolate. E acabou com acidez no estômago. A mesma coisa com os comprimidos. Trocava receitas com outras pessoas. Eu não podia evitar ter pena dela. Imaginava como seguia em frente.

COLETTE: Aqueles homens... acha que ainda pode identificá-los?

ALISON: Alguns. Talvez. Se fosse numa luz boa. Mas não podem prendê-los se já tiverem feito a passagem.

COLETTE: Se estão mortos, não me interessam. Se estão mortos, não podem mais causar danos.

Quando Al fez doze anos, ou por aí, tornou-se atrevida. Disse à mãe:

— Aquele de ontem à noite, como era o nome *dele*? Ou você não sabe?

A mãe tentou dar-lhe uns tapas na cabeça, mas se desequilibrou e caiu no chão. Al ajudou-a.

— Obrigada. Você é uma boa menina, Al — disse-lhe a mãe; e ela ficou com as faces ardendo, porque jamais ouvira isso antes.

— Em que você está ligada, mãe? — perguntou. — O que está tomando?

A mãe tomava muito Librium e muito Bacardi, o que faz as pessoas caírem. Toda semana, porém, experimentava algo diferente; em geral, como a tintura dos cabelos, acontecia de o resultado não ser o que ela previra, mas devia.

Al teve de ir ao farmacêutico para a receita da mãe.

— Você aqui de novo? — perguntou o homem atrás do balcão.

E como ela passava por uma fase irritadiça, respondeu:

— Sou eu ou outra, que é que você acha?

— Meu Deus — disse o homem. — Eu não acredito que seja tudo isso pra ela. Está vendendo o remédio? Vamos lá, você é uma garota esperta, deve saber.

— Ela engole tudo — disse Al. — Eu juro.

O homem deu uma risada.

— Engole, é? Não diga.

Essa observação era uma zombaria; mas mesmo assim, quando deixou a farmácia, ela se sentia orgulhosa. Você é uma garota esperta, dizia a si mesma. Olhou-se na próxima vitrine: a do Carro Esporte do Vale das Cinzas, entupida de tudo que se precisa para cruzar o campo com carros velhos: para-lama, pé de cabra, lanterna de neblina, correntes para a neve, o último modelo de macaco. Flutuando acima desse equipamento, ela via seu próprio rosto, o rosto de uma garota esperta, de uma garota boa: flutuando no vidro embaçado.

Por essa época já passara vários anos fingindo ser normal. Jamais ia poder saber o que os outros viam e o que não. Vejam Glória: aparecera bem nítida para a mãe, mas não para ela. Mas a mãe não vira a sra. McGibbet, e quase escorregara no sótão ao pisar num dos carrinhos de brinquedo de Brendan. E um dia — foi depois que espancaram Keith, depois que ela pegou a tesoura, depois de Harry limpar a tigela? —, um dia ela teve o vislumbre de uma senhora ruiva, com cílios falsos, parada no pé da escada. Glória, pensou, finalmente. Disse:

— Oi, você está bem?

Mas a mulher não respondeu. Outro dia, quando entrava pela porta da frente, dera uma espiada dentro da banheira e, seria possível que tivesse visto a senhora ruiva erguer o olhar para ela, os cílios falsos meio arrancados e sem corpo algum ligado ao pescoço?

Isso não era possível, porém. Não iam deixar uma cabeça à vista dos passantes. Mantinha-se tudo em segredo; não era essa a regra? Que mais era regra? Estava ela, Alison, vendo mais ou menos do que devia? Devia comentar, quando ouvisse uma mulher soluçando dentro da parede? Quando se deve gritar e quando calar? Idiota era ela ou eram os outros? E que devia fazer quando deixasse a escola?

Tahera ia cursar ciências sociais. Alison não sabia o que era isso. As duas saíam às compras nos sábados, se a mãe deixava. Tahera fazia compras enquanto Al ficava olhando. Tahera vestia um tamanho pequeno, tinha um metro e sessenta, pele morena e cheia de espinhas. A própria Al não era muito mais alta, mas vestia um tamanho muito maior. Tahera dizia:

— Você podia ficar com minhas roupas velhas, mas sabe como é, não sei se caberiam.

Olhava-a de cima a baixo, as minúsculas narinas inflando.

Quando pedia dinheiro à mãe, ela dizia:

— O que você quer, tem que conquistar, certo, Glória? Você não é tão feia assim, Al, tem essa pele linda, tudo bem, é carnuda, mas é disso mesmo que muitos homens gostam. Você é o que eles chamam de duas mulheres numa só. Não devia andar por aí com aquela menina indiana, isso afasta os clientes, que não querem nenhuma Mahatma Singh atrás deles com uma faca.

— Ela não se chama Mahatma Singh!

— Tudo bem, mocinha! Já basta. — A mãe atravessara em disparada a cozinha, num furor felino. — Quanto tempo você espera que eu lhe dê casa e comida, quanto tempo, hein? Deite-se numa cama e se vire, foi o que eu tive que fazer. E todo dia. Oh, é quinta-feira, eu não estou a fim. Pode esquecer esse truquezinho, senhorita! Esse tipo de atitude não vai levar você a lugar algum. Se vire todo dia, e comece a cobrar o que vale. É o que tem que ser feito. De que outro modo acha que vai ganhar a vida?

COLETTE: E aí, como você se sentiu, Alison, quando descobriu que tinha poderes mediúnicos?

ALISON: Eu nunca... quer dizer, eu nunca descobri mesmo. Não houve um momento preciso. Como posso dizer... eu não sabia o que via e o que apenas imaginava. É... você sabe, confunde a gente, quando as pessoas com as quais fomos criadas viviam entrando e saindo à noite. E sempre de chapéu.

COLETTE: Chapéu?

ALISON: Ou a gola erguida. Disfarces. Mudando de nome. Me lembro de uma vez, eu devia ter doze, treze anos, em que voltei da escola e pensei que a casa estava vazia, para variar, graças a Deus, pensei, eu podia comer uma torrada e depois fazer um pouco de faxina enquanto eles estão fora. Atravessei o anexo, olhei para cima, e lá estava aquele espectro parado — sem fazer nada, apenas de pé, encostado na pia, com uma caixa de fósforos na mão. Nossa, que aparência nefasta tinha o cara! Quer dizer, todos tinham, mas ele tinha alguma coisa, a expressão — não sei dizer, Colette, era um tipo único. Ficou apenas me olhando, e eu retribuindo o olhar, e pensei que já tinha visto ele antes, e a gente precisa puxar conversa, não é, mesmo

que ache que vai vomitar. Por isso eu disse: você é aquele que todo mundo chama de Nick? Ele respondeu: não, amorzinho, eu sou um ladrão, e eu disse deixa de besteira, você é Nick. Ele teve um ataque de raiva. Sacudiu a caixa de fósforos: vazia. Disse: a gente não arranja nem um fogo por aqui, eu vou saquear essa turma toda, ninguém vale um banco no inferno. Arrancou o cinto das calças e deu com ele em mim.
COLETTE: Que aconteceu depois?
ALISON: Eu corri para a rua.
COLETTE: Ele seguiu você?
ALISON: Acho que sim.

Al tinha quatorze anos. Quinze talvez. Ainda sem espinhas. Parecia imune a elas. Crescera um pouco, para todos os lados, pra cima e pra fora. Tinha uns seios que dobravam a esquina antes dela; pelo menos era o que os homens diziam.
 Perguntou à mãe:
 — Quem é meu pai?
 A mãe respondeu:
 — Pra quê você quer saber isso?
 — As pessoas devem saber quem são seus pais. — A mãe acendeu outro cigarro. — Aposto que você não sabe — disse Al. — Por que se deu o trabalho de me ter? Aposto que tentou se livrar de mim, não foi?
 A mãe exalou fumaça, soprando-a pelo nariz em dois jatos desdenhosos e separados.
 — Todos tentamos, mas você estava grudada firme, sua putinha estúpida.
 — Devia ter ido ao médico.
 — Médico? — A mãe revirou os olhos. — Escutem só ela! Médico? Porra de médico, eles não querem nem saber. Eu já estava com cinco, seis meses de gravidez quando o dr. MacArthur se mandou, e aí eu teria acabado com você direitinho, mas não teve jeito de tirar, porra.
 — MacArthur? É meu pai?
 — Como vou saber? — disse a mãe. — Por que me pergunta, porra? Pra quê quer saber, aliás? O que você não sabe não lhe faz mal. Cuide de sua vida, porra.

Além da Escuridão

* * *

A visão da cabeça de Glória na banheira foi mais assustadora para Al, de certa forma, do que vê-la por inteiro. Desde os oito, nove, dez anos, disse a Colette, via pessoas desmontadas em sua volta, uma perna aqui, um braço ali. Não sabia exatamente quando começara, ou o que causava isso. Ou se eram pedaços de pessoas que conhecia.

Se você pudesse entender como eram aqueles anos, disse a Colette, ia pensar que sou um verdadeiro triunfo, pela forma como me mantive viva. Quando entro no palco, eu adoro, quando ponho o vestido, penteio os cabelos, ponho as opalas e as pérolas que uso no verão. É para eles, para a plateia, mas também para mim.

Sabia que havia essa luta na vida de uma mulher — pelo menos houvera na de sua mãe — só para manter-se íntegra, limpa, bem vestida, manter os dentes na boca, só para ter uma casa limpa e arrumada, sem guimbas de cigarro jogadas por toda parte e tampas de garrafas no chão: para não se ver saindo para a rua sem meia. Por isso agora ela não suporta pelos no tapete, ou esmalte descascado nas unhas pintadas; por isso é tão fanática na depilação, sempre importunando o dentista sobre cáries que ele não vê; toma dois banhos por dia, às vezes uma ducha íntima também, por isso borrifa o perfume especial todos os dias. Talvez seja uma escolha antiquada, mas foi o primeiro perfume de adulta que comprou para si, assim que pôde dar-se esse luxo. A sra. Etchells observara na época:

— Oh, é adorável, é o *seu* perfume.

A casa em Aldershot fedia a peidos de homem, lençóis mofados e a uma outra coisa não identificável. A mãe dizia que o cheiro sempre estivera ali, desde que tiraram as tábuas do assoalho:

— Keith e eles, você sabe, aquela turma que bebia no Phoenix? Por que motivo fizeram isso, Glória? Por que quiseram arrancar as tábuas? Homens, francamente! A gente nunca sabe o que eles vão aprontar.

Al disse a Colette:

— Um dia eu vi um olho me espiando. Um olho humano. Corria pela rua. Um dia me seguiu até a escola.

— Como... tipo "Mary tinha um cordeirinho, sua lã era branca como a neve; e a todo lugar onde Maria ia, o cordeirinho a seguia breve"?

— É, mas parecia mais como um cachorro. — Al arrepiou-se. — E aí, um dia, uma manhã, quando eu saía de casa...

Um dia — era no ano em que ia deixar a escola — Al saiu pela manhã e viu um homem olhando-a da porta da farmácia. Tinha as mãos mergulhadas nos bolsos das calças e revirava um cigarro entre os lábios.

COLETTE: Não era o tal Nick? O da cozinha, que perseguiu você com o cinto?
ALISON: Não, não era Nick.
COLETTE: Mas você já tinha visto ele antes?
ALISON: Já, já. Mas podemos desligar o gravador, por favor? Morris está me ameaçando. Não gosta que eu fale dos primeiros dias. Não quer que a gente grave.

Naquela mesma tarde, ela saiu da escola com Lee Tooley e Catherine Tattersall. A própria Tahera vinha logo atrás, de braço dado com Nicky Scott e Andrea Wossname. Ainda era rica, pequena e cheia de espinhas: e agora de óculos, pois dizia que o pai a obrigara a usá-los. Catherine tinha cachos dourados e era a que tirava as piores notas nas matérias, pior até mesmo que a própria Al. Lee era amiga de Catherine.

Do outro lado da rua, Morris estava encostado na vitrine da lavanderia. Passeou os olhos pelas garotas. Ela ficou gelada.

Ele era baixo, quase um anão, parecia um jóquei, com as pernas tortas como as de um jóquei. Ela ficou sabendo depois que ele tivera uma altura mais normal, pelo menos um metro e sessenta, até quebrar as pernas: numa de suas façanhas no circo, segundo dissera a princípio, mas depois admitira que fora uma briga de gangue.

— Vamos — ela disse. — Vamos, Andrea. Depressa. Vamos lá, Lee.

Então, por estar congelando, fechou o zíper da jaqueta, a jaqueta cor de cereja que mal lhe cobria o peito.

— Oohh, sem noção — disse Lee.

Além da Escuridão

Porque era brega usar a jaqueta fechada. O grupo todo iniciou um desfile arrastado e sinuoso rua abaixo; parecia que nada adiantaria fazer para apressá-lo. As garotas seguiam de braços enganchados, abraçando-se. Lee, num espírito de gozação, fez o mesmo. Um rádio tocava em alguma parte, uma música de Elton John. Ela lembrava isso. As garotas começaram a cantar. Ela tentou, mas tinha a boca seca.

COLETTE: Então ele era — estou meio no escuro nesse ponto — esse homem que vigiava você, na frente da escola: estamos falando de Morris? E era ele o homem de cara amarela?
ALISON: Era.
COLETTE: O homem que você viu atrás de você, no espelho. O da testa curta?
ALISON: O da gravata torta.

No dia seguinte, quando Al saiu, lá estava ele de novo. Vou dar uma de agressiva, ela pensou. Deu uma cutucada em Tahera.
— Olhe lá aquele pervertido.
— Onde?
Alison indicou com a cabeça o outro lado da rua, onde Morris estava encostado, exatamente como no dia anterior. Tahera chamou a atenção de Nicky Scott chutando-a de leve na panturrilha.
— Saia do meu pé, sua indiana de merda.
— Está vendo algum pervertido? — berrou Tahera.
Elas olharam em volta. Seguiram a direção que Alison indicara e viraram a cabeça de um lado para o outro, de uma forma exagerada. Depois giraram em círculos, gritando:
— Onde? Onde?
Catherine, que não as alcançara, começou a cantar como no dia anterior. Então as outras esticaram a língua e fingiram vomitar, por haverem confundido pervertido com psicopata, correram e a deixaram sozinha na rua.
Morris desgrudou-se da parede e veio capengando em direção a ela. Ignorou o tráfego, e um furgão só não o pegou por uma questão de centíme-

tros. Ele capengava muito rápido: parecia ir de um lado para outro como um violento caranguejo, e quando a alcançou, apertou a pata de caranguejo no braço dela, acima do cotovelo. Al encolheu-se e puxou o braço, mas ele a reteve firme. Afaste-se de mim, ela gritava, seu pervertido horrível, e então, como tantas vezes, compreendeu que as palavras lhe saíam da boca mas ninguém as ouvia.

Após o primeiro encontro de Al com Morris, ele a esperou quase todos os dias.

— Sou um cavalheiro, sou, sim — gabou-se —, e estou aqui para escoltar você. Uma mocinha em crescimento como você não vai querer andar pelas ruas sozinha. Pode acontecer qualquer coisa.

Nos primeiros dias não a seguiu até em casa. Parecia nervoso sobre quem pudesse estar lá. Quando dobravam a esquina da rua, perguntou:

— Nick tem aparecido?

Ela respondeu que não, e ele disse:

— Melhor assim, eu nunca sei a quantas ele anda. Se o vir, dê as costas e se afaste para o lado oposto, está ouvindo? Não tente nenhum de seus truques com Nick, senão ele vira você de cabeça para baixo, dá umas rasteiras na sola dos seus pés até seus dentes caírem. — Então se animou: — E Aitkenside, tem visto Aitkenside?

Ela respondeu:

— Não sei, como é o outro nome dele. Não sei de quem você está falando.

Ele disse:

— Não sabe uma ova. Pikey Pete está por aí?

— Eu já lhe disse — ela respondeu. — Eu não sei quem são seus amigos nem como se chamam.

Mas Morris sorriu zombeteiro.

— Não conhece Pikey? Todo o país conhece. Sempre que há um negócio com cachorros, ele está lá.

— Eu não faço negócios com cachorros — ela disse, com uma frieza crescente em sua voz.

— Oh, me perdoe, claro! Você não faz negócios com nenhum dos meus companheiros, faz? Não negocia com eles de nenhum jeito, forma ou maneira, não é? — Resmungou baixinho. — Não é filha da sua mãe, eu imagino. Não conhecer Pikey Pete? Onde há uma negociação de cavalos, Pete está lá. — Quando chegou ao portão da frente, perguntou: — Emmie ainda não deu um jeito naquela banheira velha?

Ela perguntou:

— Você conhece minha mãe há muito tempo?

Ele respondeu:

— Eu diria que sim. Conhecer Emmie Cheetham? Eu diria que sim. Conheço todo mundo, eu. Conheço Donnie, conheço Pete. Emmie Cheetham? Eu diria que sim.

Um dia ela perguntou:

— Morris, você é meu pai?

E ele respondeu:

— Pai, eu? Essa é boa! Ela disse isso?

— Eu acho que meu pai é MacArthur.

— MacArthur! — ele exclamou. E parou. Ela também, e olhou a cara dele. Morris ficara pálido; mais pálido que de hábito. A voz saiu meio engrolada. — Você pode ficar aí parada e dizer esse nome?

— Por que não?

— Fria como a porra de uma pedra de gelo — ele respondeu. Falava para o ar, como se se dirigisse a uma plateia. — Nem manteiga se derrete na sua boca.

Andaram mais um pouco, inseguros, um ou dois passos de cada vez, a mão dele grudada no braço dela. Al avistou Lee e Catherine que passavam no outro lado da rua. Acenou para elas, mas elas fizeram-lhe caretas de vômito e seguiram em frente. Al não sabia se elas viam Morris ou não. Ele resmungava baixinho:

— MacArthur, ora veja! Fria pra burro.

Parou e escorou-se na parede com a mão livre, os dedos tortos abertos. A tatuagem de cobra corria-lhe pelo braço; a cabeça do réptil atravessava as costas da mão e parecia engolir com esforço alguma coisa e pôr a língua para fora. Também Morris fez uma careta de vômito, e curvou-se. Ela teve medo do que poderia sair daquela boca, e por isso se concentrou na mão dele, plantada contra o tijolo.

— Falar em MacArthur! — Ele imitou a voz dela. — *Eu acho que ele é meu pai. E se for?* É assim que se trata um pai? Eu tenho que admitir, é muito descarada essa menina.

— Como? — ela perguntou. — Como foi que eu tratei ele?

A cabeça da cobra pulsava, a língua saía entre os dedos abertos dele.

— Eu vou lhe dizer uma coisa sobre aquele sacana — disse Morris. — Vou lhe dizer uma coisa que você não sabe: MacArthur me deve dinheiro. E assim, se algum dia eu topar com ele neste cu-do-mundo, serro ele pela porra dos joelhos. Que o porra do sacana se arrisque, espere só. Eu furo o *outro* olho dele.

— MacArthur só tem um olho?

— Ah, porra — disse Morris. — Mesmo assim, menina, você saiu ganhando. Ganhou uma lição, hein? Ensinaram a você o que uma lâmina pode fazer.

— Espero que você não seja — ela disse. — Espero que não seja meu pai. Você é a pessoa que eu menos gosto, entre todas. Não quero você perto de mim. Você fede a cigarro e cerveja.

— Eu tenho estado perto de você — disse Morris. — Todos temos.

COLETTE: Mas depois disso, quando Morris aparecia, você devia saber que os outros não o viam, quer dizer, devia compreender que tinha poderes mediúnicos.
ALISON: Sabe como é, eu era ignorante. Não sabia o que era um espírito guia. Até encontrar a sra. Etchells, não tinha a mínima ideia...
COLETTE: Vamos entrar nisso agora, não vamos? A sra. Etchells?
ALISON: Quando?
COLETTE: Esta noite, se você tiver forças.
ALISON: Podemos comer primeiro?
Clique.

Pobre Colette, que teve de transcrever tudo isso.

— Quando você fala de Glória — seguiu — eu nunca sei se ela está viva ou morta.

— É — disse Al. — Nem eu.

— Mas me preocupa. Preciso entender direito... para o livro.
— Estou lhe contando o que sei.

Estava mesmo? Ou deixava coisas de fora? Para poupar os sentimentos de Colette, de certa forma, ou testar a memória dela?

— Esses caras horríveis — disse Colette —, todos esses demônios de Aldershot. Eu vivo me confundindo com os nomes deles. Faça uma lista pra mim.

Alison pegou uma folha de papel e escreveu: "DEMÔNIOS DE ALDERSHOT".

— Vamos ver... Donnie Aitkenside — disse.
— O que disse que ia bater em sua professora?
— É... bem, e estuprar também, acho que ia estuprar também. Tinha MacArthur. Morris o achava pior que a maioria, mas eu não sei. Tinha Keith Capstick, que tirou o cachorro de cima de mim. E eu achei que era meu pai porque ele fez isso. Mas era? Não sei.

Quando fala deles, pensou Colette, ela resvala para o campo da infância e usa trejeitos de criança. Disse:

— Al, você está anotando isso?
— Está vendo que não.
— Está fugindo da questão. Basta fazer a lista.

Al chupou a caneta.

— Tinha esse tal Pikey, negociante de cavalo e cachorro... Acho que ele tinha parentes, primos, acima e abaixo da região rural, a gente o ouvia falar deles, pode ser que tenham aparecido por lá, mas eu não sei mesmo. E uma pessoa chamada Bob Fox?

— Não me pergunte! Bote no papel. Que era que ele fazia, esse Bob Fox?
— Batia na janela dos fundos. Da casa de minha mãe. Dava sustos na gente.
— Que mais? Ele devia fazer mais alguma coisa.
— Não sei. Acho que não fazia mais nada. Depois tinha Nick, claro. O da caixa de fósforos vazia. Na cozinha. Oh, espere aí, eu me lembro agora. Oh, Deus, sim, eu sei onde vi esse cara antes. Pegaram ele na rua, caindo de bêbado. Mas não o condenaram, só esperaram até que ficasse sóbrio e se livraram dele, porque estava sujando de limo as paredes da cela.

— Limo?

— E não queriam ter o trabalho de limpar. Ele ficou lá lambuzando tudo, você sabe. Não quis sair, por isso minha mãe teve que ir pegar o desgraçado... a polícia disse que tinha encontrado o número do telefone dela na carteira dele, por isso mandaram um carro lá em casa. Depois ela teve que descer até as celas. O sargento da recepção disse que isso dava um toque feminino. Ha, ha. Estava sendo sarcástico. Disse que ele já podia ir embora, não podia?, agora que tinha uma bicicleta. Minha mãe disse: cuidado com a língua, Menininho do Uniforme Azul, senão eu achato ela. Ele disse: deixe a menina aqui, não pode levar ela para as celas. E minha mãe disse: como, deixar ela aqui, para você passar a mão nela? Por isso ela me levou para pegar Nick.

Colette sentiu-se fraca.

— Eu gostaria de jamais ter começado isso — disse.

— Ele saiu para rua e gritou: será que não posso tomar um porre, como todo mundo? Minha mãe tentava acalmá-lo. Dizia: volte pra casa.

— E ele voltou?

— Acho que sim. Escute, Col, isso foi há muito tempo.

Colette queria perguntar: que *tipo* de limo, nas paredes da cela? Mas também não queria.

Clique.
COLETTE: Tudo bem, são onze e meia...
ALISON: ...da noite, quer dizer...
COLETTE: ...e vamos retomar...
ALISON: ...depois de eu ter tomado uma garrafa de Crozes Hermitage e estar me sentindo capaz de lembrar meus anos de adolescência...
COLETTE: Al!
ALISON: ...enquanto Colette tomou uma água tônica diet e com isso tem a coragem de ligar a máquina...
COLETTE: Meu tio me fazia cócegas.
ALISON: Quer dizer, seu pai.
COLETTE: É, pensando bem. Meu pai. Não eram cócegas comuns...

ALISON: Tudo bem, tome o seu tempo...

COLETTE: Quer dizer, era agressivo, cutucando a gente com o dedo — dedo de homem, você sabe, grosso — eu era pequena, e ele sabia que me machucava. Oh, Deus, e Gav fazia isso também. Era a ideia que ele tinha de brincadeira. Talvez por isso me casei com ele. Parecia familiar.

ALISON: Parece a histórica clássica, se casar com um homem que tem o mesmo senso de humor do seu pai. Eu vivo ouvindo isso.

COLETTE: Eu não ria quando ele fazia isso. Era mais... você sabe, um riso nervoso. Como se eu estivesse tendo um ataque.

ALISON: Deve ter sido uma cena e tanto.

COLETTE: Ele me cutucava com o dedo, entre as costelas. Era como — era mesmo — a maneira como vinha para cima de mim, dedo esticado... oh, acho que não posso dizer...

ALISON: Não é típico seu ser recatada...

COLETTE: ...como se estivesse me treinando.

ALISON: Mostrando um pouco de prática para a vida.

Pausa.

Acho que é para isso que servem os pais.

Tome, quer um lenço de papel?

COLETTE: Vamos voltar para onde estávamos. Você precisa dormir cedo, uma cliente vai telefonar para o tarô antes do café da manhã. A sra. Etchells, você ia me falar da sra. Etchells.

ALISON: Você sabe, eu cheguei ao ponto em que precisava ganhar meu próprio dinheiro. Achei que, se economizasse, poderia pegar o trem no Vale das Cinzas e ir para qualquer parte. Não me importaria aonde. Assim, o que aconteceu foi que a sra. Etchells me ajudou a começar. Você sabe, um dia eu estava encostada no muro da casa dela, chorando, porque Catherine, Nicky Scott e depois — porque essas mocinhas, minhas amigas, pelo menos se supunha que eram minhas amigas...

COLETTE: Sim?

ALISON: Elas ficaram dizendo que eu tinha espasmos a tarde toda, porque na aula de inglês me dava esse tipo de coisa, na verdade foi Morris quem começou, aparecia no meio da aula de inglês e ficava dizendo William Porra Shakespeare, é isso? Bill Wagstaffe da Porra, Bill Crankshaft, eu conheço aquele cara, está morto, não está, ou pelo menos é o que diz, e me deve cinco paus. A gente estava lendo *Romeu e Julieta*, e ele disse: Eu vi essa Julieta, está morta e bem que mereceu, uma verdadeira mandona, eu lhe digo. Aí eu vi que ele estava mentindo, porque Julieta é uma personagem de ficção. Mas a princípio, você sabe, eu acreditava nele. Não sabia no que acreditar.

COLETTE: É, e depois?

ALISON: Depois ele se espremeu na cadeira ao meu lado, porque Nicky Scott, Catherine e a turma toda não estavam dando bola para mim e me deixaram sentada sozinha. Ele pôs a mão no meu joelho, na verdade acima do joelho, apertando, e eu não pude evitar, berrei. Ele me dizia: vou lhe contar outra coisa sobre essa tal Julieta — a mãe dela fazia a mesma coisa que a sua antes mesmo de deixar a adolescência, não era nenhuma desajeitada no sofá. Faz você lembrar de casa, não faz, faz lembrar do lar doce lar? E começou a suspender minha saia. Eu tentava afastar as mãos dele, dava tapas, mas não adiantava. O sr. Naysmith me disse: desculpe me intrometer no seu devaneio, mas acho que não está prestando atenção, Alison. Naquele momento eu não podia mais suportar e tudo me veio num jorro, eu chorava, xingava e gritava: "Se manda, seu pervertido", e "Volte pro lugar de onde veio, seu merda". Por isso o sr. Naysmith, parecendo um trovão, atravessou a classe correndo em minha direção e eu gritei: guarde suas mãos pervertidas e imundas pra você mesmo. E ele me agarrou pela nuca. Bem, faziam isso. Naquele tempo. Em minha escola, pelo menos. Não tinham permissão para bater na gente com varas, mas nos agarravam de uma forma que doía. E me arrastou para o diretor... Por isso fui suspensa. Convidada a ficar alguns dias em casa, como dizem agora. Por fazer acusações contra o sr. Naysmith. Você entende, eu chorava, ele levantava minha saia. E naquele tempo não se falava em abuso sexual, por isso ninguém acreditou em mim, quando hoje ninguém acreditaria nele.

COLETTE: Então como isso se encaixa com a sra. Etchells?

ALISON: Como?

COLETTE: Você disse que estava encostada no muro da casa dela chorando.

ALISON: É, é isso, porque eles estavam me atormentando, você sabe. Eu não ligava para a suspensão, na verdade era até um alívio, disseram que iam ligar para minha mãe mas eu sabia que não iam, porque o diretor tinha muito medo dela. De qualquer modo, a sra. Etchells me viu, saiu correndo e disse: deem o fora meninas, por que vivem atormentando assim a pobre Alison? E eu fiquei surpresa por ela saber meu nome.

ALISON: E quem era a sra. Etchells? Quer dizer, sei que ela lhe ensinou tudo que você sabe, já disse isso várias vezes, mas, de verdade, quem era ela?

ALISON: Minha avó, era o que dizia.

COLETTE: Como?

Clique.

COLETTE: Aqui é Colette, retomando a sessão à meia-noite. Alison, você falava de seu reencontro com sua avó.

ALISON: É, mas não foi assim, Deus do céu, não foi tipo o programa *Esta é a Sua Vida*, quando a avó entra sorrindo por entre lágrimas, porra. Eu não sei por que você põe essas perguntas na fita, Colette. Eu acabei de contar como foi.

COLETTE: Oh, pela décima quinta vez, porra, é para ter um registro...

ALISON: Tudo bem, tudo bem, mas vou contar do meu jeito, tá bom? Ela me levou para dentro da sua casa e me fez torrada com feijão, e sabe que foi a primeira vez? Quer dizer, minha mãe ficava tão distraída que o feijão e a torrada vinham separados, a gente comia o feijão às cinco horas e aí ela me olhava dez minutos depois e dizia: oh, você ainda não comeu a torrada, comeu? Sabe quando a gente vai a um café, aqueles de estrada, e lá tem aqueles grandes menus laminados com fotos das comidas? Eu me perguntava para quê, quer dizer, por que faziam isso, a comida não tem aquela aparência quando chega, é tudo enorme e colorido nos menus, mas na vida real vem tudo murcho e com uma cor doentia. Bem, o motivo de fazerem isso, é o que eu penso, é para ajudar pessoas como minha mãe, que não sabem qual comida acompanha qual. Quando ela tinha algum homem em casa, de quem gostava, dizia: oh, vou fazer um grande domingo, com o que queria dizer um grande almoço dominical, mas quando chegava o dia ele perguntava: que é isso, Emmie? Quer dizer, galinha com couve-flor e molho branco industrializado.

COLETTE: E purê?

ALISON: Não, isso era depois, isso era na hora do chá. E ela ia à esquina e comprava curry, era sua ideia de fazer o almoço, dizia: de que está se queixando, fui eu que paguei, não foi?

COLETTE: Eu realmente não quero interromper sua história...

ALISON: É por isso que põem as fotos, para impedir que pessoas como minha mãe peçam ovo frito com galinha. E impedir que peçam todos os ingredientes ao mesmo tempo.

COLETTE: E a sra. Etchells?

ALISON: Fez pra mim feijão *em cima* da torrada. O que fazia dela uma vencedora a meus olhos, quer dizer, eu vivia com fome naquele tempo, acho que por isso é que sou gorda agora.

COLETTE: Deixe essa questão de lado por um momento...

ALISON: Ela disse: entre, querida, sente-se, conte-me tudo. Aí eu contei. Porque não tinha ninguém em quem confiar. E chorei muito, e pus tudo para fora. Tahera, Lee, o sr. Naysmith, Morris. Tudo.

COLETTE: Que foi que ela disse?

ALISON: Bem, o problema é que pareceu entender. Ficou ali sentada, balançando a cabeça. E eu também. Quando acabei, ela disse: sabe, tal avó, tal neta. E eu perguntei: como? Passou para você, ela disse, meu dom, saltando Derek, na certa porque ele era homem. Eu perguntei: quem é Derek? E ela respondeu: meu filho Derek. Seu pai, querida: bem, pelo menos pode ser.

COLETTE: Ela só disse pode ser?

ALISON: Eu só pensei: graças a Deus que não era Morris. E disse: então se Derek é meu pai e você minha avó, por que não me chamo Etchells? Ela respondeu: porque ele fugiu antes de se casar com sua mãe. Não que eu o culpe por isso. Eu disse: é surpreendente que eu não tenha sido atraída antes até você. Ela disse: foi, sim, de uma maneira ou de outra, porque sempre se encostou em meu muro com suas amiguinhas. E hoje, continuou, acho que hoje, sabe?, alguma coisa atraiu você. Estava encrencada, por isso procurou a vovó.

COLETTE: É bem triste, na verdade. Quer dizer que ela morava na mesma rua o tempo todo?

ALISON: Ela disse que não gostava de interferir. Disse: sua mãe cuida da própria vida, e, claro, todo o bairro sabe que vida é essa, o que não era surpresa nenhuma para mim, você sabe, já tinha compreendido muito tempo atrás porque, quando um dos caras saía, punha uma nota de 10 libras na cômoda.

COLETTE: E assim, você e a sra. Etchells, as duas se tornaram íntimas?

ALISON: Eu fazia pequenos serviços para ela. Carregava as compras, porque ela tinha os joelhos ruins. Recolhia as guimbas, embora ela não fumasse como minha mãe. Sempre a chamei de sra. Etchells. Não me agradava chamá-la de vovó, não sabia se devia. Perguntei à minha mãe sobre Derek, e ela apenas riu. Disse: ela não vai começar com essa velha história de novo, vai? Maldita terra de enjeitados.

COLETTE: Então ela não confirmou realmente? Nem negou?

ALISON: Não. Jogou o saleiro em mim. Assim... fim de papo. Na versão da sra. Etchells, Derek e minha mãe iam se casar, mas ele deu no pé depois de descobrir como ela era (*risada*) — na certa (*risada*) — na certa ela serviu a ele um de seus caranguejos com espaguete. Oh, Deus, ela não tem ideia de culinária, aquela mulher. Não tem ideia do que seja uma refeição balanceada.

COLETTE: É, podemos passar agora para como você se tornou uma profissional?

ALISON: Quando eu estava para deixar a escola, ela disse: é hora da gente ter uma conversa, há vantagens e desvantagens nesta vida...

COLETTE: E disse quais eram, na opinião dela?

ALISON: Ela disse: por que não usar os dons que Deus lhe deu? Mas depois disse: você vai ouvir um bocado de xingamentos e descrença, e não vou dizer que seus colegas de profissão vão receber você de braços abertos — o que de fato descobri que era verdade, como você mesma sabe, Colette, às suas próprias custas, porque viu como eles reagiram quando apresentei você como minha assistente. Ela disse: claro, pode tentar agir como se fosse normal, e eu disse que ia tentar, embora nunca tivesse me dado bem na escola. Arranjei um emprego numa farmácia em Farnborough. Auxiliar temporária de vendas. Era mais temporário do que diziam, claro.

COLETTE: Que aconteceu?

ALISON: Catherine e Nicky Scott apareceram na farmácia, não tinham arranjado emprego, estavam vivendo de auxílio desemprego. Quando as viu, Morris começou a brincar com os anticoncepcionais. Tirava-os das caixinhas e distribuía. Soprava as camisinhas como balões. Naturalmente, acharam que era eu. Achavam que era o tipo de coisa que uma garota de dezesseis anos faria, você sabe, chamar as companheiras e dar umas boas risadas. E foi isso aí. Então a sra. Etchells me arranjou um emprego numa loja de bolos.

COLETTE: E que aconteceu lá?

ALISON: Eu comecei a comer os bolos.

Quando Alison decidiu mudar de nome, telefonou para a mãe em Bracknell e perguntou se ela ficaria ofendida. Emmie deu um suspiro. Parecia desgastada e distante.

— Eu não conseguiria pensar no que seria um bom nome para o seu tipo de trabalho — disse.

— Onde você está? — perguntou Alison. — Não estou ouvindo bem.

— Na cozinha — respondeu Emmie. — São os cigarros, parece que não consigo deixar, faça o que fizer. Estão acabando com minha voz.

— Fico feliz por não fumar — disse Alison. — Não seria muito profissional.

— Hum. Profissional — disse Emmie. — Você, uma profissional. É uma piada.

Alison pensou: é melhor eu aproveitar e mudar tudo. Não preciso me apegar a parte alguma de mim mesma. Foi a uma livraria e comprou um desses livros para dar nome aos bebês.

— Parabéns — disse a mulher atrás da caixa.

Alison esticou o vestido na frente.

— Na verdade não estou — disse.

Sonia Hart, Melissa Hart, Susanna Hart. Não funcionava. Ela deu um jeito de se livrar do "Cheetham", mas o nome de batismo continuou deslizando de volta à sua vida. Fazia parte dela, como Morris.

Nos anos seguintes, teve de acostumar-se com a vida com Morris. Quando a mãe foi para Bracknell, deixou claro que não queria uma filha se arrastando atrás dela, por isso Al pegou um quarto temporário com a sra. Etchells. Morris não parava mais no portão. Entrava e explodia as lâmpadas, e desarrumava o armário de porcelanas da sra. Etchells.

Só quando ela ficou mais velha, e passou a se movimentar no meio de um conjunto diferente de médiuns, percebeu como Morris na verdade era idiota e vulgar. Os outros têm espíritos guia com um pouco mais de predicados — dignos e impassíveis curandeiros, ou antigos sábios persas — mas ela tinha aquela aparição que vivia a choramingar: paletó xadrez de corretor de apostas e sapatos de couro com o bico careca. Uma comunicação típica de Sett, Oz ou Gamo Corredor era: "A maneira de abrir o coração é livrar-se da expectativa." Mas a comunicação típica de Morris era: "Oh, beterraba em conserva, eu gosto muito de beterraba em conserva. Me prepare um belo sanduíche de beterraba em conserva!"

A princípio ela achou que, com força de vontade e concentração, o manteria a distância. Mas se resistia a Morris, sentia uma pressão na mandíbula e nos dentes, uma arrepiante sensação na espinha que era como uma lenta tortura; mais cedo ou mais tarde tinha de ceder e escutar o que ele estava dizendo.

Nos dias em que realmente precisava de uma folga, tentava imaginar uma grande tampa batendo na cabeça dele. Funcionava por algum tempo. A voz dele trovejava, oca e incompreensível, no interior de uma imensa cuba de metal. Por algum tempo ela não precisava dar-lhe atenção alguma. Depois, aos poucos, um centímetro de cada vez, ele começava a levantar a tampa.

CINCO

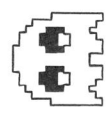

Uma semana depois da morte de Diana, Colette achou que conseguira compreender Alison corretamente. Hoje parece outra era, outro mundo: antes do milênio, antes do Jubileu da Rainha, antes das Torres Gêmeas arderem.

Colette mudara-se para o apartamento de Alison em Wexham, que ela lhe descrevera como ficando "na parte bacana de Slough", embora tivesse acrescentado: "A maioria das pessoas não acha que Slough tenha uma parte bacana."

No dia em que se mudou, pegou um táxi na estação. O taxista era jovem, moreno, sorridente e ágil. Tentou atrair os olhos dela pelo espelho retrovisor, do qual pendia uma fieira de contas de terço. Ela apressou-se em desviar o olhar. Não era preconceituosa, porém. O interior do táxi cheirava a um purificador de ar que trazia lágrimas aos olhos.

Deixaram a cidade, sempre colina acima. Ele parecia saber aonde ia. Uma vez que o centro de Slough ficou para trás, pareceu a Colette que viajavam para lugar nenhum. As casas sumiram. Ela via campos sem qualquer uso em particular. Achou que não eram fazendas. Não havia, por exemplo, plantações nos campos. Aqui e ali pastava um pônei. Havia obstáculos para saltarem; havia sebes. Ela viu o conjunto de prédios de um hospital, Wexham Park. Algumas cabanas exóticas de frente para a estrada. Por um momento, ficou preocupada; será que Al morava no campo? Mas antes de preocupar-se mesmo, viu que o taxista dobrava numa quadra pequena e bem arrumada de casas estilo anos 1970, recuada da estrada. Os arbustos eram podados e bem cuidados; tudo parecia tranquilizadoramente suburbano. Ela saltou. O taxista abriu a mala do carro e retirou as duas malas dela. Colette olhou adiante para a quadra. Al moraria ali, de frente para a estrada? Ou para os fundos? Por um instante, sentiu-se como a personagem de um drama. Era uma mulher corajosa, no limiar de uma vida nova. Por que isso é tão triste?, perguntou-se. Baixou os olhos para as malas. Por isso: porque posso carregar tudo que possuo. Ou o taxista pode.

Pagou a ele. Pediu um recibo. A mente já disparava à frente, para as contas de Al, as despesas comerciais. A primeira coisa que vou fazer, pensou, é aumentar os preços dela. Por que as pessoas devem pagar o mesmo por uma conversa com os mortos que uma garrafa de bebida e uma pizza tamanho família?

O taxista arrancou um formulário em branco da prancheta e ofereceu-o a ela com uma mesura.

— Pode preencher você? — ela perguntou. — Assinado e datado?

— Que quantia devo pôr?

— Exatamente a do taxímetro.

— Lar doce lar?

— Vou visitar uma amiga.

Ele devolveu o formulário preenchido com outro em branco por baixo. Flerte de taxista; ela devolveu o formulário em branco.

— Esses apartamentos têm dois quartos?

— Eu acho que sim.

— Suíte? Quanto você pagou pelo seu?

É isso que se chama de intercâmbio multicultural?, ela se perguntou. Não que fosse preconceituosa. Foi objetiva:

— Eu já lhe disse: não moro aqui.

Ele encolheu os ombros e sorriu.

— Tem um cartão de visita? — perguntou.
— Não.
Teria Alison um? Os médiuns têm cartões? Ela pensou: será preciso trabalhar ladeira acima, arrastá-la para o mundo comercial.
— Posso levar você a qualquer hora — disse o homem. — É só chamar este número.
Entregou-lhe o seu cartão. Ela estreitou os olhos. Nossa, pensou, daqui a pouco vou precisar de óculos. Vários números estavam riscados com tinta azul e havia um número de celular escrito por cima.
— Celular — ele disse. — É só me ligar, dia ou noite.
Deixou-a à porta e foi-se embora. Ela tornou a erguer o olhar. Espero que tenha espaço para mim, pensou. Vou ter de ser muito arrumada. Mas pensando bem, já sou. Estaria Alison olhando lá de cima, vendo-a chegar? Não, não precisaria olhar pela janela. Se alguém chegasse, ela saberia.
Descobriu que o apartamento de Al era de fundos. Ela já esperava com a porta aberta.
— Eu já imaginava que você estaria esperando — disse Colette.
Al corou ligeiramente.
— Tenho uma visão muito afiada. Quer dizer, audição... bem, a coisa toda. — Mas não havia nada de afiado nela. Suave e sorridente, parecia desprovida de quinas. Estendeu a mão para Colette e puxou o seu corpo magro contra o dela. — Espero que você seja feliz. Acha que pode ser feliz? Entre. É maior do que você pensa.
Colete olhou o interior em volta. Teto baixo, ambiente meio quadrado, bege. Tudo claro, seguro.
— Todos os utensílios estão no armário da sala — disse Al. — Cristais e todo o resto.
— Não tem problema guardar tudo lá?
— É melhor que fiquem no escuro. Chá, café?
Colette pediu um chá de ervas. Nada mais de carne, pensou, nem de bolos. Queria ficar pura.
Enquanto ela abria as malas, Al trouxe a bebida verde que parecia sopa numa caneca de porcelana chinesa.

— Eu não sabia como você gostava — disse — por isso deixei o saquinho dentro.

Colette pegou o chá com todo o cuidado, as pontas dos dedos tocando as de Al, que sorriu e fechou a porta, deixando-a sozinha. A cama estava feita, uma cama de casal. Uma grande colcha fofa sobre um simples lençol creme, bem engomado. Alta qualidade: bom. Já vira miséria suficiente. Pegou a necessaire. Viu-se no banheiro de Al — e a própria Al rondando o ambiente e dizendo meio culpada: é só empurrar minhas coisas e pôr as suas — posso deixar isso para você arrumar? Outro chá?

Colette olhou em volta. Floris, veja só, uma perfumaria bem chique. Será ela rica, ou apenas tem grande necessidade de conforto? É melhor do que nós tínhamos, pensou, eu e Gavin; lembrou-se do apartamento no segundo andar, com o barulho do aquecimento central inconstante, as súbitas correntes de vento geladas.

— Venha. Fique à vontade. — Havia dois sofás, quadrados e forrados de tweed; Al desabou num, uma pilha de revistas de moda atrás, e indicou com um gesto que Colette devia juntar-se a ela. — Achei que você talvez fosse gostar de ver meu anúncio. — Pegou uma das revistas. — Folheie de trás para frente e vai me ver.

Colette passou os horóscopos. Pela primeira vez na vida, não parou para ler o seu. Por que possuir um cachorro e ter de latir você mesma? A foto de Alison era um borrão radiante na página. "Alison, médium desde que nasceu. Consultas particulares. Profissional e dedicada. Relacionamentos, negócios, saúde. Orientação espiritual."

— As pessoas estão dispostas a viajar até o Slough?

— Depois que a gente explica que fica na parte bacana de Slough. Eu dou consultas por telefone, se necessário, mas se puder escolher, prefiro olhar o cliente no olho.

— Videofone — disse Colete. — Não vão demorar muito. Isso fará toda a diferença.

— Eu posso ir até eles, pelo preço certo. E vou, se achar que vai valer a pena a longo prazo. Dependo dos clientes regulares, é de onde vem a maior parte da minha renda. Acha que está bom, o anúncio?

— Não. Devia ser a cores. E maior. A gente tem que investir.

Acima via-se um anúncio de cirurgia plástica, com fotos de "antes" e "depois". Uma mulher com a linha da mandíbula caída parecia na foto seguinte haver levado um soco de um gigante embaixo do queixo. Em outra, nas dobras de pele em lugar de seios, pareciam haver brotado dois vastos glóbulos: os mamilos projetavam-se para fora como os apitos de um colete salva-vidas. Abaixo das fotos...

Alison saltou no sofá na direção dela, fazendo-o ranger.

— Essas publicações são surpreendentemente sórdidas — disse. Pôs a longa unha pintada num anúncio de "Consultor Sexual", com um número para chamar após cada item. Diversão anal lésbica. — Você sabia que as lésbicas têm diversão anal?

— Não — respondeu Colette, com uma voz tão distante quanto conseguiu. O perfume de Al lançava-se sobre ela como uma grande onda de doçura. — Não sei, quer dizer, nunca pensei. Não sei nada sobre isso.

— Nem eu — disse Al. Colette pensou: *garotas lésbicas picantes*. Al deu-lhe um tapinha no ombro. Ela gelou. — Isso não me parece divertido — disse Al. — Que bom que deixamos isso claro. — Deixou cair a cabeça e os cabelos deslizaram para frente, escondendo o sorriso. — Achei melhor tocar no assunto. Para que a gente saiba onde está pisando.

A sala tinha paredes cor de magnólia, tapete trançado bege, uma mesinha de café que era apenas um pedaço rebaixado de madeira clara. Mas Al mantinha as cartas de tarô numa cesta de alga marinha, envoltas num metro de seda escarlate, e quando as desembrulhou e as espalhou na mesa, parecia haver ocorrido algum incidente desagradável.

Agosto. Colette acordou: Al estava de pé na porta do quarto. A luz do patamar acesa. Colete sentou-se:

— Que horas são, Al? Que foi? Aconteceu alguma coisa?

A luz brilhava através da camisola de linho de Al, iluminando as coxas imensas.

— Precisamos nos aprontar — ela disse, como se fossem pegar um voo bem cedo.

Aproximou-se e ficou parada ao lado da cama. Colette estendeu a mão e puxou-lhe a manga. Um tecido finíssimo entre os dedos.

— É Diana — disse Al. — Morta.

Colette diria depois que se lembraria para sempre do arrepio que a percorreu: como uma fria corrente elétrica, uma enguia.

Al respirou fundo e sorriu.

— Ou, como dizemos, passou.

— Suicídio?

— Ou acidente. Ela não quer me dizer. Provocante até o fim — disse Al. — Embora na certa não seja bem o fim. Do nosso ponto de vista.

Colete saltou da cama. Puxou a camiseta para baixo cobrindo suas coxas. Depois ficou parada olhando para Alison: não sabia o que fazer. Al virou-se e desceu para o andar de baixo, fazendo uma pausa para aumentar o aquecimento central. Colette correu atrás dela.

— Tenho certeza de que vai ficar mais claro — disse Al — quando acontecer de fato.

— Que é que você quer dizer? Quer dizer que ainda não aconteceu? — Colette correu a mão pelos cabelos, que se eriçaram, um pálido halo desgrenhado. — Al, a gente precisa fazer alguma coisa.

— Tipo?

— Avisar alguém. Chamar a polícia! Telefonar para a Rainha?

Al ergueu a mão.

— Silêncio, por favor. Ela está entrando no carro. Está pondo o cinto de segurança... não, não está. Estão na maior farra. Sem a menor preocupação no mundo. Por que vão nessa direção? Querida, querida, estão espalhados pela rua toda. — Ela desabou no sofá, gemendo e segurando o peito. — Não adianta esperar — disse, interrompendo a visão, e com uma voz surpreendentemente normal: — Não vamos mais ter notícias dela por algum tempo.

— Que é que eu posso fazer? — perguntou Colette.

— Pode esquentar um pouco de leite pra mim, e me dar dois comprimidos de paracetamol.

Colette foi até a cozinha. A geladeira lançou-lhe um bafio úmido e frio. Ela derramou o leite ao despejá-lo na leiteira, e a chama do círculo de gás estalou e inflamou. Ela levou-o para Al.

— Oh, os comprimidos, esqueci os comprimidos!
— Deixa pra lá — disse Al.
— Não, espere, fique sentada, eu vou buscar.

Al olhou-a, com uma leve expressão de reprovação.

— Já estamos esperando a ambulância do pronto-socorro. Passamos um pouco do estágio do paracetamol.

Tudo acontece rápido, no intervalo sem lei entre a vida e a morte. Colette dirigiu-se à escada. Sentia-se *de trop*. Os pés levavam-na para toda parte: errantes, ossudos, ao léu. Que devo fazer? De novo no quarto, esticou a coberta da cama, por capricho. Vestiu um suéter; sentou-se na cama e beliscou as finas pernas brancas, em busca de celulite. Ouviu um grito abafado embaixo, mas achou que não devia interferir. Acho que é nesse ponto que as pessoas fumam um cigarro, pensou; mas vinha tentando parar. Aos poucos, conseguiu pôr o PC em funcionamento. Tinha em mente preparar um esquema de fatura para aproveitar o acontecimento. Qualquer que fosse.

Só depois, ao pensar bem, se deu conta de que jamais duvidara da palavra de Alison. É verdade que a amiga dava as notícias aos poucos, mas assim parecia mais excitante. Daí a pouco o rádio, a seu lado, trouxe os detalhes que confirmavam tudo. O fato ocorrera no mundo real; ela parou de digitar e ficou escutando. *Luzes, um túnel, impacto, luzes, um túnel, escuridão, e depois uma coisa a mais: um hiato, e uma luz, final e cegante.* Ao amanhecer, seu estado de espírito era de choque e profana euforia, combinados com um borbulhante moralismo: o que esperava uma garota como Diana? Havia alguma coisa de tão anunciado naquilo, de tão *previsível*. O resultado fora de uma maldade perversa.

Precipitou-se escada abaixo, para verificar Alison, que agora se balançava e gemia. Perguntou-lhe se queria o rádio, mas ela fez que não com a cabeça, sem falar. Colette correu de volta para saber os últimos detalhes. O computador zumbia e ronronava, emitindo de vez em quando pequenos suspiros, como se, mergulhada no fundo do sistema operacional, a princesa contasse sua história em agonia. Colette pôs a palma da mão no aparelho, ansiosa; receava que estivesse superaquecido. Vou desligar, pensou. Quando desceu a escada, Alison parecia em transe, os olhos numa cena que se desenrolava e que Colette podia apenas imaginar. Não tocara no leite ao lado, coberto de nata. Fora uma noite amena, mas seus pés descalços estavam roxos.

— Por que não volta para a cama, Al? É domingo. Ninguém vai ligar tão cedo.

— Cadê Morris? Ainda não voltou desde ontem à noite? Graças a Deus.

Imagina-se o tipo de piada de mau gosto que Morris estaria fazendo, neste momento solene. Colette soltou um risinho para si mesma. Embrulhou Alison na camisola, e enrolou todo o corpanzil no cobertor de pelo de camelo. Preparou uma bolsa de água quente; jogou em cima dela uma colcha fofa, mas não conseguiu fazê-la parar de tremer. Durante a hora seguinte, toda a cor se esvaiu do rosto dela. Os olhos pareciam encolher-se para dentro do crânio. Ela se virava e revirava, e ameaçava rolar para fora do sofá. Parecia falar baixinho com pessoas que Colette não via.

A euforia de Colette transformou-se em medo. Só conhecia Al havia poucas semanas, e agora jogavam essa crise em cima delas. Imaginou-se tentando levantar a outra do chão, mãos embaixo das axilas. Não ia dar certo. Teria de chamar uma ambulância. E se tivesse de ressuscitá-la? Chegariam a tempo?

— Você estaria melhor na cama — suplicou.

Do frio, Al passou para a febre. Afastou a manta. A bolsa de água quente caiu no tapete com um baque fofo. Dentro da camisola, Al tremia como um manjar branco.

Às oito horas o telefone tocou. Era o primeiro dos clientes de Al querendo mensagens. Olhos ainda semicerrados, ela se levantou do sofá e tomou o fone das mãos de Colette, que lhe sussurrou "o preço especial, o preço especial". Não, disse Al, ainda não há comunicação direta da princesa, desde o acontecimento — mas eu espero que ela faça esforço para aparecer, assim que recupere os sentidos. Se quer uma hora na próxima semana, posso tentar encaixar. Ótimo. Marcado. Colocou o telefone no gancho, mas ele logo voltou a tocar. "Mandy", ela soletrou o nome para Colette. "Mandy Coughlan, de Hove. Você sabe, Natasha." Sim, disse, e, oh, é terrível. Mandy falou alguma coisa. Al disse:

— Bem, acho que em transição, não acha? Eu diria que nesse estágio não está, não. Provavelmente, não. — Fez uma pausa: Mandy falava. Al voltou a falar, alisando distraidamente a camisola amarrotada. — Você sabe como é quando eles se vão de repente, só sabem o que está acontecendo quando alguém conta... Não é?, ficam vagando durante dias. Você acha que no Palácio de Kensington? — Deu uma risadinha. — Harvey Nichols, é mais provável... Não, tudo bem, se você souber alguma coisa do funeral, qualquer coisa. Meio enjoada, você sabe. Não cheguei a vomitar. Quente e frio. Um grande choque para Colette, isso eu posso lhe dizer. — Mandy falou alguma coisa. — Ela é minha, você sabe, como se chama?, minha nova assistente pessoal... É, em boa hora. Todos vamos ter uma semana e tanto, não vamos? Preciso de toda ajuda que conseguir. Tudo bem, Mand. Cuide-se. Beijinho, beijinhos.

Desligou o telefone. Suava.

— Oh, desculpe, Colette, eu disse assistente, devia ter dito sócia. Não pretendia me passar por, você sabe, sua chefe. Mandy acha que ela talvez retorne ao Palácio de Kensington, fique vagando por lá, você sabe, confusa.

Tentou rir, mas saiu algo como um pequeno rosnado. Ela passou a mão pela testa, os dedos saíram pingando. Colette sussurrou:

— Al, você está com um cheiro terrível.

— Eu sei — ela sussurrou de volta. — Vou me meter na banheira.

Quando abria as torneiras, ouviu um assobio pelo interfone. Agudo, como um chamado de pássaro. Logo em seguida surgiu Morris num rompante. Em geral, numa manhã de domingo, ele se mostrava irritadiço por causa da ressaca, mas a notícia parecia havê-lo enlouquecido. Ele bateu na porta, gritando piadas de mau gosto.

— Qual a diferença entre a Princesa Di e um tapete enrolado? Vamos, vamos, aposto que você não sabe. Qual a diferença...

Ela correu o ferrolho. Mergulhou na banheira: óleo de lavanda. Esfregou o fedor da morte, esfoliando-se por precaução. Morris deslizou por baixo da porta. Ficou ali parado, olhando-a com um sorriso de gozação, a cara amarela misturada ao vapor. Quando Al saiu da banheira, estava toda raiada de leves linhas róseas, mas os cortes nas coxas se destacavam mais escuros, como se ela tivesse sido açoitada com um arame.

Além da Escuridão

* * *

Na semana que se seguiu, Colette ficou sabendo de coisas sobre a morte repentina que jamais suspeitara. Al disse, você deve entender isso: quando as pessoas passam, nem sempre sabem que passaram. Sentem uma dor, ou a lembrança de uma dor, e veem pessoas vestidas de branco, rostos estranhos, e ouvem um barulho no fundo, coisas metálicas colidindo umas contra as outras — como se fosse um desastre de trem, mas em outro país.

Colette perguntou:

— E o que é isso? Esse barulho?

— A sra. Etchells diz que é o clangor dos portões do Inferno.

— E você acredita?

— Tem que haver um Inferno. Mas eu não sei.

Têm as luzes, disse, os barulhos, a espera, a solidão. Tudo sai de foco. Eles acham que estão numa fila para serem atendidos, mas ninguém atende. Às vezes pensam que estão num quarto, às vezes sentem ar e espaço e se julgam abandonados num estacionamento. Às vezes acham que estão num corredor, caídos numa padiola, e não aparece ninguém. Começam a chorar, mas ainda assim ninguém aparece. Você sabe, disse, na verdade já se foram, mas pensam que é apenas o serviço de saúde pública.

Às vezes, quando pessoas famosas passam, os fãs espirituais estão à espera. Os fãs, e no caso de alguém como Diana, os ancestrais também; e muitas vezes esses ancestrais têm alguma coisa a dizer, sobre a maneira como as propriedades foram repartidas, o dinheiro torrado, seus retratos vendidos em leilão. Também, quando gente famosa faz a passagem, atrai impostores espirituais, exatamente como no lado de cá a gente tem sósias e dublês de corpo. Esse fato, a não ser que o médium o tenha sempre em mente, pode arruinar uma noite na plataforma, quando as bandas de homenagem e os sósias irrompem, dizendo-se Elvis, Lennon, Glenn Miller. De vez em quando, algum maluco tenta vir para o lado de cá dizendo que é Jesus. Mas eu não sei, não, disse Al, ele tem alguma coisa — a gente simplesmente sabe que não é da Palestina. No tempo da sra. Etchells, as pessoas ainda diziam ser Napoleão. Eram mais bem educadas então, disse, conheciam datas e batalhas. Surpreendentemente, Cleópatra continua sendo popular.

— E eu não gosto de encarnar Cleópatra porque...
— Por motivos étnicos.
Al explicara-lhe, em linguagem delicada. Não trabalhava nos centros das cidades com alta taxa de pobreza e criminalidade ou em lugares como o centro do Slough.
— Não sou racista, por favor, não pense isso, mas fica muito confuso. — Não se tratava apenas da barreira da língua, explicara. — Mas essas pessoas, essas raças, julgam ter mais de uma vida. O que significa, claro, mais de uma família. Muitas vezes várias famílias, e eu não sei, simplesmente fica...

Al fechou os olhos com força e sacudiu os braços acima da cabeça, como se espantasse mosquitos. Arrepiou-se à ideia da aparição de alguma velha enrugada do Ganges, cheia de braceletes: e ela, debatendo-se no tempo e no espaço, sem poder identificar o milênio certo.

Quando Colette olhou para trás, do fim de agosto de 1997 para o início do verão, quando haviam se conhecido, perguntou:

— É isso que se chama de íngreme curva de aprendizado?

Que os mortos podem se sentir sozinhos, que os mortos podem ficar confusos; todas essas coisas eram uma surpresa para ela, que só falara com um morto: que antes jamais pensara muito sobre eles, a não ser na medida em que esperava — de uma maneira meio vacilante — que estivessem melhor onde estavam. Al não fora muito franca com ela naquelas primeiras semanas. Não havia uma ligação necessária entre o que ela dizia na plataforma e o verdadeiro estado das coisas. Verdades incontestáveis eram suavizadas antes que as revelasse ao público: quando transmitia mensagens de consolo, Colette percebia, elas vinham não da médium, mas da vendedora, da parte dela que via o valor em agradar às pessoas. Colette tinha de admirá-la, mesmo com relutância; era um jeito que ela própria jamais adquirira.

Até a morte da princesa, Colette não vira o lado árduo do trabalho. Tirando Morris da equação, era muito semelhante a qualquer outro negócio. Al precisava de um sistema de comunicação mais moderno, um processador de dados e um organograma. Precisava de um filtro antispam para triar as mensagens dos mortos: e se Colette não podia entrar com isso, podia pelo menos controlar como Al recebia essas mensagens. Tentou encará-la como um projeto, e a si mesma como uma gerente de projetos. Era sorte ter uma sólida experiência como organizadora de conferências, porque, claro, Al em si já parecia uma conferência. Quando fora morar com ela, Colette fizera uma saída bem esperta da vida anterior — um rompimento limpo, disse a si mesma. Ainda assim, imaginava que os antigos companheiros de trabalho a pudessem localizar. Ensaiou mentalmente o que lhes diria. Acho meu novo papel diferente, compensador e desafiador, diria. Acima de tudo, gosto da independência. Os relacionamentos pessoais são um bônus; eu descreveria minha chefe como atenciosa e profissional. Se sinto falta de ir ao escritório todo dia? Vocês devem levar em conta que eu nunca fiz isso exatamente: as viagens sempre foram parte do serviço. Pensem no que eu não tenho: nada de mexericos no bebedouro, tensões interdepartamentais, assédio sexual, roupas competitivas. Preciso estar elegante, claro, porque lido com os clientes, mas é uma verdadeira regalia a gente poder se exprimir de acordo com o próprio estilo de vida. E isso resume, mais ou menos, o que eu sinto sobre meu novo emprego; tenho um papel que posso esculpir de acordo com meus próprios talentos, e aqui é sempre um novo dia.

Todo esse ensaio foi desperdiçado, a não ser para ela mesma. Ninguém, na verdade, a localizou, com exceção de Gavin, que ligou uma noite para gabar-se de um bônus anual. Era como se Colette houvesse deixado de existir.

Mas após aquela noite de morte em fins de agosto, ela não podia se enganar dizendo que o emprego com Al era apenas uma parte lógica do desenvolvimento de sua carreira. E qual era exatamente o emprego com Al? No dia seguinte, ela, Colette, tentou fazê-la sentar-se para uma conversa, e disse: Al, você precisa ser franca comigo.

Al respondeu:

— Tudo bem, Col, andei pensando nisso. Você é uma dádiva de Deus para mim e eu não sei como consegui viver até hoje sem você. Jamais pensei em convencer alguém a morar comigo, e você vê que, numa época de crise, o que preciso é de atenção vinte e quatro horas por dia. — Apenas meia hora antes estivera vomitando um líquido xaroposo: mais uma vez, o suor escorria-lhe pelo rosto. — Acho que devemos combinar novos termos, acho que você deve ter participação nos lucros.

Colette corou até a raiz dos cabelos.

— Eu não estava falando de dinheiro — disse. — Não disse seja franca comigo desse jeito. Eu... eu lhe agradeço... obrigada. Al, quero dizer que é bom ser necessária. Sei que você não é desonesta em questões de dinheiro. Não me referia a isso. Só quero dizer que acho que você não está me mostrando o quadro completo de sua vida. Oh, eu sei de Morris. *Agora* eu sei, mas quando aceitei o emprego, você não me disse que eu ia trabalhar com um espectro anão desbocado, deixou que eu descobrisse. Não quero mais choques desagradáveis. Você entende isso, não entende? Sei que tinha boas intenções. Está poupando meus sentimentos. Como faz na profissão. Mas deve compreender que eu não sou da profissão. Sou sua amiga. Sou sua sócia.

Alison disse:

— O que você está me perguntando é como é que eu faço?

— É, exatamente isso. É o que estou lhe perguntando.

Colette preparou chá de gengibre para Al; e Al falou então da perfídia dos mortos, a natureza parcial e penetrante deles, a forma de desmaterializar-se e deixar atrás pedaços de si mesmos, ou enredar-se nos órgãos internos dos vivos. Falou da sua visão aguçada e das vozes que ouvia através da parede. Da tendência dos mortos a contar pequenas mentiras e confabular. Da perspectiva egoísta e trivial que eles tinham.

Colette não ficou satisfeita. Esfregou os olhos, esfregou a testa. Parou e ficou olhando espantada, quando viu Alison sorrir-lhe simpaticamente.

— Por quê? Por que está sorrindo?

— Minha amiga Cara diria: você está abrindo seu terceiro olho.

Colette apontou o espaço entre as próprias sobrancelhas.

— Não tem olho nenhum. Só osso.

— É cérebro por trás, espero.

Colette disse, contrariada:

— Não é que eu duvide de você. Bem, não posso. Tenho que acreditar no que você faz, porque vejo você fazer, vejo e ouço você, mas como *posso* acreditar nisso, quando é contra as leis da natureza?

— Oh, essas leis — disse Al. — Tem certeza de que ainda existem? Acho que hoje a coisa está meio na base do vale-tudo.

Além da Escuridão

* * *

Tinham combinado, no sábado do funeral da princesa, participar de um evento noturno nas Midlands, uma grande feira numa área onde os médiuns já começavam a estabelecer-se. Mandy Coughlan disse pelo telefone a Al:

— Seria uma vergonha cancelar, queridinha. Você pode trazer um saco de vômito no carro se ainda estiver se sentindo enjoada. Sabe que se não vier vão lhe cobrar o preço integral pela tenda, e algum amador da M6 tomará seu lugar rapidinho. Então está dentro? Boa garota. Acha que a sra. Etchells vai?

— Oh, sim. Ela adorava Diana. Está esperando um contato.

— As alegrias da maternidade — disse Mandy. — Claro. Talvez Di se manifeste por meio dela e diga se estava mesmo grávida. Mas como a sra. Etchells vai chegar a Nottingham? Vai haver trens, ou serão cancelados por causa do luto oficial?. Você não mora longe, talvez possa dar uma carona a ela.

Al baixou a voz.

— Eu não sou de espalhar intriga no meio, Mandy, mas há umas questões sobre a sra. Etchells... fazer pouco da leitura do tarô, reduzir preços sem consulta prévia, tentar tirar clientes dos outros... que Colette ouviu a velha fazendo.

— Oh, sim. Essa tal Colette. Quem é ela, Al? Onde você a encontrou? É médium?

— Meu Deus, não. É uma cliente. E antes disso foi cliente sua.

— Mesmo? Quando nos encontramos?

— No ano passado. Ela foi a Hove com umas abotoaduras. Estava tentando descobrir quem era o pai dela.

— E quem era?

— O tio.

— Oh, uma dessas. Não consigo lembrar o rosto dela. — Mandy pareceu impaciente. — Então está zangada comigo, ou alguma coisa assim?

— Não, acho que não. Embora seja muito cética. Em alguns aspectos.

Al fez suas polidas despedidas. Desligou o telefone e ficou parada olhando-o. Será que agi certo, quando contratei Colette? Mandy não pareceu muito entusiasmada. Será que fui impulsiva e vou me arrepender desse impulso? Quase ligou de novo para pedir conselho. Mandy sabe das coisas, já passou o diabo, expulsou um amante e toda a tropa do cara atrás dele, uns druidas que haviam se instalado com o idiota, e todo um bando de espíritos celtas mais acostumados à vida numa caverna que em Hove. E lá se foram eles com seus caldeirões e lanças, Lug, Trog e Glug: e lá se foi o Médium Simon com sua tanga podre, arremessado de uma janela do primeiro andar, junto com sua estátua da grande Mestra Morfesa, relegada à sarjeta com a varinha quebrada, e a lista de preços do último bimestre atirada como um frisbee na direção do mar: e vários cheques não sacados que se tornaram ilegíveis e inúteis, rasgados pelo salto agulha de Mandy.

Era assim que em geral acontecia, quando a gente não se protegia o suficiente e começava um relacionamento com um colega. Não se tratava de compatibilidade pessoal entre os dois: tratava-se da bagagem que cada um carregava, o *entourage*, se eles iam brigar e acabar atacando-se mutuamente com os vestígios de membros e mordendo-se com os tocos de dentes. Al levou a mão ao telefone e tornou a recuá-la: não queria que Colette escutasse, por isso falou telepaticamente com Mandy. É ruim quando a gente se envolve com alguém da profissão, mas alguns dizem que é ainda pior envolver-se com um cliente...

Envolvimento?

Não um envolvimento, um envolvimento sexual. Mas uma relação, isso você não nega. Se ela vai viver com você, é uma relação. Deus sabe que você precisa de alguém com quem conversar, mas...

Mas como vai explicar para os colegas?

É, aí é que está o problema, não é? Como eles podem entender o que você passa? Como podem entender alguma coisa? Você tenta explicar, mas quanto mais tenta, menos consegue.

Eles não são esclarecidos, são? Não me diga, querida. Não têm alcance.

Você diz uma coisa perfeitamente óbvia e eles olham para você como se estivessem diante de uma louca. Você diz de novo, mas aí é a você que a coisa parece louca. Você perde a confiança, tem que ficar repetindo e repetindo.

E no entanto, está pagando o aluguel. Hipoteca, seja o que for. É ótimo, desde que tudo corra sem tropeços, mas à primeira palavra atravessada que você disser, eles começam a jogar na sua cara tudo que está acumulado, oh, você está se aproveitando de mim porque tem toda essa gente que eu não vejo, como sabe tudo isso sobre mim, está abrindo minha correspondência — quer dizer, por que precisaria abrir a porra da correspondência deles? Como se não fosse capaz de ver no fundo quem são. Eu lhe digo, Al, eu saí com um cliente uma vez, deixei que viesse morar comigo, e foi um suicídio. Em uma semana, vi que o cara estava apenas tentando me usar. Preencher meus cartões de aposta. Ganhar às minhas custas as corridas de cavalos.

É, expliquei isso a Col, falei francamente, não sou boa em números de loteria.

E o que ela disse?

Acho que ela conseguiu entender. Quer dizer, é uma mulher versada em números. Acho que entende as limitações.

Oh, ela diz isso *agora*. Mas honestamente, quando a gente deixa essas pessoas se mudarem, são como sanguessugas, como — seja o que for, qualquer coisa que fica em cima da gente vinte e quatro horas por dia. Na verdade minha mãe dizia isso. Me avisou, bem, tentou me avisar, mas a gente não dá atenção, dá? Você sabia que eu nasci na noite do dia em que Kennedy foi assassinado? Bem, isso me marcou. (Mandy, na mente de Al, deu um sorriso trêmulo.) Não adianta tentar manter o segredo de você mesma, Al. A questão é que minha mãe — você sabe que ela era como eu, Natasha, Médium das Estrelas, e minha avó era Natasha, Médium dos Czares — bem, o tal homem com quem ela estava na época perguntou: você não sabia nada sobre isso, boneca? Não sabia do — oh, era ignorante no falar —, não podia ter impedido? Minha mãe respondeu: que você esperava que eu fizesse, ligasse para a Casa Branca, com as pernas abertas e uma velha freira gritando em meu ouvido: empurre, mamãe, empurre?

Freira? Alison ficou surpresa. Você é católica, Mandy?

Não, ortodoxa russa. Mas você sabe o que eu quero dizer, não sabe? Sobre o relacionamento com os leigos. Eles esperam demais.

Sei que esperam. Mas Mandy, eu preciso de alguém, alguém comigo. Uma amiga.

É claro que precisa. Mandy suavizou a voz. Uma amiga. Uma amiga em casa. Não gosto de julgar. Deus sabe. Há gente de todo tipo. Viva e deixe viver. Quem sou eu para dar uma de moralista? Oh, Al, pode me contar. Somos amigas há muito tempo, você e eu. Você precisa de um pouco de amor em sua vida, precisa, sim, precisa.

Mandy, você conhece os prazeres do sexo anal lésbico? Não. Nem eu. Nem qualquer dos outros prazeres. Com Morris por perto, eu preciso de alguma espécie de guarda-rabo. Você sabe o que eles fazem, não sabe? Os guias, quando a gente dorme. Arrepiante, arrepiante. Passam pela porta entreaberta, depois enfiam a mão na manta, uma pata peluda puxa o lençol. Eu sei que você achava que Lug e Glug tentaram, embora diga que estava tomando Nytol, e por isso ficou meio confusa ao ser acordada, e desconfia que bem pode ter sido Simon, a julgar pelo cheiro. É difícil saber, não é? Que tipo de violação. Espírito ou não. Sobretudo se seu namorado tem a coisa pequena. Acho realmente que Morris, quando se trata disso, não é capaz — pelo menos comigo. Mas o que me irrita é toda essa masculinidade de beco, toda essa cerveja, arroto e esse coçar de barriga, bilhares, dardos e pequenos atos criminosos. Fico cansada de me ver exposta a isso o tempo todo, e você soube lidar muito bem com essa situação, sei que chutou o druida e Lug e Glug, mas eles eram do Médium Simon, e Morris é meu. E de certa forma acho, como posso dizer, com Colette de parceira — com Colette de parceira *comercial* — eu esperava — oh, deixe eu dizer assim — eu aspirava — eu preciso sair de Aldershot, de minha infância, de minha mãe, sair para crescer, me mudar para o mundo rico e influente de Berkshire e Surrey, o mundo dos negócios, do empresariado: imaginar como fazem a passagem os ricos e bem-sucedidos. Imaginar como é, quando se é técnico de tecnologia da informação e seu sistema desaba; ou o diretor financeiro, quando gasta seu último centavo; ou o encarregado de Recursos Humanos, quando perde o direito a todos os recursos.

Quando Al fazia as malas para a viagem a Nottingham, Colette entrou. Alison vestia apenas uma camiseta, curvada sobre uma mala. Pela primeira vez, Colette viu a parte de trás das coxas dela.

— Nossa — disse. — Foi você quem fez isso?
— Eu?
— Como Di? Você se cortou?

Alison retornou às malas. Estava perplexa. Jamais lhe ocorrera que ela própria podia haver-se machucado. Talvez tenha sido eu, pensou, e simplesmente esqueci; esqueci tanta coisa, tanta coisa se esvaiu de mim. Fazia muito tempo que não se lembrava das cicatrizes. Ficavam vermelhas no banho quente, e a pele em redor coçava nos dias de calor. Ela evitava olhá-las, o que não era difícil se evitasse os espelhos. Mas agora, pensou, Colette sempre vai notar. É melhor eu ter uma história, porque ela vai querer respostas.

Passou os dedos na pele marcada, que parecia morta e distante. Lembrou-se do que Morris dissera: nós lhe mostramos o que faz uma lâmina. Pela primeira vez, pensou: oh, agora eu entendo, foi o que me ensinaram; foi a lição que me deram.

SEIS

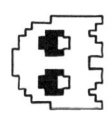

Na viagem de carro para o norte, Colette perguntou a Alison:

— Quando você era pequena, algum dia pensou que era uma princesa?

— Eu? Deus do céu, não.

— Que era que pensava, então?

— Eu me achava esquisita.

E agora? A pergunta pairou no ar. Era o dia do funeral de Diana, a estrada quase vazia. Al dormira mal. Do outro lado da parede do apartamento em Wexham, Colette ouvira-a murmurando, e o profundo ranger do colchão quando ela se virava e revirava na cama. Al descera às sete e meia e ficara parada na cozinha, embrulhada no roupão, os cabelos desgrenhados fora dos bóbis.

— É melhor a gente pegar a estrada — disse. — Chegar antes do caixão.

Às dez e meia, a multidão já se reunia nas pontes sobre a M1, aguardando a passagem da mulher morta a caminho do cemitério ancestral perto do entroncamento 15A. A polícia, que colocara um cordão de isolamento na rota, como à espera de um desastre, formava falanges de motocicletas e filas de furgões vigilantes. Fazia uma manhã luminosa e fria — um clima perfeito de setembro.

— Engraçado — disse Colette. — Foi há apenas quinze dias, aquelas fotos dela no barco com Dodi, de biquíni. E todos dizíamos: que vexame.

Al abriu o porta-luvas e pegou um biscoito de chocolate.

— Esse é o chocolate de emergência — protestou Colette.

— E é uma emergência. Não consegui tomar o café da manhã — respondeu Al. Comeu o chocolate bem devagar, pedaço por pedaço. — Se Gavin fosse o Príncipe de Gales — continuou — acha que você teria tentado mais?

— Com certeza.

Colette mantinha os olhos na estrada; no banco do carona, Alison se virou para ver Morris no fundo, balançando as pernas e cantando músicas patrióticas. Ao passarem por uma ponte, policiais as observavam, rostos ovais rosados e suados acima do fulgor doentio das jaquetas refletoras. Garotos de cabelo raspado — aqueles que, em tempos normais, atiram um bloco de concreto no para-brisa da gente — agora empunhavam buquês de cravos no ar. Um lençol rasgado, branco acinzentado, desceu sobre a visão delas. Tinha letras maiúsculas rabiscadas, como com sangue da Virgem: DIANA, RAINHA DE NOSSOS CORAÇÕES.

— Seria de esperar mais respeito — disse Alison. — Não ficar por aí exibindo a velha roupa de cama.

— Roupa suja — disse Colette. — Ela lavava roupa suja... Tudo acaba voltando pra cima da gente. — Aceleraram uns dois ou três quilômetros em silêncio. — Quer dizer, não é exatamente uma surpresa. Ninguém esperava que durasse, esperava? Se ela fosse uma pessoa estável. Se vivesse no mundo real, seria exatamente o tipo de vagabunda que acaba com os braços e as pernas no depósito de bagagem de uma rodoviária e a cabeça num saco de lixo em Walthamstow.

— Xiu! — fez Alison. — Ela pode estar ouvindo. Ainda não se foi, você sabe. Até onde eu... até onde nós sabemos.

— Você acha que pode receber uma mensagem de Dodi? Não, esqueci, você não lida com outras etnias, não é?

A cada ponte, olhavam para cima. A multidão aglomerava-se. Quando cruzaram a fronteira em Northamptonshire, um homem de jaqueta de couro acenava com a bandeira americana. Os que andavam pelas estradas laterais pedindo carona tinham faixas pretas amarradas na manga. Alison assoviava baixinho com Morris "Terra de Nossos Pais". Tentava encontrar lealdade dentro de si: lealdade, piedade, outra coisa que não simples cansaço com a ideia do trabalho que Diana ia lhe causar.

— Claro — disse —, ela era contra minas terrestres.

— Isso não parece muita coisa pra se combater — disse Colette. — Não é exatamente dar a cara a tapa, é? Não como ser contra... os golfinhos. — Silêncio dentro do carro: a não ser por Morris, no banco traseiro, que havia passado a cantarolar "Role o Barril pra Fora". Um helicóptero voava acima deles, monitorando a estrada quase vazia. — Chegamos cedo demais — continuou Colette. — O quarto não vai estar pronto. Quer parar para ir ao banheiro? Ou para um bom café da manhã? Alguma coisa quente?

Al pensou: quando fiquei acordada à noite, senti muito frio. Sentir frio faz a gente se sentir doente; ou é se sentir doente que faz a gente sentir frio? Não se pode esperar nada de dias como este, a não ser náusea, cãibras, falta de ar, aceleração do pulso, arrepios e uma pele arroxeada.

Colette disse:

— Oito quilômetros, devo parar? Decida-se: sim ou não?

Morris parou logo de cantar e começou a se agitar em favor de uma parada para o banheiro. Tinha um interesse doentio pelo banheiro dos homens: quando retornava ao carro, após uma volta pelo estacionamento, sentia-se o cheiro de urina e desinfetante floral que vinha das solas de borracha dos seus sapatos. Ele gostava de esgueirar-se por trás dos carros estacionados, arrancando calotas e rodando-as como aros entre as pernas dos donos que retornavam ao veículo. Dobrava-se de rir quando os clientes ficavam parados boquiabertos à visão dos discos de metal girando como se por conta própria e indo parar ruidosamente entre as latas de lixo. Às vezes entrava nas lojas e derrubava os jornais dos mostruários e jogava as revistas pornográficas das prateleiras de cima nas cestas de arame de respeitáveis pais na fila com a família para comprar pacotes gigantescos de batata frita. Enfiava a pata nos doces sortidos e entupia as mandíbulas estufadas. Pegava nas prateleiras de comidas para viagem uma caixa de pão doce ou de bombons; depois, mastigando, cuspindo, denunciando-os como papinha de mulher, dirigia-se ao estacionamento da rodovia, ao café onde homens másculos tomavam canecas de chá forte. Esperava sempre encontrar algum conhecido, Aitkenside ou Bob Fox, ou mesmo o maldito MacArthur, embora, "se eu encontrar MacArthur", dizia, "aquele trapaceiro ruivo vai desejar jamais ter nascido, eu me aproximo pelo lado cego e arranco a cabeça dele". Esgueirava-se pelos carros e subia nos para-choques para quebrar os limpadores de para-brisa; pelas aberturas das cortinas, espiava os interiores onde motoristas tatuados roncavam em almofadas floridas, esfregando com as mãos as virilhas solitárias: oohh, mariquinhas, ele gozava, e às vezes o homem se mexia e acordava assustado, julgando por um instante ter visto uma cara amarela a olhá-lo, os lábios arreganhados numa careta que mostrava presas amarelas, como as de um macaco atrás de vidro reforçado. Eu estava sonhando, dizia o homem a si mesmo; eu estava sonhando, que foi que me levou a imaginar isso?

Verdade seja dita, ele ansiava por um amigo; não era vida estar metido com um bando de mulheres, sempre guinchando e conversando sobre coisas fúteis. "Oh, o que devemos levar?", ele as imitava, "talvez uma flor, rosas são legais, uma pomba da paz é legal, que tal uma pomba da paz com uma flor na boca?" Então interviria Colette com uma voz alta e aduladora: "Bico, Alison, bico é o que os pássaros têm." Em seguida Alison diria "Bico não é tão fofo, lábios é mais bonitinho, os pombos não têm lábios?" E Colette concederia com certa má vontade "Pode ser, Al. Pode ser que você tenha razão." Lábios, quanta bobagem, quando deveriam estar pensando em dinheiro! Ele zombaria, do seu poleiro atrás do sofá: "dinheiro é o que importa, vocês deveriam ver a montanha de dinheiro em que eu já estive montado, vou lhe contar uma coisinha sobre dinheiro, Aitkenside me deve vinte e cinco paus, o maldito Bill Wagstaffe, esse sujeito me deve, poeta de Avon uma ova, cadê minha grana? Então ele tentaria me enrolar, oh, Morris, o problema é que eu estou morto, o problema é que abriram um processo administrativo contra mim, o problema é que o meu bolso está furado, o problema é que a grana deve ter caído do bolso da minha calça e a porra do Kyd na certa me afanou, então eu digo, você vai atrás desse Kyd e quebre as pernas dele ou então eu o farei, e ele responderá, o problema é que ele está morto e nem tem pernas, e eu lhe direi, filho mais velho de William, não venha pra cima de mim com essa, quebre no lugar onde as pernas dele deveriam estar.

Quando ele pensava nas dívidas que havia contraído, nos danos causados e no que lhe era devido por direito, ele ia correndo atrás de Alison, agitado: atrás da sua anfitriã, da sua senhora. Al estaria na cozinha fritando linguiça. Ele estaria ávido por despejar sobre ela todo o peso das injustiças cometidas, mas ela diria a ele, sai fora, Morris, tira os dedos do meu cheddar light. Ele queria uma vida de homem, uma companhia masculina, rastejaria pelo pátio acenando, fazendo gestos, procurando seus companheiros, fazendo os sinais secretos que homens fazem para outros homens, para dizer que querem bater um papo e puxar um fumo, para dizer que se sentem sozinhos, que gostariam de companhia, mas que não é nada do que pode parecer. Maldito Wagstaffe era assim, para ser sincero, Morris diria a Alison, mas ela diria: quem? Aquele de calças, ele responderia. Ora, deixa disso, eu não nasci ontem, qualquer um que mostra as pernas desta maneira tem uma tendência afeminada. E outra vez ela diria, quem?, brincando com um pedaço de queijo cheddar entre os dedos, ele diria, Wagstaffe, ele é famoso pra caramba, você deve ter ouvido falar dele, ele está com tudo, o nome dele está correndo as bocas e o que eu recebo em troca? Nem o meu punhado de dinheiro de volta. Nem um único xelim.

Então, no café do posto ele diria "com licença, amigo, com licença, amigo" (se fazendo de bem-educado) "alguém viu Aitkenside por aí? Porque Aitkenside costumava dirigir um quatro por quatro, e ele tinha uma dançarina do ventre tatuada nas costas, mandou fazer quando estava no Egito, estava nas Forças Armadas, baseado no exterior, Aitkenside. E tem uma sereia na coxa, não que eu tenha visto as coxas dele, não sou desse tipo, por favor, não me leve a mal". Mas mesmo ele tentando se encaixar, mesmo ele tentando dar as caras, mesmo ele se metendo no meio deles nos seus cafés da manhã intermináveis, mesmo assim eles o ignoravam, davam-lhe um gelo, davam-lhe os ombros e mandavam ir passear. Então ele vagava por aí, desconsolado, ao ar livre, chupando entre os dedos uma salsicha que ele tinha surrupiado, chamar isso de salsicha, isso não é o que eu chamo de salsicha, porcaria de comida do exército, como se pode ter uma salsicha sem pele? E entre as carretas e caminhões-tanque ele deslizava nas suas botinas, chamando "Aitkenside, MacArthur, cadê vocês, rapazes?"

Além da Escuridão

Porque na verdade a intenção dele era de estropiá-los, mas depois de tê-los estropiado queria fazer as pazes. Porque também estavam mortos e no salão dos mortos eles estavam em salões diferentes. E nos postos de gasolina dos mortos não haviam coincidido em se encontrar. Ele coçaria o queixo, contemplando seus delitos. Depois patinaria por entre os caminhões, desarrumando as lonas desenganchadas, levantava as coberturas para ver o que guardavam embaixo. Uma vez olhos viraram-se para ele e eram olhos vivos, certa vez viraram para ele e eram olhos mortos, girando sobre o eixo e duro como mármore. Quando via olhos, enganchava a lona de volta rapidinho, a não ser que o cabo lhe houvesse soltado da mão. Isso podia acontecer.

E pensava nelas com desdém, nas putas idiotas que agora tagarelavam no banheiro feminino: oohh, Colette, quer pepino na torrada? Eu lhe mostro o pepino, ele pensava. Mas também, se houvesse demorado demais entre os homens, se achasse que elas podiam ter se mandado sem ele, sentia o coração martelar contra as costelas secas: esperem por mim! E corria de volta ao estacionamento, na medida em que podia correr como espírito, com as pernas, como estavam, fraturadas e mal dispostas; voltava correndo e entrava — porra de porta trancada — pelo buraco da ventilação, rolava para o banco de trás e desabava, bufando, arquejando, tirando os sapatos, e Colette — a magrela — se queixava: que cheiro é esse? O cheiro chegava também às narinas dele, só que suavemente: gasolina, cebola e pés mortos quentes.

Se suas donas ainda estivessem no banheiro feminino, ele não ficava sozinho à espera. Insinuava-se em outros carros, afrouxava as correias dos assentos de bebê, arrancava a cabeça dos animais de pelúcia que pendiam das janelas traseiras: girava os dados felpudos. Mas então, depois de fazer todas as travessuras que podia imaginar, sentava-se no chão, sozinho, e as pessoas passavam por cima dele. Morris mordia o lábio e cantava baixinho para si mesmo:

Hitler só tem um colhão
Hitler só tem um colhão.
A mãe arrancou o outro a dente.
Mas Keith Capstick não tem nenhum, não.

A patroa não gosta quando eu canto isso, ele murmurava para si mesmo. Não gosta de lembrar, acho. Quando pensava nos velhos tempos de Aldershot, ela fungava um pouco. Claro que não gostava de lembrar, claro que não. Ele erguia o olhar. As mulheres se aproximavam, a patroa cambaleando em sua direção, a amiga saltitando, tagarelando e girando as chaves do carro. Bem na hora, deslizou para o banco de trás.

Alison tensionou a espinha quando ele se instalou, e as narinas de Colette estremeceram. Morris riu consigo mesmo: ela acha que não me vê, mas com o tempo vai acabar vendo, acha que não me ouve, mas vai acabar ouvindo, não sente o meu cheiro, espera que não, mas não quer pensar que é dela mesma. Ele se levantou e descarregou uma explosão de repolho. Colette virou em direção à placa de SAÍDA. Uma bandeira drapejava a meio pau sobre a parada.

No entroncamento 23 um caminhão que carregava fardos de palha os cortou. Os tufos de palha voaram ao encontro deles, caindo na vazia estrada cinzenta, de volta ao sul. A manhã se tornou nublada, o céu assumiu um brilho glacial. O sol se escondia atrás de uma nuvem, zombeteiro. Ao deixarem a M1 para a A52, os sinos dobraram para assinalar o fim do Silêncio Nacional. Fecharam-se cortinas nos subúrbios de Nottingham.

— Isso é legal — disse Alison. — É respeitoso. É tradicional.

— Não seja idiota — disse Colette. — É pra não deixar o sol entrar e poderem ver a TV.

Pararam o carro no estacionamento do hotel e Colette saltou. Um espírito mulher entrou em seu lugar no banco do motorista. Era pequena, velha e pobre, e parecia espantada por ver-se atrás do volante de um carro, passava as mãos no painel e dizia ééé, isso é novidade, está vendendo, senhorita? Desculpe, desculpe, disse, conhece Maureen Harrison? Eu só estou procurando Maureen Harrison.

Não, respondeu Al bondosamente, mas eu lhe aviso se topar com ela.

Porque Maureen Harrison era minha amiga, disse a mulherzinha, era sim, muito amiga, uma nota de queixa se instalou em sua voz, leve e nostálgica, como a lua por trás da neblina. Maureen Harrison era minha amiga, você sabe, e eu a estou procurando há trinta anos. Desculpe, desculpe, senhorita, você viu Maureen Harrison?

Al saltou do carro.

— É o carro da Mandy, também chegou cedo. — Olhou em volta. — Lá está Merlin. E lá está Merlyn com y, Deus amado, vejo que o velho furgão levou outra batida. — Indicou com a cabeça uma van novinha em folha. — Aquelas bruxas de Egham não são fáceis.

Colette tirou a bagagem do porta-malas. Alison franziu a testa.

— Eu estou a um tempão para dizer uma coisa. Acho que devemos comprar umas coisinhas para você, se você não se opõe. Não acho que uma sacola de náilon seja adequada.

— É de marca! — berrou Colette. — Uma sacola de náilon? Eu andei por toda a Europa com ela. Estive em lugares da alta sociedade.

— Bem, não parece de marca. Parece de barraca de feira.

Registraram-se no hotel, discutindo. O quarto era uma caixa no segundo andar, dava para os radiadores verdes que armazenavam o lixo clandestino. Morris andou em volta para sentir-se à vontade, enfiando os dedos com impunidade nas tomadas elétricas. Ouviu-se umas batidinhas atrás da parede e Alison disse:

— Deve ser Raven, praticando a Magia Sexual Celta.

— Que foi que houve com a sra. Etchells? Será que acabou pegando uma carona?

— Ela veio com a Silvana. Mas pediu para ser deixada numa pensão em Beeston.

— Está sentindo o aperto, é? Velha trapaceira.

— Oh, acho que ela vai indo bem, faz muitas leituras pelo correio. Tem clientes antigos. Não, apenas diz que acha os hotéis impessoais, prefere uma casa de família. Você sabe como ela é. Lê as xícaras de chá e deixa seus folhetos. Tenta pegar a senhoria como freguesa. Às vezes a hospedagem sai de graça.

Colette puxou um maço dos novos folhetos de Al da caixa. Havia escolhido lavanda, e uma frase que a declarava "Uma das mais aclamadas médiuns em atuação na Grã-Bretanha atualmente". Ela protestara, modestamente, mas Colette perguntara: que quer que eu ponha? "Alison Hart, Ligeiramente Famosa na A4?"

* * *

O programa era o seguinte: feira nessa noite, sábado, seguida no dia seguinte por uma grande feira, onde um grupo de médiuns teria seus quarenta minutos na plataforma; enquanto isso, quem não estivesse no palco podia fazer leituras individuais nas salas laterais.

O lugar era uma velha escola primária, as marcas da violência ainda riscadas nos tijolos vermelhos. Ao entrar Alison disse:

— Como você bem sabe, meus dias de escola não foram o que se poderia chamar de felizes.

Pôs um sorriso no rosto, e ficou zanzando junto das treliças, enquanto os colegas armavam as tendas.

— Oi, Angel. Oi, Cara, como vai? Esta é Colette, minha nova auxiliar e parceira de trabalho.

Cara, largando as Varinhas da Sabedoria Nórdica, ergueu o rostinho radiante.

— Oi, Alison. Estou vendo que não emagreceu nem um pouco.

A sra. Etchells entrou cambaleando, uma caixa de badulaques nos braços.

— Oh, que viagem! Nada como o dia seguinte, após uma noite da pesada!

— Você arranjou um garoto para se divertir, sra. Etchells? — perguntou Cara, dando uma piscadela para Al.

— Se quer saber, fiquei acordada a noite toda com a princesa. Silvana, amor, me ajuda a arrumar minha mesa, por favor?

Silvana, erguendo as sobrancelhas delineadas a lápis e sibilando entre os dentes, largou a bagagem e desdobrou o pano roxo franjado da sra. Etchells no ar já carregado com o cheiro dos queimadores de óleo.

— Pessoalmente — disse —, eu não ouvi um pio de Di. A sra. Etchells calcula que esteve com ela, falando das alegrias da maternidade.

— Imagine só — disse Mandy.

— Então essa é sua assistente, Alison?

Silvana correu os olhos por Colette; depois por Alison, com insultante lentidão, como se tivesse de percorrer uma grande superfície. Elas odeiam isso, pensou Al, odeiam; como eu tenho Colette, acham que estou montada na grana.

Além da Escuridão

— Eu pensei. Você sabe — ela disse. — Uma ajudazinha com o, com o trabalho de secretária, contabilidade, motorista, você sabe. Estar sozinha na estrada.

— É mesmo? — disse Silvana. — Veja bem, se quisesse companhia na estrada, podia ter passado em Aldershot e pegado sua avó, em vez de deixar isso comigo. Esse é o seu folheto? — Pegou-o e levou-o para perto dos olhos; os médiuns não usam óculos. — Hum — disse. — Foi você quem fez isto, Colette? Muito legal.

— Eu vou criar um website pra Al — respondeu Colette.

Silvana jogou o folheto na mesa da sra. Etchells e passou as mãos em torno de Colette para sentir a aura.

— Oh, Deus — disse, e afastou-se.

Sete horas. O fim programado era às oito, mas nessa noite teriam sorte se conseguissem tirá-las dali meia hora depois; o faxineiro já circulava, chutando o aspirador de pó para cima e para baixo no corredor. Mas que se podia fazer com os clientes — mandá-los, encharcados e soluçando, para fora? Dificilmente um cliente deixara de falar sobre Di; muitos desabaram e choraram, apoiando os cotovelos nas treliças e contornando as estatuetas da sorte e os címbalos de dedo, feitos de bronze, para chorar e aliviar o coração. Eu me identificava com ela, era como uma amiga para mim. Sim, sim, diria Al, como ela, você é inclinado a sofrer. É, é, este sou eu, eu sou assim mesmo. Você gosta de se divertir, oh, sim, eu sempre adorei dançar. Penso naqueles dois meninos, eu teria tido dois meninos, só que a última foi menina. Diana era de Câncer, como eu, nasci sob Câncer, significa que a gente é feito caranguejo, mole por dentro da casca, acho que foi daí que veio o apelido dela, você não? Nunca pensei nisso, disse Al, mas talvez você tenha razão. Acho que fizeram dela um bode expiatório. Sonhei com ela ontem à noite, aparecendo em forma de pássaro.

Havia alguma coisa de gulodice na dor deles, alguma coisa de presunção. Al deixou-os soluçar, concordando com eles e dando corda, às vezes dizendo: pronto, pronto, acabou; corria os olhos de um lado a outro, para ver quem conspirava contra ela; Colette andava entre as mesas, na escuta. Devo dizer a ela para não fazer isso, pensou Al; ou pelo menos não de forma tão explícita. Quando ela passava, a má vontade a seguia; que não me deem as costas, rezou.

Era hábito entre os médiuns passar clientes uns aos outros, trabalhar em pequenos círculos e grupos, trocar as especialidades, e também as forças e fraquezas: bem, querida, eu pessoalmente não sou médium, mas está vendo Eve ali, no canto?, basta dar um pequeno aceno a ela, diga que eu lhe recomendei. Passam impressões uns aos outros, de mesa em mesa — fofocas ouvidas, pequenas informações pessoais para impressionar os clientes. E se por algum motivo você sai fora dos trilhos, pode começar a não ser recomendada, pode ser forçada a sair. É um mundo frio quando os colegas lhe dão as costas.

— Sim, sim, sim — ela suspirou, batendo nas palmas sarapintadas que acabara de ler. — Vai dar tudo certo e será para melhor. E tenho certeza de que Harry vai se parecer mais com o pai à medida que o tempo passe.

A mulher preencheu um cheque para ela por três serviços — quiromancia, bola de cristal e clarividência em geral — e ao destacá-lo uma gorda lágrima final lhe rolou dos olhos e manchou o código do banco.

Quando a mulher se levantou, uma nova candidata hesitou em passar.

— Você pratica quiromancia védica ou comum?

— Receio que só a comum — respondeu Alison. A mulher deu um risinho de escárnio e passou adiante. Alison começou: — Você pode tentar com Silvana ali... — mas conteve-se. Silvana, afinal, era uma fraude: a mãe dirigia uma agência de notícias em Farnborough, fato que contradizia sua afirmação de ser uma cigana cujas origens familiares se perdiam nas névoas da tradição ocultista. Às vezes os clientes perguntavam:

— Qual é a diferença entre um clariaudiente e um leitor de aura?

E Alison respondia:

— Não há grande diferença, meu caro, o importante não é o instrumento que você escolhe, não é o método, não é a técnica, é a sintonização com uma realidade superior.

Mas o que de fato queria fazer era curvar-se sobre a mesa e dizer: sabe a diferença, a diferença entre mim e eles? A maioria deles não consegue, e eu sim. E a diferença aparece, se mostra, não apenas em resultados, mas na atitude, no porte, numa seriedade essencial. Suas cartas de tarô, não usadas até então nesse dia, repousavam à direita, ardendo através do invólucro de cetim escarlate: sacerdotisa, amante e louco. Jamais as tocara com a mão suja, nem as abrira sem abrir o coração; ao passo que Silvana acende uma guimba entre fregueses, e Merlin e Merlyn mandam buscar cheeseburgers quando há uma folga. Não está direito fumar e comer na frente dos clientes, soprar fumaça neles por cima dos cristais. É isso que deve ensinar a Colette, que uma abordagem casual não basta: a gente não empurra o material na sacola de náilon e embrulha o quartzo rosa nas calcinhas. Não carrega o kit numa caixa de papelão que antes continha meia dúzia de detergentes, não vai embora após o fim da feira enfiando os trecos numa sacola de supermercado. E controla o rosto, a expressão, cada momento em que está acordada. Ela notava às vezes uma expressão desprevenida no rosto de um colega, quando o cliente dava as costas — um misto de profundo cansaço e tédio, à medida que as linhas de alerta profissional desapareciam e o rosto caía nas costumeiras dobras da avareza. Decidira, nos primeiros dias, que o cliente não gostaria de ver essa expressão, e por isso inventara um sorriso, cúmplice e melancólico, que mantinha cimentado no rosto entre as leituras; era a sua expressão agora.

Enquanto isso, Colette avançava desdenhosamente em sua trajetória, ajudando a limpar um cinzeiro ou pondo de pé um hobbit caído; qualquer coisa para poder chegar mais perto e escutar. Assim espionou Cara, a de cabelos à escovinha, orelhas pontudas, tatuagem de borboleta: nossa aura é como nosso código de barras, pense nisso. Quer dizer que a primeira mulher de seu marido, será que ela é a loura que estou vendo? Sinto que você é uma pessoa de grande impulso e força de vontade ocultos.

— Gostaria de um copinho de café da máquina, sra. Etchells? — gritou Colette, mas a avó de Al a descartou com um aceno.

— Já conheceu as alegrias da maternidade, querida? É que estou vendo um menininho em sua palma.

— Menina, na verdade — disse a cliente.

— Talvez seja. Agora, querida, não quero que entenda errado, nem quero assustar você, mas quero que fique atenta para um pequeno acidente que pode acontecer a ela, nada sério, não vejo uma cama de hospital; é mais como se, como se ela pudesse sofrer uma queda e ralar o joelho.

— Ela tem vinte e três anos — disse a mulher, friamente.

— Oh, eu entendo — a sra. Etchells deu um risinho. — Você devia ser muito jovem, minha querida, quando conheceu as alegrias da maternidade. E só uma, não é? Não há irmãozinhos ou irmãzinhas? Você não quis, ou não pôde ter? Será que estou vendo uma pequena operação?

— Bem, se você chama de pequena.

— Oh, eu sempre chamo de pequena. Jamais digo uma grande operação. Não é bom perturbar as pessoas.

Sua velha mendiga trapaceira, disse Colette a si mesma. Que "alegria" é essa, que palavra é essa, e que significa? Os médiuns dizem: você não vai encontrar alegria no mundo externo, tem de buscá-la dentro de si, *querida*. Até mesmo Alison segue a teoria, quando no modo público; em particular, lá em Wexham, muitas vezes a encara como se fosse uma tarefa sem esperança. Remexer no coração em busca de *alegria* — é melhor procurar nas latas de lixo. Onde está Deus, perguntou a Al, onde entra Deus em tudo isso? E Al respondeu: Morris diz que nunca viu Deus. Diz que ele não sai muito. Mas que viu o Diabo, que os dois se tratam com intimidade, diz que o venceu uma vez nos dardos.

E você acredita nisso?, perguntou Colette, e Al respondeu: Não, Morris bebe demais e tem a vista ruim, a mão treme, mal acerta o alvo.

Para o sábado à noite o hotel preparara um bufê tardio destinado aos médiuns: coxas de frango murchas, escurecidas, uma quiche enorme numa bandeja de papelão. Havia uma salada de massa fria e uma tigela de verduras sortidas que Colette revirou, sem muito entusiasmo, com os talheres fornecidos. Raven sentou-se com botas de deserto a uma mesa de café, enrolando um de seus cigarros especiais.

— A questão é a seguinte: você tem *The Grimoire of Anciara St Remy*? Ensina quarenta feitiços, com diagramas detalhados e mapas de invocação.

— Você está vendendo? — perguntou Silvana.

— Não, mas...

— Mas ganha uma comissão, certo?

Oh, são tão cínicos, pensou Colette. Havia imaginado que, quando os médiuns se reúniam, falavam de — bem, coisas da psique: que partilhavam pelo menos um pouco da diversão e do medo diários, o medo que — julgava por Alison — era o preço do sucesso. Mas agora, já razoavelmente por dentro da associação, compreendia que eles só falavam de dinheiro. Tentavam vender tudo uns aos outros; comparavam preços; tentavam saber de novos estratagemas — "acredite, é uma nova aromaterapia", dizia Gemma — e ficar sabendo de novos truques que podiam experimentar. Vinham para trocar jargão, pegar os últimos termos; e *por que* parecem tão ridículos? Por que todos esses pingentes de cristal pendendo de lóbulos murchos, por que os bustos murchos expostos à luz do dia, as franjas, contas, lenços de cabeça, as mantas, colchas de retalhos e xales? No quarto — enquanto se refrescavam antes do bufê — ela disse a Alison:

— Você critica minha sacola, mas já viu as de seus amigos, viu o estado em que se encontram?

A seda de Alison, o pedaço de poliéster cor de damasco, jazia dobrada na cama, pronta para ser usada no dia seguinte; na vida privada Al se retraía à ideia de tocá-la — oh, sim, admitira que se retraía — mas às vezes é necessário, diz, como parte da persona pública. Com a seda em torno do retrato de estúdio ela perde a sensação de que está encolhendo dentro da própria pele. Embota a sensibilidade de uma forma que é bem-vinda; é uma pele a mais, sintética, que brotou para compensar a que o trabalho desgasta.

Mas agora Colette andava pelo quarto, resmungando:

— Por que tudo tem que ser tão brega? Toda essa coisa de feira. Eles não podem achar que impressiona alguém. Quer dizer, quando a gente vê Silvana, não diz: oohh, veja, aí vem a Princesa Cigana; a gente diz: aí vem uma velha enrugada com uma falha no bronzeamento artificial que atravessa o pescoço.

— É... eu não sei — disse Al. — É pra chamar atenção, como num jogo.

Colette ficou olhando-a.

— Mas é o trabalho deles. Trabalho não é jogo.

— Concordo, concordo inteiramente, hoje não há necessidade de se vestir como se estivesse num circo. Mas também, creio que os médiuns tampouco devem usar tênis de corrida.

— Quem está usando?

— Cara. Debaixo do robe. — Al parecia perplexa e ficou parada removendo uma ou duas camadas de roupa. — Eu mesma nunca sei o que usar atualmente.

Adequar o traje à plateia, à cidade, sempre fora sua palavra de ordem. Um toque de Jaeger — embora as roupas não lhe caíssem bem, ela pode lançar mão de um acessório — parece eternamente adequado em Guildford — ao passo que mais adiante na estrada, em Woking, as pessoas desconfiariam de nós se não estivéssemos de algum modo usando coisas que não se combinavam nem coordenavam. Cada cidade tinha exigências próprias, e quando a gente se dirige ao campo não deve esperar sofisticação; quanto mais ao norte, mais os trajes dos médiuns tendem a sugerir o sangue quente mediterrâneo, ou o misterioso Oriente, e hoje talvez tenha sido ela quem entendeu errado, porque na feira teve a sensação de que era desvalorizada, rebaixada de alguma forma: a mulher que queria quiromancia védica... Colette dissera-lhe que não lhe cairia mal um cardigã de caxemira, de preferência preto. Mas, claro, não havia cardigã *pequeno* que satisfizesse as necessidades, só uma coisa tipo tenda de beduíno, uma coisa espaçosa e quente, e quando ela tirava a roupa, seu cheiro vinha junto e flutuava pelo quarto; o bafio da verdadeira mortificação já fora eliminado, mas ela dissera a Colette: me avise, eu não vou me ofender, se captar um sinal de qualquer coisa do sepulcro. Que devo vestir?

Colette passou-lhe um top de seda, cuidadosamente passado e envolto em papel delicado para a viagem. Bateu o olho na sacola, com todas as suas coisas ainda dobradas dentro. Talvez Al tenha razão, pensou. Talvez eu esteja velha demais para a aparência de safári — surpreendeu seu próprio olho no espelho, parada atrás de Alison para abrir o fecho das pérolas. Como assistente de Al, poderia deduzir impostos dos gastos com aparência? Era uma questão que ainda não resolvera com a Receita; estou trabalhando nisso, disse a si mesma.

— Sabe esse livro que estamos escrevendo? — Al ajustava os seios que teimavam em escapar do sutiã, erguia-os e soltava-os com pequenos empurrões e beliscões. — Fica bem falar sobre ele na plataforma? Anunciar?

— Está ainda no começo — disse Colette.

— Quanto tempo acha que vai demorar?

— Qual é o tamanho do pedaço de um cordão?

Além da Escuridão

Dependia, disse Colette, da quantidade de besteiras que continuasse a aparecer nas fitas. Alison insistia em ouvi-las todas, no volume máximo; por trás dos chiados, por trás de qualquer lixo em língua estrangeira que se ouvisse na frente, às vezes havia espantados lamentos e assobios, que ela dizia serem de almas antigas; eu devo a eles escutá-las, disse, se estão tentando tanto fazer a travessia. Às vezes encontravam as fitas rodando, quando nenhuma delas ligara o gravador. Colette tendia a culpar Morris, aliás, por falar nele, onde...

— No pub.

— E abrem esta noite?

— Morris encontra um aberto.

— Imagino. De qualquer modo, os homens não tolerariam, tolerariam? Fechar os pubs por causa de Di?

— Ele só precisa seguir Merlin e Merlyn. Podem tomar uma bebida no... — Al arregaçou as mangas. Tentava lembrar o nome de um país muçulmano, mas não lhe vinha aos lábios. — Sabe que Merlin escreveu um livro chamado *Mestre de Thoth*? E Merlyn com y escreveu *Casos de um Detetive Mediúnico*?

— Interessante. Já pensou em trabalhar pra polícia?

Alison não respondeu; olhou o espelho, traçando com o dedo a marca feita pelo sutiã sob a seda fina. Acabou por balançar a cabeça.

— Isso pode dar a você uma espécie de, como se chama, crédito.

— Pra quê eu precisaria disso?

— Como publicidade.

— É, acho que sim. Mas não.

— Quer dizer, não, não vai topar? — Silêncio. — Jamais quis se tornar útil à sociedade?

— Venha, vamos descer. Antes que acabem com toda a comida.

Às nove e meia Silvana, queixando-se e dardejando venenosos olhares a Al, separou-se do copo de vinho tinto e foi convencida a levar a sra. Etchells de volta ao seu alojamento. Uma vez persuadida, pôs-se de pé, balançando as chaves do carro.

— Vamos — disse. — Quero estar de volta às dez para os melhores momentos do funeral.

— Vão repetir tudo — disse Gemma.

Colette murmurou: eu não me surpreenderia se tivéssemos reprises até o próximo Natal, mas Silvana replicou:

— Não, não vai ser a mesma coisa, eu quero ver ao vivo.

Raven deu uma risadinha de escárnio. A sra. Etchells pôs-se na vertical e espanou a salada de repolho da saia.

— Obrigada pela atenção — disse —, tenho que ir senão eu não durmo numa cama esta noite, eles trancam a porta da frente. Estaria condenada a vagar pelas ruas de Beeston. Sem amigos.

— Eu não sei por que você não fica aqui como todo mundo — disse Cara. — Não pode custar muito mais do que está pagando.

Colette sorriu: negociara um abatimento para Al, como se fosse uma agente de viagens.

— Obrigada, mas não tenho vontade — disse a sra. Etchells. — Dou valor ao toque pessoal.

— Que toque, tipo trancar você do lado de fora?

— Quando entrei nesta profissão — disse Silvana — nem se podia pensar em recusar ajuda a alguém que tinha ajudado a gente a se desenvolver. Quanto mais a própria avó.

Saiu; quando a sra. Etchells seguiu-a tropegamente, um osso de frango caiu de uma dobra de sua roupa, e ficou no tapete. Colette virou-se para Al e sussurrou:

— Que é que ela quer dizer, ajudar a se desenvolver?

Cara ouviu.

— Vejo que Colette não é uma de nós.

Mandy Coughlan respondeu:

— Treinamento, é o que chamamos de treinamento. A gente se senta, sabe, num círculo.

— Qualquer um pode fazer isso. Ninguém precisa ser treinado

— Não, hum... Alison, explique a ela. Um círculo de desenvolvimento. Aí você descobre se leva jeito. Vê se alguém faz a travessia. Os outros ajudam você. É um momento delicado.

— Claro, é só para os médiuns — disse Gemma. — Por exemplo, se você pratica apenas psicometria, quiromancia, cura por cristais, clarividência geral, limpeza de aura, feng shui, tarô, I Ching, não precisa participar. Não de um círculo.

— Então como sabe que pode fazer?

Gemma respondeu:

— Bem, querida, a gente tem a sensação.

Mas Mandy luziu seus olhos azul-claros e disse:

— Satisfação geral do cliente.

— Quer dizer que não retornam pedindo o dinheiro de volta?

— Eu jamais tive um caso — disse Mandy. — Nem mesmo você voltou, Colette. Embora não pareça nem um pouco tímida para dizer o que pensa. Se não se incomoda que eu diga.

Al disse:

— Escute, Colette é nova nisso, está apenas perguntando, não quer irritar ninguém. Acho que o importante, Colette, é que talvez você não veja que todos nós... estamos todos acabados, perdemos o sono com esse negócio de Di, não apenas eu... estamos com os nervos em frangalhos.

— Encontre uma brecha no seu tempo — disse Raven. — Quer dizer, se algum de nós desse uma abertura a ela, apenas, vocês sabem, estar ali ao lado dela, apenas deixar que ela dissesse alguma coisa no primeiro plano da mente, sobre esses momentos finais...

A voz morreu, e ele ficou olhando a parede.

— Acho que a assassinaram — disse Colette. — A família real. Se ela vivesse, só ia trazer mais descrédito a todos.

— Mas era a hora dela — disse Gemma — era a hora dela, e ela foi chamada.

— Ela era meio burra, não era? — perguntou Cara. — Ouvi dizer que não fez a prova de qualificação da escola.

— Oh, seja justa, vamos — disse Alison. — Eu li que ela ganhou um prêmio por ser bondosa com seu porquinho-da-índia.

— Mas isso não é prova, é? Você...?

— Como? — perguntou Alison. — Eu... um porquinho-da-índia? Nossa, não, minha mãe faria um churrasquinho dele. A gente não tinha animal de estimação. Tinha cachorros. Mas não bichos de estimação.

— É — disse Cara, franzindo a testa —, quer dizer, você fez a prova, Al?

— Eu tentei. Me inscreveram. Eu apareci. Tinha lápis e tudo. Mas sempre tinha algum tipo de perturbação na sala.

Gemma disse:

— Eu fui barrada das aulas de biologia por escrever uma legenda obscena num desenho. Mas não fui eu. Acho que eu nem sabia metade daquelas palavras.

Ouviu-se um murmúrio de solidariedade. Alison disse:

— Colette não teve esses problemas, passou em todas as provas, eu preciso de alguém mais inteligente do que eu na vida.

Seguiu falando... Colette, minha parceira comercial... parceira, não auxiliar: interrompeu-se e riu, insegura.

Raven perguntou:

— Sabem que para cada pessoa neste lado há trinta e três no outro?

— É mesmo? — perguntou Gemma. — Trinta e três no ar, para cada uma na terra?

Colette pensou: nesse caso, eu estou com os mortos.

Merlin e Merlyn voltaram do pub: entediados com a conversa dos homens. Eu uso a Previsão do Trânsito. Acho inestimável, oh, sim, rodo no meu velho Amstrad, de que adianta despejar dinheiro nos bolsos de Bill Gates? Colette curvou-se para inteirá-lo melhor do assunto, mas Merlyn pegou-a pelo braço e disse:

— Você leu *A verdade sobre o êxodo*? Basicamente, é sobre como encontraram um pedaço da Bíblia numa pirâmide. E como, ao contrário da crença popular, os egípcios na verdade pagaram aos israelitas para que fossem embora. E eles usaram o dinheiro para fazer a Arca da Aliança. Jesus era egípcio, descobriram manuscritos, na verdade era descendente de faraós. Por isso eles ficam rodando por Meca. Assim como andavam em torno da Grande Pirâmide.

— Oh, é? Entendo — disse Colette. — Bem, você me esclareceu muita coisa, Merlyn, eu sempre me perguntei sobre isso.

— *Montanha K2. Em busca dos deuses* é outro livro bom. *O livro perdido de Enki*. Esse você tem que ler. Enki é um deus do planeta Nibiru. Você sabe, eles vinham do espaço e precisavam do ouro da Terra para enriquecer a atmosfera agonizante do planeta deles, por isso descobriram que havia a Terra, e que na Terra tinha ouro, mas precisavam de alguém pra garimpar, e assim criaram o homem...

Al tinha os olhos distantes; estava de volta à escola, à sala de prova. Hazel Leigh na frente, enrolando sem parar o rabo de cavalo nos dedos, até ficar parecendo um pedaço de açúcar de cevada retorcido... e pastilha de hortelã-pimenta, a gente podia chupar pastilhas de hortelã-pimenta, não permitiam muita coisa, não uma guimba: quando Bryan acendia, a srta. Adshead atravessava a sala como um raio laser.

Durante toda a prova de matemática um homem tagarelava no ouvido dela. Não era Morris, ela sabia que não era Morris pelo sotaque, pelo tom geral de sua voz e comportamento, pelo que ele falava, e por estar choramingando: Morris não choramingava. O homem, o espírito, estava falando algo abaixo do tablado, forçando o vômito e soluçando. As perguntas eram de álgebra: ela preencheu com letras desordenadas, a, b, x, z. Ao chegar à pergunta 5, o homem começou a fazer a travessia. Disse: procure meu primo John Joseph, diga ao nosso Jo que eu tenho as mãos amarradas com arame. Em espírito, mesmo agora, ele sentia uma dor terrível onde ficavam os ossos dos pés, por isso confiou nela para passar ao primo dele o conhecimento dessa dor: diga ao nosso Jo, diga a ele, que foi aquele sacana que dirige o Escort com a lataria enferrujada, aquele puto que vive resfriado, ele... e quando no fim o esmagamento com a coronha de fuzil e as botas dos homens pareceram levá-la a enfiar os próprios pés nos ladrilhos da sala de prova, ela havia deixado as letras se misturarem livremente na página, assim que quando a srta. Adshead veio examinar o trabalho, não havia nada além de rabiscos de caneta, como os traços e círculos do arame com o qual as mãos desse total estranho tinham sido amarradas.

— Alison? — Ela sobressaltou-se. Mandy pegara-a pelo pulso; sacudia-a, trazendo-a de volta ao presente. — Você está bem, Al? — Olhando para trás, disse: — Cara, vá buscar um drinque forte e uma coxinha de galinha pra ela. Al? Você voltou para nós, amor? Ela está incomodando você? A princesa?

— Não — respondeu Al. — São os paramilitares.

— Ah, eles — disse Gemma. — Às vezes são chocantes.

— Eu recebo cossacos — disse Mandy. — Pedindo desculpas, vocês sabem. Pelo que costumavam fazer. Fatiando. Cortando. Açoitando os camponeses até a morte. Terrível.

— Que quer dizer cossacos? — perguntou Cara.

E Mandy respondeu:

— São um tipo de polícia montada muito desagradável.

Raven disse:

— Eu nunca recebo nada assim. Vivi várias vidas pacíficas. Por isso tenho um carma tão ajustado.

Al despertou. Esfregou as feridas dos pulsos. Viva no momento atual, disse a si mesma. Nottingham. Setembro. Noite do funeral. Dez para as dez.

— Hora de ir pra cama, Col — disse.

— Não vamos ver os melhores momentos?

— Podemos ver lá em cima.

Al levantou-se do sofá. Os pés pareciam não sustentá-la. Um esforço de vontade a fez atravessar a sala capengando, mas ela cambaleou ao passar o peso para os pés e sua saia derrubou uma taça de vinho de uma mesa baixa, lançou-a para longe, o líquido girando no ar através da sala e espirrando vermelho na parede branca. Voou com tal força que parecia haver sido atirada por alguém, um fato que não escapou às mulheres: embora escapasse a Raven, estirado na poltrona, mal se mexeu quando o vidro partiu.

Fez-se um silêncio, e Cara disse:

— Ôpa.

Alison voltou-se para trás e olhou, o rosto vazio; fui eu que fiz isso? Ficou parada, a cabeça virada para trás, cansada demais para voltar e cuidar do acidente.

— Deixa comigo — disse Mandy, e agachou-se sobre os cacos de vidro.

Gemma virou os grandes olhos de vaca para Al e disse:

— Al está morta, pobre querida.

E Silvana, que voltava nesse momento, repreendeu-as:

— Que é isso, Alison? Destruindo o lar feliz?

— A verdade é essa — disse Al. Revirava de um lado para outro na cama, tentava esfregar os pés, mas o resto do corpo atrapalhava. — Eu me sinto usada. Todo o tempo me sinto usada. Sou posta no palco pra me verem. Tenho que sentir por eles coisas a que não se atrevem. — Com um leve gemido, agarrou o tornozelo e rolou para trás. — Eu pareço, eu pareço uma espécie de delatora. Não, não quero dizer isso. Quero dizer que estou lá, nos recônditos das mentes sujas deles. Enfiando o braço até os cotovelos, sou como...

— Um trabalhador nos esgotos — sugeriu Colette.

— É! Porque os clientes não fazem seu próprio trabalho sujo. Querem passar adiante. Preenchem um cheque de trinta paus pra mim e esperam que eu limpe seus ralos. Você fala em ajudar a polícia. Eu digo por que não ajudo a polícia. Primeiro, porque odeio a polícia. Depois porque, você sabe, aonde isso leva a gente?

— Al, eu retiro o que disse. Não precisa ajudar à polícia.

— Não é essa a questão. Eu preciso dizer a você por que não. Você tem que saber.

— Eu não preciso saber.

— Precisa, sim. Ou então vai ficar voltando sempre ao mesmo assunto. Você precisa se tornar útil, Alison. Torne-se útil.

— Eu, não. Não vou voltar a falar disso.

— Vai, sim. Você é bem desse tipo, Colette, não pode deixar de repetir as coisas. Não estou atacando você. Não estou criticando. Mas você repete, repete, sim, Colette, repete, é uma das maiores embaixadoras da repetição do mundo. — Al desenroscou-se com um gemido e tornou a cair na cama. — Pode ir pegar meu conhaque?

— Você já bebeu demais. — Alison gemeu e Colette acrescentou, generosamente: — Não é culpa sua. A gente devia ter parado para jantar mais cedo. Ou eu podia ter trazido um sanduíche para você. Eu me ofereci.

— Eu não posso comer enquanto estou atendendo. As cartas não funcionam se a gente mancha tudo.

— É, você já disse isso antes.

— Nada de cheeseburgers. Não me dou bem com eles.

— Nem eu. São nojentos.

— A gente deixa impressões digitais nos cristais.

— É difícil saber como evitar.

— Você nunca bebe demais, Col?

— Não, quase nunca.

— Nunca, nunca? Nunca, nunca comete um erro?

— Cometo. Mas não desse tipo.
Então a raiva de Al pareceu desinflar-se. Também o corpo desabou de volta na cama do hotel, como se vazasse ar quente de um balão.
— Eu quero aquele conhaque — ela disse, baixinho e de modo humilde.
Esticou as pernas. Por cima de seus próprios contornos teve uma visão dos pés ao longe, que se reclinaram para fora da cama quando ela os olhou: juntas de morto.
— Nossa — ela exclamou e fez uma careta.
O primo de John Joseph estava de volta, e falava-lhe ao ouvido: não quero que o hospital ampute minhas pernas; prefiro estar morto no campo de batalha e enterrado do que vivo sem as pernas.
Ela ficou deitada, gemendo em direção ao teto pouco iluminado, até Colette dar um suspiro e levantar-se.
— Tá bom, eu pego a bebida. Mas você estaria melhor com uma aspirina e um pouco de loção de hortelã para os pés.
Saiu cambaleando até o banheiro e pegou na prateleira acima da pia um copo de plástico envolto numa capa de poliestireno. Furou-a com as unhas; parecia membrana humana, era grudenta, tinha de ser removida, esfregou as pontas dos dedos umas nas outras para arrancar a gosma fora, e então ergueu o copo, sentiu no rosto um bafio engarrafado, uma coisa de segunda mão e não muito limpa, uma coisa que bafejava nela do interior do copo.
Colette desatarraxou a tampa da garrafa de brandy e serviu dois dedos. Al levantara-se e colocara os pés gordos no tapete. Pareciam quentes, inchados. Travessamente, Colette pegou um dedo do pé e sacudiu-o.
— Um porquinho foi à feira...
Alison berrou com a voz de outra pessoa:
— Pelo amor de Deus!
— Desculpe — disse Colette.
Alison tirou com esforço o braço de dentro dos cobertores, e agarrou com os dedos o copo, amassando as laterais. Ela se retorceu tanto que encostou os ombros na cabeceira da cama e engoliu metade do drinque no primeiro gole.
— Escute, Colette. Eu preciso lhe dizer o que é a polícia, não é? Por que não quero ter nada a ver com eles?

— Eu não sei se precisa mas é claro que vai dizer — emendou Colette. — Escute, espere um minuto. Aguente só um pouquinho...

Al começou:

— Conhece Merlyn?

— Espere — disse Colette. — A gente deve gravar.

— Tá bom. Mas se apresse.

Alison engoliu o resto do conhaque. Na mesma hora ficou com o rosto vermelho. Jogou a cabeça para trás, os sedosos cabelos escuros espalhando-se pelos travesseiros.

— Está preparando?

— Estou. Só um minuto... Tudo bem.

Clique.

COLETTE: Então, 6 de setembro de 1997, dez e meia da noite, Alison está me dizendo...

ALISON: Conhece Merlyn, Merlyn com y? Ele se diz detetive mediúnico. Diz que ajudou as forças da polícia em todo o sudoeste. Que sempre chamam ele. E você sabe onde mora Merlyn? Mora num trailer.

COLETTE: E daí?

ALISON: E daí, aonde isso leva a gente, ajudar à polícia? Ele não tem nem um banheiro adequado.

COLETTE: Que coisa mais trágica.

ALISON: Você diz isso, srta. Zombeteira, mas não ia gostar. Ele mora nos arredores de Aylesbury. E sabe como é, quando se ajuda à polícia?

Al fechou os olhos. Pensou em reviver — repetidas vezes — os últimos segundos de uma criança estrangulada. Pensou em se afogar dentro de um carro nas águas do canal, em acordar numa cova rasa. Adormeceu por um instante e acordou no tapete, enrolada nele como uma linguiça; virou de um lado para outro, lutando por espaço e ar, e lembrou-se do por que não conseguia respirar — porque morrera, porque estava enterrada. Pensou: não posso pensar mais nisso, estou no fim, no fim de... e soltou a respiração com um grande arquejo: ouviu *clique*.

Colette pusera-se a seu lado, a voz nervosa: oh, Deus, Al, curvada sobre ela. A respiração de Colette em seu rosto, hálito de poliestireno, não desagradável mas não exatamente natural.

— Al, é o coração?

Ela sentiu a minúscula e ossuda mão de Colette sob a cabeça, erguendo-a. Quando o pulso e o antebraço de Colette seguraram o seu peso, Al teve uma súbita sensação de libertação. Arquejou e suspirou, como se fosse uma recém-nascida. Abriu os olhos com um estalo:

— Ligue o gravador.

Hora do café da manhã. Colette descera cedo. Ouvia Al enquanto a fita rodava — Alison chorando feito um bebê, falando com voz de criança, respondendo a perguntas de espíritos que Colette não ouvia — quando se deu conta, a própria mão arrastava-se em direção à garrafa de conhaque. Um gole enrijeceu-lhe a espinha, mas o efeito não durou. Ela sentia-se agora fria e pálida, com mais frio e mais palidez que nunca, e quase vomitou quando entrou na sala do café e viu Merlin e Merlyn mexendo com uma colher num panelão de feijão cozido.

— Você parece que ficou acordada a noite toda — disse Gemma, pegando um croissant pela ponta.

— Estou ótima — ela cortou. Olhou em volta: não podia tranquilamente ocupar uma mesa sozinha, e não queria sentar-se com os rapazes. Apontou imperiosamente para o bule na chapa quente, e a garçonete correu a trazê-lo.

— Preto está ótimo.

— Você é intolerante à lactose? — Gemma perguntou. — Leite de soja é muito bom.

— Não é isso. Eu prefiro café preto.

— Cadê Alison?

— Penteando os cabelos.

— Eu pensei que esse fosse trabalho seu.

— Sou parceira comercial, não criada.

Gemma deixou cair os cantos da boca. Deu uma cotovelada conspiratória em Cara, mas esta abria o jornal para ver as fotos do funeral. Mandy Coughlan entrou. Tinha olheiras vermelhas e lábios franzidos.

— Outra que passou mal à noite — constatou Gemma. — A princesa?

— Morris — respondeu Mandy. Vistoriou mal-humorada o bufê e bateu com uma banana na mesa. — Passei a noite toda sob ataque mediúnico.

— Chá ou café? — ofereceu a garçonete.

— Tem veneno de rato? — perguntou Mandy. — Eu gostaria de um pouco de veneno ontem à noite, para o sacaninha do Morris. Sabe, eu tenho pena de Alison, tenho mesmo. Não queria estar na pele dela por nada neste mundo. Mas será que ela não pode controlá-lo? Mal me enfiei na cama e ele já estava tentando puxar a colcha de cima de mim.

— Ele sempre gostou de você — disse Cara, abrindo o jornal. — Oohh, vejam o coitadinho do Príncipe Harry. Vejam a carinha dele, Deus o abençoe.

— Tentando puxar e tentando se enfiar debaixo das cobertas até as três da manhã. Achei que ele tivesse ido embora, deixei a cama para ir ao banheiro, e ele simplesmente saltou de detrás das cortinas e meteu a pata imunda por baixo da minha camisola.

— Ééé, ele faz isso — disse Colette. — Se esconde atrás das cortinas. Alison diz que acha isso muito irritante.

Alison entrou um momento depois, parecendo verde.

— Oh, pobre amorzinho — sussurrou Mandy. — Olhem só para ela.

— Vejo que não conseguiu pentear o cabelo, afinal — disse Cara, com simpatia.

— Pelo menos não parece uma maldita alma penada — cortou Colette.

— Chá, café? — perguntou a garçonete.

Al puxou a cadeira da mesa e sentou-se com todo o peso.

— Vou dar um jeito nele depois — disse, à guisa de explicação. — Passei mal à noite.

— Vinho tinto demais — disse Gemma. — Você estava alta quando subiu.

— Tudo demais — disse Al.

Pousou os olhos, turvos e abatidos, no prato de flocos de cereal que Colette pusera à sua frente. Pegou mecanicamente uma colher.

— Legal — disse Gemma. — Ela pega o cereal para você. Embora diga que não é sua criada.

— Quer calar a boca? — atirou Colette. — Quer dar um minuto de paz a ela e deixar que coma alguma coisa?

— Mandy... — começou a dizer Alison.

Mandy acenou com a mão.

— Está bem — disse, a boca cheia de cereal. — Tudo bem. Não é culpa sua.

— Mas eu me culpo — insistiu Al.

Mandy engoliu. Tornou a acenar com a mão, como se secasse o esmalte das unhas.

— Podemos falar disso outra hora. Podemos ficar em hotéis separados, se for preciso.

— Espero não chegar a tanto.

— Você parece acabada — disse Mandy. — Eu sinto por você, Al, realmente sinto.

— Nós ficamos acordadas até tarde, eu e Colette. Apareceram outras pessoas, que eu conhecia quando era criança. E lembra que eu disse que havia paramilitares me atormentando? O problema é que eles atravessaram e me esmagaram os pés. Tive que tomar dois analgésicos. De madrugada, quando eu mal tinha acabado de dormir, Morris entrou. Puxou o travesseiro de debaixo de minha cabeça e começou a se gabar em meu ouvido.

— Gabar? — perguntou Gemma.

— Do que tinha feito com Mandy. Desculpe, Mandy. Não é que eu... quer dizer, eu não acreditei nele nem nada.

— Se ele fosse meu — disse Mandy — eu mandava exorcizar.

Cara balançou a cabeça.

— Você pode controlar Morris, você sabe, é só se aproximar dele com amor incondicional.

Colette disse:

— Você quer um suco de tomate, Alison?

Alison balançou a cabeça e largou a colher.

— Acho que vamos ter mais um dia da princesa.

— Mais um dia, mais um dólar — disse Mandy.

— Choradeira, porra de choradeira — disse Al. — Será que nunca pensam no que significa pra nós? Lá vou eu, mergulhar de cabeça na merda deles. Como uma escova de privada.

Além da Escuridão

— Bem, é um meio de vida, Al — disse Mandy Coughlan, mas Cara, espantada, largou a faca em cima da coluna Tributo em Cores do *Mail* e esparramou manteiga no Príncipe de Gales.

Na noite anterior, sábado, a primeira carta que Al abriu foi o valete de copas: indicador de sua pálida companheira, emblema da mulher que aparecia nas cartas no Harte & Garter, Windsor, na manhã em que Colette lhe aparecera pela primeira vez em seu campo de visão. Cabelos brancos, olhos claros, olheiras que pareciam de um bichinho de estimação com o qual temos de ser bondosos.

Ela ergueu o olhar para a mulher, a cliente, que estava sentada ali fungando. A leitura que Al fazia era para perto de casa, para si mesma, não para a cliente em frente. Não se controlam as cartas; elas só dão as mensagens que querem dar. Eis o rei de espadas, invertido: na certa, como era o nome dele...? Gavin. Colette anseia para que apareça um homem em sua vida. Noites, ela sente, no apartamento de Wexham, o lento arrastar do desejo além da parede rebocada de gesso. Colette ocupa os dedinhos, em busca do prazer solitário... Que virada da sorte pôs Colette em meu caminho? Será que a contratei em benefício próprio, um benefício ainda não revelado nem mesmo a mim: algum propósito que ainda caminha para se mostrar? Afastou a ideia, junto com qualquer culpa que a acompanhasse. Não posso deixar de fazer o que faço. Preciso viver. Preciso me proteger. E se for às custas dela... e daí se for? Que significa Colette para mim? Se Mandy Coughlan oferecesse uma perspectiva melhor, eu não ia querer ver nem a poeira dela, mandaria empacotar as suas coisas e ela tomaria o primeiro trem para Brighton e Hove. Pelo menos espero que ela assim fizesse. Espero que não resolvesse me roubar o carro.

Diana é a rainha de copas: toda vez que a carta aparecer num jogo, nesta semana e na seguinte, significará a princesa, e o pesar do cliente a atrairá do fundo do baralho. Já se comunicaram as primeiras aparições dela, olhando por cima do ombro do ancestral Carlos I num retrato no Palácio de St. James. Algumas pessoas que a viram dizem que ela usava um vestido cor de sangue. Todos concordam que também trazia sua tiara. Olhando-se bem, pode-se ver o rosto dela em fontes, em gotas de chuva, nas poças dos pátios dos postos de gasolina. Diana é um signo de água, que significa um tipo mediúnico. É exatamente o tipo que se demora e pinga, que se dissolve e desaparece, sopra para o alto e para baixo as suas marés: que, com o lento acréscimo das lágrimas, põe abaixo tetos e abre um caminho na pedra.

Depois de ver o mapa astral de Colette (feito por Merlyn como um favor), Alison se encolhera de medo.

— É mesmo? — perguntara. — Não me diga, Merlyn. Eu não quero saber.

Fazendo sinais no ar, Merlyn dissera: que é que você pode fazer, porra? Buscou a mão de Alison repousando-a na sua própria palma úmida de Peixes.

Manhã de domingo: ela fazia leituras numa sala ao lado, tensa, à espera de subir à plataforma às duas da tarde. Dos clientes, a manhã toda, continuou sendo mais do mesmo. Diana tinha seus problemas, eu também tenho os meus. Calculo que pudesse escolher entre muitos homens, mas escolhia mal. Após uma hora disso, subiu-lhe por dentro uma sensação de motim. Motim no Bounty, era a expressão que lhe vinha à cabeça. Pôs os cotovelos na mesa, curvou-se para a cliente e disse:

— O Príncipe Charles, você acha que foi uma má escolha? Você escolheria melhor, não é? Você daria o fora nele, não?

A cliente encolheu-se para trás na cadeira. Um momento, e a pobre mulherzinha já estava de volta, no colo da cliente:

— Me desculpe, senhorita, você viu Maureen Harrison? Eu ando procurando Maureen Harrison há trinta anos.

Mais ou menos na hora do almoço ela escapou para ir pegar um sanduíche. Dividiu com Gemma um de atum e pepino.

— Se eu tivesse seus problemas com os irlandeses — disse Gemma — corria direto para Ian Paisley. Todos temos que carregar nossas próprias cruzes, e a minha, pessoalmente, tende a derivar de minha nona vida, quando estive numa cruzada. Assim, é acontecer algum levante a leste de Chipre, e francamente, Al, me jogam dentro com tudo.

Uma fatia de pepino caiu do sanduíche, uma sombra verde deslizante no prato de papel branco. Ela a espetou com habilidade e lançou-a na boca.

— Não são só os irlandeses — disse Al. — Comigo, é todo mundo mesmo.

— Eu conhecia Silvana, naquela vida. Claro, ela estava no lado oposto. Uma guerreira sarracena. Empalava os prisioneiros.

— Eu achava que eram romenos — disse Al. — É o que se mostra.

— Você nunca foi vampira, foi? Não, você é legal demais.

— Eu vi alguns hoje.

— É, Di os trouxe pra fora. Não se pode deixar de ver, pode?

Mas Gemma não disse que sinais buscava num vampiro. Amassou o guardanapo de papel e jogou-o no prato.

Duas e vinte. Alison estava na plataforma. Hora das perguntas:

— Posso entrar em contato com Diana, se usar uma mesa Ouija?

— Eu não aconselharia, querida.

— Minha avó usava.

— E onde ela está agora?

Ela não disse: não em voz alta. Pensou: é a última coisa de que precisamos. Noite dos Amadores, Diana puxada de um lado para outro e confusa com mil taças de vinho rolando. As jovens na plateia se retorciam nas cadeiras, sem saber o que era uma mesa Ouija — pertencendo à atual geração, não esperaram até que lhes dissessem, assobiavam e berravam.

— É apenas um antigo jogo de salão — ela explicou. — Não é coisa que um praticante sério faça. A gente deita as letras, e um copo gira e soletra as palavras. Soletra nomes, vocês sabem, ou frases que a gente julga significar alguma coisa.

— Eu ouvi dizer que às vezes é perigoso — disse uma mulher. — Mexer com esse tipo de coisa.

— Oh, sim, mexer — disse Al. Fazia-a sorrir a maneira como os clientes usavam o verbo como um termo técnico. — É, você não vai querer sair mexendo com eles. Porque tem que levar em conta quem pode aparecer. Alguns espíritos estão, e não quero ser rude, mas estão num nível muito baixo. Apenas vagam pela Terra por não terem nada melhor a fazer. São como as crianças que você vê zanzando em torno de carros estacionados; não se sabe se vão arrombar e roubar ou apenas furar os pneus e arranhar a lataria. Mas por que se dar ao trabalho de descobrir? Basta não ir lá! Agora, esse tipo de garotos, ninguém convida para a própria casa, convida? Bem, é o que você faz quando mexe com uma mesa Ouija.

Ela baixou os olhos para as mãos. As opalas da sorte pareciam baças, nubladas, como se as superfícies estivessem segregando. Há certas coisas que a gente precisa saber sobre os mortos, queria dizer a eles. Coisas que realmente importam. Por exemplo, não adianta engajá-los numa boa causa que se tenha em mente, a paz mundial ou seja lá o que for. Eles puxam o tapete debaixo dos nossos pés. Não se tornam pessoas decentes apenas por estarem mortos. As pessoas estão certas ao temerem os fantasmas. Se você recebe gente que foi má em vida — quer dizer, gente cruel, gente perigosa — por que acha que vão ser melhores depois de mortos?

Mas nunca iria dizer isso. Jamais. Jamais pronunciaria a palavra "morte", se pudesse evitar. E embora eles precisassem do medo, embora merecessem o medo, ela nunca, quando recebia os clientes, inseria uma insinuação ou dica sobre a natureza do lugar além da escuridão.

Na hora do chá, quando o evento havia acabado e elas desciam no elevador com as malas, Colette perguntou:

— Bem, e agora?

— Bem, e agora o quê?

— Sua explosãozinha no café da manhã! Quanto menos se falar, melhor.

Al olhou-a atravessado. Agora que estavam sozinhas, e com a viagem de carro pela frente, Colette ia obviamente falar um bocado.

Na recepção, fechando a conta, Mandy apareceu atrás delas.

— Tudo bem, Al? Está se sentindo melhor?

— Vou ficar bem, Mandy. E escute, eu realmente quero pedir desculpas por Morris ontem à noite...

— Esqueça. Pode acontecer a qualquer uma de nós.

— Você sabe o que Cara disse, sobre amor incondicional, acho que ela tem razão. Mas é difícil amar Morris.

— Eu não creio que a tentativa de amar Morris leve você a parte alguma. Basta ser esperta com ele. Acho que não há ninguém novo no horizonte, há?

— Não que eu veja.
— É só que, na nossa idade, a gente às vezes tem uma segunda chance... bem, você mesma sabe como acontece com os homens, deixam a gente por uma modelo mais jovem. Eu conheci alguns médiuns que, francamente, acham devastador quando os guias se mandam, mas para outros, me permita dizer, é um abençoado alívio: você ganha um novo começo, com um novo guia, e antes que você perceba onde está, seu ofício já deu a volta por cima e você se sente vinte anos mais jovem. — Tomou a mão de Al. Acariciou as opalas com as unhas rosa cintilante. — Alison, posso falar francamente com você? Como uma de suas mais antigas amigas? Você tem que abandonar a Roda do Medo. Agarrar a Roda da Liberdade.

Alison jogou os cabelos para trás e sorriu bravamente.

— Me parece um pouco atlético demais.

— O esclarecimento avança nível a nível. Você sabe disso. Se eu tivesse que dar um palpite, diria que pensar é a origem de seus problemas. Pensar demais. Alivie a pressão, Al. Abra o coração.

— Obrigada. Sei que você tem boas intenções.

Colette voltou do balcão, o cartão de crédito entre os dedos, remexendo dentro da bolsa. Mandy enterrou-lhe a unha do indicador nas costelas. Espantada, Colette olhou o rosto dela, a boca espremida numa sinistra linha rósea. Está bastante velha, pensou Colette; o pescoço está indo embora.

— Tome conta de Al — Mandy disse. — Ela é muito talentosa e muito esperta, e você vai ter que se ver comigo se permitir que o dom dela vire sofrimento.

No estacionamento, Colette caminhava na frente a passos largos levando sua sacola. Alison arrastava com dificuldade sua mala — uma das rodinhas havia saído do lugar — e ela ainda estava mancando, com dor por conta do pé esmagado. Sabia que podia pedir ajuda a Colette. Mas seria mais adequado sofrer; eu devo sofrer, ela pensou. Embora não esteja muito certa por quê.

— A quantidade de roupas que você carrega! — irritou-se Colette. — Para uma noite.

— Não é que eu traga muita coisa — disse Al, mansamente —, é que minhas roupas são maiores.

Não queria uma briga, pelo menos não nesse instante. Sentiu um tremor no abdome que sabia significar alguém do mundo espiritual tentando atravessar. Sentiu o pulso latejando. Mais uma vez, a náusea, e uma vontade de arrotar. Desculpe, Diana, disse, eu tive que botar esse arroto para fora, e Colette disse — bem, não disse nada, na verdade, mas Al via que ela se irritara ao ser criticada por Mandy.

— Ela estava apenas lhe dando uns conselhos — disse. — Não pretendia fazer mal algum. Eu e Mand nos conhecemos há muito tempo.

— Coloque o cinto de segurança — disse Colette. — Espero chegar em casa antes de escurecer. Você vai precisar parar em algum lugar para comer, eu imagino.

— Vai mesmo, porra — disse Morris, jogando-se no banco de trás. — Isso, não dê a partida ainda, espere que a gente se instale.

— A gente? — perguntou Al. Girou no assento; o ar se adensara, uma onda, uma perturbação, um distúrbio abaixo do nível dos sentidos? Um cheiro de podridão e ruína? Morris achava-se num estado de espírito admirável, rindo e quicando.

— Aqui está Donald Aitkenside pegando uma carona, Donnie, a quem venho tentando encontrar há tempos. Você conhece Donnie, não conhece? Claro que se conhecem. Donnie e eu somos camaradas há muito tempo. Lembra de MacArthur, dos velhos tempos? E cá está o jovem Dean. Não conhece Dean, conhece? Dean é novo nesse jogo, não conhece ninguém, bem, conhece Donnie, mas ninguém da panelinha. Dean, eu lhe apresento a patroa. Essa? Essa é a companheira da patroa. Parece um pedaço de barbante, não parece? Quer? Não, eu, não, nem pensar, eu gosto de carne nos ossos. — Soltou uma risada rouca. — Vou lhe dizer uma coisa, garota, vou lhe dizer, pare em algum ponto ao sul de Leicester, pra gente se encontrar com Pikey Pete. Pois Pikey Pete — disse a Dean — é um homem de verdade, se estiver numa maré de azar a gente vê ele catando as guimbas de cigarro na rua, mas é só ganhar nos cachorros e, ao encontrar você, enfiará um charuto em seu bolso, de tão generoso que é.

— Vamos parar ao sul de Leicester? — perguntou Al.
Colette irritou-se.

— Não fica no caminho.

Além da Escuridão

— Escute, não vale a pena contrariar ele.
— Morris?
— Claro, Morris. Colette, você conhece a fita, conhece os homens que faziam a travessia?
— Paramilitares.
— Não. Esqueça eles. Me refiro aos outros homens, os demônios, os demônios que eu conhecia.
— Podemos não falar disso, por favor? Pelo menos enquanto eu estiver dirigindo?

Os serviços estavam tranquilos, mais calmos após o fim de semana de trabalho; embora tenha sido um fim de semana esquisito, claro, por causa de Diana. Os demônios apinharam-se na traseira do carro, aplaudindo e guinchando. Al vagou pela praça de alimentação, uma expressão de ansiedade no rosto. Ergueu a tampa de uma terrina rústica e examinou a sopa, pegou pães recheados e futucou o filme para descobrir o recheio.
— Que é que tem dentro deste? — perguntou.
O plástico era turvo, como se a alface respirasse.
— Pelo amor de Deus, sente-se — disse Colette. — Vou lhe trazer uma pizza. — Quando voltou, passando de lado por entre as mesas com a bandeja, viu que Al pegara o baralho de tarô. Ficou surpresa. — Aqui, não!
— Eu só preciso...
A caixa vermelha das cartas escorregou pela mesa e caiu no colo de Colette quando ela se sentou. Alison puxou uma carta. Ela a segurou por um momento e virou-a. Não disse nada, mas colocou-a em cima do baralho.
— Que é?
Era a Torre. Raios caem. A alvenaria da torre desmorona. Chamas disparam dos tijolos. Lixo voa para o espaço. Os ocupantes despencam em terra, cortando o ar com as pernas e os braços abertos. O chão apressa-se para recebê-los.
— Coma sua pizza — disse Colette — antes que fique borrachuda.
— Eu não quero — disse Al.
A Torre, pensou, a que eu menos gosto. Posso lidar com a carta da Morte. Não gosto da Torre. A Torre significa...

Colette notou assustada que os olhos de Al haviam perdido o foco; como se fossem de um bebê a quem ela, Colette, estivesse desesperada para acalmar, cuja boca ela estivesse desesperada para encher, pegou o garfo de plástico e espetou-o na pizza.

O garfo envergou-se contra a crosta: Al retornou, sorriu e tomou-o da mão dela.

— Talvez não seja tão ruim — disse. A voz saiu miúda e apertada. — Tudo bem, Col, deixe comigo. Quando a gente tira a Torre, quer dizer que seu mundo explode. Em geral. Mas pode ser que seja, você sabe, algo *insignificante*. Oh, ao diabo com isso.

— Coma com a mão — aconselhou Colette.

— Guarde o meu baralho, então.

Colette encolheu-se; temia tocá-lo.

— Tudo bem. As cartas não mordem. Conhecem você. Sabem que é minha parceira.

Às pressas, Colette embrulhou-as na embalagem vermelha.

— Isso. Basta jogar em minha bolsa.

— Que foi que deu em você?

— Não sei. Apenas tinha que ver. Às vezes isso pega a gente assim. — Al mordeu um pedaço de pimentão verde e mastigou-o por algum tempo. — Colette, você precisa saber de uma coisa. Sobre ontem à noite.

— Sua voz de bebê — disse Colette. — Falando com ninguém. Me fez rir. Mas então achei a certa altura que você estava tendo um ataque cardíaco.

— Acho que não tem nada de errado com o meu coração — disse Al. Colette olhou significativamente para a fatia de pizza dela. — E ninguém cai duro por uma fatia de pizza. Pense em todos aqueles milhões de italianos que correm sadios por aí.

— Foi um fim de semana horrível.

— O que você esperava?

— Eu não sei — respondeu Colette. — Não tinha expectativa alguma. Aquela carta... o que você quis dizer com *insignificante*?

— Talvez seja um aviso de que a estrutura onde você está não pode mais conter você. Seja no emprego, no amor, no que for. Você cresceu mais que ela.

Não é seguro se manter no mesmo lugar. A Torre é uma casa, você sabe. Logo, pode significar apenas isso. Mudar. Seguir em frente.

— Como, deixar Wexham?

— Por que não? É um apartamentinho legal, mas eu não tenho raízes lá.

— Para onde gostaria de mudar?

— Algum lugar limpo. Algum lugar novo. Uma casa onde ninguém tenha morado antes. Podemos fazer isso?

— Imóvel novo é um bom investimento. — Colette largou a xícara de café. — Vou dar uma olhada.

— Eu pensei... bem, escute, Colette, tenho certeza de que você está tão farta de Morris quanto eu. Não sei se ele algum dia concordaria, você sabe, em pegar a pensão dele... acho que Mandy estava sendo um tanto otimista nesse ponto. Mas nossas vidas não seriam mais fáceis se os amigos dele não aparecessem?

— Amigos? — perguntou Colette, sem expressão.

Oh, nossa, disse Al a si mesma, será um trabalho árduo.

— Ele está começando a se reunir com os amigos — explicou. — Não sei por que acha que precisa disso, mas parece que precisa. Tem um chamado Aitkenside. Eu me lembro dele. Tinha uma sereia tatuada na coxa. E o tal Dean. Bem, este é novo para mim, mas não tenho uma boa impressão dele. Vinha no banco de trás do carro ainda há pouco. Um garoto sardento. Tem ficha na polícia.

— É mesmo? — Colette sentiu um arrepio na pele. — No banco de trás?

— Com Morris e Don. — Al empurrou o prato. — E agora Morris foi procurar um tal cigano.

— Cigano? Mas não tem espaço no carro!

Alison apenas a olhou com um ar triste.

— Eles não ocupam o espaço da forma habitual — disse.

— É. Claro que não. É a maneira como você fala deles.

— Não sei de que outro modo falar. Só tenho as palavras de sempre.

— Eu sei disso, mas me faz pensar, quer dizer, me faz pensar que são uns sujeitos comuns. Quer dizer, só que não vejo nenhum deles.

— Espero que não sejam. Comuns. Quer dizer, espero que o padrão seja melhor.

— Você não conheceu Gavin.

— Ele fedia?
Colette hesitou. Queria ser justa.
— Não mais do que podia evitar.
— Tomava banho?
— Oh, sim, de chuveiro.
— E não, você sabe, tirava a roupa e botava pra fora partes privadas do corpo em público?
— Não!
— E se visse uma menininha na rua, não se voltava e fazia comentários sobre ela? Tipo: olhe como ela rebola o rabinho?
— Você me assusta, Al — disse Colette, friamente.
Eu sei, pensou Al. Por que mencionar isso agora?
— Você tem uma imaginação muito peculiar — disse Colette. — Como pode pensar que eu me casaria com um homem assim?
— Talvez não soubesse. Até amarrar o bode. Talvez tivesse tido uma desagradável surpresa.
— Eu não me casaria com esse tipo de homem. Nem pensar.
— Mas ele tinha revistas, não tinha?
— Eu nunca encontrei uma.
— Está tudo na internet, hoje em dia.
Colette pensou: eu devia ter pesquisado nos arquivos dele. Mas aqueles eram os primeiros dias, no que se refere à tecnologia. As pessoas não eram sofisticadas como agora.
— Ele ligava para números pornográficos — admitiu. — Uma vez eu mesma liguei, apenas por curiosidade...
— Foi? Que aconteceu?
— Enrolam a gente por séculos na linha. Ficam só nos provocando, enquanto a conta vai subindo. Desliguei o telefone. Pensei em como seria. Uma mulher fingindo gozar. Gemendo, imagino.
— Você mesma pode fazer isso por você — disse Al.
— Exatamente.
— Se a gente se mudasse, talvez pudesse despistar os demônios. Creio que Morris viria na nossa cola mas eu gostaria de me livrar dos amigos dele.
— Não viriam atrás de nós?

Além da Escuridão

— A gente vai para algum lugar que eles não conheçam.
— Não têm mapas?
— Acho que não. Acho que é mais como... eles são mais como cachorros. Têm faro.

No banheiro feminino, ela olhou seu rosto no espelho, enquanto lavava as mãos. Devia convencer Colette a mudar de casa, fazê-la ver o sentido nisso. Mas não devia aterrorizá-la muito. Na noite anterior, a gravação a assustara, mas como se poderia impedir tal coisa? Foi um choque para mim também, disse a si mesma. Se Morris alcançou Aitkenside, será que Capstick ficaria muito atrás? Vai trazer consigo MacArthur e acomodá-lo na lata de pão ou na gaveta da penteadeira? Irá ela sentar-se para o café da manhã um dia e encontrar Pikey Pete escondido embaixo da tampa da manteigueira? Vai levar um susto repentino quando Bob Fox bater na janela?

Mude-se, pensou: talvez os confunda por um tempo. Mesmo um desnorteamento temporário pode tirá-los do seu pé. Pode fazê-los dispersar-se, perder-se de novo uns dos outros nos vastos terrenos habitados pelos mortos.

— Oi, oi, oi! — berrou-lhe Morris, direto no ouvido. — Bob é seu tio!
— É? — ela perguntou, surpresa. — Bob Fox. Eu sempre quis um parente.
— Puxa, Emmie — ele disse —, ela é simplória ou o quê?

Naquela noite, quando chegaram em casa, Morris arrastou-se para dentro com elas: os outros, seus amigos, pareciam haver-se derretido, em algum ponto de Bedfordshire entre os entroncamentos 9 e 10. Para verificar isso, ela suspendeu o tapete do porta-malas do carro e examinou bem o frio reservatório metálico: ninguém, e quando puxou a mala, verificou que não pesava mais do que quando a fizera. Até aí tudo bem. Mantê-los longe permanentemente — seria outra história. Uma vez dentro de casa, mostrou-se solícita com Colette, recomendando um banho quente e a novela *Rua da Coroação*.

— Se estiver passando — disse Colette. Só conseguia sintonizar a cobertura do funeral. — Pelo amor de Deus. Eu quero uma folga. Já enterraram a moça. Ela não vai se levantar de novo. — Desabou no sofá com uma tigela de cereal. — Devemos comprar uma antena parabólica.

— Podemos, quando nos mudarmos.
— Ou cabo. Qualquer coisa.

Ela é maleável, pensou Al, subindo a escada: ou será que apenas esquece as coisas? Em Leicestershire, Colette ficara pálida quando ficou sabendo do zoológico que viajava no banco de trás. Mas agora voltara a ser ela mesma, falando sem parar, sempre com as queixas miúdas. Não se podia dizer que lhe voltara a cor, porque jamais tivera qualquer cor; mas quando se assustava, notara Al, chupava os lábios para dentro de modo que quase os fazia desaparecer; ao mesmo tempo, os olhos pareciam espremer-se para dentro do crânio, e viam-se ainda mais as olheiras rosadas.

No quarto, Al afundou na cama. Cabia-lhe o quarto principal: Colette, quando se mudara, espremera-se no que até mesmo o corretor de imóveis, ao vender o apartamento, tivera a graça de descrever como um *cafofo*. Fora bom mesmo ela só haver trazido poucas roupas e nenhum bem; ou, para pôr nos termos da própria Colette, um guarda-roupa cápsula e uma filosofia minimalista.

Al suspirou; esticou as pernas enferrujadas e inspecionou o corpo, em busca de dores e machucados espirituais. Alguma entidade andara torcendo-lhe o joelho esquerdo, uma alma desolada tentava segurar-lhe a mão; agora, não, crianças, ela disse, me deem uma folga. Preciso, pensou, dar a Colette uma participação maior. Pôr o nome dela nos títulos de propriedade da casa. Dar a ela mais motivos para ficar por perto, de modo a desejar menos ir embora por um capricho, ou sob pressão de acontecimentos sobrenaturais. Pois todos temos nossos limites; embora ela seja corajosa — corajosa com a verdadeira firmeza dos que não têm imaginação. Eu podia descer e dizer na cara dela como a aprecio; podia, por assim dizer, pregar uma medalha no peito dela. "Ordem de Diana" (falecida). Sentou-se com esforço. Mas faltou-lhe a resolução. Não, pensou; tão logo eu ponha os olhos nela, ela vai me irritar, sentada de lado com as pernas jogadas no braço da poltrona e balançando os pés nas meias bege até os tornozelos. Por que não arranja chinelos? A gente compra chinelos bastante aceitáveis hoje. Mocassins, uma coisa assim. Depois tem a tigela cheia pela metade de leite, no chão ao lado da poltrona, com alguns flocos flutuando dentro. Por que deixa a colher na tigela, quando decide que já acabou. Para que o leite pingue no tapete? E por que coisinhas miúdas levam a gente a um nível extremo de agitação? Antes de morar com Colette, pensou, eu me achava uma pessoa de convivência fácil, achava que ia ficar feliz simplesmente se as pessoas não vomitassem no tapete, ou trouxessem para casa amigos que fizessem isso. Achava até muito bom ter um tapete. Pensava em mim mesma como uma pessoa bastante plácida. Na certa estava errada.

Tirou o gravador da bolsa e o pôs na mesa de cabeceira. Manteve o volume baixo e correu a fita para trás até chegar à noite passada.

MORRIS: Vá buscar cinco cigarros Woodbine, tá bom? Obrigado, Bob, você é um intelectual e um cavalheiro. (*Arroto*.) Puxa, eu não devia ter comido aquela torta de queijo com cebola.
AITKENSIDE: Queijo com cebola? Nossa, eu comi isso uma vez, nas corridas, lembra aquela vez que fomos ao Redcar?
MORRIS: Oohh, sim, e não me lembro? Pikey tinha a moto com sidecar. Redcar, sidecar, a gente ria disso!
AITKENSIDE: A porra daquela torta quase me crucificou. Ficou conversando comigo durante três semanas.
MORRIS: Aqui, Dean, já não fazem tortas como aquela atualmente. Eu lembro que Pikey Pete não parava de dizer: obrigado, Donnie, obrigado pela lembrança. Torta de queijo com cebola é bom pra memória. Oh, ele era engraçado! Aqui, Bob, você não vai buscar aquele cigarrinho?
AITKENSIDE: Não fabricam mais Woodbine.
MORRIS: Como? Não fabricam? Por que não? Por que não fabricam?
AITKENSIDE: E não se pode comprar cinco. É preciso comprar dez agora.
MORRIS: Como? Comprar dez, e nem mesmo Woodbine.
VOZ DE GAROTO: Por onde você tem andado, Tio Morris?
MORRIS: Morto. É por onde tenho andado, porra.
VOZ DE GAROTO: A gente tem que continuar morto, Tio Morris?
MORRIS: Bem, isso é com você, meu caro Dean, se encontra alguma forma de se reciclar, porra, você vai e se recicla, sua bichona, e não é da conta de ninguém. Se tem os contatos, você usa, porra. Eu dei 100 libras, 100 paus em notas a um babaca que disse que podia me dar um recomeço. Eu disse a ele: eu não quero nascer numa porra de um buraco, está me ouvindo? Não quero voltar como um negro, e ele jurou que eu podia nascer em Brighton,

ou Hove, porra, nascer em Brighton e livre, branco e com vinte e um anos. Bem, não vinte e um, mas você entendeu o que eu quero dizer. E eu pensei: nada mal, Brighton fica perto, claro, e quando eu for pequenininho, vou viver de sombra e água fresca, cresço forte e saudável, e além disso sempre tive companheiros em Brighton, me mostre um cara que não tenha companheiros em Brighton e eu lhe mostro um criador de caso. De qualquer modo, ele pegou minha grana e se mandou. E me deixou duro e scco: morto.

Alison desligou a fita. É tão humilhante, pensou, tão arrasador e vergonhoso ter Morris em minha vida e ter vivido com ele esses anos todos. Passou os braços em torno do corpo e balançou-se delicadamente. Brighton, bem, claro, Brighton e Hove. A brisa marítima, as corridas de cavalo. Se ao menos houvesse pensado nisso antes... esse era o motivo por que ele tentara entrar em Mandy, lá no hotel, porque a mantivera acordada a noite toda, metendo-lhe as patas e esfregando-se nela — não por querer sexo, mas porque planejava nascer, ser carregado dentro de uma anfitriã que de nada soubesse... ratinho imundo e sujo. Imaginava-o no quarto do hotel de Mandy, como choramingava, soluçava, humilhava-se, arrastava-se pelo tapete, serpeando em direção a ela, com as patéticas ancas para o ar: me dê à luz, me dê à luz! Deus do céu, não queria nem imaginar.

E era claro — pelo menos para ela agora — que não fora a primeira tentativa dele. Lembrava-se bem do teste de gravidez de Mandy. Fora no ano anterior? Elas ficaram no telefone a noite toda, eu me sentia estranha, Al, realmente inquieta, bem, não sei o que deu em mim, mas fui à farmácia, testei minha urina e a fita ficou azul. Al, eu culpo a mim mesma, devo ter sido extremamente descuidada.

Na cabeça de Mandy, a solução era simples; mandou acabar com a história. E esse foi o fim de Morris e suas 100 libras. Durante meses depois ela dizia, sempre que se encontravam: sabe que eu fiquei perplexa com o episódio, não consigo nem imaginar quem ou onde... acho que deve ter sido quando a gente foi àquele bar em Northampton, alguém deve ter posto uma droga em minha bebida. Culparam Raven — embora não na cara dele; como disse

Mandy: a gente não quer forçar a barra, porque ele negou categoricamente, e isso significava que devia ter sido Merlin ou Merlyn.

Essas especulações já eram bastante difíceis; ela admirava a maneira como Mandy os enfrentou, os supostos pais, em todas as feiras mediúnicas, de queixo erguido, os olhos frios e astuciosos. Mas lhe causaria náuseas se soubesse o que Al pensava agora. Não vou contar a ela, decidiu Al. Foi uma boa amiga para mim durante todos esses anos e não merece isso. Vou manter Morris sob controle, de alguma forma, quando estiver perto dela. Mas sabe Deus como. Um milhão de libras não bastaria, não seria suborno suficiente para fazer alguém carregar Morris ou qualquer dos amigos dele na barriga. Imagine as viagens à clínica pré-natal. Imagine o que diriam no curso para futuros papais e mamães.

Tornou a ligar o gravador. Tenho de me obrigar a fazer isso, pensou, tenho de escutar até o fim: ver se me vem alguma intuição, alguma compreensão das outras tramas que Morris pode aprontar.

MORRIS: Então que cigarro eu *posso* ter?
DEAN: Vai ter que enrolar um, Tio Morris.
VOZ DESCONHECIDA: Podemos mostrar um pouco de respeito, por favor? Estamos num funeral.
DEAN (*tímido*): Está bem se eu chamar você de Tio Morris...?
VOZ DESCONHECIDA No 2: ...esta ilha com cetro... esta pedra preciosa engastada no mar de prata.
AITKENSIDE: Oi, oi, oi! É Wagstaffe!
MORRIS: Já remendou a porra do buraco na porra das calças, Wagstaffe?
WAGSTAFFE: O buraco? É pra memória.
Clique.

Ela reconhecia as vozes da infância; ouvia o tilintar das garrafas de cerveja, e a algazarra militar, quando o osso estalava na junta. Estavam se reunindo, a velha turma; raiz e galho, braço e perna. Só Wagstaffe parecia perplexo por se ver ali; e a pessoa desconhecida que exigira respeito.

Ela lembrava-se da noite, muito tempo atrás em Aldershot, quando a luz da rua brilhava em sua cama. Lembrava-se da tarde em que entrara em casa e vira a cara de um homem olhando através do espelho, onde devia estar a sua.

Pensou: eu devia ligar para minha mãe. Se estão atravessando assim, devo informar a ela. Na idade em que está, um choque desses pode matar.

Teve de percorrer uma velha caderneta de endereços para encontrar o número de Emmie em Bracknell. Atendeu um homem.

— Quem é? — ela perguntou.

E ele respondeu:

— Quem está falando?

— Não me venha com essa, chapa — ela respondeu, com a voz de Aitkenside.

O homem largou o fone.

Ela esperou. Os estalos da estática lhe encheram os ouvidos. Um momento depois, a mãe falava.

— Quem é?

— Sou eu, Alison. — E acrescentou, não imaginava por quê. — Sou eu, sua garotinha.

— Que é que você quer? — perguntou a mãe. — Me aporrinhar, após todo esse tempo.

— Quem está aí com você, em sua casa?

— Ninguém — respondeu a mãe.

— Eu achei que reconheci a voz. É Keith Capstick? Bob Fox?

— Do que você está falando? Não sei o que andaram lhe dizendo. Tem umas línguas imundas por aí, você devia saber. Deviam mais era ir cuidar da vida deles, porra.

— Eu só quero saber quem atendeu ao telefone.

— Fui eu. Deus do céu, Alison, você sempre foi meio lelé.

— Foi um homem.

— Que homem?

— Mãe, não encoraje esses caras. Se aparecerem, não deixe entrar.

— Quem?

— MacArthur. Aitkenside. A velha turma.

— Eu achava que eles tinham morrido — disse a mãe. — Não ouço esses nomes há anos. O porra do Bill Wagstaffe, não era amigo seu? O tal Morris e o resto. E tinha aquele cara judeu, que negociava cavalos, como era mesmo o nome? É, acho que já devem estar todos mortos. Eu não ia me importar se aparecessem. Eram um barato.

— Mãe, não deixe que eles entrem. Se baterem na porta, não responda.

— Aitkenside, ele dirigia um caminhão.

— Caminhão de carga.

— É esse mesmo. Tinha sempre a carteira estufada. Fazia favores, você sabe. Entregava cargas, dizia que um cadáver a mais ou a menos mal fazia diferença no peso. O cara cigano, Pete, agora tem um trailer.

— Mãe, se eles aparecerem, qualquer um deles, me avise. Você tem meu número.

— Talvez tenha anotado em algum lugar.

— Eu dou de novo.

E deu. Emmie esperou até ela acabar e disse:

— Não tenho lápis.

Al suspirou.

— Vá pegar um.

Ouviu o fone cair. Um zumbido tomou a linha; como moscas em torno de uma lata de lixo. Quando Emmie voltou, disse:

— Encontrei um lápis de olho. Foi uma boa ideia, não foi?

Al repetiu o número. Emmie disse:

— Wagstaffe sempre tinha uma caneta. A gente podia contar com ele para isso.

— Já anotou?

— Não.

— Por que não, mãe?

— Não tenho papel.

— Não tem nada onde possa escrever? Deve ter um bloquinho.

— Ô lá lá.

— Vá pegar um pedaço de papel higiênico.

— Tudo bem. Não precisa ficar nervosa.

Al podia ouvir Emmie cantando ao afastar-se: "Eu gostaria de estar em Dixie, hurrá, hurrá..." e depois, de novo, o zumbido ocupou a linha. Pensou: os homens entraram no quarto e me olharam enquanto eu dormia. Me tiraram de casa à noite para o denso cinturão de bétulas e outras árvores mortas em frente ao campo de pôneis. Ali no chão me operaram, tiraram a minha vontade e puseram a deles.

— Alô! — exclamou Emmie. — É você, Al? Já peguei o papel higiênico, pode dizer de novo. Ôpa, o lápis rolou para longe. — Ouviu-se um grunhido de esforço. Alison tinha quase certeza de que ouvia um homem queixando-se ao fundo. — Tudo bem, já peguei. Manda de novo. — Mais uma vez, Alison deu o número. Sentia-se exausta. — Agora repita — disse a mãe. — Por que é que eu tenho que telefonar para você, quando e se o quê?

— Se algum deles aparecer. Qualquer um daquela turma.

— Oh, sim. Aitkenside. Bem, se eu ouvir o caminhão dele, vou tentar lembrar.

— Certo. Mas ele pode não estar dirigindo um caminhão.

— Que aconteceu com o caminhão?

— Não sei. Só estou dizendo que ele pode não estar. Pode simplesmente aparecer. Se alguém bater na sua janela...

— Bob Fox, ele sempre batia na janela. Contornava a casa pelos fundos e me dava um baita susto. — Emmie soltou uma risada. — "Agora peguei você", dizia.

— É, então... ligue para mim.

— Keith Capstick — disse a mãe. — Era outro. Keef, como você chamava, não conseguia pronunciar o th, era muito burrinha. Keef Catsick. Claro, você não sabia de nada. Oh, mas isso deixava ele puto. Keef Catsick. Ele lhe deu umas surras.

— Deu?

— Ele dizia: vou arrancar a pele dela fora, vou bater nela até o dia do Juízo Final. Claro, se não fosse por Keith, aquele cachorro tinha arrancado sua garganta. Por que você deixou o cachorro entrar?

— Eu não sei, não me lembro, agora. Acho que queria um bicho de estimação.

— De estimação? Não eram animais de estimação. Eram cães de briga. E você tinha sido avisada. Tinha sido avisada uma dezena de vezes e Keith salvou seu esqueleto. Não que tenha conseguido de verdade, né? Porque é que você tinha que abrir a porta dos fundos? Ficou caidinha por Keith depois disso, depois que ele espantou o cachorro. Colocou ele nas alturas. Até chamava ele de papai.

— É, eu me lembro.

— Ele disse: isso é pior que Catsick, ela me chamando de papai. Não quero ser o papai dela, vou esganar a putinha se não largar do meu pé. — Emmie deu uma risadinha. — E ia mesmo. Esganou alguns em sua época, Keith.

Fez-se um silêncio.

Al levou a mão à garganta. Falou:

— Entendo. E você ia gostar de se encontrar com Keith de novo, não ia? Muito engraçado, ele. Vivia com a carteira recheada.

— Não, esse era Aitkenside — disse a mãe. — Deus lhe ajude, garota, você nunca entendeu nada direito. Eu não sei se ia reconhecer Keith se aparecesse aqui hoje. Não depois daquela briga que ele teve, ficou tão estropiado que eu não sei se ia reconhecer. Eu me lembro da briga, me lembro como se fosse ontem, o velho Mac com o curativo na órbita vazia, e eu sem graça, sem saber para onde olhar. A gente não sabia a quem ser leal, sabe? Naquela casa, não. Morris disse que ia apostar cinco paus em Keith, disse que apostava num homem sem colhões contra um homem com um olho só. Botou cinco paus em Keith, oh, ficou puto com ele, pela forma como foi abaixo. Eu me lembro que disseram, depois, que MacArthur devia ter uma lâmina no punho. Mesmo assim, a gente ia saber, não ia? A gente ia saber sobre as lâminas, pequena madame. Por Deus, eu lhe dei uma bela surra, quando encontrei você com aquela coisinha no bolso.

Al disse:

— Eu quero parar você, mamãe.

— Como?

— Quero parar você e rebobinar.

E pensou: tiraram minha vontade e pagaram à minha mãe em notas pelo privilégio. Ela pegou o dinheiro e guardou naquele vaso rachado que mantinha na prateleira de cima do armário à esquerda da chaminé.

A mãe disse:

— Al, ainda está aí? Eu andei pensando, a gente nunca sabe, Keith pode ter mandado consertar a cara. Fazem maravilhas hoje em dia, não é? Ele talvez tenha mudado de aparência. Engraçado, isso. Talvez esteja morando logo depois da esquina. E a gente nunca ia saber.

Outra pausa.

— Alison?

— Sim... Ainda está tomando pílulas, mãe?

— De vez em quando.

— Consulta o médico?

— Toda semana.

— Tem ido ao hospital?

— Fecharam.

— Tudo bem com o dinheiro?

— Eu me viro.

Que mais dizer? Nada, realmente. Emmie disse:

— Sinto saudade de Aldershot. Gostaria de nunca ter me mudado para cá. Não tem ninguém aqui com quem valha a pena conversar. É uma turma miserável. Nunca mais dei uma risada desde que me mudei.

— Talvez devesse sair mais.

— Talvez. Não tenho ninguém com quem sair, esse é o problema. Ainda assim, dizem que ninguém volta atrás na vida. — Após uma longa pausa, quando Alison já ia se despedir, ela perguntou: — Mas como vai você? Ocupada?

— É. Semana ocupada.

— Imagino. Com a princesa. Que vergonha, não é? Eu sempre disse que a gente tinha muita coisa em comum, eu e ela. Todos aqueles babacas, e depois um final infeliz. Acha que ela ia ficar bem com Dodi?

— Não sei. Não faço a menor ideia.

— Você jamais gostou da turma, gostou? Acho que evitava.

— Acha? Como?

— Oh, você sabe.

— Não, não sei, não — ia começar a dizer Al. — Não sei, mas queria muito saber, acho que seria esclarecedor, você me disse algumas coisas que eu...

Mas Emmie disse:

— Preciso ir. O gás está escapando.

E desligou o telefone.

Além da Escuridão

Al largou o dela na colcha. Baixou a cabeça até encontrar os joelhos. O pulso latejando, o pescoço, as têmporas, as pontas dos dedos. Sentiu uma coceira nas palmas das mãos. Pressão alta galopante, pensou. Pizza demais. Sentiu uma fúria surda, vazante, como se alguma coisa por dentro se houvesse rompido e lhe jogasse sangue negro na boca.

Preciso de Colette, pensou. Preciso dela como proteção. Preciso ficar sentada com ela vendo TV, qualquer coisa que ela esteja assistindo, qualquer coisa serve. Quero ser normal. Quero ser normal por meia hora, apenas assistir aos melhores momentos do funeral; antes que Morris recomece.

Abriu a porta do quarto e saiu para o pequeno corredor. A porta da sala de estar estava fechada, mas uma risada rouca irrompia do aposento onde Colette, ela sabia, batia os calcanhares nas meias curtas. Para evitar ouvir a gravação, aumentara o volume da TV. Isso era natural, muito natural. Pensou em bater na porta. Mas não, não, que ela se divirta. Deu as costas. Na mesma hora Diana se manifestou: uma piscadela de olho no espelho do corredor, um vislumbre. Dentro de um instante, já se tornara um definido fulgor róseo.

Usava o vestido do casamento, que pendia dela agora; estava magra e pálida, e o vestido amassado e gasto, como se tivesse sido arrastado pelos corredores da outra vida, onde a criadagem, compreensivelmente, jamais é das melhores. A princesa pregara alguns recortes de jornais nas saias, que se erguiam com a brisa do outro mundo, e drapejavam. Ela consultou-os, levantando as saias e passando os olhos; mas, na opinião de Alison, parecia vesga.

— Transmita meu amor aos meninos — disse Diana. — Meus meninos, tenho certeza de que você sabe a quem me refiro.

Al não queria estimulá-la; não se deve nunca, nesse ramo, ceder às vontades dos mortos. Eles vão nos provocar e insistir, sugerir e lisonjear; não se deve morder a isca. Se querem falar, que falem por si mesmos.

Diana bateu com o pé.

— Você sabe o nome deles — acusou. — Sua pequena sebosa, está sendo abominável. Ah, foda-se! Como é que se chamam?

Às vezes lhes dá isso, nas pessoas que morreram: lapsos de memória, um desligamento cedo demais. Uma misericórdia, na verdade. É errado chamá-los de volta, depois que querem partir. Não são como Morris & Cia. — lutando para voltar, pregando peças e conspirando para renascer: encostados na campainha da porta, batem nas janelas, rastejam para dentro de nossos pulmões e se enfurnam em nossa respiração.

Diana baixou os olhos azuis que rolaram sob as pálpebras. Movimentava os lábios pintados em busca de nomes.

— Estão na ponta da língua — disse. — De qualquer modo, seja o que for. Diga a eles, porque você sabe. Transmita meu amor ao... Reizinho. E ao outro menino, Reizinho e Coisinha. — Via-se agora atrás dela um fulgor doentio, como de um incêndio numa fábrica de produtos químicos. Está indo, pensou Al, está se derretendo em nada, em poeira venenosa no vento. — Então — continuou a princesa — meu amor a eles, a você, minha boa mulher. Ergueu as saias e ficou intrigada com o leque de recortes de imprensa, açoitando-os em busca do nome que desejava. — Tantas palavras — gemeu, e depois deu um risinho. A bainha do vestido de noiva escorregou-lhe dos dedos. — Não adianta, perdi. Amor a vocês todos! Por que você não se manda agora e me permite um pouco de intimidade?

A princesa desapareceu. Al implorou a ela em silêncio: Di, não vá. O aposento ficou frio. Com um clique, a fita ligou sozinha.

WAGSTAFFE: ...esta ilha com cetro...
MORRIS: ...Meu cetro...

Colette gritou:
— Al, está ouvindo essa fita de novo?
— Não de propósito, simplesmente ligou sozinha...
— ...porque eu acho que você não vai aguentar.
— Você não quer para o livro?
— Nossa, não! A gente não pode botar essa coisa no livro.
— Então que é que eu faço com ela?

WAGSTAFFE: Este outro Éden...
MORRIS: Meu rabo com cetro...

Colette anunciou:
— Apague.

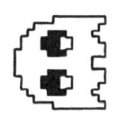

SETE

Na Alameda dos Almirantes havia os seguintes tipos de casa: a *Collingwood*, a *Frobisher*, a *Beatty*, a *Mountbaten*, a *Rodney* e a *Hawkyns*. A princípio Colette não ficou impressionada. O lugar era puro pasto, a metade já revirada pelos escavadores.

— Por que se chama de Alameda dos Almirantes?

A mulher do trailer de vendas respondeu:

— Damos temas náuticos aos projetos imobiliários, sabe?

Usava crachá, saia laranja e blusa de jérsei, como uma caixa de supermercado.

— Que uniforme horrível — disse Colette. — Não seria mais adequado um de marinheiro?

— Vamos ter um — respondeu a mulher —, assim que tenha início a construção. O laranja se destaca contra a paisagem. Vamos ter que usar capacetes quando formos mais pra lá. Vai ser lama até os joelhos. Como um campo de batalha. — Uma das vendedoras da natureza, pensou Colette. — O que eu quero dizer — acrescentou a mulher — é que é realmente muito melhor comprar antes de ser construída.

Colette pegou um punhado de folhetos na mesa, bateu-os em pé para arrumá-los e jogou-os na bolsa.

— Posso lhe ajudar com isso de alguma forma? — perguntou a mulher. Parecia ofendida pela perda dos folhetos. — Quantos quartos está procurando?

— Não sei. Três?

— Então u-la-lá. A *Beatty*?

Colette ficou intrigada com a mulher, que transformava todas as afirmações em perguntas. Deve ser como fazem no Surrey, ela concluiu; devem ter isso em comum com a Austrália.

Abriu o folheto da *Beatty* e levou-o à luz.

— São os tamanhos reais dos quartos, Suzi?

— Oh, não. São apenas para fins de informação?

— Então é informação, mas errada?

— São diretivas?

— Quer dizer que os quartos podem ser maiores?

— Provavelmente, não.

— Mas podem ser menores?

— Pode haver uma certa redução.

— Nós não somos anãs, sabe? Como são as casas de quatro quartos? Poderíamos quebrar algumas paredes para ampliar o espaço, ou algo assim.

— Nesta etapa, sujeita às regras de construção, talvez seja possível uma nova planta? — disse Suzi. — Pode haver custos extras?

— Vocês cobrariam por paredes que não ergueram?

— Qualquer alteração no plano básico pode estar sujeita a custos extras — disse Suzi — mas não estou dizendo que estará. Não estaria interessada de modo algum na *Frobisher*? Vem com uma área de serviço especial?

— Espere um instante — disse Colette. — Espere um instante, vou chamar minha amiga.

Saltou do trailer de vendas e atravessou a área de estandes até onde estacionara o carro. Os construtores haviam erguido um mastro de bandeira para dignificar a área de vendas, e Alison olhava os galhardetes tremulando ao vento. Colette abriu a porta do carro.

— Al, é melhor você vir. A *Frobisher* tem uma espaçosa área de serviço. Foi o que me disseram.

Al soltou o cinto de segurança e saltou. Sentia os joelhos rígidos após a curta viagem até o Surrey. Colette disse: as recém-construídas parecem um bom negócio, mas eu preciso de tempo para fazer a pesquisa. A gente tem de olhar por trás dos acabamentos de pintura e esquemas de cores, tijolos e alvenaria, e procurar ver o terreno onde estamos pisando. Não é apenas um lugar de moradia. É um investimento. Precisamos maximizar o lucro. Precisamos pensar a longo prazo. Afinal, disse, você parece não ter planos de aposentadoria.

— Não seja tola — disse Al. — Como posso me aposentar?

Ficou parada olhando em volta. Sentiu o tremor no chão, como se a terra esperasse ser sulcada. As máquinas dos construtores estavam em ponto de partida, os buchos sujos de terra, à espera da manhã de segunda-feira. A violência pairava no ar, como cheiro de explosivo. Os pássaros tinham voado, as raposas abandonado suas tocas. Ossos de camundongos e arganazes misturavam-se na lama, e ela sentiu o minúsculo estalido e a trituração de frágeis pescoços numa pasta de músculo e pelo. Sentia através das solas dos sapatos minhocas trituradas que se retorciam, contorciam e remendavam. Ergueu o olhar para o matagal que restava. O local era cercado por um cinturão de coníferas, como uma muralha erguida para confundir; não se adivinhava o que havia por trás. À média distância via-se um outro cinturão de bétulas. Ela notou uma vala cheia d'água. Para os lados da estrada principal de Guildford, uma sebe, um feto abortado enterrado embaixo dela. Via cavalos fantasmas, amontoados à sombra de um muro. Um lugar indiferente; não melhor nem pior que a maioria dos outros.

Colette perguntou, seca:

— Está irritada com alguma coisa?

— Não.

— Tinha alguma coisa aqui antes?

— Nada. Só o campo.

— Vamos até o trailer. Fale com Suzi.

Além da Escuridão

Al captou o cheiro de água parada; a vala, um poço, um canal lodoso, que se alargava numa bacia que refletia os rostos que a olhavam de cima, do céu: zombando. Os mortos não sobem, nem descem, logo, para sermos exatos, não podem olhar maliciosamente para a gente dos topos das árvores nem resmungar e se jogar aos nossos pés; mas podem fazer parecer que assim acontece, se lhes dá na veneta.

Ela seguiu Colette e subiu no trailer; os degraus metálicos eram frágeis e, a cada passo, sob seu peso, se curvavam e voltavam à posição com um estalo.

— Apresento-lhe minha amiga — disse Colette.

— Oh, oi? — disse Suzi.

Parecia querer dizer: nós desencorajamos amigas. Deixou-as sozinhas por alguns minutos. Pegou um espanador e passou na gaveta e portas da cômoda modelo, fazendo-as estalar para frente e para trás no mostrador giratório, com um barulho que parecia o ranger de dentaduras gigantescas. Tirou um pouco de poeira das amostras de carpete e descobriu uma mancha de algo repugnante na pilha de ladrilhos empilhados, que eliminou cuspindo em cima e esfregando com a unha.

— Pode nos oferecer um café? — perguntou Colette. — Não viemos desperdiçar o seu tempo.

— Algumas pessoas fazem disso um hobby. Dirigir até novos projetos imobiliários numa tarde de domingo, para comparar preços? Com os amigos?

Nunca cheguei tão longe com Gavin, pensou Colette. Tentou imaginar a vida que poderiam ter tido, se planejassem criar uma família. Teria dito a ele: que tipo de cozinha você quer? E ele teria respondido: quais são as opções? E quando ela indicasse as gavetas e cômodas modelo, ele diria: isso é cozinha? E quando ela respondesse: é, ele teria dito: tanto faz.

Mas ali estava Alison, examinando os detalhes da *Frobisher*; agindo exatamente como uma compradora normal. Suzi guardara o espanador e, ainda de costas, espremeu-se para passar ao outro lado do balcão. Al ergueu o olhar:

— É minúsculo, Col. Não se pode fazer nada com esses quartos, parecem mais canis. — Devolveu o folheto à mulher. — Não, obrigada — disse. — Tem alguma coisa maior? — Revirou os olhos e disse a Colette: — Que sina, hein?

Suzi perguntou:

— Qual das senhoras é a compradora?

— Nós duas.

Suzi deu as costas e pegou o bule de café da chapa quente.

— Café? Leite e açúcar? — Virou-se, o bule defensivamente à frente, e mostrou-lhes um largo sorriso. — Oh, sim, claro. Não somos preconceituosos. Longe disso. Muito pelo contrário, aliás. Tivemos um dia de treinamento. Temos entusiasmo em fazer nosso papel na promoção da diversidade comunitária. A comunidade muito especial que se cria onde quer que se encontre uma Casa Galleon.

Colette perguntou:

— Que está querendo dizer com muito pelo contrário?

— Quero dizer que não há discriminação de modo algum.

Al pediu:

— Sem açúcar, obrigada.

— Mas vocês não ganham uma gratificação? Quer dizer, se fôssemos lésbicas? O que, a propósito, não somos. Você ganharia uma comissão extra?

Nesse momento um casal normal subiu os degraus.

— Oi? — gritou-lhes Suzi, com uma simpatia que quase os assustou e os fez descer de volta. — Café? — cantarolou.

Algumas gotas do bule vazaram para a planta da *Frobisher*, e espalharam-se como uma mancha fecal fresquinha.

Alison deu as costas. Tinha as faces roxas como ameixas. Colette seguiu-a:

— Ignore-a. Isto é o Surrey. Não têm muitos gays e eles ficam perturbados.

E pensou: se eu *fosse* lésbica, esperaria não arranjar uma mulher tão volumosa.

— Podemos voltar depois? — perguntou Alison. — Quando já houver casas aqui?

Suzi respondeu friamente:

— Metade desses terrenos já tem oferta.

Colette levou Al de volta ao carro e expôs-lhe os fatos. Este é um terreno de construção de primeira, disse. Consultou os folhetos e leu em voz alta.

Convenientes ligações de transporte e instalações de saúde e lazer de primeira classe.

— Mas não tem nada — disse Al. — É um campo. Não tem nada aqui. Nenhuma instalação, de espécie alguma.

— É preciso imaginar.

— Não está nem no mapa, está?

— Vão redesenhar o mapa, no devido tempo.

Al tocou o braço de Colette, num gesto conciliador.

— Espere, o que eu quero dizer é que gosto. Gostaria de morar no meio do nada. Quanto tempo levaria pra gente poder se mudar?

— Uns nove meses, eu diria.

Alison calou-se. Dera carta-branca a Colette na escolha do lugar. Apenas nada perto de minha antiga casa, dissera. Nada perto de Aldershot. Nada perto de um hipódromo, uma pista de corrida de cachorro, uma base do exército, cais, estacionamento de caminhões nem uma clínica de doenças especiais. Nada perto de um desvio ou uma estação ferroviária, um escritório de alfândega ou armazém; nem de uma feira livre ou interna, empresas que exploram seus funcionários ou agenciadores de apostas. Colette respondera: eu achava que você teria um método mediúnico de escolha — por exemplo, pegaria o mapa e balançaria um pêndulo em cima. Nossa, não, disse Alison, se eu fizesse isso a gente na certa ia acabar em pleno mar.

— Nove meses — disse. — Eu esperava conseguir mais rápido.

Pensara em Dean, Aitkenside e os outros, imaginara o que aconteceria se Morris os trouxesse para casa e eles se enfurnassem em Wexham. Imaginara-os zanzando em torno das áreas comuns e fazendo sentir sua presença; **virando as latas de lixo e arranhando os carros dos moradores**. Os vizinhos não conheciam a natureza do ofício dela; conseguira escondê-la deles. Mas imaginava-os falando pelas suas costas. Imaginava as reuniões dos moradores, que aconteciam a cada seis meses. Na melhor das hipóteses, era uma coisa rancorosa: quem move os móveis à noite, como o tapete da escada ficou puído? Imaginava-os murmurando, falando dela, fazendo acusações desdenhosas mas não específicas. Depois se sentiria tentada a desculpar-se; pior ainda, tentada a procurar explicar-se.

— Bem, é isso aí — suspirou Colette. — Se quer uma construção nova, acho que não vamos conseguir mais rápido do que isso. A menos que compremos alguma coisa que ninguém quer.

Alison revirou-se no banco.

— Podemos fazer isso, não podemos? Não precisamos querer o que todo mundo quer.

— Ora, claro. Se você estiver disposta a aceitar um pardieiro perto de um monte de lixo. Ou um terreno junto a uma estrada principal, com todo o barulho do trânsito dia e noite.

— Não, a gente não ia querer isso.

— Alison, vamos desistir por hoje. Você simplesmente não está no clima, está? É como lidar com uma criança de cinco anos.

— Desculpe. É Morris.

— Mande ele para o pub.

— Já mandei. Mas ele diz que não tem pub. Continua falando dos amigos. Acho que encontrou outro. Não peguei o nome. Oh, espere. Silêncio, Col, ele está atravessando agora.

Morris atravessou, falando alto, claro, indignado.

— O quê, vamos morar no meio do campo? Eu não vou morar aqui!

Al disse:

— Espere. Ele acabou de dizer uma coisa interessante. — Fez uma pausa, levou a mão acima do abdome, como se o estivesse sintonizando. — Tudo bem — disse —, se você prefere assim, sabe o que pode fazer. Veja se encontra uma casa melhor pra ir. Você, não, Col, estou falando com Morris. O que faz você pensar que eu quero ver sua cara por aqui, aliás? Eu não preciso de você. Já estou até aqui! Dê o fora!

Gritou a última frase, fixando o para-brisa. Colette disse:

— Xiu! Fale baixo!

Virou-se para ver se alguém as observava.

Al sorriu.

— Vou lhe dizer uma coisa, Colette, vou-lhe dizer o que devemos fazer. Voltar lá e mandar aquela mulher nos reservar a maior casa que tiver.

Além da Escuridão

* * *

Colette fez um pequeno depósito e voltaram dois dias depois. Suzi estava de serviço, mas era dia de semana e ela estava sozinha no trailer.

— Oi de novo. Então vocês não são trabalhadoras? — indagou Suzi, os olhos esboçando um certo sarcasmo, afiados como tesouras.

— Profissionais liberais — disse Colette.

— Oh, entendo. As duas?

— É, algum problema?

Suzi inspirou fundo. Mais uma vez, o sorriso espalhou-se pelo seu rosto.

— Problema nenhum? Mas vão querer o nosso pacote de aviso e assistência sobre hipoteca, feito sob medida?

— Não, obrigada.

Suzi abriu o mapa do terreno.

— A *Collingwood* — disse — é absolutamente única, nesse terreno só vamos construir três. Como é exclusiva, fica em situação privilegiada, aqui em cima da colina? Não temos uma imagem gerada em computador de como está neste momento, porque estamos esperando que o computador a gere. Mas podem imaginar a *Rodney*? Com uma suíte a mais?

— Mas que aparência vai ter por fora?

— Vocês me dão licença? — Suzi pegou o telefone. — As duas senhoras? — disse. — Que eu falei? É, essas. Querem saber da *Collingwood*, a aparência externa? Igual a *Rodney*? Diferentes acréscimos? É. Huumm. Apenas comum, na verdade. Não, não querem ver. Tchauzinho. — Voltou-se para Colette. — Agora, podem imaginar? — passou o indicador sobre o folheto de vendas. — Na *Rodney*, tem essa faixa decorativa em gesso, com tema de nós náuticos, mas na *Collingwood* terão mais escotilhas?

— Em vez de janelas?

— Oh, não, serão só decorativas.

— E não se abrem?

— Vou verificar isso para vocês, tá bem? — Tornou a pegar o telefone. — Olá, olá! Ótima, e vocês? Minhas senhoras... é, essas mesmo... querem saber se as escotilhas se abrem. Isso é na *Collingwood*?

Levou algum tempo para descobrir a resposta. Uma voz no ouvido de Al perguntou: você sabia que Capstick esteve no mar? Foi da marinha mercante, antes de ser aceito como leão-de-chácara.

— Colette — ela disse. Pôs a mão na dela. — Acho que Morris encontrou Keef Catsick.

— Não? — disse Suzi. — Não! É mesmo? Você também? Em Dorking? Bem, está virando uma praga. Que se pode fazer? Viva e deixe viver, é o que eu digo sempre. É. Vai dar. Tchauzinho.

Bateu o telefone no gancho e voltou-se polidamente, acreditando que testemunhava um momento de intimidade lésbica.

Colette perguntou:

— Keith quem?

Alison tirou a mão.

— Não, está tudo bem. Não é nada.

Os nós de seus dedos pareciam esfolados e cobertos de feridas escuras. As opalas da sorte haviam-se congelado nos engastes, claras e sem brilho como cicatrizes.

Al achava que não se podia pechinchar com uma construtora, mas Colette lhe mostrou que se podia, sim. Mesmo depois de concordarem com um preço padrão, três mil abaixo da meta de Suzi, ela continuou insistindo, insistindo, insistindo, até a corretora sentir-se fraca e com calor e começar a ceder às exigências: pois Colette deixara claro que, enquanto não chegassem a um acordo, e um que julgasse satisfatório, ia manter longe quaisquer outros clientes em potencial: o que fez mesmo, esticando a cabeça para eles quando subiam os degraus e fixando-os com o olhar pálido; cortando-os com um:

— Você se incomoda? Suzi está ocupada comigo.

Quando o telefone da corretora tocava, ela atendia e dizia:

— Não, ela não pode. Ligue depois.

Se Suzi lamentava os clientes perdidos seguindo-os com os olhos, quando eles desciam os degraus, Colette fechava o zíper da bolsa, levantava-se e dizia:

— Posso voltar quando vocês tiverem mais gente para atender... digamos no próximo sábado à tarde?

Suzi ficava desesperada então, ao ver sua comissão indo embora. Tornou-se conciliadora e flexível. Quando concordou em instalar uma ducha potente no banheiro do segundo quarto, Colette exigiu armários embutidos. Quando Colette hesitou em relação a um fogão duplo, Suzi propôs torná-lo um modelo multifuncional que incluía um micro-ondas. Quando Colette — após prolongada deliberação — concordou com interruptores metálicos em toda a casa, Suzi ficou tão aliviada que acrescentou um abajur de mesa grátis. E quando Colette — após digitar na calculadora e morder o lábio — optou por assoalhos imitando madeira na cozinha e área de serviço, Suzi, suando dentro do uniforme laranja, concordou em pôr gramado no quintal às custas da Galleon.

Enquanto isso, Alison mergulhara em cálculos próprios. Eu posso pagar, pensou, provavelmente posso pagar. Os negócios prosperavam, graças em parte à eficiência e às brilhantes ideias de Colette. Não havia escassez de clientes; e era justo como dizia a amiga, é preciso investir, é preciso investir como proteção contra tempos ruins. Morris estava sentado ao canto, futucando os ladrilhos e tentando arrancar um. Parecia uma criança que engatinha, absorto, as pernas curtas e a barriga grande estufada, a língua entre os dentes.

Al observava Colette negociar, a mãozinha rígida cortando o ar. Finalmente a amiga conseguiu o acordo, e saiu capengando para o carro depois de Colette, que se acomodou no banco do motorista, tornou a pegar a calculadora e estendeu-a para mostrar a tela.

Al desviou o rosto.

— Diga com palavras — pediu.

Morris curvou-se para frente e cutucou-lhe o ombro. Lá vêm os caras, gritou. Lá vêm os chapas descarados. Eu sabia que vocês iam me encontrar, eu sabia, esse é o espírito da coisa.

— Você podia se interessar mais — cortou Colette. — Eu provavelmente economizei uns 10 mil.

— Eu sei. Só que não consigo ler a tela. A luz está batendo em meus olhos.

— Tetos simples ou Artex? — perguntou Colette. Elevou a voz a um guincho, imitando Suzi. — Esses caras acham que a gente dá dinheiro a eles para fazer enfeites de gesso.

— Deve ser mais difícil fazer o gesso liso.

— Foi o que *eu* disse! Eu disse: liso deve ser o padrão! Putinha idiota! Eu não pagaria a ela nem com arruelas.

Aitkenside disse: a gente não pode morar aqui. Não tem acomodações, porra.

Dean perguntou: Morris, a gente vai acampar? Eu fui acampar uma vez.

Morris perguntou: e como foi, chapa?

Dean respondeu: uma merda.

Aitkenside disse: chamam aquilo de escotilha e a porra não se abre? Não vai dar pra Keef, vocês sabem, não vai dar pra Keef.

— Brilhante! — disse Al. — Não podia ser melhor. — O que não serve para Keith, vai servir muito bem para mim.

Estendeu a mão e apertou os frios e ossudos dedos de Colette.

Naquele verão, cortaram-se as bétulas e os últimos pássaros voaram para longe. O canto deles foi substituído pelo rugir das britadeiras, o ruído das equipes de apoio, os xingamentos dos carregadores de vergalhão e os gritos dos feridos. E o matagal deu lugar a uma rasgada paisagem de valas e fossos, de corredeiras de lama e poças de água turva; que dentro de um ano, por sua vez, deram lugar ao violento esmeralda do gramado novo, o ronco de aparadores de grama e podadores de arbustos nas manhãs de domingo, o tilintar dos furgões de sorvete, o barulho dos churrascos a gás na calçada e o cheiro da carne assando.

O apartamento em Wexham fora vendido às primeiras pessoas que o viram. Alison perguntava-se: será que eles vão sentir alguma coisa — Morris gorgolejando dentro do tanque de água quente, ou murmurando nos canos? Mas as pessoas pareciam contentes, e ofereceram o preço total pedido.

— Parece tão injusto — disse Colette. — Quando penso que não conseguimos vender nosso apartamento em Whitton. Nem mesmo quando baixamos o preço.

Além da Escuridão

Ela e Gavin haviam dispensado a Sidgewick's e tentaram outra corretora; continuaram sem ofertas. Acabaram por concordar que Gavin continuasse lá, e comprasse a parte da ex-mulher a prestação. "Temos esperança de que o acordo convença a sra. Waynflete", escrevera o advogado, "pois entendemos que ela mora hoje com uma parceira". Colette rabiscara sobre a carta: "Não *aquele* tipo de parceira!!!" Fizera isso apenas para sua satisfação: não era da conta de Gavin, pensara, o tipo de parceria com que ela se encontrava agora.

No dia em que se mudaram de Wexham, Morris fumegava e rosnava num canto.

— Como posso me mudar — perguntava — quando já distribuí este endereço? Como é que Nick vai me encontrar, como meus velhos chapas vão saber aonde ir?

Ao chegarem os homens para levar a cômoda de pinho, ele se deitou em cima dela para torná-la pesada. Infiltrou-se no colchão de Al e introduziu seu mal-humorado espírito no meio das fibras, para fazê-lo inchar e deformar nas mãos dos carregadores, que quase o largaram, assustados. Quando os homens fecharam a traseira do caminhão e entraram na boleia, descobriram que todo o para-brisa fora lambuzado com uma coisa verde, viscosa e gotejante.

— Que tipo de pombo tem por aqui? — perguntaram. — Abutres?

Como a *Collingwood* era o modelo top de linha da Galleon, tinha mais detalhes externos que qualquer outro tipo de casa do conjunto, mais floreios e enfeites, mais hastes e espirais; mas Colette previu que a maioria ia despencar nos primeiros seis meses. Ainda construíam colina abaixo, e máquinas amarelas cavavam o solo e retiravam a terra, os rígidos pescoços curvados e estranhamente articulados, como protótipos de dinossauros. Caminhões subiam sacolejando, levando pranchas adesivas de carvalho plástico, amarradas em feixes como gravetos para acender fogueiras. Homens que praguejavam, com seus gorros de lã, descarregavam painéis de falsos tijolos da espessura de papel, que pregavam nas paredes brutas; descarregavam decalques de âncoras, e painéis com moldes de gesso com desenhos de golfinhos e sereias. O barulho agudo das perfurações começava pontualmente às sete horas toda manhã. Dentro da casa, viam-se alguns erros, como uma ou outra porta pregada ao contrário, e a lareira em estilo Adam disposta de maneira torta. Nada, disse Al, que de fato afetasse o estilo de vida dos moradores. Colette queria manter a briga com os construtores até conseguir uma compensação, mas Al disse: deixe pra lá, que importância tem isso, é só fechar a porta e esquecer o assunto. Colette respondeu: eu faria isso, mas está empenada.

No dia em que caiu o teto da cozinha, ela marchou decidida até o trailer, onde Suzi ainda vendia as últimas unidades restantes. Fez uma cena; os clientes voltaram voando para seus carros, achando que haviam escapado de uma furada. Mas ao deixar Suzi e começar a subir a colina, tendo de contornar paralelepípedos empilhados e pedaços de cano jogados, ela se deu conta de que tremia. A *Collingwood* ficava no topo de uma elevação; as escotilhas encaravam os vizinhos como olhos cegos.

Será essa a minha vida agora?, perguntou-se. Como algum dia vou conhecer um homem? Em Wexham, paquerava um ou dois solteirões na fila do depósito de lixo. Um jamais a olhara nos olhos e apenas grunhia quando ela o cumprimentava. O outro era Gavin cuspido e escarrado: o tempo todo girando as chaves do carro no indicador; só vê-lo já quase a deixava nostálgica. Mas os homens que se mudaram para a Alameda dos Almirantes eram casados e tinham dois filhos. Programadores de computador, analistas de sistema. Dirigiam veículos que pareciam casinhas quadradas sobre rodas. Usavam jaquetas com capuz e zíper que as esposas escolhiam em catálogos de reembolso postal. Podia-se ver o carteiro, atravessando a vala e carregando caixas com as tais jaquetas, e furgões brancos cheios de lama que quicavam sobre os buracos, entregando programas e equipamentos para os computadores domésticos. Nos fins de semana, saíam para o ar livre; com suas jaquetas, construíam casinhas de brinquedo e escorregadores em cor opaca. Quase nem chegavam a ser homens de verdade, como Colette os conhecia; eram obedientes, emasculados, atarracados, cambaleando sob o fardo das dívidas das hipotecas, e elas os desprezavam com um desdém imparcial e abrangente. Às vezes ficava à janela do seu quarto, observando os homens saírem de carro pela manhã, cada um ajeitando o veículo de focinho quadrado com todo cuidado na trilha enlameada; fitava-os e desejava que se metessem num engavetamento na M3, cada um enfiado direitinho, e de forma fatal, na traseira do veículo à frente. Queria ver as viúvas sentadas na rua, lambuzando-se de lama e lágrimas.

A *Collingwood* ainda cheirava a pintura. Quando entrava pela porta da frente, chutando os sapatos dos pés, o cheiro grudava-lhe na garganta e misturava-se com o gosto de sal e catarro. Ela subia para seu quarto — o segundo, quatro metros e meio por quatro, suíte — batia a porta e sentava-se na cama. Sentia os pequenos ombros tremerem, juntava os joelhos com força; fechava os punhos e apertava-os contra a cabeça. Chorava alto, achando que Al talvez pudesse ouvir. Se Al abrisse a porta do quarto, ela lhe atiraria alguma coisa — não uma coisa tipo garrafa, mas tipo almofada — só que não havia almofada. Eu podia jogar um travesseiro, pensava, mas não se joga um travesseiro com força suficiente. Podia atirar um livro, mas não havia um livro. Olhava em volta, tonta, os olhos cobertos por uma película, transbordantes, em busca de alguma coisa para atirar.

Era um esforço inútil, porém. Al não viria consolá-la ou qualquer outra coisa. Estava, sabia Colette, seletivamente surda. Dava ouvidos aos espíritos e à voz de sua própria autopiedade, que traziam mensagens da infância. Dava ouvidos aos clientes, só o suficiente para arrancar dinheiro deles. Mas não dava ouvidos à sua mais íntima auxiliar e assistente pessoal, aquela que acordava quando ela tinha pesadelos, a amiga que punha a chaleira para ferver na pálida madrugada: oh, não. Não tinha tempo para a pessoa que aceitara a sua oferta e abrir mão de uma carreira na produção de eventos, para a pessoa que lhe servia de motorista para cima e para baixo na região rural, sem uma palavra de queixa, e carregava a pesada mala quando as porras das rodas soltavam. Oh, não. Que carregava a bagagem dela, cheia de roupas enormes e pesadas — embora tivesse problemas de coluna.

Colette chorou até surgirem-lhe duas raias vermelhas nas faces, até ficar com soluços. Começou a sentir-se envergonhada. Cada arranco no diafragma aumentava a indignação. Tinha medo de que Alison, após a surdez, escolhesse agora ouvir.

No andar de baixo, Al tinha o baralho de tarô aberto à sua frente. As cartas estavam viradas para baixo, e quando Colette apareceu na porta ela as deslizava para a direita, sobre a imaculada superfície da nova mesa.

— Que está fazendo. Roubando?
— Ora, não é um jogo.
— Mas você está tapeando, empurrando de volta no maço! Com o dedo! Está, sim!
— Isso se chama Lavagem de Cartas — explicou Al. — Você andou chorando?
Colette sentou-se à frente dela.
— Ponha as cartas para mim.
— Oh, você andou chorando. Andou, *sim*.
Colette não respondeu.
— Que posso fazer para ajudar?
— Eu prefiro não falar sobre isso.
— Então eu devo puxar um assunto geral?
— Se quiser.
— Não posso. Comece você.
— Teve mais algumas ideias para o jardim?
— Tive. Gosto do jeito como está.
— Como, só gramado?
— Por enquanto.
— Achei que a gente podia ter uma piscina.
— Não, as crianças. As crianças dos vizinhos.
— Que é que tem?
— Corte o baralho.
Colette cortou.
— As crianças se afogam em cinco centímetros de água.
— Não são espertas?
— Corte de novo. Mão esquerda.
— Eu posso arranjar algumas firmas de jardinagem.
— Não gosta do gramado?
— Precisa ser aparado.
— Você não pode fazer isso?
— Com minha coluna, não.
— Coluna? Você nunca falou disso.

— Você nunca me deu chance.

— Corte de novo. Mão esquerda. Colette, mão esquerda. Bem, eu não posso aparar. Também tenho problema de coluna.

— É mesmo? Quando começou?

— Quando eu era criança.

Fui arrastada, pensou Alison, por um terreno acidentado.

— Eu achava que ia melhorar sozinha.

— Por quê?

— Achava que o tempo curava tudo.

— Não colunas.

A mão de Colette pairou.

— Escolha uma — disse Al. — Uma mão de sete. Sete cartas. Me entregue. — Pôs as cartas na mesa. — E sua coluna, Colette?

— Como?

— O problema. Como começou?

— Bruxelas.

— É mesmo?

— Eu estava carregando mesas dobráveis.

— É uma pena.

— Por quê?

— Você estragou meu quadro mental. Eu achava que talvez Gavin tivesse posto você numa posição sexual não muito ortodoxa.

— Como podia ter um quadro mental? Você nem conheceu Gavin.

— Eu não estava imaginando a cara dele. — Alison começou a virar as cartas. As opalas da sorte lançavam faíscas verdes. Ela disse: — A Carruagem, invertida.

— E aí, o que você quer que eu faça com o jardim?

— Nove de espadas. Oh, Deus.

— A gente podia se revezar no cortador de grama.

— Eu nunca usei um cortador de grama.

— De qualquer modo, com o seu peso, podia ter um derrame.

— Roda da Fortuna, invertida.

— Quando você me conheceu, em Windsor, disse que eu ia conhecer um homem. No trabalho, disse.

— Acho que não falei em tempo, falei?

— Mas como posso conhecer um homem no trabalho? Não tenho trabalho algum, a não ser o seu. Não vou sair com Raven, nem com qualquer daquelas aberrações.

Al fez adejar a mão sobre as cartas.

— Isso pesa sobre os grandes arcanos, como vê. A Carruagem, invertida. Não sei se me agrada pensar em rodas girando para trás... Você mandou um cartão de mudança de endereço para Gavin?

— Mandei.

— Por quê?

— Precaução.

— Como?

— Podia chegar alguma coisa para mim. Para reencaminhar. Uma carta. Um pacote.

— Pacote? Que haveria dentro desse pacote?

Al ouviu umas batidas repetidas na porta de vidro de correr do pátio. O medo saltou dentro dela; pensou: Bob Fox. Mas era apenas Morris, preso no jardim: ela o via além do vidro, mexendo a boca. Baixou os olhos, virou uma carta.

— O Ermitão, invertido.

— Trapaceira — disse Colette. — Acho que você inverteu as cartas de propósito, quando embaralhou. Truque baixo.

— Que mão estranha! Todas essas espadas, lâminas. — Al ergueu o olhar. — A não ser que seja apenas o cortador de grama. Isso faria algum sentido, não faria?

— Não adianta me perguntar. Você é a especialista.

— Colette... Col... não vá chorar agora.

Colette pôs os cotovelos na mesa, a cabeça nas mãos, e berrou:

— Eu peço a você para pôr as cartas pra mim, e sai a porra da máquina de jardinagem. Acho que você não tem nenhuma consideração por mim, nenhuma. Dia sim, dia não, eu faço os seus impostos. Nunca vamos a parte alguma. Nunca fazemos nada bacana. Acho que você não tem qualquer respeito pelos meus talentos profissionais, e tudo que tenho de escutar é você tagarelando com mortos que eu nem vejo.

Alison disse delicadamente:

— Desculpe se parece que não sou agradecida a você. Eu me lembro, eu sei o que era a minha vida quando vivia sozinha. Eu me lembro, e valorizo tudo que você faz.

— Ora, pare com isso. *Falando* desse jeito. Dando uma de profissional.

— Estou tentando ser legal. Só estou tentando...

— É o que estou dizendo. Ser legal. Ser profissional. É tudo a mesma coisa pra você. Você é a pessoa mais hipócrita que eu conheço. Não adianta fingir comigo. Estou perto demais. Sei o que se passa. Você é podre. Uma pessoa horrível. Não é sequer normal.

Fez-se um silêncio. Alison pegou as cartas e correu a ponta do dedo em cada uma. Após algum tempo, disse:

— Eu não espero que você apare a grama. — Silêncio. — Francamente, Col, não espero. — Silêncio. — Posso ser profissional por um momento? — Silêncio — O Ermitão, invertido, sugere que sua energia poderia ser mais bem aplicada.

Colette fungou.

— Então que vamos fazer?

— Você pode ligar para um serviço de jardinagem. Pegar um orçamento, para, por exemplo, um corte semanal durante todo o verão — disse Al. E acrescentou, sorrindo: — Espero que mandem um homem.

Passara-lhe pela cabeça um pensamento sobre o jardim: vai ser legal para os cachorros. Desapareceu o sorriso que lhe surgira na face. Ela afastou violentamente a ideia, passara-lhe pela cabeça o terreno baldio atrás da casa da mãe em Aldershot.

Colette assumiu a tarefa de entrar em contato com os clientes regulares de Al, para informá-los da mudança de endereço. Fez um belo cartão lilás, com os novos detalhes, que distribuíram na última grande feira mediúnica. Em troca, receberam outros cartões.

— Você vai querer ser meio Deusa do Poder, espero — disse uma simpática mulher num pulôver maltrapilho, ao descarregar o kit do velho furgão batido. — Vai querer entrar em alinhamento com a Via.

Quando tornaram a vê-la, ela usava peruca e um sutiã que levantava os seios, cobrava 40 libras e chamava-se Siobhan, Quiromancia e Clarividência.

— Quer que eu vá até sua casa e faça seu feng shui? — perguntou Mandy Coughlan. — É bacana vocês estarem perto de Hove.

Cara revirou os olhos:

— Você ainda não oferece feng shui? Não tem se atualizado? Eu estou treinando para dar consultas de vastu. A técnica tem quinhentos anos. É um demônio que cai na terra, certo? E você precisa ver em que direção a cabeça dele cai e para onde apontam os pés. Depois, você desenha uma mandala. Aí fica sabendo para que lado sua casa deve se posicionar.

— É meio tarde — disse Al. — Já está pronta e já nos mudamos.

— Não, mas ainda dá. Você pode encaixar a propriedade existente no desenho do sistema. Mas é uma coisa avançada. Ainda não cheguei lá.

— Bem, apareça quando chegar — disse Al.

Al disse: eu não quero que os vizinhos saibam o que nós fazemos. Em todos os lugares onde morei, mantive distância dos vizinhos, não quero essa turma me pedindo para ler seus saquinhos de chá. Não quero que apareçam em nossa porta dizendo: sabe o que você me disse, pois ainda não aconteceu, pode devolver meu dinheiro? Não quero que me vigiem e façam comentários sobre mim. Quero manter minha privacidade.

O conjunto progrediu aos poucos, as casas nas encostas subindo antes de preenchido o meio. Elas olhavam para a colina oposta, contra a fileira de pinheiros, e viam os proprietários correndo para as ruas, ou onde deveriam ser as ruas, para escapar de vazamentos de gás e da alvenaria que despencava. Colette fez chá para os vizinhos do lado, da *Beatty*, quando o teto da cozinha deles por sua vez veio abaixo; Al atendia a um cliente.

— Vocês são irmãs? — perguntou Michelle, em pé na cozinha e balançando uma criança para cima e para baixo no quadril.

Além da Escuridão

Colette arregalou os olhos.
— Irmãs? Não.
— Viu só, Evan — Michelle procurou o marido. — Eu lhe disse que não podiam ser. Nós achamos que talvez uma de vocês não fosse ficar. Achamos que talvez uma estivesse ajudando a outra a se instalar.
Colette perguntou:
— Esses aí são meninos ou meninas?
— Um de cada.
— Ok, mas qual é qual?
— Você trabalha em casa? — perguntou Evan. — Profissional liberal?
— Sim. — Ele esperou a continuação. Ela disse, ruborizada: — Eu trabalho com comunicação.
— Telefonia Britânica?
— Não.
— Está tão confuso agora — disse Michelle. — Todas essas tarifas diferentes. Qual é a mais barata para telefonar à minha amiga na Austrália?
— Eu não estou nesse setor — respondeu Colette.
— E que faz sua... sua amiga?
— Previsão — disse Colette.
Por um instante, começou a divertir-se.
— Departamento de meteorologia, não é? — disse Evan. — Fica em Bracknell, não é? É uma bosta chegar à M3. Aposto que você só ficou sabendo disso depois que se mudou, não é? Engarrafamento de cinco quilômetros toda manhã. Devia ter feito uma pesquisa antes, não é?
As crianças puseram-se a berrar. Os adultos observavam enquanto um trabalhador saía da *Beatty*, molhado até os joelhos, carregando um balde.
— Vou processar esses putos — disse Evan.

Mais tarde, Colette perguntou a Al:
— Como ele pôde pensar que éramos irmãs? Eu diria meio-irmãs, no máximo. E mesmo isso já seria forçado demais.
— As pessoas não são muito observadoras — disse Alison, bondosamente. — Por isso não deve se sentir insultada, Colette.

Colette não contou a Al que, para os vizinhos, ela trabalhava no departamento de meteorologia. O boato se espalhou pelo condomínio e os moradores gritavam para ela:

— Brincadeira, hein?! Você não previu esta chuva! Não pode fazer melhor?

Ou simplesmente, com um aceno e um sorriso:

— Olá! Vejo que se enganou de novo.

— Parece que sou uma personalidade aqui — ela dizia. — Não sei por quê.

Colette respondeu:

— Eu diria que é por ser gorda.

Quando se aproximava a Páscoa, Michelle ergueu a cabeça por cima da cerca e perguntou a Al o que devia pôr na mala para o feriado na Espanha.

— Sinto muito — respondeu Al —, eu simplesmente não poderia prever nada assim.

— Sim, mas extraoficialmente — bajulou Michelle. — Você deve saber.

— Só entre nós — acrescentou Evan, também bajulando.

Colette correu os olhos por Michelle. Estaria grávida de novo, ou apenas desleixada?

— Leve roupa para chuva, é o meu conselho — disse.

O clima afeta a estrada como afeta o mar. O tráfego também tem suas ressacas. A superfície da estrada brilha com uma camada perolada, ou faz ondular as poças d'água. Quando rompe a aurora, elas se encontram em um distante posto de gasolina, onde as luzes jorram sobre uma penumbra oleosa, e uma fileira de pássaros amontoados as observa de cima. Na M40, perto de High Wycombe, um falcão desliza numa corrente de ar e mergulha para capturar pequenas criaturas do mato bravio de beira de estrada. Aves de bico forte, comprido e largo engatinham entre os animais atropelados.

Elas viajam: Orpington, Sevenoaks, Chertsey, Runnymede, Reigate e Sutton. Chegam a leste da barreira do Tâmisa, onde os acampamentos de viajantes se amontoam embaixo de arranha-céus e gaivotas grasnam acima das planícies aluviais, onde o vento cortante traz o fedor do esgoto. Há grandes holofotes e depósitos, poços de cascalho, entroncamentos onde cones de trânsito se acumulam. Veem-se hangares descaracterizados com cartazes de "Aluga-se", pneus jogados fora em campos abandonados. Colette pisa no acelerador; passam por veículos montados em outros veículos, travando oleosa cópula. Passam por conjuntos habitacionais iguais ao delas — "Veja, escotilhas", diz Al — seus quartos de dormir e suas sacadas de Julieta pairando por cima de colinas feitas de lixo londrino compactado. Passam por fazendas de criação de animais, galpões entulhados de ferro velho. Dos arames das cercas pendem fotos de cães salivando, para que os que não sabem inglês não deixem de entender o aviso. Ventos cruzados as sacodem, cabos açoitam o céu que passa rapidamente. Colette tem o rádio sintonizado nos boletins de trânsito — problemas na Torre Trellick, um bloqueio intransponível aflige o desvio de Kingston. A mente de Al vagueia, atravessa a reserva central. Ela vê as paredes dos armazéns brilhando prateadas como as armaduras de lata dos cavaleiros do tarô. Vê incineradores, caminhões-tanque, depósitos de gás, subestações de eletricidade. Pátios de carga e descarga. Casas improvisadas, passagens e caminhos subterrâneos. Parques industriais e científicos e centros comerciais.

O mundo além do vidro é o mundo da ação masculina. Tudo que ela vê foi construído pelo homem. Mas em cada saída, cada entroncamento, mulheres esperam para saber seu destino. Buscam no fundo de si mesmas, na camada mais profunda do coração, onde se forma e floresce o feto, onde a forma se molda em cristal, onde unhas clicam baixinho nas costas das cartas, e as imagens flutuam e pairam no ar: Justiça, Temperança, o Sol, a Lua, o Mundo.

Na lanchonete dos postos de gasolina, câmeras apontam, vigiando as filas do peixe com batata e da torta de queijo quente e gelatinosa. Do lado de fora, cartazes afixados a postes advertem contra mascates, camelôs, vendedores itinerantes e comerciantes ilegais. Nenhum adverte contra os mortos viajantes à solta. Câmeras guardam as saídas, mas nenhuma registra quando Pikey Pete entra.

— Não se sabe o que atrai essas caras — diz Al. — Há um bando deles, você sabe. Acumulam-se. Isso me preocupa. Repito: me preocupa. O que salva é, a única coisa boa: Morris não os traz pra casa. Desaparecem em algum lugar antes de entramos na Alameda dos Almirantes. Ele não gosta, você sabe. Diz que não é uma casa de verdade. Não gosta do jardim.

Voltavam de Suffolk; ou de alguma parte onde as pessoas ainda tinham apetite, porque estavam atrás de um furgão onde se lia "Tortas Famosas, Gostosuras e Artigos de Confeitaria dos Wright".

— Veja aquilo — disse Al, e leu em voz alta, rindo.

E logo pensou: por que fiz isso? Eu tenho vontade de dar um chute em mim mesma. Agora eles reclamam que estão com fome.

Morris agarrou o banco do carona e sacudiu-o, dizendo:

— Me deu vontade de matar uma Torta Famosa.

E Pikey Pete:

— Você não vence uma batalha com uma Gostosura.

E o jovem Dean, com a costumeira polidez:

— Eu aceito um Artigo de Confeitaria, por favor.

Colette disse:

— Este apoio de cabeça está balançando novamente? Ou é você mexendo irrequieta outra vez? Nossa, estou faminta, vou parar na Clacket Lane.

Em casa, Colette vivia a base de comprimidos de vitamina e ginseng. Era vegetariana, a não ser pelo bacon e peito de frango sem pele. Na estrada, comiam o que conseguiam, quando conseguiam. Jantavam nos pubs temáticos de Billericay e Egham. No Água da Virgínia comeram nachos e no Broxbourne, gordos travesseiros de massa que o padeiro chamava de Pães Belgas. Nos ancoradouros de beira de estrada comiam sanduíches de frutos do mar que vazavam gordura para todos os lados, e quando chegava a primavera, nas zonas tomadas de andarilhos de cidadezinhas da região do Tâmisa, sentavam-se em bancos com empanados da Cornualha, mordendo com cuidado pelas beiradas. Comiam brócolis e tortas de três queijos no balcão, e quiche Lorraine em atacadistas, com tiras de presunto cheias de tendões e róseas como um bebê escaldado, e Galetos KrispyKrum, e musses de limão que lembravam a espuma usada na limpeza de tapetes.

— Eu preciso de alguma coisa doce — dizia Alison. — Tenho que manter os níveis de energia elevados. — E acrescentava: — Algumas pessoas acham glamoroso ter poderes mediúnicos. Estão redondamente enganadas.

Além da Escuridão

Colette pensava: já é bastante difícil manter essa mulher arrumada, quanto mais glamorosa. Cumpria sua pena junto a Al, nas lojas de cidadezinhas, parada diante dos provadores de roupas do tamanho de guaritas, com cortinas que nunca fechavam por completo. Ouviam-se rangidos e suspiros que vinham das outras guaritas; o leve cheiro de desespero e ódio próprio que pairava no ar. Colette fizera uma promessa de elevar o nível dela, mas Al não se sentia à vontade nas lojas luxuosas. Tinha um certo orgulho, porém. Qualquer coisa que comprasse, jogava dentro da sacola de uma loja dedicada a mulheres de tamanho normal.

— Preciso manter corpo e mente receptivos e calmos — dizia. — Se ser um pouco gorda é o preço que tenho de pagar, que seja. Não posso sintonizar com o espírito se ficar saltando de um lado para outro numa aula de ginástica.

Morris disse:

— Você viu MacArthur? É um chapa meu e de Keef Capstick, de Keef também. Viu MacArthur, é um chapa meu e usa um colete de tricô. Viu MacArthur, é um chapa meu e só tem um olho, viu ele, tem uma orelha cortada, um marinheiro cortou numa briga, é o que ele diz às pessoas. Como perdeu o olho? Bem, aí já é outra história. Ele culpa um marinheiro por isso também, mas cá pra nós, a gente sabe que é mentira.

E soltou uma gargalhada indecente.

Quando chegou a primavera, o serviço de jardinagem mandou um homem. Um caminhão o deixou, com o cortador, e foi embora sacolejando. Colette foi até a porta para atendê-lo. Não esperava que Al o fizesse.

— Acontece que não sei por onde começar — disse o homem.

Ficou parado, coçando a cabeça por debaixo do gorro de lã; como se, pensou Colette, lhe fizesse algum tipo de sinal secreto.

Ela o olhou.

— Não sabe ligar o cortador?

Ele respondeu:

— Com quem eu pareço, com este gorro?

— Eu nem imagino — ela respondeu.

— Acha que pareço um pedreiro?

— Eu não saberia dizer.
— A gente vê eles em toda parte, estão construindo paredes. — Apontou. — Lá embaixo.
— Mas você está encharcado — disse Colette, notando isso.

O homem explicou:
— Não, não é nada de mais, é, é esta parca, jaqueta, este cardigã, sei lá! Eu precisava de uma lã.
— A lã não ia proteger você da chuva.
— Eu podia arranjar um plástico, um plástico para botar por cima.
— Como queira — disse Colette friamente.

O homem afastou-se, com um andar pesado. Ela fechou a porta.

Dez minutos depois, a campainha tocou novamente. O homem cobrira os olhos com o gorro. Parado no tapete da porta, pingava sob a varanda.
— E aí, vamos começar? Pode ser? — ele perguntou.

Colette varreu-o com os olhos, de cima a baixo. Viu com desgosto que os dedões dos pés dele saíam dos sapatos, fazendo o couro rasgado subir e descer.
— Tem certeza de que está qualificado para este trabalho?

O homem balançou a cabeça para os lados.
— Não fui treinado para usar o cortador — disse.
— Por que mandaram você?
— Acho que para eles você podia me treinar aqui.
— E por que iam pensar uma coisa dessas?
— Bem, você parece uma garota gentil.
— Não me venha com essa — disse Colette. — Vou ligar para o seu gerente.

Bateu a porta. Al apareceu no alto da escada. Tirara um descanso, após receber um cliente enlutado.
— Col?
— Sim?
— Quem era aquele homem? — perguntou Al, a voz vaga e sonolenta.
— Era o serviço de jardinagem. O cara é um merda. Não sabe nem ligar o cortador de grama.

— E aí, que aconteceu?
— Aí eu o mandei dar o fora e vou ligar para eles pra reclamar.
— Que tipo de homem era?
— Um idiota.
— Jovem, velho?
— Não sei. Não olhei. Estava molhado. Usava um gorro.

No verão, elas atravessaram de carro a região rural, perfumada pelos nocivos vapores dos pesticidas e herbicidas, e pela doce nuvem que jazia sobre os campos dourados de linhaça. Os olhos escorriam; as gargantas secas e apertadas; Al remexeu a bolsa em busca de tabletes antissépticos. Outono: ela viu a lua cheia presa na rede de um campo de futebol americano, estufada, o rosto machucado. Quando um nó do trânsito as fez parar, notou uma senhora que se arrastava com as sacolas de mercearia, lutando contra o vento. Notou a madeira apodrecida das sacadas, os tijolos londrinos vazando fuligem, o mofo do inverno numa pilha de cadeiras de jardim. Uma curva na estrada, uma pausa no sinal de trânsito nos leva para perto de uma outra vida, a uma janela de escritório onde um homem se encosta num arquivo, a camisa amassada, igual a alguns homens que a gente conhece; enquanto um furgão dá marcha à ré na estrada, você freia, fica detida, e a pausa a torna íntima de um homem que coça a careca, emoldurado na iluminada cavidade de sua garagem, abaixo da porta levadiça.

No fim do dia, vem a luta contra as trivialidades que chegam ao acaso, zumbindo através do éter. Você vai comprar um sofá novo. É uma pessoa muito tenaz. Espera-se que Morris aja como uma espécie de porteiro, anunciando os espíritos, fazendo-os entrar em fila e ameaçando-os para não falarem todos ao mesmo tempo. Mas ele parecia ter afundado num prolongado mau humor, desde que se haviam mudado para a Alameda dos Almirantes. Nada era bom o suficiente, e ele deixava que as imitadoras de Diana, de Elvis e dos mortos mesquinhos que espalhavam desinformação a provocassem e atormentassem, fazendo truques e propondo enigmas. Das plateias vinham as mesmas perguntas de sempre: por exemplo, há sexo no mundo dos espíritos?

Ela respondia, com uma risadinha:

— Eu conheço uma velhinha mediúnica, e digo a vocês o que ela diz: há uma enorme quantidade de amor no mundo espiritual, mas nada dessas gracinhas.

Arranca uma risada geral. A plateia relaxa. Não imaginavam que ela iria responder a tal pergunta. Mas assim que elas chegam em casa, Colette pergunta:

— Bem, há sexo no mundo dos espíritos? Não quero saber o que diz a sra. Etchells. Quero saber o que você diz.

— Na maioria das vezes eles não têm partes do corpo — respondeu Al. — Não essas partes. Há algumas exceções. Alguns espíritos realmente maus são, bem, apenas órgãos genitais. Os outros, apenas... gostam de nos ver fazendo.

— Então a gente não está proporcionando a eles muita diversão — disse Colette.

Inverno: do banco do carona, Al vira o rosto para as janelas iluminadas de uma escola. Os desenhos das crianças estão pendurados voltados para dentro da sala; ela vê as costas de anjos triangulares, com as pontas das asas congeladas. Semanas após o Natal, já adentrando o novo ano, as estrelas de papelão ainda pendem contra o vidro, e flocos de neve de poliéster caem secos e inofensivos no interior das vidraças. Inverno e mais uma primavera. Na A12 em direção a Ipswich as lâmpadas dos postes detonam em flores, as cápsulas explodem; abrem-se como sementes de vagens, e das copas de metal os raios de luz estouram contra o céu.

Um dia, no início da primavera, Alison contemplava o jardim e viu Morris agachado no canto oposto, chorando ou fingindo chorar. A queixa que ele fazia do jardim era que, quando se olhava da janela, tudo que se via era grama e cerca: e ele mesmo.

Haviam pago um dinheiro extra por um terreno que dava para o sul. Mas nesse primeiro verão a luz entrava pelas janelas francesas, e elas foram obrigadas a pendurar cortinas de voal para se protegerem. Morris passava o tempo isolado nessas cortinas, envolto nelas: pouco ligava para a luz do sol ou da lua. Após o idiota do serviço de jardinagem, haviam comprado o próprio cortador, e Colette, queixando-se, cortara a grama; mas não vou cavar canteiros de flores, dizia, não vou plantar nada. Al ficava constrangida a princípio, quando os vizinhos a abordavam e lhe ofereciam artigos de revistas sobre planejamento de jardins e recomendavam alguns programas de televisão com horticultores-celebridades, que imaginavam que lhe seria útil. Acham que somos desleixadas, ela pensava; além de depravadas sexuais, não temos piscina e nem mesmo um toldo ou um deque. Morris queixava-se de que não havia cobertura para suas atividades nefandas. Dizia que os companheiros o gozavam, gritando: "Hip! hip! hip! Morris na passarela! Esquerda, volver! Direita, volver! Dispersar, Morr-iiss! Apresentar-se para a porra do serviço especial na cozinha e lamber os sapatos das damas!"

Al brigava com ele:

— Não quero você na minha cozinha.

Nem pensar, dizia a si mesma: não em nossos higiênicos balcões de imitação de granito, não, senhor. Não há fendas ou quinas, ou lugar para esconder-se no fogão duplo de aço inoxidável; não sem o risco de ser cozinhado. Na casa de sua mãe, em Aldershot, ao lado da pia havia um antiquado escorredor de pratos fedorento e mofado. Para Morris, após a morte, era o seu lar doce lar. Insinuava-se entre as fibras esponjosas e jazia ali respirando a umidade, inspirando pela boca e resfolegando pelo nariz.

Quando isso aconteceu pela primeira vez, ela não conseguiu suportar lavar os pratos. Após deixar a louça se acumular por três dias seguidos, a mãe dissera: vou lhe pegar, mocinha, e voara para cima dela com uma corda do varal. Emmie não se decidia se a açoitava, amarrava ou pendurava; e enquanto ponderava tropeçou e caiu. Alison deu um suspiro e aproximou-se. Pegou uma das pontas da corda e puxou-a da mão fechada da mãe até esta ceder um palmo e em seguida o último centímetro. Depois levou a corda para fora e pendurou-a de volta no lugar, entre o gancho cravado na alvenaria e o poste inclinado enterrado na grama.

Anunciava-se o crepúsculo, a lua subia sobre Aldershot. O varal não estava esticado, e os nós, de amador e femininos, escorregaram do suporte. Alguns espíritos baixaram para flutuar sobre a corda e depois se afastaram do mesmo jeito, grasnando, quando a corda oscilou sob o peso deles. Ela atirou-lhes uma pedra, zombando. Era apenas uma menina então.

* * *

A princípio Morris fizera chacota da nova casa.
— É um luxo, né, não? Vocês estão indo muito bem às minhas custas, patetas. — Depois ameaçara Al: — Eu enfrento você a qualquer hora, sua puta atrevida. Enfrento no espaço aéreo. Mastigo e cuspo fora. Venho buscar você uma noite e no dia seguinte só vão encontrar a calcinha rasgada. Não pense que não fiz isso antes.
— Quem? — ela perguntou. — Quem você levou embora?
— Glória, por exemplo. Lembra dela? A puta de cabelo ruivo.
— Mas você estava do lado de cá, então, Morris. Qualquer um pode fazer isso com faca e machado, mas o que você pode fazer com mãos de espírito? Está esquecendo o que é o quê? Tem andado batendo perna por aí tempo de mais. — Falou-lhe duro, como um homem, como faria Aitkenside. — Você está desaparecendo, chapa. Desaparecendo depressa.
Então ele começou a bajulá-la.
— Queremos voltar pra Wexham. Era uma área agradável. A gente gostava de descer o Slough, gostava de lá porque podia ir à corrida de cachorros, onde costumava ficar a pista de cachorros. A gente gostava porque podia sair no braço, mas aqui não tem possibilidade de uma boa briga. Não tem um pedaço de terra para organizar uma briga de galo. O jovem Dean gosta de arrombar carros, mas aqui a gente não pode, esses imbecis todos têm alarmes e Dean não sabe desativar alarmes, é só um garoto e ainda não foi treinado em alarmes. Donnie Aitkenside diz que a gente nunca vai encontrar MacArthur se ficar por esses lados. Diz: a gente nunca vai conseguir trazer Keef Capstick pra essas bandas. Keef gosta de um pouco de briga e da chance de um bafafá. — Elevou a voz, começou a bajular e choramingar. — E se eu recebesse um pacote? Onde vou guardar meu embrulho?
— Que tipo de embrulho? — perguntou Al.
— E se eu recebesse uma encomenda? E se eu recebesse um pacote? E se eu tivesse de montar guarda sobre um monte de caixotes ou alguns engradados? Para ajudar meus amigos. Nunca se sabe quando um chapa vai procu-

rar a gente e dizer: Morris, Morris meu velho, pode ficar de olho nisto pra mim?, não me faça perguntas que eu não lhe conto mentiras.

— Você? Você só conta mentiras.

— E se acontecer isso, onde eu vou guardar tudo? Me responda isso, garota.

Alison respondeu:

— Você vai ter que dizer não, não vai?

E Morris disse:

— Dizer não, dizer não? Isso lá é jeito de tratar um chapa? Se a velha magrela lhe pedisse: guarde este pacote pra mim, você ia recusar, ia dizer: Colette, minha velha chapa, não posso?

— Pode ser que sim.

— Mas e se Nick lhe pedisse? E se o velho Nick viesse a você com uma proposta, e se dissesse: me ajuda nessa parada, amiga, e pode confiar que eu compenso depois, e se ele dissesse: quanto menos se falar, mais cedo se conserta, e se ele dissesse: eu ia encarar isso como um favor especial?

— Que significa Nick para mim? Eu nem atravessaria a rua por ele.

— Nick não pede, ele manda. Ele pendura você numa árvore e arranca suas rótulas à bala. Eu já vi isso. Ninguém diz não a Nick, e se diz, pode considerar-se um aleijado. Eu vi Nick pessoalmente furar o olho de um cara com um lápis. Bem, onde costumava ficar o olho.

— Foi o que aconteceu com MacArthur? Você disse que ele só tinha um olho.

Uma expressão zombeteira e incrédula tomou o rosto de Morris.

— Não banque a inocente comigo — ele disse. — Filhote do cruz-credo. Você sabe muito bem como ele perdeu o olho, porra. — Encaminhou-se resmungando para as janelas francesas e envolveu a cabeça na cortina. — Tente isso comigo, tente bancar a inocente que não vai colar, porra. Diga a Dean, tente com algum garoto e veja se cola com ele, comigo não. Eu estava lá, garota. Você diz que eu perdi a memória. Não tem nada de errado com a minha, estou lhe dizendo. Talvez a sua é que não esteja tão boa. Eu não esqueço o olho dele saltando fora, porra. A gente não esquece uma coisa dessas.

Parecia assustado, pensou Al. Ao subir para o quarto, ela hesitou diante da porta de Colette, quarto dois, suíte. Gostaria de dizer: às vezes eu me sinto sozinha, e — a verdade nua e crua é — que preciso de companhia humana. Seria Colette humana? Mais ou menos. Sentiu um bocejo subir por dentro, um espaço vazio de perda, como se uma porta no plexo solar se abrisse para um quarto vazio, ou um palco deserto à espera de a peça começar.

No dia em que Morris anunciou sua partida, ela mal pôde esperar para dar a notícia às pessoas.

— Ele foi chamado — disse. — Não é sensacional?

Sorrisos abriram-se por toda parte. Ela sentiu uma alegria explodindo por dentro.

— Oh, é maravilhoso — disse Mandy ao telefone. — Quer dizer, é uma boa notícia pra todos nós, Al. Merlin disse que já estava no limite da tolerância, e o mesmo disse Merlyn. Seu Morris tinha um jeito realmente desagradável, me perturbou de uma forma pavorosa naquela noite do funeral. Jamais me senti limpa depois daquilo. Bem, você não se sente, sente?

— Não acha que é um truque? — perguntou Al.

Mas Mandy tranquilizou-a.

— Chegou a hora dele, Al. Foi atraído para a luz. Não pode resistir, aposto. É hora de romper o círculo de criminalidade e comportamento autodestrutivo. Ele vai subir. Você verá.

Na cozinha, Colette fazia café descafeinado. Al contou a ela: Morris está indo embora. Ele foi chamado. Colette ergueu as sobrancelhas e perguntou:

— Chamado por quem?

— Eu não sei, mas ele diz que vai numa missão. Eu falei com Mandy e ela disse que ele vai subir para um nível mais elevado.

Colette ficou à espera de que a chaleira fervesse, tamborilando com os dedos.

— Isso quer dizer que ele não vai mais encher o saco daqui pra frente?

— Ele jura que vai embora hoje.

— Então é tipo uma missão residencial, não é?

— Eu acho.

— E quanto tempo dura? Ele vai voltar?

— Eu acho que leva o tempo que for preciso. Não acredito que ele possa voltar para a área de Woking. Os espíritos em geral não retrocedem. Eu nunca ouvi falar disso. Depois de avançar pra luz, ele também vai estar livre para... — Parou, perplexa. — O que quer que façam — acabou por dizer: — Se dissolver. Dispersar.

A chaleira desligou-se com um estalo.

— E todas aquelas outras pessoas das quais ele fala... Dean e os outros que a gente leva no fundo do carro... vão se dissolver também?

— Não sei sobre Dean. Ele não parece muito evoluído. Mas sim, acho que é Morris quem os atrai, não eu, e assim, se ele for embora, os outros também vão. Você sabe, talvez seja o fim de Morris como a gente conhece. Tinha de acontecer um dia.

— E depois? Como vai ser?

— Bem, vai ser... silencioso. Vamos ter um pouco de paz. Eu posso ter uma noite de sono.

Colette disse:

— Pode sair da frente, por favor, para eu chegar à geladeira? Você não vai desistir do negócio, vai?

— Se eu desistisse, como ia ganhar a vida?

— Quero só leite, por favor. Obrigada. Mas como vai arranjar um guia espiritual?

— Outro pode aparecer qualquer dia. Ou eu posso tomar emprestado o seu.

Colette quase deixou cair a caixa de leite.

— O meu?

— Eu não lhe contei?

Colette parecia horrorizada.

— Mas quem é ele?

— Ela. Maureen Harrison, é como se chama.

Colette deixou derramar o leite por toda a superfície do balcão em imitação de granito, e ficou parada olhando-o pingar, com um ar estúpido.

— Quem é essa? Eu não a conheço. Não conheço ninguém com esse nome.

— Não, nem poderia. Ela fez a passagem antes de você nascer. Na verdade, levei um tempo para localizá-la, mas a pobre amiga dela vivia gritando por aí, perguntando por ela. Por isso eu achei que podia fazer uma boa ação, juntar as duas. Mas qual é o problema? Ela não vai fazer nenhuma diferença para você. Escute, relaxe, ela não vai lhe fazer mal algum, é apenas uma daquelas velhas vovós que perdem os botões do cardigã.

— Mas ela me vê? Está olhando para mim agora?

— Maureen? — Al chamou baixinho. — Está por aqui, amor? — De um armário veio o tinido de uma xícara de chá. — Aí, ó — disse Alison.

— Ela me vê no quarto à noite?

Alison atravessou a cozinha e começou a enxugar o leite derramado.

— Vá se sentar, Colette, você levou um choque. Eu lhe sirvo outra xícara.

Pôs a chaleira para ferver de novo. O descafeinado não servia muito para um choque. Al ficou parada olhando o jardim vazio lá fora. Quando Morris se for mesmo, pensou, vamos brindar com champanhe. Colette gritou perguntando de onde vinha Maureen, e quando Alison gritou de volta: de algum lugar lá do norte, ela pareceu chocada, como se fosse mais natural ter um espírito guia de Uxbridge: Al não pôde deixar de sorrir consigo mesma. Veja o lado bom, disse, trazendo o café; pegou uns biscoitos de chocolate, dando início à comemoração. Veja o lado positivo, você podia estar amarrada a um tibetano. Imaginou a casa tinindo com sinos de templo.

Reinava uma calma incomum na sala de estar. Al olhou firme as cortinas de voal, mas a forma de Morris não as estufava, nem ele jazia por ali, estendido junto à bainha. Nem Aitkenside, nem Dean, nem Pikey. Ela se sentou.

— Aqui estamos nós — disse. — Só nós duas.

Ouviu um gemido, um arranhão, uma coisa metálica arrastada; depois uma batida na caixa de correspondência, Morris fez sua saída.

oito

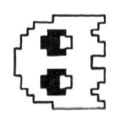

Quando se aproximou o milênio, os negócios decaíram. Não era nada pessoal, nem um deslize no plano de negócios de Colette. Era queixa comum entre os médiuns. Era como se os clientes tivessem dado um tempo na curiosidade pessoal; como se estivessem fazendo uma pausa geral para respirar. A nova era foi celebrada na Alameda dos Almirantes com fogos de artifício, lançados por cuidadosos pais nos terrenos baldios. O parquinho das crianças, lugar habitual da festividade, fora cercado, e puseram-se avisos de ENTRADA PROIBIDA.

O jornalzinho gratuito local disse que haviam encontrado centáureas japonesas.

— Isso é bom? — perguntou Michelle, por cima da cerca dos fundos. — Quer dizer, vão conservar a planta?

— Não, acho que é nociva — respondeu Al.

E entrou em casa, preocupada. Espero que não seja culpa minha, pensou. Teria Morris mijado no quintal, ao sair da sua vida?

Além da Escuridão

Algumas pessoas não aceitaram a teoria da centáurea. Diziam que o problema era uma bomba não detonada, abandonada ali desde a última guerra — quando quer que houvesse sido isso. Evan curvou-se sobre a cerca e fofocou:

— Já ouviu falar daquele cara que mora em Reading, no Baixo Earley? Numa propriedade nova como esta? Ele vivia notando que a pintura da parede sempre formava bolhas. Os canos viviam entupidos de lodo negro. Um dia, estava cavando na hortinha de legumes e viu uma coisa se retorcendo na pá. Pensou: diabos, que é isso?

— E que era? — perguntou Colette.

Às vezes ela achava Evan encantador.

— Um monte de minhoca branca — ele respondeu. — Onde tem minhoca branca, tem radiatividade. É a única coisa que a gente precisa saber sobre minhoca branca.

— E que foi que ele fez?

— Ligou para a câmara de vereadores — disse Evan.

— Se fosse eu, chamava o exército.

— Claro que conseguiram acobertar o caso. Eles negaram tudo. O pobre coitado cercou o lugar com tábuas e reduziu as perdas.

— E aí, que foi que causou isso?

— Explosões nucleares subterrâneas secretas — respondeu Evan. — É uma explicação razoável.

Na Alameda dos Almirantes, algumas pessoas ligaram para o departamento de meio ambiente local, para fazer perguntas sobre a área do parquinho, mas as autoridades admitiam apenas uma espécie de entupimento, uma espécie de infiltração e uma espécie de contaminação cuja natureza ainda não podiam confirmar. Insistiram que o problema da minhoca branca se limitava à área de Reading, e que nenhuma delas chegara a Woking. Enquanto isso, as crianças continuaram barradas do paraíso. Rugiam de raiva quando viam os balanços e o escorrega, e sacudiam as grades. As mães arrastavam-nas colina acima, para as *Frobisher* e *Mountbaten*, longe do perigo. Ninguém queria que a notícia do problema vazasse, para não afetar os preços das casas. A gentalha era inquieta e transitória, e já apareciam os primeiros cartazes de "Vende-se", à medida que jovens casais sem compromissos tentavam a sorte no mercado em alta.

A véspera de ano-novo foi fria na Alameda dos Almirantes, e o céu estava luminoso. Os aviões não caíam nem havia inundações nem epidemias — pelo menos nenhuma que afetasse o sudeste da Inglaterra. Os clientes deram um suspiro frouxo e apático e — apenas por um ou dois meses — aceitaram suas vidas como eram. Na primavera, os negócios aos poucos voltavam ao normal.

— Estão vindo tirar amostras dos canos — avisou Michelle a Alison.

— Quem?

— As autoridades do serviço de água e esgoto — disse Michelle, assustada.

Depois que Morris partiu, a vida das duas ficou parecendo feriado. Pela primeira vez em anos, Alison foi deitar-se sabendo que não seria jogada para fora da cama nas primeiras horas da madrugada. Podia tomar um banho demorado tarde da noite sem que uma mão peluda puxasse a tampa do ralo ou a tatuagem de cobra de Morris surgisse dentre as bolhas com aroma de rosas. Dormia a noite toda e acordava renovada, pronta para o que o dia trouxesse. Desabrochou, a pele rechonchuda refinou-se, as olheiras roxas desapareceram.

— Eu não me lembro de quando me senti tão bem — dizia.

Colette também dormia a noite toda, mas nada mudara na sua aparência.

Começaram a falar em planejar umas férias de última hora, uma folga ao sol. Num avião, Morris era impossível, disse Al. Quando fazia o check-in, ele saltava em cima da bagagem, adicionando quilos extras e fazendo ela pagar pelo excesso de peso. Punha as soqueiras de ferro quando ela passava pelo detetor de metal fazendo com que a segurança a detivesse e a revistasse. Se chegavam até o avião, ele se trancava no lavatório ou se escondia na sacola de enjoo de alguém vulnerável, e saltava — BUM! — na cara da pessoa quando a pobre a abria. A caminho da ilha da Madeira, certa vez, ele causara uma parada cardíaca.

— Não precisa se preocupar mais com isso — disse Colette. — Aonde gostaria de ir?

— Não sei — ela respondeu. E depois: — A alguma parte que tenha ruínas. Ou onde cantem ópera. À noite, a gente segura velas e eles cantam numa arena, num anfiteatro. Ou apresentam peças com máscaras. Se eu fosse cantora de ópera, seria bastante atraente. Ninguém ia me achar gorda.

Colette andara pensando em termos de sexo com um garçom grego. Não havia motivo, em vista disso, para que os anseios culturais de Al e suas fantasias sexuais não se concretizassem num raio de quinhentos metros uma da outra. Ela imaginava o galã de olhos de mormaço circulando a mesa delas no terraço: os suspiros do homem, o pulso acelerado, a respiração ardente, as ideias correndo à frente: será que vale a pena, uma vez que terei de pagar a um companheiro para dormir com a gorda?

— Além do mais — disse Alison —, vai ser legal ter alguém comigo. Fui a Chipre com Mandy mas nunca a via, ela vivia entrando e saindo da cama de alguém novo toda noite. Achei isso muito baixo nível. Oh, eu adoro Mandy, não me entenda errado. As pessoas devem se divertir, se puderem.

— Acontece simplesmente que você não pode.

Não importava o que dizia a Al, raciocinou Colette. Mesmo que não falasse em voz alta, ela arrancava-lhe as ideias da cabeça: de forma que saberia, de qualquer maneira.

Alison mergulhou num silêncio machucado; assim não chegaram a sair de férias. Passado um mês, ela voltou a tocar no assunto, timidamente, mas Colette cortou-a com rispidez:

— Eu não quero ir a lugar algum com ruínas. Quero beber todas e dançar em cima da mesa. Por que você acha que isso é tudo o que eu quero fazer: viver com você e dirigir até uma Convenção de Mistérios Celtas. Tenho passado minha vida miserável na M25 com você ao meu lado vomitando no banco do carona.

Alison respondeu timidamente:

— Não tenho enjoado mais, desde que Morris se foi.

Tentou imaginar Colette dançando em cima de uma mesa.

Tudo que ela podia fazer era ensaiar alguns passinhos toscos de tango em frente à mesa de café, a coluna de Colette curvou-se, suas asinhas de frango expostas como se prontas para receber uma mordida. Um zunido passou pelo seu ouvido; a dócil mulherzinha atravessou, dizendo:

— Licença, licença, você viu por aí Maureen Harrison?

— Dê uma olhada na cozinha — Al disse —, acho que está atrás da geladeira.

Quando veio o 11 de setembro, Colette via a TV. Chamou Alison, que apoiou as mãos no encosto do sofá. Assistiu sem surpresa enquanto as Torres Gêmeas desmoronavam, os corpos em chama mergulhando no ar. Ficou assistindo até que começaram a reprisar as imagens e a voltarem às mesmas cenas. Então deixou a sala sem comentários. A gente tem vontade de falar alguma coisa, mas não sabe o quê. Não pode dizer que previu; não pode dizer que ninguém previu. O mundo inteiro já havia tirado essa carta.

Merlyn ligou mais tarde nesse dia.

— Alô — ela atendeu. — Como vai? Viu as notícias?

— Terríveis — respondeu Merlyn.

E ela acrescentou: — É, terrível. Como vai Merlin?

— Não faço a menor ideia — disse Merlyn.

— Não o viu no circuito?

— Eu estou abandonando isso.

— É mesmo? Vai aumentar o trabalho de detetive mediúnico?

Ou serviços de segurança mediúnica, ela pensou. Certamente se pode oferecê-los. Pode-se ficar nos aeroportos fazendo raios X das intenções das pessoas.

— Não, nada disso — respondeu Merlyn. Parecia muito entusiasmado. — Estou pensando em me tornar um guia de autoajuda. Vou escrever um livro intitulado *A Cura pelo Sucesso*. Usando a tradição da sabedoria antiga para trazer saúde, riqueza e felicidade. Acreditar que o mundo nos deve alguma coisa: é o que eu digo.

Alisou pediu licença, largou o telefone e foi à cozinha pegar uma laranja. Quando voltou, encaixou o aparelho embaixo do queixo enquanto a descascava. Você não vai querer perder seu tempo, dizia Merlyn, com essas mocinhas e vovós. Aqui estamos no centro da explosão hi-tech. A riqueza é tão natural quanto respirar. Toda manhã, quando a gente se levanta, estica os braços e diz: "Eu sou o dono do mundo."

— Merlyn, por que está me contando isso?

— Imaginei que você pudesse comprar uma franquia. Você é muito inspiradora, Alison.

— Vai ter que falar com Colette. É ela quem toma as decisões comerciais.

— Ah, é? — perguntou Merlyn. — Eu vou lhe dar um conselho, um bom conselho que eu lhe dou de graça, só você é responsável por sua saúde e riqueza. Não pode delegar o que constitui o núcleo do seu ser. Lembre-se da lei universal: cada um tem o que merece.

A casca da laranja caiu no tapete, cheirosa e enroscada.

— É mesmo? — disse Alison. — Então eu acho que não mereço muita coisa.

— Alison, você me decepciona com essa negatividade. Talvez eu tenha de desligar o telefone, antes que ela contamine o meu dia.

— Tudo bem — ela disse.

E Merlyn:

— Não, não desligue. Eu estava pensando em termos de parceria. Bem, é isso aí, eu já disse. Que é que você acha?

— Parceria comercial?

— De qualquer tipo que você queira.

Ela pensou: ele acha que eu sou idiota, só por ser gorda; por ser gorda, acha que estou desesperada.

— Não.

— Quer ser mais específica?

— Mais específica que não?

— Eu valorizo o retorno. Aguento a porrada no queixo.

O problema, ela pensou, é que você não tem queixo. Merlyn estava engordando, e a pele pálida e úmida parecia suar, em público, a umidade interna contida dentro da concha que era o trailer dele. Ela visualizou, na imaginação, os olhos cor de chocolate, a camiseta pastel esticada na barriga.

— Não vai ser possível — disse. — Você está gordo.

— Ora, ora, *pardonnez-moi* — disse Merlyn. — Veja só quem está falando.

— É, eu sei, eu também. Mas não gosto de ver os botões de sua camisa saltando. Odeio costurar e não valho nada com uma agulha.

— Pode usar um grampeador — disse Merlyn, desagradavelmente. — A gente consegue grampeadores para fins específicos hoje em dia. Seja como for, quem lhe disse que eu ia pedir para pregar botões em minha camiseta?

— Achei que talvez pudesse.

— E você está me dando isso, a sério, como motivo para recusar minha oferta de acordo comercial?

— Mas eu achava que você estava me oferecendo outra coisa.

— *Quem sabe?* — disse Merlyn. — Creio que essa é a expressão técnica, que as pessoas usam quando anunciam: "Somos apenas amigos, mas *quem sabe?*"

— Mas no seu caso, o que você quer é meu dinheiro em seu banco, e *quem sabe* o que mais? Vamos lá, Merlyn. Está me achando presa fácil? E a propósito, não adianta ligar para Mandy... quer dizer, Natasha... ou qualquer uma das garotas. Nenhuma delas gosta de você, pelo mesmo motivo que eu não gosto. — Al fez uma pausa. Não, isso é injusto, pensou. Não gosto de Merlyn por um motivo específico. — É o seu alfinete de gravata — disse. — Não gosto de ver alfinete de gravata. Acho perigoso.

— Entendi — disse Merlyn. — Ou melhor, não entendi nada.

Ela deu um suspiro.

— Não sei se eu mesma entendo. Isso vem de uma vida passada, eu acho.

— Ora, vamos — escarneceu Merlyn. — Torturada com um alfinete de gravata? Na Antiguidade, não havia alfinetes de gravata. Havia broches, isso eu garanto.

— Talvez eu é que tenha torturado — ela disse. — Não sei, Merlyn. Escute, boa sorte com o livro. Espero que consiga toda essa riqueza. Espero mesmo. Se merecer, claro. E sei que merece. Tudo bem. Pode pensar o que quiser. Quando seguir com seu trailer para Beverly Hills, deixe o novo endereço.

Colette chegou cinco minutos depois, com as compras.

— Quer um biscoito de recheio duplo de chocolate? — perguntou.

— Merlyn ligou — respondeu Al. — Está escrevendo um novo livro.

— Ah, é? — perguntou Colette. — Você gosta desses iogurtes, não gosta?

Além da Escuridão

— Têm muita gordura? — perguntou Al, com uma expressão de felicidade. Colette revirou o pacote nos dedos, franzindo a testa. — Devem ter — respondeu a própria Alison — se eu gosto deles, devem ter. A propósito, Merlyn me convidou para ir morar com ele.

Colette continuou a guardar as compras na geladeira.

— As costeletas de porco estão com o prazo vencido — disse. Jogou-as na lata de lixo. — *Como? No trailer?*

— Eu disse que não.

— Que porra ele acha que é?

— Me fez uma proposta — respondeu Al. Correu a mão pela saia. — E nosso livro, Colette? Será que algum dia acaba?

Colette acumulara uma pilha de documentos impressos; guardou-os no andar de cima, trancados em seu guarda-roupa — precaução que Al achou tocante. As fitas ainda lhes davam dor de cabeça. Às vezes descobriam que a última sessão fora inteiramente substituída por uma algaravia. Às vezes a conversa era coberta por guinchos, chiados e tosses, como se uma plateia invernal sintonizasse um concerto sinfônico.

COLETTE: E aí, você encara isso como um dom ou — qual é o oposto de dom?
ALISON: Bens não solicitados. Um fardo. Uma imposição.
COLETTE: É essa a sua resposta?
ALISON: Não. Estava apenas lhe dizendo algumas expressões.
COLETTE: E então...?
ALISON: Escute, eu simplesmente sou assim. Não me imagino de outra forma. Se eu tivesse tido alguém ao meu lado enquanto treinava que tivesse mais juízo que a sra. Etchells, eu podia ter tido uma vida melhor.
COLETTE: Quer dizer que podia ser diferente?
ALISON: Podia. Se tivesse um guia mais evoluído.
COLETTE: Você parece estar indo bem sem Morris.
ALISON: Eu disse que ia ficar.
COLETTE: Afinal, você mesma disse: grande parte é psicológico.

ALISON: Quando você diz "psicológico", o que quer dizer é trapaça.

COLETTE: Como você chamaria?

ALISON: Você não chama Sherlock Holmes de trapaceiro! Escute, se sabe das coisas, tem de usar do jeito que der.

COLETTE: Mas prefiro pensar, de certa forma — deixe eu acabar — prefiro pensar que você estava trapaceando, se eu fosse levar seu bem-estar em conta, porque muita gente que escuta vozes de verdade é diagnosticada e internada em hospícios.

ALISON: Hoje não tanto. Devido aos cortes de despesas, sabe? As pessoas andam por aí acreditando em todo tipo de coisas. A gente vê isso nas ruas.

COLETTE: É, mas é apenas uma política. Isso não faz deles sãos.

ALISON: Eu faço disso o meu trabalho, você sabe. É a diferença entre mim e os loucos. Não chamam a gente de louco, se a gente trabalha.

Às vezes Colette deixava a fita rodando sem dizer a Al. Podia haver alguma ideia obscura em sua cabeça que precisasse de testemunha. Algo que, se gravado, poderia obrigar Alison a atender as barganhas que Colette fazia; ou, num momento de descuido em que estivesse sozinha em casa, Al podia gravar alguma coisa incriminadora. Embora não soubesse qual poderia ser o crime.

COLETTE: Meu projeto para o novo milênio é administrar você com mais eficiência. Vou estabelecer metas mensais. É hora de pensar em céus azuis. Não há motivo para você não ser pelo menos dez por cento mais produtiva. Dorme a noite toda agora, não dorme? E é possível que eu incorpore um papel mais proativo. Posso atender o excesso de clientes. Só os que desejam a leitura da sorte. Afinal, não se pode prever realmente o futuro, pode? As cartas não sabem.

ALISON: A maioria das pessoas não quer saber o futuro Apenas querem saber o presente. Querem que a gente diga que vão indo bem.

COLETTE: Ninguém jamais me disse que eu estava indo bem. Quando eu ia a Brondesbury e outros lugares.

ALISON: Não se sentia ajudada, não achava que recebia alguma orientação emocional?

Além da Escuridão

COLETTE: Não.
ALISON: Quando penso naquele tempo, acho que você estava tentando acreditar em coisas demais. As pessoas não podem acreditar em tudo ao mesmo tempo. Têm que pensar um pouco por conta própria.
COLETTE: Gavin achava que isso tudo era uma fraude. Mas também, era um idiota.
ALISON: Sabe, você ainda fala muito dele.
COLETTE: Não falo, não. Nunca falo sobre ele.
ALISON: Hum.
COLETTE: Nunca.

— Então, tudo bem, tudo bem — disse Al. — Se você quer aprender. O que quer tentar primeiro, cartas ou palmas? Palmas? Tudo bem.

Mas após cinco minutos Colette disse:

— Eu não vejo as linhas, Al. Acho que estou perdendo a vista. — Al não esboçou reação. — Acho que vou usar lentes de contato. Não quero usar óculos.

— Pode usar uma lente de aumento, os clientes não se incomodam. Na verdade, acham que estão recebendo mais pelo que pagaram.

Tentaram de novo.

— Não tente prever meu futuro — disse Al. — Deixe isso de lado por enquanto. Pegue minha mão esquerda. É onde está escrita a minha personalidade. Os talentos com os quais nasci. Você pode ver todo o meu potencial, esperando para emergir. Seu trabalho é me alertar para ele.

Colette tomou a mão, hesitante, como se a achasse desagradável. Baixou os olhos para ela, e ergueu-os de novo para Alison.

— Ora, vamos — disse Al. — Você conhece a minha personalidade. Ou diz que conhece. Vive falando da minha personalidade. E conhece meu potencial. Acabou de fazer um plano de negócios para mim.

Não conheço, respondeu Colette, mesmo olhando por uma lente de aumento não vejo sentido nele.

Então temos de ir pelas cartas, disse Al. Como sabe, são setenta e oito que você tem que conhecer, além das combinações importantes, por isso vai ter muito dever de casa. Já conhece o básico, já deve ter pegado a essa altura. Paus governam os signos de fogo... conhece os signos, não conhece? Copas governam a água; ouros, a terra; Colette disse: ouros terra, é fácil de lembrar. Mas por que as espadas governam o ar? Al respondeu: no tarô, as espadas são espadas mesmo. Pense nelas cortando o ar. Paus são varinhas. Ouros, pentáculos. Copas, taças.

Colette movimentava as mãos desajeitadamente quando embaralhava; as figuras caíam em cascata do maço, e ela se cortava com as bordas das cartas, como se todas a pinicassem. Al ensinou-lhe a distribuir uma sequência em forma de cruz celta. Virou para cima os arcanos maiores, para interpretá-los um a um. Colette, porém, não pegava a ideia. Era aplicada e consciensiosa, mas ao analisar as cartas não ia além das figuras. Um lagostim rasteja para fora da poça: por quê? Um homem com um chapéu esquisito parado à beira de um precipício. Carrega todas as suas posses numa trouxa e um cachorro lhe morde a perna. Aonde vai? Por que não sente as mordidas? Uma mulher abre à força a mandíbula de um leão. Parece feliz da vida. Ouve-se um zumbido cúmplice no ar.

Al perguntou:

— Que lhe diz isso? Não, não olhe pra mim em busca de resposta. Feche os olhos. Como se sente?

— Não sinto nada — respondeu Colette. — Como poderia sentir?

— Quando eu trabalho com o tarô, sinto como se tivessem aberto o topo da minha cabeça com um abridor de lata.

Colette jogou as cartas na mesa. Vou me ater aos negócios, disse. Al respondeu: seria muito sensato. Não podia explicar a ela a sensação de interpretar as cartas para um cliente: mesmo que fosse apenas psicologia. Você dá a partida, começa a falar, não sabe o que vai dizer. Não sabe nem como chegar ao fim da frase. Não sabe nada. E aí, de repente, sabe. Tem de andar às cegas. E vai dar direto na verdade.

No novo milênio, Colette pretendia deixar os salões de aluguel baixo, onde há latas de lixo nos estacionamentos, batata frita esmagada no carpete, luz fria. Queria ver Al em auditórios com som adequado e equipes de iluminação. Detestava a natureza das salas públicas, onde comediantes bêbedos se apresentavam na noite de sábado e rajadas de riso indecente pairavam no ar. Odiava as cadeiras grudentas e gastas, manchadas de cerveja e coisas piores; odiava a ideia de Al sintonizar o espírito num armário de vassouras, muitas vezes com baldes e um escovão como companhia. Disse: não gosto daquele Clube de Ginástica ao lado do Centro de Sinuca. Não gosto do público que você recebe. Quero descer para a costa sul, onde há uns belos teatros restaurados, em dourado e vermelho, onde você pode encher os camarotes e as frisas, lotar os balcões até o fundo.

Na Alameda dos Almirantes, surgiram as primeiras lâmpadas, pontos de luz no verde exuberante. Os tijolos da *Mountbaten* e da *Frobisher* continuavam descobertos, os telhados de ardósia alisados pelas chuvas de abril. Al tinha razão quando dizia que as pessoas colina abaixo iam ter problemas com a umidade. O gramado esguichava sob os pés, e um solo pantanoso e borbulhante erguia o nível dos quintais. À noite as luzes de segurança piscavam, como se os vizinhos rastejassem de casa em casa para roubar os respectivos consoles de videogames e aparelhos de DVD.

Gavin jamais ligou, embora o pagamento pela metade do apartamento em Whitton continuasse chegando à conta bancária de Colette. Então, um dia, quando ela e Al faziam compras em Farnham, deram de cara com ele: saíam da loja de departamentos Elphick's quando ele entrava.

— O que você está fazendo em Farnham? — ela perguntou, chocada.

— Vivemos em um país livre — ele respondeu.

Era o tipo de resposta cretina que sempre dava quando alguém perguntava por que fazia alguma coisa, ou estava onde estava. O tipo de resposta que lembrava a Colette por que tivera razão em deixá-lo. Ele não podia ter feito muito melhor se houvesse premeditado o encontro durante uma semana.

Al absorveu-o num olhar. Quando Colette se virou para apresentá-la, ela já recuava.

— Só vou... — disse, e embrenhou-se para os lados da seção de cosméticos e perfumes.

Com muito tato, deu-lhes as costas e pôs-se a borrifar um perfume após o outro, para distrair-se e não ouvir o que eles diziam.

— Aquela é ela? Sua amiga? — perguntou Gavin. — Nossa, é enorme, não é? Foi o melhor que você conseguiu?

— É uma mulher de negócios de uma solidez admirável — respondeu Colette —, e uma chefe muito boa e conscienciosa.

— E você mora com ela?

— Temos uma bela casa nova.

— Mas por que você tem que morar no emprego?

— Porque ela precisa de mim. Trabalha vinte e quatro horas por dia, sete dias por semana.

— Ninguém trabalha tanto assim.

— Ela, sim. Mas você não ia compreender.

— Eu sempre achei você meio sapatão, Col. Eu pensei isso quando vi você pela primeira vez, só que você desceu para o bar, onde foi isso, França? Veio direto pra cima de mim com a língua de fora. Por isso achei que podia estar errado daquela vez.

Ela deu-lhe as costas e afastou-se. Ele gritou:

— Colette... — Ela se voltou e ele disse: — A gente podia se encontrar para um drinque, um dia desses. Mas sem ela. Ela não pode vir.

Ela ficou boquiaberta — olhava-o fixamente — sentindo uma vida de insultos engolidos, insultos engolidos e digeridos, embolados lá no fundo e emperrados na garganta. Inspirou fundo, as mãos transformadas em garras; mas as únicas palavras que saíram foram:

— Vá se foder.

Ao mergulhar de volta na loja, observou sua imagem refletida num espelho, a pele sarapintada de ira e os olhos saltando das órbitas, e pela primeira vez entendeu por quê, quando estava na escola, a chamavam de Monstro.

Na semana seguinte, em Walton-on-Thames, entraram numa briga com um motorista num estacionamento vertical. Dois carros disputando a mesma vaga: uma dessas explosões suburbanas que os homens logo esquecem, mas que fazem as mulheres chorar e tremer durante horas. Nove em dez vezes, nessas discussões, Al estendia a mão sobre a de Colette para detê-la, enquanto esta apertava o volante com força, e dizia: esqueça, deixe ele fazer o que quer, não tem importância. Mas desta vez ela baixou o vidro da janela e perguntou ao homem:

— Como você se chama?

Ele xingou-a. Ela estava vacinada contra palavrões por causa dos demônios; mas por que esperar algo assim de um homem daquele, da Alameda dos Almirantes, com o tipo de paletó barato comprado pelo correio, do tipo churrasquinho no quintal?

Ela disse:

— Pare, pare, pode parar! Devia ter mais preocupações na cabeça do que xingar mulheres em estacionamentos. Vá direto para casa e aumente o seguro de vida. Faça uma limpeza no computador e apague aquelas fotos de criancinhas, não é o tipo de coisa que se deixa para trás. Ligue para o seu clínico geral. Marque uma nova consulta e não aceite não como resposta. Diga a ele: pulmão esquerdo. Hoje em dia já se pode fazer muita coisa, você sabe. Se pegarem essa coisa antes que se espalhe.

Tornou a levantar o vidro da janela. O homem disse alguma coisa sem som: o carro dele saiu cantando pneu. Meteram o delas na vaga disputada. Colette olhou de lado para Al. Não se atreveu a questioná-la. Estavam atrasadas, como sempre; precisavam da vaga. Colette disse, para testá-la:

— Eu ia gostar de fazer isso.

Al não respondeu.

Ao chegarem em casa naquela noite e servirem-se um drinque, Colette disse:

— Al, o cara no estacionamento...

— Ah, sim — respondeu Al. — Claro, eu só estava chutando. — E acrescentou: — Sobre a pornografia.

Agora, quando viajavam, havia um bem-aventurado silêncio na traseira do carro. Didcot e Abingdon, Blewbury e Goring; Shinfield, Wonersh, Long Ditton e Lightwater. Elas sabiam que as vidas vislumbradas na estrada eram mais ordinárias que as suas. Viam uma tábua de passar roupa num barraco, à espera da roupa. Uma vovozinha numa parada de ônibus, curvando-se para enfiar um biscoito na boca aberta de uma criança. Pombos sujos empolados nas árvores. Uma lâmpada brilhando atrás de uma sebe. Passagens subterrâneas abandonadas, iluminadas por lâmpadas fracas. Otford, Limpsfield, New Eltham e Blackfen. Tentavam evitar os elevados e shopping centers das cidades desnaturadas, por causa dos mortos perplexos que formavam grupinhos diante das lanchonetes de hambúrguer, chaves de carros nas mãos, ou que faziam filas com marmitas onde antes ficavam os portões das pequenas fábricas, onde máquinas um dia rodaram e zumbiram por trás de painéis fuliginosos de vidro velho. São milhares, tão patéticos e idiotas que não podem atravessar a rua para chegar onde querem ir, e demoram-se nos meios-fios das novas ruas e viadutos arteriais, enquanto os carros passam chispando: congregados sob arcos ferroviários e poços de escada nos estacionamentos das galerias comerciais, adensando o ar nas entradas das estações do metrô. Eles se roçam em Al, seguem-na até em casa e começam a aporrinhá-la na primeira oportunidade. Dão-lhe cotoveladas nas costelas com perguntas, sempre perguntas: mas nunca as perguntas certas. Sempre: onde está o livro de contabilidade da minha aposentadoria, o número 64 desapareceu, vamos ter alguma coisa frita para o café da manhã? Jamais: eu estou morto? Quando ela os esclarece sobre isso, querem repassar o que aconteceu, tentando arrancar algum sentido, lançar uma ponte escorregadia sobre o fosso entre o tempo e a eternidade. "Eu tinha acabado de ligar o ferro na tomada", dizia uma mulher, "e já ia começar a passar a primeira manga da camisa listrada de Jim... da... de nosso Jim... as listras..." E a voz enfraquecia de perplexidade, até Alison explicar-lhe, mostrar-lhe o quadro, e "Oh, entendo agora", diria a mulher, com toda equanimidade, e depois: "Entendo. Essas coisas acontecem, não acontecem? Então não vou mais tomar o seu tempo, agradeço muito. Não, obrigada, o meu chá está à minha espera quando eu chegar em casa... Eu não ia querer me intrometer em sua noite..."

 E assim, ela se vai, a voz sumindo até derreter-se na parede. Mesmo os que morreram com bastante advertência gostavam de relembrar suas últimas horas na enfermaria, demorando-se de uma forma ociosa em quais membros da família se reuniram à volta do seu leito de morte e quais deixaram para quando já era tarde demais e ficaram presos no trânsito. Queriam que Alison pagasse tributos para eles nos jornais: "Obrigado, sinceramente, ao pessoal do hospital São Bernardo" — e ela prometia que o faria, pois eu farei qualquer coisa, dizia, que os obrigue a ficar deitados, a esperar calados a próxima morada; em vez de porem-se à vontade em minha casa. E acabam o lengalenga com: "Bem, é só isso por enquanto", "Espero que fique bem" e "Me mande notícias de sua família em breve": às vezes com um tranquilo e estoico: "Tenho que ir agora." Outras, quando voltam, com um alegre "Oi, sou eu", dizem ser a Rainha Vitória, ou a irmã mais velha delas próprias, ou uma mulher que viveu na casa ao lado antes mesmo de elas nascerem. Não é fraude intencional, é mais um picadinho e uma mistura de personalidades, a fusão da lembrança pessoal com a coletiva. Por exemplo, explicava a Colette, você e eu, quando voltarmos, pode ser que nos manifestemos como uma só pessoa. Porque nestes últimos anos partilhamos muita coisa. Você pode voltar como minha mãe. Eu posso baixar, daqui a trinta anos, em um médium num palco em alguma parte, e dizer que fui meu próprio pai. Não que eu saiba quem ele foi, mas vou saber um dia, talvez depois de morta.

Mas Colette perguntava, em pânico por um momento, atirada em descrença: e se eu morrer? Al, que devo fazer? Que devo fazer se morrer?

Al respondia: mantenha a cabeça no lugar. Não chore. Não fale com ninguém. Não coma nada. Repita sem parar o seu nome. Feche os olhos e procure a luz. Se alguém disser: siga-me, peça para se identificar. Quando vir a luz, caminhe em direção a ela. Mantenha a bolsa grudada ao corpo, onde antes havia corpo. Não abra a bolsa, e lembre que a última coisa que deve fazer é puxar um mapa, por mais perdida que se sinta. Se alguém lhe pedir dinheiro, ignore, passe reto. É só continuar andando para a luz. Não olhe ninguém nos olhos. Não deixe ninguém deter você. Se alguém disser que há tinta em seu casaco ou cocô de passarinho no chapéu, siga em frente, não pare, não fique olhando de um lado para o outro. Se uma mulher se aproximar com uma criança de nariz encatarrado, afaste-a do caminho a chutes e pontapés. Parece cruel, mas é para sua própria segurança. Siga em frente. Siga em direção à luz.

E se eu não vir a luz?, perguntava Colette. Se eu não vir a luz e ficar vagando na neblina, com toda essa gente tentando arrancar minha bolsa e meu celular? Você sempre pode voltar para casa, respondia Alison. Já conhece o caminho de casa, Alameda dos Almirantes, eu vou estar aqui para explicar e guiá-la pelo caminho certo, para que você consiga então seguir com seus próprios pés, e quando chegar a minha vez e eu estiver do lado de lá em tempo integral, podemos ficar juntas, tomar um café e talvez até mesmo dividir de novo uma casa, se acharmos que vai dar certo.

Mas se você for antes de mim, perguntava Colette, se formos juntas, se a gente estiver na M25 e soprar um vento, e se for um vento forte, que jogue a gente na frente de um caminhão?

Alison dava um suspiro e respondia: Colette, Colette, vamos todos chegar lá no fim. Veja Morris! Acabamos no outro mundo rudes, indignados, perplexos, furiosos ou ignorantes, todos nós; mas nos mandam em missões. Nossos espíritos passam, com o tempo, para um nível superior, onde tudo fica claro. Pelo menos é o que as pessoas me dizem. As assombrações podem continuar durante séculos, claro; mas por que não? As pessoas não têm senso de urgência, do lado de lá.

Na *Collingwood* o ar era sereno. Toda semana Colette polia a bola de cristal. Tinha-se de lavá-la no vinagre e água, e esfregá-la com uma camurça. Al dizia que as ferramentas de trabalho é que nos mantêm nos trilhos. Concentram a mente e dirigem a energia. Mas elas não têm magia em si. O poder está contido nos objetos domésticos, nos artigos conhecidos com os quais lidamos todos os dias. Você pode olhar um dia na lateral de uma panela de alumínio e dar de cara com um rosto que não é o seu. Pode ver um movimento no interior de um copo.

Os dias e meses se fundiam num único borrão. Os teatros ofereciam mil vovós com botões perdidos: mil mãos erguidas. Por que estamos aqui? Por que temos de sofrer? Por que as crianças sofrem? Por que Deus nos maltrata? Você pode dobrar colheres?

Sorrindo, Al respondia a quem perguntava:

— Eu devo tentar, não devo? Para ter alguma coisa a fazer na cozinha. Para dar uma pausa aos ataques à geladeira.

A verdade — embora ela jamais admitisse a alguém — era que já tentara uma vez. Era contrária a truques fanfarrões, e em geral contra o exibicionismo e o desperdício, e torcer talheres parecia se encaixar nessa categoria. Mas um dia, na Alameda dos Almirantes, sentiu vontade. Colette estava fora: ainda bem. Ela entrou na cozinha na ponta dos pés e abriu uma gaveta, que travara e voltara para trás. O espremedor de batata rolara para frente com desdém e o seu aro prendera no trilho da gaveta, emperrando-a. Muito irritada, ela enfiou a mão no vão, arrancou o utensílio à força e atirou-o do outro lado da cozinha. Agora que estava no clima para dobrar colheres, não ia deixar-se frustrar.

As mãos lançaram-se em busca das facas. Pegou uma, uma faca de mesa cega. Correu os dedos pela lâmina. Largou-a. Pegou uma colher de sopa. Sabia fazer isso. Segurou-a frouxa, os dedos acariciando a base, a vontade fluindo suavemente da coluna vertebral para as polpas dos dedos. Fechou os olhos. Sentiu um leve zumbido por trás deles. Respirou fundo. Relaxou. Abriu os olhos e baixou-os. A colher, inalterada, sorriu-lhe de baixo; e de repente ela entendeu, entendeu a essência da condição de colher. Dobrar não era mais o que interessava. O importante era que ela jamais ia sentir o mesmo sobre os talheres. Alguma coisa despertou no fundo da sua memória, como se lhe houvessem plugado, posto uma fiação, como se houvessem canalizado uma velha fonte de sentimento. Ela deitou a colher para que descansasse; com reverência, instalou-a confortavelmente ao lado de uma colher irmã. Ao fechar a gaveta, seus olhos pescaram o brilho da faca de aparar — uma lâmina mais digna. Pensou: eu entendo a natureza delas. Entendo a natureza da colher e da faca.

Mais tarde, Colette pegou o espremedor de batata do lugar de onde ele caíra.

— Está dobrado — ela disse.
— Tudo bem. Fui eu.
— Oh. Tem certeza?
— Apenas uma pequena experiência.
— Achei por um minuto que Morris tinha voltado. — Colette hesitou. — Você me contaria, não contaria?

Mas na verdade não havia sinal de Morris. Al às vezes se perguntava como ele estaria indo em sua missão. Provavelmente fora para um nível superior, raciocinou, ninguém é mandado a uma missão num nível inferior.

— Não, nem mesmo Morris — disse Colette, quando falou do assunto.

Se Morris estivesse num nível inferior, não faria bem algum, nem sequer chegaria à altura de um espírito comum, quanto mais seria empregado em alguma parte como guia. Seria apenas uma aglomeração sem sentido, um grumo de células rolando pelo submundo.

— Colette — disse Alison —, quando estiver limpando, dê uma olhada no saco do aspirador de pó de vez em quando. Se encontrar bolos grandes que não consegue explicar, me avise, tá bem?

Colette respondeu:

— Acho que vasculhar o saco do aspirador não está na lista de tarefas do meu emprego.

— Bem, então anote aí, seja uma boa menina — disse Al.

Sabia que alguns espíritos estão dispostos a afundar: são tão obstinados a existir, que assumem qualquer forma, ridícula e imunda. Por isso Al, ao contrário da mãe, tinha o cuidado de manter a casa limpa. Achava que ela e Colette, juntas, podiam reprimir o tipo mais baixo, que vaga nos montinhos de poeira embaixo das camas e deixa seus rastros e impressões digitais nas vidraças. Embaçam espelhos, e às vezes desaparecem com uma risadinha: deixando o espelho límpido e cruel. Emaranham-se nas escovas de cabelo, e quando a gente as limpa, pensa: pode essa sujeira cinzenta ser minha?

Às vezes, ao entrar numa sala, Alison achava que os móveis haviam mudado ligeiramente de lugar; mas sem dúvida era Colette, empurrando tudo enquanto fazia a faxina. Seus próprios limites pareciam invisíveis, incertos, a temperatura interior parecia flutuar, mas nenhuma novidade havia nisso. Suas extremidades vagavam no tempo e no espaço. Às vezes ela pensava que perdera uma hora, uma tarde, um dia; os clientes mandavam-lhe emails, o telefone tocava menos; sempre se podia convencer Colette, que era inquieta, a fazer compras para elas. Era o silêncio da casa que a deixava em transe, a embalava. Os sonhos e devaneios caminhavam juntos. Julgava ter visto dois carros, caminhões na verdade, estacionados diante da *Collingwood*; estava escuro, Colette na cama, ela colocou o casaco nos ombros e saiu.

A lâmpada do poste ganhava vida e a batida de um som hi-fi vinha de uma *Hawkyns*. Ninguém à vista. Ela olhou dentro da cabine de um caminhão, vazia. A do outro também, mas na traseira via-se um cobertor escuro amarrado com cipó, cobrindo uma coisa irregular e cheia de calombos.

Ela ficou arrepiada e voltou para dentro. Quando despertou na manhã seguinte, os caminhões haviam desaparecido.

Alison ficou se indagando: de quem seriam? Não pareciam meio antiquados? Ela não era boa em marcas de carro, mas alguma coisa nas linhas daqueles sugeriam-lhe a infância.

— Colette — pediu —, quando for à Sainsbury's, não quer trazer uma revista de carros? Uma daquelas com muitas fotos de todos os carros que a gente poderia querer?

E pensou: assim eu posso excluir todas as marcas modernas.

Colette perguntou:

— Está armando pra cima de mim?

— Como?

— Gavin.

— Lá vem você! Eu já lhe disse que você vive falando nele.

Mais tarde, arrependeu-se de haver perturbado a amiga. Eu não fiz por mal, disse a si mesma, apenas fiz sem pensar. Quanto aos caminhões, eram veículos espíritos, na certa, mas de quem? Às vezes levantava-se à noite e examinava colina abaixo, da escotilha do patamar, a Alameda dos Almirantes. Em torno do playground, lâmpadas de aviso brilhavam de fundos buracos no chão. Grandes canos, onde trogloditas poderiam morar, faziam parte da paisagem; o único olho da lua espiava-os lá de cima.

Colette a encontrava, parada junto à escotilha, tensa e com frio. Encontrava-a e arrastava-a de volta à cama: tocá-la era como tocar um fantasma, a face oca, os pés silenciosos. De dia ou de noite, a aura de Colette permanecia desigual e frágil. Quando ela saía e Alison encontrava vestígios dela pela casa — um sapato jogado, uma pulseira, um dos elásticos de cabelo — pensava: quem é ela, e como chegou aqui? Eu a convidei? Se convidei, por que fiz isso? Lembrava-se de Glória e da sra. McGibbet. Imaginava se Colette poderia desaparecer um dia, tão de repente quanto elas, desfazendo-se no nada e deixando para trás apenas trechos de conversas, um leve vestígio de calor no ar.

Estavam dando a elas espaço para respirar. Hora de reconsiderar. Fazer uma pausa. Reavaliar. Já enxergavam a meia-idade à frente. Quarenta são os novos trinta, dizia Colette. Cinquenta são os novos quarenta. Senilidade é a nova juventude, mal de Alzheimer, a nova acne. Às vezes sentavam-se em volta de uma garrafa de vinho para falar do futuro. Mas era-lhes difícil planejar como faziam os outros. Colette achava que talvez Al estivesse retendo informação, informação sobre o futuro que podia muito bem compartilhar. Suas perguntas sobre esta vida e a outra não eram de modo algum respondidas de uma maneira que a satisfizesse; e ela vivia pensando em outras. Mas que se vai fazer? É preciso se ajustar. É preciso aceitar certos fatos. Não se pode perder tempo todo dia preocupando-se com a teoria da vida, é preciso seguir com a prática. Talvez eu me meta na Cabala, disse Al. Parece ser a nova onda. Colette respondeu: talvez eu me meta na jardinagem. A gente podia plantar alguns arbustos, agora que Morris não está mais aqui para se esconder atrás deles. Michelle e Evan vivem insinuando que devemos fazer alguma coisa no quintal. Hastear umas bandeiras, por exemplo.

— Eles vivem me perguntando sobre o clima — disse Al. — Eu não sei por quê.

— Estão apenas sendo ingleses, creio — respondeu Colette na maior inocência. Estudava as Páginas Amarelas. — Eu queria ligar para um serviço de jardinagem. Mas não o que mandou aquele idiota da última vez, o que não sabia nem ligar um cortador.

— Os vizinhos ainda acham que somos lésbicas?

— Imagino que sim — respondeu Colette. E acrescentou: — Espero que isso estrague o bem-estar deles.

Ligou para o serviço de jardinagem. Para tirar o grosso e deixar pouca grama a aparar. A imaginação não ia além de um alívio da rotina semanal. Fez questão que ela não fosse. Se se permitia pensar sobre sua vida como um todo, sentia um vazio, uma insuficiência: como se lhe houvessem tirado o prato antes que acabasse de comer.

Enquanto isso, Evan se apoiava na cerca observando-a aparar a grama. Ela se perguntava se ele estaria esboçando uma expressão libidinosa, mas quando se voltava para ele, tratava-se na verdade de uma expressão de simpatia.

— Às vezes eu me pergunto: grama sintética? — ele dizia. — Você não? Parece que estão inventando um novo cortador automático, um que a gente programa antes. Mas acho que ainda vai demorar para que chegue às lojas.

O próprio gramado dele estava maltratado e falhado por conta dos arranca-rabos de seus dois moleques mais velhos. Colette ficava surpresa com a rapidez com que eles cresciam. Lembrava-se de Michelle balançando-os num quadril; agora viviam do lado de fora, depredando e devastando, deixando para trás terra revirada como crianças-soldados numa guerra africana. Dentro da casa, Michelle ensaiava para um outro; quando abriam as janelas francesas, ouviam-se os gemidos e rugidos abafados.

— O que você precisa aí é de um galpãozinho onde guardar o cortador e umas ferramentas — disse Evan. — Vai evitar que tenha que tirar o cortador da garagem toda vez e arrastá-lo até o gramado.

— Vou contratar um homem — respondeu Colette. — Não deu certo antes, mas vou tentar uma firma diferente. Estamos pensando em plantar alguma coisa.

— É isso aí — disse Evan. — É preciso um homem para algumas coisas, você sabe.

Colette entrou correndo em casa.

— Evan diz que a gente precisa de um homem.

— Oh, claro que não — respondeu Alison. — Pelo menos nenhum que a gente conheça.

— Ele também diz que a gente precisa de um galpão.

Alison pareceu surpresa, meio hesitante. Franziu a testa.

— Galpão? Acho que isso está bem — disse.

No domingo, desceram a A322 até um fornecedor de galpões. Alison percorreu a loja examinando os diferentes tipos. Uns pareciam pérgulas do período regencial, outros casas Tudor em miniatura, e outros cúpulas e cornijas com arabescos. Um lembrava-lhe um santuário xintoísta; Cara na certa ficaria com esse, pensou. Mandy ia querer o da cúpula em forma de cebola. Ela gostou dos chalés suíços, com pequenas varandas. Imaginava-se pendurando cortinas de pano. Eu podia entrar, pensou, reduzida (em forma de pensamento) a um pequeno tamanho. Podia ter um conjunto de chá de boneca e bolinhos com glacê e frutas cristalizadas em cima.

Colette disse:

— Minha amiga e eu estávamos pensando em comprar um galpão.

— Hoje — aconselhou o homem —, nós chamamos de construções de jardim.

— Tudo bem, construção de jardim — disse Alison. — É, seria legal.

— Nós queremos alguma coisa básica — disse Colette. — Quais os preços?

— Oh — respondeu o homem —, antes de discutirmos o preço, vamos examinar suas necessidades.

Alison apontou para uma espécie de pavilhão de críquete.

— E se nossa necessidade fosse aquilo?

— É, o *Rua Grace* — disse o homem. — Uma excelente escolha, quando o objetivo não é espaço. — Folheou suas listas. — Vou dizer a vocês o que vem junto.

Colette olhou para trás.

— Deus do céu — disse. — Não seja tola, Al. Não queremos essa coisa.

O homem guiou-as a uma casinha de veraneio montada.

— Esta é bacana — disse — para uma senhora. Vocês podem se imaginar, ao findar do dia, sentadas de frente para o oeste, um drinque gelado nas mãos.

— Desista! — disse Colette. — Tudo o que queremos é um lugar para guardar o cortador de grama.

— Mas quanto aos outros equipamentos essenciais? E a churrasqueira? E o depósito de inverno? Mesas, coberturas impermeáveis para as mesas, guarda-sol, coberturas impermeáveis para o guarda-sol...

— Garagem — disse Colette.

— Entendo — replicou o homem. — Obrigar vocês a estacionarem na rua, deixando o carro exposto ao sol, à chuva, ao vento e ao risco de roubo?

— Temos vigilância no bairro.

— É — disse Alison. — Todos vigiamos uns aos outros, e comunicamos os movimentos uns dos outros.

Lembrou-se dos caminhões espíritos, e do monte sob a coberta: perguntava-se sobre a natureza daquilo.

Além da Escuridão

— Vigilância no bairro? Boa sorte pra vocês! Em minha opinião, os donos de casa devem ter armas. Na área de Bisley nós estamos sendo levados à miséria por ladrões e todo tipo de intruso. O policial Delingbole fez uma palestra sobre segurança para as casas.

— Podemos continuar? — perguntou Colette. — Eu tirei esta tarde para comprar um galpão, e quero resolver logo o assunto, ainda temos que fazer as compras do mês.

Alison viu o sonho da hora do chá das bonecas se esvair. Pensando bem, algum dia tivera uma? Seguiu o vendedor em direção a uma pequena cabana de madeira.

— Nós chamamos essa de *Velha Maria Fumaça* — ele explicou. — A inspiração, segundo os projetistas, veio das construções ao longo das ferrovias nos tempos do Velho Oeste.

Colette deu as costas e afastou-se na direção dos galpões simples e funcionais. Quando ia segui-la, Alison julgou ter visto alguma coisa se mexer dentro da Velha Maria Fumaça. Por um segundo, viu um rosto, encarando-a. Que droga, pensou, um galpão mal-assombrado. Mas não era ninguém que conhecesse. Saiu atrás de Colette pensando: não vamos conseguir nada bacana, só um desses sem graça que qualquer um pode comprar. E se eu fincasse o pé e dissesse: o dinheiro é meu, quero um daqueles pintados de cor creme, com varanda?

Alcançou-os. Colette devia achar-se num humor especialmente bom nesse dia, porque ainda não se desentendera com o vendedor.

— Inclinado ou em forma de A? — ele perguntou.

Colette respondeu:

— Não adianta tentar me passar para trás com esse linguajar técnico. Os inclinados são aqueles com o telhado inclinado, e os em forma de A, aqueles de telhado pontudo. É óbvio.

— Eu posso fazer para vocês uma réplica do Castelo de Sissinghurst. Trabalhado em madeira, 4,5 por 4, porta dupla e oito janelas fixas, prazo de entrega por volta de um mês, mas podemos flexibilizar este prazo. Sai por 699, 99 libras, incluindo o frete.

— Você tem mesmo audácia — disse Colette.

E Alison perguntou:

— Você viu alguém, Colette, dentro da Velha Maria Fumaça?

O vendedor explicou:

— Deve ter sido um cliente, madame.

— Não me parecia um cliente.

— Nem eu pareço um — disse Colette. — Obviamente. Vai me vender alguma coisa ou vou precisar dirigir até Nottcutts, na A30?

Al teve pena do homem; como ela, ele tinha um trabalho a fazer, e parte dele era estimular a imaginação dos clientes.

— Não se preocupe — disse. — Vamos comprar um dos seus. Palavra. Se você conseguir indicar o tipo que minha amiga quer.

— Agora já não sei onde estou pisando — respondeu o homem. — Confesso que me sinto um pouco perdido. Qual das senhoras é a compradora?

— Oh, lá vamos nós de novo — gemeu Colette. — Al, assuma você.

E afastou-se dando risadinhas por entre vasos de plantas ornamentais em forma de carrinho de mão, rãs de ferro fundido para estufas e budas grosseiros e deformados. Contraiu os ombros estreitos.

— Vai me vender um? — perguntou Al, com seu sorriso mais meigo. — Que tal aquele?

— Como, o *Balmoral*? — perguntou o homem, com um sorriso de escárnio. — Um inclinado de 3 por 3,5 com telhado simples de piche? Bem, parece que já se decidiu, finalmente. Obrigado, madame, parece que encontramos alguma coisa a seu gosto. O único problema é, como eu poderia ter lhe dito se tivesse me dado uma chance: este é da coleção passada.

— Tudo bem — disse Al. — Não me preocupa se está fora de moda.

— Não — rebateu o homem —, o que estou dizendo é que seria inútil, nesta etapa da estação, pedir ao fabricante para repor este modelo.

— Que tal este? Este aqui ao meu lado? — Al batucou nas paredes. — Pode entregar este logo, não pode?

O homem virou-se dando-lhe as costas. Teve de lutar contra a irritação. O espírito do avô baixara e estava sentado no telhado do *Balmoral* — na inclinação — ruminando um saquinho de balas. Quando o homem falou, o avô esticou a língua para ele, com uma bala derretida na ponta.

— Desculpe, madame...

— Pois não.

— ...está pedindo a mim e a meus colegas que desmontemos essa construção de jardim e supervisionemos seu transporte imediato por módicas 400 libras mais o imposto de circulação de mercadorias e a nossa taxa normal de cobrança de serviço? E isso no meio da Copa do Mundo?

— Ora, o que você pretende fazer com ele? — Colette veio juntar-se aos dois, as mãos enfiadas nos bolsos do jeans. — Está pensando em deixá-lo aí até cair aos pedaços? — Bateu com o pé no chão e chutou casualmente uma lontra de concreto. — Se não vender agora, cara, não vai vender nunca mais. Então, mexa-se, seja esperto. Assobie para sua equipe e vamos em frente com o serviço.

— E qual será o piso? — perguntou o homem. — Acho que a senhora nem pensou no piso. Pensou?

Enquanto voltavam para o carro, Colette disse:

— Sabe, eu realmente acho que quando os homens falam é pior do que quando se calam. — Alison estreitou os olhos para ela, lateralmente. Esperou pelo que vinha. — Gavin não dizia muita coisa. Ficava calado tanto tempo que dava vontade de se curvar e cutucá-lo para ver se estava morto. Eu costumava dizer: diga o que está pensando, Gavin. Deve pensar alguma coisa. Você se lembra de quando a gente o encontrou, em Farnham?

Alison fez que sim com a cabeça. Sentira o fartum de uma vida passada: o velho colarinho branco rançoso de óleo de cabelo. Tinha uma aura de aveia, cinzenta: firme como uma velha corda.

— Bem... — disse Colette. Apertou o alarme para abrir as portas do carro. — Me pergunto o que ele fazia em Farnham.

— Precisando abastecer?

— Podia fazer as compras em Twickenham.

— Mudança de cenário?

— Ou Richmond. — Colette mordeu o lábio pálido. — Me pergunto o que ele estaria procurando na Elphicks. Porque, pensando bem, ele compra tudo que precisa nas lojas temáticas de carros.

— Talvez quisesse uma camisa nova.

— Ele tem um guarda-roupa cheio de camisas. Cinquenta camisas. Por aí. Eu pagava a uma mulher para passar a ferro as camisas. E por que *eu* pagava? Ele achava que, se eu não queria passar eu mesma, tinha que pagar. Quando olho para trás agora, não imagino nem por um minuto o que me passava pela cabeça quando concordei com isso.

— Mesmo assim — disse Al. Sentou-se no banco do carona. — Isso já faz alguns anos. Desde que vocês viveram juntos. Elas podem estar... eu não sei... puídas. Talvez o pescoço dele tenha engrossado.

— Oh, sim — exclamou Colette. — Parece um porco, sem dúvida. Mas nunca fechava o botão de cima. Então. De qualquer modo. Muitas camisas.

— Talvez uma nova gravata? Meias, cuecas?

Al ficou envergonhada; jamais vivera com um homem.

— Cuecas? — perguntou Colette. — Loja temática de carros sempre. A Halfords. Feltro para os proletários, mas couro para Gavin. São vendidas em pacotes de seis, não me admira. Ou ele compra por reembolso postal num serviço de socorro.

— Serviço de socorro?

— Você sabe. Companhias de seguro, como a Associação Automobilística e o Real Clube de Automóveis e a Assistência Automática Nacional.

— Eu sei. Mas achava que Gavin não precisava desse tipo de socorro.

— Oh, ele gosta de ter a carteirinha e uma senha pessoal.

— Eu tenho uma senha pessoal?

— Você está inscrita em todas as grandes organizações de assistência automobilística, Alison.

— Seguro total?

— Como você quiser — disse Colette, ao sair do estacionamento da loja de galpões e pôr para correr um grupo de pais e filhos reunidos em torno da barraquinha de cachorro-quente. — Isso faz um bem danado para as artérias deles. Sim, você tem várias senhas, Al, mas não precisa ficar sabendo de todas.

— Talvez precise — disse Al. — Caso alguma coisa aconteça com você.

— Por quê? — Colette se assustou. — Você está vendo alguma coisa?

— Não, não; nada disso, Colette, não jogue o carro pra fora da estrada.

Colette corrigiu o curso. O coração das duas batia acelerado. As opalas da sorte haviam empalidecido nos pulsos de Al. Veja só, ela pensou. É assim que acontecem os acidentes. Fez-se um silêncio.

— Na verdade eu não gosto de segredos — disse Alison.

— Caramba! — exclamou Colette. — São apenas alguns números. — Reduziu a marcha. — Vou lhe mostrar onde guardo esses números. No computador. Em qual arquivo.

Sentiu o coração afundar. Por que ela dissera isso? Acabara de comprar um elegante laptop, prateado e agradavelmente feminino. Apoiava-o nos joelhos para trabalhar na cama. Mas quando Al aparecia com uma xícara de café para ela, o teclado disparava desordenadamente.

— E quando você morava com Gavin, ele lhe disse alguma vez a senha pessoal dele?

Colette ergueu o queixo.

— Guardava em segredo. Guardava onde eu não podia acessar.

— Isso me parece meio desnecessário — disse Alison, pensando: agora você sabe a sensação, minha garota.

— Ele não quis me pôr como dependente dele. Acho que tinha vergonha de ligar para eles e mencionar meu carro. Era tudo o que eu podia pagar, na época. Eu perguntava: que é que há com você, Gavin? O carro me leva de um lado para outro.

Alison pensou: se eu fosse uma grande entusiasta de carros e alguém me dissesse: me leva de um lado para outro, acho que eu chegaria por trás e lhe esmagaria o crânio com uma chave de fenda — ou qualquer coisa que sirva para esmagar crânios guardada na mala do carro.

— A gente tinha brigas — disse Colette. — Ele achava que eu devia ter um carro melhor. Alguma coisa vistosa. Achava que eu devia me endividar.

Dívida e desonra, pensou Alison. Oh, Deus. Oh, Deus e maldição. Se alguém me perguntasse: "Que é que há com você?", nesse tom de voz, eu na certa esperaria até que esta pessoa estivesse roncando e lhe espetaria uma agulha quente na língua.

— E na verdade eu fazia tanta coisa pela casa... cuidava das roupas dele, e tudo mais... passei um inverno inteiro sem seguro. Poderia ter acontecido qualquer coisa. O carro podia ter pifado no meio do nada.

— Numa estrada à noite sozinha.
— Exato.
— Numa autoestrada deserta.
— É! A gente para no acostamento, e se sair... Nossa. — Colette bateu no volante. — Simplesmente passam por cima da gente.
— Imagine se um cara para pra ajudar. A gente pode confiar nele?
— Um estranho?
— Só pode ser. Numa estrada deserta à noite. Não pode ser ninguém conhecido.
— O conselho é se manter firme e trancar as portas. Nem mesmo baixar o vidro da janela.
— Os serviços de socorro? É isso que dizem?
— É o que diz a polícia! Alison, era você que dirigia o seu carro, não era? Antes de mim? Você deve saber.
— Tento imaginar — respondeu Alison.

Pois imagine só os perigos. Os homens que esperam o carro da gente pifar para poder vir nos matar. Homens que rondam os entroncamentos, monitorando. Como é que sabem se o carro está ruim, para seguir a gente? Provavelmente, estaria soltando fumaça. Ela própria, nos seus dias de motorista, jamais pensara em tais desastres; cantava enquanto dirigia, e o motor cantava junto. Pelo menos zumbia, gaguejava ou soluçava, ela mandava lembranças e preces para ele, depois metia o troglodita na garagem: mas é assim mesmo.

Ela pensou: quando eu e Colette compramos o carro, logo depois de irmos morar juntas, era tudo muito fácil, uma agradável tarde passeando, mas agora não podemos nem comprar um galpão *Balmoral* sem que ela quase nos jogue para fora da estrada, e sem que eu pense em maneiras de afundar o crânio dela. Isso mostra a que ponto chegou nosso relacionamento.

Colette parou na entrada da casa e o freio de mão gemeu quando ela o puxou.

— Droga — disse. — A gente devia ter comprado comida.
— Deixe pra lá.
— Você sabe, Gavin estava pouco ligando se eu fosse estuprada ou qualquer coisa assim.

— Podia ter sido dopada com um boa noite cinderela e levada por um cara que ia fazer você morar num galpão. Desculpe, construção de jardim.

— Não goze com minha cara, Al.

— Escute, o homem lá atrás nos fez uma pergunta. Pensamos ao menos num piso para o galpão?

— Sim! Sim! Claro! Peguei um nome no jornal local. Já peguei três orçamentos!

— Tudo bem, então. Vamos entrar. Vamos lá, Colette. Está tudo bem, querida. Podemos comer uma omelete de queijo. Fazemos as compras depois. Pelo amor de Deus, ficam abertos até as dez.

Colette entrou em casa e varreu com os olhos todas as partes.

— Vamos ter que substituir o carpete da escada — disse — em menos de um ano.

— Você acha?

— O pelo está completamente amassado.

— Eu posso evitar pisar nele, se saltar os últimos três degraus.

— Não, você vai acabar dando um mau jeito nas costas. Mas está vergonhoso. Só moramos aqui há dois minutos.

— Três anos. Quatro.

— Mesmo assim. Todas essas marcas pelas paredes. Você sabia que deixa marcas? Onde roça as paredes com os ombros ou com esses quadris enormes? Você suja tudo, Al. Mesmo quando chupa uma laranja lambuza a parede inteira. É uma vergonha. Eu tenho vergonha de morar aqui.

— À mercê dos comerciantes de galpões — disse Al. — Ah, querida, ah, querida, ah, querida.

A princípio ela não reconheceu quem falava, e depois percebeu que era a sra. McGibbet. Guiou Colette em pequenos passos até a cozinha e consolou-a com um pudim esponjoso feito no micro-ondas, com calda de geleia quente e cobertura de creme.

— Você acha mesmo que eu vou comer isso? — perguntou Colette: e engoliu tudo como um cão faminto.

Foram para a cama bem aconchegadas e em segurança essa noite. Mas Al sonhou com mandíbulas que se abriam e fechavam e estruturas de madeira temporárias. Com Blighto, Harry e Serena.

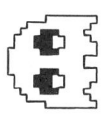

NOVE

ram por volta de duas da manhã; Colette acordou no escuro com a barulheira dos passarinhos no jardim. Continuou deitada debaixo da colcha até o canto da passarinhada ser substituído pelo longo chuá das ondas na praia de seixos. Depois vieram gorjeios, raspagem e guinchos. Como se chamava? Ah, sim, floresta tropical. Ela pensou: que é floresta tropical mesmo? Jamais demos isso quando estava na escola.

Sentou-se, agarrou o travesseiro e bateu nele. Além da parede, continuaram o crocitar e o cricrilar, o chirriar da estranha coruja noturna, o farfalhar do mato rasteiro. Ela tornou a deitar-se, fixou o teto: onde ficava o teto. A selva, pensou, é isso; mas já não a chamam de selva. Uma serpente verde deslizou sinuosa por um galho e riu na cara dela. Desenroscou-se, deslizando, deslizando... ela tornou a dormir. A necessidade de urinar acordou-a. As drogas das fitas de relaxamento de Al haviam chegado à parte da cachoeira.

Ela se levantou, os olhos ofuscados, e passou a mão pelos cabelos para ajeitá-los. Agora podia ver o contorno dos móveis; a luz por trás das cortinas brilhava. Rastejou para o banheiro e aliviou-se. No caminho de volta para a cama, parou para abrir a cortina. Uma lua cheia prateava o *Balmoral* e congelava a inclinação.

Havia um homem no gramado. Andava em círculos em torno dele, como se sob um feitiço. Ela recuou e soltou a cortina. Já o vira antes, talvez num sonho.

Tornou a deitar-se. A trilha da cachoeira acabara e dera lugar a um canto de golfinhos e baleias. No berço das profundezas ela ondulava, dormia, dormia mais um pouco e mais profundamente ainda.

Eram cinco da manhã quando Al desceu. Vinha com as entranhas revolvendo; era normal. Podia comer uma refeição simples, mas as entranhas reclamavam: não, não, para você, não. Ergueu a persiana da cozinha, e enquanto o bicarbonato chiava num copo ao lado do cotovelo, ela olhou lá fora a cerca banhada em luz perolada. Alguma coisa se mexeu, uma sombra contra a grama. Ao longe, ouviu-se o ruído do carrinho elétrico de um entregador de leite, e mais perto um empresário fechou com estrondo a porta metálica de sua garagem georgiana.

Alison destrancou a porta da cozinha e saiu. O ar da manhã era fresco e úmido. Do outro lado da rodovia estadual o alarme de um carro uivou. O homem na grama era jovem e tinha uma barbicha preta e uma palidez azulada. Usava um gorro de lã puxado sobre a testa. Seus grandes tênis imprimiam suas pegadas no orvalho. Ele viu Alison, porém mal reduziu o passo e apenas levou dois dedos à testa em reconhecimento.

Como é seu nome?, ela lhe perguntou em silêncio.

Não teve resposta.

Tudo bem, pode dizer a Al, não seja tímido. A criatura deu um sorriso tímido e continuou a circular.

Ela pensou: pode adotar um falso nome se quiser. Desde que eu tenha algo por que chamar você, para tornar possível nossa vida juntos. Pensou: olhe só para ele, olhe só para ele! Por que não consigo um espírito guia que saiba se vestir?

Mas havia alguma coisa de humilde na maneira de ser dele que ela gostou. Ficou ali parada, trêmula, esperando que ele se comunicasse. Um trem chocalhou ao longe, vindo de Hampshire, a caminho de Londres. Al notou como o comboio sacudia de leve a manhã; a luz rompeu ao redor dela, partindo-se em fragmentos bordejados de ouro, e depois se assentando. O sol rastejava na crista de uma *Rodney*. Ela piscou, e a grama já estava vazia.

Servindo-se de suco de laranja às oito e trinta, Colette disse:

— Al, você não pode comer duas torradas.

Havia colocado Al de dieta; era seu novo hobby.

— Uma?

— É, uma. Com uma leve camada... não mais que uma leve camada, veja bem... de margarina de baixa caloria.

— E uma de geleia?

— Não. A geleia vai fazer o diabo com seu metabolismo. — Ela provou o suco de laranja. — Sonhei que tinha um homem no gramado.

— Sonhou? — Alison franziu a testa, segurando a tampa da lata de torradas à frente como um escudo. — No gramado? Ontem à noite? Como era ele?

— Não sei — respondeu Colette. — Quase fui acordar você.

— No sonho?

— É. Não. Acho que eu estava sonhando que estava acordada.

— Isso é comum — disse Al. — Esse tipo de sonho, as pessoas sensitivas vivem tendo o tempo todo.

E pensou: eu sonhei que havia caminhões diante da casa, e um cobertor na traseira de um, e debaixo do cobertor, o quê? No sonho eu entrava em casa e voltava a dormir, e a sonhar de novo, dentro do sonho; sonhei com um animal, tenso e tremendo dentro da pele, tremendo de desejo enquanto devorava carne humana de uma tigela. Eu me pergunto se você está se tornando sensitiva, Colette. Não falou alto. Colette disse:

— Quando concordei com uma fatia de torrada, queria dizer de tamanho normal, não uma fatia com cinco centímetros de grossura.

— Ah. Então devia ter dito.

— Seja razoável. — Colette atravessou a cozinha para enfrentá-la. — Vou lhe mostrar o que você pode comer. Me dê essa faca de pão.

Al abriu os dedos e entregou-a: de má vontade. Ela e a faca de pão eram amigas.

Dia de jardinagem. Os novos empreiteiros haviam trazido um projeto e avaliaram o custo do deque. Iam construir um espelho d'água; seria mais parecido com uma pequena fonte que com uma piscina. Depois que os fez reduzir o orçamento em umas poucas centenas de libras, Colette esqueceu inteiramente a noite agitada e seu humor estava ensolarado como o dia.

Quando os homens saíram, Michelle chamou-a até a cerca.

— Estou feliz por ver que vocês estão fazendo alguma coisa em relação a isso, finalmente. Está um horror, assim sem nada. A propósito... eu não sei se devia falar mas... quando Evan saiu hoje de manhã, viu um homem em seu jardim. Achou que ele estava forçando a porta do galpão.

— Oh. Alguém que a gente conheça?

— Evan nunca tinha visto o cara antes. Ele tocou a campainha de vocês.

— Quem, o cara?

— Não, Evan. Vocês duas deviam estar na terra dos sonhos. Evan disse: elas não escutam, tem gente que é assim.

— As vantagens — disse Colette — do estilo de vida sem filhos.

— Evan disse: elas não têm cadeado no portão lateral. E, duas mulheres sozinhas.

— Vou comprar um cadeado — cortou Colette. — E uma vez que o bendito portão não tem mais de um metro e meio de altura, e qualquer um que não seja anão pode pular, vou pôr arame farpado em cima, que tal?

— Nossa, isso ia ficar feio — respondeu Michelle. — Não, o que você devia fazer era ir à nossa próxima reunião com o policiamento comunitário e ouvir alguns conselhos. É a época do ano quando aumentam os crimes de galpão. O policial Delingbole deu uma palestra para a gente sobre isso.

— Lamento muito ter perdido — disse Colette. — De qualquer modo, o galpão está vazio. Todo o material continua trancado na garagem, esperando que eu mude tudo de lugar. A propósito, Evan encontrou algumas dessas minhocas brancas?

— O quê? — perguntou Michelle. — Minhocas brancas? Eca. Tem isso no seu jardim?

— Não, tinha em Reading — respondeu Colette. — Quando foram vistas pela última vez. Um cara estava cavando no jardim dele e elas vieram na ponta da pá, punhados delas se retorcendo. O policial Delingbole não falou disso? — Michelle fez que não com a cabeça. Parecia que ia vomitar. — Não consigo acreditar que não tenha falado. Saiu em todos os jornais. O coitado do homem teve que cercar a propriedade com tábuas. Agora está exigindo uma investigação. O problema das minhocas é que elas viajam por baixo da terra, procurando comida, e claro que, como são radiativas, não ficam muito tempo no mesmo lugar, logo vão estar se mandando como vermes. Desculpe minha sinceridade, mas como policial ele devia ter avisado vocês, sem sombra de dúvida.

— Oh, Deus — disse Michelle. — Evan também não falou nada. Não quis me assustar, imagino. Que podemos fazer? Devo ligar para a saúde pública?

— Chamar o controle de pragas, suponho. E aí eles vêm com umas redes de trama muito fina e cercam o jardim com elas.

— Você vai mandar pôr?

— Oh, sim, ao mesmo tempo que colocamos o deque, para poupar escavação perto da casa.

— Vai ter de pagar?

— Receio que sim. Mas vale a pena, você não acha?

Voltou para dentro de casa e disse:

— Al, eu contei a Michelle que umas minhocas brancas e nojentas vão aparecer e comer as flores dela.

Al ergueu o olhar, testa franzida, do tarô espalhado.

— Por que fez uma coisa dessas?

— Só para ver ela se cagar toda de medo. — Então se lembrou. — A propósito, aquele sonho que eu tive, não foi sonho. Quando Evan se levantou hoje de manhã, viu um cara urubuzando perto do galpão.

Alison largou as cartas. Via que ia ter de repensar sua situação. Vou ter de repensar, disse a si mesma, quando Colette sair.

Na cozinha, fora do alcance do ouvido de Colette, os pratos do café da manhã tilintavam; uma mulherzinha espírito movimentava-os de um lado para outro no balcão, querendo ajudar, querendo lavá-los para elas mas sem saber como.

— Com licença, com licença — dizia —, você viu Maureen Harrison?

Francamente, pensou Al. Um espírito é um desperdício com Colette. Eu tenho que tirar um tempo, colocar as mãos em Maureen Harrison, zuni-la para o próximo estágio, longe de Colette, e a pobre amiga em seguida. Seria fazer um favor a elas, a longo prazo. Mas imaginou a frágil carne das duas murchando dentro das mangas folgadas dos cardigãs (no lugar onde ficavam os cardigãs) quando lançasse sobre elas seu forte poder mediúnico; imaginou a velha dupla chorando e lutando, estalando os pobres ossos sob sua mão. Já descobrira que as táticas de força raras vezes davam certo, quando era preciso mandar um espírito para o outro lado. Chama-se isso de ação firme, e pensa-se que é para o próprio bem deles, mas eles não pensam assim. Conhecia médiuns que chamam um padre ao menor pretexto. Mas é como mandar os oficiais de justiça: causa vergonha a eles. É como dar-lhes um laxativo quando não podem nem chegar à privada.

O telefone tocou. Al pegou-o e disse em voz alta:

— Alô, como vai Natasha esta manhã? E os czares? Bom, bom. — Baixou a voz, em confidência. — Oi, Mandy, como vai você, amor? — Deu uma risadinha para si mesma; quem precisa de identificador de chamadas? Colette, eis quem precisa. Viu esta armar-lhe uma carranca: como se ela estivesse fazendo uso de uma vantagem perversa. Quando Colette deixou a sala, Al disse a Mandy: — Adivinhe só. Pensei que Colette tinha visto um espírito.

— E viu mesmo?

— Parece que não. Parece que era só um ladrão.

— Oh, querida, levou alguma coisa?

— Não, não chegou a entrar. Só ficou rondando do lado de fora.

— Por que ela pensou que fosse um espírito?

— Foi ontem à noite. Ela achou que estava sonhando. Fui eu quem achou que era um espírito. Quando ela disse: eu vi um homem lá fora ao luar, eu pensei que tinha recebido um novo guia.

— Nenhum sinal de Morris?

— Nenhum. Graças a Deus.

— Um brinde a isso.

Só que eu tenho pesadelos, quis dizer Al: mas quem não tem, em nosso ofício?

— Vocês chamaram a polícia? — perguntou Mandy. — Porque é terrível aqui embaixo, na costa. Nem os dentes da gente estão seguros dentro da boca.

— Não, não me dei o trabalho. Não há nada para contar a eles. Acho que eu mesma vi o cara. Não parecia querer fazer mal. Era o mesmo homem. A não ser que haja diferentes homens rondando nosso jardim. O que é possível, claro.

— Não corra nenhum risco — disse Mandy. — De qualquer modo, Al, não vou tomar sua manhã, vamos encurtar a conversa. Um novo fornecedor para médiuns abriu as portas na Cornualha, e tem uma lista de preços muito boa, com umas ofertas iniciais interessantes. Também, por um período limitado, não vai cobrar o transporte e a embalagem. Foi Cara quem me indicou. Ela comprou umas runas excelentes e diz que caem muito bem com os clientes. A gente precisa de uma mudança, não é, de tempos em tempos? A mudança faz tão bem quanto o repouso.

Alison anotou os detalhes. — Tudo bem — acrescentou. — Vou passar para Colette. Você é uma boa amiga, Mand. Eu queria que a gente se visse mais.

— Venha pra cá de carro — disse Mandy. — Vamos combinar uma noitada só de garotas.

— Não posso. Não dirijo mais.

— Qual o problema? É só cortar por Dorking, depois direto pela A24 abaixo...

— Perdi a confiança atrás do volante.

— Me diga quando pretende sair, que eu entoo um cântico para você.

— Não posso. Não posso dormir fora. Não posso deixar Colette.

— Pelo amor de Deus! Pegue o carro e venha, Al! Ela não é a sua dona.

— Ela diz até quanto de torrada eu posso comer.

— Como?

— A grossura da torrada. Não posso comer manteiga. Nenhuma. É terrível.

— Nossa, ela é uma madamezinha muito mandona!

— Mas muito eficiente. Sensacional com os impostos. Eu não poderia fazer isso, você sabe. Então tenho que aguentar.

— Já ouviu falar em contador? — perguntou Mandy com toda a maldade. — Para que acha que serve um contador? Enfie as drogas dos recibos num envelope pardo e ponha na caixa de correspondência no fim do quarteirão. É o que eu faço.

— Ela ia ficar muito magoada — disse Al. — Tem tão pouca coisa na vida, na verdade. Tem um ex com uma aura desagradável. Só tive um vislumbre dele, mas me revolveu o estômago. Ela precisa de mim, você entende. Precisa de um pouco de amor.

— Precisa é de um tapa! — disse Mandy. — E se ouvir falar mais dessa coisa de torrada vou correndo praí, para Woking, e eu mesma dou nela.

No dia seguinte ficou claro para o olho aguçado de Al que tinham um hóspede no galpão. Alguma coisa ou alguém se escondia ali; presumivelmente, o rapaz do gorro. Talvez, pensou, seja preciso alguma coisa para me defender, caso ele se torne desagradável. Hesitante, pegara, afinal, a tesoura de cortar bacon na cozinha. As lâminas se encaixavam bem em suas mãos, e o cabo laranja tinha uma aparência brincalhona e robusta, de uma forma rude; em grande parte como o tipo de arma que se escolhe para apartar uma briga no playground de uma escola primária. Se alguém me vir, pensou, vai supor que estou aprontando uma traiçoeira operaçãozinha no jardim; que estou entalhando algum caule, cortando um botão, uma flor, só que não há uma para cortar, ainda não temos flores.

Ao abrir a porta da pequena construção, preparou-se para a possibilidade de o jovem lançar-se sobre ela e tentar fugir. Talvez fosse melhor, pensou Al, que tentasse. Devo sair da frente e deixar que ele se vá, se chegarmos a isso. Só que, se alguém esteve em meu anexo, eu gostaria de saber por quê.

O lugar estava às escuras, a pequena janela imunda, como se houvesse chovido lama. No canto, via-se uma lamentável trouxa que mal se mexia, quanto menos iria atacá-la. O rapaz encolhera-se em posição fetal, braços em torno dos joelhos; seus olhos miraram para cima e se fixaram ao encontrar a mão direita dela.

— Eu não vou lhe fazer mal — ela disse. E ficou a olhá-lo, perplexa. — Quer uma xícara de chá?

Vinha vivendo como podia na loja de jardinagem, disse o rapaz.

— Eu vi você e sua amiga, a dona de cabelos louros, não é? Estavam olhando o *Rua Grace*.

— Correto — disse Al.

— Obrigado pelo chá, a propósito, é um bom chá. Depois daquilo vocês olharam o *Velha Maria Fumaça*, mas recusaram. Aquele ali ninguém quer.

Quando Al se encostou na parede, sentiu-a tremer de leve, oscilar. Não era das construções mais sólidas, pensou.

— Era onde você estava — disse — quando eu vi você. Dentro do *Velha Maria Fumaça*.

— Eu achei mesmo que tivesse me visto. — O rapaz deixou pender a cabeça. — Nem me cumprimentou.

— Eu não conhecia você, como poderia?

Ela não disse: eu achei que você fosse um vulto espectral.

— Tem mais chá?

— Espere um minuto.

Ela pegou a caneca das mãos dele. Abriu devagar a porta do *Balmoral* e espiou para fora, procurando assegurar-se de que não havia ninguém nos jardins vizinhos, antes de correr até a casa. Claro, não podia descartar a possibilidade de ser vista por moradores numa janela de cima. Pensou: eu tenho todo direito de atravessar meu próprio gramado, saindo do meu próprio galpão, com uma caneca na mão. Mas viu-se esgueirando, cabeça baixa.

Entrou às escondidas na cozinha e bateu a porta atrás de si. Correu até a chaleira e tornou a ligar o fogão. Foi em direção ao armário. Melhor levar uma garrafa térmica, pensou. Não posso ficar atravessando o gramado, curvada, toda vez que ele quiser uma bebida quente.

Além da Escuridão

Encontrou a garrafa no fundo do armário, na prateleira debaixo, deslizava, tímida, das pontas dos dedos para o canto. Teve de curvar-se bastante para pescá-la. Sentiu o sangue subir para a cabeça e latejar no fundo do nariz. Quando se levantou, a cabeça rodava. Pensou: é uma visita. Acho que posso receber uma visita, se quiser.

Pusera a caneca no escorredor, estava marcada com imundas impressões digitais. Ele pode usar a tampa da garrafa térmica como xícara, pensou. Vou levar papel toalha para ele se limpar. Rasgou um pedaço, enquanto esperava impaciente pela chaleira. Açúcar, pensou, mergulhando no armário. Acho que ele vai querer muito açúcar, os vagabundos sempre querem.

Quando voltou, Mart — assim se chamava o rapaz, segundo disse — estava agachado no canto distante da luz.

— Achei que alguém podia olhar por aquela janela — ele explicou — enquanto você estava fora.

— Andei tão rápido quanto pude. Tome.

O rapaz tremia ao segurar a caneca. Ela pôs a mão na dele para firmá-la enquanto servia.

— Não vai tomar uma? — ele perguntou.

— Vou tomar o meu lá dentro depois — ela respondeu delicadamente. E acrescentou: — É melhor você não entrar lá. Minha amiga não ia gostar.

— Eu andei morando nos Pavilhões Distantes — ele disse. — Fiquei lá durante duas noites. Depois me expulsaram. Acharam que eu tinha ido embora, mas eu consegui voltar e arrombei o *Velha Maria Fumaça*. Só estava zanzando por lá, imaginando o que ia fazer, quando vi você. E mais tarde vi quando vinham fazer a entrega. Então, vim atrás.

— Onde morava antes disso?

— Não sei. Uma vez dormi no sobrado do meu camarada. Mas o sobrado foi tomado. Gente do conselho. O funcionário da desratização.

— Que azar. As pessoas... Evan, o vizinho... dizem que hoje, na Inglaterra, a gente nunca está a mais de um metro de um rato. Ou serão dois?

— Ela franziu a testa. — Então foi quando tomaram o sobrado que você se instalou lá no meio das lojas de jardinagem?

— Não, antes eu fiquei no coreto do parque. Com Pinto. Meu camarada. O que perdeu o sobrado. A gente descia a Sheerwater, tinha um abrigo lá. Um dia nós chegamos e tinham colocado grade no lugar. Disseram: é apenas uma nova política, não levem a mal.

Mart usava uma jaqueta cáqui com muitos bolsos, um suéter por baixo que um dia fora da mesma cor, e calças manchadas e com alguns rasgões. Alison pensou: já vi coisas piores, no silêncio da noite.

— Escute — disse —, não me leve a mal, não tenho o direito de lhe fazer perguntas, mas se vai ficar no meu jardim por mais tempo que apenas hoje, eu gostaria de saber se você é violento, ou viciado em drogas.

Mart virou-se de lado. Embora fosse jovem, suas juntas rangeram e estalaram. Al viu que ele estava sentado numa mochila, quase vazia, com muito pouca coisa dentro. Talvez tentasse esconder algo: alguns bens. Ela sentiu uma onda de pena; corou. Não é fácil a vida sem ter onde morar.

— Está se sentindo bem? — perguntou-lhe Mart.

Tirou da mochila uma coleção de potes de comprimidos e passou-os um a um para ela.

— Oh, mas isso é de farmácia — ela disse. — Assim, tudo bem. — Examinou os rótulos. — Minha mãe tinha esses. E esses também, eu acho. — Desatarraxou a tampa e pôs o dedo dentro, revirando as cápsulas. — Eu reconheço a cor. Acho que ela não gostava destes aqui.

— Você tem uns anéis legais — ele disse.

— Minhas opalas da sorte.

— Foi aí que eu dei errado — disse Mart. — Não tive sorte.

Quando devolveu os potes, ela notou que a superfície das pedras se tornara de um azul estranho e resistente. Fodam-se, pensou, nenhum punhado de opalas vai me dizer o que fazer. Mart guardou os comprimidos com todo o cuidado na mochila.

— E aí — ela perguntou —, esteve no hospital recentemente?

— Você sabe, aqui e ali — ele respondeu. — Entrando e saindo. Quando é preciso. Eu ia ser incluído numa nova política, mas aí eles nunca...

— Que nova política?

Mart deu de ombros.

— Uma política é como... é tipo encerrar, ou admissões, ou... remoções. A gente vai para outro lugar. Mas não num caminhão de mudança. Porque a gente não tem nada para pôr num.

— Quer dizer que, quando eles adotam uma nova política, mudam você para outro lugar?

— Mais ou menos — respondeu Mart. — Mas não adotaram nenhuma, ou então não me incluíram, não sei se me incluíram com outro nome, mas não me mudaram, por isso simplesmente fui embora, após um tempo simplesmente fui embora.

— E esse abrigo, continua fechado?

— Não sei — respondeu Mart. — Não pude aparecer em Sheerwater para saber, não com esses sapatos.

Ela olhou para os pés dele e pensou: entendo o que você quer dizer. Disse:

— Eu posso levar você de carro. Isso ia evitar que gastasse mais os sapatos. Mas minha amiga saiu com nosso carro. Você pode esperar aqui até ela voltar?

— Não sei — respondeu Mart. — Pode me trazer um sanduíche?

— Posso — ela respondeu. E acrescentou com certo amargor: — Tem muito pão.

Na cozinha, pensou: já entendi tudo. Mãe faz curetagem no hospital, deixou para última hora, o coração do feto bate como os sinos do inferno. Mãe não registrada, não pesada, não amada, ignorante de conselhos pré-natal e aparecendo no hospital por acreditar — Deus lhe dê amor — que precisa de alívio para cólicas: depois coberta de suor, em pânico, pasma, chora tanto por um copo d'água que quando lhe dão, ela prefere o copo d'água a seu bebê recém-nascido. Teria vendido a criança às parteiras pelo alívio imediato da sede.

Que posso dar a ele?, pergunta-se Alison. Do que ele gostaria? Pobre diabinho. A gente vê alguém assim e pensa: bem, a mãe deve tê-lo amado; mas neste caso, não. Pegou um frango da geladeira e retirou o papel laminado coberto de gordura de cima. Já fora comido, restando mais ossos que carne. Ela lavou as mãos, abriu uma gaveta, pegou uma faquinha afiada e pôs-se à obra, raspando os restos da carcaça. Junto ao osso, a carne era tenra. Assim como a própria criança que era Mart, arrancado do ventre; ao ser levado, esperneando, o sangue no torso estancou e secou.

E depois a mãe adotiva. Que aguentou um ou dois anos. Até que um programa o passou para a seguinte. Eu gostaria de ter tido uma mãe adotiva, pensou Al. Se pelo menos tivessem me dado uma chance até eu fazer dois, três anos, eu podia ter sido normal, em vez de ter fiação no cérebro, e por isso me vejo obrigada a conhecer a biografia de estranhos. E coitados deles.

Enquanto pensava tudo isso, já começara a grelhar bacon. Enquanto virava as fatias com a escumadeira, pensava: por que estou fazendo isto? Só Deus sabe. Sinto pena do menino. Sem teto e sem sorte.

Fez sanduíches de vários andares, besuntou-os com maionese, guarneceu com pepino, tomate cereja e ovos. Fez o dobro do que um sem-teto maluco podia consumir. Fez o que, segundo previa, seria o melhor prato de sanduíches que Mart algum dia comera na vida.

Ele os comeu sem comentários, a não ser por:

— Este bacon não está muito bom. Você devia comprar dos feitos pelo Príncipe de Gales.

Às vezes perguntava: "Não vai comer um?", mas ela sabia que ele esperava que não, e respondia: "Como depois." Olhou o relógio: "Meu Deus já é isso tudo? Tenho que atender um cliente pelo telefone."

— Eu tinha um relógio — disse Mart. — Mas o policial Delingbole pisou nele. — Olhou-a do seu canto e pediu: — Não demore.

Sorte Colette ter ido a Guildford! Al podia contar com essa ausência por algumas horas — nesse tempo, podia dar alguns conselhos ao rapaz, uns 20 paus, e mandá-lo seguir seu caminho. Colette tinha coisas a fazer — distribuir alguns folhetos na Estrada do Leão Branco — mas, sobretudo, compras, bater perna pela Casa Fraser em busca do gloss de lábio perfeito, mandar cortar o cabelo em estilo pajem. O cabelo dela parecia jamais crescer, que se notasse, mas ela sentia uma espécie de obrigação social de mandar apará-lo e alisá-los a cada seis semanas. Quando voltava para casa, postava-se diante do espelho e espinafrava a cabeleireira, mas nunca fazia diferença alguma — que Alison notasse.

Além da Escuridão

A consulta telefônica durou uma hora inteira, e depois ela sentiu tanta fome que teve de atacar uma tigela de cereais, de pé na cozinha. Um sentimento, uma coisa semelhante a um sentimento de companheirismo, arrastava-a de volta a Mart; ela odiava pensar nele se escondendo da luz, agachado no chão duro.

— Primeiro eu era pintor de faixas brancas — disse Mart. — Aquele que pinta faixas brancas na rua, excelente pagamento diário, e não exigem experiência. Um caminhão pegava a gente toda manhã no coreto e levava para onde seria a pintura nesse dia. Você sabe, Pinto estava comigo. Mas se encheu daquilo, começou a pintar pequenas ilhas na estrada, e depois dizia: vamos, vamos, vamos pintar um entroncamento. Isso levou uma hora, mas quando eles viram, não gostaram nada. Disseram: está despedido, companheiro, e o capataz acrescentou: venha cá para eu lhe dar uma porrada com esta pá. — Mart esfregou a cabeça, os olhos distantes.

— Mas depois disseram: vamos dar outra chance a vocês, podem ir trabalhar nas obras da estrada. Botaram a gente como sinal de trânsito humano. Virando uma placa: PARE-SIGA. Mas os motoristas não me davam bola. Os idiotas paravam e seguiam quando bem queriam... Aí o chefe disse: rapazes, vocês não estão em sincronia. Dizem que esse é o grande problema de vocês. Giram a placa, mas não giram em sincronia. Por isso eu deixei esse emprego.

— E depois?

Al fora à garagem pegar duas cadeiras dobráveis. Achava que não podia continuar de pé, encostada na parede, com Mart agachado aos seus pés. Era natural ele querer contar a história de sua vida, de sua carreira, só para assegurar a ela que não era o assassino da machadinha; na verdade, nada do que lhe dissera a tranquilizara nesse aspecto, mas ela pensava: eu teria uma sensação, minha pele se arrepiaria, eu tenho certeza.

— E aí... e depois... — disse Mart.

— Não esquente — disse Al. — Não precisa me contar, se não quiser.

O trabalho dele parecia sobretudo ser o de ficar zanzando em lugares públicos. Durante algum tempo, fora frentista de estacionamento, mas diziam que ele não dava conta de um número suficiente. Fora patrulheiro num parque de diversões, vendia ingressos para as atrações.

— Mas uns carinhas me jogaram no chão, roubaram os ingressos e jogaram num poço.

— O hospital não lhe ajudou em nada? Quando você saiu?

— Você sabe, eu entrei por meio de um programa — ele respondeu. — Mas depois acabei ficando de fora, estava numa lista, mas não no computador ainda. Acho que perderam a lista onde eu estava.

Mais que provável, pensou Al. Eu diria que, quando era criança, as pessoas me botaram numa lista. Acho que fizeram uma lista de machucados, esse tipo de coisa, marcas visíveis. Mas nunca deu em nada. Acho que botaram a lista num arquivo, e que ela ficou no fundo de uma gaveta.

— Eu gostaria de saber — disse — como você se encrencou com a polícia.

— Estava na área — ele respondeu. — Perto da cena de um crime. Eu tinha que estar em algum lugar. Alguém tinha que estar ali. O policial me bateu pra valer.

— Mart, você precisa tomar esses comprimidos? A que horas tem que tomar?

— Você sabe, nos davam uns adesivos, e tínhamos de colar nos carros estacionados. O negócio era esperar até que eles saíssem e aí a gente ia com os adesivos e pregava ESTACIONAMENTO PROIBIDO nos para-brisas. Depois nos escondíamos no mato. Quando voltavam, nós surpreendíamos os caras e aplicávamos a multa.

— Eles pagavam?

— Nem pensar. Um dos caras pegou o celular para fazer uma ligação. Delingbole se mandou como um raio.

— E para onde você foi?

— De volta pro mato. Ele não pegou a gente nesse dia. Era uma boa ideia, mas acabou numa descrição estampada nos jornais locais. *Você viu este homem de trajes distintos?*

— Mas você não é. Para mim, você não é distinto.

— Você não viu o chapéu que eu usava naquele tempo.

— Não vi. É verdade.

— Quando apareci na sua casa, já usava um gorro diferente. Ficava no local da construção, às vezes nos davam chá. Eu disse a um tal Paddy: escute, chapa, pode me dar seu gorro? Porque tinha saído a notícia no jornal sobre o meu chapéu. Ele respondeu: claro, e eu: eu compro, e ele: não, não precisa, tenho outro em casa, amarelo. Aí, quando vim aparar seu jardim, perguntei à sua amiga: este gorro me faz parecer um pedreiro? Porque pertencia a um pedreiro. E ela respondeu: Eu tomaria você por um pedreiro em qualquer parte.

— Então já conheceu Colette? — perguntou Alison. — Agora entendi. Você é o cara do serviço de jardinagem.

— Sou. — Mart mordeu o lábio. — E esse foi outro trabalho que não durou. Que tal um pouco mais de chá?

Alison atravessou correndo o jardim. As crianças de Michelle haviam voltado da creche; podia ouvi-los chorar, o ar tomado pelos berros de ameaças e xingamentos da mãe. Al buscou outra garrafa térmica, uma caneca para si mesma e um pacote de chocolates digestivos, que Colette lhe permitia ter em casa para os clientes nervosos, que gostavam de mascar. Desta vez não se furtou de comer alguns; pôs o pacote no colo e ofereceu-os a Mart um por um.

— Dona — ele perguntou —, você algum dia foi descrita nos jornais?

— Na verdade, sim — ela respondeu. — No *Windsor Express*.

Mandara tirar três dúzias de fotocópias. *Alison Hart, médium atraente e carnuda.* Mandara uma cópia para a mãe, mas a mãe jamais dissera coisa alguma. Mandara cópias para os amigos, mas eles tampouco se manifestaram. Já tivera muitas aparições nos jornais, claro: mas nenhuma comentava sua aparência. Contornavam o assunto, ela pensou. Mostrara o recorte do *Windsor Express* a Colette, mas ela a gozara.

— Você deu sorte — disse Mart. — *Windsor*, entende? Isso fica fora da área de Delingbole.

— Jamais tive saco para polícia — ela respondeu.

Acho que devia ter chamado os tiras quando era criança. Acho que podia ter feito denúncias. Mas fui criada para ter medo de uniforme. Lembrava-os gritando pela caixa de correspondência: "*Sra. Emmeline Cheetham?*" E pensou: por que minha mãe não mandou um dos namorados dela fechar a caixa com pregos? Não é como se a gente recebesse cartas.

* * *

Assim que Al acabou de limpar a cozinha e desfazer os sinais do almoço de Mart, Colette entrou com um monte de sacolas e parecendo indignada.

— Eu estava guardando o carro — disse. — Alguém roubou as cadeiras do jardim! Como é que isso foi acontecer? Deve ter sido aquele cara de ontem à noite. Mas como ele entrou na garagem? Não há sinal de arrombamento.

— Você parece o policial Delingbole — disse Alison.

— Andou falando com Michelle, não andou? Vou lhe dizer uma coisa: eu gostaria de estar um pouco mais acordada hoje de manhã. Devia ter ligado para a polícia assim que avistei aquele homem. A culpa é minha.

— É, culpe-se mesmo — disse Alison, num tom tão piedoso que Colette nem notou.

— Ora, bem. Vou cobrar o seguro. Que foi que você comeu enquanto eu estive fora?

— Só uns flocos de cereal. E um pouco de salada.

— É mesmo? — Colette abriu a porta da geladeira. — É verdade mesmo? — Franziu a testa. — Cadê o resto do frango

— Não sobrou muita coisa. Joguei fora. Junto com o pão.

Colette pareceu não acreditar.

— Ah, foi? — Ergueu a tampa da manteigueira. Varreu com os olhos o balcão da pia, em busca de provas: migalhas, uma ligeira mancha de gordura na superfície. Atravessou a cozinha, abriu a lavadora de pratos e olhou dentro dela; mas Al já lavara a frigideira e os pratos, e guardara tudo de volta onde devia estar. — Muito bem — disse Colette de má vontade. — Sabe, talvez aquele cara lá em Bisley tenha razão. Se podem entrar na garagem, também podem entrar no galpão. Talvez não tenha sido a melhor ideia. Não vou levar nada lá pra dentro ainda. Até a gente ver no que vai dar. Se vai se repetir, no bairro. Porque eu investi muito. Em ancinhos, e assim por diante.

— Ancinhos? — perguntou Alison.

— Ancinhos, pás. Foices. Etcétera.

— Ah. Certo.

Al pensou: ela se acha num tal estado de autocensura que se esqueceu de contar as fatias de bacon. Ou mesmo de conferir a lata de biscoitos.

— Mart — disse Al —, você escuta vozes? Quer dizer, dentro da cabeça? Como é quando escuta?

— Fico com as mãos suadas — ele respondeu. — E os olhos ficam pequenos.

— Que é que elas dizem?

Mart olhou-a com um ar astuto.

— Dizem que querem chá.

— Eu não quero ser enxerida, mas você acha que os comprimidos ajudam?

— Na verdade, não. Só deixam a gente com sede.

— Você sabe que não pode ficar aqui — ela disse.

— Posso só por uma noite, dona?

Ele me chama de dona, pensou Al, quando quer inspirar pena.

— Você não tem um cobertor? Quer dizer, eu pensei que, se você costumava dormir ao relento, pelo menos devia ter um cobertor, um saco de dormir. Escute, vou contrabandear alguma coisa pra cá.

— E outra garrafa térmica — disse Mart. — E um jantar, por favor.

— Eu não vejo como posso fazer isso.

Já se sentia fraca — passara o dia todo com uma tigela de cereais e alguns biscoitos. Se trouxesse o peru de baixa caloria e o arroz à grega, ele comeria tudo em duas garfadas, e depois ela na certa desmaiaria ou coisa assim — e além do mais Colette perguntaria: Al, por que está indo para o jardim com o jantar?

— Que tal eu lhe dar algum dinheiro? — perguntou. — O supermercado ainda está aberto.

— Me barraram.

— Foi mesmo? Você pode ir para a vendinha.

— Barrado lá também. E na loja de conveniência. De outro modo eu arranjava umas batatas fritas. Eles gritam: vá-se foder, seu cigano imundo.

— Você não é! Cigano.

— Eu tentei tomar banho com a mangueira, na oficina, mas eles me expulsaram. Disseram: torne a aparecer aqui, que nós atropelamos você. Disseram que eu causava nojo aos clientes e tirava os negócios deles. A culpa é de Delingbole, eu sou barrado em toda parte.

A raiva cresceu no estômago vazio de Al, inesperada e desconhecida, e criou um quente fulgor atrás das costelas.

— Pegue isso, vá até o carrinho de churrasquinho, tenho certeza de que eles servem a qualquer um. Não dispare as luzes de alarme quando voltar.

Enquanto Mart ficou fora, e Colette via o programa *EastEnders* na televisão, ela se esgueirou para fora com uma colcha e dois travesseiros. Jogou-os dentro do *Balmoral* e correu de volta à casa. O micro-ondas apitava. Ela comeu na cozinha, mais uma vez de pé. Me negam pão em minha própria casa, pensou. Me negam uma simples fatia de pão.

Durante um ou dois dias, Mart entrava e saía à noite.

— Se Colette vir você, está perdido — disse Al. — Infelizmente, eu não posso prever as idas e vindas dela, tem andado muito inquieta, sempre entrando e saindo. Você vai ter que se arriscar. Evan, da casa ao lado, sai às oito em ponto da manhã. Não deixe que ele veja você. Nove e meia, Michelle leva os filhos para a creche. Mantenha a cabeça baixa. O correio chega às dez, fique fora do caminho do carteiro. O meio do dia é mais tranquilo. Às três, tudo fica agitado de novo.

Mart recomeçou com a história de como o policial Delingbole pisara em seu relógio.

— Eu lhe empresto um dos meus — ela disse.

— Não quero que seus vizinhos me vejam — ele respondeu. — Ou pensem que estou atrás das crianças deles. Quando a gente morava em Byfleet, Pinto e eu, uns sacanas vieram bater na porta, gritando: fora, seus veados!

— Por que achavam que vocês eram pedófilos?

— Sei lá. Pinto disse: é sua aparência, a maneira como anda, os dedos dos pés saindo dos sapatos, e esse seu gorro. Mas isso foi quando eu ainda usava o outro tipo sobre a cabeça.

— E que aconteceu depois? Depois que arrombaram a porta?

— Pinto chamou a polícia.
— E eles vieram?
— Oh, sim. Vieram numa patrulhinha. Mas aí viram que era eu.
— E depois?
Um lento sorriso surgiu no rosto de Mart.
— Um passeio. O policial Delingbole!
Ela revirou a caixa de joias em busca dos relógios sobressalentes, deixando de lado os enfeitados com diamante, destinados ao palco. Eu compraria um para ele, pensou, só que um bem barato. E uns sapatos. Mas aí tinha de perguntar o tamanho. Talvez, se tivesse sapatos novos, ele fosse embora, antes de Colette notar. Tinha de viver despistando a amiga, chamando a atenção para a frente da casa e tagarelando para distraí-la sempre que ela entrava na cozinha. Ele vai ter de ir embora, pensou, antes que ela decida instalar qualquer alarme no galpão, porque, assim que entrar lá, vai ver sinais de ocupação; já imaginava Colette, aos berros, dando estocadas com o ancinho, e o visitante em pânico espetado nos dentes da ferramenta.

— Acha que a gente podia botar uma cama aqui? — perguntou Mart, quando ela lhe tomou a garrafa térmica.

— Talvez um colchão — respondeu Al, mas depois quis morder a língua.

— Eu, por mim, trazia uma espreguiçadeira, do jardim. Já sei! — Ele bateu no boné com a palma da mão. — Uma rede! Isso ia me servir.

— Mart — ela disse —, tem certeza de que não tem ficha na polícia? Porque eu não posso ser responsabilizada. Não posso correr o risco, teria de contar a alguém, você entende? Você teria de ir embora.

— Meu pai me bateu na cabeça com um pedaço de cano — ele respondeu. — Isso conta?

— Não — ela disse. — Você foi a vítima. Não conta.

Golpes graves no crânio, pensou. Colette acha que influenciam muito. Perguntou uma vez sobre isso na gravação. Eu não entendi por quê, na época. Percebo agora que, para ela, podem ter sido o início da minha anormalidade.

— Embora fosse meu padrasto, sabe? Eu sempre achei que era meu pai, mas minha mãe disse que não. Não, disse, é seu padrasto.

— Quantos padrastos você teve?
— Alguns.
— Eu também.

Era um dia quente; eles estavam sentados nas cadeiras do jardim, a porta aberta para entrar um pouco mais de ar.

— Ainda bem que escolhemos este com uma janela que se abre — disse Al. — Senão ia ser sufocante.

— Se bem que não — respondeu Mart. — Porque eles podem ficar me vigiando, olhando para dentro e informando à polícia.

— Se bem que não — ela repetiu. — Pensei em botar cortinas, um dia.

Uma das crianças vizinhas saiu correndo e berrando da casinha de brinquedo. Al levantou-se e viu-a atravessar o gramado aos saltos e cerrar os dentes na panturrilha do irmão.

— Ui! — disse Al: piscou como se ela mesma sentisse a dor.

— Mamãe, mamãe! — berrou o menino.

Mart bateu a porta do telheiro e caiu de quatro. A voz de Michelle veio da cozinha.

— Já vou aí, juro por Deus que vou, e juro que dou uns tapas!

— Se abaixe. — Mart puxou a saia de Al. — Não deixe que ela veja você.
— Ajoelharam-se juntos no chão. Mart tremia. Al sentia que devia rezar. — Oh, Deus — continuou o rapaz.

As lágrimas escorriam-lhe dos olhos. Ele caiu sobre ela, que suportou o peso, feito de ossos e restos de lixo: seu corpo transpirava o odor de esterco podre.

— Tudo bem, tudo bem — murmurou Al.

Acariciou o boné dele. Michelle atravessou disparada a escassa grama, bebê nos braços, dentes arreganhados.

Colette atendeu o telefone celular e uma voz entoou:
— Adivinhe?

Ela adivinhou na hora. Que outro homem iria telefonar-lhe?
— Não vejo você desde que nos esbarramos na saída da Elphick's.

— Como? — perguntou Gavin.

Parecia pasmo; como se ela o tivesse xingado.

— A loja — disse Colette. — Em Farnham. Naquele sábado.

— Saída do *quê*?

— Da Elphick's. Por que você tem tanta dificuldade, Gavin, com o nome das coisas?

Pausa. Gavin disse, meio nervoso:

— Quer dizer que é assim que se chama? Aquela loja de departamentos?

— É.

— Por que não disse logo?

Ela respondeu:

— Deus dê-me força. — E depois: — Talvez seja melhor encerrar esta chamada e começar de novo.

— Como queira — respondeu Gavin. — Tudo bem.

A linha ficou muda. Ela esperou. O telefone tocou.

— Gavin? Alô?

— Colette? Sou eu — ele disse.

— Mas que bela surpresa.

— Tudo bem falar com você agora?

— Tudo.

— Você estava ocupada, ou alguma coisa assim?

— Vamos esquecer que você ligou antes. Vamos simplesmente começar do zero, e eu não falo mais da última vez que vi você.

— Se é o que você quer — disse Gavin, avoado. O tom mostrava que achava isso um capricho ao extremo. — Mas por que você não pôde falar antes, é porque *ela* estava por perto? Você sabe, a gorda?

— Se está se referindo a Alison, ela saiu. Foi dar um passeio.

Mesmo ao dizer isso, pareceu-lhe improvável; mas era o que Alison dissera-lhe estar fazendo.

— Então pode falar?

— Escute, Gavin, que é que você quer?

— Só dando uma conferida em você. Vendo como vai.

— Ótima, estou ótima. Como vai você?

Realmente, pensou, já estou perdendo a paciência.

Ele disse:

— Estou saindo com alguém. Achei que você devia saber.

— Não é da minha conta, Gavin.

Mas pensou: que coisa mais curiosa ele não fazer rodeios, para variar: talvez eu não precise saber, mas quero saber, claro que quero saber. Quero o currículo dela, quero saber o quanto ganha, e uma foto recente de corpo inteiro, com as medidas anotadas atrás, para descobrir o que ela tem de tão melhor assim que eu.

— Como se chama?

— Zoé.

— Isso não vai durar. Classuda demais pra você. É sério? — Deve ser, pensou, senão ele não ia me contar. — Onde você conheceu essa mulher? Trabalha com TI?

Tinha de trabalhar, claro. Quem mais ele conheceria?

— Na verdade — ele respondeu —, é modelo.

— É mesmo? — A voz dela saiu fria. Quase perguntou: modelo de quê? Levantou-se. — Escute, acho que Alison está voltando. Preciso ir.

Desligou. Alison subia a ladeira com esforço. Colette ficou observando-a, o telefone ainda na mão. Por que ela está usando aquele casacão? A febre deve ter subido de novo. Ela diz que são os espíritos, mas eu acho que é menopausa precoce. Olhe só pra ela! Gorda!

Quando Al entrou, Colette já esperava por ela parada na entrada. Tinha uma expressão selvagem.

— Acho que já é alguma coisa, você fazendo um pouco de exercício. — Alison fez que sim com a cabeça. Estava sem fôlego. — Você vinha quase de quatro, quando chegou ao meio da colina, devia se ver. Quanto você caminhou, um quilômetro ou pouco mais? Vai ter que correr essa distância, com pesos no corpo, para perceber alguma melhora. Olhe só para você, bufando e suando!

Obediente, Al olhou-se no espelho do hall. Viu o lampejo de um movimento: é Mart, pensou, saltando o portão do lado.

Alison dirigiu-se à cozinha e saiu pela porta dos fundos. Desabotoou o casaco e — de ouvido atento para detectar a presença de Colette — desvencilhou-se das duas sacolas de supermercado que pendiam como alforjes. Pôs as mercadorias contrabandeadas atrás do carrinho de lixo, entrou e livrou-se do casaco.

É como ser ladra de loja ao contrário, pensou. Você chega ao caixa com o carrinho e paga tudo: depois, do lado de fora, abre o casaco e começa a esconder as sacolas pelo corpo todo. As pessoas ficam olhando, e você olha de volta. Perguntam-se por que esse trabalho todo, que se vai responder? Você não encontra um único bom argumento, a não ser que deseja praticar uma boa ação.

Chegara a isso: a comida só dava para ela ou para Mart. Vou ter de explicar a ele, pensou. Colette me vigia o tempo todo. Controla as compras. Gritou no dia em que você chegou, depois de finalmente ter guardado as compras na geladeira e percebido a falta de dois ovos. Me acusou de ter comido os dois cozidos, comeu, sim. Supervisiona cada minuto do meu dia. Eu não posso ir fazer compras sozinha. Se pego o carro, ela quer saber aonde vou. E se quero sair sozinha, quer saber por quê.

Pensou: sexta-feira a Sainsbury's fica aberta vinte e quatro horas. Por isso eu posso me esgueirar para fora quando ela estiver dormindo. Não um sono comum, isso não adiantaria. Eu teria de embebedá-la. Imaginou-se enfiando um funil de plástico pela goela de Colette e despejando Chardonnay. Posso tirar o carro da garagem, pensou, se a partida de ré não fizer com que ela acorde. Na certa só funcionaria se eu usasse alguma droga. Batesse nela até que ela desmaiasse. Venha cá, pensou: gostaria de uma porrada com a pá?

Mas ele tem mesmo de ir embora até o fim de semana. Eu vou falar com ele. Mesmo que Colette não transfira os ancinhos e foices para lá, aquela pessoa que cuida do espelho d'água vai estar de volta na próxima semana.

Trancou a porta dos fundos. Atravessou a cozinha, parou junto à pia e bebeu um copo d'água. Tudo em silêncio no front do galpão: porta fechada, terreno calmo. Ela tornou a encher o copo. Depressa, depressa, pensou, antes que ela volte e diga que a água da pia mata a gente, depressa, antes que ela diga que beber rápido demais é causa notória de morte para obesos.

Tomou consciência do silêncio que fazia na *Collingwood*.

Foi até o hall.

— Colette?

Não teve resposta. Mas ouviu acima um balido, um leve e comprido balido, que se tornou mais alto quando ela o seguiu escada acima.

Ficou parada diante da porta de Colette. Está deitada na cama soluçando, pensou. Mas por quê? Será que se arrependeu do que me disse, sobre minha gordura? Será que passou diante dos olhos dela uma vida inteira de falta de tato? Não parecia provável. Colette não se julgava desprovida de tato. Julgava que tinha razão.

Seja o que for, pensou Al. Agora é a minha vez. Enquanto as emoções a detêm, eu me esgueiro pelo jardim e entrego as sacolas a Mart. Ou, se ele tiver saído, deixo do lado de dentro, para que tenha uma grande surpresa quando voltar.

No dia anterior, levara para ele três laranjas. Não ficara impressionado quando ela lhe contara que as tinha justificado dizendo ter feito suco delas. Insinuara que preferia um bife, mas Al não via como instalar ali os utensílios de cozinha. Então ela estava levando para ele atum enlatado, esse tipo de coisa. Esperava que ele desse valor ao fato de as latas pesarem muito.

Desceu fazendo ranger os degraus, afastando-se de Colette e sua dor: o que quer que fosse. No pé da escada, viu-se, inevitavelmente, no espelho. O rosto parecia rosado como um presunto. Pensou: eu podia fatiar para ele uns frios. Aposto que seria mais leve, embora, claro, como o tempo está quente, Mart teria de comer tudo de uma vez só. Pelo menos, fiz um pequeno estoque para ele pôr na mochila, quando for embora.

Abriu a porta dos fundos, saiu cambaleando e estendeu a mão para alcançar atrás do carrinho de lixo. As sacolas haviam desaparecido, Mart deve ter vindo correndo, agachado, e apanhado tudo na entrada. Neste caso, espero que tenha dentes fortes, ela pensou, pois não comprei abridor de lata para ele.

* * *

No fim do dia, Colette ainda não havia descido: mas só é preciso, pensou Al, uma olhada casual da janela dela, enquanto Mart passeia pelo gramado à luz da lua. Por que eu simplesmente não dou a ele algum dinheiro e mando que se vá? Não posso dispor de mais que, digamos, 100 libras, senão Colette vai querer saber de onde eu tirei e no que gastei. Será muito agradável, pois ela sabe que tenho o direito, mas ficará curiosa ainda assim...

Quando já quase escurecera, ela saiu pela porta deslizante.

— Alison? É você? — gritou Michelle, acenando.

Quem mais ela pensava que fosse? Com relutância, Al se aproximou da cerca.

— Chegue aqui — disse Michelle. — Quero lhe contar uma coisa. Ouviu falar dessa praga de coelhos mortos? — Al fez que não com a cabeça. — É muito estranho, sabe. Não que eu pessoalmente tenha saco para coelhos. Não deixaria nenhum bicho de estimação perto das crianças, porque eles espalham todo tipo de doença. Mas os pequenos na creche estavam chorando de dar pena. Desceram para o jardim para dar comida ao coelho e acharam o bicho com as quatro patas pra cima na casinha, com um horrível fio de sangue preto escorrendo da boca.

Acho, pensou Al, que manter Mart escondido é como ser criança de novo, fazendo as mesmas coisas pelas costas dos outros, roubando comida e tudo que eu fazia: correr para a esquina com qualquer dinheiro que conseguisse. Na verdade é um jogo, como aquele conjunto de chá de bonecas que eu tanto queria. Temos muita coisa em comum, pensou, eu e Mart, é como ter um irmão mais novo. Notara que ele vivia caindo; isso se devia à medicação. Ela lembrou: minha mãe também vivia caindo.

— E aí, que é que os veterinários dizem? — perguntou a Michelle.

— Eles apenas dizem: oh, coelhos, que é que você espera? Tentam culpar a comida, a dieta desequilibrada. Culpam a gente, não é?, o dono. E com isso contornam o problema. Evan diz que ele, pessoalmente, também não tem saco para coelhos, mas que fica preocupado com o que está acontecendo no playground. E os veterinários negando, você sabe. Ele imagina se sabem de alguma coisa que nós não.

— Oh, querida, confortou-a. Deviam fazer autópsias, talvez. Não sabia o que mais dizer. Preciso ir, declarou; quando se afastava da cerca capengando, Michelle gritou: será que o calor dura até o fim de semana?

Às oito horas, começou a sentir muita fome. Colette não dava sinal algum de que ia descer e administrar o jantar. Al arrastou-se até o andar de cima para escutar. Cada vez mais esta noite lhe trazia à lembrança a juventude. A necessidade de andar na ponta dos pés, escutar atrás das portas: suspiros e gemidos em outros quartos.

— Colette? — chamou baixinho. — Preciso que você prepare minhas calorias.

Não teve resposta. Ela entreabriu a porta

— Colette?

— Coma até morrer — respondeu a outra. — Estou me lixando.

Estava deitada de bruços na cama. Parecia estatelada. Parecia estar quase caindo da cama. Alison fechou a porta, de uma forma tão silenciosa que esperava com isso mostrar seu completo respeito pelo estado de espírito da amiga: tão silenciosa que oferecia condolências.

Arrastou-se até o outro lado do jardim. A lua ainda não dobrara a esquina acima da Jellicoe, na curva da estrada, e ela não sabia onde punha os pés. Sentiu vontade de bater; mas isso é ridículo, pensou, bater no meu próprio galpão.

Abriu a porta devagarinho. Mart estava sentado no escuro. Tinha lanterna e pilhas, estas do tamanho errado: outra coisa para minha lista de compras, ela pensou. Podia ter-lhe arranjado uma vela, mas não confiava nele para não iniciar um incêndio.

— Pegou as compras?

— Não — ele respondeu. — Que compras? Estou morrendo de fome. Desmaiando.

— Eu vou lhe dar cinquenta paus — disse Al. — Vá sem que ninguém veja ao Knaphill e compre comida para viagem no Chinês, está bem? Compre uma refeição dupla para mim, e o que você quiser para si mesmo. Fique com o troco.

Depois que ele partiu, mergulhando por baixo dos sensores de luz, Al tentou pôr-se à vontade na cadeira de lona do jardim. A terra esfriava embaixo dela: ela ergueu os pés e tentou enfiá-los sob o corpo, mas a cadeira ameaçou desequilibrar-se; teve de sentar-se reta, o metal enterrando-se nas costas, e plantar os pés no chão. Pensou: me pergunto o que aconteceu com as compras.

Quando Mart voltou, sentaram-se como companheiros, lambendo as costelas e jogando fora os ossos.

— Você tem que se livrar dessas caixas de comida — ela disse. — Está entendendo? Não é pra jogar no carrinho de lixo. Senão Colette vai ver. E você tem que ir embora logo. Já vão fazer o projeto do jardim. Na certa, digamos, vão derrubar o galpão. Não combina com nada. — Mastigou pensativa um lagostim agridoce. — Eu sabia que a gente devia ter comprado um melhor.

— É tarde — disse Mart, consultando o relógio. — É melhor você entrar.

— Oh, para você acabar tudo sozinho?

— Eu estou com mais fome que você — ele respondeu, e ela pensou: é verdade.

Por isso ela se foi. Direto para a cama. Tudo em silêncio no quarto de Colette. Uma vez na vida, Al não sonhou; nem que estava com fome.

Não podia durar, claro. Antes havia um elemento de camuflagem em Mart, as roupas sujas misturando-se com os tons de terra do jardim, mas viam-se os pés dele agora, no grande e lustroso tênis azul-marinho e branco, que parecia dobrar a esquina antes dele.

Quando ele viu Colette se aproximando, bateu a porta do galpão e encostou contra ela a mochila: mas Colette o derrotou com apenas um empurrão. O grito de susto dela o fez recuar e encostar-se na parede. Al cruzou desabalada o jardim, gritando:

— Não bata nele! Não chame a polícia, ele não é perigoso.

Mart riu, quando Colette disse que o vira no gramado.

— Aposto que você pensou que eu vinha do espaço, não pensou? Deve ter falado: "Epa, lá vai um extraterrestre." Ou você pensou que eu era um pedreiro?

— Não pensei em nada — ela acrescentou.

— Ela achou que estava sonhando — explicou Al.

— Alison, eu cuido disso, por favor.

— Na verdade, meus problemas começaram após o encontro com um alienígena — disse Mart. — Eles causam dor de cabeça na gente, sabia? Além disso, fazem a gente cair. Depois que a gente vê um alienígena, é como se alguém tivesse perfurado a nossa barriga. — Fez um gesto, uma estocada e uma torcida, como o de alguém que enfia um descaroçador numa maçã. — Pinto — continuou —, quando estava pintando faixas brancas em St. Albans, foi levado fisicamente numa nave alienígena. Mulheres alienígenas tiraram o macacão dele e fizeram todo o seu corpo palpitar.

— Ele estava sonhando — disse Colette.

Al pensou: ela não sabe a sorte que temos, podíamos estar hospedando Pinto também.

— Não estava dormindo — disse Mart. — Foi levado. A prova é que, quando voltou, tirou a camisa, e tinham apagado a tatuagem dele.

— Você não pode mais ficar aqui — disse Colette. — Espero que isso esteja bem claro.

— Um galpão não serve para a maioria — admitiu Mart. — Mas serve muito bem para mim. Tem menos insetos.

— Eu pensava que tinha mais. Embora entenda que você deve achar perfeitamente limpo.

— Não tem insetos rastejantes. Nem grampos de escuta.

— Não seja tolo. Quem ia querer escutar você? É um vagabundo.

— E hoje tem câmeras por toda parte — disse Mart. — Os caras vigiam a gente de torres de controle. A gente não vai a parte alguma sem que alguém saiba. Recebe correspondência de pessoas que não conhece, como é isso? Até eu recebo correspondência, e nem tenho endereço. O policial Delingbole diz: você tem um número, parceiro. — E acrescentou, baixinho: — O dele está escrito nele.

— Quero você fora daqui em dez minutos — disse Colette. — Vou voltar para casa e contar. Depois, diga Alison o que disser, chamo a polícia e mando expulsar você.

Al pensou: imagino se Delingbole é real, ou um sonho. E depois: sim, claro que é real, Michelle o conhece, não conhece? Ele fez uma palestra sobre crime em galpões. Ela não ia sonhar uma coisa dessas.

Além da Escuridão

* * *

Levou algumas horas para Colette voltar a falar com Al. Houve interações, encontros casuais; a certa altura, teve de passar-lhe o telefone para atender à ligação de um cliente, e, depois, chegaram à lavanderia ao mesmo tempo, cada uma com sua cesta de roupa suja, e ficaram dizendo friamente: você primeiro, você primeiro.

Mas a *Collingwood* não era grande o suficiente para manterem uma briga.

— Que é que você quer que eu diga? — perguntou Al. — Que eu não vou abrigar um vagabundo outra vez? Bem, não vou abrigar, se você é tão contra assim. Nossa! E nem houve dano algum!

— Não graças a você.

— Não vamos recomeçar — ela disse.

— Acho que você não se dá conta do tipo de gente que anda por aí.

— É, não sou boa nisso — murmurou Al. — Você não percebe metade da maldade que existe no mundo — repreendeu baixinho a si mesma.

Colette disse:

— Eu vi Michelle hoje mais cedo. Ela avisou: guarde suas compras.

— Como?

— Na mala do carro. Para não desaparecer enquanto você abre a porta da frente. Não deixe a porta da mala aberta. Tem havido muito roubo de compras de mercearia.

— Eu não faço compras sozinha, faço?

— Pare de murmurar desse jeito — respondeu Colette.

— Trégua? — perguntou Al. — Bandeira Branca? Xícara de chá?

Colette não respondeu, mas Al tomou isso como um sim, parada junto da pia preenchendo de água a chaleira e olhando do outro lado do jardim o agora deserto *Balmoral*. Colette acusara-a de dar abrigo a Mart, mas não de alimentá-lo; não de comprar suprimentos e contrabandeá-los para ele. Não chegara a estapeá-la, mas gritara em sua cara, perguntara-lhe se era louca, e se pretendia trazer ao bairro uma gangue de assaltantes, molestadores de crianças, terroristas e assassinos potenciais. Eu não sei, ela respondera, só queria praticar uma boa ação, acho que não pensei, apenas senti pena dele, porque não tem aonde ir e por isso precisava de um lugar.

— Às vezes — disse Colette — eu acho que, além de gorda, você é retardada.

Mas isso não era verdade, pensou Al. Claro que não. Ela sabe que eu não sou idiota. Posso ficar temporariamente confusa com a intromissão de alguma lembrança, algum vazamento de minha vida anterior. Acho que fui mantida num galpão. Acho que fui perseguida até lá, que corri para o galpão em busca de refúgio e esconderijo. Acho que depois me derrubaram no chão, porque alguém me esperava lá, um vulto negro que se levantou do canto, e como eu não levava a tesoura não pude nem cortar o tal vulto. Acho que, logo depois, fui temporariamente confinada por alguém que passou cadeado na porta; e fiquei caída, sangrando em cima dos jornais, no escuro.

Não via o passado com clareza; só um contorno, um vulto negro contra a atmosfera negra. Não via o presente; era confundido pela força da cena que Colette construíra, a cena que ainda dava voltas dentro da sua cabeça. Mas via o futuro. Ela vai me obrigar a sair e caminhar, com pesos — é o que ameaça — nos pulsos e tornozelos. Pode ser que vá de carro a meu lado, me controlando, mas na certa só no início. Não pode perder o tempo de mandar as contas, cobrando as previsões que fiz e os espíritos que sintonizei: Tio Bob, 10 minutos de conversa, 150 libras mais impostos. Assim, talvez não me acompanhe de carro, só me coloque para fora de casa. E eu não terei aonde ir. Talvez também eu possa me refugiar no galpão de alguém. Primeiro posso ir ao supermercado e comprar um sanduíche e um pãozinho, depois comer sentada num banco em algum lugar, ou, se estiver chovendo e eu não conseguir chegar a um galpão, vou a um parque e me enfio embaixo do coreto. É fácil ver como essas coisas acontecem, na verdade, como uma pessoa cai na miséria.

— E aí, quem está roubando as compras? — Al perguntou, pensando: logo, logo, posso ser eu.

— Imigrantes ilegais, segundo Evan.

— Em Woking?

— Oh, eles estão em toda parte — respondeu Colette. — Atrás de abrigo, você sabe. O conselho está tirando os bancos do parque, para ninguém dormir neles. Mesmo assim, já tivemos nosso aviso, não tivemos? Com o galpão.

Tomou o chá que Alison fizera, encostada no balcão da pia, como se estivesse na lanchonete de uma estação. Eu tirei o cara daqui espertamente, pensou, ele sabia que não devia mexer comigo, um olhar em mim e sabia que eu não era uma molenga. Sentiu fome. Seria muito fácil mergulhar na lata de biscoitos dos clientes quando Al desse as costas; mas negou-se a isso. Michelle dissera que o carrinho de lixo delas estava entupido de caixas de papelão de comida, e ela agora se dava conta de que havia sido por causa do sem-teto. Imagens de Zoé roíam-lhe o cérebro, como ratos numa gaiola sem porta.

230

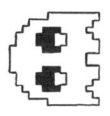

Nesse verão saiu limo negro dos canos de uma *Frobisher* logo abaixo na colina. Baixou uma onda de calor, as temperaturas subindo devagar rumo à casa dos trinta graus. Os animais rastejavam para debaixo das sombras. As crianças ficaram vermelhas como lagostas dentro das roupas de brincar. Cidadãos frágeis compravam máscaras para se protegerem do excesso de ozônio. As vendas de sorvete e cerveja dobraram, assim como as de remédios para resfriados e gripes. O terreno da Alameda dos Almirantes torrou até rachar, e a grama virou palha. Ordenaram que o espelho d'água de Colette fosse desligado, assim como todos os chafarizes foram desligados: por decreto. As nascentes secaram, os reservatórios baixaram de nível. Fizeram fila nos hospitais. Os velhos morreram. Uma praga de programas mediúnicos estourou na TV, avançando sobre os horários.

Colette assistia a eles com uma expressão amuada, denunciando a visível tapeação, o conluio, a simploriedade das plateias nos estúdios. É totalmente irresponsável, dizia, encorajar as pessoas a pensar que é esse o modo de cuidar dos mortos. Na época em que ela e Al se haviam conhecido, nos dias em que a princesa fez a passagem, os clientes se encolhiam quando eram apontados; contorciam-se nos assentos, desesperados para passar a vez à pessoa ao lado, à frente ou atrás. Mas agora, quando chegavam a uma demonstração, suas expectativas afinadas pelos programas de TV, mal podiam esperar pelas mensagens. Quando um sensitivo perguntava: "Quem tem um Mike no mundo dos espíritos?", cinquenta mãos erguiam-se. Berravam, aplaudiam, abraçavam-se, faziam caras e bocas para as câmeras. Gritavam: "Oh, meu Deeeus!", quando uma mensagem era anunciada, e explodiam em roucos soluços e uivos de cachorro.

Acho exaustivo, disse Al, só olhar. E eu mesma não poderia fazer televisão, disse. Se estivesse lá no estúdio, alguma coisa pifava. A imagem desaparecia. A rede vinha abaixo. E aí me processavam.

E você é gorda demais para a televisão, disse Colette.

E pensar que eu costumava culpar Morris por tudo!, disse Al. Quando as lâmpadas desandavam a piscar, eu gritava "Eita, Morris!", e se a máquina de lavar transbordava eu lhe dizia umas poucas e boas. Mas mesmo agora, o computador começa a dar defeito toda vez que eu chego perto, e ainda não estamos chegando a parte alguma com as gravações, estamos? A máquina reproduz fitas que nem estão nela, ouvimos material de dois anos atrás. As fitas falam umas em cima das outras, é como um monturo confuso.

E você é gorda demais, disse Colette.

Acho que meu campo eletromagnético é hostil à tecnologia moderna.

Tinham todos os canais a cabo, porque Alison gostava de fazer compras de casa; muitas vezes sentia-se envergonhada quando saía, e queixava-se de que as pessoas a olhavam de um jeito esquisito, como se soubessem como ela ganhava a vida.

— Não é vergonhoso — dizia. — Não é como ser uma profissional do sexo.

Ainda assim, era um conforto comprar grossas correntes de ouro e reluzentes brincos, coisas de mau gosto que podia usar no palco. Uma vez, quando ligaram a TV, o rosto espectral de Cara aparecera na tela; outra, as afiladas feições de raposa de Mandy ondularam. Colette disse:

— Natasha, hum! Não parece nem um pouco russa.

— E não é.

— Podiam ter feito uma maquiagem para ela parecer russa, é o que quero dizer.

Quando apareceram os créditos no fim, os produtores haviam colocado um aviso na tela, dizendo que o programa se destinava "apenas à diversão". Colette bufara e metera o dedo no botão de desligar.

— Você deve ser franca com eles, na próxima demonstração. Por que pegar tão leve com essa turma? Diga o que Morris lhe fazia. — Um risinho de escárnio. — Eu gostaria de ver a cara deles, gostaria de ver a cara de Mandy, quando está sendo filmada e Morris mete a mão por baixo da saia dela. Gostaria de ver os dois se desentendendo sobre o outro mundo. Se Morris voltasse e estivesse num de seus dias de estripulias.

— Não diga isso — pediu Al. — Não diga que gostaria de ver Morris.

Jamais conseguiu ensinar-lhe a arte da autocensura; jamais conseguiu fazê-la entender como são simples e literais os organizadores do mundo dos espíritos. Era preciso ter cuidado com as palavras que a boca dizia, e mesmo com as que se formavam na mente. Não era simples? Às vezes achava que Colette não podia ser tão lenta assim no aprendizado. Sem dúvida fazia isso de propósito, para atormentá-la.

Gavin ligou. Perguntou por Colette e ela passou o telefone sem falar com ele. Ficou por perto, escutando: embora não fosse de fato necessária a proximidade. Sintonizava em Gavin a qualquer hora que quisesse, mas a ideia cansou-a. Ouviu-o dizer muito claramente:

— Como vai a gorda lésbica?

Colette respondeu:

— Eu já lhe disse, Alison não é lésbica. Na verdade, teve vários homens.

— Quem? — perguntou Gavin.

— Deixe eu ver... — Colette fez uma pausa. — Tem Donnie. Tem Keith... ela e Keith foi há muito tempo.

Al apareceu na porta.

— Colette... não.

Colette fez-lhe um gesto irado mandando-a embora.

Não faça piada com os demônios, pediu Alison: não em voz alta. Virou-se e deixou a sala. Devia saber melhor das coisas, Colette, mas como pode saber? Acredita e acredita pela metade, é o seu problema. Quer o frisson e o dinheiro, mas não quer alterar a sua visão burra do mundo. Ouviu Colette dizer a Gavin:

— Tem Dean. Na verdade ele gosta de mim. Mas é muito jovem.

— Que é que eles fazem, esses babacas? — perguntou Gavin. — São leitores da sorte também?

— Tem Mart — ela disse. — Oh, e o vizinho, Evan. Muitos homens em nossas vidas, como você vê.

— Você está tendo um caso com o vizinho? — perguntou Gavin. — Casado, não?

— Não é da sua conta.

Colette teve aquela sensação chiante, arrepiante, que a gente tem quando está mentindo. Ao ouvir o que lhe saía da boca, ficou assustada. Era bastante natural que quisesse maquiar a realidade para Gavin, mas, um momento, pare, pare, disse a si mesma, Donnie e Keith não são reais, Evan é um imbecil e Mart é um sem-teto.

— Muito justo — disse Gavin. — Quer dizer, não vejo ninguém deixando esposa e filhos por você, Colette, mas também não tenho o direito de opinar, tenho?

— Não tem mesmo.

— É, saia com quem quiser — ele disse, com ar de superioridade, ela pensou, como se lhe desse permissão. — Escute — continuou —, estou ligando porque estão fazendo uma limpeza no trabalho. Fui despedido.

— Sei. Quando aconteceu isso, essa limpeza?

— Três meses atrás.

— Podia ter me dito.

— É, mas achei que ia dar um jeito. Liguei para algumas pessoas.

— E estavam fora, não é? Numa reunião? De férias pela semana?

— Os negócios vão mal, sabe?

— Eu não acho. Acho que finalmente chutaram você, Gavin.

— Não, está acontecendo por toda parte, todas as grandes consultorias estão demitindo.

— E como você está se virando? A grana deve andar curta.

— É só um problema de fluxo de caixa.
— Tenho certeza de que Zoé pode ajudar você. — Ele pareceu hesitar, de modo que ela disse, ríspida: — Ela continua com você, eu suponho.
— Oh, sim, muito leal. Quer dizer, não é dessas garotas que mandam a gente pastar, quando a gente sofre um revés temporário.
— Não é igual a mim, não é? Eu daria o fora rapidinho.
— Por isso tenho que conversar sobre o pagamento, pelo apartamento. Vou ter que cortar minhas despesas. Só até dar um jeito.
— Quer dizer que os negócios também estão indo mal no ramo da moda? Ou ela está pendurada por causa da turbinada nos seios e da sugada no quadril? Oh, tudo bem, Gavin, eu posso carregar você nas costas por algum tempo. Alison e eu estamos indo muito, muito bem.
— É, está em toda TV, programas mediúnicos.
— É, mas essa história é uma fraude. Nós não somos uma fraude. Nem dependemos dos caprichos dos programadores, muito obrigada. — Alguma coisa tocou-a, uma pequena mão na manga: remorso. — Mas e aí, como está você — perguntou —, além de pobre? Como vai seu carro?
Fez-se um breve silêncio.
— Tenho que ir — disse Gavin. — Zoé precisa de mim.
— Na certa algum pedaço dela despencou — disse Colette. — Tchau.
Ao largar o telefone, deu uma risadinha. Gavin sempre vivera por conta do contracheque seguinte, e com o limite dos cartões de crédito estourado. Logo vai precisar de um empréstimo, ela disse a si mesma. Cantou para Alison:
— Adivinhe o que aconteceu? Gavin foi parar no olho da rua.
Mas Al estava na outra linha.

Mandy disse:
— É hora da gente começar a oferecer aos clientes uma coisa que eles não têm pela TV a cabo. Está tudo muito bem, mas quem está ganhando dinheiro com essas transmissões? Não nós, claro. São três horas esperando no camarim com uma bandeja de biscoitos rançosos, uma hora na sala de maquiagem com uma vaca metida a besta desenhando as sobrancelhas da gente no lugar

errado, e depois você se vê reduzida na edição ao piscar de um olho, e ainda esperam que fique agradecida, porra.

— Eu achei que ia ser glamoroso — disse Al, com ar melancólico. — Colette diz que eu não posso aparecer por causa do meu tamanho, mas eu achei que ia ser legal para você.

— Na minha opinião — disse Mandy — a gente precisa recuperar o toque pessoal. Silvana vem anunciando festas mediúnicas só para mulheres, e está tendo uma boa resposta. A gente quer oferecer um leitor para cada seis mulheres, mais ou menos, e por isso eu disse que ia ver se você topava.

— Ia ser uma mudança, não ia?

— É o que eu acho. Uma mudança para os convidados, também. É um tanto mais atraente que sair na noitada e vomitar vodca na porta de uma boate. Com todas essas drogas para estuprar as mulheres nos encontros, a gente não ia querer se arriscar a sair.

— Sem homens — sugeriu Al. — Ninguém quer Raven perturbando em certos assuntos.

— Decididamente, nada de homens. Elas vão pra lá justamente para se afastar deles.

— E não vamos incluir a sra. Etchells, vamos? Não queremos ela por lá enchendo o saco sobre os prazeres da maternidade.

— Ou dizendo que alguém precisa de uma pequena operação. Não, decididamente, nada de sra. E. Vou dizer que você topa, Al. Conhece aquele pessoal da Cornualha, aqueles novos fornecedores? Eles oferecem pacotes de festa, uma espécie de sacola de produtos para os clientes levarem, frasquinhos de sais aromáticos, varinhas de incenso, velas em lata, você sabe o tipo de coisa, numa bolsinha que parece de veludo. A gente adiciona um percentual e vende ao organizador da festa, e podemos levar nosso próprio estoque de baralho de anjos e CDs espirituais. Gemma tem um cartão de atacadista, então a gente pode fornecer a champanhe e os tira-gostos da festa. O ideal é fazer disso um evento de paparicação e relaxamento, além de previsão. Podemos dar conselhos nutricionais... talvez você, não, Al... e precisamos de alguém para fazer massagem e reflexologia. Silvana faz reiki, não faz? E tem aquela nova terapia em que ela está se especializando, esqueço como se chama. Não sei muito bem, a gente esfrega os pés e traz de volta lembranças do período pré-natal.

— É mesmo? — perguntou Al. — Você já tentou, Mandy?

— Hum-hum. Muito intrigante. Relaxante.

— Como é?

— Escuridão. Uma espécie de chiado.

Al pensou: eu não gostaria de ter acesso a meus pensamentos de antes de nascer. Veio-lhe a imagem da mãe pacientemente cutucando-a com uma agulha de tricô.

— Mais alguma coisa?

— Sim. Agora que você falou nisso. Acho que fui regredida à minha vida passada. Os momentos finais, você sabe. Um telhado enorme caindo na minha cabeça. Eu ouvia meu próprio crânio se partindo.

Nas festas de mulheres, durante as noites de verão, Colette ficava na cozinha empoleirada num tamborete, de cara amarrada, abastecendo de dados o Palmtop. Estava tranquila e alinhada, metida em saias bege e camisetas que exibiam um dedo da barriga reta, como decretava a moda. Sentava-se de pernas cruzadas, balançando a sandália no pé, examinando os horários de Alison para o outono e calculando as despesas. Quando as sensitivas, em echarpes esvoaçantes, tiravam uma folga e se encostavam na geladeira para puxar conversa, ela lhes lançava um olhar enviesado e, com uma irritada torção dos lábios, voltava a fazer as contas. Quando elas eram chamadas de volta à festa, Colette soltava um longo suspiro e examinava em volta. Trabalhavam em lugares de alta classe: Weybridge, Chobham; e com a última palavra em utensílios de cozinha para ela admirar: tampos de balcão de granito que pareciam espelhos negros e aço escovado no qual via refletida vagamente sua forma esguia e ondulante quando atravessava a sala para servir-se uma taça de San Pellegrino. Quando a porta era aberta, a música New Age vinha ao seu encontro, e sonhadoras garotas semivestidas, besuntadas de óleos aromáticos, passavam e às vezes lhe ofereciam uma tira de cenoura ou uma peça de sushi.

— Que ironia — disse Colette a Al. — Sua turma dando conselhos sobre amor e casamento. Não há uma só relação intacta entre vocês.

Ouviu as médiuns murmurando sobre sua presença, ouviu-se chamada por Silvana de "aquele encosto". Sabia que Silvana tinha ciúmes, porque ela própria não podia pagar uma administradora. Imaginava-se dando o troco: eu, na verdade, sou o coração desta empresa. Fiz este negócio florescer. Tenho muitas habilidades e talentos. Pergunte a meu ex, Gavin. Hoje sou eu que o mantenho. Poderia muito bem dizer aos clientes o que vai acontecer na vida amorosa deles. Não é preciso ter poderes mediúnicos.

Alison entrou na cozinha esbaforida.

— Acabei de escapulir. Diga aos clientes que volto dentro de dez minutos. Ou passe alguns deles para Cara.

— Claro.

Colette abriu a planilha onde acompanhava os procedimentos da noite.

— Caindo fora, hein? — perguntou Gemma, seguindo Al pela cozinha.

— Preciso de fósforos. As velas da lua se apagam o tempo todo. — Olhou em volta. — Não há nada que precise de iluminação, não é? Numa casa como esta? E elas nem fumam. Ou dizem que não.

Colette abriu a bolsa e tirou dela uma caixinha. Sacudiu-a, com um ar presunçoso.

— Não faça... — disse Al, encolhendo-se. — As duas olharam para ela. — Eu não sei — ela explicou. — É que eu não gosto de gente sacudindo caixas de fósforos. Me faz lembrar alguma coisa.

— Na certa você foi queimada viva — disse Gemma. — Numa existência anterior. Provavelmente foi uma cátara.

— Quando foi isso? — perguntou Colette.

Gemma franziu a testa.

— É coisa medieval — respondeu.

— Então eu acho que não tinham fósforos.

Gemma irritou-se.

— Tem uma presença aqui — disse Al — soprando as velas. Cara tentou acuar essa entidade, mas a gente não quer assustar os clientes. Vou dar um pulo na rua, pois tem um bando de vovós paradas ao lado do muro.

— Onde? — perguntou Colette, dirigindo-se à janela.
— Vovós espíritos. Bisavós. Trisavós.
— Que é que elas querem?
— Apenas cumprimentar. Parabenizar. Dar uma olhada na decoração. Você sabe como é.
— Você é muito molenga — disse Colette. — Deixe as vovós paradas lá e vá cuidar dos clientes.
— Eu tenho que explicar a elas — disse Al — que não são desejadas. Tenho que dizer de um jeito que não magoe.

Quando se dirigiu ao elevador, a mulherzinha seguiu-a, dizendo:
— Com licença, senhorita, você viu Maureen Harrison?
— Você de novo? — perguntou Al. — Ainda não a encontrou? Fiquem por aí, queridas, sigam a gente até em casa.

Gemma voltou à cozinha com uma garota apoiada no ombro: magra feito um palito, oscilando sobre saltos altos, chorando e derramando lágrimas.
— Levante-se, Colette — disse Gemma —, esta é Charlotte, nossa anfitriã, deixe ela se sentar.

Colette saiu do tamborete e Charlotte montou nele; não era o tipo de tamborete no qual se pode afundar. A lamúria continuou, e quando Gemma tentou abraçá-la, ela chiou:
— Não, não.
E afastou-a com tapinhas.
— Ele acabou de mandar uma mensagem de texto para ela — contou Gemma. — O sacana. Terminou tudo.

As mulheres da festa encheram a entrada da cozinha, boquiabertas.
— Voltem, senhoras — pediu Silvana — não se amontoem aí, deixem a garota superar o choque.
— Nossa — disse Colette. — Ela é a noiva?

Cara afastou as amigas da frente. Parecia pequena e feroz.
— Mande uma mensagem de volta para ele, Charlotte.
— A gente pode mandar uma mensagem prévia? — perguntou Gemma.
— Isso é possível? Você sabe algo sobre isso, Colette? Se ela fizesse parecer que mandou a mensagem antes dele, seria ela a cancelar tudo.

— É, faça isso. — Cara encorajou. — Seu amor-próprio está em jogo. Faça de conta que você nunca recebeu.

— Agora preste atenção, querida — Gemma agachou-se no chão diante de Charlotte, que agitou-se e desferiu-lhe tapas, mas ela tomou-lhe as mãos e apertou-as. — Agora preste atenção, você acha que o mundo parou de girar, mas não parou, não. Você sofreu um choque, mas vai superar. Este é o fundo do poço, e agora a única saída é para cima.

— Aquele desgraçado imundo — choramingou a moça.

— É isso aí — disse Gemma. — Você tem que deixar isso para trás, querida.

— Não antes de cobrar dele — atacou Colette. — Sem dúvida. Quer dizer, tem dinheiro envolvido que vai ter que voltar. Do salão. E da lua de mel, das passagens aéreas pagas. A não ser que ela vá de qualquer modo, com uma amiga.

— Pelo menos tem que escrever a ele e perguntar o motivo — disse Cara. — Ou jamais vai conseguir por um ponto final.

— É verdade — disse Gemma. — Você tem que seguir em frente. Quer dizer, se deu azar na vida, de que adianta ficar se remoendo?

— Eu discordo — disse Colette. — Não foi azar. Foi mau julgamento.

— Quer calar a boca? — disse Gemma.

— Não adianta ela seguir em frente enquanto não tiver certeza de que aprendeu alguma coisa com isso — retrucou Colette.

Ela ergueu o olhar. Alison estava imprensada na porta.

— Para falar a verdade, eu concordo com Colette — ela disse — só desta vez. A gente tem que pensar no passado. Tem, sim. Pode descobrir o que estava errado. Ela deve ter tido sinais de aviso.

— Tudo bem, tudo bem — disse Gemma. Deu tapinhas no ombro bronzeado da garota. Charlotte fungou e sussurrou-lhe alguma coisa. — Bruxaria, oh, não — exclamou. Mas Charlotte continuou a insistir, assoando o nariz num pedaço de papel toalha que Al lhe dera; até que finalmente Gemma sussurrou de volta: — Eu conheço uma pessoa boa, realmente boa, em bruxaria. Se você quer mesmo deixar ele brocha.

— Acho que vai lhe custar alguma coisa — disse Colette. E pensou: imagino se eu solicitasse esse tipo de bruxaria conseguiria um desconto. Seria uma porrada no olho de Zoé. Disse: — Algumas garotas em seu lugar tomariam o caminho mais curto. Pra quê precisa de uma bruxa, quando pode sair por aí com uma faca de churrasco? Mais permanente, não é?

Lembrou-se de seus próprios momentos de tentação, na noite em que deixou Gavin. Posso ser inconsequente, pensou, se autoanalisando:

— Você iria parar na cadeia — disse Gemma, com ar severo. — Não dê ouvidos, querida. A vingança é um prato que se come frio.

Al gemeu e levou a mão à barriga. Correu para a pia da cozinha, mas era tarde demais.

— Oh, era exatamente o que eu precisava — disse a noiva em potencial. Saltou do tamborete para pegar um balde e esfregão.

Depois, Colette falou:

— Eu disse a você que os lagostins são traiçoeiros num clima desses. Mas você não pode controlar o apetite, pode? Agora está dando vexame.

— Não foram os lagostins. — Curvada no banco do carona, Al parecia fungar, deprimida. — Além disso, os lagostins têm proteínas.

— É — concordou Colette, com toda a paciência —, mas se você comer a proteína extra *e* os carboidratos *e* a gordura, Al, alguma coisa tem que ceder. É um princípio bastante simples para se meter na cabeça, eu já expliquei uma dúzia de vezes.

— Foi quando você sacudiu os fósforos — respondeu Al. — Foi quando comecei a me sentir enjoada.

— Isso não faz nenhum sentido — disse Colette. Deu um suspiro. — Mas eu já deixei de esperar sentido de você. Como pode ter tanto medo de uma caixa de fósforos?

Entre o súbito chilique da noiva e o vômito de Al, a festa das mulheres se desfizera cedo. Ainda não escurecera quando entraram na *Collingwood*. O ar esfriara, e os gatos da Alameda dos Almirantes andavam nas pontas das patas junto às cercas dos jardins, os olhos luzindo. Al pôs a mão no braço de Colette.

— Escute. — Da sala de estar vinham duas vozes grosseiras, subindo e descendo em amigável conversa. — Uma fita rodando — disse. — Escute. É Aitkenside?

Além da Escuridão

Colette ergueu as sobrancelhas. Abriu as portas duplas do hall; embora, como eram de vidro, o gesto fosse supérfluo. Não havia ninguém: e só o que conseguiu ouvir, da máquina sobre a mesa, foi um leve chiado e trinado que bem podiam ser do próprio mecanismo funcionando.

— A gente precisa comprar um equipamento de gravação mais sofisticado — disse. — Sei que deve ser possível cortar esse chiado.

— Xiu — fez Al. — Oh, Deus, Colette.

AITKENSIDE: Escute, Morris, ninguém consegue um bom picles de pepino hoje em dia. Não como antes. Onde você iria por um bom picles de pepino?
MORRIS: Nem de cebola. Não se consegue um bom picles de cebola como a gente conseguia depois da guerra.

— É Morris.

— Se você está dizendo.

— Não está ouvindo? Talvez a missão dele tenha acabado. Mas não era para ele voltar. — Al voltou-se para Colette, lágrimas nos olhos. — Ele devia ter passado para um nível superior. É o que acontece. É o que sempre acontece.

— Eu não sei. — Colette jogou a bolsa no chão. — Você mesma disse, a gente ouve essas gravações cruzadas de dois anos atrás. Talvez seja coisa velha.

— Talvez.

— Que é que ele está dizendo? Está ameaçando a gente?

— Não, está falando de picles.

AITKENSIDE: Não se consegue uma torta de carneiro. Que aconteceu com os carneiros? A gente nunca mais vê carneiros.
MORRIS: Quando você vai à estação comprar um sanduíche, não tem presunto, não se consegue uma fatia de presunto e um pouco de mostarda apimentada como antigamente, querem entupir o sanduíche com toda essa verdura, alface, e alface é coisa de mulherzinha.

AITKENSIDE: Tudo fast-food, comida de bicha, não se consegue um picles de ovo como antigamente.
MORRIS: A gente se divertia com um picles de ovo, era ver um picles de ovo e Bob Fox começava toda vez: passe isso em volta, turma, dizia, e quando MacArthur entrar simplesmente joguem o ovo na mesa, digam ui, ui, MacArthur, perdeu alguma coisa, meu velho? Vi MacArthur ficar pálido e desabar ali mesmo...
AITKENSIDE: Eu vi ele enfiar a mão na cueca...
MORRIS: E Bob Fox, bem tranquilo, pega o garfo e espeta o ovinho e o espreme entre os dedos...
AITKENSIDE: ...tremendo...
MORRIS: ...e dá uma mordida. Ha, ha. Eu me pergunto o que aconteceu com Bob Fox.
AITKENSIDE: Ele costumava bater na janela, não era? Toque, toque, toque. Era Bob.

De madrugada Colette desceu e encontrou Al de pé na cozinha. Olhava para dentro da gaveta de talheres aberta.

— Al — chamou baixinho.

Viu com desgosto que a amiga não se dera o trabalho de amarrar o roupão, que se abria na frente e exibia a barriga redonda e o triângulo escuro de pelos púbicos. Al ergueu o olhar, percebeu Colette e devagar, meio que adormecida, fechou a fina vestimenta de algodão, que tornou a se abrir enquanto ela passeava os dedos em busca do cinto.

— Que está procurando? — perguntou Colette.

— Uma colher.

— Tem uma gaveta cheia de colheres!

— Não, uma em particular — insistiu Al. — Ou talvez um garfo. Um garfo serve.

— Eu devia desconfiar que você ia estar aqui embaixo, comendo.

— Eu acho que fiz alguma coisa, Colette. Uma coisa terrível. Mas não sei o que foi.

Além da Escuridão

— Se tem que comer alguma coisa, pode comer uma fatia de queijo. — Colette abriu a máquina de lavar pratos e começou a tirar a louça do dia anterior. — Fez uma coisa terrível? Que tipo de coisa?

Alison pegou uma colher.

— Esta.

— Flocos de cereal, não, por favor! A não ser que queira desfazer todo o sacrifício. Por que não volta pra cama?

— Vou voltar — respondeu Alison, sem muita convicção. Afastou-se, com a colher ainda na mão, depois voltou e entregou-a a Colette. — Eu não sei o que fiz. Não consigo me lembrar.

Um raio róseo de luz do sol cruzava a balaustrada, e um motor ronronava quando um madrugador da *Beatty* deixava a garagem.

— Cubra-se, Al — disse Colette. — Oh, venha cá, me deixe... — Segurou o roupão, enrolou-o em torno da amiga e amarrou-o com um laço duplo. — Você não está bem. Quer que eu cancele os clientes da manhã?

— Não, deixe eles virem.

— Eu levo um chá verde para você às oito e meia.

Al afastou-se devagar rumo à escada.

— Mal posso esperar.

Colette abriu a gaveta de talheres e encaixou a colher entre as outras. Pensou: na certa ela está com fome, vomitou todos os tira-gostos da festa. Que não devia ter comido, aliás. Talvez eu devesse ter deixado ela comer um pouco de cereal. Mas pra quem é essa dieta? Para mim é que não é. É por Al. Sem mim, ela sai direto dos trilhos.

Empilhou alguns pratos no armário, fazendo-os tilintar. Precisava Al mostrar-se tão nua? As pessoas gordas fazem isso. Despem-se às sombras matinais, a barriga dela é tão branca que parece uma oferenda, um sacrifício. A visão constrangera Colette, que a repudiava por isso.

O calor do verão cobrou seu preço a Al. Na semana seguinte, ela ficou acordada quase todas as noites. Na quentura do dia, as coxas roçavam uma na outra ao andar, e os pés transbordavam contra as tiras das sandálias.

— Pare de gemer! — disse Colette. — Estamos todos sofrendo.

— Às vezes — respondeu Al — eu tenho uma espécie de sensação arrepiante. Você tem isso?

— Onde?

— Corre por minha espinha abaixo. Sinto cócegas nos dedos. E partes do corpo ficam frias.

— Neste clima?

— É, é tipo os pés não andarem direito, eu quero ir para um lado e eles para outro diferente. Quero voltar para casa, mas eles não me obedecem. — Fez uma pausa. — É difícil explicar. Eu sinto que vou cair.

— Na certa esclerose múltipla — disse Colette. Folheava a revista *Emagrecer*. — É bom fazer um exame.

Al marcou uma consulta no centro médico. Quando ligou, a recepcionista quis saber qual era o problema, e quando ela explicou cuidadosamente: meus pés vão para lados diferentes, ouviu a mulher passar a notícia às colegas.

A voz da moça trovejou no telefone.

— Quer que eu bote você como emergência?

— Não. Eu posso esperar.

— É que você precisa se certificar de que não vai sair vagando por aí — disse a mulher.

Ouviram-se cacarejos ao fundo: guinchos. Eu podia desejar mal a elas, disse Al, mas não vou fazer isso, por enquanto. Pensou: houve alguma ocasião em que desejei mal aos outros?

— Posso marcar para quinta-feira — disse a mulher. — Você não vai se perder a caminho daqui?

— Minha sócia me leva de carro — ela respondeu. — A propósito, se eu fosse você cancelaria suas férias. Sei que vai perder o depósito, mas que é um depósito perdido em comparação com um sequestro por terroristas islâmicos e vários meses com grilhões numa barraca de zinco no deserto?

Na quinta-feira, Colette levou-a, claro.

— Não precisa me esperar — disse Al.

— Claro que vou esperar.

— Se você me deixar seu celular, eu chamo um táxi para me levar para casa. E você pode ir ao correio e mandar meus sortilégios. Um deles vai por via aérea e precisa ser pesado.

— Acha mesmo que eu ia deixar você, Alison? Para receber más notícias sozinha? Na certa faz um conceito melhor de mim... — Colette fungou. — Eu me sinto desvalorizada. Me sinto traída.

— Oh, querida — disse Al. — Você está passando tempo demais com médiuns mulheres. Está ficando muito sensível.

— Você não compreende — disse Colette. — Não compreende como Gavin me decepcionou. Sei como é, você sabe, eu não faria isso a outra pessoa.

— Lá vem você de novo. Vive falando em Gavin agora.

— Não vivo, não. Nunca falo dele.

Ao chegarem à recepção, Al examinou bem a equipe atrás dos anteparos de vidro. Não viu aquela que rira dela. Talvez eu não devesse ter falado nada, mas quando vi que ela tinha reservado um cruzeiro no Nilo, não pude resistir. Não é, não é mesmo, que eu desejasse algum mal a ela. Só fiz dizer.

— É interessante — comentou, olhando em volta.

Era a típica sala de espera que os clientes descreviam: pessoas espirrando e tossindo em cima da gente, e uma longuíssima fila. Eu nunca fico doente, ela pensou, por isso não saberia dizer de antemão. Estou indisposta, claro. Mas não de uma forma que os médicos possam tratar. Pelo menos, eu acho que não.

Esperaram, sentadas lado a lado em cadeiras empilhadas, e Colette falou de sua autoestima, sua falta de autoestima, sua vida solitária. A voz tremia. Al pensou: pobre Colette, são os tempos em que vivemos. Se não pode ir a um show mediúnico, ela imagina-se num espetáculo de confissão. Imagina Gavin tropeçando nos cabos, atraído do escuro para a luz ofuscante, da escuridão de sua própria natureza obtusa para a luz pálida de olhos acusadores. Podia ouvir a plateia gemendo, chiando, Gavin julgado, condenado e enforcado. Ocorreu-lhe que ele já fora enforcado, numa vida anterior de caçador clandestino. Por isso, pensou, nesta ele jamais fecha o botão de cima da camisa.

Cerrou os olhos. Sentia cheiro de merda, esterco de fazenda. Gavin estava parado com a corda no pescoço. Cavanhaque e uma expressão de desafio. Alguém tocava tambor. A multidão era pequena mas ativa. E ela? Ela desfrutava seu dia de folga. Uma mulher vendia tortas de carneiro. Al acabara de comprar duas.

— Acorde, Al — chamou Colette. — Estão chamando seu número! Devo ir com você?

— Não. — Ela deu um empurrão no peito de Colette, jogando-a contra o encosto da cadeira. — Vigie minha bolsa — disse, atirando-a no colo da amiga.

Ao se afastar, ainda estendia a mão — a palma ardendo e ligeiramente gordurosa da segunda torta. Por um instante, o médico chegou a pensar que a mão estendida era para ele apertar. Pareceu indignado com a intimidade, depois se lembrou do treinamento em comunicação.

— Srta. Hart! — disse, com um sorriso que mostrava os dentes. — Sente-se, sente-se. Como vai? — Ele esteve numa missão, pensou Al. Como Morris. Havia uma caneca de café manchada ao lado do braço do médico, com o logotipo de uma popular empresa farmacêutica. — Imagino que esteja aqui por causa do seu peso.

— Oh, não — ela respondeu. — Receio não poder evitar o meu peso.

— Hum. Já ouvi isso uma ou duas vezes — disse o médico. — Vou lhe dizer uma coisa: se eu ganhasse uma libra por cada mulher que se sentou nessa cadeira e me falou de metabolismo lento, hoje eu seria um homem rico.

A riqueza não ia lhe adiantar nada, pensou Alison. Com um fígado como o seu. Devagar, com demorado pesar, ela desviou sua atenção das vísceras dele e focou no pomo de adão.

— Sinto cócegas nos braços — disse. — E nos pés: quando tento ir para casa, os pés me levam para outra parte. Os dedos se contorcem, e os músculos da mão também. Às vezes não consigo usar garfo e faca.

— E aí...? — perguntou o médico.

— E aí uso uma colher.

— Você não está me dando muita informação útil — disse o médico. — Já tentou comer com os dedos?

Além da Escuridão

Era a piadinha dele, ela pensou. Vou relevar. Não vou abusar dos meus poderes mediúnicos com ele. Vou me manter calma, e tentar parecer comum.

— Escute, vou lhe dizer o que acha minha amiga.

Expôs a teoria de Colette.

— Vocês mulheres! — disse o médico. — Todas acham que sofrem de esclerose múltipla. Eu não entendo por que têm tanta fascinação em ficar numa cadeira de rodas. Tire os sapatos, por favor, e suba na balança.

Al tentou tirar os pés das sandálias, mas elas grudaram, as tiras enterradas na carne.

— Desculpe, desculpe — disse, curvando-se para desafivelá-las, arrancar o couro.

— Vamos, vamos — disse o médico. — Tem gente esperando lá fora.

Ela chutou os sapatos e subiu na balança. Olhou a pintura da parede, e depois, criando coragem, olhou para baixo. Não via o número além do próprio corpo.

— Vejam só! — exclamou o médico. — Mande a enfermeira examinar sua urina. Na certa você é diabética. Creio que devemos mandar examinar o colesterol, mas também para que tanto trabalho. Sai mais barato mandar uma patrulha confiscar as batatas fritas e a cerveja. Quando foi a última vez que você verificou a pressão sanguínea? — Ela deu de ombros. — Sente-se aqui — ordenou. — Esqueça os sapatos, não temos tempo pra isso, pode se calçar quando sair. Enrole a manga.

Al tocou sua própria pele quente. Usava uma camiseta de mangas curtas. Não gostava muito de chamar a atenção para isso.

— Já está enrolada — sussurrou.

O médico passou a faixa em torno do braço. Com a outra mão, começou a bombear.

— Vejam só. Nesse nível, você tem que tratar. — Lançou um olhar de baixo para cima. — A tireoide na certa já se foi. — Voltou-se e digitou alguma coisa no teclado. — Parece que é a sua primeira consulta — disse.

— Tem razão.

— Você não está registrada com dois médicos, está? Porque é de esperar que uma pessoa em seu estado viesse aqui duas vezes por semana. Você já está se tratando? Registrada em outra clínica? Porque se estiver, estou lhe avisando, o sistema vai pegar você. Não adianta vir com esse truque.

Al sentiu a cabeça começar a doer. O médico digitava. Ela apalpou o couro cabeludo, como se buscasse o traço informe de uma antiga cicatriz. Ganhei esta em algum lugar de minhas vidas passadas, pensou, quando era campesina. Passei anos assim, corpo curvado, cabeça baixa. Uma vida, duas, três, quatro. Acho que sempre há necessidade de trabalhadores braçais.

— Agora vou testar este medicamento em você — disse o médico. — É para pressão alta. Marque com a enfermeira um exame a cada três meses. Estes são para a tireoide. Um por dia. Só um, veja bem. Não adianta dobrar a dose, srta.... Hart... porque senão pode lhe causar um colapso endócrino antes do previsto. Aqui está.

— Devo voltar? — ela perguntou. — Para ver você pessoalmente? Embora não com frequência?

— Veja como vai indo — disse o médico, balançando a cabeça e sugando o lábio.

Mas não a balançava para ela em particular. Já pensava no paciente seguinte, e, ao varrê-la da tela do computador, apagou-a da mente, sendo tomado por uma bem treinada alegria.

— Oh, sim — disse, esfregando a testa. — Espere, srta. Hart, não está deprimida de alguma forma, está? Podemos fazer muito nesse caso, você sabe.

Quando Colette viu Al arrastando os pés corredor abaixo para a sala de espera, tentando manter as sandálias desafiveladas nos pés, largou a revista, tirou os pés de cima da mesa de centro e equilibrou-se suavemente como integrante de uma trupe de dança. É legal se sentir mais leve!, pensou: a dieta de Al estava dando certo, embora não para ela.

— E aí? — perguntou. — Tem esclerose múltipla?

— Não sei — respondeu Al.

— Que quer dizer, Al, com essa de *não sei*? Você entrou lá com uma pergunta específica, e eu diria que devia sair com uma resposta, sim ou não, caramba.

— Não foi tão simples assim — disse Al.
— Que aparência tinha o médico?
— Careca e desagradável.
— Entendo — disse Colette. — Afivele as sandálias.

Al curvou-se na altura da cintura: onde seria a cintura.

— Eu não alcanço — disse de um modo penoso.

No balcão de recepção, pôs um pé numa cadeira vazia e curvou-se. Uma recepcionista bateu no vidro. Toque, toque, toque. Espantada, ela cambaleou: o corpo tremeu. Colette encostou-se nela, para escorá-la em pé.

— Vamos embora — disse Al, capengando mais rápido.

E quando chegaram ao carro, ela apoiou o pé direito no limiar da porta e afivelou a sandália.

— Entre logo — disse Colette. — Neste calor, calçar o outro pé vai lhe matar.

Al jogou-se no assento, levantando a sandália esquerda com o dedão.

— Eu podia ter feito uma previsão para ele — disse — mas não fiz. Ele diz que pode ser a tireoide.

— Deu algum plano de dieta?

Al bateu a porta do carona. Tentou enfiar o pé inchado na sandália.

— Eu pareço a Irmã Feia — disse. Pegou um lenço de papel com água de colônia e atrapalhou-se com o sachê. — Trinta e seis graus é demais, na Inglaterra.

— Me dê isso aqui.

Colette pegou o sachê e abriu-o com um rasgo.

— E por algum motivo os vizinhos parecem achar que a responsável sou eu.

Colette deu uma risadinha.

Al enxugou a testa.

— Aquele médico, eu pude ver através dele. O seu fígado não tem salvação. Mas eu não falei nada.

— Por quê?

— Não adiantava. Eu queria praticar uma boa ação.

Colette disse:

— Oh, desista!

* * *

Parara na entrada da garagem do número doze.

— Você não entende — disse Al. — Eu queria praticar uma boa ação, mas não consegui. Não basta ser bacana, não basta simplesmente ignorar quando as pessoas nos colocam pra baixo. Não basta ser... tolerante. É preciso praticar uma boa ação.

— Por quê?

— Para impedir a volta de Morris.

— E que faz você pensar que ele vai voltar?

— A gravação. Ele e Aitkenside falando de picles. Estou com as mãos e os pés coçando.

— Você não disse que isso tinha relação com o trabalho! Quer dizer que passamos tudo isso por nada?

— Você não passou por nada. Fui eu que tive de escutar aquele velho ensebado e fedorento criticar meu peso.

— Seu peso merece crítica.

— E embora eu pudesse fazer uma previsão para ele, não fiz. Uma boa ação significa... eu sei que você não entende, por isso cale a boca, Colette, talvez aprenda alguma coisa. Uma boa ação significa que você teve de fazer algum sacrifício. Ou que distribuiu dinheiro.

— De onde você tirou isso? — perguntou Colette. — Da aula de religião da escola?

— Eu jamais tive educação religiosa — disse Alison. — Não depois dos treze anos. Sempre me faziam esperar de pé no corredor. As aulas atraíam Morris e pessoas que tentam se materializar. Por isso me botavam para fora. Parece que não me faz falta. Sei bem a diferença entre certo e errado. Tenho certeza de que sempre soube.

— Quer parar com a ladainha? — Colette disse, com lágrima nos olhos. — Você nunca pensa em mim, não é mesmo? Parece que você não percebe como eu estou na merda! Gavin está saindo com uma topmodel.

Passou-se uma semana. Al comprara os remédios receitados. Seu coração agora batia devagar, tum, tum, como um peso de chumbo oscilando no espaço.

Além da Escuridão

A mudança não era desagradável: mas ela se sentia mais lenta, como se cada ação e percepção fossem agora deliberadas, como se ela não se passasse mais por otária. Não admira que Colette estivesse tão despeitada, pensou. Topmodel, hein?

Parada à janela da frente, olhava a Alameda dos Almirantes. Um veículo solitário atravessava o parquinho das crianças, levantando lama. Os empreiteiros haviam asfaltado até um determinado estágio, mas aí a superfície parecera ceder e apresentar rachaduras, que os vizinhos ficavam observando, encostados na cerca temporária; dentro de uma semana ou duas, o mato passou a brotar das fendas, e os homens voltaram para acabar com o que restava com britadeiras, remover o entulho e reduzi-lo a terra batida.

Às vezes os vizinhos abordavam os operários e gritavam acima do barulho das máquinas, mas nem um deles ouvia a mesma história duas vezes. A imprensa local caíra num estranho silêncio, atribuído a estupidez e subornos. De quando em quando ressurgia o boato da infestação de centáureas.

— A gente não consegue evitar a centáurea — disse Evan. — Sobretudo se não sofreu mutação.

Nenhuma minhoca branca fora encontrada de fato, ou pelo menos ninguém admitira ter visto uma. Os moradores sentiam-se acuados e perplexos. Não queriam chamar a atenção do público, mas queriam processar alguém; achavam que era um direito deles.

Al avistou Mart no parquinho das crianças. Ele usava o boné de pedreiro e apareceu tão de repente que ela se perguntou se ele viera por um dos túneis secretos sobre os quais especulavam os vizinhos.

— Como vai? — ele gritou.

— Tudo bem.

Alison sentia os pés movimentarem-se para todos os lados, mas com uma virada brusca para a esquerda e a mudança repentina de curso conseguiu manobrar e descer a ladeira na direção dele.

— Está trabalhando aqui agora, Mart?

— Me botaram na escavação — ele respondeu. — Vamos remediar: é a natureza e a descrição do trabalho. Já recebeu antes uma descrição de trabalho?

— Não, eu, não — ela respondeu. — Eu mesma faço à medida que tenho necessidade. Mas enfim, que é remediar?

— Está vendo este solo? — Ele apontou um montículo. — É isto que estamos retirando. — Apontou outro montículo, muito parecido. — E estamos substituindo por isto.

— E para quem está trabalhando?

Mart pareceu furioso.

— Subcontratado — respondeu. — Dinheiro na mão.

— Onde você está morando?

— Com Pinto. No sobrado dele.

— Então você se livrou dos ratos?

— No fim das contas. Um vagabundo apareceu com um cachorro.

— Vagabundo?

— Você sabe. Um cigano.

— Como se chamava?

— Ele não deu nome nenhum. Pinto conheceu ele no pub.

Al pensou: se um homem está sempre a menos de um metro de um rato — ou serão dois? — como será essa experiência do ponto de vista dos ratos? Será que passam toda a vida tremendo? Contam uns aos outros histórias de terror sobre um cigano com um terrier na coleira?

— Como está o velho galpão? — perguntou Mart.

Falava como se se tratasse de um tolo capricho de sua juventude.

— Mais ou menos como você deixou.

— Eu andei pensando que podia passar uma ou outra noite lá, se sua amiga não fizer grande objeção.

— Ela faz, sim. E também os vizinhos. Acham que você é um sem-teto em busca de abrigo.

— Ora, vamos, dona — disse Mart. — É só para quando Pinto disser: Mart, vá dar um passeio. Aí a gente podia bater um papo daqueles. E se você tiver dinheiro, a gente pode comprar comida para viagem.

— Tem se lembrado dos comprimidos, Mart?

— De vez em quando. São para depois das refeições. Era melhor quando eu morava em seu jardim e você trazia a bandeja e me lembrava.

— Mas você sabe que aquilo não podia continuar.

— Por causa da sua amiga.

Vou continuar a praticar uma boa ação, ela pensou.

— Espere aqui, Mart — disse.

Entrou de volta em casa e pegou uma nota de vinte libras na bolsa. Quando voltou, encontrou-o sentado no chão.

— Vão jogar jatos d'água no esgoto em breve — disse Mart. — Isso vai provocar queixas e preocupações.

— É melhor fingir que está trabalhando — ela disse. — Ou então vai ser despedido.

— Os caras saíram para o almoço — respondeu Mart. — Só que eu não tenho almoço.

— Agora pode comprar — ela disse, entregando o dinheiro. Mart ficou olhando a nota. Ela achou que ele ia dizer: isso não é almoço. E explicou: — Representa um almoço. Você compra o que quiser.

— Mas me barraram.

— Seus companheiros compram pra você.

— Eu preferia que você me preparasse um almoço.

— É, mas isso não vai acontecer.

Foi embora se arrastando. Eu quero praticar uma boa ação. Mas. Não vai adiantar ele ficar rondando por aqui. No degrau da *Collingwood*, voltou-se para olhá-lo. Ele tornara a sentar-se no chão, no solo recém-revolvido, como um auxiliar de coveiro. Você pode passar a vida toda tentando dar um jeito em Mart, ela pensou. Não existe causa e efeito para ele. Vive como se fosse indício para uma coisa ou outra, composto que é de pedaços do passado e fragmentos das frases dos outros. Parece um quadro que a gente não sabe que lado fica para cima. É como um quebra-cabeça ambulante, mas a gente perdeu a tampa da caixa.

Já fechava a porta da frente quando ele a chamou. Ela tornou a sair. Ele correu em sua direção, os vinte paus amassados na mão.

— Esqueci de pedir a você. Se no caso de um ataque terrorista eu podia vir para o galpão.

— Mart — ela respondeu com ar de advertência, e começou a fechar a porta.

— Não, mas — ele disse — eu fui à vigilância do bairro semana passada.

Ela o encarou.

— Você foi à reunião?

— Me escondi no fundo.

— Mas por quê?

— Manter o olho em Delingbole.

— Entendo.

— E o recado foi: em caso de ataque terrorista ou explosão nuclear, vá para dentro de casa.

— Parece sensato.

— Assim, se houver uma dessas coisas, posso voltar a morar no seu galpão? Você deve estocar um estojo de primeiros socorros que inclua tesoura, um rádio alimentado a dínamo, mas eu não sei o que é isso, e latas de atum e feijão, que eu tenho, além de um abridor de latas.

— E depois faz o quê?

Ela pensou: eu gostaria de ter ido a essa reunião.

— Aguenta firme, escuta o rádio e come o feijão.

— Até quando?

— Como?

— Quer dizer, quando será seguro sair?

Mart encolheu os ombros.

— Acho que quando Delingbole aparecer e avisar. Mas é possível que ele nunca viesse me avisar, porque me odeia. Eu ia acabar morrendo de fome.

Alison deu um suspiro. Por baixo do boné de pedreiro, Mart dirigiu-lhe um olhar abandonado.

— Tudo bem — ela disse. — Que tal o seguinte: Em caso de ataque terrorista ou explosão nuclear, esqueça o galpão, pode vir morar em nossa casa.

— Mas ela não vai deixar.

— Eu digo que você é meu convidado.

— Não vai fazer diferença nenhuma — ele disse. Demonstra ter juízo, pensou Alison. — Um sujeito passou por aqui — continuou Mart —, procurando por vocês. Ontem, num furgão.

— Oh, devia ser o correio — disse Alison.

Estavam esperando mais pacotes de brindes vindos de Truro.
— Você tinha saído.
— Engraçado ele não deixar um cartão. A não ser que Colette tenha recebido e não falou nada.
— O cara não tinha cartão, não deixou o menor vestígio — disse Mart. Acariciou a barriga. — Que tal um chá?
— Mart, volte para lá e comece a cavar. A gente vive dias difíceis. Todos temos que contribuir com algum esforço.
— Você não me daria uma mãozinha, daria?
— Como, para cavar? Escute, Mart, eu não trabalho ao ar livre, não vou a corridas de cavalos, fico aqui ganhando vinte paus para poder dar a você. Que iam dizer seus companheiros se voltassem e me encontrassem fazendo seu trabalho por você? Iam rir na sua cara.
— Já riem, de qualquer jeito.
— Só riem porque você não vai em frente com o trabalho. Devia ter respeito próprio! É o que importa para todos nós.
— É?
— É. É como as pessoas chamavam antigamente, agora chamam de autoestima, bela diferença. Vivem tentando tirar isso da gente. Não deixe. É preciso ter fibra. Orgulho. E aí? Está vendo? Cave! — Saiu pisando forte, mas depois parou e voltou-se. — Mart, aquele cara, do correio, que era que estava escrito na lateral do furgão. — Como se pensasse melhor, acrescentou: — Você sabe ler?
— Sei — respondeu o rapaz —, mas era um furgão comum, sem nada escrito. Não tinha nome nem coisa alguma. Mas tinha lama na lateral.
— Quer dizer que ele não falou com você? Quer dizer, tinha uma caixa para entregar, uma prancheta ou um desses computadores de mão em que a gente assina?
— Tinha caixas. Abriu a traseira do furgão e eu olhei para dentro. Um monte de caixas empilhadas. Mas não deixou nenhuma.
Alison foi tomada por uma terrível arrancada de medo. Pensou que os remédios para o coração impediam esse tipo de sensação. Mas aparentemente estava enganada.
— Que tipo de cara era?

— Um desses que sempre batem na gente. Desses que, num pub, provocam: Oi, chapa, tá olhando o quê? E a gente responde: Nada, chapa, e aí ele diz...

— Ok, entendi — disse Al.

— ...e aí, quando a gente menos espera, está no hospital — concluiu Mart. — Sendo costurado. As orelhas fatiadas e o sangue escorrendo na camisa de jérsei, se você tem camisa de jérsei. E cuspindo os dentes da boca.

Em seu quarto, Alison tomou um comprimido a mais para o coração. Enquanto aguentou, ficou sentada na ponta da cama, esperando que fizesse efeito. Mas o pulso não baixava; é surpreendente, ela pensou, como a gente pode se sentir ao mesmo tempo chateada e assustada. Uma maneira razoável de descrever minha vida com os demônios: eu vivi com eles, eles viveram comigo, passei a infância à meia-luz, esperando desenvolver talentos e meios de ganhar a vida, e sempre sabendo, sempre sabendo que devia a existência a eles; uma voz costumava dizer: onde você acha que sua mãe ganha dinheiro para descer até a venda e comprar papinha, se não do tio Morris; onde acha que ela encontra grana pro bebezinho, senão do tio Keef?

Tirou a roupa: descascando-a molhada do corpo e jogando-a no chão. Colette tinha razão, claro; devia fazer dieta, qualquer dieta, todas de uma vez. Se a TV, como diziam as pessoas, fazia a gente parecer mais gorda, então ia parecer — não podia nem pensar no que ia parecer, alguma coisa ridícula, talvez até mesmo meio ameaçadora, uma coisa saída de um canal de ficção científica. Sentia a aura oscilante a sua volta, como se ela usasse uma capa gigante feita de geleia. Beliscou-se. O comprimido para a tireoide não surtira efeito imediato na carne. Alison imaginou como seria se acordasse uma manhã e tivesse soltado camadas de si mesma, como alguém que tira um casaco de inverno — depois dois, depois três... Pegou punhados de carne aqui e ali, e tornou a reposicioná-los e reassentá-los. Viu-se de todos os ângulos, mas não conseguiu produzir um efeito melhor. Eu dou o melhor de mim com as dietas, disse a si mesma; mas tenho de abrigar tanta gente. Minha carne é tão espaçosa: sou um assentamento, um lugar seguro, um abrigo à prova de bombas.

— Bum! — fez baixinho.

Além da Escuridão

Oscilou sobre os pés, balançou-se para trás e para frente nos calcanhares. Viu-se balançando-se no espelho. Quando se acostumou com o reflexo, quando se habituou a ele, deu as costas; esticando o queixo sobre o ombro, podia ver as linhas elevadas e prateadas das cicatrizes. No clima quente pareciam inchar e clarear, ao passo que no inverno era como se encolhessem, ficassem vermelhas e repuxassem. Mas talvez fosse imaginação. E na imaginação alguém lhe disse: "Putinha traiçoeira. Vamos mostrar o que uma lâmina pode fazer."

Um suor frio brotou-lhe nas costas. Colette tinha razão, Colette tem razão, tem de me controlar, tem de me odiar, é importante que alguém me odeie. Gostei quando Mart apareceu e compramos comida, mas devia ter deixado ele comer tudo. Se bem que, pensando bem, ele ficou com as costelas que sobraram. Fiz isso porque queria praticar uma boa ação. Colette nunca pratica uma boa ação porque ser magra é o que pratica em vez da boa ação. Veja como se mata de fome, só para me ensinar, só para me envergonhar, só para ver até onde eu sou imune ao seu exemplo. Nas últimas semanas, as roupas cor de trigo dela pendiam do corpo como sacos de batata. Então anime-se, pensou Alison, podemos ir fazer compras. Podemos comprar umas roupinhas, eu de um tamanho maior, ela de um menor. Isso vai deixá-la de bom humor.

O telefone tocou, fazendo-a dar um salto. Ela se sentou, nua, para atender.

— Alison Hart — respondeu ela —, como posso ajudar você?

— Oh, srta. Hart... é você em pessoa?

— É.

— Quer dizer que é real? Eu achava que talvez fosse um centro de chamadas. Você trabalha com rabdomancia?

— Depende de para que é. Eu procuro joias perdidas, velhas apólices de seguro, testamentos escondidos. Não procuro arquivos de computador nem faço qualquer tipo de recuperação eletrônica. Cobro uma taxa única de visita, na base do não achou, não recebe. Só trabalho dentro de casas.

— É mesmo?

— Não me dou bem com distâncias nem terreno acidentado.

— Mas é ao ar livre que eu quero.

— Então é melhor você procurar meu colega Raven, especializado em energias da terra, túmulos neolíticos, monturos, cavernas, túneis e monumentos.

— Mas você está na minha área — disse a mulher. — Por isso eu liguei. Estou me guiando pelo seu código de telefone no anúncio.

— Que é que você está procurando mesmo?

— Na verdade, urânio — respondeu a mulher.

Alison disse:

— Oh, querida, acho que é de Raven que você precisa...

Espero que ele resolva diversificar o negócio, pensou, se esses envenenamentos continuarem: centáurea, encanamento podre. Ele vai passar a atuar com lodo e escoamentos tóxicos e detectando paredes de instalações subterrâneas. Se houvesse paredes abaixo dos meus pés, pensou, se houvesse silos e escavações ocultas, cavidades abertas com explosivos na terra, eu saberia? Se houvesse câmaras secretas e becos sem saída, eu sentiria?

— Ainda está aí? — perguntou à cliente.

E passou os detalhes de Raven: email e o resto. Era difícil fazer a mulher largar o telefone; ela parecia querer algum tipo de extra grátis, tipo: uma leitura de tarô cortesia, escolha uma das três cartas. Faz tempo desde que eu abri as cartas, pensou Al. Disse à mulher: preciso mesmo ir, porque tenho, você sabe, outro cliente chegando dentro de... bem, quinze minutos, e, oh, Deus... que cheiro é esse? Oh, Deus, acho que deixei alguma coisa no fogo... afastou o telefone do ouvido, mas mesmo assim a mulher continuou a falar, e ela pensou: Colette, onde está você, tire essa mulher da linha... jogou o telefone na cama e saiu correndo do quarto.

Ficou parada no patamar, nua. Jamais estudei ciência na escola, pensou, nem química, nem física, por isso não posso aconselhar essas pessoas sobre a probabilidade de alienígenas, sobre rabdomancia, urânio, centáurea ou qualquer outra coisa, na verdade. Imagine, disse a si mesma, Morris solto num laboratório... seus amigos presos num tubo de ensaio, amalgamando-se e reagindo uns com os outros, soltando pequenos pufes e sopros de fumaça. Depois disse a si mesma: não imagine, porque é a imaginação que dá a eles a porta de entrada. Se eu você fosse mais magra eles teriam menos espaço pra viver. Sim, Colette tinha razão de novo.

Alison ajoelhou-se, curvou-se para frente e enfiou a cabeça entre os joelhos.

— Bum! — fez baixinho. — Bum!

Agachou-se, fazendo-se tão pequena quanto possível e disse a si mesma a frase que nem sabia que sabia: *Salve-se quem puder*.

Balançou o corpo para frente e para trás, para frente e para trás. Acabou por sentir-se mais forte: como se uma concha, um casco de tartaruga, lhe houvesse brotado da espinha. As tartarugas vivem muitos anos, sobrevivem aos seres humanos. Ninguém realmente as ama, porque não têm qualidades amáveis, são admiradas apenas por durarem. Não falam, não emitem som algum. Estão sempre bem, desde que ninguém as vire de cabeça para baixo e exponham a sua barriga, que é o ponto fraco delas. Alison disse a si mesma: quando eu era criança tinha uma tartaruga como animal de estimação, dei meu nome a ela, porque se parecia comigo, e andávamos no jardim a passos vagarosos. Eu me divertia muito com minha tartaruga nos fins de semana. A comida da minha tartaruga é estrume e sangue.

Alison pensou: os demônios já estão a caminho, a questão é saber com que rapidez e quem será o primeiro. Se não posso desfrutar a memória de uma tartaruga bacana que podia ter tido mas que não tive na infância, posso esperar que Morris venha em breve mancando em minha direção, embora eu tivesse pensado que ele havia passado para coisas superiores. Afinal, tentei praticar uma boa ação. Tenho tentado ser eu própria uma pessoa superior, mas por que é que alguma coisa dentro de mim insiste em dizer: mas? Pensando *mas*, jogou-se com força de barriga no chão. Tentou apoiar o queixo no tapete, de modo a olhar para cima, como se saísse de dentro do casco. Para sua surpresa — nunca tentara esse tipo de coisa antes — achou anatomicamente impossível. O que fazia com facilidade era enfiar a cabeça embaixo da coluna os dedos plissados protegendo a moleira, como uma ponte.

Foi nessa posição que Colette a encontrou, ao subir lentamente a escada, na volta de uma reunião com o consultor de impostos.

— Colette — disse Alison, do tapete —, você tinha razão o tempo todo.

Essas palavras a salvaram; protegeram-na do pior que Colette poderia dizer, ao estender a mão fria para ajudá-la a levantar-se; e, por fim, admitindo que a tarefa era superior às suas forças, trouxe uma cadeira na qual ela pôde apoiar os antebraços, e dali içar-se para uma posição semelhante a um indigno convite sexual: e dali levantar-se. Espalmou uma das mãos sobre o arquejante diafragma, e a outra deslizou para cobrir as partes privadas, que eu já vi, uma vez, esta semana, censurou-a Colette, uma já é demais, muito obrigada, assim, se não se incomoda de se vestir — ou pelo menos se cobrir de uma forma decente, se a ideia de se vestir é tão desafiadora — pode descer quando estiver pronta, que eu lhe conto o que o sr. Colefax tem a dizer sobre as taxas de impostos.

Durante uma hora, Alison ficou deitada na cama, recuperando-se. Uma cliente ligou para uma leitura de tarô, e ela viu as cartas com tanta clareza mental que na verdade era o mesmo que haver saltado, feito o serviço e recebido o dinheiro, mas ouviu Colette apresentando desculpas com muito tato, confidenciando à cliente e dizendo ter certeza de que ela compreenderia: as imprevisíveis exigências feitas ao dom de Alison significavam que ela nem sempre podia dar o melhor de si, por isso quando dizia que precisava descansar, devia-se respeitar... Alison ouviu-a marcar outra consulta para a cliente e insistir em que ela devia estar pronta para Alison quando chegasse a hora, mesmo que a casa estivesse pegando fogo.

Quando pôde, Alison sentou-se; preparou um banho tépido e afundou na água, sem se sentir mais limpa por isso. Não queria água muito quente, que fariam as cicatrizes incendiar-se. Ergueu os pesados seios e ensaboou-os, cuidando de cada um como se fosse um peso de carne morta que por acaso aderira a seu peito.

Secou-se e pôs o vestido mais leve que possuía. Arrastou-se para baixo e, passando pela cozinha, foi até o jardim. O mato entre as rachaduras do pavimento murchara, a grama era dura como pedra: fendas serpeantes cruzavam o chão.

— Alison! — soou o grito.

Era Evan, que capinava o seu próprio mato, o pulverizador pendurado como uma bandoleira sobre o peito nu.

— Evan!

Ela saiu andando rígida, pacientemente em direção à cerca. Usava os chinelos felpudos de inverno, porque os pés inchados não entrariam em qualquer outro dos sapatos; esperava que ele não notasse, e a verdade é que não notou muita coisa.

— Eu até hoje não entendo — disse Evan — porque a gente aceitou pagar mais cinco mil por um jardim voltado para o sul.

— É mesmo, por quê? — disse cordialmente para ganhar tempo.

— Pessoalmente, paguei porque me disseram que isso aumentaria o valor de revenda — ele respondeu. — E você?

— Oh, a mesma coisa — ela disse.

— Mas a gente não podia prever as mudanças que o clima guardava para nós, hein? A maioria de nós, não. Mas você, Al, você devia saber. — Evan deu uma risadinha. — E amanhã, hein? Trinta e seis, trinta e sete graus, e daí para cima?

Ela ficou parada na porta do quarto de Colette, onde em geral não se intrometia: parada e observando a amiga, que fitava a tela do computador, e falou com ela, num tom leve e bem-humorado. Disse: os vizinhos parecem pensar que tenho o poder sobrenatural de prever o clima, alguns deles ligam para mim para procurar urânio e produtos químicos perigosos, e eu tive de dizer que não, não faço isso, passei para Raven, mas hoje o dia foi muito movimentado. Atendi a várias ligações de clientes repetidos, eu sei que sempre lhe digo que prefiro enfrentá-los cara a cara, mas aí você sempre retrucou: isso limita você, realmente limita geograficamente, é possível fazer um ótimo trabalho pelo telefone, se ouvir com atenção; bem, você tinha razão, Colette. E obrigada por me proteger hoje da cliente, vou ligar para ela de volta, vou, sim, você agiu certo, sempre age certo, se ao menos eu lhe desse ouvidos, Colette, estaria mais magra e rica.

Colette salvou a tela e depois, sem olhar para Al, disse:

— É, tudo isso é verdade, mas por que você estava nua e enroscada como uma bola no topo da escada?

Al desceu a escada com os chinelos felpudos. Outra noite rubra, incendiada se assomava; quando entrou na cozinha, encontrou-a tomada por uma luz infernal. Abriu a geladeira. Ao que soubesse, não comera nada até agora. Posso por favor comer um ovo?, perguntou a si mesma. Com a voz de Colette, respondeu: sim, mas só um. Ouviu um barulho atrás de si, uma batidinha. Com grande esforço — cada pedaço do corpo parecia rígido e dolorido — girou; tornou a girar, para abarcar com a visão todo o aposento.

— Colette? — chamou.

Toque, toque, toque. Vinha da janela. Mas não havia ninguém. Cruzou a cozinha. Olhou o jardim lá fora. Vazio. Pelo menos parecia.

Destrancou a porta dos fundos e saiu. Ouviu o trem atravessando Brookwood, o rugir distante de Heathrow, Gatwick. Caíram algumas gotas de chuva, gotas gordas e quentes. Erguendo a cabeça, ela gritou:

— Bob Fox?

A chuva espocava em seu rosto e corria pelos cabelos. Escutou. Não houve resposta.

— Bob Fox, é você?

Ficou fitando a leitosa escuridão; viu um movimento fugidio, em direção à cerca dos fundos, mas talvez fosse Mart, buscando abrigo de alguma catástrofe cívica. Talvez eu tenha imaginado, ela pensou. Não quero me antecipar aos fatos. *Mas*.

ONZE

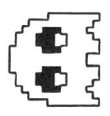

ocê pode compreender, ela pensou. Os demônios seriam atraídos a qualquer lugar onde há escavações, obras, grupos de homens cuidando de seus assuntos, onde há fumaça, apostas e palavrões; onde circulam furgões e escavam-se valas que podem ocultar coisas. Deitou-se no sofá: deixou escorregar das mãos o baralho de tarô, que se espalhou em leque no tapete. Ela se levantou e deu palmadinhas no rosto, para enxergar como as cartas haviam caído. O dois de pentáculos é a carta dos profissionais liberais, e indica renda incerta, inquietação, flutuação, mente intranquila e desequilíbrio entre a produção de energia e o influxo de capital. É uma dessas cartas tão dobradas e ambivalentes em seus significados que pouco importa se a abrimos invertida; sugere então dívidas crescentes e a oscilação entre desespero paralisante e excesso de confiança. Não é uma carta que se quer tirar quando se está fazendo o plano de negócios para o ano seguinte.

Colette a pusera online esses dias, mandava emails com previsões para todo o globo, fazia leituras para pessoas em diferentes fusos horários.

— Eu gostaria de tornar você uma marca global — disse. — Tipo...

Não terminou a frase. Pensava apenas em coisas grandes, como o McDonald's e a Coca-Cola. Na opinião de Al, o quatro de espadas governava a internet. Sua cor azul-elétrico influenciava as pessoas em multidão, as reuniões de grupos, as ideias que tinham apelo de massa. Nem todos os médiuns concordavam; alguns sustentavam os direitos do quatro, do cinco e do seis de copas, que governam as áreas secretas do conhecimento, os conceitos reciclados e os trabalhos feitos em salas sem janelas como adegas ou porões. Na interpretação da sra. Etchells, o quatro de espadas indicava uma breve estada num hospital.

O tempo fechou: trovejou, depois choveu forte. A água corria pelas portas dos pátios em cascatas. Mais tarde, do jardim desprendia um vapor sob o céu que clareava. Então o sol raiou de novo, recomeçando o ciclo de calor insuportável. Mas se alguém olhasse na bola de cristal, veria massas de nuvem em deslocamento, como se fizessem seu próprio clima.

— Eu não entendo — disse Colette, olhando o interior da casa. — Limpei tudo ontem.

Al abriu para ela e disse: oh, veja, o dois de copas. Colette animou-se: espere, eu conheço essa, significa um parceiro, um homem para mim. Seu otimismo era cativante, pensou Al. As cartas espalhadas não abundavam em grandes arcanos, como se o Destino não se importasse realmente com Colette. Ela gritou:

— Silvana no telefone. Você quer entrar numa equipe de médiuns?

Al pegou o telefone junto ao computador.

— Oh, Silvana — perguntou: — Então, o que significa equipe de médiuns?

Silvana respondeu:

— A gente achou que era uma forma de manter o interesse. Sobe no palco, vinte minutos, entra e sai, não há tempo para qualquer coisa profunda e pegajosa; você está dentro, está fora, deixa a turma querendo mais. Seis vezes, vinte minutos com a mudança mais rápida possível dá duas horas, acrescente vinte minutos de intervalo, e estará fora às dez e meia, o que significa que todos podemos chegar em casa na mesma noite, tomar um chocolate quente, comer uma torrada com queijo e enfiar-se debaixo dos cobertores antes da meia-noite, o que significa que você está novinha em folha na manhã seguinte quando se levanta com as cotovias e os telefonemas. No geral, me parece uma boa ideia.

— Parece bom — disse Al, com cautela.

— Nós teríamos falado primeiro com você, só que, como é mesmo o nome... Colette, ela é sempre tão brusca e arrogante.

É, receio que é mesmo, pensou Al, por isso eu fui a última esco...

— Por isso você foi a última escolhida para a festa das mulheres — completou Silvana. — Mas, seja como for, não há ressentimentos. Mandy disse que eu devia falar com você. Disse: Al não é nenhuma tola, mas muito compreensiva, disse: não há malícia nem más intenções em parte alguma dela. Portanto, nosso problema é que anunciamos Seis Médiuns Sensacionais, mas Glenora caiu fora.

— Por quê?

— Teve uma premonição.

— Oh, ela vive tendo. Devia superar isso. Onde vai ser?

— No Figo & Faisão. Você sabe. O restaurante de carnes.

Oh, Deus. Não era um dos locais favoritos de Colette.

— E quem vai?

— Eu, Cara, Gemma, a sra. Etchells, Mandy e depois você.

— Está meio mal de homens. Não quer ligar para Merlyn?

— Já ligamos. Mas o livro dele saiu, e ele foi para Beverly Hills.

Isso deixou Colette fula, a coisa toda: a notícia sobre Merlyn, o insulto de ser chamada por último e o fato de que iam se apresentar dentro de um prazo tão curto, numa chamada sala de banquete, desocupada para a ocasião, onde atrás da parede, no bar, haveria um telão esportivo, homens berrando hinos de futebol, e, na "área familiar", um bando da classe média baixa devoraria espetos de frango grelhado com molho de mel.

Ela disse o que pensava.

Alison tirou a Papisa: velado rosto lunar, que representa o mundo interior das mulheres amantes de mulheres, a atração dos humores e sentimentos entranhados. Representa a mãe, sobretudo a mãe viúva, a mulher privada do ente querido, a única que está descoberta, abjeta e só: governa a virtude da paciência, que leva à revelação de segredos, à retirada gradual do pano de veludo, à abertura das cortinas. Governa as flutuações de temperamento e as profundas marés hormonais do corpo, além da maré da fortuna, que leva ao nascimento, ao natimorto, aos acidentes e aberrações da natureza.

Na manhã seguinte, quando Colette desceu, não melhorara de humor.
— Que é isso? Uma porra de um banquete da madrugada?
Migalhas espalhavam-se por todo o balcão da pia, e sua preciosa frigideira de omelete fora parar no escorredor de pratos, ali enfiada por alguma mão desdenhosa que usara e abusara dela. Tinha os lados incrustados de gordura parda, e pairava no ar um forte cheiro de fritura.
Alison não se deu o trabalho de inventar desculpas. Não disse: creio que foram os demônios fritando. Para que protestar, só para que a outra não acreditasse? Por que se humilhar? Mas, pensou, humilhada eu já estou.
Ligou para Silvana.
— Silvy, meu amor, você sabe se no Figo & Faisão vai ter espaço para a gente instalar meu cavalete com a foto?
Silvana suspirou.
— Se você acha que é necessário, Al. Mas francamente, querida, alguns de nós já comentamos que é hora de você aposentar aquela foto. Não sei onde mandou fazer.
Oh, você *adoraria isso*, pensou Al, você adoraria mandar fazer uma, iria estar lá com a rapidez de um tiro, gozando de todas as lisonjas.
— Vai ter que servir por esta semana — Al respondeu de bom humor. — Tudo bem, até amanhã à noite.

No dia seguinte, ao colocarem as coisas no carro, não encontraram a seda: a seda, a seda cor de damasco, para embrulhar o retrato. Mas fica sempre, sempre, ela disse, no mesmo lugar, a menos que esteja na lavanderia, e para provar a si mesma que não estava revirou a sua cesta de roupa suja e depois revirou a de Colette. Não o fazia com muito empenho, sabia que o pano havia desaparecido, ou fora surripiado. Há uma semana vinha notando a perda de pequenos objetos do banheiro e da penteadeira.

Colette entrou.

— Dei uma olhada na máquina de lavar — disse.

— E? Não está lá, está?

Colette respondeu:

— Não. Mas talvez você queira olhar pessoalmente.

Na cozinha, Colette ligara o exaustor e borrifara um renovador de ar. Mas o cheiro de gordura queimada ainda pairava no ambiente. Al curvou-se para olhar o interior da máquina de lavar. Não queria enfiar a mão, mas pegou o objeto lá de dentro. Ergueu-o: de testa franzida. Era uma meia de homem, cinza, de lã, o calcanhar todo esburacado.

Então era a isso que haviam chegado, pensou. Morris partindo numa missão. Isso o levou a roubar minha seda, a tesourinha de unha e os comprimidos para enxaqueca, e a tirar ovos da geladeira e fritá-los. Levou-o a introduzir esta meia sob os olhos de Colette: e logo, talvez, também seus pés estarão à vista. Olhou para trás, como se ele pudesse ter-se materializado por completo: como se pudesse estar sentado no escorredor de pratos provocando-a.

Colette disse:

— Você recebeu aquele vagabundo.

— Mart? Você não poderia estar mais enganada.

— Eu o vi rondando por aí — respondeu Colette —, mas estabeleço o limite para a entrada dele nesta casa, quer dizer, para o uso das instalações da cozinha e das outras dependências. Acho que isso explica a tampa da privada levantada, que encontrei em várias ocasiões nos últimos dias. Você tem que decidir quem mora aqui, Alison, porque é ele ou eu. Quanto à fritura, e ao pão obviamente trazido para cá de algum modo, isso vai ter de ficar na sua consciência. Nenhuma dieta na terra permite o consumo de gordura animal e que se queime a frigideira dos outros. Quanto à meia... acho que devo agradecer por tê-la encontrado depois de lavada.

* * *

Além da Escuridão

O Figo & Faisão, com um nome mais digno, fora outrora uma pensão de beira de estrada, e sua fachada ainda estava respingada com a exsudação da estreita e movimentada rodovia A. Na década de 1960 era quase uma ruína: uma corrente de vento a derrubaria e uns poucos fracassados amontoavam-se num canto das cavernosas salas. Na de 1970 fora comprada por uma cadeia de restaurantes de carnes, reformada em estilo Tudor e decorada com painéis de compensado imitando carvalho e bancos estofados de veludo à prova de manchas tão ao gosto dos Tudors. Servia a última novidade: batata assada embrulhada em papel laminado com manteiga ou creme de leite, e a opção de bacalhau ou hadoque a milanesa, acompanhados de salada ou ervilha. A cada década, à medida que a casa ia mudando de dono, experiências temáticas haviam-se sucedido até o menu original adquirir um sabor retrô chique e reaparecerem os coquetéis de lagostim. Além disso, havia *bruschetta*. Havia ricota. Havia um Menu infantil com uma variedade de formatos de massa para escolher e tirinhas de peixe, e minúsculas linguiças semelhantes ao dedo com que a bruxa mede a gordura das crianças. Havia cortinas rendadas e papel de parede empoeirado e florida vagamente William Morris, laváveis mas não à prova de crianças limpando as mãos, como faziam em casa. No bar dos esportes, onde se proibia fumar, o teto era de um amarelo que simulava anos de envenenamento por tabaco; fora pintado trinta anos atrás, e ninguém via motivo para interferir.

Para chegar à sala reservada, tinha-se de passar pelo bar e pelas máquinas de caça-níquel. Colette fez a ronda e contou nos dedos: Gemma, Cara, Silvana, Natasha, quatro grandes vodcas tônicas, me inclua nessa e faça cinco, xerez doce para a sra. Etchells e água mineral com gás para Alison. As paredes internas eram finas, porosas; na reprise dos gols no início da noite a sala parecia oscilar, e os cheiros das comidas entravam pelas narinas dos sensitivos reunidos num armário sem ar atrás do palco. Clima de militância. Mandy leu a ordem.

— Só vou dar vinte minutos, por causa da minha artrite — disse a sra. Etchells.

E Mandy:

— Escute, amor, você só vai dar vinte minutos mesmo, essa é a ideia, é como uma equipe de revezamento, ou passagem de bastão.

— Oh, eu não podia fazer nada nesse estilo — respondeu a sra. Etchells. Mandy deu um suspiro.

— Esqueça o que eu falei. Faça apenas o de sempre. Pode pôr uma cadeira no palco se quiser. Colette, acha que pode encontrar uma cadeira para ela?

— Não é minha função.

— Talvez não, mas pode mostrar um pouco de espírito de equipe?

— Eu já concordei em passar o microfone. Já chega.

— Eu pego uma cadeira para a sra. Etchells — disse Al.

E a sra. Etchells:

— Ela nunca me chama de vó, vocês sabem.

— Podemos tratar disso depois — disse Al.

— Posso contar uma história a vocês — propôs a sra. Etchells. — Posso dizer uma ou duas coisas a vocês sobre Alison que iam fazer todo mundo cair de joelhos. Oh, então acham que já viram tudo, vocês jovens, hein? Não viram nada, estou lhes dizendo.

Quando se vira a carta da Papisa, a sugestão é de que os problemas são mais sérios do que se pensa. Avisa-nos sobre a mão oculta de uma inimiga, mas não faz o favor de dizer quem é.

— Vamos dar a partida, está bem? — disse Cara.

Do outro lado da parede veio o longo grito de "Goool!"

É bruto, esse tipo de trabalho, e quase esfola os nós dos dedos: sem apoio de música, iluminação, tela de vídeo, é apenas você e eles, você, eles e os mortos, os mortos que podem cooperar ou não, que podem confundir, desencaminhar e rir de nós, que podem nos lançar uma rajada de palavrões muito perto do ouvido, que podem nos dar falsas pistas só para nos ver constrangidos. Não há saída para quando se erra, nem tempo para se recuperar de um deslize, por isso é preciso seguir em frente, sempre em frente. Os clientes acham vocês talentosas hoje, cheias de dons. Disseram tantas vezes a eles que todos têm dons mediúnicos adormecidos que só esperam a oportunidade de despertá-los, de preferência em público. Por isso é necessário controlá-los. Quanto menos eles tenham a dizer, melhor. Além do mais, os médiuns precisam evitar qualquer carga de cumplicidade, de solicitação de informação. Os tempos mudaram, e os clientes são agressivos. Antes eles evitavam os médiuns, agora são os médiuns que os evitam.

— Não se preocupe — Gemma disse. — Eu não vou tolerar nenhuma bobagem.

Sorridente, ela deu o primeiro passo em direção ao palco, para começar.

— Vá, garota! — disse Cara. — Vá, vá, vá!

Era uma plataforma baixa: Gemma estava apenas um degrau acima da plateia. Açoitou-os com os olhos como se fossem um bando de criminosos.

— Quando eu me dirigir a vocês, gritem. Não digam seus nomes, não quero saber de nome algum. Não quero informação nenhuma de vocês, a não ser sim ou não. Preciso de um minuto, preciso de um minuto de silêncio, por favor, preciso sintonizar, preciso sintonizar as vibrações do mundo dos espíritos. — Houvera tempo em que mandaria darem-se as mãos, mas agora não ia querer que formassem alianças. — Já peguei, já peguei — disse. Ficou séria e bateu na lateral da cabeça, um maneirismo seu. — Você, nós já nos vimos antes, madame?

— Não — fez a mulher com a boca.

Colette enfiou-lhe o microfone embaixo do nariz.

— Pode falar de novo, alto e claro?

— NÃO! — rugiu a mulher.

Gemma ficou satisfeita.

— Eu vou lhe dar um nome. Responda sim ou não. Vou lhe dar o nome Margaret.

— Não.

— Pense bem. Pense no nome Margaret.

— Eu conheci uma moça chamada...

— Responda sim ou não.

— Não.

— Vou lhe dar o nome Geoff. Você aceita?

— Não.

— Geoff está parado aqui a meu lado. Aceita isso?

— Não — choramingou a mulher.

Gemma pareceu a ponto de voar do palco e estapear a mulher.

— Eu vou lhe dizer um lugar. Vou dizer Altrincham, que significa Grande Manchester. Você aceita Altrincham?

— Eu aceito Wilmslow.

— Wilmslow não me interessa. Aceita Altrincham? — Saltou do palco e fez um gesto para Colette entregar-lhe o microfone. Atravessou o corredor lançando nomes. Jim, Geoff, Margaret. Desfiou uma série de perguntas que deixaram os clientes tontos, amarrou-os bem firmes com seu "sim ou não, sim ou não": antes que pudessem pensar ou respirar, ela estalava os dedos para eles. — Não é preciso pensar duas vezes, querida, basta me dizer, sim ou não. Os sins geram mais sins, e os nãos geram sins também. Eles não saíram à noite para dizer não. As pessoas não vão continuar sempre a recusar as ofertas, senão, com um dar de ombros de desdém, ela passa para o seguinte. — Sim? Não? Não? Sim?

Um zumbido soou alto na cabeça de Alison; era o coçar de pele, eram mil mortos girando os polegares na falta do que fazer. Deus, que chato isso, diziam. A mente dela vagava. Cadê minha seda?, perguntava-se. O que Morris terá feito com ela? A foto no cavalete parecia nua sem ela: o sorriso parecia mais tênue, quase tenso, e os olhos ígneos pareciam encarar.

Gemma passou por ela e recebeu aplausos esparsos.

— Vá em frente, não se apresse — disse Silvana à sra. Etchells, que se arrastou até a plataforma.

Ao passar por Alison, murmurou:

— Nunca me chamou de vó.

— Ande logo, sua bruxa maluca — sussurrou Gemma. — Você é a próxima, Cara.

— Que prazer ver o rosto de vocês — começou a sra. Etchells. — Eu me chamo Irene Etchells, fui presenteada com o dom da segunda visão desde criança, e digo a vocês que tive muitos prazeres em minha vida. Não há lugar para tristeza quando alcançamos o mundo dos espíritos. Por isso, antes de conferirmos quem está conosco esta noite, gostaria que todos se dessem as mãos e se juntassem a mim numa pequena prece.

— Ela está a toda — disse Silvana, satisfeita.

Além da Escuridão

Um ou dois minutos, e a sra. Etchells já provocava sintomas numa mulher da segunda fila: palpitações, tontura, uma sensação de barriga empanturrada.

Gemma ficou nos bastidores, sugerindo.

— Sim ou não, respondam sim ou não.

— Deixe que ela faça à maneira dela — disse Alison com um suspiro.

— Oh, eu não aguento essa mixórdia de sim ou não — disse a sra. Etchells; aparentemente a ninguém. A mulher empanturrada parou e pareceu ofendida. — Um cavalheiro do mundo dos espíritos está tentando sintonizar. O nome começa com um K, você aceita K? — Começaram as negociações. Kenneth? Não, Kenneth, não. Kevin? Kevin, não. — Pense, querida — insistiu a sra. Etchells. — Tente pensar para trás.

Em casa, antes de Al sair nessa noite, havia outros sinais de uma presença masculina arrepiante. Um odor de tabaco e carne. Ao trocar de roupa, pisara em alguma coisa com o pé descalço, uma coisa que rolava, redonda e dura. Pegara-a do tapete; era uma ponta de lápis mastigada, o tipo de lápis que alguém usava atrás da orelha. Aitkenside? Ou Keef?

— É Keith — disse a sra. Etchells. — K de Keith. Você conhece um Keith, querida?

Eu conhecia um, pensou Al. Conhecia Keef Capstick, e agora eu o trouxe de volta, o trouxe à mente, os colegas não podem vir muito atrás. Levantou-se, a respiração presa, querendo sair. A sala tinha um cheiro de ambiente fechado, úmido e medicinal, como mofo no interior da tampa de uma caixa.

No palco, a sra. Etchells sorria.

— Keith está sugerindo uma resposta para o seu problema, querida. A barriga inchada. Ele diz: bem, madame, você pertence a algum clube do pudim?

Veio da plateia um uivo de risada: de indignação, da mulher na segunda fila à esquerda.

— Em minha idade? Você deve estar brincando.

— A chance seria mínima, hein? — disse a sra. Etchells. — Desculpe, querida, mas só estou passando adiante o que os espíritos me dizem. É só o que posso fazer, e o que é meu dever fazer. Keith diz que milagres acontecem.

São as palavras exatas dele. Com as quais eu tenho que concordar, querida. Os milagres acontecem, a menos, claro, que você tivesse tido uma pequena operação.

— Deus do céu — sussurrou Gemma. — Eu nunca vi essa mulher assim.

— Tomou mais de um xerez — explicou Mandy.

— Eu senti o cheiro — cortou Silvana.

— Já localizou Keith, querida? — perguntou a sra. Etchells. — Ele está rindo, você sabe, é muito brincalhão. Diz que você não quis apanhá-lo de calças abaixadas na vizinhança, mas alguns gozadores não ligam. Dizem que a gente não vê o console da lareira quando atiça o fogo.

Fez-se um silêncio de perplexidade na sala; ouviram-se risos de alguns; murmúrios hostis de outros.

— Estão indo embora — disse Silvana, com alarme na voz. — Devemos tirá-la de lá?

— Deixe ela a vontade — respondeu Mandy. — Ela trabalha com espíritos há mais anos do que você teve comida quente na vida.

— Ôpa! — fez a sra. Etchells. — Alguém está com a fiação cruzada. Agora olhe só para você, querida. Vejo que não está em idade de receber pêsames. Vamos limpar as vibrações, está bem? Depois tentamos outra vez. Você deve poder rir de si mesma, não é? No mundo dos espíritos há muito riso. Depois do sol, vem a chuva. Uma corrente de amor nos liga ao mundo do além. Vamos sintonizar e bater um papinho.

Alison espiou. Viu Colette de pé no fundo, reta como uma vara, microfone na mão.

— Tem um cavalheiro na última fila — continuou a sra. Etchells. — Eu vou até o senhor.

Colette ergueu o olhar, varreu a plataforma com os olhos, em busca de orientação. O problema era visível — a última fila estava vazia. Dos bastidores, Silvana cantou:

— Sra. E, querida, esse cavalheiro deve estar presente em espírito, a plateia não o vê. Passe adiante, querida.

A sra. Etchells entoou:

— Aquele cavalheiro no fundo, lá na ponta, já nos vimos antes? É, eu achava que sim. Tem um olho de vidro agora. Eu sabia que alguma coisa estava diferente. Você usava um curativo, não usava? Agora eu me lembro.

Alison sentiu um arrepio.

— A gente tem que tirá-la de lá — disse. — É realmente perigoso, Mandy.

Um pouco mais alto, Silvana gritou:

— Sra. Etchells? Que tal umas mensagens para as pessoas da frente?

A plateia voltava-se, esticando o pescoço e girando nos assentos, para ver a fila do fundo: para rir e gozar.

— Não são uns ingratos? — perguntou Cara. — Eu pensaria que ficariam felizes com uma manifestação! É óbvio que tem alguém ali. Está vendo, Alison?

— Não — respondeu Al, secamente.

A sra. Etchells olhou radiante para os gozadores.

— Às vezes eu me pergunto o que fiz para me ver cercada de tanto amor. Deus nos deu um belo mundo onde viver. Quando se teve tantas operações quanto eu, a gente aprende a viver o momento. Desde que os jovens queiram escutar, há esperanças para este mundo. Mas hoje, quando eles só querem pôr cocô de cachorro nas caixas de correspondência, a gente não vê muita esperança. Deus colocou uma luzinha dentro de nós, e um dia vamos nos reunir com a luz maior.

— Entrou no piloto automático — disse Cara.

— Quem de nós vai lá salvá-la? — perguntou Mandy.

— Sra. Etchells — chamou Silvana —, vamos, o tempo acabou. Venha tomar sua xícara de chá.

A sra. Etchells acenou com a mão para os bastidores, num gesto de recusa.

— Vamos ignorar aquela madamezinha ruiva. Silvana? Nem é esse o nome dela. Nenhum deles usa o nome verdadeiro. E aquela tem a mão leve. Vem à minha casa me buscar, e em coisa de um minuto, sumiu o dinheiro do leite que eu deixei atrás do relógio. Por que mesmo ela me dá carona? Só porque pensa: vai deixar alguma coisa para mim quando passar para o outro lado. Mas vou mesmo? Vou fazer uma sacanagem. Agora vamos juntar as mãos e rezar. Nossas preces colocam uma corrente de amor em volta...

Ergueu os olhos, confusa: esquecera-se de onde estava. A plateia gritou várias sugestões tolas: Margate, Cardiff, Istambul.

— Eu nunca vi tamanha ingratidão — sussurrou Mandy. — Escute só eles! Quando eu sair daqui, vou fazer essa turma se arrepender de ter nascido.

Silvana respondeu:

— Ela tem audácia! É a última carona que eu dei a ela.

Al disse baixinho:

— Deixe comigo.

Saiu para a plataforma. As opalas da sorte emitiam um fulgor pálido, como se tivessem poeira incrustada na superfície. A sra. Etchells virou a cabeça para a plateia e disse:

— Tem uma florzinha dentro de cada um, que a gente rega com lágrimas. Por isso pense nisso: quando vier a mágoa. Deus está dentro de todos nós, a não ser por Keith Capstick. Eu o reconheço agora, me confundiu por um minuto, mas não me engana. Só praticou uma boa ação na vida, quando afastou o cachorro de cima de uma menininha. Acho que Deus estava com ele nesse dia.

Alison aproximou-se de mansinho, mas o assoalho do palco rangeu.

— Oh, é você — disse a sra. Etchells. — Se lembra de quando levava surras de cinto por brincar com as agulhas de tricô? — Voltou-se para a plateia. — Por que a mãe dela tinha agulhas de tricô? Façam essa pergunta a si mesmos, porque ela jamais tricotou. Tinha só para cutucar uma menininha quando estava numa enrascada, a gente não precisa fazer isso hoje, a gente aspira pra fora. Ela enfiou uma agulha em si mesma, mas o bebê só saiu quando estava bem e pronto, e era a Alison ali. A gente via tudo que é tipo de objetos afiados na casa dela. Entrava e o chão estava coberto por bebês mortos, a gente não sabia onde botar os pés. Todos traziam as namoradas, Capstick, MacArthur, aquela turma, quando havia um pãozinho no forno.

Então, pensou Al, meus irmãos e irmãs, meios-irmãos e meias-irmãs: todo dia, enquanto crescia, eu pisava neles.

— Quase ninguém por lá conhecia o prazer da maternidade — disse a sra. Etchells.

Além da Escuridão

Al pegou-a pelo braço. Ela resistiu. As duas engajaram uma pequena luta, a plateia riu, e aos poucos Al foi arrastando a velha para o canto oposto da plataforma, os bastidores. Colette as esperava ali, um vulto pálido e ardente, como uma vela num nevoeiro.

— Você podia ter feito alguma coisa — queixou-se Al.

A sra. Etchells livrou-se das mãos dela.

— Não precisa me machucar — disse. — Você deformou todo o meu belo cardigã novo, quase arranca o botão. Não admira que estejam rindo. Tudo bem com a risada, eu gosto de risadas, mas não gosto de ver as pessoas me gozando. Não vou voltar lá, porque não me agrada o que vi. Não gosto de quem vi, seria uma maneira melhor de dizer.

Al encostou a boca na orelha dela.

— MacArthur, não é?

— É, e o outro vigarista. Bob Fox. Todos na última fila.

— Morris estava com eles?

Mandy disse:

— Cara, é a sua vez, vá em frente.

— Eu, não — protestou Cara.

A sra. Etchells sentou-se e abanou-se com um leque.

— Eu vi uma coisa que você não ia querer ver numa semana só de domingos. Vi Capstick lá no fundo. E o resto. Toda a velha gangue. Reconheci todos em tamanho natural. Mas sofreram modificações. Foi horrível. Me deixou com o estômago embrulhado.

Mandy saiu para o palco. Projetara o queixo e falou com a voz seca.

— Vamos ter um ligeiro atraso. Um de nossos sensitivos passou mal.

— Quanto tempo? — gritou um homem.

Mandy lançou-lhe um olhar funesto.

— O mínimo possível. Tenham um pouco de piedade.

Deu as costas à plateia, bateu com os saltos e voltou aos bastidores.

— Al, cabe a você decidir, mas não me agrada a pressão sanguínea da sra. Etchells, acho que Colette deve chamar uma ambulância.

— Por que eu? — perguntou Colette.

— Colette pode levá-la de carro — disse Cara. — Onde fica o pronto-socorro mais próximo?

— Em Wexham Park — respondeu Colette. Não resistiu a dar a informação, mas depois acrescentou: — Não vou levar ninguém sozinha a lugar algum. Olhem para ela. Está esquisita.

A sra. Etchells disse:

— Eu podia lhe contar uma ou duas coisas sobre Emmeline Cheetham, não admira que a polícia vivesse perto da casa dela. Ela bebia pesado, e conhecia umas pessoas terríveis. Não julgueis, para não serdes julgados. Mas há uma palavra para mulheres como ela: prostituta. Os soldados... todas nós conhecemos os soldados... Soldados rasos: são inofensivos. Tome um drinque, dê uma risada, todas já fizemos isso.

— É mesmo? — perguntou Silvana. — Até você?

— Mas não há duas maneiras. Ela estava no jogo. Ciganos, jóqueis e marinheiros, para ela era tudo a mesma coisa. Descia para Portsmouth, uma vez foi atrás de um circo, se prostituindo com anões e gente assim. Que Deus perdoe a coitada, estrangeiros. Bem, nunca se sabe o que se vai conseguir, não é?

— Rápido! — disse Mandy. — Afrouxem a gola dela. Não consegue respirar.

— Por mim, pode sufocar — disse Silvana.

Mandy lutava com os botões da blusa da sra. Etchells.

— Colette, ligue para o 999. Al, para o palco, querida, e mantenha a coisa em andamento até onde for preciso. Cara, vá até o bar e encontre o gerente.

Al saiu para o palco. Avaliou a plateia, varrendo-a com o olhar da esquerda para a direita, da fila da frente para os fundos, até a última, vazia; a não ser por uma leve agitação da luz noturna. Ficou calada por um longo instante, permitindo que os espectadores recompusessem a mente dispersa e relaxassem a atenção. Então disse, devagar, quase arrastando a voz:

— Bem, onde estávamos? — Todos riram. Ela devolveu-lhes o olhar, séria; e lentamente deixou o sorriso espalhar-se, os olhos acesos. — Vamos deixar os sins e os nãos — disse — uma vez que esta noite acabou não sendo do jeito que a gente esperava. — E pensou: mas, claro, eu esperava, só fiz esperar. — Acho que isso nos ensina — continuou — a esperar o inesperado.

Além da Escuridão

Por mais anos de experiência que se tenha, nunca se prevê um espírito. Quando trabalhamos com os espíritos, estamos em presença de uma coisa poderosa, uma coisa que não compreendemos bem, e precisamos lembrar isso. Agora eu tenho uma mensagem para a senhora na fila três, a de piercing na sobrancelha. Vamos colocar o show de volta na estrada.

Ouviu atrás o bater de portas. Explodiram aplausos masculinos, que vinham do bar dos esportes. Ela pescou fragmentos de vozes, um gemido da sra. Etchells, o baixo rumor das vozes dos paramédicos: ouviu Cara choramingar:

— Ela deixou os chacras abertos. Vai morrer!

Voltaram de carro para casa. Colette disse:

— Levaram a sra. Etchells numa maca. Não tinha um pingo de cor.

Al baixou os olhos para as mãos, para a cor de chumbo dos anéis.

— Eu devia ter ido com ela? Mas alguém tinha que segurar o espetáculo.

E pensou: eu não queria aquele exibicionista da fila dos fundos me seguindo até um hospital público.

— Ela estava respirando totalmente errado — disse Colette. — Tipo arquejando: urg...urg...

— Já entendi — cortou Al.

— Silvana disse que ela pode bater bem as botas, pelo que lhe diz respeito, pode apodrecer no inferno...

— É.

— Ela disse: "Já estou cheia de correr atrás dela como uma babá, pegou as chaves de casa, sra. Etchells?, botou a dentadura, pegou o forro extra para o toalete?" Você sabia que a sra. Etchells tem incontinência urinária?

— Pode acontecer a qualquer uma de nós — respondeu Alison.

— A mim, não — disse Colette. — Se não conseguir chegar ao banheiro, me controlo toda. Honestamente a gente só afunda até certo ponto em matéria de autoestima.

— Se você está dizendo.

Continuaram em silêncio, até o sinal de trânsito seguinte. Então Alison avançou no banco: o cinto de segurança puxou-a de volta.

— Colette — disse —, vou lhe explicar como funciona. Se você tem pensamentos belos, sintoniza um alto nível espiritual, certo? Foi o que a sra. Etchells sempre disse.

— Eu não chamaria de um espírito de alto nível o que a velha rabugenta disse que estava sintonizando.

— É, mas aí um espírito... — Al engoliu em seco, tinha medo de dizer o nome dele — ... mas aí um espírito, você sabe quem era, arrombou o corpo da velha, como um ladrão... ela não pôde evitar, estava apenas transmitindo a mensagem dele. Mas você vê, Colette, algumas pessoas são mais bacanas que eu e você. Muito mais que a sra. Etchells. Conseguem ter pensamentos belos. Têm ideias armazenadas por dentro, como chocolates dentro de um ovo de Páscoa. Uma é tão doce quanto a outra.

O sinal abriu: elas prosseguiram.

— Como? — perguntou Colette.

— Mas na cabeça de outros, por dentro, o conteúdo está todo misturado e apodrecido. Apodreceram por dentro de tanto pensar em coisas que o outro tipo de pessoas jamais teve que pensar. E se a gente tem pensamentos inferiores, podres, não apenas é cercada por entidades inferiores, mas elas começam a ser atraídas, você sabe, como moscas em torno de uma lata de lixo: põem ovos e começam a se reproduzir. Desde que eu era pequena, venho tentando ter bons pensamentos. Mas como podia? Tinha a cabeça entupida de lembranças. Não posso evitar o que está lá dentro. E é o dano que atrai gente como Morris e os companheiros dele. Adoram isso, alguns tipos de espírito: não se pode mantê-los longe quando há um acidente de carro, ou quando um pobre cavalo quebra a perna. E assim, quando a gente tem certos pensamentos, pensamentos que não pode evitar, esse tipo de espírito vem correndo. Não se pode desalojá-los. A não ser que a gente possa entrar na própria cabeça. Assim, se me pergunta por que eu tenho um espírito guia mau em vez de um anjo ou alguma coisa assim...

— Eu não pergunto — disse Colette. — Perdi o interesse. Estou pouco ligando. Só quero entrar e abrir uma garrafa de vinho.

— ... Se você pergunta por que eu tenho um guia mau, isso tem a ver com o fato de eu ser uma má pessoa, porque as pessoas que me cercavam na infância eram más. Tiraram minha vontade e botaram a vontade deles no lugar. Eu queria praticar uma boa ação cuidando de Mart, mas você não me deixou...

— Quer dizer que é tudo culpa minha, é o que está dizendo?

— ... E eles não me deixaram, porque queriam o galpão para eles mesmos. Querem a mim, e é por minha causa que existem. É por minha causa que podem continuar como continuam. Aitkenside e Keef Capstick, assim como Morris e Bob Fox e Pikey Pete. Que posso fazer? A gente é apenas humano, e acha que eles vão jogar pelas regras da Terra. Mas o forte no outro lado é que não há regras. Pelo menos que a gente entenda. Assim, eles acabam levando vantagem. E o saldo de tudo, Colette, é que há mais deles do que de nós.

Colette parou o carro na garagem. Eram nove e meia, ainda não muito escuro.

— Eu nem acredito que chegamos em casa tão cedo — disse Al.

— A gente encurtou o show, não foi?

— A gente não podia esperar que Cara continuasse. Estava perturbada demais.

— Cara me dá nos nervos. É uma frouxa.

Al disse:

— Você pergunta por que eu tenho um mau espírito guia, em vez de um anjo. Deve também perguntar por que eu tenho você como assistente, em vez de alguém bacana.

— Administradora — corrigiu Colette.

Quando saltaram do carro, Pikey Paul, espírito guia da sra. Etchells, estava chorando na calçada, junto às coníferas que as separavam de Evan na casa ao lado.

— Pikey Paul! — exclamou Al. — Faz anos que não vejo você!

— Oi, Alison querida — fungou o espírito guia. —Aqui estou eu, sozinho neste mundo perverso. Toque as fitas quando entrar. Ela deixou para você alguns pensamentos bondosos, se quiser ouvir.

— Claro que vou! — gritou Alison. Pareceu a seus próprios ouvidos outra pessoa; alguém de uma época anterior. — Ora, Paul, caíram todas as lantejoulas de sua jaqueta!

Colette tirou da mala do carro o retrato de Al.

— Elas têm razão — disse. — Você precisa mandar refazer este retrato. Não adianta lutar contra a realidade, adianta?

— Eu não sei — respondeu Al, contemporizando.

Paul disse:

— Você podia pegar uma agulha e uma linha escarlate, querida, e aí eu mesmo costuro meus trapos alegres e me mando para o meu próximo posto de serviço.

— Oh, Pikey Paul — ela disse —, você nunca descansa?

— Nunca — ele respondeu. — Estou a caminho para me ligar a um médium de Wolverhampton, por acaso você conhece alguém que pode me dar uma carona até a M6?

— Seu sobrinho está em algum lugar por aqui — ela respondeu.

E ele:

— Jamais fale de Pete, está morto para mim. Não quero negócio com as atividades criminosas dele.

Ela ficou parada junto ao carro, a mão apoiada na lataria, o rosto em transe.

Colette perguntou:

— Que é que há com você?

— Eu estava escutando — respondeu Al. — A sra. Etchells se foi.

Lanternas varreram a Alameda dos Almirantes. Eram os vigias do bairro, iniciando a busca noturna, pelos caminhos que levavam ao canal, a qualquer dos vadios ou refugiados que haviam se escondido para passar a noite.

Colette ouviu os recados na secretária eletrônica; vários clientes queriam marcar leituras, a voz fria e sem expressão de Mandy: "numa maca no corredor... não demorou... piedade de fato... seu nome como parente próxima". Ela anotou tudo; após despejar o primeiro gole de sauvignon branco na garganta, entrou na sala de estar para ver o que Al fazia. O gravador de fita fora ligado e emitia chilreios e tossidos.

— Quer um drinque? — perguntou Colette.

— Conhaque.

— Neste calor?

Al fez que sim com a cabeça.

— Sra. E. — perguntou ela: —, como é por aí?

— É interativo? — perguntou Colette.

— Claro que é — respondeu Al, e repetiu: — Sra. E., como é no mundo dos espíritos?

— Aldershot.

— É como Aldershot?

— É como o lar, é disso que eu gosto. Acabei de olhar pela janela e está tudo acontecendo normalmente, há os vivos e há os mortos, sua mãe cambaleando pela rua de braço dado com um soldado, estão se dirigindo à casa dela, para fazer o que não se fala.

— Mas já demoliram aquelas casas, sra. Etchells. Você já deve ter passado por lá antes, morava logo mais adiante. Eu passei por lá no ano passado, Colette me levou de carro. Onde minha mãe morava há agora uma grande sala de exposição de carros.

— Bem, só lamento — disse a sra. Etchells —, mas não demoliram do lado de cá. Aqui tudo parece o mesmo de sempre.

Alison sentiu a esperança esvair-se.

— E a banheira ainda fica no jardim?

— E a janela do andar de baixo recebeu um bocado de papelão, onde Bob Fox bateu com muita força.

— Quer dizer que tudo continua exatamente como era?

— Não vejo mudança alguma.

— Sra. Etchells, pode fazer o favor de dar uma olhada nos fundos?

— Acho que sim. — Fez-se uma pausa. A sra. Etchells respirava com dificuldade. Al olhou para Colette, que se jogara no sofá: não ouvia nada. — Terreno acidentado — informou. — Tem um furgão estacionado.

— E o anexo?

— Continua lá. Caindo aos pedaços, vai causar danos a alguém.

— E o trailer.

— É, o trailer.

— E os canis?

— É, os canis. Embora eu não veja cachorro algum.

Livraram-se dos cachorros, Al pensou: por quê?

— Me parece quase tudo como eu lembro — disse a sra. Etchells —, embora eu não costumasse frequentar os fundos da casa de Emmeline Cheetham, não era um lugar seguro para uma senhora sozinha.

— Sra. Etchells, agora escute, está vendo o furgão? O furgão estacionado? Pode dar uma espiada lá dentro?

— Espere um pouco — disse a sra. Etchells.

Respirava com mais dificuldade. Colette pegou o controle remoto e começou a zapear os canais da TV.

— As janelas estão imundas — informou a sra. Etchells.

— Que é que a senhora vê?

— Um cobertor, uma velha manta. Tem alguma coisa embrulhada nela. — Deu uma risadinha. — Macacos me mordam se não é uma mão querendo sair.

Os mortos são assim: sangue frio. Nada resta de melindres neles, nem de sensibilidades.

— É minha mão? — perguntou Al.

— Bem, será?, eu me pergunto — respondeu a sra. Etchells. — É uma mãozinha gorducha de bebê, eu me pergunto?

Colette queixou-se.

— É sempre assim todo verão. Só reprises.

— Não me torture, sra. E.

— Não, para mim parece a mão de uma adulta.

Al perguntou:

— Poderia ser de Glória?

— Pensando bem, poderia. Aqui vai uma mensagem especial para você, querida Alison. Keith Capstick mandou fazer uma armadura para os colhões, não é desta vez que você vai conseguir pegar essa turma. Ele diz que você pode gastar a porra toda do seu dia com a tesoura, a faca de churrasco ou qualquer porra que consiga mas não vai chegar a parte alguma. Desculpe a linguagem, mas eu me sinto no dever de reproduzir cada palavra dele.

Alison desligou a fita.

— Preciso respirar — disse a Colette. — Um pouco de ar.

— Imagino que vá haver um funeral — observou Colette.

— Eu também. E acho que o conselho não vai concordar em pagar.

— Oh, eu não sei. Se a gente dobrasse o corpo dela e pusesse num saco preto.

— Não fale assim. Não tem graça nenhuma.

— Foi você quem começou.

Colette fez-lhe uma careta pelas costas. Alison pensou: eu vi, ou sonhei com as partes do corpo de uma mulher embrulhadas em jornal, jamais vi mãos de homens lambuzadas de alguma coisa grudenta e parda quando descarregavam coisas da mala de um furgão, pacotes de carne de cachorro. Ouvi uma voz atrás de mim dizer: merda, Emmie, preciso lavar as mãos. Ergui os olhos, e onde esperava ver meu rosto no espelho, vi o rosto de Morris Warren.

Saiu para o jardim. Já escurecera bastante. Evan aproximou-se da cerca com uma lanterna.

— Alison? A polícia veio aqui mais cedo.

Ela sentiu o coração afundar. Ouviu uma risadinha baixa atrás de si; parecia à altura dos joelhos. Não se voltou para ver, mas ficou com os pelos do braço eriçados.

— Michelle julgou ver uma pessoa xeretando lá pelo seu galpão. Teve aquele vagabundo que arrombou, não foi? Ela achou que podia ser ele de novo. Para não se arriscar, chamou a polícia. Veio o policial Delingbole em pessoa.

— É? E?

— Ele vasculhou tudo. Não viu nada. Mas todo cuidado é pouco, quando se tem filhos. Aquele tipo precisa ser trancafiado.

— Sem dúvida.

— E eu jogava a chave fora.

— Oh, eu também.

Ela ficou à espera, as mãos apoiadas na cintura, o retrato da formalidade paciente, como se ela fosse Sua Majestade à espera de que ele deixasse sua presença com uma mesura.

— Vou entrando, então — disse Evan.

Mas lançou um olhar para trás ao atravessar o gramado.

Alison virou-se e parou diante de um grande vaso de cerâmica. Curvando as costas, afastou-o para o lado, conseguindo apenas fazê-lo rolar alguns centímetros. Parecia que ninguém havia revolvido o cascalho embaixo. Ela endireitou-se, massageando a lombar.

— Morris — chamou —, não banque o mendigo tolo.

Ouviu um movimento e depois uma risada, levemente abafada pelo solo, vinda das profundezas do vaso.

DOZE

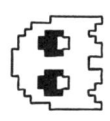

Na manhã seguinte, quando ela comia os flocos de cereais com leite desnatado, Morris enfiou a cabeça pela porta.

— Viu Keith Capstick? — perguntou. — Viu MacArthur? Ele tem um olho de vidro e a orelha arrancada por uma mordida, e usa um colete de tricô. Viu o sr. Donald Aitkenside?

— Acho que ia reconhecer todos, se aparecessem por aqui — ela respondeu, o pelo do corpo todo arrepiado só de vê-lo, como se um milhão de formigas se movessem sob as roupas, mas não ia deixá-lo perceber que estava com medo. — Já esqueceu com quem está falando? — desafiou. — De qualquer modo, por que a formalidade? Que negócio é esse de *senhor* Aitkenside?

Morris inflou o peito e tentou endireitar as pernas tortas.

— Aitkenside foi nomeado administrador. Não foi informada dos novos termos de nosso emprego? Nós todos fizemos um treinamento, e recebemos notebooks e lápis. O sr. Aitkenside também recebeu diplomas. Assim, temos que nos reunir.

— Reunir onde?

— Aqui é tão bom quanto qualquer outro lugar.
— Que foi que fez você voltar, Morris?
— Me fez voltar? Eu tenho uma missão. Tenho um grande trabalho a realizar. Assumi um projeto. A gente precisa de novo treinamento hoje em dia. É preciso se atualizar. A gente não quer se tornar dispensável. Não tem mais essa de emprego vitalício.

Colette entrou com a correspondência na mão.

— Os mesmos catálogos e lixo de sempre — disse. — Oficina sobre calendário maia, muito obrigada... conhecimentos xamânicos indispensáveis... Que tal sementes mistas do Caldeirão da Natureza? Meimendro, acônito, escutelária, mandrágora?

— O vento pode soprar algumas para os vizinhos.

— Era o que eu estava pensando. A propósito, sabia que você ficou no telefone das onze às três? — Al soltou um gemido, e Morris, agachado diante da lareira de mármore vazia, ergueu o olhar para ela e começou a enrolar as mangas. — É que íamos receber o telefonema daquele pessoal de Gloucester, falando sobre sua participação no fim de semana de simbolismo plutônico. Só precisam saber quantos vão alimentar. — Deu um sorriso desagradável. — Claro que contam você em dobro.

— Eu não sei se quero ir sozinha.

— Me inclua fora dessa. Dizem que é uma localização idílica. O que significa que não tem lojas. — Colette folheou as cartas. — Você faz exorcismo para problemas de alimentação?

— Passe isso para Cara.

— Vai a Twyford? Tem uma mulher lá com um espírito solto no sótão. Fica chocalhando e ela não consegue dormir.

— Não me sinto à altura.

— Você tem direito de adiar tudo, se morreu alguém na família. Eu podia ligar e explicar sobre a sra. Etchells.

De um canto do aposento, uma luz piscou para Al. Ela se virou, e a luz já desaparecera. Morris corria de um lado para outro sobre o tapete, balançando-se sobre os nós dos dedos feito um macaco. Quando se movia, a luz se movia com ele, uma onda carmim e sinuosa como uma veia exposta: a tatuagem de

cobra de Morris, iluminada e pulsando, que serpeava pelo braço como se tivesse vida própria.
— Ha-ha — ele deu uma risada.
Ela se lembrou do que dissera a sra. Etchells:
— Sofreram modificações. Me deixou com estômago embrulhado.
— Você vai tomar seu iogurte?
— Perdi o apetite — Al largou a colher.

Ela ligou para a mãe. O telefone tocou por muito tempo, e depois, ao atendê-lo, ouviu-se o barulho de coisas sendo arrastadas.
— Só estou puxando uma cadeira — disse Emmie. — E aí, quem está falando e que posso fazer por você?
— Sou eu. Achei que você ia gostar de saber que vovó se foi.
— Quem?
— Minha avó, a sra. Etchells.
Emmie deu uma risada.
— Aquela bruxa velha. Você achava que era sua avó?
— É. Foi ela quem me disse.
— Ela dizia isso a todo mundo! Todas as crianças. Queria levar todas para casa, uma porra de uma plateia cativa, não é mesmo?, enquanto tratava de discorrer sobre os prazeres da maternidade ou sei lá o quê, uma operaçãozinha, uma corrente de amor, e depois, quando chegasse a hora, as oferecia a todos os recém-chegados ao bairro. Eu devo saber, pois ela me ofereceu, porra. O mesmo com você, só que os caras chegaram cedo demais.
— Espere um instante. Está dizendo que minha avó era uma... — Interrompeu-se. Não encontrava a palavra certa. — Está dizendo que minha avó era tão má quanto você?
— Avó o caralho.
— Mas Derek... Derek *era* meu pai, não era?
— Pode ser — respondeu vagamente a mãe. — Acho que trepei com Derek. Pergunte a Aitkenside, ele sabe com quem eu trepei. Mas Derek não era filho dela, mesmo. Era apenas um garoto que ela pegou para moleque de recados.

Al fechou os olhos com força.

— Recados? Mas durante todos esses anos, mãe, você me deixou pensar...

— Eu não mandei você pensar nada. O que você pensa é com você. Eu disse para cuidar de sua vida. Como vou saber se trepei com Derek? Trepei com um monte de babacas. Bem, a gente precisava.

— Precisava o quê? — perguntou Al, triste.

— Você não ia fazer uma pergunta dessas se estivesse no meu lugar — respondeu Emmie. — Não teria coragem.

— Eu vou até aí — disse Al. — Quero lhe fazer algumas perguntas diretas. Sobre seu passado. E o meu.

A mãe berrou:

— Ouviu isso, Glória? Ela vai vir aqui. Melhor fazer um bolo, hein? Melhor tirar os guardanapos bordados.

— Oh, não vai começar de novo, vai? — perguntou Al com a voz cansada. — Eu achava que Glória tinha saído de nossas vidas há vinte anos.

— Eu também, ora bolas, até ela aparecer em minha porta uma noite dessas. Jamais tive uma surpresa tão grande. Eu disse: Glória! e ela: Oi, e eu: você não mudou nada, nada, e ela: Não posso dizer a mesma coisa de você, me dê uma guimba, e eu: Como você me encontrou em Bracknell? Ela disse...

— Oh, mãe — berrou Alison. — Ela MORREU!

Pronto, está dito, pensou. Disse a palavra que nenhum sensitivo jamais usa: bem, dificilmente usa, eu não disse passou, eu não disse se foi, eu disse morreu, e disse porque acredito que se trata da morte, Glória está mais morta que a maioria de nós, mais morta que as pessoas que se dizem mortas: em meus pesadelos, desde que eu era criança, ela está retalhada, esquartejada, mastigada.

Fez-se um silêncio.

— Mãe, ainda está aí?

— Eu sei — respondeu Emmie, numa vozinha miúda. — Eu sei que ela morreu, só esqueci, só isso.

— Quero que se lembre. Quero que pare de falar com ela. Porque isso está me fazendo pirar, e sempre fez. Você não ganhou a vida com isso. Por isso não adianta se enganar. É melhor entender direito e fazer as coisas direito.

— Eu tenho feito. — Emmie pareceu acovardada. — Eu fiz, Alison, e ainda faço.

— E aí, quer vir para a cerimônia da sra. Etchells?

— Por quê? — Emmie ficou confusa. — Ela vai se casar?

— Vamos enterrá-la, mãe. Eu já lhe disse. Cremar. Seja o que for. Não sabemos qual era o desejo dela. Eu esperava que você pudesse lançar alguma luz, mas é óbvio que não. Aí, depois que tudo acabar, podemos nos sentar juntas e ter um papo de coração para coração. Acho que você não deve morar sozinha. Colette diz que deve morar num bangalô com assistência para idosos. Acha que a gente deve pagar um plano de saúde para você.

— Está ouvindo isso, Glória? — perguntou Emmie. — Vamos ter de polir a prataria, a Dona Merda vem aí para o chá.

Durante alguns dias, os demônios se mostraram discretamente a Al, tremulando no canto do olho; deixavam sua marca por todo o corpo dela. É como se, ela pensava, andassem de um em um e limpassem os pés em mim. A febre baixara, a língua ficara coberta por uma camada gordurosa verde-amarelada. Os olhos pareciam pequenos e remelentos. As pernas coçavam e ela perdia a sensibilidade nos pés, que ainda pareciam decididos a ir embora, deixando para trás toda aquela bagunça, mas embora houvesse a intenção, ela não tinha mais a capacidade.

Morris disse: é preciso juntar a turma. Vamos querer assistir de arquibancada quando vierem buscar a sra. Etchells, e temos todo direito, em minha opinião: aí está uma que podia bater as botas, bem feito, turma, nunca se podia mexer com ela.

— Vocês combinaram? — ela perguntou.

Esperava que o aparecimento deles na última fila, na noite da demonstração, tivesse sido uma coincidência; ou melhor, aquele tipo de coincidência com fatos desagradáveis que gostavam de combinar entre si.

— Claro que combinamos — Morris gabou-se. — Qual é a nossa missão? É rastrear pessoas inúteis e feias e fazer uma reciclagem, e com a sra. Etchells demos o pontapé inicial. Perguntei para o sr. Aitkenside, que tal se eu acrescentasse um toque pessoal a esse projeto, e ele respondeu, Morris, meu velho, se eu pudesse lhe dar carta branca, eu lhe daria, mas você sabe que minha pele está em jogo, você conhece bem o velho Nick, o humor dele quando se levanta, e se você não segue a risca o seu plano e procedimento ele pega um lápis e o crava bem no buraco do seu ouvido e gira sobre o eixo até seu cérebro ficar zuretinha, ele disse: eu já vi essa cena, e Nick tem um lápis especial que apoia atrás da orelha e que faz a coisa ficar ainda mais dolorosa, e eu disse a ele: Sr. Aitkenside, eu nunca pediria para o senhor correr tal risco de ter o cérebro remexido, esqueça que algum dia eu lhe pedi, mas ele diz, Morris, meu velho, nos conhecemos há muito, temos um passado, eu e você, lhe digo o que vou fazer quando acontecer de eu apanhar Nick num bom dia, digamos que tenhamos tido uma boa conversa nos fundos do bar Sinos do Inferno, digamos que tenhamos assado uma carne no quintal e o grande homem esteja se sentindo bem consigo mesmo, como quem não quer nada, eu introduzo: Sua Majestade, e se o nosso amigo Morris Warren acrescentasse um pouco do seu toque pessoal, organizasse o que está pendente. Porque o Nick frequentou o exército, você sabe, e ele gosta das coisas bem organizadas.

— Qual exército? — Al perguntou.

— E eu lá sei?! — Morris soou impaciente. — O exército, a marinha, as Forças Armadas, o comando antibombas, o esquadrão náutico especial. Só existe um exército, que é o nosso. Agora, por favor, não me interrompa mais.

— Desculpe.

— E tudo aconteceu justo como o sr. Aitkenside disse que aconteceria, recebi carta branca e lá fui eu, reunindo os rapazes pelo caminho e aparecendo lá para dar o susto da vida daquela velha ranzinza.

— O que ela fez com você?

— Etchells? Ela me colocou no olho da rua. Me chutou como seu espírito guia, queria Pikey Pete, com seu visual resplandecente, eu chamo o cara de Pete Cafetão, se não fosse tio do Pete que é camarada meu, eu poderia caluniar o cara, bem poderia. Tive que ir viver numa caixa de entulho que ficava dentro de uma lareira velha e sem uso até acontecer de eu ir morar com você.

— É tempo demais para guardar rancor.

— Não é muito tempo quando se está morto e não há mais muito mesmo o que fazer. Não se pode tratar um guia assim... Maltratá-lo, porque volta. Enfim... nos encaminhamos para o Figo & Faisão e beliscamos o bumbum das meninas que serviam atrás do bar e adulteramos as bebidas, fomos até a sala de demonstração tão tranquilos quanto é possível e nos alinhamos na última fileira. Etchells... caramba. Você devia ter visto a cara dela.

— Eu vi.

— Mas você não viu nossas modificações.

— E quais são essas, fora a sua tatuagem?

— Parece de verdade, não é? — gabou-se Morris. — Eu mandei tatuar quando a gente estava num lugar de repouso e recuperação no Extremo Oriente. Saímos na metade, claro. Ainda assim, você não viu nada enquanto não vir Dean. Nós, os mais velhos já temos o bastante para enojar as pessoas do jeito que está, por Deus, temos uma coleção de cicatrizes, tem Mac com a órbita vazia e a orelha arrancada, e Capstick como o problema íntimo do qual não gosta que a gente fale. Pikey Pete marcou consulta para obturar os dentes, mas Dean disse: hoje a gente faz isso do lado de lá, chapa, ter os dentes obturados e a língua raspada. Oh, mas Dean sacaneou! Por isso Capstick disse: vou mostrar determinação, vou pôr meu dinheiro nisso, e assim pagou para ficar com os cabelos espetados e a língua raspada, mas os jovens não estão nem aí. Todos têm essas novas extensões de língua. Você pode colocar perto da goela, porque é retrátil, ou suspender o palato, para a língua passear livremente até onde for preciso. Dean escolheu o último, custa uma nota mas é mais bacana e arrumado, não escorrega para fora quando a gente anda, e o sr. Aitkenside está lhe ensinando a ter orgulho de sua aparência. Ele vai partir para a recauchutagem geral, de modo que terá de usar uma proteção enquanto não se acostuma, mas ele diz que vale a pena, eu não sei. Mandou torcer os joelhos também, para poder andar pra trás quando anda para frente, só vendo para apreciar direito, mas eu digo a você que é cômico. O sr. Aitkenside tem seis pernas, e por isso usa seis botas, porque foi promovido a administrador, tanto melhor para dar uns chutes.

Colette entrou.

— Al? Cara está no telefone... você acha que a sra. Etchells ia gostar de um enterro no bosque?

— Acho que não. Ela odiava a natureza.

— Certo — disse Colette, e tornou a sair.

Al perguntou:

— Chute em quem?

— Não só chute, mas chute na bunda. Vamos expulsar todos os espectros que buscam abrigo, mendigos e refugiados, e varrer todos os espectros que moram ilegalmente em sótãos, despensas, armários, fendas na calçada e buracos no chão. Todos os espectros sem identificação serão removidos. Não adianta dizer que não têm aonde ir. Não adianta nada dizer que os documentos caíram pelo furo do bolso. Não adianta dizer que esqueceu o próprio nome. Não adianta tentar passar pelo nome de outro espectro. Não adianta dizer que não tem documentos porque ainda não inventaram a imprensa, têm a impressão digital, não tem? E não adianta dizer que cortaram o polegar, não me venha com essa, todos dizem isso. Ninguém deve usar um espaço a que não tem direito. Me mostre seu direito ou eu lhe mostro minha bota. No caso de Aitkenside, seis botas. Não adianta tentar enrolar a gente, porque a gente tem metas, porque Nick indicou metas pra gente, porque a gente vai fazer uma limpeza geral.

Al perguntou:

— Nick é da administração?

— Está brincando! — disse Morris. — Nick da administração? Ele é o administrador de todos nós. É o encarregado de toda porra desse mundo. Será que não sabe de nada, garota?

Ela perguntou:

— Nick é o Demônio, não é?

— Você devia prestar mais atenção. Devia mostrar respeito.

— Eu não o reconheci.

— Como? — perguntou Morris. — Não reconhecer um homem com jaqueta de couro pedindo fogo?

— É, mas veja só: eu não acreditava nele.

— Foi aí que cometeu um grande erro.

— Eu era só uma menina. Não sabia. Viviam me expulsando da aula de religião, e de quem era a culpa? Eu não tinha lido livro nenhum. A gente nunca tinha jornal em casa, só os que os rapazes compravam, jornais e revistas de carro. Eu não conhecia a história do mundo.

— Devia ter dado mais duro — disse Morris. — Devia ter prestado atenção nas aulas de história, as aulas sobre Hitler, aprendido a rezar e um pouco de boa educação. — Imitou-a. — "Nick é o Demônio?" Claro que é o Demônio. Temos sido pupilos apenas dos melhores. Quem você tem para pôr contra ele? Só a metida da Mandy e o resto, que não valem um peido de MacArthur. Só você, a vara-pau e o triste idiota que vivia no galpão.

* * *

À medida que passava a semana, sua encenação de normalidade tornou-se menos convincente até mesmo para Colette, a quem algumas vezes Al surpreendia olhando-a dubiamente.

— Tem alguma coisa perturbando você? — Al perguntou.

Colette respondeu:

— Eu não sei se confio nesse médico que você consultou. Que tal um exame num hospital particular?

— Só falam em meu peso agora. Se vou ser insultada, não pago por isso. Já me insultam na previdência social.

E pensou: o que os médicos não compreendem é que a gente precisa de um pouco de carne, precisa de um pouco de peso, um pouco de substância sólida para enfrentar os demônios. Assustara-se, ao sair do banho, ao ver o pé esquerdo desmaterializar-se. Piscara os olhos, e lá estava o pé de volta; mas sabia que não se tratava de imaginação, pois ouvira uma risada abafada nas dobras da toalha.

Isso fora no dia em que se preparavam para o funeral da sra. Etchells. Haviam optado pela cremação e o mínimo de barulho. Alguns velhos praticantes, da geração da defunta, se juntaram para pagar uma coroa de flores, e Merlyn enviou de Beverly Hills um telegrama de condolências. Al disse:

— Podem voltar para minha casa depois. Colette comprou um pouco de sushi.

E pensou: devo poder contar com a ajuda dos amigos, mas elas vão se sentir deslocadas. Cara, Gemma, até mesmo Mandy — não têm nada parecido na vida, jamais foram *ofertadas*. Venderam serviços espirituais; não foram vendidas, como eu. Sentiu-se triste, separada, apartada: queria poupá-las.

— Acha que, como espírito, ela vai estar na melhor idade? — perguntou Gemma. — Acho difícil imaginar qual seria a melhor idade da sra. Etchells.

— Algum período entre as guerras — disse Mandy. — Ela era da velha guarda, remontava a quando trabalhavam com ectoplasma.

— Que é isso?

— Difícil explicar. — Mandy franziu a testa. — Era para ser uma substância etérea que tomava a forma do defunto. Mas algumas pessoas dizem que eles entupiam era o rabo de gaze.

Cara enrugou o nariz.

— Me pergunto se deixou testamento — disse Colette.

— Sem dúvida atrás do relógio, com o dinheiro do leite — afirmou Gemma.

— Espero sinceramente que não estejam olhando pra mim — disse Silvana. Ameaçara boicotar a cerimônia, e só aparecera por medo de os outros sensitivos falarem dela pelas costas. — Eu não quero nada dela. Se deixou alguma coisa para mim, eu não aceito. Não depois daquelas coisas terríveis que ela disse a meu respeito.

— Esqueça — disse Mandy. — Ela não estava batendo bem. Ela mesma disse: estava vendo alguma coisa nos fundos que não podia suportar.

— Me pergunto o que era — disse Gemma. — Você não tem uma teoria, tem, Al?

— De qualquer modo — disse Mandy — alguém deve cuidar dos negócios dela. Ainda tem a chave, Silvy? — Silvana fez que sim com a cabeça. — Vamos todas lá. Depois, se o testamento não estiver nos lugares óbvios, a gente pode usar rabdomancia.

— Eu prefiro não ir — disse Al. — Tento manter distância de Aldershot. Tenho lembranças tristes demais.

— Você deve ir — disse Mandy. — Só Deus sabe, Al, acho que nenhuma de nós teve o que se chama de uma criação normal. Quer dizer, quando a gente é sensitivo é porque não teve uma infância padrão, não é? Mas esse tipo de velha tende a manter dinheiro espalhado por toda parte. E a gente precisa de uma testemunha responsável. Um parente deve estar presente.

— Eu não sou — disse Al. — Parente. Pelo que descobri.

— Não deem ouvidos a ela — disse Colette. Se havia maços de notas de cinco escondidos, ela não via por que Alison devia recusar. — É só o que a mãe anda pondo na cabeça dela.

— Sua mãe não quis vir hoje? — perguntou Gemma.

Mas Alison respondeu:

— Não. Tem visita em casa.

Culpadas — conscientes de que já estavam cheias da sra. Etchells, que se sentiam felizes por vê-la fora do caminho — deixaram a conversa vagar; de volta aos descontos, taxas de publicidade, websites e fornecedores. Gemma descobrira um lugar na Circular Norte que cobrava mais barato por kits de cristalomancia que o pessoal da Cornualha.

— Belos caldeirões — disse. — Muito sólidos. Fibra de vidro, claro, mas parecem profissionais. Ninguém vai querer andar por aí carregando ferro fundido no carro. Vendem de minis a caldeirões de treze litros. Isso custa uns quinhentos paus, mas se é preciso, temos que investir, não é?

— Eu não curto mais bruxaria — disse Cara. — Cansei. Estou mais interessada no aperfeiçoamento pessoal, e em me livrar, e os outros, das crenças limitadas.

— E ainda massageia os pés dos outros.

— Massageio, se assinarem um termo de responsabilidade.

— Não pode ser muito bacana, lembrar o útero da mãe — disse Gemma.

Na verdade, sentiam que nada nesse dia era muito bacana. Mandy contorcia o nariz, como se sentisse cheiro de espírito. Uma vez consumidos o sushi e o merengue, não demonstraram vontade de demorar-se. Quando se despediram na porta, Mandy pegou Al pelo braço e disse:

— Se quiser um refúgio, já sabe. Pode ir para Hove. É só pegar a chave do carro e ir do jeito que está.

Ela agradeceu o tato da amiga. Obviamente, suspeitava que Morris voltara, mas não queria dizer nada, para o caso de ele estar escutando.

Às vezes ouvia a voz dele na cabeça; às vezes encontrava-a na fita. Às vezes ele parecia saber tudo sobre o passado em comum; falava, reprisando os dias de Aldershot como um disco arranhado, como se a sra. Etchells, numa demonstração, houvesse entrado no piloto automático. Al tentava todos os meios que conhecia para tirá-lo de sintonia; botava música alta para tocar e distraía-se com longos telefonemas, chegando até a procurar na agenda os telefones dos médiuns que conhecera anos atrás, e ligando para eles:

— Oi, adivinhe quem é?

— Al — eles diziam. — Já soube de Merlyn? Foi morar em Beverly Hills. — E depois: — Que pena esse negócio de Irene Etchells. Eu jamais entendi direito: ela era sua avó ou não? Algum dia encontrou seu pai? Não? Que pena. É, Irene apareceu. Eu estava limpando minha bola de cristal e, zás, lá estava ela, nadando. Me alertou que eu podia passar por uma pequena operação.

Mas, enquanto batia papo, o passado conversava dentro dela: como vai a minha queridinha? Sra. McGibbet, bexiguenta bexiguentinha, Keef, você é meu pai? Se vai vomitar, vá lá para fora e vomite. Merda, Emmie, preciso lavar as mãos. Carne de cachorro. Glória, Glória, carne de cachorro; tem uma coisa ruim que você não ia gostar de ver. Não paravam de falar: tem uma coisa ruim que você não quer ver de jeito nenhum. Morris causava-lhe dor de ouvido, falando dos velhos tempos: o jogo de luta, o jogo do ferro velho, o jogo da diversão. Tudo igual, mas ela sentia que ele não estava dizendo coisa alguma, estava retendo, talvez uma lembrança com a qual a provocava. Outras vezes ele parecia vago sobre com quem falava: parecia falar com o ar.

Ele perguntou:

— Viu MacArthur? É o sacana que me deve dinheiro. Se você o vir, vai reconhecer, não tem um olho. Viu o jovem Dean? Ele raspou a cabeça e mandou gravar nela *Rule, Britannia,* o hino patriótico. Viu Pikey Pete? Eu fui ao terreno baldio e ele não estava lá. Estive no depósito de entulho, que eles agora chamam de amenidade cívica. Pensei que ia encontrar ele remexendo por lá, mas não. Tomando umas, como se diz, o sangue cheio de bebida, no meio do ferro-velho, o tio era o maior comerciante de ferro-velho da Borders nos velhos tempos.

— Borders — ela disse —, isso fica um pouco fora do seu caminho, como você chegou lá afinal.

Morris respondeu:

— O circo costumava ir por aquelas bandas, não costumava? Depois, nos últimos anos, quando me chutaram do circo, peguei uma carona com Aitkenside. Ele e o furgão dele sempre foram muito úteis, se a gente queria viajar de carona, se você quer ir a algum lugar, é só ficar na beira da estrada que Aitkenside aparece. Muito útil, um furgão daquele, quando a gente tem caixas, quando tem uma encomenda para entregar, um furgão é bem legal para uma encomenda, mas hoje em dia estamos transportando fantasmas a dar com pau, garota. A gente carrega uma centena, migram do leste para ter uma vida melhor. Mas a gente cobra, veja bem, e ao mesmo tempo, quando trazemos os desgraçados, estamos chutando a bunda deles é tudo parte do mesmo plano, você talvez não entenda, mas se estivesse numa missão com Nick ele ia fazer você entender: *Comprenez?*, perguntaria, e penduraria você pelos pés até que respondesse sim. Agora que Aitkenside é da diretoria, a gente tem incentivo para fazer um bom trabalho. Tem verbas de representação para gastar em modificações e folgas para o lazer com a família. Viajamos no fim de semana pro campo e fazemos círculos de colheita. Voamos por cima dos campos e emitimos sons agudos de apito, assustando os camponeses e vagabundos. Vamos a parques temáticos, como os chamam hoje, e passamos a noite afrouxando parafusos dos brinquedos para causar tragédias. Vamos aos clubes de golfe e arrancamos a grama, e eles pensam que foram as toupeiras. Só que você não vai querer ir para um gramado de provas, porque um espírito pode ficar preso naquelas enormes telas de proteção. Foi assim que encontramos o jovem Dean, tivemos de ajudá-lo a se soltar. Alguém gritou "O Velho Nick vem aí", e como Dean era novo entrou em pânico e fugiu, e deu de cara numa dessas telas de proteção, bem, onde estaria a cara. Foi Aitkenside quem soltou ele de lá, usando os dentes. Se o Velho Nick vê alguém onde não devia estar, espeta os colhões do sujeito com um garfo de churrasco. Derrete o cara num braseiro e chupa o tutano dos ossos.

— Por que chutaram você do circo? — ela perguntou. — Eu nunca soube disso.

Morris não respondeu.

— Me chutaram do circo — disse. — Me chutaram do exército. Me chutaram da casa da Etchells e tive de morar numa lareira. A história de minha vida. Eu não sei, não via nada certo em mim, até encontrar Pete. Talvez esteja acontecendo uma feira de cavalos. Acha que tem alguma feira de cavalo acontecendo? Talvez uma rinha de galos por aí. Pete gosta muito disso.

Quando Al tornou a ver MacArthur, materializando-se na cozinha após esse hiato de muitos anos, ele tinha um olho de vidro, como sugerira a sra. Etchells. A superfície era lustrosa porém dura, e a luz saltava do olho como da superfície das opalas da sorte nos dias em que se recusavam a mostrar suas profundezas. Morris disse:

— Diga o que quiser sobre MacArthur, mas era um artista da faca. Eu vi o cara fatiar uma mulher como se fosse um peru.

A fita desenrolava-se na sala vazia, e ouvia-se Morris falando do passado distante, resfolegando e grunhindo no microfone, como se carregasse um fardo pesado e incômodo.

— Um pouco pra cima, um pouco à esquerda, veja onde pisa. Donnie... à direita, já peguei. Agarre seu canto da coberta, aqui... firme com ele. Merda, vou entrar na cozinha, preciso lavar as mãos. Estão grudentas de uma coisa pegajosa.

Colette entrou, vindo do jardim, indignada.
— Acabei de passar no galpão — disse. — Mart voltou. Venha dar uma olhada, se não acredita.

Alison desceu até o jardim. Era outro daqueles dias quentes e úmidos. Uma brisa soprava a copa das árvores, amarradas a terra como santos amarrados a troncos para arderem na fogueira, mas a própria brisa era febril, semitropical. Ela passou a mão pela testa.

No chão do telheiro espalhavam-se os pertences do rapaz: um abridor de lata, talheres de plástico roubados do café do supermercado e várias chaves enferrujadas e não identificadas. Colette pegou-os.

— Vou encaminhar isso ao policial Delingbole. Talvez ele possa devolver tudo aos donos.

— Oh, não seja tão vingativa! — disse Alison. — Ele foi chutado de todos os lugares aos quais podia chamar de lar. Não há maldade nele. Não é desses que retalham uma mulher e a deixam num furgão imundo.

Colette encarou-a.

— Acho que você não deve ir a Aldershot — disse. — Acho que deve se deitar. — Saiu meio curvada do galpão e ficou parada no gramado. — Eu tenho que dizer a você, Alison, que ando muito perturbada com o seu comportamento nos últimos tempos. Acho que talvez a gente tenha que reconsiderar os termos de nosso acordo. Estou achando isso cada vez mais insustentável.

— E para onde você vai? — gozou Alison. — Vai morar num galpão também?

— Isso é comigo. Fale baixo. Não queremos Michelle aqui.

— Por mim, tanto faz. Ela pode ser testemunha. Você estava na lona quando a gente se encontrou.

— De jeito nenhum. Eu tinha uma carreira muito boa. Era considerada uma pessoa de futuro promissor, vou logo lhe dizendo.

Alison voltou-se e foi caminhando em direção à casa.
— É, mas psicologicamente estava na lona.

A caminho da casa da sra. Etchells, não se falaram. Atravessaram Pirbright de carro, passaram pelos campos verdes, pelo açude coberto por palha e íris amarelas; pelos bosques sombrios da A324, onde faixos de luz lampejavam através da copa das árvores e batiam nos nós dos dedos dos minúsculos punhos de Colette fechados no volante; pelas margens de salgueiros e altas sebes, por granjas de telhados de madeira madura e tijolos velhos, os regadores girando nos gramados de veludo, o arrulho dos pombos nas chaminés, o cheiro gostoso de alfazema e cera de abelha bafejando dos armários de carvalho, da cômoda e do aparador. Se eu desse o fora nela agora, pensou Colette, então, com o que poupei, podia simplesmente dar entrada numa *Beatty*, embora, para ser franca, preferisse algum lugar com um pouco mais de vida noturna que a Alameda dos Almirantes. Se não posso viver aqui como os ricos, gostaria de viver perto de uma estação de metrô, e aí podia ir a uma boate com os amigos e pintar o diabo numa sexta à noite, como fazíamos antes, e ir para casa com homens que mal conheço, e sair de mansinho pela manhã quando só o carrinho do leiteiro está na rua e os passarinhos cantam. Mas acho que já estou velha demais para boates, pensou, se tivesse amigos todos já teriam filhos, na verdade os filhos é que iam sair, e eles ficariam sentados em casa com manuais de jardinagem. Eu envelheci sem ninguém, fui para casa com Gavin uma vez, ou melhor, apertei o botão do andar do quarto de hotel dele, e quando bati na porta ele olhou pelo olho mágico e gostou do que viu, mas será que alguém ia gostar de mim agora? Quando as primeiras casas do povoado de Ash apareceram — uns pobres casebres dos anos 1960 e barracos com paredes oscilantes ao lado da velha igreja — ela sentiu penetrar uma fria desesperança, que a perspectiva à frente nada fez para aliviar.

Grande parte do distrito fora arrasada; havia vastos cruzamentos, desvios cobertos de mato do tamanho de parques públicos, e placas que levavam a propriedades industriais.

— Próxima à direita — disse Al. A apenas alguns metros da estrada principal, a paisagem da cidade reduziu-se a uma escala mais doméstica.

Além da Escuridão

— Isso é novo — ela continuou, apontando o Centro de Almôndegas e o Salão do Curtume. — Devagar. À direita de novo.

Entre as vilas de 1910, espremiam-se algumas casinhas populares recém-construídas, com plástico azul onde deviam estar as vidraças. De uma cerca pendia um aviso gráfico que mostrava uma versão mais ampla, mais alta, vistosa e arejada do prédio para o qual dava frente: RESIDÊNCIAS LAUREL, dizia. MUDE-SE HOJE MESMO POR NOVENTA LIBRAS.

— Como é que eles conseguem? — perguntou Al.

E Colette respondeu:

— Oferecem para pagar o imposto territorial, as taxas do agrimensor e tudo mais, apenas se atêm ao preço pedido e depois amarram a gente numa hipoteca que eles mesmos escolheram, a gente acha que está conseguindo alguma coisa pagando quase nada, mas eles metem a mão em seu bolso a cada volta.

— São umas sanguessugas — disse Al. — É uma pena. Eu achava que podia comprar uma casa para Mart. Achava que ele ia ficar seguro num complexo residencial. Podia manter aquele tapume na janela, para ninguém ver lá dentro.

Colette uivou.

— Mart? Está falando sério? Ninguém ia dar uma hipoteca a ele. Não iam deixar nem que se aproximasse do lugar.

Já estavam quase chegando: ela reconheceu o muro baixo, o reboco descascado, a sebe atrofiada de galhos secos. Mandy encostara seu conversível na calçada, quase bloqueando a porta da frente. Gemma dera carona a Cara e, como Silvana, estacionara na mesma rua, para-choque com para-choque.

— É melhor você ficar de olho nisso? — disse Silvana, indicando o carro de Mandy. — Num bairro como este!

— Eu sei — respondeu Mandy. — Por isso estacionei o mais perto possível.

— Então onde mora, que é tão alto nível assim? — perguntou Colette a Silvana. — Num lugar com cães de guarda?

Mandy disse, tentando amenizar o clima:

— Você está linda, Colette. Mandou fazer o cabelo? É um belo amuleto, Cara.

— Prata de verdade. Estou vendendo — respondeu prontamente Cara.

— Devo mandar um para você? Com postagem e embalagem grátis?

— Que é que ele faz?

— Estraga tudo — respondeu Silvana. — Prata o caceta. Eu comprei um dela. Deixou uma marca de sujeira no meu pescoço, como um risco de lápis, parece que alguém fez uma linha pontilhada em volta para cortar fora a minha cabeça.

Colette disse:

— Me surpreende que alguém note. Com seu bronzeado natural.

Silvana enfiou a chave na fechadura. Alison sentiu o coração contrair-se dentro do peito.

— Você tem fibra, amor — disse Mandy em voz baixa. — Muito bem. — Apertou a mão de Al, que estremeceu ao sentir as opalas da sorte se enterrarem na pele. — Desculpe — sussurrou Mandy.

— Oh, Mand, eu gostaria de poder contar a metade para você — respondeu Al.

Eu gostaria de ter um amuleto, pensou, gostaria de ter um feitiço contra o ar agitado.

Entraram. A sala parecia úmida.

— Nossa — disse Silvana. — Para onde foram os móveis?

Alison olhou em volta.

— Não tem o dinheiro do leite. Nem relógio.

Na sala da frente, restavam apenas um pedaço de tapete trançado que não cobria todo o aposento, e uma poltrona sem molas irrecuperável. Silvana abriu à força a cômoda ao lado da lareira: vazia, a não ser pelo forte cheiro de mofo que se esvaiu lá de dentro. Na cozinha — onde esperavam encontrar as migalhas do lanche da tarde da sra. Etchells — nada havia além de uma chaleira, não esvaziada, na pia. Alison ergueu a tampa; um único saquinho de chá afundado numa água turva.

— Acho que é óbvio o que aconteceu aqui — disse Gemma. — Acho que se examinarmos as janelas dos fundos vamos encontrar sinais de arrombamento.

A voz dela sumiu quando desceu o corredor até a lavanderia.

— Ela foi casada com um policial — explicou Cara.

— É mesmo?

— Mas você sabe como é. Se envolveu no trabalho dele. Tentou ajudar. É o que gente faz, não é? Mas acabou estrangulada vezes demais. Viveu a época do Estrangulador de Yorkshire, suportou todo tipo de vigarista, que denunciava aos superiores do marido, mas isso não impedia que tivesse que andar o dia todo com um machado na mão. Deu um ultimato: deixe o Departamento de Investigação Criminal, ou vamos ser história.

— Acho que ele não quis deixar — disse Colette.

— Portanto virou história — continuou Al, impressionada.

— Ela deixou o marido, se mudou para o sul e jamais olhou para trás.

— Devia ser mais velha do que dizia, se estava casada na época do Estrangulador de Yorkshire.

— Todas somos mais velhas do que dizemos. — Gemma voltara. — E algumas, minhas queridas, mais velhas do que podemos imaginar. As janelas estão intactas. Devem ter entrado pelo andar de cima. A porta dos fundos permanece trancada.

— Estranho, entrar pelo andar de cima, se você pretende levar os móveis — observou Colette.

Alison disse:

— Colette é simplesmente lógica. — Gritou: — Pikey Pete? Você está por aqui? — Baixou a voz. — Ele faz parte de uma gangue que operava por essa área, a sra. Etchells conhecia todos. É o que se chama de rastreador, recolhe móveis, panelas e frigideiras velhas, coisas desse tipo.

— E é um espírito, não é? — perguntou Gemma. E deu uma risada. — Isso explica tudo, então. Ainda assim, eu nunca vi tamanha teletransportação dos bens de uma pessoa, você já?

— É uma vergonha — disse Al. — Pura ganância, é o que é. Pessoas do lado de cá precisavam das coisas que ela possuía. Que catadores de ninharias. Canecas, almofadinhas de alfinetes decorativas, com todos os alfinetes ainda pregados. Ela tinha uma mesinha de café com tampo de vidro e estampa dos Beatles, impressa em papel de parede; deve ter sido herança. Tinha pirex para forno originais, com desenhos de cenouras e cebolas. Uma dama espanhola de saia bufante onde a gente punha o rolo de papel higiênico sobressalente. Eu corria para cá quando queria ir ao banheiro, porque tinha sempre um sujeito no nosso. Embora só Deus saiba por que viviam batendo punheta, já que tinham minha mãe e a amiga Glória para dar uma mãozinha a eles.

Mandy abraçou-a.

— Xiu, bela. Pra você não é fácil. Mas todas nós enfrentamos uma barra.

Alison enxugou as lágrimas dos olhos. Pikey Paul chorava no canto desocupado da sala.

— Fui eu que dei a ela a dama espanhola — disse. — Ganhei numa galeria de tiro na praia de Southport. Peguei carona desde Ormskirk até a estrada das Alamedas Orientais, e depois tive a infelicidade de pegar carona num furgão com um cara chamado Aitkenside, a origem da triste ligação entre minha família e a sua.

— Sinto muito, Pikey Paul — disse Alison. — Minhas sinceras desculpas.

— Eu carreguei a boneca por todo caminho embrulhada num pano, e Aitkenside dizia: que é que você tem aí entre as pernas, usando a mais absoluta ambiguidade, até que acabou por tentar pegar. Então eu mantive a boneca erguida, acima da cabeça, enquanto ele caía de boca, pois eu não queria a boneca melada, e tinha uma verdadeira noção da natureza dele, esses machões são todos da mesma laia.

— Oh, eu concordo — disse Alison.

— Só pensam nisso, esses machões, apalpando as calças apertadas do menino toureiro até encontrar o troço dele. Mas ainda assim valeu a pena. Você devia ter visto o sorriso de Irene quando ganhou o presente. Oh, Paul, disse, essa bonequinha é para mim? Eu nunca contei a ela os perigos que corri. Bem, a gente não conta, conta? Era uma dama. Não digo que você não seja, mas a sra. Etchells não ia entender uma coisa dessas. Quando agora é o estilo mais moderno. Todos fazem. Não gostam de perder nenhum prazer. Têm extensões para se foderem, e as prostitutas vão perder o emprego.

— Pikey Paul! — exclamou Alison. — Fale baixo. Não seja tão indecente. Você não tinha essa língua suja!

— Estão fazendo fila para línguas múltiplas — disse Paul. — Tenho visto. O que eu digo é coisa de criança, pode crer. Imagina o que vamos ouvir nos próximos anos. Nenhuma frase será inocente.

— Eu não acredito — disse Alison, e começou a chorar. — Mesmo assim, Paul, eu gostaria de ter um espírito guia como você. Morris jamais me trouxe um presente. Nem mesmo um buquê de flores.

— Você devia ter dado um chute nele — disse Paul. — Devia ter chutado ele como a sra. Etchells chutou. Assim que ela viu a boneca espanhola, segurou ele pelos braços... era musculosa naquele tempo, e você sabe como ele é atarracado... arrastou Morris rua abaixo e jogou num buraco. Depois voltou e me fez umas panquecas. Eu gostava muito de panqueca com calda, mas hoje mantenho distância delas, pois tenho que cuidar da cintura, não temos todos? Naquele tempo eu procurava uma casa que pudesse chamar de minha, um alojamento onde pudesse entrar e sair, não me faça perguntas que eu não lhe conto mentiras, ela era legal, a sra. Etchells. Nós combinávamos, é como se pode dizer. Pequena operação, corrente de amor, prazeres da maternidade, ela jamais variava, e por que ia variar? Enquanto isso, eu seguia com minha própria vida. Ela tinha um monte de documentos, escritos à mão com caneta tinteiro por nobres, empilhados naquela cômoda ali.

— Que cômoda? — perguntou Alison.

— Aquela que alguém de minha família levou, ou seja, Pikey Pete.

— Ele devia se envergonhar — disse Alison.

Os sensitivos, por instinto, ou por experiência, haviam formado um semicírculo em torno dela, sabendo que recebia uma manifestação. Apenas Colette se afastou, entediada, e ficou parada, cabisbaixa, arrancando com os dedos cascas da tinta amarelada do parapeito da janela da frente. Silvana esfregava sem parar uma mancha abaixo do queixo, tentando talvez dar ao borrão cor de madeira a mesma cor da pele. As mulheres esperaram, pacientes, até Pikey Paul desaparecer num baço clarão vermelho, o traje de luzes esvaziado, frouxo nos joelhos e bambo nos fundilhos, a aura — uma esteira no ar — parecendo apenas uma mancha gordurosa de brilhantina dos homens antiquados.

— Era Pikey Paul — disse Alison. — O guia da sra. E. Infelizmente, não falou nada sobre o testamento.

— Tudo bem — disse Cara. — Vamos à rabdomancia. Se ele existe, só pode estar debaixo do linóleo, ou enfiado atrás do papel de parede.

Abriu o saquinho de contas e tirou o pêndulo.

— Oh, você usa isso? — perguntou Mandy, interessada. — De latão, não é? Eu prefiro a forquilha.

Silvana pegou uma sacola cuja alça parecia uma corrente de privada, com uma noz metálica na ponta. Olhou para Colette, como se a desafiasse a falar alguma coisa.

— Era de meu pai — explicou. — Bombeiro.

— Você pode se dar mal andando com isso por aí — disse Gemma. — Arma branca.

— Ferramentas do ofício — respondeu Mandy. — Você herdou a visão do seu pai? Isso é incomum.

— Alison não sabe quem foi o pai dela — disse Colette. — Achava que tinha resolvido o problema, mas a mãe arrasou com a teoria.

— Não é a única — disse Mandy. — Acho que também no seu caso, Colette, o que consta na sua certidão de nascimento não é exatamente o que consta nos genes.

Al andou fofocando, pensou Colette: e, no entanto, havia dito que o seu segredo estava bem guardado. Como pôde?, perguntou-se. Guardou isso para uma briga futura.

— Eu nem tenho certidão de nascimento — disse Al. — Pelo menos que eu saiba. Para ser franca, não sei sequer a minha idade. Quer dizer, minha mãe me deu uma data, mas talvez não seja verdade. Jamais me lembro de minha idade quando me fizeram coisas ou quando outras aconteceram. É porque sempre me disseram: "Se alguém perguntar, você tem dezesseis anos, certo?" O que é confuso quando a gente tem cerca de nove.

— Pobre querida — sussurrou Mandy.

— Você deve estar registrada em algum lugar — disse Colette. — Vou procurar. Se não tinha certidão de nascimento, como conseguiu tirar passaporte?

— Tem razão — respondeu Al. — Como foi? Talvez a gente possa procurar meus documentos com rabdomancia, quando acabar aqui. Tudo bem, escutem, senhoras, acabado aqui, não esqueçam de desmontar aquela poltrona. Eu vou verificar lá em cima.

— Quer que alguém vá com você? — perguntou Gemma.

Mandy disse em voz baixa:

— Deixe que ela tenha um pouco de privacidade. Não importa se era a avó ou não, ela respeitava Irene Etchells.

Além da Escuridão

Pete arrancara o tapete da escada, de modo que o rangido de cada degrau chegava às mulheres na sala de estar, e, cada contração do pêndulo, cada minúsculo impulso, registrava uma contração de resposta no organismo de Alison, pouco acima do diafragma. Os quartos estavam vazios; mas quando ela abriu o guarda-roupa, ainda pendia ali uma fila de vestidos, bem cobertos contra as traças. Ela separou os sudários estampados; passou a mão por seda e crepe. Eram os trajes de apresentação da sra. Etchells, dos dias de triunfo em distantes plataformas. Aqui um verde desbotado para cinza, ali um rosa reduzido a cinza. Ela examinou-os: contas de cristal rolavam debaixo dos dedos, e um punhado de lantejoulas caiu para o chão do guarda-roupa. Ela se curvou para dentro, aspirando o cheiro de cedro, e começou a juntá-las na concha da mão, lembrando-se de Pikey Paul. Mas ao se endireitar, pensou: não, vou comprar novas para ele. Tenho paciência para costura, desde que seja para espíritos, e ele vai gostar de uma coisa mais brilhante que isso. Me pergunto por que Pete deixou os vestidos? Na certa achou que não valiam nada. Homens! Ele havia saqueado as frouxas saias de poliéster e os cardigãs que a sra. Etchells em geral usava; e ia vender a alguma pobre vovó iraquiana que perdera tudo, a não ser o que trazia no corpo, ou a alguém bombardeado durante a guerra; pois no mundo dos espíritos as guerras eram recorrentes.

Deixou caírem as lantejoulas, dentre os dedos nus, até as tábuas, e pegou dois cabides de arame. Deformou-os, transformou cada um numa vareta com um gancho como alça, e saiu empunhando-as. Seguiu a orientação delas até o quarto dos fundos. As varetas saltavam e contorciam-se nas mãos, e enquanto esperava que se fixassem, ela olhou o terreno baldio pela janela sem cortinas. Na certa iam construir um complexo residencial, pensou. Por enquanto, tinha uma vista desimpedida dos terrenos de trás da rua vizinha, com os anexos e as garagens fechadas, as cortinas de náilon amareladas pendendo das janelas abertas, as rosas desabrochando da terra e inflando-se em flagrantes botões cor de sangue escuro: uma visão de homens refestelados contando piadas de mau gosto, comatosos em espreguiçadeiras, as barrigas brancas espiando por baixo das camisas, as latas de cerveja piscando num fraco pinga-pinga ao sol. De um andar de cima pendia uma bandeira, INGLATERRA, vermelho sobre branco: como se pudesse ser outro lugar, ela pensou. Olhou a rua adiante, onde, numa esquina, viam-se receptáculos para a coleta e classificação de lixo, latas para vidro, outras para capim, outras para tecidos, outras para papel, para sapatos; e embaixo sacos negros amontoados, as bocas atadas com fita amarela.

As varetas entravam em convulsão, os ganchos cortavam-lhe as mãos. Al seguiu-as até o canto do quarto, e sob orientação delas, largando-as, arrancou um palmo de linóleo podre. Enfiou as unhas numa junta, enfiou devagar dois dedos embaixo e puxou. Eu devia ter trazido uma faca, pensou, por que não trouxe uma faca? Levantou-se, inspirou fundo, tornou a curvar-se e a puxar. Ouviu-se um estalo, uma coisa lascando; surgiram as tábuas do assoalho: ela viu um pequeno pedaço de papel dobrado. Curvou-se com esforço para pegá-lo. Desdobrou-o, e ao fazê-lo as fibras do papel cederam e desmilinguiram-se nas dobras. Minha certidão de nascimento, ela pensou: mas não, mal chegavam a seis linhas. Primeiro um carimbo borrado: PAGO A. Depois, escrito embaixo *Emmeline Cheetham*, numa caligrafia floreada e negra: *a Soma de Sete Xelins e Seis* Pence. Abaixo, outro carimbo, enviesado em relação ao primeiro, RECEBIDO COM AGRADECIMENTO: e, então, com a caligrafia de sua mãe, a assinatura, *Emmeline Cheetham*: abaixo, EM TESTEMUNHO DA VERDADE: *Irene Etchells (Sra.)* Sob a assinatura, o papel tinha um denteado pardo, como se o houvessem passado a ferro numa superfície elevada. Quando ela tocou com a unha do dedo mindinho a marca chamuscada, o papel se desfez, deixando um rasgo onde ficava a marca.

Ela chutou as varetas de adivinhação para longe dos pés e desceu, com barulho, degrau por degrau. As outras se haviam reunido na cozinha, voltadas para o pé da escada, à espera.

— Alguma coisa? — perguntou Mandy.

— Nada.

— Que é isso? Esse papel?

— Nada — respondeu Al. Embolou o papel e jogou-o fora. — Sabe Deus. Quanto é sete xelins e seis *pence*? Esqueci o dinheiro antigo.

— Que dinheiro antigo? — perguntou Cara.

Mandy franziu a testa.

— Trinta e três *pence*?

— Que se pode comprar com isso?
— Colette?
— Um saquinho de batata frita. Um selo. Um ovo.

Quando foram embora, ao puxar a porta atrás, Mandy ficou pasma quando viu o que haviam feito com o seu carro.

— Vândalos sacanas! Como fizeram isso?! Eu fiquei olhando para fora, vigiando.

— Devem ter rastejado — disse Silvana. — A não ser que tenham as pernas muito curtas.

— O que, tristemente, é possível — acrescentou Alison.

Mandy observou:

— Eu cancelei meio dia de leituras para vir aqui, para isso, pensando que fazia um favor. A gente tenta praticar uma boa ação, mas eu não sei. Droga, aonde isso nos leva?

— Oh, bem — disse Cara —, você sabe o que a sra. Etchells costumava dizer: quem semeia ventos, ou alguma coisa assim. Quem com ferro fere, com ferro será ferido. Se nunca fez mal algum na vida, nada tem a temer.

— Eu não conhecia bem a velha — disse Mandy —, mas duvido que, com a sua longa experiência, Irene achasse tudo tão simples assim.

— Deve haver uma saída — disse Al. Zangara-se. — Deve haver uma saída desta merda. — Pegou o braço de Mandy e pendurou-se nele. — Mandy, você deve saber, é uma mulher do mundo, já rodou muito chão. Mesmo que alguém tenha feito o mal, um mal terrível, será que conta se fez a pessoas más? Não pode contar, claro. Contaria como legítima defesa. Contaria como uma boa ação.

Colette disse:

— Bem, Mandy, espero que o seguro cubra.

— Eu também — respondeu Mandy. Livrou-se de Al.

Carinhosamente, passou os dedos sobre a pintura. As linhas triplas tracejadas em escarlate, como se arranhadas com uma garra.

Chá, chá, chá!, exclamou Colette. Como era renovador entrar na limpeza e arrumação da *Collingwood*. Mas parou de repente, a mão na chaleira, aborrecida consigo mesma. Uma mulher da minha idade não devia estar por aí querendo chá, pensou. Devia estar por aí querendo — eu não sei, cocaína?

Alison remexia na geladeira.

— Não vai comer de novo, vai? — perguntou Colette. — Está chegando a um ponto em que eu tenho vergonha de me verem com você.

Ouviu-se uma batida na janela. Alison deu um salto violento e olhou para trás. Era Michelle, que parecia acalorada e furiosa.

— Sim? — perguntou Colette.

— Tornei a ver aquele estranho — disse Michelle. — Rondando por aí.

— Não nos últimos dias — afirmou Alison.

— Não queremos estranhos. Não queremos pedófilos e pessoas sem teto rondando por aqui.

— Mart não é pedófilo — respondeu Alison. — Morre de medo de você e das crianças. Qualquer um morreria.

— Diga a ele que na próxima vez que for visto a gente chama a polícia. E se você não tiver juízo vamos fazer uma petição contra você. Eu disse a Evan: já não ando muito satisfeita mesmo. Nunca andei, duas mulheres solteiras morando sozinhas, que significa isso? Nem são duas moças começando a vida.

Colette ergueu a chaleira fumegante.

— Para trás, Michelle, senão eu despejo isto em sua cabeça. E você vai encolher como uma lesma.

— Vou denunciar você por me ameaçar — disse Michelle. — Vou chamar o policial Delingbole. — Mas recuou. — Vou agora mesmo procurar o presidente da vigilância do bairro.

— Ah, é? — disse Colette. — Pode chamar todo mundo. — Mas quando Michelle sumiu, ela largou a chaleira com um baque e praguejou. Destrancou a porta dos fundos e acrescentou: — Já estou cheia disso. Se aparecer alguém aqui de novo eu mesma chamo a polícia.

Alison ficou parada junto à pia da cozinha, enxugando a água quente que a outra derramara da chaleira. No jardim havia grande atividade. Ela não via Morris, mas via os movimentos atrás de um arbusto. Os outros espíritos rastejavam em volta, deitados de bruços no gramado, como se fizessem uma espécie de exercício militar. Assoviavam uns para os outros, e Aitkenside gesticulava, como se lhes ordenasse avançar. Quando Colette atravessou o gramado, embolaram e chutaram as pernas dela: depois rolaram de volta e seguiram-na, serpeando, fingindo morder-lhe as panturrilhas e açoitá-la com chicotes espirituais.

Al viu-a empurrar a porta do telheiro e recuar. Avançar e recuar de novo. Voltou o rosto para a casa.

— Al? Está emperrada.

Al correu pelo jardim. Os espíritos recuaram. Dean assobiava.

— Pare com isso — disse Morris, falando de dentro do arbusto. — Vigie e observe. Preste atenção em como a cena se desenvolve. Agora ela pergunta pra magricela: bem, que é que está emperrando? Inchou com a umidade? E a magricela responde: que umidade? Não chove há semanas. Olhe para elas agora. Agora ela empurra. Veja como está coberta de suor.

— Tem alguma coisa pesada atrás da porta — disse Al.

Dean deu uma risada.

— Se fosse uma boa vidente, ia saber, não ia? Saber o que nós fizemos.

Al agachou-se e olhou para dentro pela janela, empoeirada e suja, quase opaca. Atrás da porta havia uma área de escuridão, um vulto; que se adensou, ganhou forma, feições.

— É Mart — disse Al. — Escorando a porta.

— Mande-o embora — ordenou Colette. Bateu na porta com o punho e chutou-a. — Abra!

— Ele não está ouvindo.

— Por que não?

— Se enforcou.

— Como, aqui? — Aplausos esparsos soaram das margens do gramado. — Vou ligar para o 999 — disse Colette.

— Não se dê o trabalho. Não é uma emergência. Ele se foi.

— Não se sabe. Pode ainda estar respirando. Talvez possam ressuscitá-lo.

Al pôs as pontas dos dedos na porta, apalpando em busca de algum fio de vida através da fibra da madeira.

— Foi-se — disse. — Dane-se, Colette, eu devia saber. Além disso, olhe para trás.

Colette se virou. Eu ainda esqueço, pensou Al, que — em termos mediúnicos — Colette não vê um palmo diante do nariz. Mart encarapitara-se no topo da cerca dos vizinhos, balançando os pés metidos nos grandes tênis. Os demônios agitaram-se então, e começaram a rir. Junto aos pés de Al, uma cabeça brotou do chão.

— Oi!

— Vejo que você apareceu, Pikey Pete — ela disse. — Recém-saído daquele emprego em Aldershot.

— E eu ia perder isso? — perguntou o demônio. — Pode contar comigo para um belo nó, não é? Tive um tio-avô que foi carrasco, embora há muito, muito, tempo.

Dean estava deitado de bruços no alto do galpão, passando a língua como uma persiana de rolo sobre a porta. Morris urinava no espelho d'água, e Donald Aitkenside estava agachado na grama, comendo uma linguiça de uma sacola de papel.

— Ligue para a delegacia e chame o policial Delingbole — disse Al. — É, e uma ambulância. Não queremos que ninguém nos acuse de não ter agido certo. Mas diga que não há necessidade de sirenes. Não queremos atrair uma multidão.

Mas era o horário de saída das escolas, e não havia como evitar a atenção das mamães que voltavam para casa em carros-família e veículos utilitários. Logo se formou uma pequena multidão diante da *Collingwood*, zumbindo horrorizada com o acontecimento. Colette trancou a porta da frente com a fechadura dupla e correu os ferrolhos. Fechou as cortinas. Um colega de Delingbole postou-se diante da casa, para impedir os curiosos de entrar no jardim. De seu posto no patamar, Colette viu Evan aproximar-se com uma escada e uma câmera de vídeo; por isso fechou as cortinas de cima também, após mostrar-lhe um dedo insultuoso quando o rosto dele surgiu acima da balaustrada.

— Daqui a pouco a imprensa vai aparecer — disse o policial Delingbole. — Meu Deus do céu. Não será muito fácil para vocês, garotas. Virá o pessoal do instituto médico-legal. Vamos ter que isolar o jardim. Fazer uma busca no local. Vocês têm algum lugar para ir, para passar a noite? Vizinhos?

— Não — respondeu Al. — Eles acham que somos lésbicas. Se tivermos que sair, tomaremos nossas providências. Mas preferimos não sair. Você sabe, eu trabalho em casa.

Veículos começavam a encher as ruas. O carro de uma estação de rádio estacionara no meio-fio, e o auxiliar de Delingbole tentava conter as mães e crianças. O carro de churrasquinho já se instalara junto ao parquinho, e alguns dos pequenos que engatinhavam tentavam levar as mamães para lá.

— A culpa é toda de vocês — gritou Michelle de sua casa. Virou-se para os vizinhos: — Se elas não tivessem encorajado o vagabundo, ele tinha ido se enforcar em outro lugar.

— Agora — respondeu uma mulher num trailer — a gente vai aparecer no jornal daqui como o lugar onde o vagabundo se matou, e isso vai desvalorizar nossas casas.

Dentro, na semiescuridão, Delingbole perguntou:

— Vocês conheciam o pobre diabo? Alguém vai ter que identificar o corpo.

— Você pode — respondeu Al. — Você o conhecia, não conhecia? Fez da vida dele um inferno, pobre coitado. Pisou no relógio dele.

Quando chegou a equipe médico-legal, ela logo se viu imersa até as coxas em meio aos espíritos inferiores, salivantes, que se amontoam em torno da cena de uma morte súbita ou violenta. Estavam todos atolados até as coxas, e nada notaram. Ficaram intrigados com as múltiplas pegadas encontradas junto ao galpão, de pés nada ordinários. Desceram Mart, rotularam e puseram cuidadosamente num saco lacrado o pedaço de poliéster cor de damasco de onde ele pendia.

— Deve ter demorado muito para morrer — disse Alison mais tarde. — Mart não tinha nada, você sabe, absolutamente nada. Não tinha corda. Não tinha um lugar alto onde se enforcar.

Ficaram acordadas, as lâmpadas apagadas para não chamar a atenção dos vizinhos; movimentavam-se com cuidado, deslizando pelos cantos da sala.

— Ele podia ter saltado nos trilhos da ferrovia — disse Colette. — Ou se jogado do terraço de uma loja, é o que sempre fazem em Woking, já vi no jornal local. Mas, ah, não, tinha que vir fazer isso aqui, para causar a maior encrenca e incômodo. Somos as únicas pessoas que um dia nos mostramos bondosas com ele, e veja como ele nos paga. Você comprou tênis para ele, não comprou?

— E um relógio novo — disse Al. — Tentei praticar uma boa ação. E veja como acabou.

— A intenção é o que conta — disse Colette.

Mas o fez num tom sarcástico, e, até onde a outra podia discernir sua expressão no escuro, parecia ao mesmo tempo furiosa e ressentida.

Em espírito, Mart parecia muito alegre, pensou Al, ao vê-lo encarapitado na cerca. Quando se esgueirou para a cozinha, em busca do jantar, ela se perguntava se devia deixar um prato de sanduíches para ele. Mas acho que vou ter sonambulismo esta noite, pensou, e comer tudo eu mesma. Julgava ter tido um vislumbre dele, atrás da porta da despensa: ainda com a marca fresca no pescoço.

Mais tarde, quando ela saía do banheiro, Morris a deteve.

— Acho que você pensava que a gente estava inoperante — disse.

— Você é um sacana perverso, Morris — ela respondeu. — Era mau quando estava do lado de cá, e agora ficou pior.

— Ora, vamos — disse Morris. — Não recomece. Você é pior que a sacana da sua mãe. A gente queria dar uma boa risada, só isso. Aquele idiota não estava indo muito bem deste lado, estava? De qualquer modo, eu tive uma palavrinha com o sr. Aitkenside, e vamos usar ele para limpar as botas. Esse é o trabalho atual do jovem Dean, mas como o sr. Aitkenside vai pôr um novo par de pernas falsas, Dean pode precisar de algum auxílio. Mart tem que começar de baixo, você sabe, é a regra. Não é mais idiota que Dean quando a gente tirou ele da rede de golfe. Se der certo, dentro de uns cinquenta anos pode passar a espírito guia.

— Não espere que eu agradeça — disse Al.

— Isso é bem típico seu, não é? — disparou Morris. Com as feições convulsionadas pela raiva, saltava para cima e para baixo no patamar. — Nenhuma gratidão, porra. Você fala de quando eu estava na Terra, me atribui o caráter de um sacana perverso, mas onde você estaria se não fosse por mim? Se não fosse eu, a turma tinha retalhado você muito mais, porra. Ia estar desfigurada. Aitkenside disse: ela precisa aprender a respeitar o que faz uma lâmina, e a turma toda respondeu: ótimo, corte ela, ela tem mesmo que aprender, e sua mãe censurou: mas não a cara, os clientes não vão gostar.

Vocês ficam aí batendo boca, mas quando todos vocês, cavalheiros, se cansarem dela, eu ainda tenho que vender a menina, não tenho? E eu é que sustento ela, não é? Disse a Aitkenside: muito bem, dê um corretivo na menina, mas não transforme ela numa prova contra a gente.

— Mas Morris, por que fizeram isso? — gritou Al. — Que mal eu algum dia fiz a vocês? Era uma criança, pelo amor de Deus, quem ia querer pegar uma faca e retalhar as pernas de uma criança e deixá-la coberta de cicatrizes.

Eu devo ter gritado, pensou, eu devo ter gritado, mas não me lembro. Posso simplesmente ter gritado e ninguém me ouviu.

— Não tinha ninguém para ouvir — disse Morris. — É por isso que é preciso ter um anexo, não é? Um anexo ou galpão, não é? Ou um trailer se puder, ou pelo menos um furgão. Nunca se sabe quando vai precisar mostrar a uma puta o que fazer, ou enforcar algum veado que está enchendo o saco.

— Você não me respondeu — disse Al.

Postara-se no caminho dele, passando os dedos nas opalas da sorte como se fossem armas. Ele tentou contorná-la, mas a aura dela, inflada, sufocava-o e obrigou-o a recuar. Dizendo coisas sem nexo de tanta frustração, Morris condensou-se e enfiou-se debaixo do tapete, e ela pisou em cima dizendo: Morris, se você quer manter o emprego, eu exijo algumas respostas. Se não me der, vou desistir deste jogo. Vou voltar a trabalhar numa loja de bolos. Vou trabalhar na farmácia como antes. Vou esfregar chão se for preciso. Vou desistir, e aí, onde é que você fica?

— Ôpa — respondeu Morris —, você não me assusta, garota, se for trabalhar na farmácia eu me transformo numa pílula. Se arranjar um emprego numa loja de bolos, eu me enrolo como um pão suíço e espirro geleia em momentos inoportunos. Se tentar esfregar chãos, eu me levanto numa bolha do balde, numa explosão de água negra que vai lhe custar o emprego. Depois você vai ficar me implorando como fazia antes: oh, Tio Morris, não tenho dinheiro, oh, Tio Morris, não tenho dinheiro pros jantares da escola, não tenho dinheiro pras viagens da escola. E o tempo todo falando mal de mim pelas costas, com a mesma história melosa para MacArthur, e choramingando para que Keith lhe compre doces. Morris Warren é generoso demais até a metade do caminho. No dia em que me levaram, não tinha cinco paus no bolso. Fui levado e, não sei como, muita gente me devia dinheiro. — Começou a choramingar. — MacArthur me deve. Bill Wagstaff me deve. Tenho anotado em meu caderno quem me deve. Os porras dos espíritos são traiçoeiros, não são? Têm sempre um motivo para não pagar. "Meu bolso evaporou. A Porra do Espírito Santo roubou minha carteira." Assim, lá estava eu indo para o outro lado, quando ordenaram: ponha os bolsos para fora, e quando viram que aquilo era tudo que eu possuía, riram, porra. Disseram: se não trabalha, não bebe, meu chapa. É a regra aqui. Então me botaram como espírito guia. Primeiro peguei Irene Etchells, depois você. Por isso eu estou do lado de Nick, com Nick a gente tem uma oportunidade. Somos mandados em missões.

— Se você for promovido — disse Al —, ninguém vai ficar mais feliz que eu. — O único período de paz e tranquilidade que tive foi quando você saiu em missões.

— Paz e tranquilidade? — latiu Morris. — Como pode ter paz e tranquilidade? Com um passado como o seu? Não tinha nem dez anos de idade, e já carregava os testículos de um homem na consciência.

— Que testículos?

Do outro lado do patamar, abriu-se a porta de Colette, e lá estava ela, ereta, com a camiseta de dormir, muito pequena e severa.

— É isso — ela disse. — Eu não pretendo passar outra noite aqui. Como posso morar com uma mulher que briga com gente que nem vejo, que se põe a berrar diante do meu quarto: *Que testículos?* Isso é mais que alguém de carne e osso pode aguentar.

Alison esfregou a testa. Sentia tonteiras.

— Tem razão — concordou. — Mas não seja precipitada.

— É uma conduta inaceitável. Mesmo para os seus padrões.

Alison moveu o pé, para que Morris saísse de debaixo.

— Pelo menos espere até amanhã.

— Não acho seguro esperar até amanhã. Vou arrumar uma pequena mala e mando alguém buscar o resto de minhas coisas mais tarde.

— Quem? — perguntou Al, surpresa. — Vai mandar quem? Não pode sair assim correndo no meio da noite. É tolice. Vamos discutir o assunto, você me deve pelo menos isso.

— Eu não lhe devo nada. Construí o seu negócio do nada. Era uma bagunça de amador quando vim trabalhar com você.

— É o que estou dizendo. Vamos, Colette! Já passamos por tanta coisa.

— Bem, de agora em diante você está por conta própria. Tem muita companhia, eu acho. Seu tipo especial de companhia.

Tenho minhas lembranças, disse Al. Sim. Tudo bem!

Deu as costas. Não vou suplicar mais, Al pensou. Ouviu vozes baixas da escada. Parecia que Aitkenside e o resto haviam entrado e preparavam um lanche. Colette fechou a porta do quarto. Al ouviu-a conversando. Por um instante, ficou parada, estupefata. Quem estaria lá com ela? Depois compreendeu que ela usava o celular e fazia arranjos para ir embora.

— Como? — perguntou Gavin. — Quem é?
Disse alguma coisa incompreensível, tossiu, assoou duas vezes o nariz; parecia um urso que estava hibernando no fundo de uma caverna.

— Não é tão tarde assim — disse Colette. — Acorde, Gavin. Já acordou? Está me ouvindo? É uma emergência. Quero que venha me buscar aqui.

— Oh — disse Gavin. — É você, Colette. Como vai?

— Melhor. Eu não pediria isso se não precisasse sair daqui agora mesmo, e preciso de um lugar onde ficar, só esta noite. Estou arrumando minha mala.

Fez-se um silêncio.

— Deixe ver se entendi direito. Você quer que eu vá aí para pegar você?

— É. Imediatamente.

— Quer que eu vá de carro até aí?

— Nós fomos casados. Será pedir demais?

— Sim, não, não é isso... — Ele se interrompeu. Para consultar Zoé, talvez. Voltou à linha. — O problema é meu carro, entende? É... bem, está na oficina.

— Bendita hora você escolheu! — ela cortou. — Você devia ter um carrinho japonês como o nosso, jamais deixa a gente na mão.

— Então, por que você, você sabe, não pega e...

— Porque é dela! Porque ela é a dona e eu não quero arrumar briga. Porque não a quero perto de mim, nem coisa alguma dela.

— Está falando da Gorda? Está fugindo dela?

— Escute, eu chamo um táxi. Só esteja preparado para me receber quando eu chegar aí Talvez leve um tempo.

— Oh, eu tenho carro — disse Gavin. — Posso ir. Não tem problema. Desde que você não se importe, quer dizer, não é meu carro habitual.

— Gavin, venha já, em qualquer coisa que por acaso esteja dirigindo.

Desligou o telefone. Levou a mão ao peito e tentou respirar fundo, calmamente. Sentou-se na cama. Lembranças de sua vida com ela atravessaram-lhe a mente. Alison no Harte & Garter, no dia em que começaram a trabalhar juntas: arrumando os envelopes de açúcar e despejando o leite. Alison num hotel em Hemel Hempstead: experimentando brincos à penteadeira, esfregando os lóbulos da orelha entre cada par com bolas de algodão embebidas de vodca do minibar. Alison enrolada numa colcha, batendo os dentes, no sofá do apartamento em Wexham na noite em que a princesa morreu. Ao puxar uma mala da parte de cima do guarda-roupa e enfiar nela uma sacola de roupa íntima lavada, começou a ensaiar uma explicação a Gavin, ao mundo. Um vagabundo enforcou-se no telheiro. O ar ficou irrespirável e eu fiquei com dor de cabeça. Saiu disparada do quarto e gritou:

— Que testículos?

Fechou a mala e arrastou-a para baixo. Imediatamente, pensou, não posso aparecer assim, e Zoé?, na certa vai estar usando lingerie de marca, talvez uma amiga tenha feito sob medida para ela, alguma coisa de chiffon, alguma coisa de seda, eu não gostaria que ela visse esta malha de ginástica, vai rir na minha cara. Correu para cima, tirou a roupa e ficou parada diante do guarda-roupa aberto, imaginando o que poderia vestir para impressionar uma modelo. Olhou o relógio, quanto tempo levaria para Gavin vir de Whitton? As estradas estarão vazias, pensou. Vestiu-se: não ficou satisfeita com o resultado; talvez se eu me maquiar, disse a si mesma. Foi ao banheiro. Com esmero pintou olhos e boca. Desceu novamente. Percebeu que estava tremendo e achou que lhe faria bem uma bebida quente. Estendeu a mão para o interruptor da cozinha e recolheu-a. Não devíamos estar aqui; os vizinhos pensam que saímos. Atravessou o aposento e aproximou-se da persiana.

Eram três e meia, e já a breve escuridão de meados de verão se tornava um nevoeiro. Haviam erguido barreiras de alumínio em torno do galpão, e nelas uma fila de gralhas saltava, como se estivessem contando piadas. Ouviu atrás de si um passo no piso de vinil. Quase deu um grito. Al atravessou a cozinha, volumosa na volumosa camisola de algodão. Andava devagar, como se estivesse drogada, hipnotizada. Abriu a gaveta dos talheres e ficou parada olhando para dentro, passando os dedos nas facas e garfos.

É o fim, pensou Colette. Uma fase de minha vida acaba aqui: o tilintar estranho do metal na gaveta, o barulho das conversas dos pássaros, o rosto absorto de Alison. Atravessou o aposento e passou por ela sem dizer nada. Achou que teria de empurrá-la para passar: como se a camisola branca da outra se houvesse inflado e enchido a cozinha, e o seu corpo junto. Ouviu o barulho de um carro ao longe. Minha carruagem, pensou. Gavin pode não ser muito homem, mas está comigo numa crise. Pelo menos está vivo. E como ele só há um.

Da cozinha, Al ouviu a porta da frente fechar-se atrás de Colette. A caixa de correspondência abriu-se, chaves caíram no tapete, a caixa fechou-se. Foi meio dramático, pensou Al, não havia necessidade de ela fazer isso. Claudicou até uma cadeira e sentou-se. Com alguma dificuldade, ergueu uma das panturrilhas e cruzou o calcanhar no joelho oposto. Sentia um puxão no músculo embaixo da coxa, e teve de segurar o osso da perna para impedir o pé de escorregar e voltar ao chão. Curvou as costas, dobrou-se para frente. Era desconfortável; o abdome comprimiu-se, sufocou a respiração. Uma pena Cara não estar aqui, ela pensou, pra fazer isso por mim; ou pelo menos me ensinar a técnica correta; já deve ter obtido o diploma. Só preciso massagear e esperar o melhor; preciso voltar sozinha, voltar para Aldershot, para os canis e o terreno coberto de mato, voltar às águas pantanosas do útero, e talvez até antes disso: voltar para onde não existe Alison, só o espaço onde ela existirá.

Apalpou a parte inferior dos dedos e, delicadamente, hesitantemente, começou a massagear a sola dos pés.

TREZE

A certa altura em nossa estrada temos de fazer uma curva e começar a andar de volta a nós mesmos. Senão, o passado nos perseguirá e morderá nossa nuca, e nos deixará sangrando na sarjeta. Melhor voltar-se e enfrentá-lo com as armas de que dispomos.

Os pés de Al estavam mais inchados que nunca. Talvez os tivesse massageado com força excessiva. Ou talvez apenas relutasse em andar por essa estrada, voltar aos anos de adolescência, às conversas ao pé da lareira com Emmie, aos felizes dias de escola, à diversão na creche. Ouve Colette jogar as chaves pela abertura na porta. Para trás, para trás. Ouve o motor de um carro pequeno lutando ladeira acima na Alameda dos Almirantes: é Gavin.

Para trás, para trás, para o ontem. A polícia vasculha a casa. Colette diz: que está procurando, policial Delingbole, sem dúvida não acha que temos outro cadáver? Delingbole responde, meio constrangido: pode não me chamar mais assim? Agora eu sou o sargento Delingbole.

Bela casa, diz a policial, olhando em volta. Alison pergunta: posso lhe oferecer uma xícara de chá? E a policial responde: oh, não, você levou um susto, eu faço o chá.

Al diz: tem limão e gengibre, camomila, Earl Grey ou chá tradicional, tem um limão na geladeira e leite desnatado e açúcar na prateleira de cima se você quiser. O sargento Delingbole enfia uma longa vara na lata de lixo, tira-a e cheira-a. Só rotina, diz a Al. A propósito, você tem aí um senhor conjunto de facas. Eu adoro as facas japonesas, você não? Muito chiques.

A policial pergunta:

— Em que condições estas casas são entregues?

Para trás, para trás. Ela pressiona os dedos na porta do galpão, apalpando em busca do pulso de Mart. Ela desce o jardim em direção ao galpão. Colette faz gestos de que a porta está emperrada. Parada junto à pia, enxuga a água derramada. A chaleira ferve. Aparece a cara de Michelle. Para trás, para trás. Fecham a porta da casa da sra. Etchells. Quem semeia ventos, colhe tempestades. Ela segura um pedaço de papel com marca chamuscada. Tem a cabeça dentro do guarda-roupa e aspira cânfora, violetas, um leve odor persiste no correr dos anos. Sempre me disseram: se alguém lhe perguntar, responda que tem dezesseis anos, certo? Eu nem lembro a minha idade quando me fizeram coisas ou quando outras aconteceram. Não sei que idade tenho.

A cada passo para trás, empurra alguma coisa leve, elástica, grudenta. É uma cortina de pele. A cada passo o corpo diz o que pensa. Os ouvidos captam o pinga-pinga e o chiado do sangue e da linfa. Volta os olhos para trás e fita a geleia negra que são suas ideias. Dentro da garganta, uma porta abre e fecha: ninguém entra. Ela não olha o triângulo de sombra atrás da porta. Sabe que ali pode haver uma pessoa morta.

Ouve o toque toque: um nó de dedo contra o vidro.

— O senhor está aí, sr. Fox? — pergunta.

Sempre fala "senhor": quando lembra. Os homens dizem: diga a ela, Emmie, porra, diga que boa educação não custa nada.

Ouve-se um barulho que pode ser de louça quebrando, e de uma cadeira derrubada. Abre-se uma porta na mente dela, e a princípio, mais uma vez, ninguém entra. Ela espera, prendendo a respiração. Talvez seja Keef, ou

Morris Warren, ou o comparsa deles MacArthur, que sempre pisca para ela quando a vê.

Mas é sua mãe, que entra cambaleando e se apruma com certa dificuldade.

— Ôôôpa! — diz. — Devem ser minhas novas pílulas. Azuis. Isso não é comum, é, azul? Eu pergunto ao farmacêutico: tem certeza de que são essas mesmo? Ele responde: não é azul, não se chama isso de azul. É mais heliotrópio.

Ela pergunta:

— Mamãe, Donnie Aitkenside deixou algum dinheiro com você quando saiu hoje de manhã? Porque, sabe aquele xelim mágico que a gente botou no medidor de gás? Ele levou.

A mãe pergunta:

— Donnie? Saiu?

— Saiu — ela responde. — Desceu de mansinho a escada com os sapatos na mão e levou o xelim do gás. Achei que talvez fosse o troco dele.

— Glória, em nome de Deus, que é que essa menina está falando agora?

— Se a gente não tiver aquele xelim, vai precisar de dinheiro de verdade para o medidor de gás. Está frio lá fora e eu não tomei o café da manhã.

A mãe repete:

— Donnie? Saiu? E quem lhe deu permissão para chamar ele de Donnie, sua madamezinha metida? Se uma criança como você respondesse assim no meu tempo, seria assassinada.

Ela interroga: e ainda são, não são? Assassinadas, todos os dias. A mãe responde: lá vem você de novo, se ele der uma surra de cinto em você, não vou ficar surpresa, não vou impedir, estou lhe dizendo; e ali mesmo, esmurrando a tábua de passar com o punho, diz o que eles vão fazer e o que não vão, como vão dar-lhe uma surra até deixá-la com a textura de uma água-viva, e ela vai ter de rastejar de barriga para a escola; até que ela começa a chorar e pergunta: mas que é que eu posso comer para o café da manhã? E a mãe responde: flocos de cereais se não tiver gás, e ela: mas não tem leite, e a mãe: quer dizer que sou preta e branca, e vivo na porra do campo e como pasto, que diabos leva você a pensar que sou a porra de uma vaca?

E isso encerra a história. Tem de encerrar. Emmie cai, derrubada pela força de sua própria sentença. Al vai para a escola de barriga vazia. A aula é sobre as Escrituras, e a colocam pra fora, de pé no corredor. E ela apenas fica lá, sem fazer nada. O diretor a vê.

— Você de novo! — berra.

Al recolhe as abas secretas, as membranas que cobrem as orelhas, e vê o homem gesticulando para ela, a testa enrugada de fúria. Na hora do recreio Tahera lhe paga um saquinho de batata frita. Ela espera que lhe deem o lanche da escola a crédito, mas não tem nem o vale e por isso se recusam. Os cachorros comeram meu vale, explica, mas eles riem. Lee lhe dá um pedaço de seu sanduíche. Na volta para casa, ela anda de olhos baixos, vasculhando a calçada em busca do xelim mágico: qualquer dinheiro, na verdade, ou um alfinete. Mal acabou de pensar no alfinete, quando, bam!, dá de cara com MacArthur. Oi, sr. MacArthur, cumprimenta. Você vai ter sorte o dia todo. Ele a encara, desconfiado. Sua mãe diz que você precisa de uma lição. Estende a mão, agarra o mamilo direito dela e torce-o. Ela grita. Esse foi um, ele diz, quer que faça no outro também? E pisca o olho para ela.

A luz do dia chegou à Alameda dos Almirantes. Será que ela se atreve a abrir a cortina? Al está rígida de frio, a não ser pelos pés, que ardem. Arrasta-se até a cozinha. Por um instante, fica paralisada diante dos bicos de gás, pensando: como vou acender, se Aitkenside levou nosso xelim? Aperta então o botão de ignição e a chama azul levanta. Ela despeja leite numa panela e a coloca no fogo.

O telefone toca. Deve ser Colette, ela pensa, querendo voltar. O relógio digital da cozinha reluz verde, iluminando os ladrilhos do chão com a frisa de peixes, iluminando as escorregadias escamas. Não seja boba, diz a si mesma, ela mal teve tempo de chegar a Whitton. Tinha a sensação de que já se passara muito mais tempo: anos. Fica parada com as mãos frias estendidas sobre a panela, e deixa a secretária eletrônica atender à ligação. Vem o recado: um clique. Ela pensa: são os vizinhos, tentando me enganar para atender; querem saber se estou em casa.

Hesitante, levanta a persiana da cozinha. Nuvens negras como carvão, e outras densas e cinzentas como a fumaça de prédios em chama. A lua cheia abre um clarão entre elas, e acaba imersa, engolida. Al sente uma dor de cabeça de tensão na nuca, e, no lóbulo auditivo, um canto agudo, como a vida silvestre noturna numa floresta equatorial, ou a unha de Deus arranhando vidro. O barulho é contínuo, mas não constante: pulsa. A sensação de que alguma coisa — uma corda, um fio — está sendo esticada até o limite. Ela torna a baixar a persiana, centímetro a centímetro, e a cada centímetro os anos vão caindo, está na cozinha em Aldershot, tem doze, treze anos, mas se alguém perguntar, tem dezesseis, claro.

— Mãe — ela pergunta —, você fugiu com um circo?

— Oh, circo, isso foi uma piada! — A mãe está alegre, após três cervejas fortes. — Seu tio Morris estava no circo, serrava a dama ao meio. Queria que eu fosse serrada, mas eu disse: Morris, nem morta.

— E Glória?

— Oh, sim, ele serrou Glória. Qualquer um podia serrar Glória. Era esse tipo de garota.

— Não sei que tipo é esse. O tipo de garota que se deixa serrar ao meio.

— Sabe, sim — diz a mãe; como se a estimulasse a lembrar. — Viviam praticando em você, Morris gostava de manter a mão na massa. Dizia: nunca se sabe quando os velhos truques vão ser úteis, a gente pode ter que lançar mão deles de novo. Muitas vezes eu vi sua metade de cima na despensa e a de baixo na sala da frente. Eu dizia a ele: espero que saiba o que está fazendo, quero a menina colada de novo antes que você saia hoje à noite.

A mãe toma um gole na lata. Recosta-se.

— Você tem um cigarro? — pergunta.

E Al responde:

— Sim, tenho alguns em alguma parte, roubei pra você.

E a mãe:

— Que legal: é muita consideração. Quer dizer, alguns filhos só roubam doces, só pensam neles mesmos. Você é uma boa filha, Ali, a gente tem lá nossos altos e baixos, mas isso é da natureza da relação entre mãe e filha. Somos muito parecidas, você sabe. Por isso nem sempre nos entendemos. Quando falo parecidas, quero dizer, não na aparência, é óbvio, e além disso não somos do mesmo nível quando se trata de cérebro, você entende, eu sempre fui rápida na escola, e quanto ao peso, eu tinha mais ou menos metade do peso de um filhote de cachorro, enquanto você, quer dizer, você não é a faca mais afiada da gaveta, não pode evitar isso, meu amor, e quanto ao seu tamanho, não é segredo que alguns homens gostam desse tipo, MacArthur, por exemplo. Quando aceitei o depósito dele por você, ele brincou: Emmie, que bom que você não cobra por quilo.

Al pergunta:

— MacArthur disse isso?

A mãe dá um suspiro: as sobrancelhas adejam.

— Al — diz —, pegue uma daquelas novas pílulas azuis. Helicópteros... heliotrópicos... sei lá. Pode?

Em que ano estamos? Al passa a mão pelo corpo. Já terá seios, ou apenas promessa de seios? Não adianta, quando se trata da própria carne, tentar moldá-la à sua própria vontade; a carne não cede a esse tipo de estímulo. Ela despeja leite quente numa xícara com uma colherada de café instantâneo. Depois se sente fraca demais para fazer qualquer outra coisa e senta-se.

— Eles faziam você desaparecer — diz Emmie. — De brincadeira. Às vezes você desaparecia por meia hora. Eu dizia: escute, Morris, onde está Alison? Você fez minha única filha desaparecer. Se ela não voltar, eu lhe processo.

— E eu voltava? — ela pergunta. — Voltava?

— Oh, sim. Senão eu processava mesmo. Botava ele no tribunal. E ele sabia disso. A gente tinha todo tipo de dinheiro aplicado em você. O problema é que eu não conseguia manter a contabilidade em ordem.

— Você não tinha livros-caixas. Tinha um vaso.

— Eu não conseguia manter o vaso em ordem. Bob Fox vivia mergulhando nele. E depois a turma se punha a brigar para saber quem seria o primeiro com você. MacArthur tinha feito o depósito dele, mas ôpa! Você sabe, eu tinha tomado dinheiro emprestado de Morris Warren e dinheiro devido conta mais que dinheiro adiantado. Não queria ficar ouvindo: você me deve isso, você me deve aquilo.

Al disse:

— Ele continua o mesmo.

— Mas aí Keith Capstick se meteu na frente de qualquer jeito, antes que qualquer um dos dois fizesse o negócio, porque você se apegou a ele após a mordida do cachorro. Os que não estavam lá quando o cachorro atacou, os que não viram, não entendiam seus modos com Keith, recompensando e beijando ele e tudo mais. Por isso tinha de ter briga. E eles se atolaram numa briga tripla. E MacArthur saiu primeiro contra Keith, e Keith levou uma surra.

"Mas Morris apenas continuou com a mesma ladainha: Keith Capstick me deve dinheiro, Mac me deve — disse até que Bill Wagstaffe devia a ele, eu jamais entendi como, mas acho que era uma aposta nos cavalos, e garotos são sempre garotos. Como dizia Morris: eu vou pra cova com meu caderninho dizendo quem me deve o quê, jamais vou descansar enquanto não receber cada centavo de volta, morto ou vivo.

— Se eu soubesse — diz Alison. — Se soubesse que era só uma questão de dinheiro, eu mesma teria feito um cheque.

— E Aitkenside — continua a mãe — supervisionava tudo. Graças ao Senhor por Donnie Aitkenside. Ele me deixava a par, mais ou menos. Mas também, como esperavam que eu ganhasse a vida, depois de você oferecer serviço completo por um xelim? Eu cheguei até a lhe emprestar minha camisola, e esse é todo agradecimento que recebo.

— Você disse que eu era uma boa filha.

— Quando?

— Ainda há pouco.

— Mudei de ideia — diz Em, com uma carranca.

O café está frio e ela ergue a cabeça para o toque, toque, toque. Sr. Fox, é você aí? Veio com os amigos? Clique a clique, levanta a persiana da cozinha. Madrugada: uma luz ofuscante, uma massa de trovejante negro de um lado a outro do céu: caem pedras de granizo. Esses verões desde o milênio tem sido todos o mesmo: dias de calor pegajoso e incomum, que drenam a vontade. Ela pousa os dedos na testa e sente a pele úmida: mas não sabe se está quente ou fria. Precisa de uma bebida quente, para expulsar o profundo tremor por dentro. Eu podia tentar de novo, pensa, com a chaleira e o saquinho de chá. Será que a polícia vai voltar? Ouve os vizinhos cantando — FORA! FORA! FORA — uma onda de vozes distantes, parecendo um coro.

— Nossa — disse Colette. — Onde você arranjou esse carro caindo aos pedaços?
— A oficina me emprestou. É temporário. Um carro de cortesia.
Gavin olhou-a pelo canto do olho.
— Você parece arrasada — disse.
— Arrasada — ela repetiu. — Exausta.
— Derrotada — ele sugeriu.
— Escute, eu compreendo que isso não lhe convém. Prometo que não vou atrapalhar. Só preciso de algumas horas para recuperar o sono perdido, depois penso direito. Logo vou ajeitar minha vida. Não estou de modo algum sem dinheiro, só preciso descobrir como me livrar dos laços com Alison. Talvez precise procurar um advogado.
— Oh. Ela se meteu em alguma encrenca?
— Sim.
— Os pequenos negócios estão afundando em toda parte — disse Gavin. — É fácil entrar no vermelho. E dizem que não há recessão, mas eu não sei, não.
— E você, já se arrumou?
— Um pouco de trabalho terceirizado. A gente pega o que aparece. Aqui e ali. Do jeito que der.
— Vai se virando — ela disse.
Durante alguns instantes, rodaram em silêncio. Os subúrbios começavam a despertar.
— E Zoé? — perguntou Colette. — O que vai dizer quando me vir aqui?
— Ela vai entender. Sabe que a gente tinha uma relação.
— Relação? É assim que você chama?
— Casamento é relação, não é? Quer dizer, a gente tem relação com a esposa.

— Ela não tem motivo para ter ciúme. Vou deixar isso perfeitamente claro. Não se preocupe. É só uma emergência. Estritamente temporária. Vou assegurar que ela saiba disso, logo estarei fora do caminho dela.

— De qualquer modo — diz a mãe —, Glória foi serrada vezes demais. E depois tiveram de se livrar dela, não tiveram? Eu nem estava por perto, essa é que foi a grande chateação. Tiveram de devolvê-la como mercadoria em consignação. Mas aí os cachorros se mostraram úteis, não foi? Pete disse: você tem que vigiar esses cachorros, Keith. Tem que ficar de olho neles, depois que pegaram gosto por carne humana. O que ficou provado, claro. Com os cachorros voando pra cima de você, Al. E depois, a forma como lamberam o prato, quando você serviu a eles uma fatia de Keith.

Agora ela deixa a casa, a jovem Alison, deixa a casa em Aldershot, abrindo a pontapés a porta dos fundos, inchada pela umidade. MacArthur a vê partir. Pisca para ela. Choveu nesse dia e a terra está macia sob os pés quando ela avança para as garagens trancadas.

Emmie diz:

— Onde há terreno baldio, há anexos. É razoável. É onde a turma guardava as guimbas e garrafas de aguardente, viviam trazendo caixas e caixas de aguardente. Ôpa, acho que dei com a língua nos dentes agora, é bom MacArthur não estar por perto, teria me dado uma surra, me faça um favor e não fale aos rapazes que fui eu quem lhe contou...

— Eu não sou a polícia — responde Al.

— Polícia? Que piada. Eles viviam sendo presos, só que a gente não vai falar disso com MacArthur, eu só ganharia um olho roxo e teria uns dentes quebrados, embora não tenha dentes, mas não ia gostar de uma porrada nas gengivas. A polícia costumava aparecer, dizendo: queremos saber o paradeiro de MacArthur, estou tentando localizar um cigano chamado Pete, na verdade os policiais só estavam de farra, não estavam investigando nada, só queriam cinco paus enrolados no bolso e um copo de uísque e refrigerante, e se não desse, porque eu tinha gasto os últimos cinco paus e você tomado o refrigerante, diziam: bem, então, vamos só dar uma mijada antes de deixar sua casa.

Além da Escuridão

Ela passa pelo furgão, a jovem Alison, o furgão onde Glória jaz em pedaços; passa pelo canil, onde Harry, Blighto e Serena dormem; pelo galinheiro, onde as galinhas estão todas mortas, porque Pikey Pete lhes torceu o pescoço. Passa pelo trailer, com as janelas de vidro escuro: volta à cabana, onde se deita e uiva. Olha para dentro, vê a si mesma deitada sangrando no jornal que puseram no chão: é higiênico, diz Aitkenside, porque a gente pode queimar depois que estiver empapado.

Ele diz: é melhor você não ir pra escola, enquanto não cicatrizar. Não queremos que façam perguntas sobre seus assuntos pessoais. Se lhe perguntarem alguma coisa, responda que tentou pular o arame farpado, certo? Diga que ficou assim correndo em cima de cacos de vidro.

Ela se deita, gemendo e se debatendo. Viraram-na de barriga para cima agora: se alguém perguntar, tenho dezesseis anos, certo? Não, seu guarda, minha mãe não está em casa. Não, seu guarda, também não conheço esse homem. Não, senhor, claro que nunca vi uma cabeça na banheira, mas se vir tenha toda certeza de que vou fielmente à delegacia e conto a você.

Ela ouve um homem dizer: prometemos a ela uma lição, e aqui está.

O telefone de novo. Não vai atender. Baixou a persiana, para o caso de, apesar das novas fechaduras que a polícia instalou, os vizinhos estarem tão furiosos que baixem em enxames no portão lateral. Colette tinha razão, pensa, esses portões de nada adiantam mas não creio que falasse sério quando sugeriu colocarmos arame farpado.

Sobe para o segundo andar. A porta do quarto de Colette está aberta, o quarto arrumado, como era de esperar; e ela, antes de partir, tirou todas as roupas de cama. Al abre a tampa do cesto de roupa suja. Colette deixou os lençóis usados para trás; ela remexe, mas nada mais encontra, nem uma única peça. Abre as portas do guarda-roupa. As roupas de Colette pendem como uma arara de fantasmas.

Estão em Windsor, no Harte & Garter. É verão, elas mais jovens, sete anos atrás, uma era passou. Tomam café. Ela brinca com os canudinhos de papel que contêm açúcar. Diz a Colette: um homem com a letra M vai entrar em sua vida.

* * *

Em Whitton, Colette estendeu a mão no escuro do vestíbulo do edifício. Com precisão, encontra o interruptor no pé da escada. Como se jamais houvesse ido embora, pensa. Dizem que em sete anos cada célula do corpo se renova; ela olhou em volta e observou: o mesmo não se aplica à pintura brilhante.

Subiu à frente de Gavin, para sua antiga porta da frente. Ele estendeu a mão em torno dela para enfiar a chave na fechadura; o corpo tocou o dela, seus braços se encostaram de raspão.

— Desculpe — ela disse.

Afastou-se um pouco, encolhendo-se e cruzando os braços sobre o peito.

— Não, a culpa foi minha — ele respondeu.

Ela prendeu a respiração ao entrar. Seria Zoé, como Alison, uma dessas pessoas que enchem o ambiente com seu cheiro, uma pessoa presente mesmo quando ausente, que borrifa os lençóis com água de rosa ou alfazema e queima óleos caros em cada aposento? Ficou parada, inalando. Mas o ar era sem vida, meio rançoso. Não fosse uma manhã tão chuvosa, ela teria corrido para abrir as janelas.

Largou a mala e voltou-se para Gavin, com um ar interrogador.

— Eu não disse? Ela saiu.

— Oh. Ela foi tirar fotos?

— Fotos? — Gavin perguntou: — O que você quer dizer?

— Ela não é uma topmodel?

— Ah sim. Isso. Pensei que você queria dizer uma expedição fotográfica tipo um safári.

— Então, ela foi tirar fotos?

— Pode ser que sim — Gavin confirmou.

Ela notou que ele empilhara as revistas de automóveis, bem arrumadas, numa mesinha baixa. Fora isso, que ela lembrasse, muito pouca coisa mudara em relação à sala. Eu achava que ele ia fazer uma nova decoração, em todos esses anos, disse a si mesma. Achava que ela ia querer deixar sua marca. Achava que ela jogaria fora todas as minhas coisas — tudo que escolhi — e que faria uma reforma. As lágrimas ardiam-lhe nos olhos. Ia sentir-se solitária, rejeitada, se voltasse e descobrisse tudo mudado; mas o fato de que continuava tudo no mesmo a fazia sentir-se de algum modo... fútil.

Além da Escuridão

— Imagino que você vá querer usar o banheiro, Gav — disse. — Logo vai ter que sair pro trabalho.

— Oh, não. Posso trabalhar em casa hoje. Ter certeza de que você está bem. Mais tarde, a gente pode sair para almoçar se você quiser. Podemos dar um passeio no parque.

Ela ficou pasma.

— Um o quê, Gavin? Você falou um passeio no parque?

— Esqueci o que você gosta — ele respondeu, arrastando os pés.

No canto do quarto de Colette, onde o ar é turbulento e pesado, surge uma damazinha de feltro cor-de-rosa que Al não vê desde que era criança.

— Ah, quem me chamou de volta? — pergunta a sra. McGibbet.

E ela responde:

— Fui eu: Alison. Preciso de sua ajuda. — A sra. McGibbet endireita-se no chão, como se pouco à vontade. — Ainda está procurando Brendan, seu menino? Se me ajudar, eu juro que o encontro para você.

Uma lágrima escorre do olho da sra. McGibbet, e desce pela pele de pergaminho. Imediatamente, um carrinho de brinquedo materializa-se junto ao pé esquerdo dela. Alison não confia em si mesma para pegá-lo, manuseá-lo. Não gosta de indícios. É começar com isso, e você vai descobrir um gozador tentando atravessar à força um piano de cauda do outro lado, puxando e empurrando a curva do espaço-tempo, limpando as botas no tapete e gritando: "Ufa! Diabos! Um pouquinho pra esquerda, firme na entrada!" Quando criança, claro, ela brincara com os brinquedos de Brendan. Mas naquele tempo ainda não sabia como uma coisa levava a outra.

— Nem sei em quantas portas bati — diz a sra. McGibbet. — Vaguei pelas ruas. Estive na porta de cada médium e sensitivo daqui até Aberdeen, e frequentei as igrejas deles, embora meu padre me dissesse que eu não devia. E nunca tive nem sinal de Brendan desde que os caras do circo enfiaram ele numa caixa. Ele disse "Senhora, é o sonho de todo menino juntar-se a um circo, já viu a fantasia de lantejoulas da minha irmã Glória? Algo assim nunca foi visto por essas áreas." E isso era verdade. E eu não me furtei em dizer em alto e bom som a verdadeira natureza da profissão de Glória. Então eles levaram meu menino numa caixa.

— Botaram numa caixa?

— E passaram uma corrente em volta. E disseram que o menino da caixa ia arrebentar a corrente. Rufar dos tambores. A plateia enlouquecida de excitação. Respiração presa. A caixa balançando. E aí, nada. A caixa para de balançar. O tal MacArthur vem com a bota: oi, menino da caixa!

— MacArthur estava no circo?

— Não havia lugar em que MacArthur não estivesse. Esteve no exército. Esteve na cadeia. Estava nas corridas de cavalo e nas brigas de rua, e depois no boxe. E vem com a bota e chuta a lateral da caixa. Mas o coitado do Brendan não solta um murmúrio sequer; e a caixa não se mexe um centímetro. Cai um silêncio mortal. Aí eles se olham, sem saber o que fazer. Aitkenside diz: Morris, já lhe aconteceu isso antes? Diz Keith Capstick: é melhor a gente abrir, meu velho china. Morris Warren protesta contra o provável dano à caixa especial, mas eles vêm com uma alavanca e uma barra. Arrancam os pregos com alicates e abrem a tampa. Mas quando abrem, meu pobre Brendan não está lá.

— Que história mais terrível, sra. McGibbet. Não chamaram a polícia?

— Polícia? Eles? Iam rir na cara deles. A polícia é a rainha das caixas. Todos sabem, em todo país, que as pessoas que perturbam a polícia desaparecem.

— É verdade — concordou Alison. — Basta ver as notícias.

— Eu ajudaria você — disse a pequena dama — com as reminiscências e tudo mais, mas sei que o assunto do olho de MacArthur não é assunto para gente decente. Sei bem que não olhei, mas me lembro do tal MacArthur caído bêbado feito um lorde no sofá da sua mãe, embora eu possa ter movido a cabeça dele para ver se achava Brendan embaixo da almofada; se ele depois caiu de volta ao estupor, mal posso lembrar. E se o tal Capstick se achava incapaz então, caído com a cabeça embaixo da mesa, sei que eu estava ocupada demais para notar. Não lembro de jeito nenhum que você tenha parado ao lado daqueles vermes e apalpado os bolsos deles, esperando que um xelim rolasse para fora, pois não ia saber onde ficava a mercearia ou em que tipo de doces você gostava de gastar dinheiro. Um ou outro pode ter berrado "ladrão, porra", mas também pode ter sido "Keith, porra", pois não posso dizer que estava prestando atenção, e você não ia dizer a eles, ia?, que fui eu, a sra. McGibbet, quem lhe contou tudo isso, pois tenho um medo mortal desses demônios. Sei que não vi uma garotinha com uma tesoura na mão, cortando as partes íntimas de um homem. Sei que eu estava ocupada demais com minha própria vida para notar se era um garfo que você levava, ou se era uma faca, e se tinha uma colher no bolso, ou a boca cheia de alfinetes. Não ia saber se você carregava uma agulha de tricô, pois havia várias na casa, mas sei que eu estava ocupada demais procurando meu menino Brendan para saber se você tinha aberto a gaveta e tirado algo de lá. E tampouco poderia dizer que vi você descer até o jardim para dar comida aos cachorros. Se eu não estivesse espiando embaixo dos móveis como era meu hábito, talvez visse um sorriso em seu rosto, e um fio de sangue escorrendo por cada braço. Mas não podia jurar que idade você tinha, não passava de oito anos, nove ou dez. E nunca vi um cara chamado Capstick correr e desabar no chão ao lado da casa, gritando: ambulância, ambulância! Também não vi Morris, maldito seja, Warren e o maldito do outro sanguessuga aparecerem correndo, acho que o nome dele era Aitkenside. Não notei quando arrastaram Capstick pelos sovacos e o jogaram na banheira em frente à casa da sua mãe. Teve muita gritaria então, mas isso era típico daquele bairro, por isso não posso afirmar que ele gritava para toda a rua: cadê meus colhões, encontrem essa merda, pois podem costurar de volta, perdão, mas é a verdade exata do que ele pode ter dito naquele momento, se eu pudesse ouvir acima da barulheira. Morris Warren respondeu alguma coisa, ouso dizer, mas não quero citar as palavras dele, que foram: tarde demais, eu lamento, meu filho, pois seus colhões foram comidos pelos cachorros e não se pode costurar de volta depois de engolidos, pelo menos é o que eu acho, foram engolidos direitinho e os cachorros já lamberam suas tigelas. E ele, o sr. Warren, é possível que não pudesse deixar de rir, pois dissera a Capstick que ele não devia ter se metido com você se não pudesse pagar, e agora você está pagando, disse, e agora vai receber o que merece, a própria menininha está pagando por você ser um porco sujo.

Eu paguei a ele, pensou Alison. Pelo menos um dos demônios foi pago. Ou paguei a dois?

— Sra. McGibbet — pediu —, continue

— Eu sei — continuou a sra. McGibbet — que não ouvi o momento em que Morris Warren parou de rir. Não tive curiosidade de olhar na tigela dos cachorros para ver o que comiam, pois se a gente chegasse perto eles arrancavam a perna da gente. E assim também não podia ter notado o olho de

MacArthur saltar de uma colher e cair num prato; na certa devo ter sonhado, pois isso jamais pode ter acontecido. E se você, que não tinha mais de oito, nove, dez anos, tivesse gritado: "Agora pisque o olho para mim, seu filho da puta!", eu não ia saber, porque estava procurando Brendan atrás de uma cômoda. E se o sr. Donald Aitkenside desceu a rua correndo em pânico, eu não teria visto. Menos ainda o tal Pikey Pete subir para dentro do furgão e dirigir gritando para todos os lados ao mesmo tempo.

Al desce a rua. Tem oito, nove, dez anos. Mais uma vez não pegou o kit de natação, os tênis de ginástica ou qualquer outra coisa que deveria levar para a escola. Lee e Tahera vêm logo atrás, depois Catherine Tattersall; ela olha para Catherine atrás, está atrasada, e ali na calçada vê o olho de MacArthur, que vem rolando.
— Vejam — diz Al, e elas perguntam: o quê? Ela aponta: — Vejam isso — ela repete — isso. — Catherine pisa bem em cima do olho de MacArthur, e esmaga-o no chão. — Eca! — diz Al, e vira o rosto.
— Que é que há com você, Al? — pergunta Catherine.
Quando Al torna a olhar, a geleia já voltou a ser uma órbita perfeita, e o olho de MacArthur continua a rolar.

Seguiu-a até a escola um dia, era contra as regras;
Fez as crianças rirem e brincarem — ver um olho na escola.

É noite. Ela volta da escola para casa. Na esquina da rua, o tal meio aleijado Morris Warren está encostado no muro. Arqueja. Quando ela se aproxima, espera que ele estenda a mão e lhe agarre os seios, como de hábito. Prepara-se para desviar-se; também como de hábito.
Mas nesse dia ele não a agarra. Apenas olha-a; e ao olhar, quase cai. Parece que as pernas tortas não o sustentam: ele se apoia no muro, e quando fala, o tom é de espanto. Diz:
— Tirar os colhões, tudo bem! Mas tirar o olho do cara? Eu nunca ouvi falar disso antes.

* * *

Ela entra em casa, lança um olhar à banheira manchada e pensa: é melhor eu pegar alguma coisa e limpar isso, tem uma aparência ruim. Emmie vem-lhe em cima tão logo chega à porta:

— Eu vi o olho de MacArthur numa colher, eu vi o olho de MacArthur num garfo.

— Qual dos dois?

— Eu vi você parada lá com uma agulha de tricô na mão, mocinha. Ele não merecia isso. Estava apenas fazendo o que fazem os homens. Você se derreteu toda para Capstick quando ele tirou os cachorros de cima de você, mas também se derreteu toda para MacArthur quando ele lhe comprou doces. Então, que é que ele ia pensar? Ele dizia: Emmie, que foi que você gerou, ela faz qualquer coisa por uma caixa de chocolate.

Al está sentada na cozinha, sua cozinha na Alameda dos Almirantes. Mais velha agora, de repente mais sábia, pergunta ao ar vazio:

— Mãe, quem é meu pai?

Emmie responde:

— Esqueça, tá?

Ela diz:

— Eu não descanso enquanto não souber. E quando souber, é possível que não descanse.

— Então tem que perguntar a si mesma de que adianta — responde Emmie. — Eu não sei, menina. Eu ajudava você, se pudesse. Pode ser qualquer um deles, ou seis outros caras. Não dá pra saber quem é, porque sempre botam uma manta na cabeça da gente.

Para trás, para trás, volte para trás. Está em Aldershot. Cai a escuridão, cai rápido. Os homens carregam um pacote de alguma coisa. Passam-no entre si. É mole, do tamanho de uma boneca com fraldas. Ela afasta o cobertor com a própria mão, e nas dobras, de um branco mortal, de cera, olhos fechados com força, vê seu próprio rosto.

E agora volta, para trás, para trás e atrás, até ficar menor e menor, antes de saber andar, antes de saber falar: para o primeiro pranto, o primeiro arquejo: a agulha furando-lhe o cérebro e deixando entrar luz.

* * *

Em Whitton, Colette abriu o guarda-roupa.

— Cadê as coisas de Zoé? Com certeza ela não leva tudo quando viaja.

Uma pena. Esperava experimentar as roupas da outra, quando Gavin saísse para o trabalho. Gostaria de que ele desse o fora e a deixasse examinar todas as gavetas e cômodas, em vez de ficar zanzando meio constrangido atrás dela e dando esses suspiros.

Para trás e para trás. Há um intervalo de escuridão, diminuição, suspensão dos sentidos. Al não ouve nem vê. O mundo não tem cheiro nem sabor. Ela é uma célula, um ponto. Diminui, a ponto de desaparecer. Retrocede além do ponto. Volta ao lugar de onde veio. E continua recuando.

É o fim do dia, e ela volta pesadona para casa. A luz baixa e acinzentada. Precisa chegar antes do anoitecer. Tem barro incrustado nos pés, e atrás a trilha desgastou-se em fundos buracos. Suas roupas, que parecem feitas de aniagem — que na verdade são aniagem — se endurecem com o suor do dia e abafam as nodosas cicatrizes no corpo. Al respira com esforço. Levou pontos no flanco. Ela para e bebe água da vala, as mãos em concha. Fica ali agachada, até a lua sair.

Na cozinha, Colette abria armários e olhava com olho crítico os escassos mantimentos. Zoé, pensava, é uma dessas pessoas que vive de brisa, e não pretende se oferecer a Gavin para cozinhar; o que é um erro, porque, entregue à própria sorte, ele se volta à fritura, e quando menos se espera já estoura os botões das camisas.

Ela abriu a geladeira e remexeu no que havia lá dentro. O que encontrou não era atraente; uma caixa de leite pela metade, alguns ovos empanados, uma fatia de queijo amarelo já endurecido, e três pequenas bananas enegrecidas.

— Alguém já disse a Zoé — ela perguntou — que não se guarda banana na geladeira?

— Fique à vontade — respondeu Gavin.

— Como?

— Olhe dentro de todos os armários, por que não faz isso? Olhe na lavadora de pratos. Não ligue para mim. Olhe na máquina de lavar roupa.

— Bem, se estiver vazia — ela disse —, vou botar uma ou duas coisas minhas, que eu trouxe comigo. Não quis deixar para trás minha roupa suja.

Ele seguiu-a até a sala de estar quando ela foi pegar a mala.

— Vai voltar, então?

— Nem pensar. Com licença, Gavin, não fique na minha frente.

— Desculpe. — Ele se afastou. — Não vai sentir falta dela? Sua amiga?

— Vou sentir falta do meu salário. Mas não se preocupe. Eu dou um jeito. Ligo para algumas agências logo mais.

— Não há muita oferta — advertiu Gavin.

— Alguma coisa na sua área?

— Minha área? Não sei.

Ela ficou olhando-o, os olhos claros ligeiramente esbugalhados.

— Gavin, me corrija se eu estiver errada. — Agachou-se e abriu a mala. — Eu estaria perto da verdade se dissesse que você continua desempregado? — Ele fez que sim com a cabeça. — E eu estaria perto da verdade se dissesse que você inventou Zoé? — Ele deu as costas. — E aquele balde enferrujado ali é realmente seu carro?

Porra, pensou, mas não é mesmo típico?, ele ficou mais constrangido com o carro do que com todo o resto. Gavin continuou parado, esfregando a testa. Ela passou por ele e entrou na cozinha com a trouxa.

— É temporário — ele disse. — Eu baixei de nível. Mas agora que você voltou...

— Voltou? — ela disse friamente. Curvou-se e tirou uma meia cinza da máquina de lavar. Era de lã, dessas que a gente tricota: o calcanhar desfizera-se em buracos. — Quanto tempo você pretendia deixar passar antes de me dizer que Zoé não existe?

— Eu achava que você ia descobrir por si mesma. O que você acabou fazendo, não foi? Eu tinha que inventar alguma coisa! Você insistiu em falar nesse tal de Dean. Dean isso, Donnie aquilo. Eu tinha que dizer alguma coisa.

— Para me deixar com ciúme?
— É, eu acho.
— Eu só falei em Dean uma vez, pelo que me lembro.
— Ele vem aí atrás de você, não vem?
— Não — ela respondeu. — Morreu.
— Nossa! É mesmo? Não está me enrolando?
Ela fez que não com a cabeça.
— Acidente?
— Acho que sim.
— Vocês perderam o contato? Estou feliz por ele estar morto. Acho que não devia dizer isso. Mas estou.
Ela fungou.
— Ele não significava nada para mim.
— Quer dizer, espero que ele não tenha sofrido. Esse tipo de coisa.
— Gavin, esta meia é sua?
— Como? — ele perguntou. — Essa aí? Nunca vi antes. Que tal esse negócio mediúnico, você desistiu?
— Oh, sim. Tudo acabou. — Ela ergueu a meia e examinou-a. — Não parece com as que você usa. Parece um bicho morto na estrada.
— Colette... escute... eu não devia ter lhe contado mentiras.
— Tudo bem. — Ela pensou: eu lhe contei algumas. Depois, para o caso de parecer estar desculpando-o muito depressa, disse: — É o que eu esperava de você mesmo.
— Não parece que faz sete anos. Que a gente se separou.
— Deve fazer. Deve fazer mais ou menos isso. Foi no verão em que Diana morreu.
Ela circulou pela cozinha, passando o dedo na superfície pegajosa.
— Parece que faz três anos e trezentos e sessenta e quatro dias desde que você deu uma limpada nesses ladrilhos.
— Estou feliz por não termos vendido.
— Está? Por quê?
— Faz parecer como antes.

— O tempo não anda para trás.
— É, mas não me lembro por que nos separamos.
Colette franziu a testa. Nem ela, na verdade. Gavin olhou para os pés.
— Colette, fomos um casal de babacas, não fomos?
Ela jogou a meia de lã na lata de lixo da cozinha.
— Acho que as mulheres não podem ser — respondeu. — Babacas. Não mesmo.
Gavin disse humildemente:
— Acho que você pode ser qualquer coisa, Colette.
Ela olhou para ele; cabisbaixo como um cachorro que veio da chuva. Olhou-o e sentiu-se tocada no coração; onde devia estar o coração.

Alameda dos Almirantes: Al ouve os vizinhos murmurando do lado de fora. Trazem cartazes, ela receia. O sargento Delingbole fala-lhes por um megafone. Vocês não assustam Al. Quando se é estrangulado tantas vezes quanto ela, quando se é afogado, quando se morre tantas vezes e continua-se do lado de cá, que vão fazer os vizinhos de tão novo, porra?

Há vários caminhos adiante, vários caminhos que posso seguir daqui. Ela admite que Colette não vai voltar. O arrependimento não está fora de questão; imagina Colette dizendo: fui apressada, podemos começar de novo?, e ela respondendo: acho que não; Colette: aquilo é passado e agora é agora.

Hora de uma sacudida. Eu jamais vou ficar aqui após tanto xingamento e perturbação. Mesmo que, quando tudo isto se acalmar, os vizinhos comecem a me bajular e a me fazer bolos. Eles podem esquecer; mas eu, não. Além disso, a essa altura já sabem como ganho a vida. Não é com previsão do tempo, e, de qualquer forma, o Departamento de Meteorologia se mudou para Exeter.

Eu podia ligar para um corretor imobiliário, pensa, e pedir uma avaliação. (A voz de Colette soa em seu ouvido: deve ligar para três.)

— Srta. Hart, e o seu galpão, de interesse histórico local?, e a nuvem negra do mal que paira sobre sua propriedade, vai deixar isso?

A memória é curta, estaria perto da verdade se dissesse que será esquecida, como os vermes e ratos que viviam aqui, e os fetos enterrados sob a sebe.

Ela liga para Mandy.

— Natasha, Médium das Estrelas?

— Mandy, Colette deu o fora.

— Oh, é você, Al? Oh, Deus, até aí eu previ, francamente. Quando estávamos na casa da sra. Etchells, procurando o testamento. Eu disse a Silvana: tem encrenca aí, guarde minhas palavras.

— E eu estou por conta própria.

— Não chore, amor, eu vou buscar você.

— Por favor. Por uma ou duas noites. Você entende, a imprensa está aqui. Câmeras.

Mandy ficou intrigada.

— Isso é bom? Para os negócios, quer dizer.

— Não, tem vigilantes. Manifestantes.

Mandy estalou a língua.

— Caça às bruxas, não é? Algumas pessoas são tão tacanhas! Veio a polícia?

— Veio.

— Mas vão tentar prender você, ou coisa assim? Desculpe, pergunta tola. Claro que não. Vou levar Gemma, para termos alguma força.

— Não. Basta vir você sozinha.

— Tome um bom banho quente, Al. Tire o telefone da tomada. Borrife um pouco de alfazema em volta. Quando você menos esperar, estou chegando. Vou tirar você daí. Um pouco de brisa marinha vai lhe fazer bem. Faremos compras para uma recauchutagem geral em você. Eu sempre achei que Colette lhe dava maus conselhos. Devo marcar hora com o cabeleireiro? Vou chamar Cara para lhe fazer uma massagem.

Três horas depois, está pronta para deixar a casa. A polícia não teve muito sucesso na tentativa de dispersar a multidão; os policiais não querem, como dizem, pegar pesado. O sargento Delingbole aconselha: o que você poderia fazer, certamente para o melhor, seria sair com um cobertor na cabeça. Al pergunta: vocês usam um cobertor oficial para isso, ou posso escolher um dos meus? Ele responde: fique à vontade; a policial, muito prestativa, corre para o andar de cima e procura, sob orientação dela, a manta de pelo de cabra angorá, a manta cor de framboesa amassada que Colette comprou para ela, em dias melhores.

Ela põe a manta na cabeça: o mundo parece róseo e difuso. Como um peixe, ou alguma coisa recém-nascida, abre a boca para respirar; a respiração, úmida, suga o pelo de cabra. A policial segura seu cotovelo, e Delingbole abre a porta; levam-na às pressas para uma viatura da polícia, com os vidros das janelas de insufilme, que a tira rapidamente da Alameda dos Almirantes. Mais tarde, no noticiário da TV regional, ela se verá dos joelhos para baixo. Eu sempre quis aparecer na TV, dirá, e agora apareci. Mandy fará uma observação: pelo menos, pedaço de você.

Quando viram para a A322, ela afasta as dobras de lã e olha em volta. Os lábios coçam pelo contato com a manta; ela os comprime, esperando não borrar o batom. O sargento Delingbole está sentado a seu lado, para confortá-la, diz:

— Sempre fui fascinado — acrescenta — pela paranormalidade. OVNIs. Tudo isso. Quer dizer, tem que ter alguma coisa aí, não tem?

— Eu acho que você tentou fazer a passagem — ela responde — numa de minhas demonstrações. Dois anos atrás. Logo depois da morte da Rainha Mãe.

— Que Deus abençoe a Rainha — diz Delingbole automaticamente.

E Al responde:

— Que Deus a abençoe.

O dia tornou-se luminoso. Em Worplesdon, as árvores pingam na parte lisa do campo de golfe entre os buracos. A policial diz:

— As nuvens estão subindo. A gente deve ver um pouco de ação em Wimbledon hoje à tarde.

Al sorri.

— Eu certamente não saberia dizer.

Antes de chegarem a Guildford, param num shopping center do subúrbio. A troca ocorre na frente da PC World. Mandy corre em direção ao furgão branco: sapatos de salto alto verde, jeans claros justos, jaqueta Chanel rosa-bebê falsa. Ela sorri, o grande maxilar projetado para a frente. Está bem alinhada, Al pensa. É a primeira vez em anos que vê Mandy em plena luz do dia. Deve ser Hove que a envelheceu: a brisa marinha, os olhos entrecerrados contra o sol.

— Estão com ela? — pergunta Mandy, ela própria animada: Delingbole abre a porta de trás e dá-lhe a mão para ajudá-la a sair do furgão.

Al tropeça e cai no chão, batendo com força o pé machucado.

O conversível espera, as linhas triplas escarlates como se arranhadas por uma garra.

— Tem uma nova manicure no fim de nossa rua — diz Mandy. — Achei que depois do almoço podíamos ir lá nos dar um trato.

Por um momento Al vê seu punho pingar sangue: se vê sangrando até os cotovelos. Na Alameda dos Almirantes, vê a fita correndo a casa vazia: seu passado correndo para trás, além desta vida, além das vidas futuras.

— Adoraria — diz.

MORRIS: E outra coisa que a gente não consegue, não consegue linguiça apimentada.
CAPSTICK: Não se arranja tripa como antes.
DEAN: Quando eu tirar a extensão da língua, vou comer um caril.
MORRIS: Não se consegue uma xícara de chá decente.
DEAN: E depois mandar gravar uma suástica na língua. Posso pregar na parede e ser uma pixação móvel.
MART: Ha-ha. Quando Delingbole chegar, você pode mostrar a língua pra ele e depois se mandar.
AITKENSIDE: A sra. Etchells é que fazia uma boa xícara de chá.
CAPSTICK: É, fazia, sim. Isso eu admito.
MORRIS: A propósito, sr. Aitkenside.
AITKENSIDE: Sim? Fale.
MORRIS: Só vou mencionar.
AITKENSIDE: Diga, rapaz.
MORRIS: É uma questão de fundos.
AITKENSIDE: Warren, você já me encurralou antes com essa história de adiantamento. Quando olho o livro, descubro também que não é a primeira vez. Você está gastando adiantado toda sua renda, pelo que vejo. Isso não pode continuar, meu velho.

Além da Escuridão

MORRIS: Eu não quero adiantamento. Só quero o que me é devido.

MACARTHUR: Ele tem razão, sr. Aitkenside. Não é justo que Pete fique com todo o dinheiro dos bens da sra. Etchells, uma vez que todos ajudamos a matar a velha de medo, sobretudo eu me levantando com o olho de vidro rolando.

AITKENSIDE: Pete! Que é que você tem a dizer?

Pausa.

Cadê ele?

CAPSTICK: Diabos! Pegou a estrada. Com a grana toda.

MORRIS: Isso não é bem típico dele?

BOB FOX: Que se pode esperar, sr. Aitkenside, confiando nessa gente?

AITKENSIDE: Não me ensine a fazer meu trabalho, rapaz. Eu tenho um diploma em Recursos Humanos, assinado pelo próprio Nick. Estamos trabalhando para dar oportunidades iguais a todos. Não me diga como recrutar, senão vai ficar batendo em janelas por toda a eternidade.

CAPSTICK: Vamos ter que entrar em contato com a patroa, então. Se quisermos nossa parte. Ela pode agarrar Pikey pra gente. Ele gosta dela. Não pode ficar longe.

AITKENSIDE: Desculpe, mas eu não sei se você vai ver sua patroa de novo.

DEAN: Você deixou ela bem furiosa.

CAPSTICK: Como, não ver ela? Quem a gente vai usar como médium, então?

BOB FOX: Morris? Morris, fale. Você é o encarregado desse fiasco?

MORRIS: Não se arranja um vinagre decente, também. A gente procura vinagre, e tem prateleiras e prateleiras deles. Só existe um tipo de vinagre adequado, o pardo.

CAPSTICK: Morris? Estamos falando com você.

AITKENSIDE: Foi você, Morris, segundo meu livro de contabilidade, quem pediu para enforcar aquele vagabundo que vivia no galpão.

MORRIS: Ele estava em minha propriedade! Eu tinha acabado de conseguir um anexo decente, onde pudesse botar os pés para cima à noite, e um idiota de boné se muda para lá.

AITKENSIDE: Mas que foi que você falhou em ver, meu filho? Não viu que ele era a boa ação dela.

WAGSTAFFE: Uma boa ação num mundo perverso.

AITKENSIDE: É você, Wagstaffe? Vá embora, estamos conversando.

MORRIS: Além disso, todos foram muito simpatizantes. Oohh, Morris, disseram, vamos em frente com esse enforcamento, eu não vejo um bom enforcamento há anos, vai valer uma boa gargalhada quando o pobre diabo espernear!

AITKENSIDE: Você não viu que esse pobre diabo era a boa ação dela. E qual foi o resultado? Ela quer praticar algumas outras. Pegam o hábito... você entende? Pegam o hábito. É triste. Mas pegam o gosto.

MORRIS: Então ela não quer mais nada com a gente?

AITKENSIDE: Eu duvido muito, meu velho.

MORRIS: Mas a gente volta, eu e a patroa.

Pausa.

Vou sentir saudade dela. Ficando sozinho. Não será a mesma coisa.

CAPSTICK: Ora, pare com isso, por favor! Tragam as porras dos violinos. Você não ia pensar tão bem dela se ela tivesse lhe arrancado os colhões.

MACARTHUR: Você não ia pensar tão bem dela se visse seu olho numa colher.

DEAN: Você pode arranjar outro lugar, Tio Morris.

MORRIS (*dá uma fungada*): Não vai ser a mesma coisa, Dean.

AITKENSIDE: Não me venha com a porra de um chororô. Componha-se, Morris, senão eu demito você.

Morris soluça.

AITKENSIDE: Escute... Morris, meu velho, não leve a sério... oh, diabos, ninguém aqui tem uma porra de um lenço?

WAGSTAFFE: Algum lenço em particular?

AITKENSIDE: Wagstaffe? Feche a matraca. Escutem, rapazes, eu tenho uma ideia. Talvez ela volte se o pai pedir por ela.

Pausa.

MACARTHUR: Quem é o pai dela, então?

CAPSTICK: Eu sempre achei que era você, MacArthur. Achava que por isso ela arrancou seu olho.

MACARTHUR: Eu achava que era você, Keef. Achava que por isso ela lhe arrancou os colhões.

AITKENSIDE: Não olhe para mim. Ela não é minha filha. Eu estava nas Forças Armadas.
MORRIS: Não pode ser minha, porque eu estava no circo.
PETE PIKEY: Não pode ser minha...
MORRIS: Ora, lá vem você, Pete! A gente achava que você tinha dado no pé. Papagaio come milho, periquito leva a fama. A gente achou que você tinha se mandado com os emolumentos.
PIKEY PETE: ...eu ia dizendo que ela não pode ser minha, porque eu estava na cadeia por pintar cavalos.
CAPSTICK: Pintar cavalos?
PIKEY PETE: A gente pinta um cavalo de corrida para parecer com outro, não é?
MORRIS: A tinta não escorre, Pikey, quando cai um pé d'água?
PIKEY PETE: É um velho truque romeno. De qualquer forma, ela não é minha.
CAPSTICK: Nem minha, porque eu também estava em cana.
MACARTHUR: E eu, cumprindo cinco anos.
AITKENSIDE: Então quem restou? Bob Fox?
BOB FOX: Eu nunca fiz nada além de bater numa janela.
Pausa.
MACARTHUR: Tem que ser o babaca do Derek. Não é?
AITKENSIDE: Não pode ser. O porra do moleque de recado? Ele nunca teve dinheiro. Emmeline Cheetham não dava de graça.
MACARTHUR: É verdade. Você cuidava disso.
CAPSTICK: Não era como essas garotas de hoje, hein?
MORRIS: Então quem restou?
Pausa.
MACARTHUR: Ora, diabos.
MORRIS: Você está pensando o que eu estou pensando? Só o grande homem em pessoa!
CAPSTICK: Bem, não me surpreende.
MORRIS: Eu nunca sofri um baque tão forte.
PIKEY PETE: Você não vai querer mexer com a família de Nick. Porque Nick é homem de família.

Pausa.
CAPSTICK: Que é que ele ia fazer?
AITKENSIDE: Deus, oh, Deus!
MORRIS: O pior que pode acontecer a um espírito é ser comido pelo velho Nick. A gente pode ser comido e digerido por ele e aí está frito.
BOB FOX: Não se arranja batata frita como antes. Frita na gordura certa.
AITKENSIDE: Cale a boca, Bob, seja um bom garoto.
CAPSTICK: Como, você pode ser comido? Pode ser comido por Nick? E não tem outra oportunidade?
MORRIS: Se ele vomitar você, você pode se reconstituir e ter outra oportunidade, mas, fora isso, já era, e estamos conversados.
MACARTHUR: E estamos conversados?
MORRIS: El finito, Benito.
PIKEY PETE: Aqui, olhem, vamos dividir essas notas? É o dinheiro dos móveis da sra. Etchells. Rapazes? Esperem por mim...

Outubro: Al viaja, no primeiro dia de mau tempo do outono. Ocorrem deslizamentos de lama e terra, canos estouram, um regurgito nas poças, tubulação e fossas. Fissuras nos leitos dos rios, pântanos, lamaçais e atoleiros, e depósitos externos de gás na borbulhante planície aluvial. Há erosão na costa, defesas desmoronam, infiltração e vazamentos: onde a salina e as marés em rápida mutação se encontram e o limo viscoso de esgotos incha, os oceanos sobem, meio metro, meio metro, de meio metro para cima. Na estrada perimetral os pisca-piscas dos carros que bateram lampejam no duro acostamento. Câmeras espocam nas pontes, ouve-se um chiado de para-brisas contra a chuva que tudo encharca, os insanos faróis piscantes dos caminhões pifados.
— Lá vamos nós — grita Alison. — Sevenoaks, lá vamos nós.
Cantam, Alison e as duas mulherzinhas: algumas músicas favoritas do teatro de variedades, mas sobretudo hinos, pois é disso que gostam as mulherzinhas. Ela não sabia nenhum dos versos, mas as outras lhe ensinaram:

"Tende piedade, Senhor! Pois somos frágeis e fracos
Vamos desbotando, ó, ouvi nossa queixa

Vamos desbotando, como flores ao sol
Apenas começamos, e então nossa obra está feita."

Maureen Harrison pergunta:

— Nós já estivemos em Sevenoaks?

E Alison responde:

— Não comigo, não estivemos.

Maureen pergunta, ansiosa:

— Vamos tomar chá quando chegarmos?

Alison responde:

— Ah, sim, eu soube que em Sevenoaks se toma um chá muito bom.

— Que bom — diz a amiga de Maureen, do banco de trás —, eu podia ter trazido meus próprios bolos Eccles.

— Bolos? — diz Maureen. — Comemos uns bolos deliciosos. Lembra aquele que você comprou para mim uma vez, com uma noz em cima? Não se consegue bolos assim hoje em dia. Aqui, querida, eu lhe faço um. No seu aniversário. Eu sempre fiz um bolo para você em seu aniversário.

— Ia ser bacana — diz a amiga de Maureen. — E *ela* pode comer um pouco, também.

— Oh, sim, vamos dar um pouco a *ela*. É uma garota adorável.

Alison dá um suspiro. Gosta de ser apreciada; e antes dessas últimas semanas jamais se sentiu assim. Não se cansam de agradá-la, essas duas velhas senhoras, tão felizes se sentem por estarem juntas de novo, e quando conversam à noite, debaixo do tapete e detrás do sofá, elogiam-na, dizendo que nunca tiveram uma filha, mas se tivessem, iam querer uma garota grandona como Al. Sempre que saem de carro, ficam tão excitadas que ela tem de fazê-las usar fraldas de incontinência urinária. Grita:

— Colocaram os cintos de segurança, garotas?

E elas gritam de volta:

— Sim, senhorita! — E: — Olhe só para nós, viajando num veículo motorizado, um carro particular!

Jamais se cansarão da estrada perimetral, por mais vezes que a percorram. Mesmo que surja alguma imagem de sua vida anterior — os demônios escapando da Alameda dos Almirantes, cabeças atrofiadas presas embaixo das cercas, múltiplos membros debulhados, pés emaranhados em línguas —, mesmo que algumas imagens de consternação desfaçam o sorriso dela e lhe causem calafrios, mesmo que façam Alison apertar o volante ou lhe tragam uma lágrima brilhante aos olhos — mesmo que ela perca a entrada do entroncamento, e tenha de cruzar o viaduto — as mulherzinhas jamais se queixam. Dizem: "Vejam o cabelo dela, olhem os belos anéis, vejam o vestido e como acelera o carro — a gente pensava que ela ia ficar cansada, mas ela não se cansa por nada. Oh, eu digo a você, Maureen Harrison, nós caímos de pé." E Maureen acrescenta: "Onde estariam nossos pés."

O telefone celular toca. É Gemma.

— A quantas anda, querida? Staines? A 27ª? Eu duvido, mas vou verificar meu mapa quando nós encostarmos. *Nós?* Eu disse nós? Não, Colette, não. Deus não permita. Eu me referia a meus novos guias. Colette voltou para o marido. Perto de Twickenham. Ele era um, você sabe, como é que se chama?, um desses homens que colocam armadilhas. Uma espécie de couteiro.

— Perto de Twickenham? — pergunta Gemma, surpresa.

E Al responde:

— Não, numa vida passada.

Fora um homem, ela pensa, que criava cachorros, mas não como animais de estimação. Cava a terra, põe veneno para as infelizes criaturinhas que tentam ganhar a vida.

— Eu não fiz muito caso dele — diz — quando topei com ele em Farnham.

Não se deve deixar iscas espalhadas, pois elas atraem entidades, a lenta escavação e arrastar das coisas sem pernas, rastejadores ferozes em busca de feridas para sugar ou mentes abertas onde se introduzir. Não se deixam armadilhas, pois não se sabe o que as dispara: pernas decepadas, abandonados e anônimos, pés, vampiros e espectros que procuram costurar-se, assombrando as estradas à cata de uma mão, uma orelha, dedos cortados e polegares deslocados.

Também ela, claro, avançou sobre membros sem importância. Não se lembra de fato se viu o olho de MacArthur num prato; embora venha tentando lembrar, só para manter o registro em dia. Talvez não fosse um prato: talvez fosse uma bandeja, um pires, uma tigela de cachorro. Lembra-se de que segurava uma colher, ou um garfo.

— Negócios? — diz. — Os negócios vão bem, obrigada por perguntar, Gemma. Tirando ou acrescentando um ou outro meio de semana fraco, tenho consultas marcadas até fevereiro próximo.

Há terroristas nas valas, facas presas entre os dentes. Fazendeiros estocando fertilizantes, fanáticos construindo bombas em instalações industriais abandonadas, e santos mártires cavando poços de depósito onde os demônios se derreteram no chão. Há cidadelas subterrâneas, buracos e minas, câmaras secretas no coração dos homens, e às vezes no das mulheres também. Há mecanismos e laboratórios não autorizados embaixo da terra, mutantes se reproduzem nos túneis; vacas canibais mugindo e coelhos tóxicos, e por trás das cortinas fechadas das enfermarias dos hospitais, insetos comem carne humana.

Mas hoje estamos indo para Sevenoaks, pelo Entroncamento 5: enfrentar a sorte hoje. Será o corajoso, ou é a vez do sacana? A legião dos que não se curvam farão fila para eu ler as suas mãos? De mansinho embaralham-se as cartas, sussurrando para o pano carmesim. Um cavaleiro de armadura galopa saindo da batalha; ou indo para ela. Um cachorro sobe na roda da fortuna, e um macaco desce. Uma garota nua despeja água num poço, e sete estrelas brilham no céu do anoitecer.

— Quando é a hora do chá, senhorita? — pergunta a mulherzinha; e depois: — Acelere mais, senhorita, veja se ultrapassa aquele!

Alison olha o espelho retrovisor. Desvia-se para ultrapassar um caminhão, pisa com mais força no acelerador. Passa à pista de alta velocidade, meio escondida pelo borrifo da chuva. Sem serem molestadas, ou observadas, fogem diante da tempestade. Se o universo é uma grande mente, talvez, às vezes, tenha suas ausências. Maureen diz do banco de trás:

— Esse bolo que a gente vai comer: pode ser gelado?